btb

Aus Freude am Lesen

btb

Buch

Rosario Baluyot war erst elf Jahre alt, als sie starb. Das philippinische Straßenkind fiel dem stillschweigend geduldeten Sextourismus in Gestalt eines österreichischen Arztes zum Opfer. Majgull Axelsson, eine der renommiertesten Journalistinnen Schwedens und seit ihren Romanen »Die Aprilhexe« und »Augustas Haus« auch eine der erfolgreichsten Autorinnen des Landes, hat Rosarios kurzes Leben rekonstruiert. Ihre Geschichte ist kein Bericht, der nackte Fakten präsentiert, keine schnelle Lektüre, die Absolution erteilt, kein oberflächliches Betroffenheitsbuch, das doch nur auf Voyeurismus setzt. Mit großem Einfühlungsvermögen erweckt die Autorin Träume und Sehnsüchte der jungen Rosario zum Leben, gibt ihr ihre Würde zurück. Ein bewegendes Buch, das sich wie ein Widerhaken festsetzt im Leser und noch lange nachhallt.

Autorin

Majgull Axelsson, geboren 1947, lebt mit ihrem Mann und zwei Söhnen in Upplands Väsby. »Rosarios Geschichte« gilt inzwischen weltweit als Klassiker im Kampf gegen Kinderprostitution und Sextourismus. Mit diesem Buch begann Majgull Axelssons große Karriere als Schriftstellerin.

Bereits bei btb erschienen

Die Aprilhexe. Roman (72472)

Majgull Axelsson

Rosarios Geschichte

Dokumentarroman

Aus dem Schwedischen
von Irene Zedigh

btb

Die schwedische Originalausgabe
erschien 1989 unter dem Titel »Rosario är död«
bei Bokförlaget Prisma, Stockholm

btb Taschenbücher erscheinen im Goldmann Verlag,
einem Unternehmen der Verlagsgruppe Random House

1. Auflage
Deutsche Erstveröffentlichung Juli 2002

Umschlaggestaltung: Design Team München
Umschlagfoto: Mauritius/Nonstock
Satz: Uhl + Massopust, Aalen
RK · Herstellung: Augustin Wiesbeck
Made in Germany
ISBN 3-442-72747-2
www.btb-verlag.de

Vorwort

Ein kleines Mädchen stirbt in einem fernen Land. Was geht uns das an? Was haben wir damit zu schaffen? Zumal, wenn seitdem schon mehr als ein Jahrzehnt vergangen ist?

Sie hieß Rosario Baluyot. Ich bin ihr nie begegnet, dennoch folgt sie mir ständig. Manchmal träume ich, sie wäre gar nicht tot, sie wäre zu einer schönen jungen Frau herangewachsen. Dann geht sie in einem geblümten Kleid hinter mir. Sie lacht, ihre Gesichtszüge sind weich geworden, die Hungerspuren sind wegradiert und ihr Körper ist von Schmutz und Krätze sauber geschrubbt. In solchen Träumen ist sie diejenige, die sie von Geburt werden sollte.

In anderen Träumen ist sie, was wirklich aus ihr wurde: ein mageres Geschöpf mit der trockenen Haut und den harten Händen eines Straßenkindes, ein kleines Mädchen mit schwarzen, von Unterernährung ins Gesicht geritzten Furchen, ein sterbendes Kind mit verfilztem Haar und wilden Augen. Dann folgt sie mir – nicht nur in den Träumen, sondern auch tagsüber – und flüstert ihre Fragen: Was ist das für eine Welt, in die ich hineingeboren wurde? Was heißt es, Mensch zu sein, wenn geschehen darf, was mit mir geschah?

Auf solche Fragen gibt es keine Antworten, das habe ich ihr tausendmal erklärt, trotzdem hört sie nicht auf mich zu quälen. Und darum drehe ich mich manchmal um, um sie zu berühren, zu umarmen oder um sie zu schütteln, je nachdem. Doch wenn ich meine Hand ausstrecke, greife ich natürlich ins Leere. Rosario ist tot. Es gibt sie nicht mehr; auf dieser Welt hat es sie seit über zwölf Jahren nicht mehr gegeben. Und ich bin ihr nie begegnet, außer in den Zeugenaussagen anderer, in dem Buch, das ich über sie schrieb, und in meinen Träumen.

Dennoch hat Rosario Baluyot eine entscheidende Rolle in meinem Leben gespielt. Als ich anfing, ihre und die Geschichte von Alex und Salvador aufzuschreiben, wurde mir klar, dass die Mittel, über die ich als Journalistin verfüge, nicht ausreichten. Eine ganz neue Sprache brach aus mir hervor: meine eigene Sprache, die während meiner zwanzigjährigen journalistischen Tätigkeit brachgelegen hatte. Ich hatte zwar immer gewusst, dass diese Sprache in mir existierte, hatte aber nichts damit anfangen können. Das erschreckte mich; nichts, was ich zuvor geschildert hatte, war so ungeheuerlich gewesen, dass diese Sprache dafür überhaupt in Betracht gekommen war. Folglich hatte ich sie in einem Winkel in mir versteckt wie ein peinliches Geheimnis. Jetzt konnte ich mich nicht länger wehren, die Türen öffneten sich, und sie brach hervor, sprengte Schlösser und Hindernisse und veränderte mich für immer.

Als das Buch im Herbst 1989 erschien, gefiel diese Sprache nicht allen Kritikern, ihnen schauderte, und sie empfanden meine detaillierte und aufdringliche Erzählweise als unangenehm. Normalerweise hätten mich derartige Einwände unglücklich gemacht – auch ich bin schließlich ein ängstliches und leicht zu erschütterndes Wesen –, doch diesmal konnte ich das abschütteln. Man hatte nicht verstanden, dass alle Details und die Aufdringlichkeit der Beschreibungen nicht journalistischen oder literarischen Absichten entsprangen, sondern Ausdruck eines moralischen Imperativs waren. Wenn Kinder wie Rosario, Alex, Salvador und alle die anderen dazu gezwungen werden, in dieser Wirklichkeit zu leben, so sollten wir – die wir so billig davonkommen – wenigstens dazu gezwungen werden, es zu wissen. Meine Pflicht war es nicht, die Wirklichkeit erträglich zu machen. Meine Pflicht war es, sie sichtbar zu machen.

Als ich dieses Buch schrieb, war der Zusammenhang zwischen Sextourismus und Kinderprostitution noch ziemlich unbekannt. Es gab natürlich Menschen, die wussten, was sich abspielte, und die taten, was sie konnten, um die öffentliche Meinung zu mobilisieren. Aber es waren wenige und sie kamen hauptsächlich aus armen Ländern, ohne Zugang zu den enormen westlichen Mitteln der Meinungsbildung. In Schweden wurde das Thema überhaupt nicht diskutiert.

Was sich seitdem getan hat, hat mich in meiner Überzeugung von der absoluten Notwendigkeit von Demokratie und Redefreiheit bestärkt. Wenn Journalisten, Sozialarbeiter und ehrenamtliche Organisationen nicht schildern dürften, was sich abspielt, wäre der Sexhandel mit Kindern immer noch ein peinliches Tabuthema, mit dem sich die Regierungen nicht befassen müssten. Stattdessen ist dieses Thema in weniger als zehn Jahren zu einer weltweiten Angelegenheit geworden. Nie zuvor haben einzelne Personen, Regierungen aus der ganzen Welt, ehrenamtliche Organisationen und die Wirtschaft sich so schnell darüber geeinigt, dass etwas unternommen werden muss. Außerdem haben sie zu aller Erstaunen – nicht zuletzt meinem eigenen – auch dazu beigetragen, dass einiges in die Tat umgesetzt wurde. In vielen Ländern wurden die Gesetze und Strafmaße verschärft.

Die öffentliche Aufklärungsarbeit wurde zum größten Teil von der ECPAT geleistet, einer unabhängigen internationalen Organisation (Abk. für End child prostitution, child pornography and the trafficking of children for sexual purposes). Die ECPAT wurde 1990 bei einer Zusammenkunft in Thailand gegründet, wo sich Repräsentanten der ehrenamtlichen Organisationen Thailands, Sri Lankas, der Philippinen und aus anderen Ländern trafen, um Erfahrungen und Kenntnisse auszutauschen. Das sich ergebende Bild war grotesk. Im Jahr darauf wurde eine Kampagne zur Meinungsbildung – für die geplante Dauer von sechs Jahren – eingeleitet. Diese Arbeit fand bald die Unterstützung der westlichen Welt und ehrenamtlicher Organisationen in zahlreichen europäischen Ländern. Länder wie die USA, Kanada, Japan, Australien und Neuseeland schlossen sich an. Seit dem Beginn der Kampagne hat die ECPAT mehr als 200 Verhaftungen ausländischer Kindersextouristen in Thailand, den Philippinen und auf Sri Lanka registriert. Die ECPAT war der Initiator des Weltkongresses gegen die kommerzielle sexuelle Ausbeutung von Kindern, der im August 1996 in Stockholm stattfand und deren Gastgeber die schwedische Regierung war. Dieser Kongress führte dazu, dass der Handel mit Kindersex auf die internationale politische Tagesordnung gelangte, und sich 122 Regierungen auf einen Aktionsplan einigten, der spätestens im Jahr 2000 umgesetzt werden sollte.

Von all dem möchte ich Rosario erzählen, wenn sie mir folgt und mich mit ihren Fragen quält. Außerdem möchte ich ihr sagen, dass sie nicht vergessen worden ist, dass sich außer mir viele Menschen an sie erinnern. Zu ihrer Beerdigung kamen nur drei Personen – ihre Schwester, eine Nonne und ein Sozialarbeiter –, doch an ihrem zehnten Todestag versammelten sich über einhundert Menschen in einer Kirche in Olongapo und zündeten in Erinnerung an sie Kerzen an.

Aber eines würde ich Rosario Baluyot niemals sagen, ich würde nie versuchen, sie oder mich selbst mit der Behauptung zu trösten, sie sei nicht vergebens gestorben, ihr Leid hätte einen Sinn gehabt. Denn das stimmt nicht. Sie starb vergebens. Ihr Tod war sinnlos. Und sollte ich je auf ihre Fragen antworten können, so wird es mit gesenktem Blick und einem Zitat von Jean-Paul Sartre sein: Das Problem ist, dass Gott nicht existiert.

Es ist so schlimm, Rosario. Wir haben nur einander. Und niemand wird uns Menschen retten, wenn wir nicht einander retten.

Upplands Väsby im Oktober 1998
Majgull Axelsson

Schweinemarkt, Manila

16. Januar 1985

Playgrounds they wander in
are condemned
By the fat book of proverbs:
Games have abandoned them.

EMMANUEL S. TORRES

»Don't you like me, sir?«
Sie zieht am T-Shirt, um die Wunde am Arm zu verbergen, und neigt den Kopf. Der Gewaltige bleibt stehen und sieht sie fast erstaunt an.

»Hi Joe! Don't you like me?«

Er ist in Gesellschaft: Sie sind fünf weiße Männer und eine Philippinerin. Sie ist fett und wendet den Blick ab, will nichts sehen und nichts wissen. Dann lass das verdammte Aas doch wegsehn! Der Gewaltige sieht nicht weg. Seine Augen funkeln tief drinnen im Weißen. Die anderen machen sich über ihn lustig und rufen ihm unbegreifliche Wörter einer unbegreiflichen Sprache zu.

Sie überqueren die Straße und gehen in Richtung Schweinemarkt. Nora folgt ihnen, wagt aber nicht, nach seinem Hemd zu greifen, was sie gerne tun würde. Ihre geschwollene Oberlippe erinnert sie daran, dass sie nicht zu aufdringlich sein darf; selbst nett aussehende Kanos können gefährlich sein.

Als die Männer und die fette Frau das Lokal betreten, hockt sie sich lieber ein Stück entfernt auf dem Bürgersteig hin. Der Gewaltige wählt einen Tisch direkt an der Straße. Nora deutet das als ein gutes Zeichen; er will sie im Auge behalten.

Es ist Abend geworden und die Straße belebt sich. Das Ermita, das tagsüber den Frauen gehört, hat seinen Rachen geöffnet, um Männer und Geld in sich hineinzusaugen. Aus den Bars dringt Discomusik, und drinnen wiegen sich im roten Licht Hunderte von Mädchen in einem gleichförmig schweren Rhythmus. Einige von ihnen, die noch nachmittags als unauffällige Hausfrauen in Jeans und T-Shirt zum Markt geeilt waren, sind jetzt in Arbeitskleidung auf die Straße gegangen. Da stehen sie nun in Bikinis und Pailletten, schön wie Prinzessinnen, ohne Wunden und geschwollene Lippen.

Nora hat einen Stock gefunden und zeichnet im Staub des Rinnsteins. Ein eigenartiges Kind, glatzköpfig wie ein Baby, obwohl es bestimmt schon drei Jahre alt ist, wiederholt schweigend Noras Bewegungen. Am liebsten möchte sie die Göre wegjagen, aber der Blick des Gewaltigen brennt ihr im Nacken und darum wagt sie es nicht. Die wollen, dass man lieb ist. Lieb und etwas kindlich.

Sie muss mehrere Stunden auf dem Bürgersteig hocken. Das glatzköpfige Mädchen bleibt die ganze Zeit bei ihr. Die Mutter sitzt ein Stück entfernt mit einem Baby im Arm auf einer schmutzigen Decke und streckt die Hand aus. Sie ist eines dieser bettelgrauen und von Armut gelähmten Straßenwesen, die Nora entsetzlich wütend machen. Wäre die Straße nicht voller Menschen, würde sie dem Weibsbild Fußtritte verpassen, ihren klapperdürren Körper umstoßen und darauf herumtrampeln, bis das starre Gesicht zu Staub geworden wäre.

Wie immer hat sie zwei Strategien. Wenn der Gewaltige sie nicht haben will, wird sie bis zum Morgengrauen hier sitzen bleiben, bis die Straße leer ist und das Bettelweib und ihre Gören eingeschlafen sind. Dann wird sie ihr das Geld wegnehmen. Sie muss nur herausfinden, wohin sie es gesteckt hat. Vielleicht in die nass gepissten Lumpen des Babys? Auch egal. Nora hat seit Donnerstag nichts gegessen, aber sie hat auch diesmal nicht die Absicht vor Hunger zu sterben. Bepisstes Geld ist auch Geld.

Der Hunger hat einen merkwürdigen Einfluss auf ihre Sinne. Wenn der Magen einmal zu schmerzen aufgehört hat, ist das fast wie beim Rugby. Dieses schwebende, gebrechliche Gefühl überkommt sie. Das Gesichtsfeld schrumpft, aber ihr

Blick wird wie ein Scheinwerfer: Alles, was sie anpeilt, wird glasklar und deutlich.

Obwohl sie mit dem Rücken zum Schweinemarkt sitzt, ist ihr die ganze Zeit bewusst, was dort geschieht. Wenn sie den Kopf nur ein wenig dreht, kann sie die Männer aus den Augenwinkeln sehen. Sie poltern in ihrer unbegreiflichen Sprache und werfen der fetten Philippinerin dann und wann einen Ausdruck in gebrochenem Englisch zu; sie kichert, schlägt die Augen nieder und verbirgt ihr Lächeln hinter der Hand. Eine Professionelle kann sie kaum sein.

Der Gewaltige redet am meisten. Es klingt fast so, als würde er Trompete spielen. Tut-ut-ut-ut-ut-ut. Die anderen stimmen ein, alle, außer dem einen, der unmittelbar neben der fetten Philippinerin sitzt. Er ist ernst, sieht fast ärgerlich aus, und als er sich nach mehreren Drinks endlich erhebt und Anstalten macht zu gehen, ist er es auch. Die Philippinerin begleitet ihn, watschelt mit geschäftiger Miene zwei Schritte hinter ihm her.

Jetzt. Nora holt tief Luft und entscheidet sich. Sie muss es wagen. Sie steht auf, schlendert zum Tisch, beugt sich mit verschränkten Armen über den Zaun des Lokals und lächelt:

»Hi Joe, magst du mich nicht?«

Jetzt haben sie schon reichlich getrunken. Der Gewaltige funkelt noch mehr und seine Freunde beugen sich vor.

»Wie alt bist du?«

Sie müssen ihre in breiigem Englisch gestellte Frage mehrmals wiederholen, bis Nora versteht.

»Sehr jung, Sir. Blutjung…«

Das ist die Phrase der Zuhälter, die sie anscheinend nicht von einem Mädchen hören wollen. Sie wollen es genau wissen. Wie viele Jahre?

»Elf…«

Sie pfeifen. Zwei von ihnen lehnen sich zurück. Sie sind nicht interessiert. Aber der Gewaltige und der Magerste wollen sich mit ihr unterhalten.

»Was machst du denn so spät hier draußen?«

Sie versteht die Frage nicht, feuert nochmals ein Lächeln ab.

»Ich kann ins Hotel mitkommen... Ich bin lieb, wirklich ganz lieb...«

»Willst du eine Coca-Cola?«

Es ist der Magere, der fragt, und sogleich richtet sie ihren Scheinwerfer auf ihn. Ja, danke. Sehr freundlich. Daraufhin machen sie etwas Eigenartiges: sie stellen sich hin, packen sie, heben sie über den Zaun und setzen sie an den Tisch. Nora bekommt Angst, wagt aber nicht zu protestieren. Wissen die nicht, dass Straßenkinder die Lokale nicht betreten dürfen? Sie schaut sich schnell um, doch niemand scheint zu reagieren. Im Gegenteil, ein Kellner kommt an den Tisch und nimmt ohne Einwände die Bestellung entgegen. Eine Cola. Sie wagt nicht, um etwas zu essen zu bitten.

Die beiden anderen Männer machen sich fast umgehend davon. Der eine verzieht so verächtlich die Oberlippe, dass es Nora einen Augenblick lang fast ein Loch in die Wange brennt. Hure. Hurengöre. Es ist aber gleich wieder vorbei und hinterlässt keine Erinnerung.

Der Magere hat ihre Hand gefasst und der Gewaltige redet auf sie ein:

»Hast du Freunde?«

»Nicht hier. Nur in Olongapo.«

Rosario. Für einen Augenblick wendet sie ihren Scheinwerfer nach innen und erinnert sich an ihre Freundin, die ihr Mutter und Schwester in einem ist. Sie kann sich nicht an ihr Gesicht erinnern, erinnert sich aber an ihre knochigen und zerkratzten Arme und bricht vor Sehnsucht beinahe in Tränen aus. Rosario! Deine Arme und Hände...

»Bist du aus Olongapo? Und wie bist du hier in Manila gelandet?«

Das ist eine lange Geschichte und Nora hat nicht die Kraft, sie zu erzählen. Außerdem wollen die Pädos nichts von den

Nonnen wissen. Sie wollen sich selbst als die einzigen Wohltäter der Kinder sehen.

»Ihr seid nett«, sagt Nora. »Bringt mich nach Olongapo!«

Sie lachen und reden miteinander in ihrer seltsamen Sprache.

Sie horcht und versucht zu verstehen. Zwecklos. Außerdem beginnt die Coca-Cola zu wirken, sie weckt den Hunger und zwingt sie, die Augen zu schließen, damit man ihr den Schmerz nicht ansieht.

Weitere Fragen hageln auf sie ein: Wie sie heißt? Ob sie Geschwister hat? Ob ihre Eltern leben? Wann sie sie zuletzt gesehen hat? Wo sie schläft? Sie antwortet und lügt sich weit weg von der Wirklichkeit. Warum kommen sie nicht zur Sache? Sie hat schon mit genug Langnasen zu tun gehabt, um zu wissen, woran sie eigentlich interessiert sind.

Als sie endlich den Kellner rufen, ist ihr schwindelig, so schwindelig, dass sie fast schwankt, als sie gemeinsam das Straßenlokal verlassen. Der Gewaltige pfeift nach einem Taxi und erst da begreift sie, dass sie beschlossen haben, sie sich zu teilen. Das ist ihr noch nie passiert. Nicht zwei in einer Nacht.

Es geht schon im Auto los. Sie legen sie auf dem Rücksitz quer über sich und der Gewaltige, der ihren Oberkörper hält, führt ihre Hand an den kalten Reißverschluss. Der andere spreizt ihr die Beine und wühlt mit scharfen Fingernägeln da unten rum. Sie keuchen schweratmig, reißen sich dann aber zusammen und gehen, Nora in der Mitte, gefasst durch die Lobby. Der Portier schaut weg.

Das Hotel ist eine Enttäuschung. Es ist nicht besonders fein, aber es gibt wenigstens ein Badezimmer, und sie muss nicht einmal darum bitten, es benutzen zu dürfen. Der Gewaltige geht gleich und lässt Wasser ein, während der Magere sie auszieht. Seit dem letzten Bad ist es lange her und sie sehnt sich danach, sauber zu sein und zu fühlen, wie die Haut von der Seife und der Bürste brennt. Sie fragt sich, ob die Männer ihr erlauben werden, sich selber zu waschen oder ob das ein Teil der Vorstellung sein soll.

»Wie heißt du?«, sagt sie, als der Magere ihr den Schlüpfer auszieht. Er ist vor Schmutz grau, und sie will nicht, dass er es bemerkt.

Bengt. In ihren Ohren wird Ben daraus und sie versucht, sich zu erinnern, ob sie jemals einen hatte, der Ben hieß. Nein. Und der andere? Anders. Aus welchem Land? Sweden. Nein, das liegt nicht in Amerika. Die ungefährlichen Fragen drängen sich in ihrem Mund, um den Weg für die einzig wichtige Frage zu versperren: Was habt ihr mit mir vor?

Der Gewaltige scheint genauso viel Angst zu haben wie sie. Als sie in die Badewanne steigt, weicht er ihrem Blick aus, und hinterher, als Bengt sie abtrocknet, steht er nur mit verschränkten Armen da. Aber als Bengt sie zum Bett führt, wird er lebendig und drängt sich vor. Es ist anscheinend sein Zimmer, denn Bengt wird auf den Balkon verwiesen. Sie kann seinen Rücken sehen und heftet, wenn es anfängt allzu wehzutun, ihren Blick auf die Glut seiner Zigarette, beißt sich auf ihre geschwollene Lippe, damit ihr Klagen nicht herausrutscht, und züchtigt sich selbst. Dies ist der Preis, Nora! Das muss derjenige bezahlen, der weiterleben und nach Olongapo will.

Es geht schnell, und dennoch glaubt sie die ganze Zeit, dass sie sterben muss. Schon nach ein paar Zügen verliert er die Kontrolle, stützt sich nicht mehr mit den Armen ab und sinkt auf sie, ohne zu merken, dass sein Brustkorb ihr Mund und Nase versperrt. Aus Furcht zu ersticken, aber noch mehr aus Angst ihm zu missfallen, schlägt sie panisch mit den Fäusten auf die Matratze. Sein letzter Stoß rettet sie. Er erhebt sich, und sie bekommt wieder Luft.

Bengt lässt sich mehr Zeit. Er will alles ausprobieren und sucht die ganze Zeit Bestätigung, redet ununterbrochen in seiner Trompetensprache, gibt ab und zu englische Sätze von sich. »Ist es gut so, du kleiner Teufel? Bist du jetzt zufrieden, du kleine Hure?« Sie nickt, stöhnt und versichert es. Er will nicht nur ihren Mund, ihren After und ihre Möse; nein, er begnügt sich nicht einmal mit Unterwerfung. Er will ihr Innerstes, und nichts ist schwerer zu geben als das. Er kommt erst, als sie zu weinen beginnt, und selbst das genügt ihm nicht. Ein leises Weinen, Schluchzen mit geschlossenem Mund reicht nicht. Er will Kinderweinen, das traurige Geheul mit offenem Mund und einem von Rotz und Wasser verklebten Gesicht. Erst in ihrer offenen Verzweiflung scheint er endgültig seine Lust zu finden.

Hinterher ist es vollkommen still. Bengt zieht sich seine Unterhosen an und sucht nach den Zigaretten. Anders, der auf den Balkon geflüchtet ist, steht unbeweglich da und blickt in die Nacht hinaus. Nora hat aufgehört zu weinen. Sie liegt auf dem Rücken im Bett, hat die Oberschenkel fest aneinander gepresst und versucht, ihren Körper zurückzuerobern... Es ist ein merkwürdiges Gefühl. Ihre Haut fühlt sich hart an wie Leder, aber im Inneren ist alles flüssig und zäh geworden, wie Öl oder loses Gelee. Sie richtet ihren Scheinwerferblick an die Decke und wird fast von deren Weiß geblendet. Es dauert eine Weile, bis sie das Muster erkennen kann, die schwachen Schatten, irgendwann von irgendeinem Pinsel hinterlassen.

Nicht denken! Erst einmal ist es vorbei. Bleibt die Frage, ob sie hier schlafen darf. Doch das würde einen weiteren Durchgang morgen früh bedeuten... Und dann die Bezahlung.

Wen schert das? Sie rollt sich zu einem Fetus zusammen und zieht sich die Decke über den Kopf. Rosario, meine Schwester, wo bist du jetzt? In Olongapo, auf dem Parkplatz bei Lot 21, den anderen Kindern nahe genug, um sie zu liebkosen? Oder in Melchiors Schuppen, bittend und bettelnd wegen Rugby? Oder hungernd in dem schwarzen Loch? Ich bin auf dem Weg, Rosario! Ich komme...

Als sie aufwacht, ist nur noch der Gewaltige da. Er greift nach ihr; halb im Schlaf und ehe sie richtig begreift, wo sie ist und was geschieht, beißt sie ihm blitzschnell in die Hand. Er versetzt ihr eine schallende Ohrfeige, und bis er fertig ist, bebt der Schmerz in ihr nach wie ein Echo.

Hinterher ist er sehr schuldbewusst, und Nora kann endlich an seinem Wohlstand teilhaben. Sie bringt ihn dazu, Frühstück für zwei zu bestellen, lässt Badewasser ein und schließt die Tür ab, wäscht ihr T-Shirt und ihren Schlüpfer und benutzt, ohne um Erlaubnis zu bitten, seine Haarbürste. Sie schrubbt ihren Körper mehrmals von oben bis unten, verjagt die Reste der beiden Männer, befreit sich von ihrem Geruch, ihren Haaren und der Erinnerung an ihre Hände. Ganz allmählich festigt sich ihr verflüssigtes Inneres und sie wird wieder sie selbst: eine Kämpfernatur, die alles erträgt. Dann sitzt sie ordentlich wie ein Schulmädchen auf seinem Balkon, so weit von ihm entfernt wie möglich und bedient sich beim doppelten Frühstück. Er selbst trinkt nur Kaffee und protestiert nicht einmal, als sie drei Scheiben Toastbrot mit triefender Marmelade in Servietten wickelt und das Päckchen im Rockfutter versteckt.

»Hast du vor, mich nach Olongapo zu bringen?«

Er schüttelt den Kopf. Nein, natürlich nicht. Dumme Frage…

»Aber du musst mich auf jeden Fall zur Straße bringen. Sonst nimmt mir der Portier das Geld weg, das du mir gibst!«

Er steht auf, und sie begreift plötzlich, dass ihm, genau wie ihr, sehr daran gelegen ist, die Sache schnell zu beenden. Er holt seine Brieftasche und blättert einige Geldscheine hin. Vierhundert Peso! Der Kerl muss Millionär sein. Oder nicht richtig im Kopf.

»Ist das zu wenig?«

Wochen später, wenn der Hunger und die Unruhe wieder Löcher in ihre Därme graben, wird sie sich über diese vertane Chance ärgern. Aber jetzt will sie einfach nur weg.

»Gib mir auch etwas Kleingeld«, sagt sie, und er reicht ihr noch einen Schein. Den stopft sie ins Brotpaket. Dann geht sie ins Badezimmer, rollt die großen Scheine hart zusammen und wickelt sie in das weiche Toilettenpapier. Sie stellt ihr Bein auf das Toilettenbecken und führt die Rolle in die Scheide ein.

Die Tür steht offen und er beobachtet sie die ganze Zeit. Vielleicht ist es das unerwartet Professionelle ihrer Handlung, der scharfe Kontrast, den ihr gewaschener Körper zu diesem Hurenbewusstsein bildet, das ihn anmacht. Oder ist er einer von denen, die kleinen Mädchen gern Sachen in die Möse stecken? Sie hat jedenfalls keine Zeit darüber nachzudenken, bevor sie auf dem Fußboden im Bad liegt.

Nein, nein, nicht jetzt! Nicht jetzt, wo sie endlich sauber und satt ist, sich gesammelt hat und alle Erinnerungen zuunterst in ihrem Gedächtnis begraben hat! Nicht jetzt, wo sie endlich Geld und Kraft genug hat, sich auf den Weg zu Rosario zu machen... Bitte, bitte, nicht jetzt!

Er keucht sich in ihren Mund hinein. Die geschwollene Lippe reißt und schmerzt, und sie ist fast dankbar dafür. Manchmal kann der körperliche Schmerz den anderen Schmerz verdecken. Doch nicht lange. Nicht mehr, als er ihr den nassen Schlüpfer auszieht. Das Geld! Was wird aus dem Geld!

Hinterher liegt sie lange schluchzend auf dem Fußboden und stochert mit den Fingern im Unterleib herum. Kleine zerrissene Fetzen Toilettenpapier sind alles, was sie herausbekommt.

Sie fühlt die zusammengeknüllten Scheine und versucht, sie mit dem Zeige- und dem Mittelfinger zu greifen, ohne dass es gelingt. Schließlich hilft er ihr, legt eine seiner Handflächen auf ihren Bauch und zieht mit der anderen Hand das feuchte Geldbündel heraus.

Er versucht nicht, sie am Gehen zu hindern. Sie hat Glück: Draußen im Korridor findet sie eine Hintertreppe und kann das Hotel verlassen, ohne dass der Portier sie bemerkt. Und der einzige Polizist auf der Straße steht so weit entfernt, dass er sie nicht sieht.

Zur Strandpromenade ist es nicht weit. Trotz des dichten Verkehrs überquert sie die Avenue, läuft keuchend über den Rasen bis hin zu den Steinen unten am Wasser.

Dort setzt sie sich hin, neigt den Kopf gegen die Knie und vergräbt ihr Gesicht im Rock. Nun kann sie es nicht mehr vermeiden, das strengstens verbotene Wort.

»O, Mama«, flüstert sie. »O, Mamamamamama…«

Olongapo

30. Mai 1987

Ich will so gerne
von Liebe reden
und vom Frieden in der Liebe,
doch die Welt ist verrückt.

MARIA WINE

Er fand sie spätabends. Es war schon seit mehreren Stunden dunkel, und hier, zwischen den Häusern, war es noch dunkler.

Sie war undeutlich hinter dem Fenstergitter zu sehen: eine alte Frau, die sich nie an Scheiben und Fensterläden gewöhnt hatte. Sie wollte wohl wie in früheren Zeiten abends hier sitzen, um die Geborgenheit des Raumes und die Kühle der Nacht zu genießen.

Sie war nur ein Schatten: ein schwacher Umriss, dessen Haar im bleichen Schein einer einzigen Glühlampe schimmerte.

»Nimm die Hunde weg!«

Seine Stimme klang etwas ängstlicher und schriller, als er erwartet hatte. Aber das war gut so, denn ängstliche Männer wecken selten Furcht. Und sie schien keine Angst zu bekommen, im Gegenteil, sie murmelte jemandem im Raum etwas zu. Gleich darauf glitt ein junger Schatten aus der Tür, packte die Hunde am Koppel und hielt sie fest, sodass er die Pforte öffnen und an ihnen vorbei zur Treppe gehen konnte.

Es blieb in der Masonittür stehen, und sie bot ihm nicht an, Platz zu nehmen.

Ihre leeren Kiefer mahlten, während sie ihn musterte. Er wusste, was sie sah: einen Mann mit staubigen Beinen und nackten Füßen in abgewetzten Sandalen, zu arm für irgendwelche Höflichkeiten.

Nicht wichtig. Nicht, bis er den Mund öffnete und seine

Sprache ihn verriet. Jetzt war sein Tonfall ebenso bestimmt, wie der eines reichen Mannes, und seine Wortwahl zeugte von Bildung.

»Entschuldigen Sie«, sagte er, »sind Sie Frau Burgos, Maria Burgos?«

Sie nickte, ohne ihn aus den Augen zu lassen, und er hockte sich hin, um mit ihr auf gleicher Höhe zu sein.

»Ich habe Sie seit mehreren Tagen gesucht. Es war schwierig, Sie zu finden.«

Immer noch keine Antwort.

»Rosario ist tot...«

Wie zum Trost streckte er seine Hand aus. Sie schreckte zurück.

»Rosario, Ihre Enkeltochter... Sie ist tot. Ein Mann hat sie getötet. Ein Kano.«

Sie senkte den Blick und erhob sich, strich sich mit faltigen Händen über den Rock und formte langsam ein einziges Wort, ein Wort, das nass und plump aus dem zahnlosen Gaumen rollte.

»Schön.«

Jerome zögerte. Schön? Er versuchte es noch einmal.

»Wir beerdigen sie morgen...«

»Gut. Dann wird sie es besser haben, als sie es je hatte.«

»Aber verstehen Sie nicht, was ich sage? Rosario! Sie war elf Jahre alt und sie wurde von einem Kano getötet. Er hat sie vergewaltigt!«

»Sie geriet ganz nach ihrer Mutter. Es ist lange her, seit sie eine Unschuld war...«

Sie wandte den Blick ab und schaute hinaus ins Dunkel. Plötzlich war es sehr still. Das Haus hatte noch weitere Bewohner, aber deren Gemurmel war verstummt. Die gleichmäßigen Atemzüge der Kinder waren waches Schweigen geworden. Es gab Zeugen.

»Jetzt hören Sie doch zu: Man hat sie auf einem Parkplatz gefunden, sie blutete und hatte Schmerzen. Sie wurde ins

Krankenhaus gebracht und operiert. Man fand einen abgebrochenen Massagestab. In ihrem Unterleib.«

»Einen was?«

Ihre Unwissenheit schien aufrichtig zu sein.

»Einen Massagestab... so eine Art Spielzeug, wie es die Amerikaner haben, wenn sie Frauen aufsuchen...«

Ihre Verwirrung ließ ihn innehalten. Wie sollte er dieser alten Frau erklären, was ein Massagestab war?

»Ich will es nicht wissen...«

Sie erhob sich und näherte sich ihm, maß ihren alten, zähen Körper an seinem jungen und geschmeidigen. Ihre steife Haltung machte ihm Angst. Er versuchte, sich hinter dem ewigen Wortschwall der Mittelschicht zu schützen.

»Ich verstehe, es trifft Sie wie ein Schock, Frau Burgos. Aber Sie werden darüber hinwegkommen. Wir beerdigen sie morgen. Kommen Sie! Das wird Sie trösten!«

Jetzt wurde sie lebendig. Ihre Hand schnellte hoch, und die Nägel hinterließen eine rote Spur auf seinem Nasenrücken. Sie spuckte vor ihm auf den Boden.

»Trösten? Ich brauche keinen Trost. Ich bin froh, dass sie tot ist. Fro-o-o-h! Verstanden! Sie war eine widerliche Göre, unmenschlich. Durch und durch schlecht, genau wie ihre Mutter es bis zum Tag ihres Todes war. Schluss! Aus! Vorbei!«

Ihr Ausbruch weckte sein altes Magengeschwür. Er drückte seinen Arm auf den vertrauten Schmerz und spürte, wie Wut in ihm aufstieg.

»Es ist deine Schuld, du verfluchte Alte«, zischte er und hörte, wie seine Stimme hell und kindlich wurde. »Du hast sie aufgegeben. Du bist unmenschlich! Wie soll man solchen wie euch begreiflich machen, was ihr einander antut?«

Sie öffnete die Tür hinter ihm, kehrte dann Jerome Caluyo den Rücken zu und sagte:

»Was weißt denn du schon davon, was ich getan habe?«

Hallonbergen

15. Januar 1985

Es hat vielleicht Zeiten gegeben – es muss sie gegeben haben, wie ich meinen Humbert kenne –, in denen ich mir zwecks unparteiischer Prüfung die Idee vorgelegt hatte, eine reife Witwe (sagen wir Charlotte Haze) ohne irgendwelche Angehörigen auf der weiten grauen Welt, zu heiraten, einzig, um mit ihrem Kind (Lo, Lola, Lolita) nach Belieben verfahren zu können.

VLADIMIR NABOKOV

Er faltet das Spültuch zu einem ordentlichen Rechteck und hängt es über den Wasserhahn. Dies ist immer der schönste Augenblick. Staubfrei, kühl und still. Graues Licht vom Fenster. Draußen verlassene Straßen.

»Jetzt bin ich aus dem Alltag ausgestiegen«, sagt er laut. Dann lächelt er schwach und geht aus der Küche.

Die Koffer stehen im Flur. Die Betten sind gemacht. Die Laken werden drei Wochen lang schön glatt bleiben. Frei.

Es bleibt immer noch reichlich Zeit. Gut drei Stunden bis zum Abflug. Trotzdem bestellt er ein Taxi. Er will nicht länger in der Wohnung bleiben. Dann würde er Kaffee trinken, und danach würde die Tasse drei Wochen lang auf dem Trockengestell stehen. Sonst müsste er sie mit dem gemangelten Leinenhandtuch abtrocknen, und die Erinnerung an das zerknautschte Handtuch würde ihm einundzwanzig Tage lang die innere Ruhe rauben. Nein. So wie es jetzt ist, will er sein Heim verlassen. Perfekt. Und es wird noch perfekter werden. Dieser Gedanke erfüllt ihn mit stillem Jubel.

Dreimal kontrolliert er die abgeschlossene Tür, bevor er wagt, auf den Fahrstuhlknopf zu drücken. Während er wartet, öffnet sich die Tür der Nachbarin. Ein weißer Zwergpudel, zitternd vor Kälte und Nervosität, schlüpft heraus. Frau Sandström, die menschliche Parodie ihres Tieres, folgt und ist wie gewöhnlich äußerst gesprächsfreudig.

»Oh, der Fahrstuhl ist schon auf dem Weg! Welch ein Glück wir haben, kleine Lotten…«

Sie lächelt zögerlich und ihr Blick bleibt an den Koffern hängen.

»Geht es in den Winterurlaub?«

Er erwidert das Lächeln und sorgt dafür, dass es sich bis zu den Falten um die Augen ausbreitet. Diese alten Frauen sehen alles.

»Nein, leider. Ich bin geschäftlich unterwegs...«

Kein Wort über Frau und Familie. Noch will er sein Geheimnis hüten. Er hält die Tür auf und wartet geduldig, bis sie den Hund auf den Arm genommen hat. Lotten leidet unter Fahrstuhlangst.

»Dann muss die arme Mama jetzt allein zurecht kommen?«

»Nein, sie ist in einem Pflegeheim. Sie kommt nicht mehr allein zurecht...«

»Na dann, na dann. Ansonsten hätte ich wohl aushelfen können...«

Sein Lächeln verliert nur einen Hauch an Wärme. Verdammte Alte! Das würde ihr so passen, in der Wohnung herumzuschnüffeln. Er kann sie vor sich sehen, wie sie in Schubladen und Schränken herumwühlt, auf der Suche nach Geheimnissen, die sie schon immer geahnt hat.

»Danke, sehr freundlich. Aber Mama ist gut aufgehoben.«

»Und die Blumen?«

Er lacht laut.

»Die sind schon eingegangen. Topfpflanzen sind nie meine Stärke gewesen. Ich muss neue kaufen, wenn Mama nach Hause kommt.«

Das war die passende Antwort. Männlich. Selbstsicher. Die stopft ihr das faltige Maul und macht ihr den Unterschied klar. Er ist der Mann. Außerdem werden sich die Topfpflanzen ausgezeichnet halten. Er hat sie alle in die Badewanne gestellt. Das eingelassene Wasser wird reichen. Das weiß er. Er hat es schon früher so gemacht.

Das Taxi ist noch nicht da. Er stellt die Koffer in den Hauseingang und geht Ausschau halten. Die Sandström bleibt in der Nähe, um seine Abfahrt nicht zu verpassen. Lotten pinkelt zufrieden in die Rabatte.

»Wohin geht es denn?«

»Auf die Philippinen…«

»Ach du meine Güte. So weit weg! Das muss ein langer Flug sein…«

Sie hat vermutlich keine Ahnung, wo die Philippinen liegen. Aber er weiß, sowie er abgereist ist, wird sie in ihre Wohnung stürzen und den Globus anknipsen. Ihr kleiner, weißer Zeigefinger wird zögernd über die Kugel gleiten und zuerst bei Afrika und dann bei Lateinamerika anhalten, bis er endlich das Ziel findet.

Er legt Wärme und Freundlichkeit in seine Stimme.

»Passen Sie auf, Frau Sandström. Da drüben ist es glatt.«

Sie schenkt ihm ein dankbares Lächeln und will gerade zu einem Monolog über die Gefahren des Winters ansetzen, als das Taxi kommt. Der Chauffeur steigt aus, nimmt ihm wortlos einen Koffer aus der Hand und wirft ihn nonchalant in den Kofferraum. Plötzlich wird er sich seines Körpers bewusst. Schenkel und Bauch. Viel zu viel Schenkel und Bauch.

Frau Sandström nimmt Lotten auf den Arm und winkt unbeholfen, als das Auto losfährt. Er hebt die Hand: müde, aber nicht unfreundlich.

Die Halle für Auslandsflüge. Oh, wie er diese Halle für Auslandsflüge liebt, besonders jetzt am Vormittag, wenn die Schlangen kurz und alle Geräusche gedämpft sind. Er genießt es geradezu, vor dem Abfertigungsschalter Schlange zu stehen: Wie angenehm, vor dem Schild »Linienflug« zu warten. Das Charterpack hat seine eigenen Schlangen.

Dies ist nicht einmal eine Schlange. Nur ein einziges Paar vor ihm. Eine Frau, beladen mit Gold und Mink, und ein Mann in angenehmem Beige. Umgeben von einer süßen Duftwolke, fällt ihm plötzlich ein, dass er sein Rasierwasser vergessen hat.

Als das vergoldete Paar nach dem Handgepäck greift, lächelt er und macht artig Platz. Für die beiden ist er Luft, und er straft sie sogleich mit einem leisen Fluch.

Er muss fast eine Stunde in der Cafeteria sitzen, bevor Bengt auftaucht. Wie immer ist er schwer beladen. Und trägt einen rosa Pullover unter der Jeansjacke. Das war gewagt. Rune überlegt einen Augenblick und streicht zögernd über seinen dunkelblauen Bauch. Ja, doch. Rosa ist hübsch. Sehr hübsch sogar. Es kommt ganz darauf an, was für eine Figur man darin macht.

Die Kamera, die Plastiktüte und die schwere Schultertasche plumpsen auf den Fußboden.

»Grüß dich«, sagt Bengt und lächelt. »Hier kommt der Aufpasser!«

Rune wird steif vor Unbehagen. Sein Gesicht erstarrt. Die Leute können uns doch hören!

»Ach«, sagt Bengt. »Sei nicht gleich sauer. War ja nur ein Scherz!«

Erst vor Kopenhagen wird Rune etwas lockerer. Der Whisky beginnt zu wirken. Endlich fühlt er sich geborgen. Jetzt ist er unangreifbar. Er reiht sich in die Schlange ein, die langsam in den Flieger gleitet. Es sind die üblichen Passagiere. Kräftige Jungs auf dem Weg nach Bangkok. Angespannte Geschäftsmänner, die mit strengen Blicken ihr Revier markieren. Und dann eine Gruppe gut situierter Pensionäre, die, kurz vor dem allerletzten Abgang, die Reise ihres Lebens machen wollen. Diesmal sind es Finnen. Einige der Männer ziehen gleich ihre Jacketts aus. Rune hat vor, seins anzubehalten. Wenigstens bis zum Film. Ein bisschen Stil muss sein!

Als Bengt und die Stewardess aneinander geraten, grinst er gleichgültig.

»Ja, aber, mein liebes Fräulein, das ist eine teure Ausrüstung! Die will ich im Auge behalten!«

Doch sie bleibt unnachgiebig. Kurz darauf schleppt sie die Videokamera zum Gepäckschrank. Bengt ist ein schlechter Verlierer.

»Verdammte Schlampe!«, zischt er. Nur Rune kann ihn hören.

Der rosa Pullover ist schuld. Der nimmt ihm jegliche Autorität. Blau wäre besser. Entschieden besser.

Bengt verträgt es nicht, Zeugen seiner Niederlage zu haben. Er rächt sich, indem er Rune den Fensterplatz überlässt. Es ist die Herablassung desjenigen, der glaubt, schon alle Wolken am Himmel gesehen zu haben. Und dennoch: Als der Flieger das Grau durchstoßen hat und oben im Licht angelangt ist, fühlt Rune sich wohl. Trotz der Verunglimpfung. Er wagt sogar, sein kleines Geheimnis wachzurufen, damit in Gedanken zu spielen und es im rosa Sonnenschein schimmern zu lassen.

Eine Stewardess beugt sich über Bengt und reicht Rune eine Blume. Da er nicht weiß, wie er sich weigern könnte, nimmt er sie entgegen. Als die Stewardess sich abwendet, lässt er sie auf den Boden fallen und tritt mit dem Schuh drauf.

Die Atmosphäre ändert sich. Drinks werden serviert und mit der Ruhe ist es vorbei. Champagner für die geblümten Damen. Whisky für die lüsternen Herren auf dem Weg nach Bangkok. Die Raucher zünden ihre Zigaretten an und die Nichtraucher drehen die Klimaanlage auf. Die Frauen der finnischen Pensionärsreisenden beugen sich über ihre Männer und unterhalten sich miteinander. Ihre schlaffe Wangenhaut zittert. Die Geschäftsmänner lockern die Schlipsknoten und legen die Rückenlehnen zurück; andere Männer hinter ihnen drücken entrüstet ihre Knie in die Sessellehnen vor sich und hoffen, dass es ordentlich wehtut.

Bengt kann natürlich nicht still sitzen. Er muss sich bewegen. Auf der Jagd nach Bekannten, alten und neuen, schiebt er sich durch die Gänge. Woher hat er diesen Riecher? Wie kann er sich so sicher sein, nach nur einem Blick?

Rune schließt die Augen in Erinnerung an etwas Grauenvolles. Nach ihrer ersten Begegnung hatte er stundenlang vor dem Spiegel gestanden, mit und ohne Kleidung, und jeden

Millimeter seines Körpers nach dem Kainszeichen abgesucht. Er hat es nicht gefunden.

Inzwischen ist Rune nicht mehr so ängstlich. Bengt hat ihn geformt und ihm beigebracht, was er eigentlich ist: ein Gentleman mit einem raffinierten Spezialinteresse, einem kleinen Juckreiz, den viele mit ihm teilen. Diese Gewissheit hat ihn zum Mann gemacht. Beinah elegant.

Jetzt unterhält sich Bengt mit jemandem, beugt sich kameradschaftlich über eine Rückenlehne, lacht und schüttelt Hände. Er kehrt nicht auf seinen Platz zurück. Nicht jetzt, wo er einen Fang geködert hat.

In Bangkok wird Rune ihnen vorgestellt. Die drei anderen sind jünger. Noch sind sie genauso auf der Hut wie er selbst. Nur Bengt ist locker, lotst sie in eine Nachtbar und bestellt Bier. Er hat schon angefangen, gehässige Witze zu reißen, wie es unter Männern üblich ist, wenn sie Freundschaft schließen wollen. Bengt hält sich für einen normalen Mann. Wenn nicht für einen außergewöhnlich raffinierten.

Jetzt gibt er die alten Geschichten zum Besten, von den Alkoholklubs der Sechziger und der Pornobranche in den Siebzigern. Es sind Geschichten, die vom allmählichen Verfall einer Kultur handeln, davon, wie Drogendealer und Fixerhuren eine Welt kaputt gemacht haben, die früher mal Männern mit Selbstachtung gehörte. Er taucht seinen Mund in das schäumende Bier und wiederholt seinen Refrain: Ein bisschen Stil muss sein!

Sie könnten sich davon beeindrucken lassen. Wie Rune und viele andere, die verstummen und ihm mit offenem Mund zuhören. Aber die hier sind nicht so. Anders glänzt mit eigenen Geschichten, die genauso geschwollen sind. Er ist unglaublich fett und lockig: ein Nero mit roten Lippen und einem unendlichen Wortschatz. Die anderen reden weniger. Göran richtet seinen gleichgültigen Blick auf das Morgengrauen vor dem Fenster. Leif reibt sich seine scharfe Nase und verbirgt hinter der Hand so etwas wie ein höhnisches Grinsen.

Bengt ist zufrieden. Diese Jungs sind nach seinem Geschmack. Sie lassen sich rechtzeitig von ihm zum richtigen Ausgang führen und finden sich damit ab, dass er für sie alle Plätze im Flieger bucht. Rune wird zu einem Schatten im Hintergrund. Zuletzt fühlt er sich wie die Cheshirekatze, wie ein frei schwebendes Lächeln. Sowie er an Bord ist, schläft er ein, und bis in den Schlaf hinein spürt er, wie diese verdammte Zuvorkommenheit seine Mundwinkel lähmt.

In Manila ist der Nachmittag grau und verhangen. Die Hitze ermüdet ihn schon auf dem Flugplatz. Die anderen sind auch abgespannt. Als das Gepäck auf sich warten lässt, meckert Bengt vor sich hin. Anders zieht an seinem großen Hemd herum, das schon nach wenigen Minuten große, nasse Flecken bekommen hat. Verärgert stehen sie vor der Wechselstube Schlange und stopfen die riesigen Papierbündel in ihre Brieftaschen.

Natürlich teilen sie sich ein Taxi, empfinden aber die Nähe als äußerst unangenehm. Nur Bengt hat damit keine Probleme.

»Jetzt müssen wir dafür sorgen, dass einer von uns im Auto sitzen bleibt, während die anderen sich um das Gepäck kümmern«, sagt er belehrend. »Sonst haut der verdammte Kerl mit den Sachen ab.«

Die Stadt ist unverändert, aber Rune hat die vielen Geräusche vergessen: den Krach der Autos, das Geschrei der Straßenjungen und das Gebrause von Millionen Stimmen. Und die Armut. Er wendet den Blick von der bettelnden Frau am Auto ab. Ihrem Kind läuft die Nase, aber es weint nicht. Sie sind nicht am Verhungern. Göran schlägt mit der geballten Faust an das Autofenster, um sie zu verscheuchen.

»Die will nur Geld«, sagt er voller Verachtung und Bengt nickt ernsthaft, zustimmend. Rune kann kaum ein boshaftes Lächeln verbergen. Warum würde sie sonst betteln?

Im Hotel ist es wie immer sehr still. Trotz der Müdigkeit nimmt er sich Zeit zum Auspacken. Er streicht zufrieden mit der Hand über die Hemden. Mama hatte ihm die Kunst des Kofferpackens beigebracht, als er in die Ferienkolonie fuhr. Das hat sich als nützlich erwiesen.

Eigentlich hat er nicht die Absicht zu schlafen. Er will sich gleich auf den Weg machen und ihnen die Neuigkeit mitteilen, aber er kann dem Bett nicht widerstehen. Die weiße Bettdecke und ein schwacher Duft von Waschmittel locken.

Einige Stunden später wacht er mit Kopfschmerzen und einem sauren Geschmack im Mund auf. Der Alkohol während des Flugs. Er duscht schnell und stellt die Klimaanlage auf höchste Touren. Kühl will er sein, kühl und sicher. Und noch einen kleinen Schnaps zur Stärkung.

In der Tür fallen ihm die Geschenke ein. Als er mit den drei kleinen Päckchen wieder auf den Flur kommt, begegnet er Bengt. Der ist zerzaust, unrasiert und hat nackte Füße.

»Willst du schon weg?«

»Hm. Ich will nachsehen, ob sie heute arbeitet…«

»Ich hab mit den Jungs vereinbart, dass wir uns auf dem Schweinemarkt treffen. Um neun. Du kannst ja deine Madam mitbringen…«

Rune macht eine nichts sagende Geste. Das kann alles bedeuten. Doch schon im Fahrstuhl hat er sich entschieden. Ja, er wird hingehen. Und er wird sie mitnehmen. Als eine Art Test für sein Alibi und seine Zukunft.

Vor dem Dienstboteneingang wühlen einige Kinder in der Mülltonne. Salvador ist nicht dabei, das sieht er sofort. Diese hier sind noch ärmer. Vermutlich Geschwister. Ein Mädchen mit eitrigen Augen und ein kleiner Junge mit großen Wunden an den Beinen. Zerkratzt. Zu krätzig, um von Interesse zu sein.

Als er eintritt, steht sie mit dem Rücken zu ihm. Ihr Hintern ist noch fetter geworden. Er muss zweimal schlucken, bevor er ihren Namen aussprechen kann. Sie dreht sich um und es dauert einen Augenblick, bis sie begreift.

»Rune!«

Sein Name rollt ihm entstellt entgegen. O-r-y-n-e-i. Es wird nicht leicht werden, ihr Schwedisch beizubringen. Begabt ist sie, weiß Gott, wirklich nicht.

Sie trocknet sich hastig die Hände ab und stürzt ihm mit ausgebreiteten Armen entgegen. Das wabblige Fleisch schwappt auf und ab. Er muss sich zwingen, seine Arme zu öffnen, um sie, wenn auch nur lasch, zu umfassen. Die Brüste scheinen auch angeschwollen zu sein. Sie sind riesenhaft. Sie presst sie fest an seinen Brustkorb, und er muss tief einatmen, damit die Panik nicht Oberhand gewinnt.

Sie umarmt ihn so lange, dass er Zeit hat, die Küche zu betrachten. Jedenfalls ist sie sauber. Und ordentlich. Pfannen und Töpfe stehen sauber geschrubbt in den Regalen. Der graue Zementfußboden ist noch feucht vom abendlichen Aufwischen. Ja, er wird es schon mit ihr aushalten. Trotz des vielen wabbligen Fleisches.

Er schiebt sie von sich und zwingt sich, seinen Blick auf ihren Hals zu richten. Den findet er nicht ganz so widerlich. Sie hat ein kleines Putenkinn bekommen, ein Stückchen Haut, das unter dem Kinn wackelt und von zeitigem Altern zeugt. Ansonsten geht es.

Aus ihrem Mund sprudelt ein Kauderwelsch, Englisch und Tagalog in einer seligen Mischung. Er versteht nicht einmal die Hälfte. Das ist auch nicht nötig. Ihr Tonfall sagt alles. Sie ist glücklich. Und die Päckchen machen sie noch glücklicher. Sie reißt ihrs auf, eine rote Haarbürste und ein Handspiegel kommen zum Vorschein und die Küche ist von entzücktem Geblöke erfüllt.

Noch zögert er, nach den Kindern zu fragen. Aber sie kommt ihm zu Hilfe. Sie hebt die anderen Päckchen hoch und fragt:

»Lisabet at Salvador?«

Er nickt und spürt, wie sich bei ihm ein echtes Lächeln formt.

Sie lächelt zurück und ruft:

»Salvador! Salvado-o-o-r!«

Der Vorhang zur Küche bewegt sich. Er steckt nur den Oberkörper hervor. Sein Pullover ist kaputt. Die Achselnaht ist aufgeplatzt.

»Ein Geschenk, Salvador! Rune hat dir ein Geschenk mitgebracht! Komm, sieh nur.«

Oh, glückliche Holdseligkeit. Jetzt gleitet er heraus und lässt sich betrachten. Die schmalen Arme, die festen Schenkel und der süße Schmollmund. Oh, Salvador, dein Schmollmund...

Der Junge lehnt seinen schmalen Rücken an die Wand, streckt ein Bein vor und lässt den Zeh über den feuchten Zement gleiten. Die Hände, die entzückenden kleinen Hände, die sonst immer schwarz vor Schmutz sind, versteckt er hinter dem Rücken.

Rune unterdrückt die sich andeutende Irritation in seinem Unterleib. Dies ist nicht der Empfang, den er erwartet hat. Aber auf so ein unschuldiges Geschöpf kann man nicht böse sein. Der kleine Kerl kokettiert nur, gibt sich unnahbar. Oder er ist etwas schüchtern. Er weiß ja, worum es geht.

Und Rune macht seine Stimme sanft, sanfter als je zuvor:

»Salvador! Ich bin gekommen, um euch zu holen. Ihr dürft mit nach Schweden. Du darfst zur Schule gehen!«

Der Jubel der Mutter übertönt seine letzten Worte. Noch einmal macht sie sich über ihn her, klammert sich mit ihrem schwammigen Körper an ihn. Doch jetzt verkraftet er es besser. Jetzt kann er den Blick auf Salvador heften. Seinetwegen kann er alles aushalten. Mein Liebster! Mein kleiner Erlöser!

Der Junge steht immer noch an der Wand und lässt seinen Fuß magische Zeichen auf den Boden schreiben. Seine Augen sind schwarz und sehr blank.

Pagsanjan

12. April 1986

Now you can say that I've grown bitter
but of this you may be sure
the rich have got their channels
in the bedrooms of the poor
And there's a mighty judgement coming
but I may be wrong…

LEONARD COHEN

Pagsanjan darf noch eine Weile schlafen. Im Grünen flüstert der unerwartete Regen und wiegt die Menschen in Ruhe. Das Licht der Morgendämmerung findet seinen Weg in ihre Häuser, wo sie eng zusammenkriechen und trotz der drückenden Hitze die Körper der anderen suchen.

Später wird man Alex die Schuld geben. War nicht er der Einzige, der wach gewesen war. Und hatte er nicht gute Gründe? Wer in Pagsanjan hatte bessere Gründe als Alex?

Aber davon weiß er noch nichts. Er dreht seine Morgenrunde, so wie er es an jedem Morgen in den letzten Monaten getan hat. Der Regen ist ein Genuss. Alex ist ein Wassermensch. Er würde am liebsten im Fluss leben.

Es war noch dunkel, als er sich aus seinem grünen Haus geschlichen hat. Drei schnelle Schritte auf dem Kies, bevor er das Gras erreicht hatte. Er hat sich an den Avocadobaum gelehnt, während er sich die Sandalen anzog. Nicht, dass er leise sein müsste. Er kann kommen und gehen, wann er will. Doch Geheimnisse werden zur Gewohnheit und Alex weiß nicht mehr, wie man lebt, ohne sich zu verbergen.

Die Nachbarhäuser sind genauso dunkel und still wie seins. Einige haben sich die Mühe gemacht, die Fensterläden zu schließen, doch wer sich eine Klimaanlage leisten kann, muss das nicht. Dessen Fensterscheiben glänzen arrogant im Dunkeln.

Bergaufwärts zur Pagsanjan Lodge hat man weder Fenster noch Klimaanlagen. Die alten Hütten lehnen sich aneinander.

Tagsüber stehlen sie sich den armseligen Schatten vom Berg und von den Palmen. Jetzt aber ruhen sie in der Hitze, und es ist ganz still. Er hört nicht einmal das Kind, das Baby, das sonst jeden Morgen schreit, wenn er auf dem Weg zum Hotel hier vorbeigeht.

Er hat sich nie gefragt, warum er seinen Gang gerade hier oben auf dem Parkplatz des Hotels beginnen muss. Das ist einfach so. Während es hell wird, muss er eine Weile auf dem Parkplatz stehen und das Hotel von oben betrachten. Die Gebäude klammern sich an die Bergterrassen zum Fluss hinunter. Heute sind die Dächer der Gästehäuser ungewöhnlich schwarz. Vom Regen.

Er kehrt um und geht den Hang hinab, an seiner Straße vorbei und über die Brücke. Der Wasserstand ist heute niedrig. Das verheißt gute Geschäfte für die Ruderer. Sie können die Touristen über alle Stromschnellen bis zum letzten Wasserfall im tiefsten Dschungel bringen. Das bedeutet viel Trinkgeld und viel Bier.

Ihr Haus liegt ganz in der Nähe des Marktplatzes, nicht weit von der Kirche entfernt. Es ist verriegelt, wie gewöhnlich. Ihr Vater hasst Verschwendung. Nicht einmal die Kälte darf entweichen.

Alex ist siebzehn Jahre alt und verliebt. Er ist gedankenverloren und von einem Ernst erfüllt, der fast einer Trauer gleichkommt. Dies ist eine Art Morgenandacht, ein stiller Augenblick, in dem er sich dem Unerhörten nähern kann. Jetzt kann er es sich endlich erlauben, sich ihr Gesicht in Erinnerung zu rufen: die blasse Haut und die leicht gebogene Nase. Sie ist von vornehmer Abstammung. Das spanische Erbe, das die Frauen ansonsten nur flüchtig streift, hat sie zu einer Schönheit gemacht.

Sechzehn Tage sind vergangen, seitdem er sie zuletzt gesehen hat. Sie war mit einigen Büchern unterm Arm quer über den Marktplatz gegangen, ganz sittsam, wie es sich gehört. Er hatte etwas zu erledigen gehabt und war darum gezwungen gewesen, an der Ecke der Ruderer vorüberzugehen. Natürlich hatten sie ihn nicht in Frieden gelassen. Während sie ihm ihre Verachtung hinterhergrölten, war er mit verschlossenem Gesicht an ihnen vorbeigegangen. Wie gehen die Geschäfte, Alex? Möchtest du ein paar Süßigkeiten, Alex? Komm her und du kriegst Pom-Poms!

Gerade in dem Moment, als er am liebsten gestorben wäre oder getötet hätte, waren sich ihre Blicke begegnet. Eine Sekunde lang hatte er in ihrem Auge geruht und ein wenig von seiner Würde zurückbekommen. Jetzt betet er jeden Tag mit der Anspruchslosigkeit eines Liebenden, dass es wieder geschehen möge.

Er setzt sich auf den Bürgersteig auf der anderen Straßenseite. Er hat viel Zeit. Die Stadt wird noch eine Stunde schlafen. Obwohl er schon jeden Millimeter der Fassade kennt, betrachtet er das Haus ganz genau. Hier hat er in den vergangenen Monaten jeden Morgen gesessen und den Blick über den Zement des Erdgeschosses und die dunklen Balken des Obergeschosses gleiten lassen.

Irgendwo da drinnen schläft sie. Er hat das Bild klar vor sich: Ihre weiße Hand ruht unter dem Kopf, die Wimpern werfen weiche Schatten auf ihre Wangen. Aber das Bild ist schwarz und weiß. Es hat keine Farben. Es dauert eine Weile, bis ihm der Grund dafür einleuchtet: Er hat es nach einem Foto aus einer der deutschen Zeitungen geformt. *Anais, Anais* stand da. Er hatte den Namen so laut geflüstert, dass Klaus es gehört und ihm irritiert die Zeitung weggenommen hatte. In Erinnerung daran und aus Ärger über sein erbärmliches Gehirn verzieht er das Gesicht zu einer Grimasse. Nicht einmal ein Bild bringt es zu Stande.

Es dauert, bis er das Motorengeräusch wahrnimmt, das schwache Gebrumm eines Autos in der Ferne. Schon Touristen, so zeitig? Das ist nicht möglich. Die kommen nie vor elf. Von Manila braucht man fast zwei Stunden mit dem Auto.

Aber es sind mehrere Autos, nicht nur eins. Er hält Ausschau und läuft einfach los, ohne nachzudenken. Zuerst zum Marktplatz, dann weiter zur Kirche. Dort kann er sich verstecken.

Schwer atmend verkriecht er sich hinter einer vorspringenden Ecke. Von hier aus kann er sehen, ohne gesehen zu werden. Er lehnt die Stirn an den gelblichen Putz der Kirche und wartet. Das Motorengeräusch ist immer noch zu hören und es wird stärker und stärker.

»Myrna«, flüstert er. Ihr Name ist eine Beschwörung. Immer öfter hört er sich ihn aussprechen.

Jetzt fahren die Autos auf den Marktplatz, aber er wagt nicht zu gucken. Er hört, wie sie anhalten. Eins, zwei, drei. Füße scharren auf dem Asphalt, aber Stimmen sind nicht zu vernehmen. Pagsanjan hat schweigende Gäste bekommen.

Dann wagt er endlich, den Hals zu strecken und es bestätigt sich, was er schon wusste. Es ist die NPA. Die Guerilla. Sie sind erstaunlich viele. Mindestens zwanzig. Wie können sie in nur drei Jeeps Platz gehabt haben?

Sie haben die Autos mitten auf dem Marktplatz quer gestellt, in Richtung Ausfahrt am spanischen Tor. Nach vollbrachter Tat wollen sie schnell wieder verschwinden können. Ein kleiner Mann mit Schnurrbart und camouflagegemustertem T-Shirt steht auf einem Rücksitz und erteilt Befehle. Er zeigt nach rechts, und einige machen sich auf den Weg zum Hotel am Hang. Er zeigt nach links, und eine kleinere Gruppe bewegt sich zu den Geschäften hinüber. Die meisten jedoch bleiben auf dem Marktplatz. Hier befindet sich, was sie suchen: das Büro des Bürgermeisters und die Polizeistation.

Sie sind nicht wie Soldaten gekleidet. Nicht einmal wie Guerillasoldaten. Alex weiß das. Er war Komparse in mehreren Kriegsfilmen und hat gelernt, wie die Vietcong aussehen. Die hatten schwarze Pyjamas. Aber diese hier tragen T-Shirts und Baumwollhosen wie Touristen. Und sie haben Waffen bei sich. Einige haben altmodische Gewehre, andere amerikanische MPs.

Später wird es heißen, Alex hätte ihnen den Weg gezeigt, er sei es gewesen, der ihnen mit einem Judasfinger die entsprechenden Gebäude gezeigt hätte. Das ist nicht wahr. Sie wissen auch ohne ihn, wo sie suchen müssen. Sie finden die Villa des Bürgermeisters und postieren sich mit entsicherten Waffen vor der Tür. Alex ist nur ein nervöser Zuschauer, der im Schatten der Kirche hockt.

So erwacht die kleine Stadt an einem Tag, der sich von allen anderen unterscheiden soll. Die Kinder begreifen es zuerst. Sie erspähen die Waffen und die neuen Gesichter auf dem Weg zur Schule. Die Mädchen laufen nach Hause, doch die Jungs gruppieren sich vorsichtig auf der anderen Seite der Brücke. Dann kommen die Männer angelaufen, nicht nur die Ruderer, sondern auch die anderen: Kaufleute, Lehrer, Kellner, Straßenhändler und Arme. Sogar ein Kano kommt daherstolziert, ein grauhaariger Alter mit mageren Beinen in hellblauen Shorts. Die Männer drängen ihn zurück. Begreift er denn den Ernst der Lage nicht? Heute ist es gefährlich in Pagsanjan Macht zu besitzen. Die einheimischen Herren wissen das. Keiner sieht einen Schimmer von Jovito Mantoya, aber alle wissen, dass seine Augen dennoch anwesend sind.

Dort, auf der anderen Seite der Brücke, wo die Männer stehen, können sie Alex erspähen. Sie sehen, wie er seinen schmalen Körper an die Kirche drückt und versucht, mit ihrem Schatten zu verschmelzen. Jemand hebt den Arm und zeigt auf ihn, aber keiner gibt einen Laut von sich, um ihn nicht an die Soldaten zu verraten.

Die Guerilla will meistens keine Zeugen haben, aber heute ist das anders. Die Männer aus Pagsanjan ziehen sich zögernd über die Brücke zurück. Jeder versucht, hinter dem Körper eines anderen in Deckung zu gehen. Als sie an der Kirche vorbeikommen, wagt Alex es, sein Versteck zu verlassen und sich ihnen anzuschließen.

Jetzt sind alle Fensterläden geöffnet, außer die eines einzigen Hauses. Ihr Vater zeigt der Stadt seine Verachtung, indem er die Fenster geschlossen hält. Was geht es ihn an, was jetzt geschehen wird? Er lebt in einem anderen Pagsanjan, in der verwitterten Stadt, die einst den Spaniern gehörte. Das Pagsanjan der Wirklichkeit kennt er nicht und will es auch nicht kennen.

Als sich die Tür zur Polizeistation öffnet, wird es vollkommen still. Der Polizeidirektor will nicht sterben. Die Soldaten müssen ihn die drei Treppenstufen hinunterschleppen und er schreit die ganze Zeit. Der fette Bauch, der sich ansonsten genauso prall und stolz hervorwölbt wie der einer schwangeren Frau, ist schlaff und zittrig geworden. Vielleicht ist es das Gebrüll, das ihn zum Vibrieren bringt.

Alex möchte sich die Ohren zuhalten. Alles kann er ertragen, nur diese heulende Bettelei nicht. Der Kerl sollte es besser wissen! Er sollte von allen am besten wissen, dass keine Gnade zu erwarten ist.

Ein Soldat muss ihn mit einem Knebel zum Schweigen bringen. Der Mann mit dem Schnurrbart stellt sich wieder auf den Rücksitz. Der Jeep wird zur Rednertribüne. Er holt ein Papier hervor und beginnt zu lesen. Alex bekommt nur teilweise mit, was er sagt. Verbrechen am Volk. Nationale Schande. Seximperialismus. Erst allmählich geht ihm auf, dass es tatsächlich von ihm handelt. Ungefähr gleichzeitig begreifen es die anderen. Sie rücken ein wenig von ihm ab und zwischen ihm und den Männern aus der Stadt entsteht eine Kluft.

Danach geht alles sehr schnell. Der Mann mit dem Schnurrbart brüllt:

»Hernan Zaide!«

Und Zaide, der ewige Beamte, geht, ohne den Polizeidirektor eines Blickes zu würdigen, zum Jeep. Ihm wird ein Papier ausgehändigt und er verbeugt sich angemessen. Der Mann mit dem Schnurrbart redet wieder, jetzt allerdings schneller. Vom Volk verurteilt. Säuberung. Seine Würde wiederfinden. Zaide nickt ernst. Der Mann mit dem Schnurrbart hebt seinen Arm und der Schuss fällt. Der Polizeidirektor, der auf die

Knie gesunken ist, fällt mit einem schweren, dumpfen Aufschlag vornüber. Blut und Gehirnmasse strömen aus seiner Stirn. Alex zwingt sich hinzusehen.

Die Soldaten stürzen in ihre Autos, geben Vollgas und erreichen binnen einer halben Minute das spanische Tor. Jetzt müssen sie auf heimlichen Wegen wieder zurück in die Berge. Es muss schnell gehen, denn schon innerhalb kurzer Zeit werden Pagsanjan und die umliegenden Dörfer voller Regierungssoldaten sein.

Der Schock auf dem Marktplatz verfliegt schnell. Jetzt hört man aufgeregte Stimmen und weinende Frauen. Woher kommen sie? Als es passierte, waren doch keine Frauen da.

Alex steht ganz still, den Blick auf das Haus seiner Geliebten geheftet. Wird sie es jetzt öffnen? Oder wird sie dort in der dunklen Eleganz sitzen bleiben und die Verachtung ihres Vaters teilen?

»Alex…«

Eine Hand legt sich sanft, viel zu sanft auf seine Schulter und er dreht sich um. Es ist Pastor Castillo.

»Nun, Alex, verstehst du jetzt?«

Was soll er mit seiner Wut tun, die in so vielen Jahren gezüchtigt und deformiert wurde. Er möchte seine Arme um den Hals des Protestanten schlingen und ihn umarmen, umarmen, umarmen… Aber Scham und Schrecken gewinnen die Oberhand. Er macht kehrt und läuft davon.

Das Boot liegt an seinem Platz. Mit geübtem Griff startet er den Motor und schon ist er auf dem Fluss. Er ist fast allein. Nur ein Junge und sein Wasserbüffel sind undeutlich am anderen Ufer zu sehen. Heute wird niemand die Stille im tiefsten, grünen Dschungel stören. Die Ruderer müssen sich den Tag mit Klatsch vertreiben, und die weißen Männer werden im Hotel bleiben, um beieinander Trost und Zuversicht zu suchen.

Nicht einmal die Wachen an der ersten Stromschnelle sind auf ihren Plätzen. Das gelbe Haus gähnt vor Leere. Vielleicht glauben sie, dass auch sie die Rache treffen wird. Und warum auch nicht? Das Geld vom Ministerium für Tourismus stinkt genauso, wie das aller anderen. Wenn nicht noch mehr.

Der Fluss macht eine Biegung und er muss aussteigen. Der Dschungel bringt seine Besucher zum Schweigen, denn er möchte, dass sie lauschen. Hier fängt das Paradies an. Die Stromschnelle lacht und die Vögel, die man so selten hören kann, wenn Menschen in der Nähe sind, lassen ihren Gesang im Schatten zwischen den steilen Berghängen glitzern.

Alex glaubt, dass Gott den Fluss mit seinem Zeigefinger erschuf. Er streckte einst seine gewaltige Hand vom Himmel herab und zog eine tiefe Furche in den Berg. Und Gott ist so groß, dass sein Zeigefinger fünfzig Meter hohe Wände und einen Fluss erschaffen konnte, die gewaltiger sind als alles andere. Danach streute er Grün auf die Berghänge und kehrte Pagsanjan den Rücken. Und seitdem hat er nie wieder zurückgeschaut.

Jetzt sieht er den ersten Wasserfall, aber er macht keine Anstalten zu halten, obwohl er hier sonst immer gerne auf der flachen Klippe liegt und sich vom Wasser bespritzen lässt. Die Ramirez' sind natürlich nicht da, aber ihr Grill und der Stand stehen noch. Das Ganze ist eine Art Restaurant, das sich an die Klippen klammert, ohne Tisch und Stühle, aber mit Bier und Hähnchen für die Touristen. Hier hält er sonst immer an, um mit Maria zu lachen, obwohl ihr Vater sie unruhig umkreist und nörgelt, dass sie die Kunden vernachlässigt.

Doch heute will er tiefer in den grünen Schatten eindringen. Mühsam überwindet er noch einige Stromschnellen und fühlt, dass die Muskeln zu schmerzen beginnen. Es ist schwer, hier zu paddeln, aber im Wasser zu waten ist noch schwerer. Für den, der es alleine versucht, ist der Fluss gefährlich. Jedes Jahr fordert er mindestens ein Menschenleben. Pagsanjan atmet immer erleichtert auf, wenn sich erweist, dass der Tote ein Weißer ist.

Er verschwendet keinen Blick auf die anderen Wasserfälle,

obwohl sie mächtiger und mächtiger werden. Das Wasser rinnt unbeachtet an den Bergen herab, in den schäumenden Fluss hinein, es zürnt und kämpft mit seinem Boot. Er denkt nicht ans Überleben, sondern an sein Ziel. Zum ersten Mal nimmt er es alleine mit der letzten Stromschnelle auf. Früher war er immer in Begleitung, entweder mit Klaus oder mit einigen seiner Pom-Poms. Sie sind gewatet und gepaddelt, haben mit dem kleinen Boot geschickt die Klippen umschifft. Jetzt muss er versuchen, mit dem Oberkörper zu steuern. Er neigt sich mal nach rechts und mal nach links, beurteilt den Winkel falsch und wird heftig gegen eine nackte Klippe geworfen. Es tut so weh, dass er fast nicht mehr atmen kann, aber er kriecht ins Wasser zurück und schleppt das Boot an den letzten Steinen vorbei hinter sich her. Es wird tiefer und tiefer. Zuletzt reicht ihm das Wasser bis zur Brust, und er muss mehrere Versuche unternehmen, bevor er wieder ins Boot gelangt.

Nun wird der Fluss ruhiger, aber er kann schon das Rauschen des letzten und größten Wasserfalls hören. Er lässt das Paddel in seinem Schoß ruhen und der Strom führt ihn vorwärts. Der Fluss macht eine Biegung und gibt endlich die Sicht frei: auf das Wasser, das brausend die steilen Hänge der Schlucht herabstürzt. Ohren- und augenbetäubend.

Er besinnt sich und beginnt zu paddeln. Hierher wollte er. Sorgfältig zieht er das Kanu auf eine Klippe, hebt es hoch und trägt es keuchend über alle Klippen, bis zum nächsten Fall. Dem Wasser des großen Falls.

Klaus wird seinen Besitz verlieren, denn Alex hat keine Lust, die Touristenflotte zu benutzen.

Der Wasserfall peitscht seinen Rücken, als er ihn durchdringt. Die Grotte ist dunkel und sehr kalt. Er friert, wie seit langem nicht mehr, und er genießt es. Er legt das Paddel beiseite, setzt sich und schaut in die Öffnung. Ruhe erfüllt ihn. Der Silberglanz des Wassers verschließt die Außenwelt.

Alex hat beschlossen zu erfrieren.

Alex

Most boys in Pagsanjan are available though
not all of them are gay.
One could say that the boys of Pagsanjan are
a rental industry in themselves.

SPARTACUS GAY GUIDE

Ein Junge sitzt hinter einem Wasserfall. Er hält alles geschlossen: Augen, Lippen und Hände. Seine Angst ist so groß, dass er glaubt, der Berg würde auseinander brechen, wenn er zu sehen und zu atmen wagte. So steht es um Alex.

Natürlich wird er nicht erfrieren. So viel Kälte gibt es nirgends auf Luzon. Alex wurde, wie schon so oft, in die Irre geführt.

Der Fang wurde geködert, als ein blassäugiger Mann mit speziellen Wünschen ihn vor mehreren Jahren kaufte. Hinterher, als seine weißen Hände endlich von ihm abgelassen hatten, wollte er Bier spendieren. Es war mitten in der Nacht und sie mussten vor seiner Tür auf der Veranda sitzen, denn das Restaurant hatte schon lange geschlossen. Die tropische Dunkelheit, das Flüstern im Grünen und Alex' Gegenwart ließen den Blassäugigen lyrisch werden. Er fing an, vom äußersten Orgasmus zu reden, dem allerhöchsten Genuss.

»Der Tod ist schön, Alex! Man sieht es den Leichen an. Die Ertrunkenen lächeln mit schwarzen Lippen. Und denk nur, die gehängten Männer, die spritzen ihren Samen direkt in die Ewigkeit! Aber diejenigen, die erfrieren, haben es am schönsten. Die sehen aus, als hätten sie geradewegs ins Himmelreich geschaut…«

Hinterher warnte Alex seine Jungs vor dem Blassäugigen, drohte und jagte ihnen Angst ein. Er selbst fing jedoch an, von der einzigen Kälte zu träumen, die er kannte, der Kälte im Inneren des Berges. Zum Glück weiß er nicht, dass der Mann von einer ganz anderen Kälte redete, einer Kälte, die viel weißer und schärfer ist als die der Grotten und des Wassers.

Sein eigener Tod ist ihm also vertraut, nur dass er so schnell kommen würde, das wusste er nicht. Aber nun ist es endlich so weit. Er ist schon tausend Tode gestorben und jetzt will er einfach Schluss machen.

Viel mehr weiß er nicht, wie er da mit gekreuzten Beinen in seiner Grotte sitzt. Er weiß nicht einmal, dass er selbst ein Mythos ist, von dem man weit über Pagsanjan hinaus spricht.

Er gehört nicht nur den Schwulen und Päderasten, die sich in Sydney, Amsterdam und Bonn schon jahrelang seinen Namen zugeraunt haben, sondern er gehört auch Pastor Castillo, der ihn zum Thema frommer Vorlesungen und Andachten gemacht hat. Und in Manila haben reiche Frauen mit geschminkten Lippen und sanften Locken seinen Namen aufgeschnappt und ihn schluchzend auf Wohltätigkeitsbasaren verbreitet.

Alle, die glauben Alex zu besitzen, haben sich einen eigenen Alex geformt. In ihren Händen wird er zur glücklichen Hure, zum hartgesottenen Sünder oder zum tragischen Opfer. Er selbst weiß nicht, wer er ist. Kain oder Abel? Henker oder Opfer? Beides könnte zutreffen.

Wie fing es an? Er hat sich entschieden, nichts zu wissen. Alles, woran er sich erinnert, ist, dass er eines Tages vor zehn Jahren mit seiner Mutter Gloria den Berg zur Pagsanjan Lodge hinaufging. Er hatte Schuhe bekommen und die waren vom Straßenstaub gleich hellgrau geworden.

»Jetzt musst du schön lieb sein«, hatte Gloria gesagt, seine Hand losgelassen und einer anderen, größeren und härteren erlaubt, sie zu ergreifen. Und anscheinend ist er lieb gewesen, auch wenn er sich nicht daran erinnern kann, wie. Aber an die Belohnung erinnert er sich noch. An das Fleisch, das fast jeden Tag auf den Tisch kam. An das Spielzeug, aber auch an die tiefe Finsternis. Und natürlich auch an Glorias triumphierende Freude über das neue Kleid. Hellblau ist es gewesen, mit weißen Blumen. Er erinnert sich immer noch daran, wie herrlich es war, die Nase an dem blanken Stoff zu reiben.

Gloria. An all ihren Gaben hatte er schwer zu tragen: am Leben, am Wohlstand und an der dunklen Schönheit, die sie ihm vererbt hatte. Einst musste er sie geliebt haben.

Auch Gloria ist zu einem Mythos geworden. Für die weißen Männer ist sie die Spenderin aller guten Gaben, eine, die schwarze Träume weiß und wahr machen kann. Für Pastor Castillo und die reichen Frauen ist sie eine Hexe. Das weiß sie aber nicht, und wüsste sie es, würde sie sich nichts daraus machen. Gloria kümmert sich neuerdings nur noch um eine einzige Sache: die Verteidigung der Mauern ihres Reichtums.

Man könnte sagen, dass Gloria, als sie nach Pagsanjan kam, das Paradies betrat. Sie bekam ein schönes Heim: eine Hütte aus geflochtenen Palmenblättern, bedeckt mit blühender Bougainvillea. In ihrem Gärtchen konnte sie Bananen und Gemüse ziehen und abends, wenn bei den Nachbarn endlich Ruhe eingekehrt war, ließ sie sich von ihrem Mann hinreißen. Während der ersten Monate war sie voller Erstaunen gewesen. Nein, sie hatte nicht geahnt, dass die harte Schale der Männer von Seide umhüllt war. Und sie hatte auch nicht gewusst, dass sie Frauen fliegen lassen konnten. Nacht für Nacht segelte sie über ihrem Lustgarten, landete und hob wieder ab.

Gloria ist immer arm gewesen. Sie stammte von Negros, wo sie sich, von Kindesbeinen an, mit der Zuckerernte abgerackert hatte. Die Arbeit und die kleinen Geschwister hatten ihr den Rücken gekrümmt, noch bevor sie ausgewachsen war. Die Ehe war ein Traum von Erholung und Erfüllung gewesen, bis das Geld ausging.

Virgilio war ein hervorragender Liebhaber, aber ein miserabler Ehemann gewesen. Einige Monate bevor er sie geheiratet hatte, hatte er seinen Anteil Ackerland verkauft. Das gab ihm fast ein ganzes Jahr lang das Gefühl, reich zu sein.

»Aber Herrgott im Himmel«, schrie Gloria, als sie begriff,

dass kein Centavo mehr im Haus war. »Was hast du dir bloß dabei gedacht?«

»Ich habe überhaupt nichts gedacht«, sagte Virgilio und Gloria musste mit Entsetzen feststellen, dass er die Wahrheit sprach.

Bald schlüpfte die erste Tochter aus ihrem Unterleib, wobei Gloria lauter schrie, als je eine Frau vor ihr geschrien hatte. Im Jahr darauf kam noch eine. Und so ging es weiter, bis ihr Schoß ein wundes Loch und ihr Gesicht von den Furchen der Armut geprägt war.

Fünf Töchter und dann Alex. Virgilio fand, dass er gezeigt hatte, was in ihm steckte. Er saß die meiste Zeit bei den Ruderern an der Ecke am Marktplatz und hielt sich bald für einen von ihnen. Zu jenen Zeiten waren Touristen noch eine Seltenheit, und es kam nicht oft vor, dass er abends Geld nach Hause brachte. Manchmal verprügelte er die beiden Mädchen und Gloria, weil sie mehr verdient hatten als er. Wie sollten sie ihn sonst mit dem Respekt behandeln, der ihm zustand?

Eines Abends wurde er von einem Jeepny nach Manila mitgenommen und kam nie wieder. Vielleicht war er zu seinen Eltern gegangen, die in den weit entfernten Chocolate Mountains wohnten. Gloria schien kaum zu merken, dass er verschwunden war. Sie reagierte weder auf das Mitgefühl der Frauen noch auf den Hohn der Männer. Um sie herum entstand ein Vakuum, ein Raum aus Furcht und Verachtung. Sie war finster und einsam geworden und hatte nichts mit den anderen in Pagsanjan gemein.

Als Virgilio verschwand, war Alex noch ein Säugling. Tagsüber hing er in einer unbequemen Stellung in Glorias Arm, schaukelte an ihrer Brust, während sie die Hemden reicher Männer wusch oder die Tücher reicher Frauen bestickte. Ihren Töchtern war sie eine sachliche und leidenschaftslose Mutter, aber bei Alex änderte sich das. Sie liebte ihn nicht nur; sie betete ihn an. Mitten in der Arbeit konnte sie vor Erstaunen über seine Vollkommenheit ihre Tätigkeit unterbrechen, um seinen runden Kopf anzuheben und seinen gleichmäßigen Atemzügen zu lauschen. Jeder Abend glich einem Fest; dann massierte sie ihn mit Kokosnussöl und wusch ihn vorsichtig. Weinte er das hoffnungslose und traurige Weinen eines Kleinkindes, kamen ihr aus Verzweiflung selbst die Tränen. Sie brachte es nicht einmal über sich, ihm mit ihrem Zeigefinger an die Wange zu schnippen, um ihn zum Schweigen zu bringen, so, wie ihre Mutter es mit ihr und sie es mit ihren Töchtern getan hatte.

Sie wollte ihm alles geben, doch was hatte sie schon. Einen Bananenbaum und eine blühende Bougainvillea, den blauen Himmel und die grünen Berge. Das reichte nicht.

Zu Hause auf Negros waren die Reichen nur am Rande des Daseins erschienen und hatten nie richtig zur Wirklichkeit gehört. Hier in Pagsanjan rückten sie näher. Wenn sie mit Wäsche und Stickereien kam, öffneten sie ihre Küchentüren und ließen sie hinein. Ihre Küchen waren im Allgemeinen dreimal so groß wie Glorias Hütte, ihre Kinder waren größer und ihre seltsamen Kühlschränke waren voll gestopft mit Leckerbissen.

Gloria fing an zu träumen, nicht von Reichtum, aber von Wohlstand. Sie wollte ein Haus, keine Hütte. Sie wollte ihren Kindern täglich drei Mahlzeiten geben und Coca-Cola, das braune Getränk, von dem die reichen Kinder zu leben schienen. Vielleicht war es ja das, was sie so groß werden ließ.

Wenn man sie gefragt hätte, hätte sie das natürlich abgestritten. Keine anständige Frau in Pagsanjan würde offen zugeben, dass sie mit ihrem Los unzufrieden ist, vor allem, wenn es um Hab und Gut geht. Frauen dürfen nur klagen, wenn sich der Mann eine andere, eine zweite Frau anschafft, deren uneheliche Kinder das magere Einkommen aufessen. Dann bricht ihr Zorn hervor und ihre Bitterkeit ergießt sich über die Welt und die Heiligen. Aber Sicherheit und Güter zu fordern – außer dem unbedingt Notwendigen –, das gehört sich nicht.

Aber Gloria war nicht die anderen. In ihrer Seele stak ein kleines Stück Glas, ein harter Kern, der sich nie von der Wirklichkeit überwältigen ließ. Selbst im tiefsten Schmerz, in völliger Erschöpfung und im größten Überdruss war sie eigentlich unberührt: eine Glasprinzessin, die nur Leben spielte. Nur Alex vermochte, dieses Glas zum Glühen zu bringen.

Zielbewusst begann sie an der Verwirklichung ihres Traumes zu arbeiten. Sie schickte die älteren Mädchen los, das Gemüse zu verkaufen, das sie hinter der Hütte züchtete. Sie selbst backte Reiskuchen und nahm Alex und ihre Jüngste mit an die Landstraße, um dort Käufer zu finden. Aber viele andere taten das Gleiche und es blieb nie auch nur ein Centavo für die Zukunft und die Träume übrig.

Eines Tages, als sie keinen Reis mehr hatte und sich seit über vier Wochen nicht einmal mehr Hühnerfüße hatten leisten können, gab sie der ältesten Tochter, die gerade sieben geworden war, den Auftrag, auf Alex aufzupassen und begann einen Rundgang durch die Häuser der Reichen. Sie hatte Glück. Jovito Mantoya hatte gerade ein Dienstmädchen entlassen, und während das Mädchen schluchzend ihre Sachen zusammenpackte, bekam Gloria einen hellblauen Putzkittel und einen Staubwedel in die Hand gedrückt. Nun war sie eines der vier Dienstmädchen in dem großen spanischen Haus. Von nun an sollte sie hier putzen.

Der Salon war ihre erste Aufgabe. Ihr blieb fast die Luft weg. So viel Schönheit hatte sie noch nicht gesehen. Sie blieb an der Tür stehen, damit ihre Augen sich an das schwache Licht gewöhnen konnten, das durch die geschlossenen Fensterläden drang.

Es war ein tropisches Zimmer, überladen mit Gegenständen, aber kaum für Menschen gedacht. Zum Sitzen gab es nur ein Sofa und einen Sessel. Der Rest war Zierde: Kisten, bedeckt mit schweren Seidentüchern und Zierfiguren, ein paar bemalte Seidenschirme, die ohne ersichtlichen Grund den Raum teilten, und einige Tische, die allem Anschein nach nicht dort standen, um daran Platz zu nehmen, denn sie waren mit Fotografien in hübschen Bambusrahmen, verzierten Uhren und schweren

Porzellanfiguren überhäuft. An den blassrosa Wänden oberhalb der dunklen Paneele drängten sich Ölgemälde in dunklen Farben: alte Porträts, Szenen aus der biblischen Geschichte und grüne Landschaften aus der kalten Welt auf der anderen Seite der Erde.

Sechs Jahre lang hatte Gloria es geliebt, diesen Raum sauber zu machen, und sie tat es immer noch sehr gerne. Abends brachte sie Alex Geschichten mit nach Hause, die sie sich beim Anblick der Bilder an Mantoyas Wänden ausdachte. Ihr Gehirn blühte vor Bildern, auf eine Weise, die sowohl beängstigend als auch lustvoll war.

Die ersten Jahre bekam sie Mantoya nicht oft zu Gesicht. Er wohnte meistens in Manila und tauchte nur im Sommer auf, wenn sich der Pulsschlag der Geschäfte wegen der Hitze verlangsamte und die mächtigen Männer in die Provinz verschwanden.

Die Arbeit war schwer und hatte nur einen Vorteil. Sie brachte ein regelmäßiges Einkommen, doch der Lohn war so gering, dass er nicht einmal für das Notwendigste reichte. Manchmal war der Reis schon drei Tage lang alle, bevor ihr Lohn fällig war, und die Kinder mussten sich mit dem begnügen, was Gloria von ihrer eigenen Mahlzeit verschwinden lassen und von den Tellern der anderen Dienstboten abkratzen konnte. Die Mädchen weinten jetzt nicht mehr, aber es kam vor, dass sie Alex stundenlang im Arm halten musste, weil er vor Hunger wimmerte.

Es wäre ungerecht zu behaupten, dass Gloria sich nicht um ihre Töchter kümmerte. Aber Mädchen sind nur Mädchen und Gloria wurde in einem Land geboren, das von der lateinischen Kultur geprägt und geschliffen wurde. Man sagt, als die ersten Spanier auf Cebu an Land gingen, standen Männer und Frauen gleichberechtigt nebeneinander, doch das ist lange her. Heutzutage hockten die Frauen im Schatten der Männer und die tausendjährige Selbstverachtung westlicher Frauen hat sich in ihre Chromosomen eingeschlichen.

Eines stand für Gloria allerdings fest: Ihre Töchter würden anständige Frauen werden, gute Ehefrauen und Mütter. Denn Frauen sind entweder gut oder schlecht, und der Unterschied ist leicht auszumachen. Gute Frauen mögen ihre Kinder misshandeln, ihre Nachbarn verleumden, lügen, sich rächen und intrigieren, ohne dass das eigentlich ihre Stellung ändert. Darauf kommt es nicht an. Eine gute Frau wird man, indem man das Recht auf seine eigene Lust aufgibt und sie zum Eigentum des Mannes macht. Eine gute Frau ohne Vater oder Ehemann schließt ihre Lust weg und lässt sie ruhen.

Gloria hatte ihre Lust weggeschlossen und zog ihre Töchter in Zucht und Vermahnung zu dem Herrn auf. Die Mädchen hatten alle Hände voll zu tun und kontrollierten einander ständig. Es war nie die Rede davon gewesen, eine von ihnen zur Schule zu schicken. Gloria selbst konnte nur mit Mühe und Not ihren Namen schreiben, aber nicht ein einziges Mal in ihrem Leben hatte sie das Gefühl gehabt, dass ein Stift oder ein Buch ihr das Leben erleichtern würde.

Bei Jungs war das etwas anderes. Manchmal ertappte Gloria sich dabei, dass sie über ihren eigenen Traum lächelte: Alex in Schuluniform und schwarzen Socken. Natürlich wusste sie, dass das wahnwitzig war. Wie hätte sie Geld für Bücher und eine Schuluniform auftreiben sollen? Ganz zu schweigen von den Schuhen. Aber dennoch. Es würde gehen! Es musste gehen. Dies war die Zeit der Herren, deren goldene Jahre. Im Malacanang, dem Präsidentenpalast in Manila, herrschte ein Mann, der von der Zukunft wie von einer Verheißung redete. Was machte es da schon aus, dass die Kluft zwischen dem Wort der Macht und der Wirklichkeit jeden Tag größer wurde? Man redete von Demokratie und duldete, dass der Präsident die Presse zensierte und 50 000 Feinde verhaften ließ. Man redete von Ehre und Genügsamkeit, ließ aber Macht, Menschen und Beschlüsse zur Ware verkommen. Man redete von Christus und den Heiligen, verwandelte aber das ganze Land in ein Bordell.

Gloria beging den Fehler, den arme Menschen gewöhnlich machen. Sie dachte, dass dies alles sie nichts anginge. Die Macht war ein Schatten am Horizont, und sie selbst war viel zu unbedeutend, um jemals damit in Berührung zu kommen. Sie ahnte nicht einmal, dass sie die Stütze der Macht war und dass man sie deshalb fürchtete. Sie wusste nicht, was die Reichen und Mächtigen immer wissen: Die Kluft zwischen dem, der hat, und dem, der nichts hat, nimmt sich von oben kleiner aus. Und ist das eigentlich so erstaunlich? Die Welt folgt physikalischen Gesetzen, und es ist nun einmal leichter, eine Felswand herunterzurutschen, als hinaufzuklettern.

Genau an jenem Tag, an dem der Präsident einen Vertrag mit der Weltbank unterzeichnet, der den Philippinen viele neue Hotels und den ersehnten Dollarsegen bescheren soll, liegt Gloria auf den Knien in Mantoyas Schlafzimmer und bohnert den Fußboden. Er soll bald nach Hause kommen und da muss das Haus glänzen. Sie hat das Schlafzimmer nicht so gern wie den Salon. Auf einem Beistelltisch steht ein nackter Knabe aus weißem Marmor, der sie mit seinen Blicken verfolgt. Sein Lächeln ist eine Grimasse mit spitzen Mundwinkeln, und seine Wangen sind unnatürlich dick. Er hat nichts von Alex' Lieblichkeit. Dort, wo Alex' Augen schwarz glitzern, hat der Knabe nur leere Löcher; der Marmor ist weiß und hart, während Alex' Haut weich und golden ist.

Glorias größte Sorge ist, dass sie tagsüber nicht bei ihrem Sohn sein kann. Mitten in der Arbeit kann sie innehalten und sich ihrer brennenden Sehnsucht nach ihm hingeben. Weint er jetzt? Sehnt er sich nach ihrer Umarmung und ihrer Wärme? Sind die Mädchen auch wirklich lieb zu ihm? Nicht auszudenken, was passieren könnte, wenn sie ihn zum Fluss mitnehmen, trotz ihrer Verbote und Drohungen! Alex! Wie sollte sie ohne ihn leben können?

Aber heute hat sie ihn mitgenommen. Das geschieht nicht oft, sondern nur, wenn ihre Liebe und Unruhe so groß werden, dass sie seine Nähe nicht entbehren kann. Sie darf ihn natürlich nicht mit ins Haus nehmen oder ihn im Garten herumspringen lassen, aber er kann bei der Garage und im Gemüsegarten spielen. Der Gärtner ist ein alter Mann, dessen eigene Kinder schon erwachsen sind und das elterliche Nest längst verlassen haben. Genau wie Gloria sieht er in Alex ein Wunder. Sie vertraut ihm ihren Sohn mit einem so großen Ernst an, dass die anderen Dienstboten sich hinter ihrem Rücken darüber lustig machen.

Alex hat von dem Gärtner ein Brett, einen Hammer und einige Nägel bekommen. Er sitzt vor der Garage und ist tief in seine Beschäftigung versunken, als das Auto kommt. Obwohl er weiß, dass er sich verstecken muss, schafft er es nicht mehr wegzulaufen. Als der Hausherr in Begleitung eines weißen Mannes aussteigt, erhebt er sich und steht unbeholfen neben seinem Brett. Aber eine Ohrfeige bekommt er nicht. Die Herren lächeln und streicheln seinen Kopf, ja, der Besucher hockt sich sogar neben ihm hin und fragt etwas Unbegreifliches auf Englisch. Und Mister Mantoya steht mit einer unangezündeten Zigarre im Mundwinkel geduldig lächelnd daneben.

»Der Onkel möchte wissen, was du da baust«, sagt er auf Tagalog, und Alex verliert fast seine Angst. Er baut nichts Besonderes, ahnt aber instinktiv, welche Antwort die Männer hören wollen.

»Das ist ein Auto«, sagt er. Mantoyas schwarzer Mercedes steht daneben und hat ihn auf die Idee gebracht.

Der Gast sieht die gekrümmten Nägel, lacht und holt seine Brieftasche hervor.

»Hier, nimm, damit du dir ein richtiges Auto kaufen kannst«, sagt er und drückt Alex einen Geldschein in die Hand, tätschelt ihm hastig die Wange und erhebt sich. Dann scheint Alex vergessen zu sein, denn die beiden Männer gehen zur großen Tür und scheinen nicht einmal das knicksende Dienstmädchen am Eingang zu bemerken. Da steht er nun mit seinem Brett, fühlt sich der ungewohnten Aufmerksamkeit wegen geschmeichelt und ist irgendwie beleidigt über die Verachtung, die seinen Nägeln galt.

Er denkt nicht einmal an das Geld, jedenfalls nicht, bevor ihm der Gärtner den Schein erstaunt aus der Hand nimmt. Hundert Peso! Das ist mehr als Gloria in einem Monat verdient.

Gloria bekommt beinahe Angst, als sie das Geld sieht. Sie weiß nicht, wohin damit, keine Tasche im Putzkittel scheint sicher genug. Während sie isst, hält sie den Schein ganz fest in der Hand und schweigt hartnäckig zu den Kommentaren der anderen.

»Er muss sich geirrt haben! An deiner Stelle würde ich das Geld zurückgeben…«

»Unbedingt. Es könnte eine Prüfung sein, Gloria. Eine Prüfung deiner Ehrlichkeit!«

»Ach, lass sie in Ruhe. Der kann sich das doch leisten…«

Der Tag scheint kein Ende zu nehmen. Das Haus ist geputzt und das Essen ist zubereitet, aber die Wünsche der beiden Herren sind unendlich. Koffer müssen ausgepackt, Hemden gewaschen, Schuhe geputzt und Tee muss serviert werden. Sie wollen baden, und weil sie sich nicht entscheiden können, ob sie ihr Badezimmer oder den Swimmingpool bevorzugen, kommt es zu beidem; sie wälzen sich zuerst im schäumend heißen und danach im kühlen blauen Wasser. Dann wollen sie Drinks, saubere Kleidung vor dem Mittagessen und wieder Drinks. Mantoya passt das Menü nicht, und plötzlich braucht die Köchin Unterstützung. Die Dienstmädchen rennen sich in der Küche um, fauchen irritiert, streiten darüber, wer das Vergnügen bekommt zu servieren, und wer zum Abwasch gezwungen werden soll. Gloria schmollt so lange, bis sie bedienen darf. Dann kann sie den Schein in der Hand behalten, während sie arbeitet.

Es ist sehr spät, als Gloria endlich das Haus verlassen kann. Alex ist in der Hütte des Gärtners eingeschlafen und es dauert eine Weile ihn aufzuwecken. Sie streicht über seine Stirn und küsst verstohlen seine Wange. Die anderen haben schon mehr als genug von ihrer Vergötterung mitbekommen. Es ist wie ein Geheimnis, dessen man sich schämen muss in dieser Welt, in der Kinder genauso selbstverständlich sind, wie die Läuse auf ihrem Schopf.

Hand in Hand gehen sie durch die Nacht. Alex redet die ganze Zeit. Dies war ein ungewöhnlicher Tag. Das Geschenk des weißen Mannes hat ihn sichtbar gemacht. Den ganzen Nachmittag sind die anderen Dienstboten um ihn herumgestrichen, haben ihn beäugt und versucht zu ergründen, warum gerade dieses Kind auserwählt wurde.

Alex betrachtet das Geld natürlich nicht als sein Eigentum. Geld gehört immer der Mama, sie hat die Arbeit und die Mühe. Soviel versteht er. Nie zuvor hat er mehr als einen Peso auf einmal beisteuern können, und der neu gewonnene Reichtum ist allzu ungeheuerlich, um für ihn richtig fassbar zu sein. Aber er genießt es, der Gebende zu sein. Jetzt will er wissen, was Gloria mit seiner Spende tun will. Ein Haus, Mama? Oder ein Auto?

Gloria lachte über den Eifer ihres Siebenjährigen. Nein, kein Haus. So viel ist es nicht. Doch vieles andere. Noch hat sie keine Zeit gehabt, darüber nachzudenken und zu rechnen, und die Worte versiegen ihr, bevor sie ausgesprochen sind.

Die Mädchen schlafen, als sie nach Hause kommen, und Gloria tut etwas Leichtsinniges. Sie holt den Topf hervor und stopft Alex mit Reis voll. Sollten die Nachbarn aufwachen, werden sie glauben, dass sie verrückt geworden ist. Essen, mitten in der Nacht! Nur die richtig Reichen können sich derartige Launen leisten. Aber Gloria genießt es, mit anzusehen, wie Alex vor Sättigung die Augenlider schwer werden. Dicht an sie gedrängt schläft er ein, die Hand unter ihrer Wange. Sie liegt noch lange wach und betrachtet die Dunkelheit.

Am nächsten Tag wird sie zu Jovito Mantoya gerufen. Das ist ungewöhnlich. Er redet sonst nur mit der Köchin und dem älteren Dienstmädchen, und diese Neuigkeit ruft in der Küche

Bestürzung hervor. Sie selbst fürchtet, dass er ihren neuen Reichtum zurückverlangen will.

Aber Mister Mantoya hat nicht vor, sie zu bestehlen. Ganz und gar nicht. Er will über Alex sprechen. Hat sie den Jungen auch heute mitgebracht? Wie schade. Aber morgen vielleicht? Mister Galante, der eine sehr bedeutende Person und ein regelmäßiger Gast in Malacanang ist, hat an dem Jungen Gefallen gefunden. Ein reizendes Kind. Er würde zu schätzen wissen, wenn er den Knaben etwas näher kennen lernen könnte. Dagegen hat sie wohl nichts?

Gloria hört zu und lächelt, ganz wie es sich gehört, wenn man mit den Reichen redet. Sie hätte auch ja gesagt, wenn sie nicht vor Stolz und Eifer gezittert hätte. Niemand hat ihr je gesagt, dass es möglich ist, den Reichen und Mächtigen etwas abzuschlagen, und sie selbst ist nie auf den Gedanken gekommen. Und dass sich ihrem Sohn die Tür zu ihrer Welt öffnen soll, ist ein größeres Glück, als sie jemals zu träumen gewagt hätte.

An dem Abend schrubbt sie Alex von Kopf bis Fuß. Er schreit natürlich, aber diesmal lässt Gloria sich nicht erweichen. Frauen und Kinder scharen sich um sie, beobachten und schwatzen. Warum will Mister Mantoyas Freund, dass Alex ihn besucht? Wenn es ein Mädchen wäre, würde man vielleicht die Ohren spitzen. Aber ein Junge? Vielleicht will er Alex adoptieren? Und ihn nach Manila oder ins Ausland bringen?

Das Geschwätz weckt Glorias Befürchtung. Was, wenn das wahr ist? Würde sie nein sagen können? Und was würde Alex dazu sagen, wenn er einmal erwachsen ist? Sie testet dieses Gefühl einen Augenblick, stellt sich vor, dass sie Alex verloren hat. Der bloße Gedanke ist ein schwarzes Loch. Unerträglich! Das darf nicht passieren!

Darum ist sie ernst, als sie am nächsten Tag ihren nass gekämmten Sohn in den Salon führt. Sie hat vom Nachbarn ein T-Shirt geliehen, damit Alex frisch und sauber ist. Mister Galante, der die Zeitung liest und noch eine letzte Tasse Morgenkaffee trinkt, bemerkt sie zuerst gar nicht. Mutter und Sohn stehen schweigend in der Tür und beobachten ihn. Er ist so groß, viel größer als irgendein Mann, den sie je zuvor gesehen haben.

Er wird auf sie aufmerksam, als er das Blatt wenden will. Gloria wird gleich mit einer Geste abgefertigt, aber Alex wird warm empfangen.

»Ach, mein kleiner Tischler! Komm rein, Junge, komm rein!«

Den ganzen Tag über hört Gloria ihren Sohn, sein Lachen und seine helle Stimme, aber zu sehen bekommt sie ihn nicht. Wenn sie das Schlafzimmer sauber macht, spielt er auf der Terrasse. Wenn sie im Salon Staub wischt, badet er im Swimmingpool. Er isst mit den Herren zu Mittag, aber Gloria darf nicht servieren. Nach dem Essen verschwindet er zur Mittagsruhe in Mister Galantes Schlafzimmer, und danach wird er für eine kleine Spritztour in das schwarze Auto gesetzt. Einige Stunden später hört sie ihn wieder unbekümmert im Salon schwätzen. Warum lacht er so viel?

Als endlich sein Weinen zu hören ist, wirkt das wie eine Befreiung. Er ruft nach ihr, und sie ist gleich zur Stelle. Er hat sich wehgetan. Das Knie blutet, und sie tröstet ihn so hingebungsvoll, dass sie zunächst all das Neue an ihm nicht bemerkt: das neue Hemd und die neuen kurzen Hosen. Blaue Sandalen. Und Socken! Dies ist ein anderer Alex. Ein Traumalex. Ein Schulalex.

Mister Mantoya schickt sie weg. Sie kann nach Hause gehen und den Jungen mitnehmen. Aber Mister Galante holt seine Brieftasche hervor und hofft, dass sie so freundlich ist und den Knaben morgen wieder zur Pagsanjan Lodge mitbringt. Noch einmal einhundert Peso. Sie nickt stumm und wagt nicht einmal die Frage zu stellen, die ihr auf der Seele brennt: Was haben sie mit dem T-Shirt des Nachbarn gemacht?

Sie findet es auf dem Müllhaufen. Wenn sie es ordentlich wäscht, kann es noch gerettet werden.

Am Morgen darauf ist Alex voller Eifer und kann nicht schnell genug loskommen. Seine Freude brennt ein kleines Loch in Glorias Liebe und ihre Stimme klingt schroff wie seit langem nicht. Die Mädchen sehen sie mit fragenden Augen an, doch Alex scheint nichts zu merken. Sie nimmt ihn an die Hand und geht mit ihm den langen Weg zur Pagsanjan Lodge, dem Hotel Mister Mantoyas. Warum will dieser Mann ihren Sohn dort haben? Das begreift sie nicht. Alex lacht und zwitschert, ist zutraulich und stellt keine Fragen. Ihn beunruhigt nur der Staub, der seine neuen Schuhe grau färbt.

Am Nachmittag, als sie kommt, um ihn zu holen, ist alles anders. Alex ist unerklärlich müde und quengelig. Er klammert sich an sie und will, dass sie ihn trägt, aber sie zwingt ihn zu laufen. Als sie nach Hause kommen, schläft er gleich ein, obwohl die Sonne noch nicht einmal am Untergehen ist. Sie zieht ihm vorsichtig die neuen Sachen aus. In der Hosentasche knistern mehrere Geldscheine. An drei Tagen hat Alex mehr verdient, als sie in einem halben Jahr zusammenkratzen kann.

Gloria ist reich geworden. Sie versteckt das Geld in einer Dose und spürt, wie die Kälte in ihr wächst. Alex gehört ihr nicht mehr.

Das, worüber man nicht spricht, existiert auch nicht. Also gibt es das enge Zimmer in der Pagsanjan Lodge nicht. Aber die Spiele im Swimming-Pool, die gibt es. Und die neue Kleidung ebenfalls. Daran darf man denken und darüber darf man auch reden.

Andere Dinge dürfen ausschließlich im Kopf vorkommen. Dass Mister Galante große Ohren hat, in denen Haarbüschel wachsen, das darf man denken. Dass er gern mit kleinen Jungs spielt, das darf man auch denken. Aber der Rest ist verboten und darf nicht einmal in Gedanken vorkommen: die weißen Pillen, die mit Wasser runtergespült werden müssen, die Müdigkeit, das Brennen im Hintern und der wunde Pimmel. Darüber darf man nicht reden. Das sagt jedenfalls Mister Galante, und Mamas beharrliches Schweigen zu Hause scheint seine Worte zu besiegeln. Alex geht jeden Tag mit einer seiner großen Schwestern zur Pagsanjan Lodge. Mister Galante kommt zum Parkplatz und holt ihn ab. Danach gehen sie die steile Treppe zum Restaurant hinunter, das sich wie ein Vogelkäfig ans steile Ufer des Flusses klammert. Alex hat Angst zu stolpern und Mister Galante muss ihn tragen.

Sie essen zusammen zu Mittag und während sie auf das Essen warten, schraubt Mister Galante manchmal den Deckel einer Pillendose ab. Er legt Alex zwei weiße Pillen auf den Teller. Und Alex spült sie mit Wasser herunter. »Vitamine«, sagt Mister Galante. »Vitamine, damit du groß und stark wirst, viel stärker als die anderen Jungs.«

Alex will gerne stark werden. Er lehnt sich auf dem Stuhl zurück und träumt von dem Tag, an dem er ganz Pagsanjan mit seiner Stärke beherrschen wird, ja, mit seiner Kraft sogar die ganze Welt. Aber die Vitamine machen ihn schläfrig. Wenn die Mahlzeit endlich auf dem Tisch steht, sind seine Augen halb geschlossen und Mister Galante muss ihn manchmal füttern, damit er überhaupt noch etwas essen kann.

Alex mag diese Mittagsmüdigkeit nicht. Er ist sieben Jahre alt, fast acht, und sollte mittags nicht mehr schlafen müssen. Andere Jungs arbeiten den ganzen Tag und werden überhaupt nicht müde. Aber sie bekommen keine Vitamine. Dann bleiben ihnen wohl auch die Mittagsträume erspart, denkt Alex, und schaudert bei dem Gedanken an die große Eidechse, von der er ständig träumt. Sie fängt ihn mit ihren riesigen Klauen, umschließt ihn mit eisernem Griff und tut ihm im Popo weh.

Vormittags ist Alex ein anderer. Da wächst er und wird ein großer Junge. Dann ist er nicht der kleine, verhätschelte Bruder, der seiner großen Schwester gehorchen muss. Er ist ein Schuljunge, ein Sieger, der den Neid der Nachbarn auskostet. Mit jedem Tag, der vergeht, klettert er höher und höher auf die Bäume, läuft schneller und lacht schallender als die anderen. Schon bald lernt er sich zu prügeln. Er entdeckt eine ganz neue Art, anderen ein Bein zu stellen: Er fällt sie hinterrücks an, und seine Opfer verlieren unweigerlich das Gleichgewicht und fallen, auch wenn sie viel schwerer und größer sind als er selbst. Er reibt mit derselben Intensität ihre Gesichter in die Erde, mit der er kurz vor dem Einschlafen seine Augen reibt.

Was früher immer die schönste Stunde des Tages war, ist nun zur Qual geworden. Er liegt, genau wie früher, in derselben Stellung, in derselben Ecke dicht neben Gloria, aber dennoch ist alles anders. Die Dunkelheit, die sonst immer von Glorias Märchen erfüllt war, wird jetzt zudringlich und erinnert ihn an die mittäglichen Albträume.

Doch Alex will sich nicht erinnern. Er schüttelt sich und reibt sich die Augen, versucht die Dunkelheit durch ständige

Bewegung in die Flucht zu schlagen. Gloria, die versuchsweise ihre Hand auf seinen Rücken gelegt hat, zieht sich zurück. Sie spürt jeden Nerv und jeden Muskel in seinem Körper und glaubt, dass sie es ist, von der er sich befreien will. So werden beide einsam.

Das neue Leben hat Gloria ratlos gemacht. Sie muss nicht länger zu Mister Mantoyas Haus gehen, aber jeden Tag um ein Uhr muss sie Alex zur Pagsanjan Lodge schicken. Oft, wenn auch nicht jedes Mal, bringt er Geld mit nach Hause. Dann ist er müde. Sie sieht, dass das miteinander zusammenhängt, begreift aber nicht richtig, wie.

Ansonsten hat sie begonnen, das eine oder andere zu ahnen. Als sie die ersten Male Kotflecken in Alex' Höschen fand, hat sie ihn ausgeschimpft. So ein großer Junge! Kann er sich nicht sauber halten! Jetzt wäscht sie das Höschen und sagt nichts mehr. In ihrer Hütte gibt es so viel Stillschweigen, dass sie schier davon auseinander gesprengt wird. Gloria hält sich selten drinnen auf. Sie arbeitet den ganzen Tag im Garten, jedoch ohne dieselbe Zielstrebigkeit wie früher.

Die Mädchen sind ziemlich glücklich. Alle fünf haben neue T-Shirts bekommen, und die beiden älteren tanzen in neuen, geblümten Baumwollröcken herum. Von ihren gleichaltrigen Freundinnen werden sie beneidet, und jeden Abend schwirren in den anderen Hütten Klatsch und Tratsch. Was macht der Junge da jeden Tag in der Pagsanjan Lodge? Wenn man das wüsste, könnte man es auch tun. *Gaya-Gaya* ist ein bekannter und ehrenwerter Ausspruch: Wenn dein Nachbar Geld verdient, dann tue genau, was er tut, am gleichen Ort und zur gleichen Zeit. Dann kannst du immer noch ein Viertel oder die Hälfte seines Gewinns heimtragen.

Eines Tages kommt Mister Galante persönlich zu ihnen nach Hause. Alex ist nämlich besonders müde und der Chauffeur muss ihn in die Hütte tragen. Gloria knickst tief, und Mister Galante lässt sich dazu herab, aus dem Auto zu steigen und mit ihr zu reden. Oh, wie schön es hier ist! So viele Blumen und so üppiges Gemüse. Er begrüßt die Mädchen und lobt deren Schönheit. Einfach reizend. Aber ist es nicht ein wenig eng in der Hütte, wo sie doch so viele sind?

Gloria kann ihren Eifer kaum verbergen, und als Alex allmählich aufwacht, redet sie schließlich mit ihm über Mister Galante. Er soll schön lieb zu dem feinen Herrn sein! Wenn er sich anständig benimmt, würden sie vielleicht ein richtiges Haus bekommen und müssten nicht länger dieses Armeleutedasein hier zwischen den Hütten fristen. Und in einem richtigen Haus würde Alex seine eigene Ecke bekommen, einen Platz, wo er seine Bücher verwahren kann, wenn er erst zur Schule geht.

Alex, der immer noch von den Pillen angeschlagen ist, isst seinen Reis und hört zu. Noch hat er die Hoffnung auf Gloria nicht aufgegeben, noch ist sie die Verkörperung aller Macht und aller Antworten. Er streckt ihr die Arme entgegen, will auf ihren Arm und alles versprechen. Natürlich wird er lieb sein! Wenn du es willst, Mama, dann werde ich immer lieb sein. Doch Gloria ist so tief in ihre Pläne und Ermahnungen versunken, dass sie sein Flehen nicht bemerkt.

Einige Wochen später kommt die Freudenbotschaft. Mister Galante hat sich in Pagsanjan ein Haus gekauft, eine Villa für Reiche. Also hat er vor zu bleiben! Und Alex soll ein ihm angemessenes eigenes Haus mitten in der Stadt bekommen.

Gloria gerät vor Glück außer Atem und preist ihre eigene Umsichtigkeit. Sie hat so viel von Alex' Geld gespart, dass sie sich alle die Dinge leisten kann, die in ein richtiges Haus gehören: Stühle und Tische, vielleicht sogar Betten, auch wenn es ihr schwer fällt, sich vorzustellen in einem dieser Gestelle zu schlafen.

Die Gewissheit, dass sie bald ein Haus besitzen wird, verwandelt Gloria. Sie kauft sich ein geblümtes Kleid und streckt ihren krummen Rücken. Wenn sie an den anderen Hütten vorbeigeht, ist sie eine Königin und zeigt sich plötzlich umgänglich. Bei Sonnenuntergang scharen sich andere Frauen um sie, kichern und tratschen. Mister Galante ist das ewige Gesprächsthema, sein Reichtum und seine Freigiebigkeit. Wenn nur alle Reichen wären wie er! Dann würde man so nicht leben müssen…

Doch bald sind schlimme Gerüchte in Umlauf und das Lächeln der anderen Frauen wird spitz. Der Kellner in der Pagsanjan Lodge hat verbreitet, dass Alex jeden Nachmittag in ein gewisses Zimmer gehen muss. Man sagt, Mister Galante benutzt ihn, wie andere Männer Mädchen benutzen.

Gloria wird eisig vor Zorn und ist gleich zur Verteidigung bereit. Was sind das für Dummheiten! Alex ist doch ein Junge.

»Ja. Natürlich.« Die anderen Frauen murmeln etwas und räuspern sich. »Aber man weiß doch, wie kleine Jungs miteinander spielen. Vielleicht spielt Mister Galante genauso mit Alex?«

Gloria beißt sofort zurück. »Na und? Das weiß doch jeder, dass die Spiele kleiner Jungs harmlos sind. Sie haben schließlich keine Unschuld zu verlieren. Also können sie auch keinen Schaden nehmen. Es ist nicht einmal eine Sünde. Jungs im Teenageralter scheinen sogar so viel Spaß daran zu haben, dass sie die Mädchen darüber fast vergessen. Und zum Glück ist das so! Sonst gäbe es wohl außer meinen Töchtern keine einzige Jungfrau mehr in Pagsanjan, so lasch, wie manche von euch ihre Töchter bewachen.«

Glorias Ausbruch lässt die anderen verstummen. Nichts ist peinlicher als eine wütende Frau. Und außerdem hat sie ja Recht. Jungs haben schließlich keine Jungfräulichkeit zu verlieren.

Aber an diesem Abend weckt Gloria ihren Sohn mit ungewöhnlich harten Händen. Jetzt muss Schluss sein mit dieser Faulenzerei! Andere Kinder halten sich den ganzen Tag wach, nur Alex benimmt sich wie ein Sohn aus reichem Hause, der faulenzen kann so viel er will. Er glaubt wohl, dass er etwas Besonderes ist. Verwöhnter Bengel!

Alex begreift nicht, was geschehen ist, er überlegt nicht

einmal, warum sie so böse auf ihn ist. Er akzeptiert es einfach und versucht sie auf die einzige Art zu besänftigen, die er kennt: mit Geld. Jeden Tag fleht er Mister Galante an. Noch etwas mehr, bitte! Noch ein paar Münzen für Mama und die Schwestern. Und Mister Galante öffnet bereitwillig seine Brieftasche. Er scheint Alex' Bettelei fast zu genießen.

Nicht einmal während des Umzugs darf Alex zu Hause bleiben. Er geht wie gewöhnlich zur Pagsanjan Lodge, bekommt aber diesmal keine Vitamine. Mister Galante will nur im Swimmingpool spielen und Alex hüpft, prustet und schnaubt in dem blauen Wasser herum. Er ist froh und frei, genauso stark und listig wie an den Vormittagen. Er wagt es sogar, Mister Galante im Wasser ein Bein zu stellen, und der weiße Mann fällt mit einem großen Platsch vornüber, kommt aber lachend und spaßhaft drohend wieder hoch, fängt Alex und taucht ihn immer wieder unter, bis er fast keine Luft mehr bekommt.

Gloria macht sich auf, die ärmliche Hütte zu verlassen, ihre Töchter folgen ihr in einer Reihe wie die Jungen einer Entenmama. Ihren Besitz hat sie in drei Bündeln und zwei Kartons zusammengepackt. Die Mädchen müssen sie tragen. Sie selbst umklammert eine kleine Blechdose, die ihr ganzes Vermögen beinhaltet. Damit die Münzen nicht klappern, hat sie einen Lappen darum gewickelt und andere Lappen hineingestopft. Gloria traut ihren Nachbarn nicht, weder den alten noch den neuen.

Das Haus liegt an einer richtigen Straße, nicht sehr weit vom Marktplatz entfernt. Es ist grün und hat weiße Fensterläden. Der Garten ist nach den Bauarbeiten noch aufgewühlt, bietet aber alle Möglichkeiten. Hier werden sie natürlich Bananen haben. Und vielleicht einen Avocadobaum.

Das Haus ist ein Schloss, weit schöner und größer, als sie je zu träumen gewagt hätten. Ein Zimmer, um darin zu schlafen und eins, in dem man sich einfach aufhalten kann. Eine richtige Küche mit Wasserhahn, genau wie bei den Reichen. Und ein Badezimmer, mit grauen Zementwänden und

Steinfußboden. Die Mädchen schließen sich sofort dort ein und pinkeln der Reihe nach in das eigenartige Toilettenbecken. Hat man so was schon gesehen! Man zieht an der Schnur und es verschwindet einfach. Sie kreischen vor Entzücken und spülen immer wieder, bis Gloria energisch an die Tür klopft. Dann erst stürzen sie heraus und laufen an ihr vorbei zur Küche. Sie knipsen die Glühlampe an der Decke an und aus und lassen das Wasser aus dem Hahn hinunter in den großen Zementausguss strömen. Einzigartig. Alle wollen am Hahn schrauben und auf den Knopf drücken, und sie hören erst auf damit, nachdem Gloria sie angebrüllt hat.

Alex nähert sich dem Haus mit viel größerem Ernst. Zum ersten Mal durfte er das Hotel allein verlassen. Er hat es nicht sehr weit, nur ein Stück bergab. Vor der Pforte bleibt er stehen und betrachtet es. Mein Haus. Und Mamas.

Zuerst geht er außen herum, fährt mit der Hand die Wände entlang und mustert den Garten. Dann geht er hinein und streicht genauso über die Wände drinnen, zuerst im großen Zimmer und danach im kleinen. Er gerät nicht, wie seine Schwestern, über das Toilettenbecken in Erstaunen. Er hat schon öfter Badezimmer gesehen. Viele Male, in der Pagsanjan Lodge.

Den ganzen Tag strömen Menschen ins Haus, alte Nachbarn, die die Eleganz besichtigen wollen und andere, die nur sehen wollen, ob das Gerücht vom glücklichen Jungen wirklich wahr ist. Gloria macht sich Sorgen. Was soll sie anbieten? Die Mädchen werden geschickt, um mehr Reis zu kaufen. Sie selbst steht lachend im großen Zimmer und möbliert es mit Worten. Hier werden wir einen Tisch haben. Und da drüben einen Schrank. Mister Galante hat versprochen. Mister Galante bezahlt.

Spät abends kommt er selbst. Gloria begrüßt ihn mit einem Wortschwall, denn wie sollte sie ihm sonst danken können. Aber Mister Galante winkt abwehrend mit der Hand und bittet darum, Alex' Zimmer sehen zu dürfen.

Alex hat kein eigenes Zimmer. Natürlich nicht. Gloria hat gedacht, dass sie alle sieben in dem kleinen Zimmer schlafen werden. Das große Zimmer soll der Salon werden, genauso wie bei Mister Mantoya. Sie freut sich darauf, es mit Sachen zu füllen, von denen sie die Hälfte schon ausgewählt hat. Ein Tischler arbeitet bereits an ihrer großen Bestellung: ein Tisch, zwei Stühle und ein Riesenschrank.

»Ist doch klar, dass Alex ein eigenes Zimmer haben soll«, sagt Mister Galante in gebrochenem Englisch. »Das Haus gehört ja dem Knaben…«

Und Gloria nickt und stimmt zu. Sie und die Mädchen werden eben in der Küche schlafen, denn sie gedenkt nicht, ihren Salon aufzugeben. Haben sie sich all die Jahre in einer Hütte gedrängt, können sie sich in Zukunft wohl in einer Küche drängen. Es ist dennoch eine Verbesserung.

Aber Mister Galante ist nicht nur gekommen, um sie in ihrem neuen Haus willkommen zu heißen. Er ist gekommen, um den Jungen zu holen. Alex soll zu Mister Galantes neuem Haus mitkommen. Sie hat doch nichts dagegen? Aber es kann so spät werden, dass der Junge einschläft. Dann muss er über Nacht bleiben…

Gloria hat keine Einwände. Natürlich nicht. Sie muss nur den Knaben holen. Alex schläft schon. In einem weißen Pullover und dunkelblauen, kurzen Hosen liegt er mit schweißbedeckter Stirn direkt unter dem Fenster in dem Zimmer, das gerade seins geworden ist. Für einen Moment erinnert sich Gloria daran, wie sehr sie ihn noch vor wenigen Monaten geliebt hat. Wie klein er ist! Sie atmet seine Lieblichkeit ein und beugt sich herab, um ihn wach zu küssen.

In seinem Traum wird sie zur Eidechse und seine kleine Faust landet auf ihrer Wange, mit viel größerer Wucht, als sie ihm zugetraut hätte. Es dauert eine Weile, bis sie begreift, dass er sie schlägt, und sofort ist die Wut wieder da. Er bekommt einen ordentlichen Klaps auf den Hintern. Danach zerrt sie ihn auf die Beine.

»Mister Galante ist hier! Du sollst mit ihm nach Hause gehen.«

Alex jammert verschlafen und reibt sich seinen Hintern. Warum hat sie ihn geschlagen? Mama hat doch sonst immer nur die Mädchen geschlagen, nicht ihn, nein, nicht seitdem sie reich sind und sie auf ihn böse wurde. Er wimmert ein bisschen, wagt aber nicht zu weinen. Denn dann gibt es mehr Schläge, das spürt er an ihrem Griff am Oberarm.

Sie schiebt ihn in den Flur, und dort steht Mister Galante und wartet. Er fängt ihn mit seinen Armen und hebt ihn hoch.

»Na, wie geht's meinem kleinen Krieger?«, sagt er. »Erinnerst du dich an das, was du mir versprochen hast?«

Alex schüttelt verständnislos den Kopf. Was hat er denn versprochen?

»Alex!« Glorias Stimme ist scharf. »Ich hab dir gesagt, du sollst ein lieber Junge sein. Was hast du Mister Galante versprochen?«

Er weiß es nicht, aber der große Mann rettet ihn mit einem Lachen.

»Das ist ein Geheimnis zwischen uns Männern. So was erzählt man der Mama nicht…«

Draußen ist es dunkel. Alex war früher noch nie abends von zu Hause fort, und er bekommt etwas Angst, als Mister Galante ihn zum Auto trägt. Am liebsten möchte er nach Gloria rufen, aber er erinnert sich daran, wie wütend sie war und findet sich damit ab, fortgetragen zu werden.

»Alex«, sagt Mister Galante, als sie im Auto sitzen. »War ich lieb zu dir?«

Alex nickt. Ja. Ein bisschen komisch, aber ziemlich lieb.

»Findest du nicht, dass es an der Zeit ist, dass du auch lieb zu mir bist?«

Der Chauffeur räuspert sich und Mister Galante schweigt. Sie sitzen schweigend nebeneinander, ein grau melierter Riese und ein kleiner, brauner Junge, und fahren tiefer in die Nacht hinein. Lieb? Alex dachte, er wäre lieb gewesen. Ein Schrecken durchfährt ihn, als ihm klar wird, dass Mister Galante böse ist, weil er ihm im Pool ein Bein gestellt hat. Und wenn Mister Galante böse ist, dann wird Gloria noch böser werden…

Mister Galantes Haus ist genauso groß wie Mister Mantoyas. Alex wird in die Diele geführt und sieht seinen eigenen Reichtum schrumpfen. Was sind schon seine zwei Zimmer verglichen mit all diesem hier? Türen, überall Türen. Und eine Treppe, die mehrere Meter breit ist und ungeheuerlich hoch.

Alex zieht von selbst die Sandalen aus, nicht, weil er Angst hat, Schmutz zu machen, sondern, weil er den Teppich zwischen den Zehen spüren will. Er ist rot und sein Fuß versinkt darin wie im Gras oder im Sand.

Mister Galante nimmt ihn bei der Hand und führt ihn die Treppe hinauf. Sein Schlafzimmer ist weiß und groß, das Bett ein Ozean aus Leinen mit dunklen Mahagoniständen. Alex darf sich auf die Kante setzen, während Mister Galante ihn auszieht.

»Ich hab dir ein Haus gekauft, Alex.«

»Ja, Sir.«

»Freust du dich darüber?«

»Ja Sir, und Mama freut sich auch.«

Er muss sich hinstellen, als Mister Galante ihm die kurzen Hosen auszieht. Ihn fröstelt, und er verschränkt die Arme über der Brust.

»Jetzt will ich, dass du auch zu mir lieb bist.«

»Ja, Sir.«

»Ich will mit dir zusammen sein, ohne dass du irgendwelche Vitamine bekommst.«

Alex begreift nichts. Er ist doch oft ohne Vitamine mit Mister Galante zusammen gewesen? Er hat doch nur Pillen genommen, wenn sie Mittagsschlaf halten…

Mister Galante legt ihn ins Bett und geht zum Schrank. Er nimmt ein sonderbares Ding heraus, einen Fotoapparat mit drei langen Beinen. Vor sich hinmurmelnd und summend geht er ans Bettende, guckt Alex durch den Apparat an und sucht nach der richtigen Stelle. Alex lächelt jedes Mal, wenn Mister Galante ihn durch den schwarzen Kasten ansieht. Er ist schon öfter fotografiert worden, sowohl von Mister Galante als auch von Mister Mantoya. Er weiß, was man tun soll.

Endlich hat Mister Galante den richtigen Winkel gefunden. Er guckt durch das schwarze Loch und drückt ab. Das Zimmer lodert vom Licht, und Alex, der nie zuvor ein Blitzlicht gesehen hat, bekommt solche Angst, dass er zu weinen anfängt. Mister Galante ist sofort bei ihm, tröstet ihn und versichert, dass es nicht gefährlich ist. Gar nicht gefährlich, mein kleiner Liebling.

Danach zieht er sich aus und legt sich neben Alex. Sein Pimmel ist riesenhaft und geschwollen und zeigt geradewegs nach oben auf seine Brust. Alex wird verlegen. Einmal hat sein Pimmel so ausgesehen, allerdings viel kleiner, und da haben die Schwestern und Mama ihn ausgelacht. Aber das ist schon lange her, lange bevor sie böse wurde.

Mister Galante zieht ihn an sich und küsst vorsichtig seine Wange. Alex mag das nicht. Die Lippen des weißen Mannes sind feucht und kalt, sie streifen seine Wange nur leicht, und das lässt ihn erschaudern. Aber er hat ein Haus bekommen und er hat versprochen lieb zu sein. Und er ist kein Kleinkind. Mister Galante küsst ihn wieder und das Licht explodiert erneut. Er zuckt zusammen, weint aber nicht mehr. Mister Galante hat einen kleinen Gummiball in der Hand. Der bringt den Apparat zum Blitzen.

Das weiße Licht schlägt ihm ins Gesicht, aber Mister Galante wird immer weniger lieb. Er spielt so doll mit Alex' Pimmel, dass es wehtut und setzt sich dann mit seinem haarigen Hintern auf Alex' Brustkorb, sodass er fast nicht mehr atmen kann. Er drückt seinen Pimmel in Alex' Mund, stöhnt und verspritzt Speichel, brummelt vor irgendeinem Entzücken und bemerkt Alex' panische Reaktion nicht, drückt nur immer wieder auf seinen Gummiball und reibt seinen Penis am Gaumen des Jungen.

Als Mister Galante ihn umdreht, ihn vor sich auf die Knie stellt und sich in seinen Po presst, kommt in Alex eine Erinnerung hoch. Die Erinnerung steigt an die Oberfläche und lässt seinen Kopf explodieren. Die Eidechse! Mister Galante ist die Eidechse. Dies ist nichts Neues, es ist schon mal geschehen, im Albtraum, im Hotel.

Alex weiß nicht länger, was Liebsein bedeutet. Er schreit vor Schrecken, brüllt so laut, dass seine Stimme bricht. Es hilft nichts. Mister Galante scheuert seinen Eidechsenkörper an ihm, leckt mit gespaltener Zunge sein Ohr und tut, was er will. Er kann sich nicht befreien, sich nicht davonschreien oder sich von dieser schuppigen, grünen Hand losbetteln. Das Reptil ist kalt, kälter als im Traum und unendlich viel stärker als ein Junge.

Als die Eidechse endlich ihren Griff lockert, existiert Alex kaum noch. Es ist nur ein Rest, der da auf dem Laken liegt, eine Erinnerung an ein Kind.

»Alex«, sagt Mister Galante zu seinem Rücken. »Alex, so schlimm war es doch nicht. Bald wirst du es mögen!«

Seine Stimme gleicht der eines Menschen, aber er ist immer noch eine Eidechse. Die wälzt sich wuchtig im Bett zurecht, schlägt ihren fleischigen Schwanz dumpf gegen die Matratze und streicht sich über den blassen Bauch. Bald schläft sie.

Alex schläft nicht. Die ganze Nacht nicht, aber als es zu dämmern beginnt, wagt er endlich, sich zu bewegen. Etwas läuft sein Kinn hinab und er trocknet sich vorsichtig am Laken ab. Blut. Die Zunge muss den linken Vorderzahn nur streifen, damit er ausfällt. Er liegt mit dem Zahn in der Hand, während es im Zimmer langsam hell wird.

»Oh«, sagt Mister Galante beim Frühstück. »Hast du einen Zahn verloren? Das müssen wir feiern!«

Die Augenlider von Eidechsen sind eigenartig. Sie blinken von unten herauf.

Gloria betrachtet ihren Sohn und kann nicht anders, als ihn hassen. Alles, was das neue Leben an Freuden bietet, muss er verderben.

Bei den Mahlzeiten schluckt er nur auf direkten Befehl. Die Mädchen essen und wachsen tüchtig, ihr Haar glänzt und ihr Lachen klingt, dank des guten Essens, mit jedem Tag heller. Aber Alex ist eine Zumutung am Tisch. Er starrt ausdruckslos in die Luft und lässt einen Bissen nach dem anderen in seinem Mund zu großen Bällen wachsen. Wenn Gloria ihn endlich dazu gebracht hat zu schlucken, ist es, als würde sein Magen ihr trotzen, denn er stürzt sofort ins Badezimmer und Durchfall strömt in das herrliche Toilettenbecken.

Aber Reichtum ist nicht nur gutes Essen, ein geblümtes Kleid und ein prachtvolles Haus, sondern er birgt auch andere Freuden. In ihrem ganzen Leben war Gloria von Menschen und menschlichen Stimmen umgeben. Erst jetzt begreift sie, wie sehr sie sich nach Ruhe gesehnt hat. Oft schickt sie die Mädchen weg, nur um die Stille und die Schatten in ihrem Salon zu genießen. Sie gleitet in dem kleinen Zimmer umher, streicht liebevoll über den großen, geschnitzten Schrank, die beiden Stühle und den Tisch, und preist im Stillen die Heilige Jungfrau und Mister Galante für alle diese Gaben. Aber Alex muss natürlich auch das verderben. Er erscheint als flüchtiger Schatten in der Tür oder seine bloßen Füße streifen irgendwo im Haus flüsternd den Fußboden, und schon ist der Zauber gebrochen.

Manchmal reißt ihr der Geduldsfaden, und sie versucht, ihn zu fangen, aber sein steifer Körper signalisiert eine derartige Abscheu, dass sie ihn nicht festzuhalten vermag. Wie eine Verliererin bleibt sie in seiner Tür stehen und sieht nur seinen abweisenden Rücken.

Sein schmaler Nacken und die zarten Schultern, die sie früher mit Wehmut und Zärtlichkeit erfüllt haben, machen sie jetzt rasend. Warum lässt er den Kopf so hängen? Wenn sie ihn nur anfassen könnte, würde sie ihn schütteln und mit Gewalt aus dieser Hoffnungslosigkeit herauszerren. Oder wenn sie wenigstens mit ihm reden könnte, wenn sie all die Wörter und die eindringlichen Bitten, die sich in ihrer Kehle drängten, herauslassen könnte. Wir haben es doch gut, Alex! Endlich haben wir es gut. Warum läufst du herum und siehst aus wie ein Märtyrer, der auf den Löwen wartet, jetzt, wo wir endlich leben dürfen! Wir sind nicht mehr arm, und was auf dieser Welt kann schlimmer sein als Armut? Ist dein Gedächtnis so kurz und dein kleines Gehirn so aufgeweicht, dass du dich nicht mehr daran erinnerst, wie der Hunger schmeckt?

Tag für Tag steht Gloria in der Tür zum Zimmer ihres Sohnes und hält ihre stummen Monologe. Sein Anblick bringt sie dazu, sich an ihren eigenen Körper als Achtjährige zu erinnern und an die Schmerzen nach der Zuckerernte. Kinderrücken und Kinderarme können durch Arbeit zerschunden werden, Alex! Die vor Durst geschwollene Zunge will dich ersticken und die brennenden Augen erblinden fast vom weißen Licht! Nichts kann schlimmer sein, Alex. Gar nichts kann schlimmer sein, als die Zuckerfelder und die reine Hungersnot!

Aber Alex antwortet nicht auf ihr Schweigen. Er bleibt, seinen hoffnungslosen Rücken ihr zugewandt, im Schatten sitzen. Manchmal hält er einen Teil seiner Reichtümer ins Licht, ein blaues Auto oder ein rotes, lässt es aber bald fallen, als ob es zu schwer wäre. Er hört sie nicht und sieht sie nicht. Sie findet, er hat den Blick der Reichen bekommen, einen Blick, der die Geschöpfe nur streift, deren Existenz registriert und ihre geringe Bedeutung feststellt, bevor er ins Leere schweift. Nie bittet er um etwas, und er weint auch nicht mehr.

So langsam findet Gloria Vergnügen daran, sich zu rächen. An den Abenden, an denen Mister Galante nicht kommt, um Alex zu holen, sperrt sie ihn in sein Zimmer ein. Sie weiß, dass er die einsame Dunkelheit fürchtet und belächelt seine stumme Angst, bevor sie ins Licht hinaus, zur Gemeinschaft der Frauen in die Küche geht. Morgens hat er dunkle Ringe unter den Augen, klagt aber nie.

Eigenartigerweise scheint Mister Galante das nicht zu stören. Anfangs befürchtete Gloria, er würde sie für undankbar halten, wenn Alex den Kopf hängen ließ, aber das passiert nie. Wenn er kommt, um Alex abzuholen, ist er jedes Mal auf seine unpersönliche Art freundlich, obwohl Alex wie eine Stoffpuppe in seinem Arm hängt. Schäkernd und turtelnd trägt er den Jungen durch den Garten zum wartenden Auto. Und wenn Alex zurückkommt, sind seine Taschen voller Geld.

Ganz allmählich kehrt wieder Alltag ins Leben ein. Mister Galante holt Alex dreimal die Woche zu sich, wenn er nicht gerade geschäftlich in Manila ist. Die Mädchen gewöhnen sich daran, satt zu werden und Schuhe an den Füßen zu haben. Gloria gewöhnt sich daran, täglich zur Messe und zum Markt zu gehen, ganz wie eine richtige Matrone. Sie kauft von ihren alten Nachbarn Obst und Gemüse, und diejenigen, die selbst kaum die Zeit und das Geld haben, Kerzen für die Heiligen anzuzünden, grüßen sie mit einem Neid, der so gut wie Respekt ist. Sie geben ihr bessere Preise und unternehmen flüsternde Versuche, sich ihr durch Klatsch und Vertraulichkeiten zu nähern. Und Gloria, die ein Leben lang bemüht war, sich abzugrenzen, kann ihnen plötzlich nicht widerstehen. Das ist das Paradoxe am Reichsein: Die, von denen sie sich entfernen wollte, kommen ihr jetzt näher als je zuvor, während die anderen, um derentwillen sie reich werden wollte, ihr mehr und mehr entgleiten.

Manuela, die Reisfladen und frische Kokosnüsse verkauft, mag sie am liebsten. Sie erreicht, dass Gloria sich nicht nur beneidet fühlt, sondern auch klug und respektiert. Jeden Tag bittet sie flüsternd um kleine Ratschläge. Was soll sie mit dem saufenden Ruderer anfangen, mit dem sie verheiratet ist? Verlangt sie eigentlich die richtigen Preise für die Reiskuchen? Und was soll man mit Töchtern machen, die ihre Eltern nicht respektieren.

»Schlag sie«, sagt Gloria und bricht ein Stück von dem Kuchen ab, den sie gerade gekauft hat. »Aber nicht so hart, dass sie bitter werden und sich nicht um dich kümmern wollen, wenn du alt bist. Nur so viel, dass sie lernen, dich zu respektieren. Das hab ich getan und meine Mädchen erlauben sich jetzt keine Frechheiten mehr.«

Manuela tut so, als würde sie über die Sache nachdenken und seufzt dann tief.

»Ja. Du hattest Glück mit deinen Kindern. Du hast ja Alex... Ich wünschte, irgendein reicher Mann würde meine Jungs genauso mögen.«

Ihre Worte bleiben eine Weile in der Luft hängen, während Gloria an dem Reiskuchen kaut. Sie hat neuerdings ständig irgendwas im Mund. Es ist, als versuchte sie, ihr ganzes Leben durch Essen nachzuholen, von der reinen Hungersnot bis hin zu den Zeiten trostloser Armenkost in Pagsanjan.

»Das sollte wohl möglich sein«, sagt sie schließlich und lässt die Zunge den Gaumen streicheln, um die letzten Krümel zu erbeuten. »Ich werde sehen, was ich tun kann.«

Mit gekrauster Stirn macht sie sich auf den Heimweg. In Manuelas Bitte liegt eine Verlockung, sie birgt aber auch ein Risiko in sich. Es ist tröstend und schmeichelnd, dass die Freundin ihr zutraut, noch ein Wunder vollbringen zu können. Aber wäre das wirklich klug? Und wie sollte das zugehen? Einen Augenblick spielt sie mit dem Gedanken, mit Mister Galante zu reden, sieht aber sofort ein, dass es gefährlich wäre. Es wäre dumm, ihm mehrere Jungs zu servieren. Mister

Galante gehört Alex und keinem anderen. Oder, wenn man so will, auch umgekehrt.

Trotzdem ist es Mister Galante, der das Dilemma löst. Als er das nächste Mal kommt, um Alex zu holen, spricht er Gloria, ganz entgegen seiner Gewohnheit, direkt an.

»Mister Mantoya will dich sehen. Er erwartet dich morgen in seinem Büro in der Pagsanjan Lodge…«

Sie macht sich zeitig auf den Weg, denn sie will nicht riskieren, Mister Mantoya zu erzürnen, indem sie zu spät kommt. Alex ist noch nicht heimgekommen, doch wenn er kommt, sind die Mädchen da und können ihm das Essen reinzwingen.

Sie ist noch nie drinnen im Hotel gewesen, und als sie den Parkplatz überquert, bekommt sie fast Angst. Sie hält sich am Geländer der Treppe fest und geht zur ersten Terrasse hinunter. Kleine rote Backsteinhäuser mit schwarzen Türen. Welches davon ist sein Büro?

Wie ein Dienstmädchen bleibt sie auf dem schwarzen Asphalt stehen: die Schultern leicht eingezogen, ernst und wartend. Ein Kellner ist ihre Rettung. Er kommt mit einem Tablett aus einer der schwarzen Türen, und es gelingt ihr, ihn aufzuhalten. Er redet nicht mit ihr, nickt aber als Antwort auf ihre Frage, und sie darf ihm folgen, zuerst in ein großes Gebäude aus Holz, das ein Restaurant sein muss, wo er nonchalant das Tablett auf einen der leeren Tische stellt, und danach weiter durch schmale Gänge hinaus ins Grüne, mehrere Treppen hinunter bis zu einem weiteren kleinen, roten Backsteinhaus. Dort nickt er noch einmal und verschwindet.

Sie muss über eine Stunde warten. Während dieser Zeit steigert sich ihre Angst und wächst zu Panik. Was will er? Soll sie für irgendetwas bestraft werden? Was kann sie von Mister Mantoya erwarten, außer Zorn und Verachtung? Er wird sie für ein Verbrechen, von dem sie nicht weiß, dass sie es begangen hat, in Stücke reißen, denn so rächen sich die Reichen immer an den Armen.

Als er endlich kommt, ist sie davon überzeugt, dass die

Katastrophe unvermeidbar und die Strafe – welche auch immer – gerechtfertigt ist. Darum empfindet sie es als eine Gnade, dass er freundlich mit ihr redet, sie beim Namen nennt und sie sich setzen darf. Er blättert in einigen Papieren auf seinem Schreibtisch, und in dem blanken Glas eines Bildes hinter ihm kann sie sich plötzlich selbst sehen: Sie ist kein Dienstmädchen mehr, sondern eine ordentliche Hausfrau mit rundlichen Wangen, glänzendem Haar und frisch gebügeltem Kleid. Aus ihr ist geworden, was sie immer sein wollte.

Auch Mister Mantoya fällt die Veränderung auf.

»Du siehst aus, als ginge es dir gut, Gloria.«

»Ja, Sir. Danke.«

»Und wie geht es den Kindern?«

»Sehr gut, Sir. Sehr gut. Vielen Dank.«

Jetzt lächelt er.

»Alex ist ein reizender Junge, Mister Galante ist sehr zufrieden mit ihm. Und du bist doch mit Mister Galante zufrieden?«

Gloria kann sich nicht bremsen. »Mister Galante! So ein guter Mann. Der Heilige möge ihn lobpreisen! Jeden Tag zünde ich in der Kirche eine Kerze für seine Gesundheit und sein Wohlergehen an. Ihm habe ich zu verdanken, dass meine Kinder satt und versorgt sind. Ihm haben wir das Haus zu verdanken! Ein ganzes Haus! Von den Möbeln ganz zu schweigen, die ich eigentlich selbst bezahlen wollte, die er uns aber noch obendrein geschenkt hat... Und die Kleidung! Alex hat jetzt drei Paar Schuhe. Drei Paar!«

Obwohl sie länger und lauter redet als es sich gehört, unterbricht er sie nicht. Erst als sie aus Mangel an Adjektiven verstummt, ergreift er selbst das Wort.

»Ja, Mister Galante ist ein guter Mann. Und kinderlieb...«

Er steht auf, geht ans Fenster und wendet ihr den Rücken zu.

»Ich selbst habe Kinder auch sehr gern. Und ich habe einige Freunde in Manila, die Kinder mögen. Einige von ihnen kommen bald zu Besuch. Es wäre nett, wenn man ihnen zeigen könnte, dass Alex nicht der einzige reizende Junge in Pagsanjan ist... Er hat doch bestimmt Freunde? So an die vier – fünf Stück?«

Gloria geht direkt vom Hotel zum Markt, ja, wäre sie nicht so auf ihre Würde bedacht, würde sie laufen und lauthals rufen. Plötzlich blüht sie auf vor Liebe zu ihren Schwestern, die sie vorher teils gefürchtet und teils verachtet hat. Jetzt kommt sie mit einem Geschenk zu ihnen, dem größten Geschenk überhaupt. Hoffnung!

Als sie Manuela endlich findet, perlen vor Eifer Schweißtropfen auf ihrer Oberlippe, und sie ist so außer Atem geraten, dass sie dreimal flüstern muss, bis die Freundin endlich versteht, was sie sagt. Am Samstag! Im Hotel! Fünf Jungs – und dein Danilo muss natürlich dabei sein.

So entschließt sich eine kleine Stadt irgendwo am anderen Ende der Welt, ihre Söhne zu verkaufen. Die Möglichkeit dazu hat seit langem unter der Oberfläche gelauert und gepocht.

Städte sind wie Menschen. Sie haben alle eine Geschichte. Pagsanjans Geschichte handelt von Durst und Befriedigung.

Vor geraumer Zeit, lange bevor es auf dieser Erde Weiße gab, waren zwei Brüder, Balubad und Magdapio, von der Dürre betroffen. Ihre Äcker bekamen Risse, ihre Tiere starben und die Vögel, die vom Himmel fielen, verwesten schon im Fall. Aber Balubad und Magdapio wollten nicht sterben. Sie begaben sich auf Wanderschaft, um nach Wasser zu suchen.

Tage- und nächtelang zogen sie durch ein verödetes Land, gingen über trostlose graue Ebenen, durch menschenleere Dörfer und über braune Berge. Schließlich erreichten sie eine Stelle, die einst ein Fluss gewesen war, eine erstarrte Furche aus getrocknetem Schlamm zwischen hohen Bergen. Hier wurde Balubad vom Durst besiegt und starb. Sein Bruder beerdigte ihn am Berghang und kletterte danach auf die höchste Klippe. Dort fiel er auf die Knie, weinte bitterlich und flehte die Götter um Wasser an. Aber die Götter antworteten nicht und ihr Schweigen trieb Magdapios Zorn zum Äußersten. Er erhob sich und warf seinen Speer voller Wut geradewegs gegen eine Klippe. Und siehe da: an der Stelle, wo der Speer getroffen hatte, barst die Klippe und Wasser trat aus, zunächst still und lautlos, danach immer heftiger. Gegen Abend toste ein Wasserfall den Berg hinab und die staubige Furche war zu einem mächtigen Fluss geworden.

Auf diese Weise bekam der Berg den Namen Balubad und der Wasserfall wurde Magdapio getauft. Aber die Namen erinnerten an Wilde, und als die Ausländer kamen, passte ihnen das nicht. Sie sorgten dafür, dass Balubad in Vergessenheit geriet und verwandelten Magdapio in Pagsanjan Falls. Und aus dem Dorf, das von Magdapios Nachkommen gebaut worden war, machten sie eine spanische Stadt mit einer Kirche in der Mitte und einem Marktplatz, so wie es in ihrem Heimatland war. Pagsanjan vergaß seine Götter, und aus dem Dorf wurden zwei Städte. Die erste und sichtbare Stadt wurde zur Heimat der »los ilustrados«, einer Elite mit Geld und Bildung, die fand, dass ihre Gedanken besonders gut in dieser Schönheit und Abgeschiedenheit gediehen. Das andere Pagsanjan gehörte den Armen. Ihre Hütten drängten sich an den steilen Ufern des Flusses, von Palmen beschattet und blühender Bougainvillea bedeckt. Die Armut in Pagsanjan war nie aufdringlich gewesen. Das üppige Grün verbarg alles Elend und schonte die Augen der Herrschenden. Die gewöhnlichen Leute sah man nur aus gehörigem Abstand: einige Kanufahrer im Kampf mit der Strömung, einige Frauen, die am Wegrand Reiskuchen verkauften und, wenn Epidemien herrschten, einige Trauerzüge mit sehr kleinen Särgen.

Kriege brachten ständig neue Herren. Die Spanier verschwanden und die Amerikaner kamen. Die wiederum wurden von den Japanern ins Meer getrieben, um selbst einige Jahre darauf gleichfalls davongejagt zu werden. Schließlich kamen die reichen philippinischen Herren mit spanischen Namen und amerikanischen Gewohnheiten. Pagsanjan diente ihnen allen mit sanftester Geduld, fraglos und klaglos. Die Herren antworteten mit Verachtung.

»Dies ist kein Volk«, sagten sie. »Es ist eine Dienerschaft!«

Das erschwerte auch die Lage der philippinischen Herren. Ihnen wurde dieselbe duldsame Unterwerfung zuteil wie den

Ausländern, dennoch waren sie fortwährend auf der Suche nach Bestätigung ihrer Macht. Wie kann sich jemand seiner Herrschaft sicher sein, dessen Augen genauso geformt sind, wie die seiner Diener? Also fuhren die feinen Damen nach Manila und kehrten mit runden Augen wieder.

Nach und nach kamen die Touristen. Zunächst nur einige, aber exklusive. Rock Hudson war einer. Joan Collins eine andere. Fernab in Hollywood wurde Pagsanjan ein Punkt auf der Landkarte mit dem Randvermerk: gut erhaltene Dschungelstadt. Jede Menge billige Komparsen.

Die Touristen wollten die Wasserfälle sehen und *Gaya-Gaya* griff mit voller Kraft um sich. Die armen Kleinbauern verließen ihr Ackerland und die Fischer gaben den Fischfang auf. Bald gab es mehr Ruderer als Fischer in der Stadt; schon mehrere Kilometer vor dem spanischen Tor standen die Ruderer an der Landstraße und versuchten Autos und Busse anzuhalten. Letztendlich waren sie den Touristen überzählig und drückten einander so die Preise, dass keiner von ihnen seine Familie versorgen konnte. Das Hotel und die Touristenbehörde wollten zuerst ihren Teil haben, bevor die Männer ihren mageren Verdienst nach Hause bringen konnten. Also mussten auch die Frauen mit zupacken: Sie stellten Dekorationen und Schmuckgegenstände aus geflochtenen Palmenblättern her, bis einer der Kaufleute der Stadt kleine Plastikpüppchen und billige Fächer einkaufte. Die Frauen nähten Puppenkleider, malten den Namen der Stadt auf den Kunststoff und fingen an, den Touristen hinterherzulaufen. Pagsanjan krümmte sich vor einem neuen Hunger, wilder und schlimmer als der triste, kleine Hunger zuvor. Und trotzdem wurde keiner dabei reich, der es nicht schon vorher gewesen war.

Dies ist des Öfteren passiert, in vielen Gegenden der Welt. Hungrige Städte und Dörfer haben ihre Schönheit an Fremde verkauft. Der Ruf dieser Orte wurde beschädigt oder sie sind verödet. Andere konnten sich retten, indem sie die Touristen verachteten. Stolz ist das Einzige, was die Armen vor dem Untergang bewahren kann. Und Pagsanjan hatte nur einen Stolz: die Tugend seiner Frauen. Es war eine Stadt, in der Jungfräulichkeit ein Heiligtum war, wo man seine Töchter züchtigte und gute Mütter ehrte. Hier gab es keine Frauen auf der Straße, wie in Manila und Olongapo, aber das war auch alles.

Natürlich war Pagsanjan nicht ganz so unschuldig. Es war schon vorgekommen, dass ein weißer Mann beim Betrachten des glänzenden Rückens seines Ruderers verklärte Augen bekam. Er zückte die Brieftasche und kaufte sich einen diskreten Gefallen. Pagsanjan setzte ein schiefes Lächeln auf und zuckte mit den Schultern: *Namamangka sa dalawang ilog.* Man kann ja auf mehreren Flüssen Boot fahren. Und ein Mann muss schließlich die Seinen versorgen.

Aber seine Söhne zu verkaufen, ist dann doch etwas anderes. Das erfordert eine Lüge, ja, es ist nur mit vielen Lügen möglich.

»Es ist nicht schlimm«, sagt Manuela zu Danilo, als sie ihn am Samstagnachmittag sauber schrubbt. »Schau dir nur Alex an! Reich wie ein Prinz! Spielsachen hat er und Kleider. Und bald wird er zur Schule gehen…«

Jungs müssen den Versprechungen ihrer Mütter glauben, sonst können sie nicht leben. Danilo geht in demselben T-Shirt zur Pagsanjan Lodge, das Alex am ersten Tag mit Mister Galante getragen hat. Es ist zu klein, aber sein Haar ist nass gekämmt und er ist voller Erwartung. Er denkt an das Auto, das er sicher bekommen wird, und an die Aufmerksamkeit, die ihn, wie damals Alex, erwartet.

Danilo ist der Jüngste in einer großen Familie, doch er ist älter als Alex. Er ist schon zehn und eigentlich alt genug, um etwas zur Versorgung beitragen zu können, es gelingt ihm aber selten, eine lohnende Beschäftigung zu finden. Dieser Mangel an Männlichkeit ist ihm bitter bewusst, und in der letzten Zeit hat er versucht, sich außer Reichweite seines Vaters zu halten. Er hat nicht nur Angst vor Prügeln. Danilo hat Angst davor, verglichen zu werden. Er hasst es, seinen eigenen schmalen Schatten neben dem breiten des Vaters zu sehen.

Gloria steht auf dem Parkplatz vor dem Hotel. Um sie scharen sich nervöse Frauen mit ihren Söhnen. Es sind viel mehr, als Mister Mantoya haben will, doch Manuela ist gelassen. Gloria wird bestimmt dafür sorgen, dass ihr Danilo zu den Auserwählten gehört.

»Wo ist Alex?«, fragt sie.

»Ach«, sagt Gloria. »Er muss nicht dabei sein. Mister Galante hat ihn auf einen Ausflug mitgenommen.«

Nun, da sie noch einmal ihre Sonderstellung betont hat, ist ihre führende Rolle gesichert. Sie streicht mit den Händen ihren Rock glatt und erklärt, dass sie zu Mister Mantoya hineingehen wird. Alle sollen da bleiben, falls aber noch mehr Jungs kommen, müssen sie sie wegjagen. Für mehr gibt es keinen Platz. Und die anderen Frauen streichen mit rauen Händen über ihre Röcke und nicken zustimmend. Ja, andere Jungs werden weggejagt.

Mister Mantoya sitzt im Restaurant. Er hat an der offenen Längsseite zum Fluss hin einen großen Tisch decken lassen, genau dort, wo man sich eine kühlende Brise erhoffen kann. Die gewöhnlichen Touristen sitzen weiter drinnen an nackten Holztischen, aber Mister Mantoyas Freunde haben ein Tischtuch bekommen und die beste Aussicht. Jetzt hören sie Mister Mantoya zu, der von all dem Großartigen erzählt, das bald hier in Pagsanjan geschehen wird. Filmaufnahmen! Nicht mit einem X-Beliebigen, sondern mit Marlon Brando!

Sie haben Whisky getrunken, und es mag sein, dass Mister Mantoya vielleicht darum anfänglich seine Würde vergisst.

»Aaah, da kommt Gloria«, ruft er. »Na, hast du ein paar Knaben besorgt?«

Seine Freunde lächeln das verschwommene Lächeln angetrunkener Männer. Seit Glorias Anwesenheit sind sie sichtlich bemüht, einen guten Eindruck zu machen. Einer streicht sich über das glänzende Gesicht, ein anderer glättet sein welliges, weißes Haar. Fünf Weiße und Mister Mantoya.

»Auf dem Parkplatz warten acht Jungs«, sagt Gloria. »Soll ich sie holen?«

»Wow!«

Einer der Männer nimmt seine Baseballkappe ab und fächert damit vor seinem Gesicht herum, als müsse er sich abkühlen. Die anderen lachen.

»Bring sie rein«, sagt Mister Mantoya.

Die Mütter lassen ihre Söhne nicht ohne Ermahnungen gehen. Seid artig! Und gehorcht! Verplempert kein Geld! Die Jungs winden sich vor Ungeduld, Spannung und Scham. In Pagsanjan ist es nicht üblich, dass Mütter ihre Söhne auf dem Weg in die Welt hinaus begleiten, und nur Weichlinge müssen sich das Gezeter ihrer Mütter anhören, wenn andere dabei sind.

Und dies hier sind keine Weichlinge. Dies sind acht Jungs, die die erstaunlichsten Sachen können. Pedro kann seine ganze Ohrmuschel in den Hörgang stecken, seine Augenlider hochklappen und wie ein Monster aussehen. Antonio kann kahle Klippenwände hochklettern. Danilo ist sich nicht ganz sicher, ob er sich mit diesen beiden messen könnte, aber er weiß, dass es für einen Mann wichtig ist, sich die Frauen vom Leib zu halten. Genau wie die anderen schüttelt er sich und treibt Manuela mit seiner Ungeduld in die Flucht. Eigentlich ist es nur der kleine Ramon, der seine Mama nicht loslassen will. Sie muss seine Finger gewaltsam aus der Umklammerung lösen und ihn zu Pedro schubsen, damit er geht. Von Pedro bekommt er eine Ohrfeige, weil er aufhören soll zu heulen.

So fängt das erste Kinderfest in Pagsanjan an. Gloria führt die Jungs ins Restaurant, wie eine Lehrerin, die ihre Klasse präsentiert. Die weißen Männer rücken beiseite und machen den Jungs Platz, bestellen mehr Whisky und literweise Coca-Cola. Möchten die Jungs etwas essen? Leckerbissen werden herbeigezaubert, Hähnchen, Fisch und so viel Reis wie sie runterkriegen können. Mit satten Bäuchen sind sie zu Gekicher und Dummheiten aufgelegt. Pedro macht seinen Monstertrick und die Männer und die Jungs lachen. Ramon vergisst seine Mamasorgen und tut so, als würde er vom Stuhl fallen, einfach nur, weil es so ein herrliches Gefühl ist, derjenige zu sein, den alle anschauen und über den alle lachen. Der Mann mit dem silberweißen Haar hebt ihn hoch, tätschelt sein Knie und fragt, ob es wehgetan hat. Dann lacht auch er.

»Es hat wohl pom gemacht, als du auf den Boden geschlagen bist.«

Mister Mantoyas Augen glitzern.

»Vielleicht Pom-Pom? Es gibt Süßigkeiten, die hier auf den Philippinen so heißen…«

Pom-Pom! Die Jungs lachen, weil es so dumm klingt und die Männer lächeln, als wäre es ein Geheimnis. Mantoyas Lächeln ist breiter als das der anderen. Nur er erinnert sich an die Kriegshuren, die Pam-Pam genannt wurden.

Viel mehr passiert an diesem Abend nicht. Die großen Jungs dürfen ein wenig vom Whisky probieren, sie ziehen vor Ekel Grimassen und fallen ihren Tischnachbarn in die Arme, weil sie sich vor Lachen biegen. Vielleicht wird ein Ohr geleckt, vielleicht steckt jemand seine Hand hastig in eine der kurzen Hosen und vielleicht streichelt der Weißhaarige Ramons kleine Beine allzu lange, aber mehr wird daraus nicht. Die Jungs bekommen etwas Geld und denen, die allein zu einem Besuch ins Hotel wiederkommen, verspricht man flüsternd mehr.

»Vergiss nicht, Ramon, zehn Uhr!«

Und Ramon, der kaum weiß, was eine Uhr ist, nickt dem Silberonkel artig zu. Jetzt wird sich die Mama freuen.

Als der Abend zu Ende ist und die Nacht anbricht, läuft der lärmende Haufen der Stadt entgegen. Es ist sehr dunkel. In den Schuppen am Weg brennen seit langem die abendlichen Feuer und unter der einzigen Glühlampe am Hoteleingang sitzen einige alte Männer und blicken den Jungs nach. Die Jungs sehen sie nicht.

Wie immer, wenn jemand in Pagsanjan eine neue Erwerbsquelle gefunden hat, geht alles sehr schnell. *Gaya-Gaya.* Die fünf Männer fahren nach Manila, um ihre Sachen zu holen und bringen noch ein paar andere mit. Das Gerücht von der freizügigen Stadt verbreitet sich schnell, von Manila nach Hongkong, von Hongkong nach Sydney und weiter in die Welt hinaus.

Das Hotel öffnet den Jungs der Stadt seine Pforten und lässt sie den Swimmingpool zu ihrem Marktplatz machen. Und der ist nicht schlecht: Er ist direkt in die Klippe gehauen und liegt verborgen hinter viel buschigem Grün. Frauen, die das Hotel besuchen, begreifen bald, dass er nicht für sie gedacht ist, und die weißen Männer werden täglich mehr. Sie liegen mit ihren Bierdosen auf der Klippe und sehen ins Wasser hinunter. Jetzt, da sie endlich die Möglichkeit haben, kosten sie ihre Wahl aus, lange und genießerisch.

Die Jungs begreifen schnell. Achtjährige senken verführerisch ihre Augenlider, denn die Konkurrenz ist groß; Zehnjährige streichen die Rücken der Fremden und die älteren Jungs zupfen sich mühsam jedes neue Härchen an ihrem Geschlecht aus. Alle sehen zu, dass sie von jedem neuen Kunden eine Mahlzeit bekommen.

Das obere Pagsanjan schaut weg. Man sieht zwar, dass braune Jungs und weiße Männer an vielen der Restauranttische im Hotel sitzen, aber zu fragen, wieso und weshalb, ist verboten. Anständige Leute wollen das nicht wissen, und wenn Myrnas Vater die Fensterläden zum Marktplatz zumacht, atmet der Rest erleichtert auf und tut es ebenfalls.

Nicht, dass die Jungs schon dort rumstehen würden, aber das ist wohl nur eine Frage der Zeit, bis sich das, was-da-so-läuft, auch dorthin verbreitet.

Danilo erbt die Badehose seines großen Bruders und geht jeden Tag ins Hotel. Manuela sieht zu, dass er nicht zu viel zum Frühstück isst. Wenn er allzu satt ist, kann es passieren, dass er das Geldverdienen vergisst und nur den ganzen Tag im Pool spielt. Der Hunger ist die einzige Möglichkeit, ihn an seine Pflichten zu erinnern. Bis jetzt hat er keinen Wohltätigen gefunden, der reich genug ist, ihm ein Haus zu halten. Das sollte er und das weiß er auch, doch er weiß nicht richtig, wie.

Eines Tages geht er an Alex' Haus vorbei, vielleicht mit dem Hintergedanken, dass Erfolg abfärbt. Er bleibt eine Weile vor der Pforte stehen, ist unschlüssig, ob er wagen soll hinein zu gehen. Er hört die Stimmen der Schwestern, kann sie aber nicht sehen. Stattdessen taucht Gloria auf. Sie kommt mit erdigen, gespreizten Händen aus dem Garten hinterm Haus, wo sie Ordnung schafft.

»Danilo! Hallo! Willst du Alex besuchen?«

Ihre Freundlichkeit ängstigt ihn fast. Kinder sind es nicht gewohnt, von den Müttern anderer Aufmerksamkeit zu bekommen. Aber Gloria lässt sich nicht von seiner schüchternen Miene abhalten. Plötzlich bewegt sich die alte Liebe wie ein Fötus in ihrem Leib, und alles, was sie will, ist, dass Danilo zu Alex geht und ihn aus dem Schweigen reißt.

Dass ihr Sohn erloschen ist, ist Glorias Geheimnis. Die Schwestern haben ihr Urteil verkündet: Alex ist nur verwöhnt. Wenn er sich irgendwann einmal draußen zeigt, deuten andere Mütter sein ernsthaftes Schweigen als gute Erziehung.

»Komm«, sagt Gloria und schiebt Danilo vor sich her.

»Komm, dann kannst du dir die Spielsachen angucken…«

Alex sitzt wie immer auf dem Fußboden in seinem Zimmer. Die Fensterläden sind geschlossen, weil Gloria sein Gejammer nicht aushält, wenn sie sie öffnet. Auf dem Fußboden liegen eine Matratze und eine Decke, ansonsten gibt es nur Spielsachen. Autos und Tanks, Mekano und ein kleiner Zug, ein Teddy und ein Cowboy-Revolver.

Gloria entfernt sich, und Danilo tritt zögernd in die dunkle Schatzkammer. Er zweifelt an Alex' Großzügigkeit und fürchtet seinen Kampfeswillen. Er nimmt ein Auto und fährt es versuchsweise über den Zementfußboden. Keine Reaktion. Dann lässt er den Zug geradewegs in die Matratze fahren, doch Alex rührt sich nicht.

Eine Stunde lang arbeitet sich Danilo systematisch durch alle Spielsachen, die Alex besitzt. Alle sind neu und glänzen. Alex verzieht keine Miene und unternimmt nichts, um sein Eigentum zu schützen. Schließlich erregt sein unbewegliches Starren Danilos Interesse.

»Was siehst du da bloß?«

»Eidechsen«, sagt Alex.

Danilo folgt seinem Blick die Zementwand hinauf und sieht, wie eine durchsichtige Eidechse zur Decke huscht. »Eidechsen? Und was findest du an Eidechsen? Die gibt's doch überall.«

Zum ersten Mal wendet Alex den Blick von der Wand ab.

»Früher waren Eidechsen viel größer…«

Danilo schweigt und wartet.

»Die waren so groß, dass sie die Blätter von den Bäumen fressen konnten… ohne sich zu strecken.«

Danilo will so einen Blödsinn nicht glauben.

»Eidechsen fressen doch keine Blätter…«

»Doch, damals schon.«

»Und wo sind sie jetzt? Warum sind sie so klein geworden? Und warum fressen sie Fliegen?«

»Es gab Eidechsen, die auch Fleisch fraßen. Die hatten große Klauen, mit denen sie die Menschen in Stücke rissen. Und das Blut haben sie dann getrunken.«

»Und wo sind sie jetzt?«

»Sie sind gestorben. Die Menschen haben sie getötet. Sie gingen nachts mit großen Fackeln raus und verbrannten alle Eidechsen… Ich zeig's dir.«

Er kriecht auf dem Fußboden zur Matratze, zieht sie ein wenig beiseite und holt einen Pappkarton hervor. Darin raschelt es.

Plötzlich steht Gloria in der Tür, in einem geblümten Kleid und mit frisch frisiertem Haar.

»Ich gehe zur Arbeit, Alex.«

Alex antwortet nicht. Er dreht ihr den Rücken zu und verbirgt seine Schachtel an der Brust. Danilo nickt an Stelle von

Alex. Sie bleiben so lange auf dem Fußboden sitzen, bis draußen die Pforte quietscht.

»Komm«, sagt Alex, und auf einmal hat er es eilig. Er läuft in die Küche und holt eine Streichholzschachtel, öffnet die Haustür und läuft hinters Haus. Vorsichtig stellt er den Karton ab und beginnt Steine und Stöcke zu einem kleinen Haufen zusammen zu tragen. Er fummelt mit den Streichhölzern herum, doch durch seinen zitternden Eifer erlischt eins nach dem anderen, sobald sie Feuer gefangen haben.

»Lass mich das mal machen«, sagt Danilo mit der Stimme eines großen Bruders und greift nach den Streichhölzern. Schon beim zweiten Versuch gelingt es ihm. Alex betrachtet das Feuer und holt seine Pappschachtel. Jetzt sind Worte überflüssig. Danilo hält die Schachtel, sodass Alex den Deckel nur leicht anheben muss, damit er seine Hand hineinstecken kann. Das Geraschel drinnen wird stärker, aber nur einen Augenblick lang, dann hat Alex eine Eidechse im Griff und zieht sie aus der Gefangenschaft hervor.

»Gib mir einen Stock! Nein, einen der brennt!«

Danilo gehorcht Alex und greift vorsichtig nach dem brennenden Stock, führt ihn mit der rechten Hand zur Eidechse, die er in der linken Hand hält. Das Feuer zischt, wenn es das Auge berührt, erlöscht aber nicht. Er macht weiter und lässt das Feuer die blasse Haut streicheln, hoch und runter, runter und hoch. Erst als er den Stock in das aufgesperrte Maul presst, geht das Feuer aus.

Die Eidechse bewegt sich immer noch, als er sie auf den Boden fallen lässt, doch nur ein paar Sekunden lang.

»So haben sie's gemacht...«

Danilo grinst etwas und stochert an dem versengten Körper herum. Eigenartigerweise riecht er nicht. Dann merkt Danilo, wie hungrig er ist. Der halbe Tag ist vergangen und er hat nicht einen Centavo verdient.

»Ich muss gehen«, sagt er.

»Wohin denn?«

»Zum Hotel…«

»Arbeitest du da?«

Danilo druckst herum.

»Äh, arbeiten… Ich bade im Pool, bettle um Geld und albere mit den Kerlen rum…«

Danilo geniert sich.

»Ich komme morgen wieder.«

Aber Alex antwortet ihm nicht. Er verfällt wieder in Schweigen und wendet Danilo den Rücken zu.

Als das Schuljahr beginnt, reicht der Platz kaum für alle Kinder. Sogar sechs Familien, von denen man es nie erwartet hätte, schicken ihre Söhne und auch ihre Töchter zum Unterricht. Kinder von Ruderern, die allesamt neue Schuluniformen bekommen haben. Das obere Pagsanjan schüttelt den Kopf.

Obwohl sie nicht gleichaltrig sind, dürfen Alex und Danilo in dieselbe Klasse gehen. Keiner von ihnen kann lesen. Wenn sie aufrecht nebeneinander sitzen, sehen sie wie Brüder aus. Alex lässt den Lehrer nicht aus den Augen. Das Alphabet dringt in sein Gehirn ein, findet seinen Weg in alle Windungen und verdeckt zeitweilig das Schwarze.

Mister Galante ist wieder nett. Nicht einmal, wenn er Zeit hat, fordert er, dass Alex auf den Unterricht verzichtet. Er wartet bis die Schule aus ist, bevor er seinen Knaben abholt. Und wenn Alex dann tüchtig ist und die ganze Nacht nicht weint, kann es passieren, dass er ihn von seinem Chauffeur in der schwarzen Limousine zur Schule fahren lässt. Er kauft Bücher und Alex liest sie, wirft sie nicht nur auf den Fußboden, wie er es mit den Spielsachen macht.

Danilo hat es nicht so leicht. Jeden Tag geht er direkt nach der Schule zum Hotel, verdient aber nicht so viel, wie er müsste. Kommt er ohne Geld nach Hause, darf er am Tag darauf nicht zur Schule gehen.

»Wir können nicht von Luft leben«, sagt sein Papa, und auf diese Weise bekommt Danilos Alphabet große Löcher.

Alex befürchtet jeden Tag, dass Danilo nicht kommen wird. Er hat vor sehr vielem Angst: vor dem Lehrer, vor den großen Jungs und davor, dass die Scheiße ihm plötzlich aus dem Hintern läuft. Jeden Morgen rollt er Papier zu Bällen zusammen und drückt sie sich zwischen die Pobacken: harte, braune Bälle, wenn er zu Hause aufwacht; weiche, weiße, wenn er bei Mister Galante aufwacht. Gloria hat ihm keine Unterhosen gekauft, obwohl Alex ihr gesagt hat, dass Mister Galante das will. Er trägt die kurzen Hosen direkt auf dem nackten Hintern, und wenn die Scheiße zu laufen anfängt, dann läuft sie ihm am Bein herunter. Das lässt sich nicht aufhalten und nicht verbergen.

Danilo bewacht in jeder Pause das Klo. Sowie die Unterrichtsstunde zu Ende ist, stürzt er auf den Schulhof zu der stinkenden Reihe. Dort hält er wie ein Gardeoffizier Wache, während Alex sich mit kleinen Schritten nähert. Schon nach ein paar Tagen haben die großen Jungs begriffen, dass das Wort »Scheißer« nicht erlaubt ist, und dass Danilo hart zuschlagen kann, sehr hart. Die Tage, an denen er fehlt, sind eine brennende Gehenna. Grinsende Jungs versperren die Klotür, und Alex hat sich schon einige Male demütigen und auf die Mädchentoilette retten müssen. Die Mädchen haben mit der Zeit genug von seinem erbärmlichen Anblick und tun so, als würden sie ihn nicht sehen. Da steht er dann, wie ein Zinnsoldat im Kies und fühlt, wie das Braune an ihm klebt.

Doch Gloria sieht bei allem nur den Triumph. Ihr Sohn besucht die Schule und kann schon lesen. Die braunen Flecken in seinen Hosen lassen sich auswaschen und können verschwiegen werden. Ansonsten kommt Alex genauso ordentlich, gebügelt und glatt gekämmt aus der Schule nach Hause, wie er weggegangen ist. Er macht sich nicht schmutzig wie die anderen, zerreißt seine Hosen nicht und hat nie wunde Knie. Sie ist eine gute Mutter.

Danilo versteht nicht ganz, was los ist, denn bis jetzt war noch kein Onkel in seinem Po, und Alex sagt nie ein Wort über

Mister Galante. Es gab schon einen, der hat ihm aber nicht die Hosen runtergezogen, sondern ihn nur geherzt und geküsst, als sei er ein kleines Baby. Die anderen Hoteljungs singen halblaut Lieder von Schmerzen im Hintern, aber keiner von ihnen hat erzählt, wieso und weshalb.

Es ist der kleine Ramon, der das Gebäude des Schweigens zum Einsturz bringt. Eines Tages, als Alex vor der Schule aus dem schwarzen Auto rutscht – mit kleinen, sehr kleinen, zusammen gekniffenen Bewegungen! –, ist Danilos Gesicht nicht wieder zu erkennen. Seine Augen sind voller Unruhe und sein Mund, der fast zittert, ist weicher als sonst.

»Hast du schon gehört?«, fragt er.

Alex schüttelt den Kopf. Natürlich hat er nichts gehört. Danilo ist der Einzige, mit dem er spricht, und ihm begegnet er erst jetzt.

»Der kleine Ramon! Er blutet…«

Der Chauffeur, irritiert wie immer, jagt den Motor hoch. Alex beeilt sich, streckt sich nach seiner Schultasche und schließt die Autotür.

»Blutet? Wie denn?«

»Im Hintern… Er ist einfach geplatzt!«

Danilo gehen die Worte aus, er kaut und dreht sie im Mund herum. Erst allmählich wird daraus eine begreifbare Geschichte: Ramon mit dem Silberonkel in einem Hotelzimmer. Überall Blut, das pumpt und nicht gestillt werden kann. Ramons Papa, ein Kellner, wird aufs Zimmer gerufen und schreit vor Entsetzen, als er sieht, was passiert ist. Er sagt, er hätte nichts gewusst, nichts begriffen. Der Silberonkel hält sich die Ohren zu und schreit noch lauter.

»Nicht meine Schuld, nicht meine Schuld, er wollte selbst!«

Alex und Danilo gehen dicht nebeneinander ins Schulgebäude und zum ersten Mal ergreift Alex Danilos Hand. Er lässt sie nicht einmal los, als sie in der Bank sitzen, hält sie fest, bis er den Stift herausholen muss.

Auf dem Schulhof herrscht Gedränge, denn der Regen hat

den Rasen in der Mitte in einen See verwandelt. Die Pflasterung am Rand reicht für die üblichen Spiele nicht aus. Die Kinder kommen einander sehr nahe und das bestürzende Gerücht macht die Runde: Ramons Hintern ist geplatzt. Die Jungs albern laut herum, und die Mädchen lächeln hinter vorgehaltener Hand. Ach, du liebe Scheiße!

Alex muss dennoch aufs Klo. Danilo geht voraus, drängt und schubst einen Gang frei, damit Alex größere Bewegungen erspart bleiben. Keiner schubst zurück, aber einer der älteren Jungs fängt an, hinter ihnen herzusummen:

»Pom-Pom, Pom-Pom, Pom-Pom…«

Seine Kameraden haben auch schon gehört, dass die Erwachsenen das neue Wort geflüstert haben. Sie grinsen und singen in hellen Tonlagen und mit Stimmen, die sich im Stimmbruch befinden.

»Pom-Pom, Pom-Pom…«

Die jüngeren Kinder horchen auf, wissen nicht, was geschieht, werden aber vom Rhythmus und der offensichtlichen Macht des Gesangs der großen Jungs mitgerissen.

»POM-POM, POM-POM, POM-POM…«

Alex und Danilo schwimmen durch einen Ozean von Hohn zur Klotür. Da helfen keine geballten Fäuste, denn die Menge hat kein Gesicht und keine Nase, die blutig geschlagen werden kann. Danilo schwitzt und Alex' Muskeln gehorchen ihm nicht länger, die Beine machen große Schritte, viel größere, als sie sollten. Bald ist das Unerträgliche passiert, die Scheiße läuft an seinen Beinen herunter.

Alle haben es gesehen. Danilo quetscht sich mit Alex ins Klo, schließt die Tür und fummelt an Alex' Hose herum, um sie zu öffnen. Alex lehnt sich an die Wand und lässt es geschehen. Danilo muss ihm die Füße heben, damit er aus den Hosen steigt, er dreht ihn um und setzt ihn hin.

Es gibt kein Wasser. Danilo rubbelt zuerst mit hartem Klopapier an den Hosen herum, aber das hilft nicht viel. Der blaue Stoff ist nass geworden und scheuert. Die Flecke lassen sich nicht wegwischen. Er wendet das Papier und reibt Alex' Bein, stellt ihn auf die Füße und trocknet, so gut es geht, die Schenkel und die Pobacken ab.

»Was bedeutet das?« Alex' Stimme ist so unverändert, dass Danilo erstaunt ist. Er wirft das Papier weg und hält ihm die Hosen hin.

»Äh.«

»Was bedeutet das?«

»Süßigkeiten. Mister Mantoya hat es erfunden und alle Onkels nennen uns jetzt so… Die finden das lustig.«

»Ich gehe nicht zurück«, sagt Alex.

Danilo antwortet nicht. Das hat er sich schon gedacht.

Sie bleiben auf dem Klo, bis es auf dem Schulhof still geworden ist und die Stunde begonnen hat. Danilo öffnet die Tür und zieht Alex mit sich. Sie müssen laufen, schnell laufen, ganz egal wie sehr er sich voll macht. Alex versetzt ihn wieder in Erstaunen. Er macht sich frei und läuft voraus.

Auf heimlichen Jungspfaden laufen sie zu Glorias Haus. Niemand sieht sie, und Gloria selbst ist Gott sei Dank bei den Heiligen. Im Badezimmer macht Alex mit geübten Griffen ein Handtuch nass und wäscht seine Schenkel. Er verrenkt sich fast, um sicher zu sein, dass all das Braune weg ist. Dann schnürt er die Hosen in das nasse Handtuch, geht in sein Zimmer, versteckt das Bündel hinter der Matratze und holt sich ein Paar saubere Hosen.

»Wir gehen«, sagt er.

Danilo gehorcht und folgt ihm. Er hat schon immer gewusst, dass diese Stunde kommen würde.

In der Pagsanjan Lodge ist es anders als sonst. Im Restaurant müssen die weißen Männer miteinander vorlieb nehmen. Sie sammeln sich um einen einzigen Tisch, rücken dicht zusammen und murmeln über Whiskygläsern. Polizei? Ausweisung? Vielleicht fährt man am besten für eine Weile nach Manila?

Nur zwei Jungs spielen im Swimmingpool. Als sie Alex und

Danilo erblicken, hören sie auf zu plantschen und kommen aus dem Wasser. Alex gegenüber sind sie fast schüchtern, denn sie haben ihn seit über einem Jahr nicht gesehen, aber Danilo ist einer von ihnen.

Pedro hat gesehen, wie Ramon ins Auto getragen wurde. Es sah aus, als würde er schlafen, er hatte die Augen geschlossen und rührte sich nicht.

»Sein Vater schrie nur immerzu, schrie und schrie…«

Sie haben ihn in ein Krankenhaus gebracht. In welches? Das weiß er nicht. In irgendeins, in ein Krankenhaus eben. Und der Silberonkel ist mitgefahren, seine Mama aber nicht. Sie kam zu spät. Das Auto war schon weg, als sie beim Hotel ankam.

Für einen Augenblick wird es still, und Pedro zieht die Schultern hoch, als würde er frieren.

»Ich würde so was nie tun«, sagt Danilo. »Niemals. Das ist ja ekelhaft, zum Kotzen…«

Pedro und Alex erstarren. Emilio, der etwas abseits mit den Händen an den Hüften steht, streckt einen Fuß aus und knufft Danilo in den Rücken.

»Und was machst du?«

Danilo fährt mit geballten Fäusten hoch, doch er hebt sie nicht. Emilio ist breit und vierkantig und bringt seinen Hass mit dicklippigen Grimassen zum Ausdruck.

»Eklig, ekelhaft, pfui Teufel! Hör zu, du Lutscher! Du würdest es auch tun, wenn man dich dazu zwingt.«

Zu einer Schlägerei kommt es nicht. Danilo wird klar, dass er der Einzige ist, der noch seine Unschuld hat, und er weiß plötzlich nicht, ob das gut oder schlecht ist. Die Wut perlt an Emilio ab, wie alle Gefühle jetzt immer an ihm abperlen. Er hat nicht einmal bemerkt, dass er innerlich leer geworden ist; das Einzige, was ihm zu schaffen macht, ist, dass er nichts hat, woran er denken kann. Und das ist langweilig.

Alex verschränkt die Arme über der Brust. Noch hat er nichts gesagt, hat die anderen aber sehr genau in Augenschein genommen, einen nach dem anderen, und hat sich selbst in ihnen wieder erkannt.

»Das ist nicht das Schlimmste«, sagt er und vertraut darauf, dass er verstanden wird.

Sie verhöhnen ihn nicht. Also haben sie begriffen.

»Verdammter Scheißkerl«, sagt Pedro, nachdem Alex' Worte gefallen sind. »Er hat Ramon die Schuld gegeben. Der ist doch erst sechs Jahre alt, verdammt noch mal.«

Irgendeine Art von Rache ist notwendig, aber sie sind unbewaffnet und wissen nicht, was sie anstellen könnten. Zum Restaurant hinauf zu gehen und um Essen und Geld zu betteln, ist unmöglich, denn heute flüchten die Kerle wie aufgescheuchte Vögel in alle Richtungen, sowie sie einen Jungen erblicken.

Nicht einmal am Pool zu bleiben hat noch Zweck. Es hat angefangen zu regnen. Niemand wird hier auch nur einen Centavo verdienen. Darum sammeln sie ihre Sachen zusammen und gehen die Treppe hinauf, durch den Speisesaal und an den Männern vorbei. Ein neues Gesicht glänzt braun unter all den Weißen. Der Polizeimeister. Heute ist er, der trösten und begnadigen oder strafen und demütigen kann, allmächtig. Er streichelt nachdenklich seinen Schnurrbart und folgt den Jungs mit dem Blick, während er sich seinen Preis durch den Kopf gehen lässt.

Der Regen hat die Menschen verscheucht. Auf dem Parkplatz und auch im Schuppen am Berg ist es still und leer. Die Jungs wissen nicht, was sie tun und wohin sie gehen sollen. Sie bleiben dicht beieinander stehen und versuchen nicht einmal, sich vor dem Regen zu schützen, wischen sich nur mit den Händen die nasse Stirn ab, wenn die Tropfen ihnen in die Augen laufen.

»Das ist das Auto des Polizeimeisters«, sagt Alex und zeigt auf einen schwarzen Mercedes. »Mister Galantes alter Wagen… Er hat ihn ihm gegeben.«

Die anderen gehen näher heran, streichen um das Schwarze

herum und legen die Hände auf den glänzenden Chrom. Aber Alex geht in die andere Richtung, zur Straße. Er hockt sich hin, gräbt tief in einer Pfütze und zieht seine Hände, voll mit Matsch, heraus. Dann geht er, die Arme ausgestreckt, zum Auto und legt den Matsch dort ab.

Die anderen Jungs bekommen Angst. Sie ziehen sich zurück, und Danilo ruft warnend:

»Nein, Alex, um Gottes willen!«

Doch Alex lässt sich nicht abhalten. Er malt große Buchstaben auf den Kofferraumdeckel des Mercedes, klumpige, graue Buchstaben, die auf dem blanken Lack Kratzer hinterlassen.

»Was steht da?«

Pedro bleibt fast die Luft weg, und Danilo kann nicht antworten. Seine Buchstaben reichen nicht aus. Alex liest es selbst. Er tritt drei Schritte zurück und buchstabiert:

»R-A-M-O-N«.

Dann lacht er und läuft auf die Straße, den Berg hinunter. Die anderen folgen ihm. Sie haben jetzt einen Anführer bekommen, und ihnen fällt nicht einmal auf, dass er erst neun ist, mehrere Jahre jünger als alle anderen.

Keiner von ihnen geht nach Hause. Alex hat nicht einmal den leisesten Gedanken daran. Sie stehlen einer Frau, die einsam an der Straße sitzt, eine frische Kokosnuss, ohne dass sie es merkt. Danilo trägt sie unter dem Arm, als sie aus der Stadt hinaus in den Wald gehen, weit weg von den Erwachsenen. Emilio kennt eine Stelle, wo der Fluss eine Biegung macht und man verborgen bei den Klippen sitzen kann. Auf dem Weg pflücken sie monströse, riesenhafte Blätter mit langen Stielen, die sie wie Regenschirme tragen, obwohl sie schon so nass sind, dass sie nicht noch nasser werden können.

Emilios Stelle ist perfekt. Hier kann man sehen, ohne gesehen zu werden. Pedro hat ein Messer, mit dem er der Kokosnuss einen Hieb versetzt. Die fette Milch sättigt und sie rülpsen, einer nach dem anderen, wie ein Orchester, das in verschiedenen Tonarten seine Instrumente stimmt. Dann lachen sie, verstummen aber bald und liegen still im Grünen.

Gemeinsam zu schweigen ist ein Vergnügen. Alex lauscht dem Regen und dem Fluss und lässt die Gedanken wandern. Heute ist er ein anderer geworden. Er erinnert sich an seine Märchen und sieht, dass aus ihm ein Prinz geworden ist. Ein verzauberter Prinz, der, umgeben von seinen Rittern, auf dem Rücken im Gras liegt. Mit geschlossenen Augen und leiser Stimme beginnt er zu erzählen. Die anderen hören zu, saugen jedes Wort ein, und als er verstummt, wollen sie mehr hören. Keiner von ihnen hatte eine Mutter wie Gloria.

Als er nach Hause kommt, wartet sie hinter der Tür. Es ist dunkel geworden, und sie hat ihn sich schon seit Stunden tot vorgestellt. Seinen Körper im Fluss, von den Steinen der Stromschnelle misshandelt. Oder eine kleine Leiche unterhalb einer der hohen Klippen. Können Kinder so unglücklich werden, dass sie nur noch sterben wollen? Ihr kommen eigene Erinnerungen und ihre Angst wächst.

Mister Galante ist auch unruhig. Da Alex nach der Schule nicht zu ihm gekommen ist, ist er zu Gloria gefahren, und seitdem hat sein Chauffeur jede Stunde nachgefragt, ob der Knabe schon aufgetaucht ist. Das hat ihre Unruhe nicht gedämpft. Gloria fürchtet Mister Galantes Zorn mehr als alles andere.

Sowie sie Alex erblickt, holt sie mit der Hand aus, um ihn zu schlagen. Er stolpert gegen die Wand und sein ganzer Kopf vibriert. Er hebt die Arme, um sich zu schützen, versucht, zu entwischen, was aber unmöglich ist. Sie ist auf ihm und über ihm, ihre Hände hämmern auf seinen Kopf ein, schwerer und härter, als sie es sich selbst zugetraut hätte. Sie keucht vor Anstrengung und spürt nicht, dass ihr der Speichel am Kinn herabzulaufen beginnt, so konzentriert und leidenschaftlich ist sie bei der Sache. Die alte Wut ist geweckt und schäumt, die Wut einer verschmähten Frau. Eins für dein Schweigen! Eins für dein Glotzen! Und zwei, weil du nichts begreifst, verdammtes Gör…

Als Mister Galante die Tür öffnet, liegt Alex auf dem Fußboden und Gloria zielt mit einem Tritt auf seine Rippen. Sie kann sich nicht mehr bremsen und Alex gibt einen eigenartigen Laut von sich, eine Art Puffen, das kein Weinen ist.

Mister Galante zerrt Gloria bei Seite und beugt sich mit Tränen gefüllten Augen über Alex. Der arme Kleine! Er hebt ihn hoch, vorsichtig, als wäre er ein Baby und drückt ihn fest an sich. Sein weißes, feines Hemd bekommt sofort Flecke. Als Alex versucht zu reden, läuft ihm Blut aus seinem Mund. Keine Luft! Kann nicht atmen!

Es eilt. Sie müssen zum Arzt. Mister Galante läuft zum Auto. Sowohl er als auch Alex wissen, dass Gloria in der Tür steht und ihnen nachschaut. Ihr Gesicht ist ganz leer, die Hände sind noch geballt.

Drei Männer sind auf dem Weg nach Pagsanjan. Ein vierter wird es schon bald verlassen, aber das weiß er noch nicht.

Er sitzt an seinem schönen Schreibtisch in seiner schönen Bibliothek. Die Hitze zittert im Garten, doch hier drinnen flüstert ein künstlicher Wind. Aus der Ferne kann er die Stimmen der Dienstmädchen und das Geklapper in der Küche hören. Er hat soeben zu Mittag gegessen und will jetzt arbeiten.

Er hat ein gutes Leben gehabt, besser, als er je zu hoffen gewagt hatte, damals als er die Alpen verließ und sich hierher, ans andere Ende der Welt, begab. Dieses Land hat ihm alles gegeben: Macht, Reichtum und seine Söhne. Er ist der Freund des Präsidenten, und in seinem Schlafzimmer erholt sich ein Knabe, den er sein Eigen nennt.

Der Knabe hat ein paar gebrochene Rippen, die Mister Galante zu seinem letzten, großen Vergnügen im Leben verholfen haben. Nichts ist herrlicher als Gerechtigkeit. Deshalb hat er Gloria eine Rede gehalten und sie abgewiesen, als sie kam und darum bettelte, ihren Sohn sehen zu dürfen. Kinder müssen geschützt werden. Das weiß Mister Galante besser als jeder andere, und er findet besonderen Gefallen daran, eine Mutter darauf hinzuweisen.

Im Augenblick schreibt er, aber mitten im Wort platzt irgendetwas in seinem Gehirn. Er fällt vornüber und erbricht sich auf die teure Schreibtischunterlage. Nie hat er jemandem nahe sein wollen, nicht einmal jetzt. Er stirbt unbesiegt.

Man entdeckt ihn erst zur Teestunde, und da stürzt das ganze Haus zusammen. Die Dienstmädchen schreien, aber mehr aus Furcht davor, was nun aus ihnen werden soll, als aus Angst vor dem Tod. Dann kommt Mister Mantoya.

Alex liegt in Mister Galantes großem Bett und horcht auf alle neuen Laute. Seit acht Tagen hat er hier mit einer Bandage um den Brustkorb gelegen, geruht und gewartet. Das war herrlich. Mister Galante hat nicht mehr gefordert als hin und wieder ein paar kleine Blowjobs und ihn ansonsten in Ruhe gelassen. Er hat viele neue Märchen erträumt, und nicht nur er allein kommt darin vor. Danilo, Emilio und Pedro sind seine Gefährten, und manchmal hat auch der kleine Ramon eine Rolle abbekommen. Doch Gloria hat für ihn aufgehört zu existieren. Immer wenn sich seine Gedanken dem grünen Haus nähern, machen sie an der Pforte kehrt, um zu einem anderen Leben in der Ferne davonzulaufen.

Er ahnt, dass es damit nun vorbei ist, dass er in die Welt zurück muss. Er steigt aus dem Bett und geht ans Fenster. Seine Beine sind etwas zittrig, denn er durfte während der ganzen Woche nicht aufstehen. Mister Mantoyas Auto steht draußen. Und ein weiteres kommt. Er erkennt nur vage den Arzt wieder, der aussteigt. Mister Galante hat gesagt, dass der Doktor ihm an dem Abend, als er blutend und wild um sich blickend auf die Bahre gelegt wurde, eine Vergessensspritze gegeben hat.

Ein Dienstmädchen kommt die Treppe herauf. Sie öffnet die Tür ohne zu klopfen, denn Höflichkeiten sind jetzt nicht mehr notwendig.

»Zieh dich an!«

»Warum denn? Mister Galante hat gesagt, ich soll liegen…«

»Mister Galante ist tot und sie wollen die Leiche hier raufbringen.«

Ohne zu fragen, wieso und warum, bleibt er am Fenster stehen. Es lohnt sich nicht. Für Mister Galantes Dienerschaft ist er ein verwöhnter Bengel, eine irritierende Bestätigung dafür, wie ungerecht das Leben ist.

»Mach schon. Du musst aus dem Haus…«

Es tut weh, sich das T-Shirt überzustreifen, und es schmerzt noch mehr, sich herunterzubeugen und die kurzen Hosen anzuziehen, doch er jammert nicht. Während der ganzen Zeit betrachtet er das Dienstmädchen. Als sie aus dem Zimmer geht, um sauberes Bettzeug zu holen, geht er ruhig zum Nachttisch, öffnet ihn und nimmt sich alle Scheine. Einen Augenblick schaut er Mister Galantes Uhr an, zuckt dann aber mit den Schultern und schließt die Schublade.

Auf der Treppe begegnet er dem Gärtner und dem Chauffeur. Der tote Körper ist schwer, und sie sind so durch das Tragen in Anspruch genommen, dass sie ihn nicht sehen. Aber Jovito Mantoya bemerkt ihn. Er steht im Flur und nähert sich Alex. Auch er erweckt nicht den Anschein, als würde er trauern. Doch er gibt eine Art Erklärung.

»Gehirnblutung. So was geht schnell. Willst du nach Hause?«

Alex begreift nichts, nickt aber. Die Leiche hat ihn nicht überzeugt. Mister Galante kann nicht tot sein; er ist mächtiger und schrecklicher als der Tod. Aber das darf man nicht sagen. Wie absurd es auch sein mag, Kinder müssen das Spiel der Erwachsenen spielen.

»Ich werde dafür sorgen, dass du heimgebracht wirst. Du bist doch krank?«

Mantoya legt seinen Arm um Alex und bringt ihn zum Auto, erteilt dem Chauffeur einige kurze Befehle und öffnet die Tür.

»Komm zu mir, wenn du wieder gesund bist.«

Er erwartet keine Antwort, schließt nur die Tür und winkt dem Chauffeur, dass er losfahren soll.

Niemand in Pagsanjan hat jemals ein Kind um Verzeihung gebeten. Warum sollte man auch? Kinder sind das einzige Eigentum der Besitzlosen und das einzige Opfer der Machtlosen. Irgendjemanden muss man schlagen, wenn man selbst geschlagen wird. Außerdem übertreffen die Gaben der Erwachsenen an die Kinder immer ihre Schuld. Das Leben haben sie ihnen geschenkt, sie geben ihnen Nahrung und Schutz. Unterwerfung fordern sie als Gegenleistung. Kinder existieren nicht, bevor die Erwachsenen es zulassen.

Und dennoch. Schon die ganze Woche lang wird Gloria von einer Sorge gequält. Es ist vielleicht kein Schuldgefühl, sondern nur ein Schrecken. Mister Galante fand, dass sie zu weit gegangen ist. Vielleicht nimmt er ihr Alex für immer weg. Wovon soll sie mit den Mädchen leben, wenn Mister Galante sie verurteilt? Was werden die Leute sagen?

Als Alex aus dem Auto steigt, glaubt sie zunächst, dass er gekommen ist, um sie zu verlassen, dass er nur seine Sachen holen will. Aber es ist nicht dasselbe Auto wie sonst und es fährt auch gleich wieder weg. Mit der Hand auf der Brust bleibt er an der Pforte stehen, genauso passiv wie früher. Sogleich ist sie überzeugt davon, dass Mister Galante sein ewiges Maulen jetzt satt hat. Verdammter Bengel! Warum begreift er nicht, dass ihr Leben davon abhängt, Mister Galante bei Laune zu halten!

Gloria glättet ihr Haar und geht hinaus, um ihren Sohn zu holen. Er weicht vor ihrer Hand zurück, das aber duldet sie jetzt nicht. Er muss sich damit abfinden, dass sie ihn anfasst. Schließlich ist sie seine Mutter.

Im Flur befreit Alex sich aus ihren Händen und sagt das Unbegreifliche. Mister Galante ist tot. Sie glaubt ihm nicht, bevor er es nicht hartnäckig und mit Tränen in den Augen fünfmal wiederholt hat. Um endgültige Gewissheit zu bekommen, läuft sie hinaus, hält ein Moped an und lässt sich zu dem großen Haus fahren.

Der lange Weg nach Hause gibt ihr Zeit zum Nachdenken. Dank, heilige Mutter Gottes! Sie ist gerettet. Mister Galante kann sich nicht rächen. Sie hat ihren Sohn wieder bekommen, und das Haus kann ihr niemand nehmen. Es gibt Papiere, die bestätigen, dass es Alex' Haus ist. Und sie ist seine Mutter. Niemand kann sie wegjagen.

Aber das Übrige? Wie sollen sie Geld für alles Übrige auftreiben? Das wird sich ergeben. Gloria hat nicht die Absicht wieder in Armut zu leben, niemals.

Als sie zurückkommt, ist alles wie sonst. Alex ist in seinem Zimmer. Er hört, dass sie kommt und spürt, dass sie ihn anschaut. Er hat sich auf die Matratze gelegt, kann ihr aber nicht wie gewohnt den Rücken zuwenden. Es tut zu weh. Stattdessen schließt er die Augen. Sie sagt nichts, doch er glaubt, ihr Gehirn surren zu hören.

»Ich soll zu Mister Mantoya gehen, wenn ich gesund bin«, sagt er und starrt tief in seine Augenlider hinein. Orange.

Gloria versteht. Er hält ihr einen neuen Alliierten entgegen, wagt aber eigentlich nicht, ihr zu drohen. Also war die Tracht doch von gewissem Nutzen. Wenn er sich ihr auch immer noch entzieht, jetzt redet er jedenfalls. Er hat wohl Angst vor weiteren Schlägen. Das schadet nicht. Warum sollte sie ihn verhätscheln? Sie hat ihn schon genug verhätschelt, und man sieht ja, was daraus geworden ist. Mürrisch und weinerlich ist er, verwöhnt und undankbar. Richtig hässlich ist er geworden mit seinen flatternden Augen und langen Armen. Und ständig riecht er nach Scheiße.

Alex liegt tage- und nächtelang in seinem Zimmer, um gesund zu werden. Niemand fordert von ihm, aufzustehen. Das Geld aus Mister Galantes Nachttisch ist zu seiner Krankenversicherung geworden, und mehr fordert Gloria nicht. Er sieht sie selten. Die Schwestern bringen ihm Essen, und er isst jetzt ohne Drohungen und Befehle.

Niemand hat je mit Alex darüber gesprochen, dass er ein Mensch ist, und niemand hat ihm erklärt, was es heißt, ein Mensch zu sein. Alles, was er weiß, ist, dass die Welt ein Ort ist, an dem Mächtige und Machtlose gemeinsam leben. Sein Gehirn erinnert sich nicht daran, doch tief im Inneren seines Körpers ruht die Gewissheit, dass er selbst einmal mächtig war, dass er mit seinen Begierden die Welt beherrscht hat. Wenn er weinte, wurde er getröstet. Wenn er hungrig war, wurde er gefüttert. So einer will er wieder werden. Wie die Märchenprinzen wird er es machen: ertragen, ohne zu klagen, sich peinigen und erniedrigen lassen, bis er sein Ziel erreicht hat. Er wird reich werden, reicher als Mister Galante es jemals war, und dann wird er der Herrscher sein.

Mit jedem Tag wird die Haut, die um ihn herum wächst, zäher und zäher, dennoch ist die Welt klar und deutlich. Sie wartet auf ihn und bald wird er sie in Besitz nehmen, auf die einzige Art, die er kennt.

Eines Vormittags wird Alex durch ein lautes Motorengeräusch aus seinen Märchen gerissen. Ein großer Laster fährt den Berg zur Pagsanjan Lodge hinauf. Und weit entfernt hört man noch einen kommen. Er steht auf und öffnet die Fensterläden. Das weiße Haus sticht ihm in die Augen, er muss blinzeln. Er hat vergessen, dass das Haus der Nachbarn und Hunderte grüner Bäume im Weg stehen, sodass man von seinem Fenster aus nicht bis zum Berg sehen kann.

Draußen laufen einige Jungs vorbei. Sie haben das Geräusch ebenfalls gehört und rufen laut:

»Jetzt kommen sie. Die Kanos kommen!«

Amerikaner? Alex weiß nicht, wovon sie reden, doch plötzlich ist er wieder ein ganz normaler Junge, der, wie alle anderen Jungs in Pagsanjan, den eigenartigen Lastern hinterher läuft.

Er ist nicht so schnell und keucht, als er endlich beim Hotel angekommen ist. Der Parkplatz ist voller weißer Männer, die einander Befehle zuschreien. Achtung! Fass da hinten an! Vorsichtig mit den Sachen!

Die Jungs der Stadt stehen in zwei deutlich getrennten Gruppen auf der Straße. Pom-Poms auf der einen, die übrigen Jungs auf der anderen Seite. Alex gesellt sich zu den Seinen. Danilo lächelt und nimmt seine Hand, doch Alex zieht sie zurück.

»Was ist denn hier los?«

»Kanos. Die wollen hier Filmaufnahmen machen. Mit Marlon Brando…«

Er stolpert etwas über den ungewohnten Namen. Alex nickt und tut so, als wüsste er, wer Brando ist. Er betrachtet die weißen Männer, einen nach dem anderen, doch keiner wird mit größerer Ehrfurcht behandelt als ein anderer. Als aber ein großes schwarzes Auto den Berg hoch kommt, ändert sich das. Schnell wird Platz gemacht, damit der Chauffeur parken kann. Dann verstummen sie und warten darauf, dass die Tür geöffnet wird. Mehrere Männer und Frauen steigen aus, doch es besteht kein Zweifel darüber, wer von ihnen der Wichtigste ist. Der Größte. Der Fetteste.

»Ist das der Brando?«, fragt Alex und zieht einen Kraftfahrer am Hemd.

Er lacht.

»Nein. Das ist Coppola. Und er ist viel wichtiger als Brando, denn er ist ein Genie…«

Ein Genie? Alex will wissen, was das ist, aber der Kerl ist schon außer Reichweite. Der Parkplatz gleicht wieder einem Ameisenhaufen. Das Genie und seine Frauen gehen im Zickzack durch das Gewimmel zu Mister Mantoya, der am Eingang wartet.

Der erste der drei Männer ist nun also nach Pagsanjan gekommen und mit ihm der große Wahnsinn. Sicher, hier ist schon früher gedreht worden, aber nur Liebesgeschichten und Abenteuerfilme, billige Produktionen, für die nicht besonders viele Leute erforderlich waren.

Diese Aufnahmen stellen alles auf den Kopf. Dies ist nicht mehr Pagsanjan, dies ist Vietnam, und es herrscht Krieg. Amerikanische Hubschrauber tanzen über dem Dschungel, die Stille wird von Salven aus Maschinengewehren zerrissen und abends liegt dichter Rauch wie Morgennebel über dem Fluss.

Die ganze Stadt wird in den Krieg hineingezogen. Aus Tischlern, Ruderern und anderen armen Leuten werden Komparsen.

Kleider und T-Shirts werden ausgezogen und schwarze Vietnam-Pyjamas werden verteilt. Die Frauen und Männer sehen einander an und genieren sich. Sie sind brauner und schlitzäugiger als sie geglaubt hatten. Alte Bekannte sehen plötzlich wie Eingeborene aus und werden dementsprechend behandelt. Nimm die Haarspange raus! Wer zum Teufel hat gesagt, dass ihr Socken tragen dürft? Ihr sollt Vietnamesen sein, keine verdammten Vorstädter von San Francicso!

An den Abenden, an denen nicht gedreht wird, versammelt sich das Team im Restaurant der Pagsanjan Lodge. Scheußlich! Was für eine Stelle! Welche Hitze und was für Essen! Und die Komparsen sind Dummköpfe, wie alle Komparsen. Wenn das Essen oder der Whisky auf sich warten lassen, werden Textstellen aus dem Film zu gängigen Witzen:

»Diese Nabobs – wie ich sie hasse!«

Oder wenn ein Junge dicht an einem Tisch vorbeistreicht und ihm allzu lange Blicke folgen.

»Immer mit der Ruhe, Joe! Unter den Eingeborenen kann man in Versuchung geraten, Gott sein zu wollen!«

Schon nach wenigen Tagen haben sie Pagsanjans erotische Landschaft erfasst. Es mangelt an Damen. Die Frauen im Team sind plötzlich begehrt. Und diejenigen, die sich nichts aus Frauen machen, haben entdeckt, dass sie in Eden gelandet sind. Sogar jene, die sich sonst an Männer halten und bisher kein Interesse an Jungs hatten, werden jetzt wählerisch, wollen immer jüngere. Zarte Glieder und unbehaarte Körper, das ist ein Kick. Das ist wie Jugend trinken. Und nach nichts dürstet die Männer aus Hollywood mehr.

Mit jedem Tag werden es mehr Jungs. Sie sind im Pool und im Restaurant, auf dem Marktplatz und am Set. Amerikaner ziehen immer andere Amerikaner an. Es kommt ein Bus nach dem anderen: Touristen und Soldaten auf Urlaub, Cineasten und Journalisten. Die Jungs lernen Hollywoodslang mit Hollywoodtonfall und sie lernen Marihuana zu rauchen.

Zu Hause bei Alex gibt es wieder genug Geld. Gloria hat

die Mädchen aus der Schule genommen und lässt sie als Komparsen arbeiten. Sie begleitet sie zu den Dreharbeiten, um sicher zu sein, dass es dort anständig zugeht. Eines Tages setzt man ihr einen spitzen Hut auf und schubst sie vor die Kamera. Sie verkörpert ihre Rolle mit großem Ernst, drückt ihre Jüngste an sich und schreit aus Angst vor den amerikanischen Maschinengewehren. Als das Ganze vorüber ist, ist ihr heiß, sie ist schweißgebadet und lächelt mit weißen Zähnen. Zum ersten Mal hat sie Angenehmes mit Nützlichem verbinden können, und das verleiht ihr große Schönheit.

Alex geht genau wie sonst zur Schule. Er sitzt sorgfältig gekämmt und ernst in seiner Bank, der Hohn und Spott der Jungs gleitet an ihm ab, und der Berührung von Danilos Händen weicht er aus. Nachmittags geht er zum Hotel. Das ist selbstverständlich. Gloria hat ihn nicht einmal dazu auffordern müssen. Alex weiß, dass man sich sein Recht zu existieren kaufen muss, und er zahlt den Preis dafür. Jetzt ist er Hure und Zuhälter in einer Person, lieblich und berechnend, Mister Mantoyas Vertrauter und Favorit. Er schafft neue Jungs herbei, wenn die Nachfrage das Angebot übersteigt. Zum Dank bekommt er kleine, weiße Pillen. Vergessenspillen.

Er streicht um die Tische im Restaurant, funkelt mit schwarzen Augen und bettelt um Coca-Cola. Schon bald kennt er das ganze Filmteam und alle wissen, wie er heißt. Die Männer, die Kunden und auch die anderen mögen seinen verschmitzten Blick. Die Frauen zausen ihm das Haar und sagen, er sei süß. Danilo folgt ihm; er ist der Diener des glücklichen Prinzen und sein Vasall. Er ist es gewohnt unsichtbar zu sein und bekommt nur Kunden, wenn Alex schon besetzt ist.

Wenn die Nacht anbricht, sammeln sie sich auf dem Parkplatz. Ihre Gesichter verändern sich, denn im Dunkeln muss man sich nicht mehr verbergen. Emilio lässt seine Kinnlade fallen, sitzt mit offenem Mund da und glotzt geradewegs ins Schwarze. Pedros Stimme sinkt um eine ganze Oktave, und Alex stellt das Gefunkel ab. Nur Danilo sieht genauso fragend aus wie immer. Er kann sich nicht verstellen. Darum verdient er so schlecht.

Eines Abends erblicken sie den kleinen Ramon. Der Silberhaarige leitet ihn die Treppe hoch, küsst ihn auf die Wange und gibt ihm einen leichten Klaps auf den Hintern, bevor er zu seinem Bungalow zurückgeht. Ramon bleibt im bleichen Licht des Restaurants stehen und sieht aus, als wüsste er nicht, wohin er gehen soll. Es ist sehr still. Die Leute vom Film sind zu Bett gegangen, denn morgen wird zeitig gedreht.

»Ramon«, flüstert Pedro. »Ramon, komm her…«

Es dauert eine Weile, bis er sieht, wer da flüstert. Dann geht er langsam über den Asphalt zu den großen Jungs. Er wagt nicht, sich in ihren Kreis zu drängen, bleibt ein Stück entfernt stehen und beantwortet einsilbig ihre Fragen. Ob er im Krankenhaus war? Ja. Wo? Weiß nicht. Stimmt es, dass er von einem anderen Menschen Blut bekommen hat? Weiß nicht. Hat es wehgetan? Ja.

»Und dein Vater? Hat er den Silberonkel totgeschlagen, wie er versprochen hat?«

Alex grinst, denn er kennt die Antwort schon. Der Silberonkel baut in seiner Straße ein Haus, und bald wird Ramons Familie einziehen. Aber die Boshaftigkeit ist umsonst. Ramon versteht sie nicht.

»Mein Papa prügelt sich nicht«, sagt er.

Pedro hat genug von Alex. Er steht auf, um mit Ramon nach Hause zu gehen. Ein paar Tage noch sind sie Nachbarn. Emilio, Alex und Danilo bleiben noch eine Weile in der Stille sitzen, stehen aber auch bald auf und schlendern ihnen hinterher. Zwischen ihnen ist jetzt immer ein Stück Abstand, sie benehmen sich wie Fremde in einem Land, in dem ansonsten jede Freundschaft mit Liebkosungen und sanften Händen bestätigt wird.

Als Alex heimkommt, ist das Haus dunkel. Gloria und die Mädchen schlafen. In letzter Zeit sehen sie sich fast nie und das ist wohl auch am besten so. Er geht in den Salon und legt das Geld auf den Tisch. Auf die Scheine stellt er Glorias letzte Errungenschaft, eine Madonna mit Beleuchtung. Das kann sie nicht leiden.

Er kann nicht schlafen, liegt ganz still und horcht. Da ist es. Smack-smack-smack. Eine Eidechse hat an der Wand eine Fliege gefangen. Das erleichtert ihn fast. Er kriecht auf den Fußboden und zieht seine Matratze in die Mitte des Zimmers. Es ist noch nie passiert, dass eine Eidechse in jemandes Bett gefallen ist, doch Alex weiß schon genug von der Welt, um zu wissen, dass es für nichts eine Garantie gibt.

Am nächsten Morgen wird er von Hubschraubern geweckt. Gloria und die Mädchen sind schon aus dem Haus. Vor seiner Tür steht eine Schale mit Reis, daneben liegt saubere Kleidung. Die Unterhosen hat er einem Kunden gestohlen. Zwei Paar. Gloria hat sich damit abgefunden sie zu waschen.

An diesem Tag darf die ganze Schule bei den Dreharbeiten mitmachen. Um den Bomben und Kugeln zu entkommen, müssen sie schreiend und grölend in alle Richtungen laufen. Alex macht es Spaß, und er kann es nicht lassen, seine Freundschaft mit den Leuten vom Film zu demonstrieren. Ein rothaariger Mann legt seine großen Hände auf Alex' Schultern und flüstert ihm etwas ins Ohr. Alex senkt die Augenlider und lächelt. Die anderen Kinder sind verdutzt. Der stille Alex, der sich die Hosen voll macht? Ist er der Favorit der Weißen?

Coppola bleibt lange in Pagsanjan; er kommt, verschwindet und kommt wieder. Doch eines Tages ist alles vorbei. Das Team verlässt die Stadt für immer und es wird sehr still. Alex und Danilo folgen den letzten Nachzüglern aus dem Hotel, bleiben eine Weile stehen und beobachten, wie sie ihre Autos beladen. Niemand sieht sie, sie scheinen schon vergessen zu sein, und selbst haben sie auch schon alle Namen und alle Körper vergessen.

Doch plötzlich, als die anderen schon in ihren Autos sitzen, läuft eine der Frauen über den Asphalt auf sie zu. Sie kennen sie nicht so gut. Sie hat immer gelächelt, ist jedoch nur an ihnen vorbeigegangen, wenn sie sich im Restaurant begegnet sind.

»Ich möchte euch etwas geben«, sagt sie mit einem zittrigen Lächeln, öffnet ihre große Tasche und entnimmt zwei Scheine. Alex fängt gleich an zu funkeln und will sie umarmen, doch sie entzieht sich ihm und sucht weiter in der Tasche.

»Hier«, sagt sie und holt ein maschinenbeschriebenes Stück Papier hervor. Alex erkennt es wieder. So sieht das Filmmanuskript aus, das er in mehreren Schlafzimmern gesehen hat. Sie hat einige Zeilen mit Tinte unterstrichen, und während die Jungs sich erstaunt darüber beugen, dreht sie sich um und läuft zum Auto.

»Hebt es auf, bis ihr groß seid«, ruft sie.

Eine Sekunde lang heben sie ihre Köpfe, versuchen dann aber, sich weiter durch das Unterstrichene zu buchstabieren:

»It is impossible«, sagt der schwarze Text, *»through words to describe what is neccessary to those who do not know what horror is. Horror!«*

»Was bedeutet das?«, will Danilo wissen.

Scheißegal. Alex zerknüllt das Papier zu einem Ball und wirft es weg. Er will zum Fluss, sich waschen und sauber werden. Der Tag ist ja gerettet: Er hat schon einen Geldschein, den er Gloria geben kann.

Bald sind Pagsanjans Komparsen wieder genauso arm wie früher. Alles Geld ist wie gewöhnlich in dieselben Taschen geflossen. Die Nachfrage nach Hühnerfüßen steigt, während die Nachfrage nach Jungs abnimmt. Es kommen auch weiterhin Touristen mit speziellen Wünschen, aber es sind nicht viele. Eine halbe Schulklasse reicht aus, um ihre Bedürfnisse zu befriedigen, nicht zwei, wie zu Tagen Coppolas.

Doch die Balance soll bald wieder hergestellt werden und die guten Tage sollen wiederkehren. Der zweite der drei Männer befindet sich schon auf dem Weg nach Pagsanjan, wenn auch nur in Gedanken.

Auf seiner Karte hat er bereits ein Kreuz eingezeichnet, aufs Geratewohl, unterhalb des großen Sees. Noch weiß er nicht richtig, was er glauben soll, dort in Amsterdam, wo er sich befindet und seinen Finger über die Inseln gleiten lässt. Es ist ihm nirgendwo gelungen eine Karte aufzutreiben, auf der die Stadt und der Fluss verzeichnet sind, für die er sich interessiert. Das verdutzt ihn. Der Fluss soll vierzehn Wasserfälle haben. Da müsste er doch groß genug sein, um auf der Karte vorzukommen, auch wenn die Stadt zu klein ist?

Dennoch will ihm Pagsanjan nicht aus dem Kopf. Er hat die ganze Welt bereist, aber nie von einer Stadt gehört wie dieser. Schön, abgelegen und unendlich großzügig sagen jene, die dort gewesen sind. Er hört sich das an, gelangt aber nach anfänglichen Zweifeln zu der Überzeugung: Das ist zu schön, um wahr zu sein. Wie überall auf der Welt wird es auch in Pagsanjan Ratten und Müllberge geben. Aber dennoch, er wird hinfahren und sich umsehen. Mit eigenen Augen sehen, ob es nicht auch in dieser Stadt verächtliche Blicke und gierige Hände gibt.

Die Reise von Manila ist angenehm. Er hat sich ein modernes Auto geleistet, mit einer ordentlichen Klimaanlage und einem geschickten Chauffeur. Das war eine kluge Investition, denn der blanke Lack schüchtert die uniformierten Männer ein, die Polizisten und Soldaten, die hier und dort an der Landstraße stehen und warten. Sie schikanieren keine Leute in blanken Autos, nicht einmal, wenn sie genügend Munition haben. Er notiert sich das, lehnt sich dann ruhig zurück und betrachtet die Gegend. Rauch über den Reisfeldern. Es ist früh am Morgen und die Bauern haben schon damit begonnen das Stroh zu verbrennen. In der Ferne vermutet er einen Wald. Einen Kokoswald mit grauen Stämmen und grünem Licht. Er macht eine Notiz, streicht sie aber gleich wieder durch. Kokoswald? Wald kann das nicht heißen. Plantage, vielleicht?

Die Fahrt schläfert ihn ein, und als er aufwacht, ist er schon oben in den Bergen. Hier gibt es keine Äcker, nur Wald und Klippen. Die Dörfer werden kleiner und kleiner, rücken aber immer dichter an die Straße. An einer Wegsteigung mühen sich zwei Kinder mit schweren Holzlasten ab. Er schüttelt den Kopf und macht wieder eine Notiz. Ärmlich.

So richtig neugierig wird er erst, als die Ruderer auftauchen. Noch ist es weit bis Pagsanjan, aber sie stehen schon an der Landstraße und winken. Braune, starke Arme, breite, blanke Brustkörbe. Sie sind sehr eifrig um ihn bemüht, laufen mit Todesverachtung vor das Auto und versuchen es anzuhalten. Der Chauffeur verlangsamt das Tempo und legt sich auf die Hupe, hält aber nicht an.

Die Stadt ist klein, sehr klein. Trotzdem verfahren sie sich. Der Chauffeur, der noch nie hier gewesen ist, biegt links bei der Kirche ab. Ein Schuhladen und einige Wohnhäuser, weiter nichts. Das begreift er aber erst fünf Minuten später, als sie wieder auf dem Lande sind. Sie müssen zurückfahren.

Er weist den Chauffeur an, am Marktplatz zu halten. Er weiß nicht, dass es die Ecke der Ruderer ist, und als er aus dem Auto steigt, wird er von allen Seiten von aufgeregten Männern bedrängt, die ihm ihre Dienste anbieten. Wollen Sie die Fälle sehen, Sir? Sie müssen die Fälle sehen, Sir! Er wehrt lachend ab. Später! Jetzt braucht er bloß Hilfe, um das Hotel zu finden.

Er weiß nichts von Pagsanjan, lernt aber schnell. Schon nach wenigen Tagen hört er, wie seine Stimme schroff und befehlend geworden ist, und er lächelt sich selbst im Badezimmerspiegel an. Himmelherrgott, was ist mit ihm? Hat er sich nicht einen Namen als der liberalste Mann in Amsterdam gemacht? Und hier geht er umher und klingt wie ein alter Kolonialoberst.

Mister Mantoya weiß, dass er wichtig ist. Einer der alten Gäste hat ihm geschrieben, dass der Redakteur vom *Spartacus Gay Guide* unterwegs ist. Mantoya ist immerhin noch so viel Katholik, um über diese Offenheit leicht schockiert zu sein. Er hat nicht einmal geahnt, dass es etwas derartig Ausschweifendes wie besondere Guidebücher für Homosexuelle geben könnte, Bücher mit Tipps zu den besten Übernachtungen auf der ganzen Welt. Er selbst hat es immer heimlich getrieben und sich verstecken müssen. Bevor Mister Galante nach Pagsanjan kam, hat er nicht gewagt, die Jungs der eigenen Stadt zu benutzen. In aller Heimlichkeit hat er in Manila gejagt.

Aber der Geschäftsmann in ihm ist stärker als der Katholik. Wäre der *Guide Michelin* in sein Hotel gekommen, hätte er den Koch angetrieben, sich selbst zu übertreffen. Jetzt kann das Essen bleiben, wie es ist. Stattdessen siebt er unter den Jungs, wählt die geschmeidigsten aus und schickt sie dem neuen Gast aufs Zimmer. *With the compliments of the management.*

Der Mann aus Amsterdam ist Allesfresser mit gesundem Appetit. Es geht mit Kleinen und Großen, Männern und

Jungs. Nur die Allerkleinsten schickt er mit einem bedauernden Lächeln zurück. Nicht so richtig sein Geschmack. Aber er notiert sich das reichhaltige Angebot. Nicht alle haben dieselben Wünsche wie er, und wo kämen wir hin, wenn die Rezensenten vom *Guide Michelin* Restaurants verdammen würden, nur weil das Menü außer den eigenen Lieblingsspeisen noch andere Gerichte enthält? Man muss sich seinen Sinn für Objektivität bewahren. Und steht ihm ein Urteil überhaupt zu?

Alex ist groß genug, er ist ja schon elf geworden und der Stolz des Hotels. Keiner kann so glücklich aussehen wie er. Er kann stundenlang lächeln, in Freudengeschrei ausbrechen und über die kleinsten Geschenke entzückt sein, als hätte er noch nie etwas bekommen. Wer findet den Mann aus Amsterdam eigentlich schön? Wer mag ihn überhaupt? Nur Alex. Während der Arbeitszeit.

Alex lächelt, wenn er unter die Bettdecke kriecht und seinen narbigen Mastdarm entblößt. Er lächelt genauso warmherzig, wenn er wieder aufsteht. Nur manchmal, wenn er die Arme frei hat, ballt er die Fäuste so hart es geht und träumt davon, dass sie wachsen und in weichem Fleisch landen. Dies ist der einzige Protest, den er sich erlauben kann. Der Krampf der Finger ist alles, was er von sich selbst besitzt.

Der Mann aus Amsterdam lächelt den Knaben an, der nach ausgeführtem Auftrag noch in seinem Bett liegt. Er schreibt einige Bemerkungen in sein Notizbuch, die er so gut findet, dass er bald darauf einen Artikel damit beenden wird:

»Ich habe einen Ort ausfindig gemacht, wo die Homosexualität als integrierter Bestandteil des Lebens akzeptiert wird. Die niedrigen Lebenshaltungskosten und die Einstellung zum Sex, die keinem kommerziellen Zweck dient, haben mich positiv überrascht. Ich habe das Gefühl, den schönsten Garten der Welt entdeckt zu haben, einen Garten für homosexuellen Frieden…«

Wie kommt es, dass Menschen, die gerade erst ihre Freiheit

erlangt haben, so blind sind? Der Israeli sieht nicht, wem er gleicht, wenn er auf einen palästinensischen Körper einhackt. Der Arbeiter erkennt sich nicht selbst in der Abhängigkeit seiner Frau wieder. Und der Schwule, der soeben erst Todesdrohungen, Verachtung und Zwang entkommen ist, weigert sich, die Erniedrigung jener Menschen zu sehen, die er sich kauft. Es scheint, als würde der vormals Unterdrückte glauben, sein Leiden sei das letzte auf der Welt gewesen und seine Freiheit würde nun von allen geteilt.

Als der Mann aus Amsterdam Pagsanjan verlässt, hat er keine einzige Ratte gesehen. Nein, nichts hat er gesehen und nichts hat er begriffen. Er weiß nicht, dass Gästen gedient und Herren gehorcht werden muss, um jeden Preis. Ihm sind nur sanftes Lächeln, Schönheit und Freundlichkeit begegnet. Wie alle Europäer ist er eitel genug, so viel ungewohnte Wärme als Liebe zu deuten. »Danke für eine phantastische Woche«, schreibt er auf eine Ansichtskarte an Mantoya. »Pagsanjan ist eine wunderbare Stadt, die ich in meinem Buch empfehlen werde. Also, Vorsicht: Bald kommen die verzauberten Jäger…«

Jovito Mantoya grübelt mehrere Wochen darüber nach, was das zu bedeuten hat, bis ihm einer seiner amerikanischen Freunde ein Exemplar von Lolita zusteckt. Er liest nur das erste Drittel des Buches. Das reicht. Er lacht, findet sich sehr schlau und legt das Buch beiseite. Der Rest ist nur Scheiße, sagen seine Freunde.

Einige Monate später kommt Schwung in die Sache. Der *Spartacus Gay Guide* geht im fernen Amsterdam in Druck und wird in diskreten Briefumschlägen in Europa, den USA und Australien verteilt. Ehrenwerte Männer in allen Ländern lesen darin, öffnen ihre Brieftaschen und rufen die Reisebüros an. Die verzauberten Jäger sind unterwegs.

Mantoya hat ein eigenes Exemplar bekommen. Mit der Reklame ist er zufrieden, rümpft aber über das niedrige Niveau des Textes verächtlich die Nase. Er hatte angenommen, der Mann aus Amsterdam sei gebildet:

Pagsanjan (90 Minuten Busfahrt von Manila).

Ein kleines Dorf an einem Fluss. Bevölkerung: 3000–4000 Personen. Das Wunderbare an diesem Ort ist, dass jeder Mann, im Alter von 20 und darunter, schwul und attraktiv ist und darauf wartet, Touristen zu Diensten zu stehen. Hier gibt es auch Boote, bemannt mit zwei jungen Männern, die Sie zu den Wasserfällen bringen – aber man muss sich ja nicht die Fälle anschauen!

Zurzeit gibt es in Pagsanjan drei Hotels, aber 99 Prozent unserer Leser haben das Pagsanjan Falls Lodge Hotel zu ihrem Lieblingshotel erklärt. Flussfahrten und Ausflüge sind direkt vom Hotel aus möglich. Das Restaurant serviert philippinische Gerichte von annehmbarer Qualität und für angemessene Preise, und dort steht jederzeit zu Ihrem Vergnügen eine reiche Auswahl muskulöser, junger Männer zur Verfügung. Viele unserer Leser suchen sich zwei Ruderer aus, die sie zu den Wasserfällen bringen und die sie anschließend auf ihr Zimmer einladen. Die Buchung sollte im Voraus geschehen und kann von Ihrem Hotel in Manila erledigt werden.

Im Dorf stehen Hunderte von Jugendlichen zur Verfügung, doch Bars sind knapp. Die Bootsfahrten über die Stromschnellen zu den Wasserfällen mit herrlich gebauten Ruderern sind die Zeit und das Geld wert.

Die meisten Jungs in Pagsanjan stehen zur Verfügung, obwohl nicht alle schwul sind. Man könnte sagen, dass die Jungs von Pagsanjan mit ihrem Service einen Erwerbszweig darstellen.

Anfänglich kommen sie wie vereinzelte Tropfen, dann bilden sie einen Bach und am Ende schwellen sie zu einem Fluss an. Aus den ersten fünfzehn werden fünfzig und aus fünfzig werden allmählich fünfhundert. Verschiedene Zeitungen für Schwule schicken ihre Reporter: *Desert Patrol* aus Frankreich, *Bobby* aus Japan. Dann kommt natürlich jemand von *Lolita and Luciano*, die eigene Zeitschrift der Pädophilen. Aus der ganzen Welt kommen Männer und ergießen sich über

Pagsanjan. Die Hotels reichen nicht für alle, aber das lässt sich regeln. Man kann sich bei Familien einmieten. Unglaublich nette Familien mit reizenden Kindern.

Nirgendwohin muss ein weißer Mann in der Stadt allein gehen.

»Pom-Pom, Sir?«, sagt der kleine Ramon, der nun gar nicht mehr so klein ist, und greift nach einer Hand. Keiner ist so fleißig wie er, denn er ist immer noch naiv genug zu glauben, er könne seinen kleinen Bruder retten. Die verzauberten Jäger werden schwach, fast zu Tränen gerührt lächeln sie ihn an. Ist er nicht die Verkörperung der Unschuld? Wer möchte nicht eine solche Unschuld besitzen? Und er will ja selbst, schaut nur, wie er bettelt, der kleine Lausbub.

Natürlich sind nicht alle Jungs der Stadt käuflich. Der Mann aus Amsterdam hat gelogen oder etwas missverstanden. In Wirklichkeit ist es aber so, dass die anderen Jungs nicht mehr alleine ausgehen können. Sie müssen von ihrer Mutter oder dem Dienstmädchen begleitet werden. Auf diese Weise entsteht ein neuer Arbeitsmarkt, und Gloria hat bald ihre fünf Mädchen bei wohlhabenden Familien verteilt. Schon in aller Herrgottsfrühe, bevor die Sonne aufgegangen ist, verlassen sie das Haus und kommen spät heim, erschöpft von den Forderungen verwöhnter, kleiner Jungs und beunruhigter, übereifriger Eltern.

In Pagsanjan dreht sich alles um die weißen Männer. Sie wollen bedient werden, ihr Essen muss zubereitet und ihre Kleidung gewaschen werden, sie wollen Ausflüge in die herrliche Natur machen und von den hübschen Jungs unterhalten werden. Einige von ihnen schaffen sich kleine Häuser in der Stadt an. Zwei Zimmer mit Küche zu einem Spottpreis. Im Paradies ist alles billig. Sie lachen, wenn die Geldbündel für ihre Brieftaschen zu dick werden. Nie hätten sie geahnt, dass sie so reich sind.

Der Rest des Landes wird mit jedem Tag ärmer. Es wird von einem wahnsinnigen Präsidenten und seiner noch wahnsinnigeren Frau gequält. Menschen, denen es seit Generationen gelungen ist, sich am Hungertod vorbeizuknausern, starren plötzlich in leere Töpfe und wissen nicht, was sie essen sollen. Andere, die geglaubt haben, in einer neuen und sicheren Zeit zu leben, kehren ohne Lohn aus den Fabriken heim. Die Feudalherren in den abgelegenen Bergen ahnen, dass es an der Zeit ist, sich um den eigenen Besitz zu kümmern. Sie trommeln ihre Bauern zusammen und machen sie zu Soldaten. Bald kämpft jeder gegen jeden: Privatarmeen gegen Privatarmeen, die kommunistische Guerilla gegen die Soldaten des Präsidenten, Muslime gegen Christen. Doch Pagsanjan sonnt sich in der Stille und erweckt den Anschein, als würde es davon nichts merken.

Danilo ist es endlich gelungen, sich einen eigenen Onkel zu angeln. Onkel Bill aus Australien baut das Haus, nach dem sich Manuela schon seit Jahren gesehnt hat. Die Miete ist niedrig. Von Danilo wird nur erwartet, dass er sechs Wochen im Jahr zur Verfügung steht. Dann ziehen seine großen Brüder zu den Eltern in die Küche und räumen den Platz an Danilos Seite. Während der restlichen Zeit des Jahres verkauft er schnelle Nummern im Hotel. Inzwischen weiß er, warum Alex so sonderbar ist. Er ist auf dem besten Wege genauso zu werden.

Alex arbeitet härter als je zuvor. Gloria braucht mehr Geld, neues Geld, denn sie hat einen Brief von Negros bekommen. Jemand hat ihrer Mutter beim Schreiben geholfen. Das ist das erste Mal in all diesen Jahren und ein solches Fest, dass der Brief im Salon laut vorgelesen wird.

Es ist ein Hungerbrief. Alex liest ihn langsam und holprig vor, denn die Handschrift ist schwer zu entziffern. Als er fertig ist, sitzt Gloria einige Minuten schweigend da und lässt die Hände über das seidene Tischtuch gleiten. Sie macht ein so ängstliches Gesicht, dass Alex fast vergisst, dass er sie hasst.

Der Brief ruft seit langem vergessene Bilder in Erinnerung. Gloria erinnert sich an Skelettkörper und große Augen, an aufgeschwollene Mägen und auch daran, wie ihr eigener Arm einmal ausgesehen hat. Kann er wirklich so dünn gewesen sein? Und die Stimmen der Kinder: dieses typische hauchdünne Weinen, das für den Hunger bezeichnend ist. Sieben ihrer Nichten und Neffen haben für immer zu weinen aufgehört. Und für die anderen drängt die Zeit.

Sie wird helfen. Natürlich wird sie helfen, wie sie schon anderen hier in Pagsanjan geholfen hat. Jetzt geht es um ihre eigene Verwandtschaft. Sie geht vom Palmenhütte zu Palmenhütte, von Pom-Pom-Haus zu Pom-Pom-Haus und fordert verliehenes Geld zurück. Sie ist nicht laut, nicht böse und nie unverschämt, aber sie ist unbarmherzig. Drei Tage Frist ist alles, was sie geben kann. Tut mir Leid, aber meine Familie hungert. Ich muss sie nach Pagsanjan holen.

Am dritten Tag zählt sie ihr Geld. Sie ist weit reicher als sie dachte, und dennoch ist es nicht genug. Das Geld reicht für ihre Reise nach Negros, aber es reicht nicht für die Fahrt der Verwandten nach Pagsanjan. Sie muss zu Jovito Mantoya gehen. Vieles hat sich geändert. Gloria wird als Gast in sein Haus gelassen und in den alten Salon geschickt, in das Zimmer, das sie früher geputzt und geliebt hat. Sie merkt es kaum. Es ist, als hätte der Brief aus Negros alle Erinnerungen an Pagsanjan gelöscht, als sei es erst gestern gewesen, da sie von Zuckerschinderei und Zuckerhunger befreit wurde.

Es ist lange her, seit sie Jovito Mantoya das letzte Mal getroffen hat. Beide haben sich verändert. Sein Gesicht ist länglicher geworden und die Haut seiner Hände schlaff. Sie selbst ist runder und jünger geworden. Das Essen hat die harten Schatten in ihrem Gesicht geglättet, sie sanfter und madonnenhafter werden lassen. Sie steht in voller Blüte, weiß es aber nicht und hat auch keine Zeit darüber nachzudenken.

Natürlich will Mantoya helfen. Selbstverständlich! Sind nicht er und Gloria alte Freunde? Nur eine kleine Sicherheit braucht er, doch dann lässt es sich regeln. Er wird das Haus nehmen. Eine reine Formalität, natürlich, denn nie fiele ihm auch nur im Traum ein, sie auf die Straße zu setzen, doch vieles kann passieren, und man kann ja nie wissen…

Gloria unterschreibt. Ohne sich in der Eile für ihr Analphabetentum schämen zu können, greift sie nach dem blanken Stift und schreibt in plumper Kinderschrift ihren Vornamen unter Mister Mantoyas unbegreifliche Buchstaben. Wenn sie nur ihr Geld bekommt, kann er gerne das Haus und die Möbel im Salon haben.

Manuela übernimmt die Aufgabe der Tugendwächterin der Mädchen und achtet darauf, dass Alex mit Essen und sauberer Kleidung versorgt wird. Gloria nimmt am Marktplatz einen Jeepny, und als er abfährt, stehen ihre Kinder eng aneinander gedrängt und winken zum Abschied. Alex glaubt, sie wird nie wiederkommen, und eine unerwartete Trauer steigt in ihm auf. Als der Jeepny durch das spanische Tor fährt, beginnt er zu weinen, denn plötzlich erinnert er sich wieder an jene Gloria, die er einst kannte.

»Heulsuse«, sagt seine älteste Schwester, die noch nie eine Liebe verloren hat, und haut ihm eine runter. Er versetzt ihr einen heftigen Tritt ans Schienbein, aber für eine ernsthafte Prügelei bleibt keine Zeit. Sie muss wieder zu ihrem reichen Knaben. Und er selbst muss ins Hotel. Gloria konnte ihnen keinen einzigen Centavo in Pagsanjan lassen und sie haben nicht mehr viel Reis im Haus.

Gloria reist fünf Tage lang, und mit jedem Kilometer wird ihr bewusster, wie reich sie gewesen ist. Abstand zu halten kann sie sich jetzt nicht mehr leisten. Immerzu reibt sie sich an anderen Menschen, atmet deren Schweiß und macht sich an ihnen schmutzig. Sie fürchtet sich vor ihren hungrigen Gesichtern und hat noch mehr Angst vor der Dunkelheit, die dunkler wird, je weiter sie sich von Pagsanjan und der Elektrizität entfernt. Ganz unten auf Luzon ist die Nacht vollkommen schwarz. Die Feuer der Menschen sind ausgegangen, denn es ist sehr spät. Sie weigert sich den Jeepny zu verlassen, und der Chauffeur gibt am Ende nach, lässt sie auf der einen

Pritsche sitzend schlafen, während er sich selbst auf der anderen ausstreckt.

Es ist ein Wunder, dass sie tatsächlich auf Negros ankommt, dass sie nicht vom Meer verschluckt wird und mit dem verrotteten Schiff, das sie am nächsten Morgen besteigt, versinkt.

Während der ganzen Reise drängt sie sich mit hundert anderen an der Reling, hält sich an dem rostigen Metall fest, als könne es sie vor Sturm und Haien retten. Nicht einmal nachts geht sie unter Deck; sie rückt nur ein wenig weiter nach drinnen und setzt sich hin.

Als sie an Land geht, hat sie Pagsanjan und das Leben dort fast vergessen. Nur Negros ist jetzt wirklich. Es ist schwierig, mitgenommen zu werden; hier gibt es keine Busse und fast keine Jeepnys, aber sie kommt vorwärts, indem sie tagelang redet, argumentiert und andere überlistet.

Am fünften Tag, als sie endlich auf der Hazienda ankommt, geht die Sonne unter. Das Erste, was sie hört, sind die Vögel, ein entlegenes Gezwitscher aus der Ferne, das sehr ungewohnt für den klingt, der lange auf Luzon gelebt hat. Ansonsten ist es still. Die wenigen Menschen, die man zu Gesicht bekommt, sitzen vor Hütten und alten Schuppen, ohne sich zu bewegen und zu sprechen.

Gloria stellt ihre Reisetasche auf den Kies, öffnet die Handtasche und nimmt einen Kamm heraus. Sie macht sich sorgfältig zurecht, bevor sie losgeht. Es hätte ein Triumphzug zwischen den elenden Behausungen der Zuckerarbeiter sein können, doch daraus wird nichts. Die Hungersnot ist zu groß, als dass sie es fertig brächte, sich auf ihre Schuhe, ihr Kleid und ihre weiche Haut etwas einzubilden.

Die Hütte steht, wo sie immer gestanden hat, unter derselben Palme wie früher. Sie sieht undeutliche Schatten und Körper im Inneren, muss aber mehrmals rufen, bis jemand herausschaut. Es dauert einen Moment bis ihre Schwester sie wieder erkennt.

»Maria!«

»Gloria? O Gloria, du bist es!«

Sie kommt gerade rechtzeitig zur Beerdigung. Das achte Geschwisterchen liegt mit geschlossenen Augen in der Hütte und ist bis zum Kinn von einem weißen Stück Stoff bedeckt. Heute Morgen war es ein kleiner Junge.

»Er hieß Jesus«, sagt Maria.

Divina, seine Mutter und Glorias jüngere Schwester, blickt nicht auf und sagt nichts. Gloria erkennt sie nicht wieder. Ihr Haar hängt in Strähnen herab und sie trägt etwas unförmig Graues, ein Kleidungsstück, das weder Kleid, Rock noch Hemd ist. Dem Jungen hat sie einen Kranz aus Blumen auf den Kopf gelegt und zupft nun mit vogeldünnen Händen daran herum, arrangiert ihn immer wieder neu. Rosa mit Gelb, Orange mit Blau.

Es dauert Tage sie zu überzeugen. Luzon liegt so weit weg. Wovon sollen sie dort leben?

»Wovon lebt ihr hier?«, fragt Gloria unbarmherzig und bekommt keine Antwort. Die Brüder wollen nicht einmal zuhören und die ganze Familie zeigt ihr die kalte Schulter. Letztendlich geben sie doch nach. Zuerst Maria und ihr Mann Rodolfo. Zwei ihrer Kinder sind noch am Leben, also sind sie vier. Rosita, Glorias Mutter und die Großmutter der Kinder, weint, weil noch eine Tochter sie verlassen will, und hohläugig willigt sie schließlich ein mitzugehen. Divina wird nicht einmal gefragt. Sie hat vier Söhne verloren und ihr Mann hat sie schon vor langer Zeit verlassen. Gloria wäscht sie, leiht ihr eine Jacke und einen Rock und schiebt sie wortlos vor sich her, als es Zeit ist zu fahren.

Die Heimreise wird ganz anders. Gloria scheut die fremden Menschen nicht mehr und hat keine Angst vor der Dunkelheit. Sie drängelt sich in den Schiffsschlangen vor, beschimpft einen Jeepnyfahrer, sodass alle verlegen werden, und sorgt für die gerechte Verteilung des Proviants, doch ohne Maria nachzugeben, die für die Kinder mehr Reis fordert. Das muss genügen. Sie müssen sparsam sein, damit das Essen bis zur

Ankunft reicht. Nicht einmal Rodolfo protestiert gegen ihre Machtvollkommenheit. Noch nie ist er so weit von der sicheren Armut auf der Hazienda entfernt gewesen.

Sich selbst vergisst Gloria, bis sie vor dem grünen Haus stehen. Da macht sie eine ausladende Bewegung mit der Hand: Seht! Maria und Rodolfo staunen, und Rosita hört für eine Weile auf, den Mann zu beweinen, den sie in einem seit langem vergessenen Grab auf Negros zurück gelassen hat. Ein eigenes Haus! So reich ist ihre Tochter.

Die Mädchen sind zu Hause und waren klug genug reichlich einzukaufen. Sie decken zum ersten Mal im Salon. Gloria sagt nichts, doch ihr Rücken verrät Stolz und sie zaust der Kleinsten liebevoll das Haar. Hähnchen, Reis und Speck. In Öl gebratenes Gemüse. Bananen, Mango und frische Papaya. Das schmeckt gut, sehr gut.

Der Platz reicht nur für vier. Gloria selbst bleibt hinter ihren armen Verwandten stehen und schaut ihnen beim Essen zu. Sie rutschen auf den ungewohnten Stühlen herum und würden lieber auf dem Fußboden sitzen. Divina hat fast nicht die Kraft, den Löffel zu heben, doch Gloria drückt die Früchte auf ihrem Teller zu Mus und zwingt sie, den Mund zu öffnen. Maria und Rodolfo vergessen selbst zu essen: Sie nehmen jeder ein Kind auf den Schoß und stopfen mehr in sie hinein, als sie schlucken können. Am Ende müssen sie sich übergeben. Zuerst Joselito, der Große und danach Lyn, das kleine Baby. Sie sind die einzigen Überlebenden aus einer Geschwisterschar von sieben. Gloria sieht, wie ihr seidenes Tischtuch befleckt wird, tröstet ihre Schwester aber erst, bevor sie es entfernt.

Als Alex nach Hause kommt, schlafen sie schon. Die Tür zu seinem Zimmer steht offen und er hört unbekannte Menschen darin atmen. Vielleicht haben sie ihm Platz auf dem Fußboden gelassen, aber das will er gar nicht wissen. Er zieht sich in Glorias Salon zurück und legt sich auf den Fußboden.

So ändert sich das Leben noch einmal. Glorias Mädchen genießen es, endlich auch Tanten, Cousins, Cousinen und eine Großmutter zu haben. Rosita hat ständig eines der Mädchen bei sich, und als Negros allmählich in ihrer Erinnerung verblasst, kann sie sich ihnen endlich widmen. Sie schenkt ihnen Märchen und Liebkosungen, die sie mit voller Hingabe erwidern, was Rosita, die ehemals Unsichtbare, für Liebe hält.

Gloria freut sich über ihre Schwestern. Abends sitzen sie auf der kleinen Veranda und plaudern leise miteinander. Divina redet wenig und manchmal streichelt Gloria ihr tröstlich den Rücken. Von Rodolfo sehen sie nicht viel. Er hat einen Freund gefunden: einen Tischler, dessen Vater auch von Negros stammt. Sie sind wie Brüder zueinander, laden sich gegenseitig zum Bier ein, und bald steht Rodolfo tagsüber ununterbrochen in der Werkstatt des Freundes. Die Arbeit mit dem Stemmeisen liegt ihm, und bald kann er dem Holz Rosen und Engel entlocken.

Auch Alex' Leben verändert sich. Gloria bekämpft ihn nicht mehr, aber sie erwartet immer noch, dass er jeden Tag Geld, viel Geld, nach Hause bringt. Ihm kommt nie in den Sinn, dass es anders sein könnte. Ansonsten lässt sie ihn in Ruhe. Er schläft im Salon und sie protestiert nicht dagegen. Manchmal lässt sie ihn sogar ein wenig von dem Respekt spüren, der dem Versorger einer Familie zusteht: Er bekommt seinen Reis vor den anderen, obwohl er immer noch ein Kind ist.

Die Nachmittage und Abende sind sich ewig gleich. Er lutscht und leckt, wichst und wird gewichst, bettelt und stiehlt. Oft ermüdet ihn das, aber Mister Mantoya sorgt dafür, dass er nicht faulenzt. Er hat Alex klar gemacht, dass Gloria in seiner Schuld steht und dass das Haus jetzt nur ein Traumschloss ist, das sich jederzeit in Nichts auflösen kann. Doch er ist kein Unmensch. Er kauft neue Pillen in Manila, Freudenpillen und Vergessenspillen, und Alex darf sie ganz umsonst ausprobieren. Bald wird er Mantoyas Agent unter den Jungs. Er allein kontrolliert den Markt, und wer zu konkurrieren versucht, indem er billigen Klebstoff verkauft, wird verprügelt.

Außerdem duldet Mister Mantoya kein Schnüffeln im Hotel, und Alex will nicht, dass sich seine Provision verringert.

Durch die Pillengeschäfte lernt er eine Menge. Er beginnt, einige der kleinsten Jungen zu bevorzugen und bald gehören sie ihm. Er besorgt ihnen Kundschaft und kassiert den Lohn. Natürlich behält er einen Teil des Verdienstes, aber die Eltern der Jungs haben nichts dagegen. Alex beschützt ja die Kleinen und er versteht sich so geschickt darauf Kunden zu beschaffen, dass ihr Einkommen trotzdem wächst.

Manchmal, wenn die Hitze so unerträglich ist, dass die Onkels den Swimmingpool nicht verlassen, drücken sich Alex und Danilo vor ihren Pflichten. Sie verstecken sich bei Emilios Stelle am Fluss. Es ist nicht mehr so abgeschieden wie früher, denn das Ministerium für Tourismus baut ein Wachhäuschen am anderen Ufer, aber man kann dort immer noch liegen, ohne gesehen zu werden. Sie reden nicht viel miteinander, liegen meistens still im Grünen und horchen auf die Hammerschläge auf der anderen Seite des Flusses.

»Ich frage mich, wie sich das anfühlt«, sagt Danilo eines Tages.

Alex zieht die Stirn kraus. Er mag es nicht, wenn Danilo gegen die Regeln verstößt. Über gewisse Sachen redet man einfach nicht, und jetzt vermutet er, dass Danilo ihm mit irgendeiner ekelhaften Neuigkeit über irgendeinen der Pom-Poms kommt.

»Was denn?«, sagt er sauer und dreht sich auf den Bauch.

»Gekreuzigt werden…«

Welch eine Erleichterung. Darüber darf man nachdenken und auch reden. Das ist nur eine neue Variante eines alten Spiels: sich selbst in einen anderen hineinversetzen. Alex ist Präsident Marcos gewesen, Danilo war Marlon Brando und beide sind sie viele hundert Male reich und mächtig gewesen.

Alex schaut seine Hände an. Er geht jeden Sonntag zur Kirche, aber über diese Frage hat er noch nie nachgedacht.

Er weiß, wie es ist, wenn man zerreißt: wie Feuer, wie eine Flamme, die alles im Inneren verbrennt. Aber Nägel und Hammerschläge in den Händen zu spüren? Das muss anders sein.

»Willst du es ausprobieren?«, fragt er und lächelt. Aber Danilo hat bereits vergessen, was er gesagt hat und denkt schon an etwas anderes. Das tut er jetzt des Öfteren: lässt seine Gedanken fallen, bevor sie zu Ende gedacht sind.

Aber Alex vergisst nicht. Danilos Frage geht ihm nicht aus dem Kopf. Bisher ist Gott genauso selbstverständlich und mächtig gewesen wie Gloria. Alex hat nie einen heidnischen Gedanken gehabt, sich immer nur der Tatsache gebeugt, dass es Männer gibt, die alles bestimmen, bis in alle Ewigkeit. Nun ändert sich das. Danilos Frage macht aus Gott einen Menschen.

Jesus und Maria bekommen andere Gesichtszüge als vorher. Sie sind nicht länger identisch mit der elektrischen Madonna im Salon, der Frau mit dem rosa Dickerchen auf dem Arm. Sie folgen ihm nun ständig. Ein schwarzäugiger Jesus hält seine Hand, wenn das ekelhaft Bittere in seinen Mund spritzt. Und Maria ist ein tröstender Schatten auf dem Klo, wenn ihm klar wird, dass er sich wieder einmal in die Hosen gemacht hat.

Er spricht nie von ihnen, stiehlt aber eine Bibel im Hotel. Gloria findet sie, freut sich darüber und ist erstaunt. Schon bald träumt sie von einem Alex im Priestergewand und von sich selbst als der Mutter des Pfarrers. Nichts ist unmöglich, hat sie das nicht bewiesen?

Alex weiß nichts von ihren Plänen, weiß nicht einmal, dass sie das schwarze Buch gesehen hat. Wenn er vom Hotel nach Hause kommt, knipst er die kleine Madonna an und liest in ihrem schwachen Schein:

»Also hat Gott die Welt geliebt, dass er seinen einzigen Sohn gab…«

Er findet, er hat einen Bruder bekommen und schläft so

schnell ein, wie seit langem nicht. Es ist eine glückliche Zeit. Der dritte Mann ist noch nicht gekommen, der Mann, der Alex bruderlos machen wird.

Die Welt ist voller Männer, die Erlöser werden wollen. Sie begreifen nicht, dass das ein kostspieliger Traum ist, der kostspieligste aller Träume. Halsstarrig heften sie ihren Blick auf die Sterne und beschließen, Auserwählte zu sein. Dabei vergessen sie, nach unten auf den Boden zu blicken, wo die Meuchelmörder hocken, und – puff – sind sie verschwunden.

Benigno Aquino ist ein solcher Mann. Im August desselben Jahres, in dem Alex vierzehn Jahre alt wird, kehrt er in das Land zurück, das von seinem Rivalen und seiner alten Freundin beherrscht wird. Er steigt die Gangway vom Flugzeug herab, blickt nach den Sternen, und schon gibt es ihn nicht mehr.

Das Land erhebt sich mit einem Aufschrei. Unser Erlöser! Der Verrückte in Malacanang hat unseren Erlöser getötet! Der Mittelstand rast am schlimmsten. Schon immer hat man sich danach gesehnt, wie in Amerika zu leben, und jetzt hat man seinen Kennedy bekommen. Der Hass vereint Kleinunternehmer und kleine Beamten gegen den schmutzigen Präsidenten und seine halb verrückte Frau. Mit jedem Tag werden sie ärmer und ärmer, werden immer näher an den Abgrund getrieben, während die wirklich Reichen sich in ihren Besitztümern suhlen. Sie haben genug von Erniedrigung und Diktatur.

Allen ist klar, dass es jetzt nur noch eine Frage der Zeit ist. Das Land brodelt vor Hass und kocht vor Unrecht, nur in Pagsanjan merkt man nicht so viel davon. Natürlich schimpft die kleine Mittelschicht, zieht aber nie mit Plakaten auf die Straßen. Und die Armen kümmern sich nicht darum. Wo kämen sie hin, wenn sie anfingen, sich in die Führung des Landes einzumischen? Es gibt eigentlich nur einen einzigen Mann in der Stadt, der Widerstand leistet: der Pastor der evangelischen Gemeinde. Er predigt und protestiert, trifft aber nur auf bedauerndes Lächeln und stumme Verachtung. Lasst den Protestanten ruhig kläffen! Als ob das etwas ändern würde...

Alex hat keine Zeit, sich für die gesellschaftliche Entwicklung und für Revolution zu interessieren. Er hetzt durch sein Leben, denn alle verlangen etwas von ihm.

Der Lehrer trommelt schon ungeduldig mit dem Zeigefinger, wenn Alex in letzter Minute mit seinen ungelesenen Schulbüchern über den Schulhof angerannt kommt. Der Schulbesuch ist das einzige Geschenk, das Alex sich selbst macht. Er denkt nicht daran aufzugeben, wie Danilo und die anderen, denn er weiß, wenn es eine Befreiung gibt, dann erwirbt man sie hier.

Nach der Schule geht er direkt zum Hotel, meldet sich bei Mister Mantoya und bekommt seine Anweisungen. Mehr Pillen müssen verkauft werden. Einer von Alex' Pom-Poms ist eine richtige Heulsuse und soll nicht zugelassen werden, bevor er die Regeln begriffen hat. Ein neuer Gast aus Australien scheint etwas unentschlossen. Alex muss seine Präferenzen herausfinden. Mister Mantoya klatscht in die Hände und Alex legt los.

Er beginnt seine Runde damit, den großen Jungs Pillen zu verkaufen und sorgt dafür, dass seine eigenen mit der Arbeit beginnen. Es herrschen gute Zeiten und die meisten haben jeden Tag Kunden. Nur Sauertöpfe müssen ohne Geld nach Hause gehen, und das tun sie nicht auf Dauer. Ihre Väter bringen sie wieder in die Reihe, und bald sind sie mit zusammengebissenem Lächeln und hungrigen Augen zurück.

Danach sind die Kerle dran. Alex kennt sie alle, auch diejenigen, die nicht zu seiner Kundschaft gehören. Manchmal kann er sie vorher zum Essen überreden, aber meistens muss es ohne gehen. Er ist kein Kind mehr, was man ihm auch ansieht, obwohl er kaum wächst. Groß zu sein erleichtert das Leben in vielerlei Hinsicht. Die Kunden, die er zurzeit hat, sind nicht so desperat und ausgehungert wie die früher, dennoch ist er ihrer Gnade und ihren Launen genauso hoffnungslos ausgeliefert. Das Haus! Die Familie! Gloria! Er und nur er trägt die Verantwortung für den Hunger von dreizehn Menschen. Das macht Gloria ihm ständig klar. Aber sie muss weder drohen noch schlagen, denn besiegt ist Alex schon längst.

Während Alex von einer zur anderen Aufgabe eilt, betet er unaufhörlich. Seine Ohrmuscheln sind wie für die Poesie geschaffen, und dies ist der einzige lyrische Rhythmus, den er überhaupt kennen gelernt hat. Er genießt die Gewaltigkeit der Worte und baut ständig neue Mauern aus ihnen: Mauern, die die Wirklichkeit ausschließen. Ein gewöhnlicher Blowjob dauert fünfzehn Vaterunser. Einmal von hinten bis zu dreißig, wenn der Kunde gierig ist.

Manchmal versucht Alex sich zur Kirche davonzustehlen, um mit seinem Bruder allein zu sein. Die sonntägliche Messe zählt nicht, dann sind zu viele Leute da und die Wirklichkeit ist allzu aufdringlich. Die Gemeinde ist die Kundschaft seines Bruders und bekommt, was sie will, genau wie die Kerle im Hotel. Jesus und Alex teilen andere Augenblicke: einen regnerischen Dienstagnachmittag oder einen bewölkten Samstagmorgen. Alex eilt zur Kirche, fällt in einer der letzten Bankreihen auf die Knie und beginnt zu beten. Und Christus antwortet. Ganz vorsichtig löst er die Nägel und gleitet vom Kreuz herab, geht mit blutigen Füßen langsam durch den Mittelgang und fällt dann auch auf die Knie. Sie reden nicht viel, umarmen sich nur, und für eine Weile trägt jeder die Last des anderen. Wenn sie sich trennen, muss Alex ganz vorsichtig sein Haar lösen, denn es verfängt sich immer in der Dornenkrone des Bruders.

Der Pater ist von Alex' Ergebenheit ziemlich gerührt. Schade, dass der Junge kein Chorknabe werden kann. Er ist – der Blick des Paters flackert, als Alex endlich den Mut aufbringt zu fragen – zu alt.

Die Menschen in Pagsanjan glauben, dass der Pater nichts von dem weiß, was sich in der Pagsanjan Lodge und an anderen Stellen der Stadt abspielt. Und niemand hat vor, es ihm zu erzählen, dazu ist er zu fromm. Er ist ein ruhiger Mann mit langen Händen und sanften Augen, heiliger als andere. Es heißt, dass das von Juwelen übersäte Jesuskind Santo Niño, ihn einmal angelächelt hat; niemand in der Stadt ist Gott je näher gekommen.

Bald will er Alex in Anspruch nehmen, denn Gott braucht in vielen Dingen Hilfe. Santo Niño muss betreut werden. Er hat viele Gewänder und alle müssen irgendwann während des Jahres getragen werden. Alex ist gerne behilflich, aber die glotzäugige Puppe will nie richtig heilig werden. Sie gleicht zu sehr dem elektrischen Dickerchen zu Hause, aber er bringt Gloria bereitwillig dessen ausgediente Kleidung. Sie bildet sich etwas auf das Vertrauen ein und wäscht sie sehr vorsichtig, bügelt sie sorgfältig und bessert klitzekleine Löcher mit sehr feinen Stichen aus.

Der Pater und Alex unterhalten sich manchmal, reden aber niemals über die Sünde und niemals über die Wirklichkeit. Der Pater ist zu fromm dafür, und Alex ist auf der Flucht davor. Der Pater erzählt stattdessen von Heiligen, Wundern und Mysterien. Manchmal wird es zu viel, sodass Alex fast zu zweifeln beginnt, aber er muss den Blick nur zum Kruzifix heben und der Glaube erfüllt ihn von neuem. Sein Bruder gibt ihm alles, was er braucht: Schönheit und Ernsthaftigkeit, Opfer und Sinn. Bald fängt er an davon zu träumen, immer mit ihm zusammen zu sein, aber das ist ein Traum, der, kaum dass er Form annimmt, vom Pater mit Seufzern und ausweichenden Blicken getötet wird.

Alex begreift und akzeptiert, dass er für den Altar niemals rein genug werden kann. Er redet mit Jesus darüber, und sie einigen sich dahingehend, dass es nichts ausmacht; nicht, solange sich die Kirche damit abfindet, dass er dann und wann seinen Kopf an Christus' Schulter lehnt.

Eines Tages, als Alex aus der Kirche kommt, sieht er, wie der protestantische Pastor von Soldaten abgeführt wird. Er trägt Handschellen und hat eine Verletzung an der Schläfe, ein ausgedienter Held, der mit Recht den morgigen Tag fürchtet. Aber Alex sieht ihn kaum; er richtet seinen Blick auf einen der Soldaten; ein breitbeiniger Koloss mit dicken Lippen und lachenden Augen. Seit ihm klar ist, dass er kein Pastor werden kann, hat er darüber nachgegrübelt, was es heißt, ein Mann zu sein. Er hat einen nach dem anderen in seiner Umgebung beäugt und sie abgelehnt. Rodolfo? Er ist ein machtloser Säufer, dessen Kinder hungern würden, wenn es Alex nicht gäbe. Mister Mantoya? Ein Schwuler. Und Schwule, das hat er auf dem Schulhof gelernt, sind keine richtigen Männer.

Aber jetzt steht er dort: ein Mann. Er raucht und in seiner Hand ruht eine Maschinenpistole. Um Bauch und Brust ranken sich die Insignien der Gewalt: der Patronengürtel, der vor Gold schimmert und vor Leder glänzt. Der Polizeichef steht neben ihm und strengt sich augenfällig an, um es ihm recht zu machen. So sieht sie also aus, die Macht und die Herrlichkeit, so glänzend stark und muskulös.

Alex vergisst jede Vorsicht und geht so nahe heran, dass sie nicht umhin können, ihn zu sehen. Der Soldat wird wachsam und hält eine Zehntelsekunde inne, bevor er zur nächsten Zigarette greift. Der Polizeichef folgt seinem Blick und bemerkt den Jungen, grinst etwas schief und flüstert dem Mann ein zweisilbiges Wort ins Ohr. Der Mann entspannt sich, bläst Rauch aus, der sich mit einem Lachen mischt, und wackelt kokett mit den Hüften.

Alex geht langsam rückwärts, stolpert über die Kante des Bürgersteigs und fällt fast hin, bis er sich so weit gefangen hat, dass er davonlaufen kann. Den Berg hinauf zum Hotel bringt er es auf fünf Vaterunser. Das ist ein neuer Rekord, aber er sagt sie auch schneller her als je zuvor.

In den folgenden Tagen ist er aufgeweckter als sonst. Seine Augen glänzen und um alle Gedanken auszusperren, redet er schnell und laut. Erst am dritten Tag, als er einem neuen Deutschen einen geblasen hat, versteht er, was ihn eigentlich quält.

»Klaus«, sagt er. »Bevor du nach Pagsanjan gekommen bist, wusstest du da, was ein Pom-Pom ist?«

»Sure«, sagt Klaus mit eigenartig polterndem Akzent. »Ihr seid doch berühmt. Wusstest du das nicht?«

Er greift nach dem Jungen, aber Alex tut, als verstehe er nicht und zieht sich aus dem Bett in den Korbstuhl am Fenster zurück.

»Ich dachte, nur hier in Pagsanjan…«

»Ach was«, sagt der Deutsche. »Ihr seid doch auf der ganzen Welt bekannt. Das heißt in gewissen Kreisen…«

Sein Lachen stockt, denn Alex sieht plötzlich ganz fassungslos aus, und der Gesichtsausdruck des Jungen lässt ihn innehalten.

»Scheiß drauf«, sagt er. »Weißt du, was wir jetzt tun? Wir mieten ein Kanu und machen uns zum Fluss auf. Bring auch ein paar von den kleinen Jungs mit, dann macht es mehr Spaß…«

Alex erfüllt lustlos die Wünsche des Deutschen, geht eine Runde ums Hotel und sammelt seine Kleinen ein. Als die Pädos sie begeistert über den bevorstehenden Ausflug plappern hören, wollen sie auch mitkommen. Bald sind sie eine große Gruppe, die die Treppen zum Bootssteg der Ruderer hinunterläuft. Alle sind froh und zufrieden: Die Ruderer verdienen mehr als gewöhnlich, die Jungs entkommen den verqualmten Hotelzimmern und dem, was dort abläuft, und die weißen Männer dürfen sich einen Nachmittag lang besonders großzügig vorkommen. Nur Alex will es nicht gelingen, die richtige Miene aufzusetzen. Das geübte Lächeln gleitet immer wieder ab.

»Zieh nicht so ein saures Gesicht«, sagt Klaus, als er es sich im Kanu bequem macht und Alex zwischen seine gespreizten Beine drückt. Herrlich! Das Stoßen in der Strömung wird für zusätzliche Inspiration sorgen. Heute Nacht muss der Junge im Hotel bleiben, koste es, was es wolle. Er legt seine Hand auf Alex' Geschlecht und nimmt sie nicht einmal weg, als Pedros Mama in ihrem kleinen Kanu mitten auf dem Fluss dahergeschaukelt kommt. Bier für den Ausflug, Sir? Coca-Cola für die Jungs? Klaus bezahlt mit links, lässt die rechte Hand liegen, wo sie ist und kommt sich dabei sehr sinnlich vor. Pedros Mama hievt die Flaschen herüber und bringt es dabei fertig, ihre Augen von den Händen des weißen Mannes und von Alex' Gesicht abzuwenden.

Aber Alex ist nicht sauer. Er denkt nach und ist erstaunt. Plötzlich begreift er, dass er Pläne gehabt hat, von denen er selbst nichts wusste. Er hat geglaubt, die Zeit in Pagsanjan sei begrenzt, die Schande würde ein Ende nehmen, und er würde eines Tages wieder frei werden und könnte leben – in Manila? – wie andere Männer auch. Er hat nie gewusst, wann oder wie, war sich nur sicher, dass dieser Tag kommen würde. Doch dass Soldaten aus Manila und Männer von weit her alles über Pagsanjan und die Pom-Pom wissen, hat alle Wege versperrt.

Sie halten am ersten Wasserfall und klettern auf die Klippen. Ein Restaurant im Dschungel! Die neu angekommenen Päderasten sind vor Begeisterung außer sich. Marias Papa legt mehr Kohle auf den Grill und die Männer können dem Duft nicht widerstehen. Schon bald sitzen alle auf den Klippen und essen mit fettigen Fingern Hähnchen. Die Ruderer hocken unten am Wasser und sehen von weitem zu, wie die Jungs sich satt essen.

Maria und ihre Eltern sind zufrieden. Das Geld, das sie verdient haben, wird fast eine ganze Woche lang reichen. Maria kichert und ist angesichts der Männer ganz ausgelassen und kokettiert mit ihrer zarten Schönheit, ohne zu begreifen, dass keiner die geringste Lust hat, sie auch nur anzuschauen.

Keiner außer Alex. Er kennt Maria seit langem, wagt jetzt aber kaum, sie zu grüßen. Sie war eine von denen, die damals in der Schule die Tür zum Mädchenklo geöffnet hatten. Da war sie klein und spitz gewesen, hatte eine schrille Stimme und harte Zöpfe gehabt. Jetzt hat sie die Schule abgeschlossen, ihr Haar gelöst und einen fraulichen Körper bekommen. Taille. Hüften. Brüste! Alex bewundert ihren Liebreiz, holt tief Luft und spürt Freude wie eine Säule in seinem Körper aufsteigen. Er ist keine Schwuchtel! Er ist ein richtiger Mann und wird fast vor Lust auf all das Weiche, Warme, das Maria verkörpert, gesprengt.

Alex klettert auf eine der höchsten Klippen, so hoch, dass Klaus ihm nicht zu folgen wagt. Wie schön es hier ist! Das Wasser ist so rein, die Luft so kühl und die Bergwände sind so mächtig! Er schickt einen heiteren Gruß an seinen Bruder im Himmel: Du kannst es nicht schöner haben, dort, wo du bist! Nichts kann sich mit diesem Fluss und diesen Bergen messen! Und die Engel können nicht schöner sein als die Frauen auf Erden! Maria sieht ihn an, lacht über seinen stillen Jubel und lässt das Schwarze in ihren Augen glänzen. Sie weiß und Alex weiß.

Klaus weiß auch. Plötzlich wird er übereifrig, mahnt Alex von der hohen Klippe herunterzukommen und nörgelt, dass es an der Zeit ist weiterzufahren. Seine Unruhe steckt an, und bald merken alle, dass etwas geschehen ist. Während die Kanus zwischen den Steinen der Strömung vorwärts stoßen, singen die kleinen Jungs lauthals ein Lied auf Tagalog, das kein Weißer versteht. Die Pädos wittern Aufruhr, wissen aber nicht, was sie tun sollen. Einige machen ein gekränktes vorwurfsvolles Gesicht, doch das hilft nichts.

»Ich möchte ein Kanu haben«, sagt Alex, als sie auf dem Heimweg sind und den größten Wasserfall mit seiner Grotte hinter sich gelassen haben.

»Tja«, sagt Klaus. »Ich habe selbst schon überlegt eins zu kaufen. Du kannst dich ja für mich darum kümmern, bis ich im nächsten Jahr wiederkomme… Dann weißt du garantiert, dass ich wiederkomme.«

Er beugt sich vor und küsst Alex auf den Hals. Der Junge

lässt es geschehen und duldet auch, dass Klaus seine Hand wieder dorthin legt, wo sie vorher gelegen hat. Doch als sie sich dem ersten Fall nähern, rückt er beiseite und trickst herum, sodass der Deutsche nach der Bootskante greifen muss, um die Balance zu halten. Und Alex kann wie ein freier Mann die Hand zum Gruß heben, als sie an Maria vorbeifahren.

Dafür muss er büßen. Natürlich muss er dafür büßen. Am nächsten Tag kann er nicht zur Schule gehen; er bleibt auf dem Fußboden im Salon liegen. Auf dem Bauch, versteht sich. Seine Pobacken haben blaue und lila Striemen vom Gürtel, und sein Mastdarm, den er gelernt hat notdürftig zusammenzukneifen, ist wieder gerissen. Alex verbirgt sein Gesicht im Kissen und denkt über das neue Wissen der Nacht nach: Es gibt also Massagestäbe, die leicht und ohne Schmerzen hineingleiten, die dann aber – wenn sie einmal drin sind – aufgedreht werden können, damit sie breiter und breiter, größer und größer werden. Dann gibt es kein Entkommen mehr.

Jetzt hat er Monate mit Scheißegeruch und dringenden Klobesuchen vor sich. Dieses Wissen macht ihn wütend, und er flucht lange Tiraden ins Kissen. Verzeih mir, Jesus, aber ich muss! Verfluchter alter Sack! Was für ein teuflischer, boshafter, alter Sack! Bestraf ihn! Las ihn in seiner eigenen Bierkotze ersticken und lass ihn langsam verrecken, sehr langsam!

Trotzdem ist er nicht besiegt, und das weiß er genauso gut wie Klaus. Der Deutsche kommt spät abends zum grünen Haus, steht ziemlich betroffen vor dem liegenden Alex und erzählt, dass er ein Kanu gekauft hat. Alex darf es als sein eigenes ansehen. Gloria, die sich entschieden hat zu glauben, Alex sei eine Treppe heruntergefallen, bricht über diese Güte in Lobgesänge aus. Sie nötigt Klaus, am großen Tisch Platz zu nehmen und mit zu essen. Die ganze Familie, alle Schwestern, Tanten, Cousins und Cousinen, stehen rund herum und schauen ihm beim Essen zu. Alex lächelt höhnisch im Stillen, denn er weiß, dass der Deutsche das philippinische Fest verabscheut. Aber er kann sich jetzt nicht weigern, denn die Familie lässt keinen Blick von ihm, umgarnt ihn und nötigt ihm jeden Krümel auf. Gloria gibt sich erst nach fünf Gängen geschlagen. Da sieht der Deutsche richtig eingeschüchtert aus und kann nicht schnell genug das Haus verlassen.

In dieser Nacht erscheint Jesus zu Hause bei Alex und ist richtig ausgelassen. Er legt die Dornenkrone auf den Fußboden, sitzt mit verschränkten Beinen neben Alex und lacht. Seine Miene! Was für eine Miene er gezogen hat, der Deutsche!

Alex lacht auch, wird aber gleich wieder ernst.

»Tut es weh?«, fragt Jesus und Alex nickt als Antwort.

Der Bruder legt seine Hand vorsichtig auf seinen Hintern und das kühlt. Alex gleitet in einen Halbschlaf.

»Ist es eine Sünde?«, flüstert er, und Jesus weiß natürlich, dass er Maria meint. Er lächelt sein helles Lächeln, und Alex wird von einem Hauch Paradies gestreift.

»Nein«, sagt er. »Es ist keine Sünde. Es ist mein Geschenk an dich…«

Jetzt folgt eine herrliche Zeit. Niemand kann Alex mehr besiegen. Klaus muss ihn umgarnen und ihm schmeicheln, um seinen Willen durchzusetzen, und Gloria muss lernen zu bitten und zu fragen. Wohin er auch geht, der unsichtbare Bruder folgt ihm, beschützt ihn vor allen Erniedrigungen und teilt seine Macht mit ihm. Fünfzehnjährig verheiratet Alex seine beiden älteren Schwestern, verprügelt Rodolfo, weil er wieder einmal sein Geld versoffen hat und fährt Gloria über den Mund, als sie jammert, dass das Gesparte nicht für einen Fernseher reicht. Hinterher, als er darüber nachdenkt, wie leicht es war sie zurechtzuweisen, wird ihm schwindelig.

Gemeinsam mit Danilo und Pedro organisiert er noch mehr kleine Jungs und bald erhalten sie für die meisten Prozente. Sie haben reichlich Geld und schlucken teure Spezialpillen, die einen so weit weg bringen, wie man will. Ruderer und Tischler beginnen sich an Alex zu wenden, als wäre er ein reicher Mann. Er verleiht Geld gegen anständige Zinsen, bezahlt die Hälfte von Glorias Schulden an Mister Mantoya und spielt in übermütigen Stunden mit dem Gedanken, sich ein Bankkonto anzuschaffen.

Allmächtig ist er natürlich nicht. Er muss immer noch Mister Mantoya gehorchen, aber er wird jetzt freundlicher behandelt. Mantoya verlangt nicht, dass Alex genauso viele Kunden hat wie früher, sondern ist zufrieden, wenn er sich ein paar zahlungskräftige hält. Nur eines ist vollkommen unakzeptabel: Mädchen. Das könnte dem Geschäft schaden. Alex muss sich damit begnügen zu gucken und zu träumen. Manchmal fährt er mit dem Kanu hinaus zum Grill der Ramirez', aber das passiert nicht so oft. Er befürchtet, dass Maria anfangen wird zu bitten und zu begehren.

Die Kanzel in der evangelischen Kirche hat die ganze Zeit über leer gestanden, doch eines Tages wird sie von einem neuen, fremden Mann in Besitz genommen. Somit ist schließlich der dritte Mann in Pagsanjan angekommen.

Äußerlich gibt er nicht sehr viel her und anfänglich feixen die muskulösen Ruderer über ihn.

»Der da«, sagen sie überlegen, »der könnte in der allerkleinsten Menschenansammlung verloren gehen…«

Aber da haben sie sich verschätzt. Rock Castillo ist zwar klein, verfügt aber über eine Stimme, die es einem leicht macht, ihn in jeder Menschenansammlung zu entdecken. Aus der dünnen Brust dringt eine majestätische Stimme, die Sünder zittern lässt und Engel dazu bringt, die Posaunen für den jüngsten Tag zu polieren.

Seine Kirche ist verstaubt und unaufgeräumt, und die Gemeinde ist trostlos verlassen. Es sind nicht viele, und sie haben viel zu lange auf einen Geistlichen gewartet. Castillo beauftragt sein Dienstmädchen mit dem Saubermachen und flößt dann seiner Herde neues Vertrauen ein. Bald jubeln sie wie nie zuvor, träumen von perlengeschmückten Himmelstoren und sozialer Gerechtigkeit auf Erden. Castillo beschaut sein Werk mit Zufriedenheit und beschließt, sich mit dem Rest in Pagsanjan auseinander zu setzen.

Schon damals, als er in Australien Theologie studierte, hatte er Gerüchte über diese eigenartige Stadt gehört. Jetzt geht er herum und erfasst die Wirklichkeit, betrachtet mit wachsendem Entsetzen und Misstrauen den Handel auf den Straßen und in den Hotels. Er macht sich genaue Notizen. Die Jungs haben schwarze Ringe unter den Augen. Die ganz Kleinen wirken zittrig und eingeschüchtert, weichen aus und wollen keine Fragen beantworten. Fast alle haben schlechte Zähne. Warum?

Hilfsbereite Gemeindemitglieder folgen ihm auf seinen Expeditionen. Sie zeigen ihm die einfachen Hütten und Schuppen der Ruderer, ziehen die Vorhänge aus Sackleinen weg, damit er einen Einblick in die Behausungen des Elends bekommt. Sie bringen ihn von Pom-Pom-Haus zu Pom-Pom-Haus und berichten, wer es bezahlt hat. Dort soll es ein Österreicher gewesen sein. Hier ein alter Australier. Und das grüne Haus da drüben, das war das allererste. Wie hieß er denn noch, dieser Langnasige? Na ja, ist ja egal. Der Junge heißt auf jeden Fall Alex. Und der ist ein richtig faules Ei. Zuhälter! Einer von denen, die die Kleinen schlagen und ihnen Angst einjagen…

Rock Castillo ist ein glühender Mensch, von der Sorte, bei denen nur ein kleiner Hauch ein Feuer entfachen kann. Jetzt steht er in Flammen und sein Zorn bringt die Kirchenwände zum Vibrieren. Sonntag für Sonntag wettert er gegen die schwarze Sünde, zwingt die Leute zum Zuhören und allmählich auch zum Handeln. Plötzlich hat er die Schweigenden und Anständigen in Schwung gebracht, diejenigen, die immer ihr tägliches Brot hatten, und darum verleugnen konnten, was ihre eigenen Augen bezeugten. Jetzt bilden sie Komitees und schreiben Verordnungen, organisieren Aktivitäten für Jugendliche und gehen auf Werbetouren zu den Pom-Poms der Stadt.

Die Zeit ist reif. Alle scheinen sich in diesen Tagen für etwas brennend engagieren zu wollen, doch wenn das ganze Land in Flammen steht, hat keiner Zeit, sich mit den Strichjungs und dem wütenden Pastor zu befassen. Auf der großen Avenue in Manila marschiert die Mittelschicht auf Malacanang zu und vertreibt Ferdinand Marcos und Imelda. Danach müssen sie mehrere Monate lang feiern, eine Heilige als neue Präsidentin installieren und den Armen Imeldas Garderobe zeigen. Schaut her! Dieser Eitelkeit wegen habt ihr hungern müssen!

Aber danach, als sich alles beruhigt hat und die Zeitungen schreiben dürfen, was sie wollen, und wieder jeder Journalist ins Land gelassen wird, da kommt Rock Castillos Zeit. Er nimmt Kontakt mit seinen Bekannten in Australien auf, und bald kommen sie, Reporter und Fernsehteams, Fotografen und professionelle Diskussionsredner.

Kleine Jungs werden vor die Kameras weißer Männer gezerrt. Viele von ihnen sind schon einmal gefilmt worden, doch jetzt dürfen sie die Hosen anbehalten. Anfangs lächeln sie wie gewohnt, brechen aber bald in Tränen aus. Wie soll man auf Fragen antworten können, wenn man selbst nichts begreift? Was verlangen die weißen Männer denn noch alles?

Viele Tränen werden auf den viereckigen Mattscheiben der Kameras eingefangen, und wenn die Scheinwerfer ausgeknipst werden, sind die Männer sehr zufrieden. Die Jungs bekommen ein paar Münzen, ihnen wird auf die Schulter geklopft und sie können nicht erklären, warum sie sich erneut vergewaltigt fühlen. Einigen gelingt es, sich gegenseitig zu trösten, doch andere bleiben einsam in der Dunkelheit zurück. Wie verängstigte Tiere, die in einem erstarrten Grinsen ihre Zähne zeigen.

Mister Mantoya ist auf den kleinen Pastor wütend. Die weißen Männer haben Angst bekommen, sie haben munkeln hören, dass es an der Zeit ist, nach Manila zu fahren. Er geht in seinem Restaurant umher und tröstet sie.

»Kümmert euch nicht darum! Dieser Priester ist nur darauf aus, sich Publizität zu verschaffen! Die Leute hier wissen, dass er nur ein Schreihals ist. Touristen wie euch haben sie alles zu verdanken. Polizei? Ich bitte euch, ihr seid doch keine Verbrecher! Hier in Pagsanjan ist noch nie ein weißer Mann für irgendein Vergehen angeklagt worden, und darauf sind wir stolz. Das zeigt, dass wir die richtige Art von Touristen anziehen. Männer wie euch! Ihr könnt ganz beruhigt sein, diese Geschichte ist bald vorbei. Hier bitte, ich lade euch zu einem Drink ein!«

Er fährt öfter als sonst nach Manila. Man sagt, dass er seine mächtigen Freunde besucht, bittet und bettelt, gegen den kleinen Pastor vorzugehen. Es ist höchst wahrscheinlich, dass ihm das gelingt, denn einer der großen Aktionäre der Gesellschaft, der das Hotel gehört, ist Minister in der neuen Regierung.

Aber nichts passiert. Rock Castillo predigt weiter, und jeden Sonntag berichtet er in der Kirche von einer neuen Morddrohung. Jemand hat einen Stein in sein Fenster geworfen. Er hat Briefe bekommen, in denen steht, dass man ihn erschießen wird. Mächtige Kräfte haben sich gegen ihn verschworen! Doch er denkt nicht daran nachzugeben!

Mantoya antwortet mit einer Gerüchtekampagne.

»Er ist Kommunist!«, flüstern seine Kellner und andere Handlanger ihren Nachbarn zu und das Gerücht verbreitet sich schnell in der Stadt. Die Eltern der Pom-Poms glauben es besonders gern. Der Protestant hat bestimmt Kontakte zur Guerilla! Er wird uns alle ins Verderben stürzen, so viel ist sicher.

Aber mit jedem Tag gewinnt der Pastor Terrain. Die guten Katholiken fühlen sich betroffen. Sollten nicht eigentlich sie die Tugendwächter sein? Sie bilden ein eigenes Komitee, kommen aber nicht richtig voran. Es kann daran liegen, dass drei von Mister Mantoyas Angestellten in den Vorstand gewählt worden sind…

Letztendlich entschließt sich Mister Mantoya, seinen Worten Nachdruck zu verleihen. Er schickt zwei breitschultrige Ruderer los, um dem Priester die Aufmüpfigkeit auszutreiben, muss sich allerdings nochmals geschlagen geben. Castillo bekommt nicht einmal einen blauen Fleck. Bevor die Ruderer auch nur die Fäuste ballen können, fängt er zu reden an, und innerhalb einer Stunde hat er sie für ein neu gebildetes Komitee gewonnen, das sich für die gewerkschaftlichen Rechte der Ruderer einsetzen soll. Müssen sie nicht eine unangemessen hohe Provision ans Hotel zahlen? Werden sie nicht gezwungen, unverschämt hohe Abgaben an die korrumpierte Bürokratie des Ministeriums für Tourismus zu leisten. Dagegen hilft nur ein Mittel, und das ist Streik!

Auf diese Weise bringt Castillo einen anderen Teil der Wirtschaft in Pagsanjan durcheinander. Er unterrichtet die Ruderer, überwindet ihre Zweifel und erreicht schließlich, dass sie glauben, die Welt verändern zu können. Sie verbreiten die Botschaft und bilden eine Gewerkschaft. Ihre Anmaßung kennt keine Grenzen. Sie schicken eine Delegation zum Ministerium für Tourismus in Manila und drohen damit, die Arbeit niederzulegen, wenn keine Änderung erfolgt. Daheim in Pagsanjan wird Rock Castillo mit Applaus und Hurrarufen gefeiert, sowie er sich zeigt. Klein, ja vielleicht, aber Macho! Mordskerl, dieser Castillo!

Alex versteht nicht, was vor sich geht. Nichts ist wie früher, weder im Hotel noch zu Hause. Die Jungs sind verwirrt und nörgeln. Mantoya flucht. Und Gloria leiert in langen Monologen wiederholt ihren Hass auf den Priester herunter. Sie gerät mit Divina in Streit, die angefangen hat, seine Versammlungen zu besuchen. Aber die Schwester gibt nicht nach, und zum Schluss reißt Gloria die Geduld, sie redet offen über das, was man ansonsten nicht in dem grünen Haus erwähnen darf.

»Bist du so dumm? Kann meine eigene Schwester so blöd sein? Weißt du nicht, wer deinen Reis bezahlt? Hast du überhaupt nichts begriffen?«

Divina senkt den Blick, natürlich hat sie es begriffen, hält aber dennoch eigensinnig und verschwiegen zu Castillo.

»Es ist eine Sünde, Gloria! Das ist es!«

»Es ist keine Sünde! Ich schwöre bei der Madonna und den Heiligen! Bei Jungs ist es keine Sünde. Oder hast du je davon gehört, dass Jungs eine Unschuld zu verlieren haben?«

Aber Divina hört nicht auf sie, sie kneift nur die Lippen zusammen und geht trotzig zur nächsten Versammlung. Gloria zischt ihr einen Fluch hinterher und wünscht fast, sie hätte sie auf Negros hungern lassen. Nein, das nun doch nicht. *Das* wäre eine Sünde gewesen. Und Gloria will eine gute Christin sein.

An Pastor Castillo findet sie nur eines gut. Er hat das große Schweigen zwischen ihr und Alex zum Bröckeln gebracht. Sie sprechen jetzt miteinander. Nicht wie Freunde, aber wie Alliierte.

»Das meiste davon musst du beiseite legen«, sagt Alex, wenn er ihr Geld gibt.

»Ja, ich weiß«, sagt Gloria. »Es kann künftig knapp werden…«

»Divina kann kein neues Kleid bekommen…«

»Ich werde mein altes, geblümtes für sie ändern…«

»Aber Joselito ist wohl bald alt genug, um mitzuhelfen…«

»Er ist acht geworden. Doch so wie Maria ihn verhätschelt, könnte man glauben, er sei ein Baby. Glaubst du, du kannst ihm was besorgen?«

»Ich werde mit Mister Mantoya reden…«

Sie sprechen mit gedämpften Stimmen und sehen einander kaum an. Gloria beugt sich über ihre Handarbeit und Alex betrachtet Wände und Fußboden. Manchmal verstummen sie ganz, aber das ist nicht mehr gefährlich. Sie wissen, dass sie dieselben Gedanken teilen.

Rock Castillo scheint unermüdlich zu sein. Er wirbt Soziologen und Ärzte aus Manila an, die mit Formularen, Spateln und Sonden in der Stadt Einzug halten. Sie untersuchen soziale Hintergründe, Mastdärme und Geschlechtskrankheiten. Mehr und mehr Pom-Poms glauben, dass die von Castillo versprochene Befreiung wirklich möglich ist, und sie kommen scharenweise zum Hilfsbüro. Die Soziologen versprechen, dass die Wahrheit sie befreien wird, aber den Jungs wird bald klar, dass der Preis zu hoch ist. Das, was man selbst erlebt hat, kann man unmöglich erzählen. Die Qualen anderer sind leichter zu beschreiben, also versuchen sie sich selbst zu retten, indem sie immer wieder die Geschichten anderer erzählen. Die Soziologen sehen missmutig aus. Sie sind nicht auf Klatsch und Sensationen aus. Sie wollen Fakten. Und symbolische Geschichten von Löwen mit scharfen Zähnen sind leider ohne jeglichen wissenschaftlichen Wert.

Die Ärzte leisten praktische Arbeit, können aber nicht lange bleiben. Sie beschleunigen die Behandlung und Belehrung. Die Jungs erhalten Medikamente und lernen neue Wörter. Gonorrhöe. Herpes. Aids. Plötzlich bekommen das Klebrige, der Juckreiz und die hartnäckigen Wunden Namen und Ursachen. Über bereits Verstorbene fängt man an zu munkeln, wie über Ramons kleinen Bruder, der im vorigen Jahr an Lungenentzündung gestorben ist. War er nicht am Ende sehr mager? So mager wird man, hatte der Doktor gesagt. Aber, er war doch eigentlich immer mager…

Rock Castillo müht sich weiter. Er begleitet weinende Jungs nach Hause und erklärt ihren Eltern, dass ihr Sohn ein neues Leben anfangen möchte. Vielleicht kann ihnen die Kirche helfen. Wie wäre es mit einer kleinen Hühnerzucht? Die Eltern starren ihn an, als wäre er verrückt. Hühner! Davon kann man doch nicht leben! Das wissen schließlich alle. Aber Castillo lässt sich nicht unterkriegen, er schimpft und streitet, predigt und scherzt, verweist auf die Gewerkschaft der Ruderer und erinnert an die neue Präsidentin. Es herrschen neue Zeiten! Auch hier in Pagsanjan.

Die Hühner sind sein größter Misserfolg, den er bald vergisst, aber ansonsten ist sein Weg von Erfolgen gepflastert. Er ruft einen Kindergarten für Arme ins Leben, der sofort überlaufen ist. Er organisiert ein Fußballturnier ausschließlich für Pom-Poms und übernimmt selbst die Rolle des Schiedsrichters. In der Kirche feuert er mit geballten Fäusten und blumigen Reden die Ruderer an, die mit neuer Entschlossenheit nach Hause gehen.

»Wir werden siegen!«, singen die Kinder im Kindergarten, wie es ihnen die sanften Frauen auf Castillos Anweisung etwas verlegen beigebracht haben.

»Wir werden siegen!«, rufen die Sieger des Pom-Pom-Turniers und wagen das Unerhörte: Sie fordern die Schulmannschaft zum Wettkampf heraus.

»Wir werden siegen!«, brüllen die Ruderer und ballen die Fäuste gegen Bürokraten und Profitmacher.

Zuletzt glaubt Rock Castillo, dass die ganze Stadt hinter ihm steht, und er tut etwas, was Mister Mantoya ihm nie verzeihen wird. Er überredet ein Werbebüro in Manila, ein riesiges Plakat zu spenden und lässt es von einigen seiner Gemeindemitglieder am spanischen Tor festnageln. Castillo selbst überwacht die Arbeit, und als sie erledigt ist, tritt er einige Schritte zurück und legt dem Gemeindeältesten den

Arm um die Schultern. Prima! Gut! Besser hätten wir es nicht machen können.

Das Plakat stellt eine Mutter mit einem Kind auf dem Arm dar. Und der Text lautet:

»WIR SCHÜTZEN UNSERE KINDER VOR SEXUELLER AUSBEUTUNG! PÄDOPHILE RAUS!«

Als Mantoya von dem Plakat erfährt, wird er vor Zorn ganz starr. Er vergisst Mittag zu essen und geht steif durch das Restaurant, dicht gefolgt von dem ängstlichen Kellner, der die Nachricht überbracht hat. Er grüßt nicht einmal die wenigen weißen Männer, die an den Tischen sitzen. Aber er sieht Alex und redet mit ihm.

»Komm«, sagt er zu Alex, als er vorbeiflitzt. Und Alex vergisst, dass er eigentlich auf die Provision eines seiner Pom-Poms wartet. Er gehorcht sofort.

Es ist lange her, seit er Auto gefahren ist, und er genießt es. Es gibt nichts Schöneres, als auf einem Sitz, der herrlich nach Leder duftet, Platz zu nehmen und tief in die Finsternis hineinzufahren. Aber die Fahrt dauert nicht lange. Mister Mantoya fährt mit hoher Geschwindigkeit durch die Stadt und binnen fünf Minuten sind sie am spanischen Tor angelangt. Er bremst heftig und macht ein lebensgefährliches Wendemanöver, sodass die Scheinwerfer die große Schändung beleuchten.

»WIR SCHÜTZEN UNSERE KINDER VOR SEXUELLER AUSBEUTUNG! PÄDOPHILE RAUS!«

Die Buchstaben zittern vor Alex' Augen und flattern im Scheinwerferlicht auf und ab. Er hat heute Abend wohl eine Pille zu viel genommen.

»Das Aas«, zischt Mister Mantoya. »Das verfluchte Aas! Ich werde dieses Arschloch ermorden!«

»Was bedeutet Ausbeutung?«, fragt Alex.

»Das kann dir scheißegal sein«, schnauzt Mister Mantoya ihn an, schaltet in den Leerlauf und zieht die Handbremse. Alex bleibt im Auto sitzen und sieht mit zunehmendem Erstaunen, wie Mister Mantoya hinausstürzt und mit bloßen Händen über das Plakat herfällt. Er reicht nicht ganz hinauf, und es gelingt ihm nur, ein paar Fetzen abzureißen.

Alex schämt sich für Mister Mantoya, schämt sich für die unkontrollierte Wut und den Mangel an Würde. Warum tut er das allein? Es ist doch seine Stadt! Auch wenn der neue Priester den Mund noch so voll nimmt, ist Mister Mantoya doch derjenige, der alles steuert und kontrolliert. Die Ruderer haben geglaubt, dass sie Aufruhr stiften können, aber man sieht ja, wie es ihnen jetzt geht! Sie hungern mehr als je zuvor, und alle wissen, dass Mister Mantoya die Schraube nur eine halbe Umdrehung fester ziehen muss, um sie in die reine Hungersnot zu treiben! Die Kellner, die Tischler, die Arbeitslosen – sie gehören doch ihm! Und die Polizei! Der Polizeimeister tut alles, was Mister Mantoya will. Warum lässt er dann nicht die Polizei das Plakat herunterreißen und es öffentlich auf dem Marktplatz verbrennen?

Aber nein, Mister Mantoya will das anscheinend allein erledigen. Er läuft zum Auto zurück und fährt es bis an das Plakat heran, stellt sich auf die Motorhaube und fängt an zu kratzen und zu reißen. Es dauert ziemlich lange, bis Alex versteht, dass Mantoya Hilfe von ihm erwartet. Bevor er auf die Motorhaube klettert, zieht er sich die Schuhe aus, denn es ist unnötig, dass der schwarze Lack Kratzer bekommt.

Hinterher, als das Plakat in tausend Fetzen auf dem Boden liegt, will Mantoya rauchen. Er lehnt sich an den Kotflügel und atmet schwer, fast wie nach einem Orgasmus.

»Ich werde diesen verdammten Priester umbringen«, sagt er und seine Stimme zittert immer noch vor Wut. »Ich habe Geduld gehabt, sehr viel Geduld, aber nun ist Schluss damit, verdammt noch mal!«

Alex antwortet nicht, schweigt nur und nickt. Er zweifelt

nicht einen Augenblick daran, dass Mister Mantoya es ernst meint. In Pagsanjan sind Leute für viel weniger gestorben.

»Ausbeutung! Der weiß ja nicht, wovon er redet! Die Leute in dieser Stadt haben gehungert, bevor ich den Betrieb ins Rollen gebracht hab! Und du hast gehungert, als du klein warst, glaubst du, ich weiß das nicht? Du hättest dich, verdammt noch mal, keinen einzigen Tag im Leben satt essen können, wenn ich nicht Mister Galante hergeholt hätte. Und sieh dich jetzt an: groß und stark! Und ein guter Katholik! Ich weiß sehr wohl, dass du in die Kirche läufst, sowie du die Gelegenheit hast, und dagegen sage ich nichts! Ich bin selbst gläubig. Aber denk daran, alles was du jetzt hast, das hast du mir zu verdanken. Du hast die Schule besucht, hast ein eigenes Haus bekommen und konntest deiner ganzen Verwandtschaft helfen. Wie, verdammt noch mal, wäre das ohne mich möglich gewesen?«

Alex murmelt einige Phrasen der Dankbarkeit, aber Mister Mantoya hört nicht zu.

»Wenn irgendjemand ein Ausbeuter ist, dann ist er es! Nicht mit einem einzigen verdammten Peso hat er geholfen. Natürlich, zurzeit bemitleiden die Wohltätigkeitsweiber die kleinen Kinder, aber das wird bald unmodern. Und zu wem kommen die Leute dann? Zu mir natürlich! Lieber Mister Mantoya, gib uns Arbeit. Lieber Mister Mantoya, mach, dass die Jungs ein paar Centavo verdienen! Und ich helfe! Ich kümmere mich um die Jungs und nehme keine überhöhte Provision, das weißt du! Ich habe meine Unkosten und die müssen gedeckt werden. Aber dieser Teufel von Priester! Dieser Protestant des Satans bettelt nur und bettelt. Und er achtet sicher darauf, dass ein Teil in seinen eigenen Taschen landet! Dieser Teufel muss glauben, dass Pagsanjan seine private Goldgrube ist!«

Sein Monolog ist lang, und Alex ist gezwungen ihm zuzuhören. Er sinkt auf den Kies, denn die Beine werden ihm schwach. Alex findet keine Einwände. Es ist ja wahr: Er hungert nicht, und er hat die Schule besucht. Das hat Mister Mantoya ermöglicht, und an den Rest will er nicht denken. Als sein Bruder wie ein tiefer Schatten auftaucht, verscheucht er ihn. Es geht nicht. Nicht jetzt. Wir können uns nicht vor morgen treffen.

Darum ist er allein, als er begreift, dass Mister Mantoya etwas zu ihm gesagt hat. Ein Befehl. Und Alex hat ihn nicht gehört.

»Was?«

»Runter mit den Hosen und lehn dich gegen den Kotflügel!«

Alex ist verwirrt. Mister Mantoya hat ihn noch nie benutzt. Andere Jungs schon, aber ihn nicht. Das war ein Teil seines Auserwähltseins. Er war ja fast ein Partner.

»Hörst du schlecht?«

Mantoya greift in sein Haar und zieht ihn hoch, wirft ihn auf die Motorhaube und beginnt an Alex' Hosen herumzufummeln. Seine Wut scheint stetig zu wachsen und er lässt die Haare nicht los, sodass Alex gezwungen ist, sich selbst die Hosen runterzuziehen, während Mantoya seinen Kopf rhythmisch gegen das Blech des Wagens schlägt.

Als es vorbei ist, ist Mantoya wieder er selbst: kühl und sicher und die Stimme zittert nicht länger. Er nimmt ihn bis vor die Tür des grünen Hauses mit und winkt kameradschaftlich, als er weiterfährt.

Alex kann nicht hineingehen. Die Familie ist noch wach, und er kann ihre Stimmen hören. Rodolfos betrunkener Bass rollt durch den Garten, gefolgt von Marias schriller Entrüstung. Alex selbst bringt nicht einmal die Kraft auf, ans Reden zu denken. Er braucht ein Versteck, einen Platz, wo er allein sein kann. Doch nicht weit weg. Er schafft nur noch ein paar Meter, will eigentlich nur, wo gerade er steht, auf den Kies sinken und schlafen. Aber das geht nicht. Er muss sich leise in den Garten schleichen, und als er sich unter dem Avocadobaum zusammenrollt, ist er allein von dieser Anstrengung erschöpft. Für eine Weile betrachtet er die Sterne, die hinter der Laubkrone blinken, und dann schläft er ein.

In der grauen Morgendämmerung wacht Alex auf und sein Körper schmerzt. Er vermisst seine Matratze und die Decke, die er sich um diese Zeit immer über die Schultern zieht. Hier, im Niemandsland der Nacht, betet er immer sein erstes Gebet und tauscht die ersten Gedanken des Tages mit seinem Bruder aus, aber heute geht das nicht. Jesus ist weit weg und das Gebet, das ihn sonst herbeilockt, hängt wie eine gesprungene Schallplatte in Alex' Gehirn.

Dennoch findet er darin einen Genuss. Er allein ist wach in Pagsanjan und alle anderen schlafen. Es ist als ob eins der Spiele aus der Kindheit wahr geworden wäre. Er erinnert sich an Danilos Frage: Was würdest du tun, wenn du eines Morgens aufwachst und es außer dir keinen einzigen Menschen mehr auf der Welt gibt? Und er erinnert sich an sein Lachen als Antwort: Ich würde zum Fluss gehen!

Doch er geht nicht zum Fluss. Er geht zur Kirche und zum Marktplatz, wandert die kleinen Straßen entlang und besichtigt die Häuser, als wäre er ein neu angekommener Tourist. Dort wohnt der Polizeimeister und da drüben der Bürgermeister...

Als die Stadt erwacht, geht er nach Hause. Keiner stellt ihm Fragen; alle sind es gewohnt, dass Alex in manchen Nächten fortbleibt, und dass er am Morgen darauf übel gelaunt ist. Gloria zieht im Salon die Gardinen zu und lässt ihn schlafen. Erst gegen Nachmittag wird sie unruhig, weckt ihn und fragt, ob er krank ist. Er antwortet nicht, aber bevor er ihr den Rücken zudreht, sieht sie noch seine Augen, und plötzlich erinnert sie sich an etwas, das sie fast vergessen hatte: dass Alex einmal ein kleiner Junge war, der sich weigerte, mit seiner Mutter zu reden.

Ein paar Tage später ist es wieder an der Zeit für eine von Castillos Sensationen. Eine Demonstration soll stattfinden, und kurz vor der Abenddämmerung ist der Marktplatz voller Jungs. Die Erwachsenen drücken sich verlegen an den Hauswänden herum oder verbergen sich in den Gärten und betrachten beschämt das Schauspiel. Es sind viele Jungs, und nur Gott weiß, wie Castillo sie alle dazu gebracht hat, an der Demonstration teilzunehmen. Viele von ihnen sind nie auch nur in der Nähe des Hotels gewesen. Sie sind gewöhnliche Schuljungs, behütet und streng bewacht. Die guten Bürger der Stadt rümpfen die Nase. Typisch vom Pater, auch die Unschuldigen mitzulocken. Dieser Sensationsmacher. Man sagt, dass er herumgeht und behauptet, es gäbe dreitausend Pom-Poms in Pagsanjan. Lächerlich! So viele Jungs hat die Stadt ja gar nicht. Es können nicht mehr als vier-, fünfhundert sein. Ja, ja sicher, das ist schlimm genug, aber Übertreibungen lösen das Problem nun wahrlich nicht!

Alex, Danilo und Pedro stehen auf dem Parkplatz des Hotels, während sich der Demonstrationszug in Bewegung setzt. Noch sehen sie nichts, hören nur Wortfetzen und Lieder von weitem. Danilo fühlt sich von der neuen, spannenden Tablettenkombination wie ein Riese und redet ununterbrochen.

Aber Alex hört nicht auf sein Geplapper und hört auch die Sprechchöre in der Ferne nicht. Er beobachtet ein Auto, das gerade auf den Parkplatz gefahren ist. Drei Mädchen und eine erwachsene Frau steigen aus. Eines der Mädchen ist allem Anschein nach die Gastgeberin. Vielleicht will sie die anderen zum Mittagessen ins Restaurant einladen.

Im Handumdrehen vergisst Alex alles, was er jemals für die mollige Maria gefühlt hat. Dieses schmale Mädchen. Er weiß, dass er sie schon einmal gesehen hat. Er erkennt ihre blasse Haut, die leicht gebogene Nase und das ovale Gesicht wieder. Sie muss aus Pagsanjan sein, denn er hat eine vage Erinnerung an ein Kind mit einer solchen Nase.

»Wer ist sie?«, flüstert er Pedro zu. Und Pedro hebt den Blick vom Asphalt und wirft einen Blick auf die Mädchen.

»Die mit dem schwarzen Kleid? Das ist die Tochter von dem alten Torres. Du weißt, der Reiche, der unten am Marktplatz wohnt.«

»Wie heißt sie?«

»Myrna.«

Sie ist schöner als der Fluss, stolzer als die Berge und kühl wie die Wasserfälle. Und sie sind Geschwister: An einem goldenen Kreuz, das sie an einer Kette um ihren Hals trägt, schimmert Alex' Bruder.

Sie bleiben eine Weile auf dem Parkplatz, denn Myrna will ihren Gästen die Umgebung zeigen. Dort unten liegt der Fluss. Und der Berg oberhalb von uns ist der größte der Stadt. Die Frau und die anderen Mädchen hören zu. Sie sind mit den Insignien der Reichen geschmückt, aber keine von ihnen ist so schön wie Myrna; sie tragen Gold und Seidenkleider, schimmern aber nicht selbst wie Perlmutt.

Die Stimmen des Demonstrationszuges der Jungs kommen näher und die Mädchen horchen auf. Was kann das sein? Myrna steht neben ihren Gästen und ist genauso neugierig wie sie. Doch als die ersten Jungs und die ersten Plakate auftauchen, kraust sie die Stirn und wagt nicht, ihre Freundinnen anzuschauen.

»Mama! Papa!«, steht in schöner Druckschrift auf den Schildern. »Verkauft uns nicht an die Monster!«

Alex lässt kein Auge von Myrna; es ist, als glaube er, sie vor der Schande der Stadt bewahren zu können, indem er sie ansieht. Er kann es nicht. Als die anderen Mädchen fragen, ist sie gezwungen, Rede und Antwort zu stehen. Sie senkt den Blick, zuckt mit den Schultern und macht eine resignierende Handbewegung.

Alex zittert aus Mitleid mit ihr und folgt ihr sehnsuchtsvoll mit dem Blick, als sie schließlich zurück zum Auto läuft, einsteigt und ihr Gesicht in den Händen verbirgt. Ihre Freundinnen gehen hinterher, reden und trösten. Schon gut. Sei nicht traurig. Ist ja nicht deine Schuld!

Ihr Auto schiebt sich durch den Haufen der Jungs, und sowie sie auf die Straße kommen, gibt die Frau Gas. Einige Nachzügler müssen zur Seite springen, um nicht überfahren zu werden.

Endlich steht Rock Castillo als der gerechte Rächer vor der

Höhle des Sünders. Hinter sich hat er Hunderte von Opfern; na ja, einige darunter konnten in letzter Stunde gerettet werden. Er hält eine improvisierte Rede und leitet dann den Psalmengesang der Jungs. In der sich schnell verdichtenden Dunkelheit klingen ihre Stimmen wie Glas, und das hört sich sehr schön an.

Verblüfft betrachten Alex, Danilo und Pedro das Schauspiel, reagieren aber nicht, bevor die Versammlung fast vorüber ist. In einiger Entfernung, nahe der Straße, entdeckt Alex ein Gesicht, das er gut kennt. Joselito! Sein verhätschelter Cousin, den Alex vor Hunger und Tod bewahrt hat, dem er seine Spielsachen und sein Zimmer gegeben hat! Der seit mehreren Jahren den Reis isst, den er bezahlt. Und der keinen blassen Schimmer davon hat, was es bedeutet, im Alter von acht Jahren verkauft zu werden! Er steht da mit einem Schild und bettelt um Mitleid. Verkauft mich nicht an die Monster!

Die Wut ist ungewohnt und ganz weiß. Alex schlägt sich durch den Haufen der Jungs, schubst die Kleinen beiseite und stößt die Größeren weg. Wie ein Riese greift er nach Joselitos Arm, reißt ihm das Plakat aus den Händen und beginnt auf ihn einzuschlagen: auf seinen Kopf, seinen Bauch und sein Geschlecht. Verfluchtes Gör! Verfluchtes Gör! Ich bring dich um!

Joselito kommt kaum zum Schreien, da ist es schon vorüber. Castillos Männer werfen sich auf Alex, aber das ist es nicht, was ihn dazu bringt aufzuhören. Sein Bruder ist es. Er steht auf der anderen Seite der Straße und sieht ganz grau aus, ganz grau und sehr ernst. Alex lässt von seinem unerträglichen Cousin ab. Lässt ihn los und rennt davon. Tausend Engel schreien in seinen Ohren, unartikulierte Schreie von Sünde, Feuer und Ewigkeit.

Danilo und Pedro folgen ihm in die Dunkelheit auf der anderen Seite der Straße. Sie laufen lange, hoch hinauf auf den Berg, und Alex schweigt die ganze Zeit. Erst als er sich auf einen Stein gesetzt hat, redet er.

»Geht!«

Sie zögern und wollen ihn nicht allein lassen. Er brüllt sie an.

»Geht! Verschwindet! Los, haut ab!«

Als die Engel endlich zu schreien aufhören, ist es Nacht. Die Stadt unter ihm ist dunkel. Nur ein paar kleine Feuer glühen noch in der Tiefe und der Himmel liegt wie ein Deckel auf der Welt. Alex sehnt sich nach seinem Bruder und versucht ihn mit Gebeten und Bibelzitaten zu sich zu locken. Dein Reich komme! Vergib uns unsere Schuld! Was ihr getan habt Einem unter diesen meinen geringsten Brüdern… Aber das Weltall ist leer und Jesus hat sein Gesicht von ihm abgewandt; er antwortet nicht und existiert nicht mehr.

Er wartet stundenlang, bis ihm alle Bibelsprüche ausgehen, weint aber nicht. Er hat schon immer gewusst, dass es so kommen würde. Jetzt beugt er sich nur der Tatsache, dass noch ein Märchen zu Ende ist, seufzt ernüchtert und beginnt schließlich, sachte den Berg abwärts zu gehen. Er rutscht und fällt einige Male, tut sich aber nicht weh. Welche dummen Ideen er gehabt hat! Er hat doch nie einen Bruder gehabt. Nicht wirklich.

Als er zur Straße kommt, ist er wieder er selbst, stark und leer. Ein letzter Bibelspruch flackert durch sein Gehirn, aber er merkt es kaum:

»Eloi, Eloi, lema sabachthani? Mein Gott, mein Gott, warum hast du mich verlassen?«

Die Worte werden zu schwarzen Insekten, dunkler als die Dunkelheit. Alex sieht sie nicht. Er hat schon den Kopf voller neuer Pläne. Heute Nacht wird er nicht schlafen. Er wird eine Eidechse fangen und sich damit an Joselitos Bett schleichen. Und wenn der Morgen dämmert, wird er zu Myrnas Haus gehen und eine Art Andacht halten.

Ein Junge sitzt hinter einem Wasserfall und hält alles geschlossen: Augen, Lippen, Hände. Seine Angst ist so groß, dass er glaubt, der Berg würde auseinander brechen, wenn er zu sehen und zu atmen wagte.

So steht es um Alex.

Der Klang von Stimmen zwingt ihn die Augen zu öffnen. Der Berg bricht nicht auseinander.

»Alex«, ruft Klaus. »Ich weiß, dass du hier bist. Wo bist du?«

Prustend und fluchend durchdringt Klaus die Wassergardine. Die mutigsten von Alex' Pom-Poms folgen ihm.

»Was, zum Teufel, hast du getan? Die ganze Stadt ist voller Soldaten und sie suchen nach dir! Sie sagen, dass du den verdammten Kommunisten geholfen hast... Ist das wahr? Kannst du so behämmert sein?«

Alex lauscht dem Redefluss des Deutschen, ohne sich zu rühren. Erst als einer der Jungs ihm eine Hand auf die Schulter legt, erhebt er sich. Ja, er kommt. Ja, es war dumm abzuhauen. Tut ihm Leid.

Immer hat er jemandem gehorchen müssen. Nie ist er sein eigener Herr gewesen. Darum lässt er sich durch den Wasserfall zu den Klippen scheuchen, darum schleppt er das Kanu, und darum kämpft er sich durch die Stromschnellen und legt sich nicht einfach ausgestreckt auf den Grund des Flusses, was er am liebsten tun würde.

Klaus will, dass sie beim Hotel anlegen, und Alex gehorcht.

Die Soldaten erwarten ihn. Einer von ihnen gibt Befehle, ein anderer nimmt ihn hart beim Arm und ein dritter erhebt sein Maschinengewehr. Einen Moment lang glaubt er, die Befreiung sei nahe, aber bald wird ihm klar, dass sie ihm nicht nach dem Leben trachten. Noch nicht. Zuerst soll er verhört werden.

Mantoya hat ein Zimmer zur Verfügung gestellt, eines der Zimmer, die Alex besser kennt als sein eigenes Haus. Er weiß, in welcher Ecke die Staubflocken am größten sind, weil die Putzfrauen sich nicht bequemen, das Bambusregal wegzurücken. Er weiß, dass der Korbstuhl auf nackten Schenkeln Flechtmuster hinterlässt, und dass die Bettdecke, auf der er sitzt, jeden ersten Donnerstag im Monat sauber nach Waschmittel duftet. Aber mehr weiß er nicht. Er weiß nicht, woher die Guerilla kommt und wer sie nach Pagsanjan gelockt hat. Und er weiß nicht, wer ihnen Namen und Adressen zugeflüstert hat. Er war es jedenfalls nicht…

Sie verhören ihn stundenlang, aber er hat kein Geständnis zu machen. Der Soldat mit dem Maschinengewehr schlägt ihn mitunter und seine Zähne klappern, aber es tut nicht besonders weh. Schläge und Drohungen können ihm nichts mehr anhaben. Versprechungen auch nicht. Als der Offizier ihm schließlich eine Zigarette anbietet, nimmt Alex sie dankbar an, bleibt aber bei seiner bisherigen Aussage.

Zur Essenszeit sind sie alle erschöpft. Alex ist vom Sitzen in derselben Stellung müde und reißt sich zusammen. Er streckt sich, versucht, sich die Gleichgültigkeit aus den Augen zu reiben und beginnt zu reden.

»Ich weiß nichts über die Guerilla und die Guerilla weiß nichts über Pagsanjan…«

»Was willst du damit sagen?«

Der Offizier ist auch müde, so müde, dass er fast menschlich wirkt.

»Wenn ich es gewesen wäre, wäre der Polizeimeister nicht gestorben…«

»Wieso?«

Alex steht auf, und die Soldaten lassen es zu.

»Weil das nichts ändern wird ... Alles wird beim Alten bleiben.«

Sie lassen sich natürlich nicht so leicht überzeugen, lassen ihn aber dennoch laufen. Wenn sie einen Sündenbock suchen, muss es ein besseres Exemplar sein als dieses hier. Der Junge mit dem starren Gesicht und den eigenartigen Augen wirkt etwas verrückt. Außerdem werden sie allmählich hungrig, und der Offizier sehnt sich nach dem Restaurant, wo Mister Mantoya ihm gratis Essen und gratis Whisky versprochen hat, wenn das Verhör vorbei und der Junge frei ist.

Gloria hat man nicht ins Hotel gelassen, obwohl sie geweint und gebettelt hat. Sie steht auf dem Parkplatz und hat die Arme um sich geschlungen, friert in der heißen Luft aus Angst davor, was mit Alex und dem Rest der Familie geschehen wird. Als er kommt, bricht sie wie gewöhnlich in Jubel aus und überfällt ihn mit Küssen. Er lässt es über sich ergehen, denn andere Frauen stehen daneben, und er hat es nie fertig gebracht, sie vor anderen zu demütigen. Aber auf dem Heimweg setzt er sich von ihr ab, lässt sie mehrere Meter hinter sich und schafft sich endlich Luft.

Sie umkreist ihn den ganzen Abend, mal böse, mal unruhig. Immer ist was mit dem Bengel! Nie hat man seine Ruhe! Was ist nur los mit ihm? Warum ist er so still? Und warum sehen seine Augen so eigenartig aus?

Alex will nur schlafen, doch Gloria hält ihn mit einem Wortschwall wach. Natürlich geht es nicht um etwas, was sie selbst berührt, sondern es ist Klatsch und Tratsch, umständlich wiederholte Wortwechsel, die aus ihr herausströmen. Ich habe Manuela gesagt, dass der Priester schuld ist, und das hat sie begriffen. Und Divina hat ihr Fett abbekommen, bis sie ihren Mund hielt! Da sieht man mal, was passiert, wenn Radaumacher wie Castillo eine ganze Stadt regieren dürfen! Ich begreife nicht, dass Mister Mantoya ihn nicht schon lange davongejagt hat.

Während sie redet, experimentiert Alex mit seinem Körper, presst die Fingernägel in die Handfläche und kneift sich in den Arm. Er spürt es und spürt es wiederum auch nicht.

»Ich bin ausgezogen!«, denkt er und findet es so absurd, dass er zu lachen anfängt. Das erschreckt Gloria und sie verstummt sofort, ihr Blick flackert und sie entscheidet, dass es für alle an der Zeit ist, schlafen zu gehen. Alex sieht ihre Angst und lacht noch mehr. Er kann nicht aufhören und lächelt bis in den schwarzen Schlaf hinein. Sein Kehlkopf hüpft von der unterdrückten Heiterkeit auf und ab.

Am nächsten Morgen weiß er, dass er noch einmal ein anderer geworden ist. Er wacht wie gewöhnlich früh auf und streckt sich nach seinen Sandalen aus. Aber mitten in der Bewegung wird ihm klar, dass er nicht mehr zu Myrnas Haus gehen will. Was macht es für einen Sinn, Schatten zu jagen? Warum sich aus einem Paradies nach dem anderen vertreiben lassen, wenn man freiwillig gehen kann?

Die Soldaten bleiben lange in Pagsanjan und die Leute gewöhnen sich an sie. Anfangs haben die weißen Männer Angst vor ihnen, verstehen aber bald, dass sie nichts zu befürchten haben. Im Gegenteil. Mit ein paar kleinen Scheinen kann man sich schwer bewaffneten Schutz kaufen. Auch die Sicherheit ist billig in Pagsanjan.

Alex bleibt einige Tage zu Hause. Er schläft viel, doch selten auf seiner Matratze im Salon. Eines Tages macht er sich zu Pedros Stelle am Fluss auf, findet sie aber nicht wieder. Das Grüne sieht anders aus als früher, kleiner und grauer. Der Platz unter einer Monstera reicht für Alex nicht mehr aus. Er ist zu groß geworden.

Wohin er auch geht, die Blicke der Stadt folgen ihm. Alex der Wucherer. Alex der Zuhälter. Alex der Schuldige. Man lächelt ihn an und grüßt, aber niemand sieht ihm in die Augen. Die Soldaten haben ihn freigesprochen – und wenn schon! Mantoya hat ihn freigekauft. Das hat nichts mit der Wahrheit oder der Wirklichkeit zu tun.

Alex kennt alle Augen und es ist ihm gleichgültig. Warum sollte er sich darum scheren, was die Leute sagen? Er ist eine Kämpfernatur, ein Sieger, trotz allem. Er hat so gelebt, wie es ihm möglich war. Schwächere Typen wären daran zu Grunde gegangen, aber ich, Alex, ich lebe!

Schon bald ist kein Reis mehr im Haus und Alex muss wieder ins Hotel. Klaus hat ihn vermisst, er beklagt sich über alles, was er seinetwegen hat ausstehen müssen, und fordert noch einige Blowjobs. Dann ist sein Urlaub zu Ende, und er muss nach Deutschland zurück. Aber er wird bald wiederkommen! Und wenn ich hungern muss, Alex, innerhalb eines Jahres bin ich wieder da!

Alex hat ihn schon vergessen, bevor er abgefahren ist. Er schlürft sich pflichtschuldig durch einige Kunden, ohne zu denken und ohne zu beten. Er findet immer noch, dass er aus seinem Körper ausgezogen ist, aber es ist nicht mehr lustig. Eines Tages versucht er, Danilo davon zu erzählen, aber es ist zwecklos. Mantoyas Pillen haben seit langem das Einfühlungsvermögen und Mitgefühl des Freundes verschlungen. Er versteht nicht, was Alex zu sagen versucht, und antwortet nur mit albernem Gequatsche.

»Was, zum Teufel, ist mit dir los, Alex? Die Leute sagen, dass du langsam anfängst, verrückt zu werden.«

Keiner darf wissen, dass er an dem Tag hinter dem Wasserfall eigentlich versucht hat zu sterben. Alex selbst scheut die Erinnerung, jagt sie fort, wenn sie sich aufdrängt und kommt sich etwas albern vor. Er zwingt sein Gehirn, an etwas anderes zu denken. Heute habe ich vierhundert Peso verdient. Morgen sollen es fünfhundert werden.

Doch man kann nicht nur von Geld leben. Und Alex ist ein Gefangener des Lebens. Aber seine Hoffnung ist dennoch so zäh und seine Sehnsucht so heiß, dass er sich bald ein neues Märchen ausdenkt.

Natürlich, er ist nur ein Pom-Pom, aber wer sagt denn, dass nicht auch ein Pom-Pom heiraten kann? Hätte er einen Menschen, der ihm gehören würde, könnte er alles ertragen! Wenn er Nacht für Nacht in weicher Weiblichkeit ertrinken könnte, würde er noch hundert Jahre Zwang und Demütigungen ertragen! Er muss eine Frau haben. Irgendeine. Maria.

Wieder einmal verschließt sich Alex allem, was nicht seinen Traum bestätigt. Mister Mantoya? Ach was, er hat sich ja nie deutlich ausgedrückt, hat nur den Jungs zu verstehen gegeben, dass es nicht angebracht ist. Er ändert sicher seine Meinung, wenn er vor vollendete Tatsachen gestellt wird. Und Klaus? Der ist ja nur einen Monat im Jahr hier, und er wird bekommen, was er will.

Da sorgt er sich mehr um seine künftigen Schwiegereltern. Marias Eltern sehen ihn mit den Augen der Stadt, und Alex glaubt, dass sie ihn für schmutzig halten. Der Grill auf den Klippen hat ihren eigenen Sohn vor dem Hotel gerettet. Sie haben sich über Wasser halten können, obwohl sie arm sind. Und sie haben nur zwei Kinder: Maria und Fortunato, der ihnen wichtiger ist als alles andere auf der Welt.

Die Tatsache, dass die Ramirez' gemeinsam eine geschlossene Front gegen die Welt bilden, macht Alex noch zielbewusster. Er will in ihr Königreich eindringen und es soll ihm gehören. Fast jeden Tag paddelt er zu ihrem Dschungelrestaurant hinaus und nimmt in seinem Kanu Geschenke mit. Ein Paar Schuhe für Fortunato, abgetragen natürlich, aber noch nicht kaputt. (Joselito muss für eine Weile barfuß gehen.) Ein Gallon Kokosmilchwein für Ramirez. (Der Teufel soll dich holen, Rodolfo, wenn du auch nur wagst, diesen Krug anzugucken. Der ist nicht für dich!) Einen Korb mit frischen Avocados für seine Frau. (Ich tu, was ich will, Mama. Niemand hier im Haus hungert!)

Schritt für Schritt bricht er ihren Widerstand und schleicht sich in ihr Leben ein. Jetzt hat er Verwendung für vieles, was er im Hotel gelernt hat. Er hat gelernt, gute Miene im bösen Spiel zu machen. Darum kann er Ramirez' politischen Darstellungen geduldig zuhören. Er widerspricht nie, nicht einmal, wenn der Alte betrunken wird und erzählt, dass seine Sympathien der Guerilla gehören. Die Mutter lächelt er an und verbeugt sich höflich vor ihr, bringt sie aber nicht in Verlegenheit, indem er sie direkt anspricht. Fortunato gewinnt er mit Lachen und Pom-Pom-Spielen. Maria aber muss er nicht erobern. Sie ist die Seine, ihr Wort und ihr Geist gehören ihm schon.

Daheim im grünen Haus geht es ihnen jetzt schlechter. Alex arbeitet genauso fleißig wie früher, gibt aber nicht mehr sein ganzes Geld ab. Gloria jammert wegen der vielen Geschenke für die Ramirez' und beklagt sich, dass sie weniger bekommt. Es scheint, als habe Alex vergessen, wer ihm am nächsten steht. Sie grübelt oft darüber nach, wo er sein Gespartes versteckt hat und manchmal verwendet sie einen ganzen Tag dafür, das Haus vor sich hinbrummelnd zu durchsuchen. Wenn sie damit fertig ist, ist die Ordnung im Salon dahin, denn sie hat ein paar Fußbodenplatten herausgerissen, und es ist ihr nicht gelungen, sie wieder einzufügen. Aber Geld hat sie nicht gefunden. Das ist auch nicht verwunderlich, denn Alex hat seinen Schatz unter einem Stein im Garten versteckt. Den hat er seit mehreren Jahren gehegt und gepflegt, schon seitdem er Eidechsenjäger war. Da liegen immer noch jede Menge spröder, fast durchsichtiger Knochen, die letzten Reste der Tiere, die er einst mit großem Ernst und viel Sorgfalt getötet hat. Das hat er schon längst vergessen. Er erinnert sich nur an das Loch unter dem Stein.

Trotzdem ist Gloria hinter ihrer mürrischen Fassade ganz zufrieden. Seit dem unerwarteten Angriff der Guerilla bangt sie um Alex. Jetzt benimmt er sich endlich normal, auch wenn ihr der Preis dafür hoch erscheint.

Jetzt hat sie zum ersten Mal ein Problem, das sie mit anderen teilen kann. Das ist ein gutes Gefühl. Über die Verschwendungssucht ihres liebeskranken Sohnes kann sie mit ihren Schwestern reden oder sich bei Manuela beklagen. Aber das ist nur Gerede. Insgeheim beginnt sie den Gedanken zu akzeptieren, dass Maria eines Tages in das grüne Haus einziehen wird.

Es dauert lange, bevor Alex sein Ziel erreicht. Viele Monate vergehen und viele Geschenke müssen überreicht werden. Währenddessen geschieht so manches andere in Pagsanjan. Eintausend Touristen kommen jeden Tag in die Stadt und die Busse stehen dicht aneinander gereiht auf dem Marktplatz. Die Ruderer streiken und verlieren. Und Rock Castillo ist wie weggeblasen.

Es muss der Wind sein, der ihn fortgetragen hat. Wie soll man sich sein Verschwinden sonst erklären? Einen Tag ist er noch voll im Geschäft, predigt, agitiert und erzählt, dass er im kommenden Jahr bei den Kongresswahlen kandidieren will. Am Tag darauf ist er verschwunden und niemand weiß, wohin. In seinem kleinen Haus klingelt noch eine Zeit lang das Telefon, aber keiner hebt den Hörer ab, um zu antworten. Das Dienstmädchen ist nach Hause gegangen.

Gerüchte machen die Runde.

»Er ist ermordet worden!«, raunen sich die Ruderer zu und starren rachelüstern auf Mister Mantoyas Haus. Doch das ist aus Stein und kann nicht abgebrannt werden.

»Gerede! Er kommt zurück«, sagen die treuen Gemeindemitglieder. »Er ist sicherlich nur für eine Weile nach Puerto Galera gefahren. Es heißt ja, dass es dort auch Pom-Poms gibt…«

Einer der Protestanten bringt gute Nachrichten aus Manila. Rock Castillo hat die Heilsarmee besucht. Dort soll er über seine Kandidatur für den Kongress und auch über die Prostitution in Puerto Galera gesprochen haben…

»Benötigt er die Gemeindekasse in Puerto Galera?«, raunen sich die Katholiken sarkastisch zu. »Die hat er ja wohl mitgenommen?«

Auf diese Weise wird die Ökumene in Pagsanjan begraben. Die Katholiken lächeln so überheblich, dass die keimende Zusammenarbeit nicht überleben kann. Die Protestanten schließen ihre Türen, knallen gekränkt ihre Fensterläden zu und schlagen ihre Bibeln auf. Ihr Projekt verliert an Schwung. Niemand öffnet das Gemeindebüro. Die Kindergärtnerinnen haben plötzlich keine Zeit mehr. Und die Nachzügler unter den freiwilligen Soziologen, Krankenschwestern und Ärzten müssen nach Manila zurückkehren. Niemand kümmert sich um sie.

»Das können doch die Katholiken machen«, sagen die Protestanten beleidigt. »Sie sind ja so viele. Und so unglaublich tüchtig…«

Rock Castillos Haus steht nun leer und verlassen, nur Eidechsen bevölkern es. Die Katholiken gründen ein weiteres Komitee, um die Prostitution zu bekämpfen, doch es ist nicht mehr wie früher. Aus Manila kommen feine Damen zur Unterstützung, deren Methoden nichts mit denen Rock Castillos gemein haben. Letzten Endes sind es meist fromme Jugendliche, die im Komitee arbeiten. Myrna ist eine von ihnen. Obwohl ihr Vater sie deswegen schimpft, will sie sich von der Schande der Stadt rein waschen. Ihre Sonntagsschule bleibt allerdings meistens leer. Aber im Hotel herrscht Hochbetrieb.

Mister Mantoya ist zufrieden.

»Hab ich es nicht gleich gesagt?«, sagt er und bietet Alex eine Zigarre an. »Dieser Priester war ein verdammter Heuchler…«

Alex nimmt die Zigarre an und pafft wie ein Mann. Er lässt Mister Mantoya nicht aus den Augen, will herausfinden, ob er nicht irgendwo eine Schramme auf der glänzenden Oberfläche entdecken kann.

»Was ist passiert?«, fragt er schließlich.

Mister Mantoya sieht ihn mehrere Sekunden lang an, dann lächelt er.

»Woher soll ich das wissen? Er ist einfach abgehauen, als genug Geld in der Kasse war… Ich hab es geahnt. Ein falscher Fünfziger, dieser Kerl. Solche kennt man ja…«

Er legt die Füße auf den Schreibtisch, faltet die Hände hinter dem Kopf und kippt den Bürosessel zufrieden nach hinten.

»Kongressabgeordneter! Der! Ha!«

Und damit ist Rock Castillo für ihn erledigt. Mister Mantoya hat an wichtigere Sachen zu denken. Gerade heute hat er einen Entschluss gefasst. Endlich soll sichtbar werden, dass er der Herrscher in seinem eigenen Reich ist. Mister Mantoya hat die Absicht Bürgermeister in Pagsanjan zu werden.

Noch vor ein paar Jahren wäre das sehr einfach gewesen. Es hätte gereicht, die Absicht seinen Freunden in Manila mitzuteilen – und im Handumdrehen wäre ihm das Amt des Bürgermeisters sicher gewesen. Doch fand er nie, dass es die Mühe wert war. Die Macht und der Reichtum fielen ihm ja sowieso zu, ohne all die Formalitäten.

Ein Bürgermeister folgte dem anderen, und keiner von ihnen hat irgendwelche Spuren hinterlassen. Sie haben Mister Mantoya bestimmen lassen und sich selbst ungestört aus der Stadtkasse bedienen können. Und daran ist man gewohnt. So ist es seit Generationen gewesen.

Aber jetzt ist alles anders. Die formale Macht ist plötzlich genauso wichtig geworden wie die wirkliche. Er muss deutlich machen, dass er die neue Präsidentin und ihre Regierung unterstützt. Falls – was Gott verhindern möge! – noch mal so ein verrückter Priester auftauchen sollte, will er das Gesetz auf seiner Seite wissen, wenn er zum Angriff übergeht. Und warum sollte er sich das Vergnügen entgehen lassen, einmal im Leben seine Geldbörse mit der der Stadt zusammenzuschlagen? Investitionen sind nötig, zu Hause wie im Hotel.

Er weiß schon, wer sein Gegner sein wird, und das befriedigt ihn. Ein dünner, kleiner Schullehrer, der die Leute mit seiner hochtrabenden Tugendhaftigkeit ermüdet. Mit dem wird er schon fertig werden, auch ohne die üblichen Manipulationen. Es würde ihm Spaß machen, aus eigener Kraft zu gewinnen. Und möglich ist es: Die Armen haben die Moralpredigten satt. Sie wollen wissen, wie sie sich satt essen können. Andererseits ist es wohl am besten, auf Nummer sicher zu gehen.

Alex ist schwindelig vor Hunger und Zigarrenrauch. Im grünen Haus essen sie schlecht, denn Alex steckt jetzt fast alles Geld in das Eidechsengrab. Gloria schimpft und die anderen jammern, aber er lässt sich nicht beeinflussen. Was kümmert ihn das, wenn die Leute in der Stadt ihn für geizig und herzlos halten? Was haben sie nicht schon alles über ihn gesagt?

Als Mister Mantoya ihm von seinen Plänen zur Bürgermeisterkandidatur erzählt, hellt sich sein Gesicht auf und er beginnt zu hoffen. Vielleicht will Mantoya, dass er ihm behilflich ist? Dann kann er sich dabei ein paar Peso verdienen. Und danach, wenn die Wahl vorbei ist, kann Mantoya ihm einen Job besorgen. Einen richtigen Job mit Gehalt und Nebeneinkommen. In seinem Gehirn bildet sich sofort ein neuer Traum: Alex am Schreibtisch im Rathaus und Maria als nette Beamtenfrau.

Sein altes Glitzern erwacht zum Leben und seine Augen flehen. Ich habe einen High-School-Abschluss. Und ich bin loyal! Loyal bis in den Tod! Waren Sie jemals unzufrieden mit mir, Mister Mantoya?

Das stille, aber offensichtliche Interesse des Jungen ermuntert Mantoya und er beginnt, Geschichten von Wahlen in anderen Städten zu erzählen. Hast du von dem gehört, der Kondome verteilt hat? Er ließ den Namen seines Gegners auf die Päckchen drucken, haha, und dann saßen seine Mitarbeiter eine ganze Nacht lang und durchstachen sie mit Stecknadeln. Jedes Weibsbild im ganzen Distrikt wurde rechtzeitig zur Wahl schwanger, und alle gaben dem Gegner die Schuld! Und weißt du, wie man von – hm, wie soll ich's nennen? – Überzeugungsgeld profitiert? Also, wenn die Leute ins Wahllokal kommen, erhalten sie fünfundzwanzig Peso und ein Stück Kohlepapier. Danach gehen sie in eine Kabine, füllen den Stimmzettel aus, und wenn sie wieder herauskommen, müssen sie eine Kopie vorzeigen, damit man sieht, dass sie richtig gewählt haben! Dann bekommen sie noch einmal fünfundzwanzig Peso. Teuer vielleicht, aber effektiv.

Alex hört zu und lächelt, kommt mit treffenden Einwänden

und klugen Fragen. Fünfzig Peso sind in Pagsanjan zu viel. Dreißig Peso reichen! Binnen einer Stunde hat Mantoya ihn zum Wahlhelfer ernannt. Er klopft dem Jungen kameradschaftlich auf den Rücken.

»Noch eilt es nicht, Alex, denn bis zur Wahl sind noch acht Monate. Aber ich rechne mit dir! Und du kannst mit mir rechnen.«

Alex sieht darin ein Versprechen und das verleiht ihm für den ganzen Tag Flügel! Er strahlt vor Hoffnung und Verlangen und verdient mehr als seit langem, obwohl die Kerle in der Nebensaison rar sind. Bald wird mit dem Getuschel und Geklatsche Schluss sein. Er wird ein gut bezahlter Beamter und ein geachteter Bürger sein.

Als es Nacht wird, geht er zu Maria. Ihre Familie wohnt in einem Schuppen etwas abseits von der Straße. Der Vorhang, der als Haustür dient, lässt einen Spalt frei, und das Licht der Petroleumlampe zittert wie eine Glorie in der Türöffnung.

Er war noch nie hier und muss tief Luft holen, bevor er wagt, ans Masonit neben der Türöffnung zu klopfen. Drinnen ist es still, und für einen Moment glaubt er, dass sie schon schlafen, aber dann hört er die Stimme des alten Ramirez.

»Wer ist da?«

»Nur ich«, sagt Alex und steckt den Kopf herein.

Ramirez ist ein bisschen betrunken und freut sich über die Gesellschaft. Die Kinder haben sich schon schlafen gelegt und seine Frau macht ein saures Gesicht. Jetzt ist sie gezwungen, ihre Flickerei zu unterbrechen und Alex hineinzubitten. Das erfordert die Gastfreundschaft, und sie ist immer auf den Ruf der Familie bedacht.

Der Schuppen ist viel kleiner als der Salon bei Alex zu Hause. Er ist fast ganz und gar von Grünzeug bedeckt. Das ist auch nötig, denn die Wände sind ein Flickwerk aus Masonit und Sperrholz, verschiedenen Brettern und einer alten Tür. Die Tür verdutzt Alex. Warum haben sie sie für die Wand benutzt? Warum haben sie sie nicht in die Türöffnung gesetzt?

Es sind schon mehrere Jahre vergangen, seit Alex selbst in einer türlosen Hütte gewohnt hat.

Aber sie haben ein Fenster, ein richtiges Fenster aus Glas. Es steht in der Nacht offen, und die kleine Spitzengardine bewegt sich leicht im Wind. Die Zweige der Bäume raunen dem verrosteten Dachblech Wiegenlieder zu.

Alex hat ein paar Zigaretten im Restaurant mitgehen lassen und überreicht sie mit einer höflichen Verbeugung. Ramirez poltert so laut aus Dankbarkeit, dass seine Frau ihn zur Ruhe ermahnt. Psst, die Kinder! Weck die Kinder nicht! Sie kauern sich auf ihren flachen Matratzen an die Wand und wenden den Eltern den Rücken zu, aber Alex kann an Marias Rücken erkennen, dass sie nicht schläft. Sie wacht und wartet.

Er muss mehrere Male Anlauf nehmen, bevor er in Gang kommt. Wie war das jetzt? Hm. Ja. Was wollte ich sagen?

Die Nervosität des Jungen amüsiert den Alten, lächelnd beobachtet er Alex' Versuche, zur Sache zu kommen. Marias Mutter lächelt auch, aber das ist nicht zu sehen, da sie in einer Ecke im Schatten sitzt.

Sie wissen natürlich, dass er gekommen ist, um einen Heiratsantrag zu machen. Nicht, dass sie schon darüber gesprochen hätten, aber beide haben natürlich Augen im Kopf, und es wäre doch seltsam, wenn man nicht verstünde, worauf er hinaus will. Er ist ein netter Junge, lieb und höflich, trotz allem, was die Leute über ihn reden. Sie haben sich schon entschieden. Ja, Maria soll ihn bekommen, Pom-Pom oder nicht. Er wird wohl allmählich beständig werden, und er kann ja zumindest lesen. Und sie will ihn doch so gerne…

Alex ist feierliche Auftritte nicht gewohnt und darum kommt es holprig und unkonzentriert. Er vermischt seine Märchen mit der Wirklichkeit, denn er sieht den Unterschied nicht mehr. Mister Mantoya hat ihm einen Job versprochen. Im Rathaus! Er wird sie alle versorgen können. Und er wird dafür sorgen, dass Fortunato auch Beamter wird, wenn er groß ist.

Er hat kaum ausgeredet, als Ramirez ihn umarmt und zum

Trinken einlädt. Er hat es doch immer gesagt: Alex wird es noch weit bringen! Willkommen in der Familie! Marias Mutter tätschelt ihm die Hand. Maria verstellt sich nicht länger und erhebt sich von der Matratze, hat es aber so eilig, dass sie sich nicht aufrichtet. Über die ungehobelten Bretter des Fußbodens kriecht sie zu Alex. Beide haben Tränen in den Augen, als sie ihn erreicht. Alex, weil der Kokosmilchwein zu stark war, und Maria, weil ihr die Knie so wehtun.

Danach muss man Fortunato wecken, die Matratzen zusammenrollen und ein übrig gebliebenes Hähnchen hervorholen. Alex isst und lacht, vergisst, dass man Maß halten muss, wenn man eingeladen ist, und stillt seinen Hunger von mehreren Tagen. Maria hat sich wieder gefangen und schämt sich für ihr altes, zerrissenes T-Shirt, das ihr als Nachthemd dient. Der alte Ramirez beschließt nun, sich richtig zu betrinken, und seine Frau ist so davon in Anspruch genommen, sich einerseits mit Maria zu schämen und andererseits mit ihr zu freuen, dass sie nicht merkt, wie Fortunato wieder auf dem Fußboden einschläft.

Daheim, im grünen Haus, fällt die Freude über die Verlobung nicht so groß aus. Als Alex davon berichtet, sitzen sie beim Frühstück auf dem Fußboden in der Küche. Für einen Moment herrscht Schweigen, und eine einzige Frage schwebt im Raum: Und wir? Was soll dann aus uns werden?

»Wir werden im Salon wohnen«, sagt Alex. »Und ich werde ein Bett kaufen. Ansonsten wird sich nichts ändern...«

Weiterhin Schweigen. Alex muss sich mit weiteren Wörtern schützen.

Uns wird es allen besser gehen. Denn Mister Mantoya hat mir einen Job im Rathaus versprochen, wenn er Bürgermeister wird... Und dann kann ich dafür sorgen, dass ihr auch Arbeit bekommt.

Sie lassen sich nicht so leicht überzeugen wie die Ramirez'; aber schon bald, nach einer Reihe von Erklärungen, lässt sich Gloria von den Lügen verführen. Die Zukunft ist gesichert!

Wir brauchen ein größeres Haus. Wir können endlich einen Fernseher kaufen!

Es ist, als würde sie glauben, die Hochzeit könnte die Wahl beschleunigen und den Traum vom Beamten verwirklichen, denn schon am selben Tag geht sie zu dem kleinen Laden und kauft den feinsten Stoff, den sie für Alex' Hochzeitsbarong finden kann. Daraus soll das schönste Hemd werden, das je ein Bräutigam in Pagsanjan getragen hat. Sie wird es selbst besticken. Auf dem Heimweg vergisst sie, einige Bekannte zu grüßen, denn sie ist so damit beschäftigt, in Gedanken die Schlingen der Stickerei zu formen, dass sie sie einfach übersieht. Sie will schnell nach Hause und den Stoff zuschneiden.

Bald weiß die ganze Stadt, dass Alex und Maria sich verlobt haben. Die Jungs im Hotel kichern und feixen und stellen schlüpfrige Vermutungen über die Hochzeitsnacht an. Alex lächelt, denn in ihren Stimmen liegt kein Hohn. Im Gegenteil. Er weiß, dass er sie glücklich gemacht hat, ihnen noch ein Märchen und noch eine Hoffnung geschenkt hat.

Und als er eines Tages über den Marktplatz eilt, wird er vom Pater angehalten, der seine Hand ergreift und ihm in die Augen sieht.

»Viel Glück, mein Sohn. Ich hoffe, dass ich euch trauen darf. Wir vermissen dich in der Kirche…«

Alex muss blinzeln, um die Tränen zu vertreiben und seine Hand schnell wegziehen, um es ertragen zu können.

Jetzt ist Passionszeit, aber nichts wird so, wie er geglaubt hat. Er darf Maria alleine treffen, überfällt sie aber nicht mit seinem Körper und mit Forderungen. All das darf in seinem eigenen Takt wachsen. Er hat Zeit, auf beides zu warten, denn er ist ein Mann, der lange und glücklich leben will.

An den Abenden, an denen Alex den kleinen Jungs eine Arbeit vermittelt und selbst etwas Geld verdient hat, geht er zu ihr nach Hause und holt sie ab. Meistens gehen sie zum Fluss, sitzen in der Dunkelheit nebeneinander und reden. Maria redet am meisten, aber wenn sie schweigt, um Luft zu holen, lässt er seinen Zeigefinger über ihr Gesicht wandern. Was für eine drollige Nase sie hat! Und so zarte Wangen.

»Bin ich hässlich?«, ängstigt sich Maria. »Findest du, dass ich hässlich bin?«

»Nein«, sagt Alex. »Du hast die goldigste Nase der Welt…«

Dann versteckt sie die Nase in der Hand und piepst: »Du bist nicht bei Trost! Das ist die hässlichste Stumpfnase der Welt. Wenn du reich bist, werde ich sie operieren lassen, sodass sie gerade und fein und schmal wird. Und dann werde ich runde Augen haben. Wie Imelda.«

»Das solltest du nur wagen«, sagt Alex und kitzelt sie an der Taille, sodass sie ins Gras fällt und lachen muss.

Alex hat in diesen Tagen viel zu bedenken. Und er hat große Ausgaben. Der Barong wird natürlich nicht so teuer, da Gloria ihn selber näht, aber die Ramirez' können sich weder ein Brautkleid noch ein Hochzeitsfest leisten, also muss er auch das bezahlen. Und dann das Bett. Das soll nicht irgendeines sein, sondern ein richtiges Doppelbett mit geschnitztem Kopfteil und dicker Matratze. Seine Familie rümpft die Nase über diese Pläne. Keiner von ihnen hat je ein Bett gehabt und Gloria betont unaufhörlich, dass ein Fernseher eigentlich viel billiger ist.

Gloria und Alex geraten sich immer öfter in die Haare, fühlen sich aber ganz wohl dabei. Sie streiten sich über ungefährliche Dinge, über das Bett und die Farbe von Alex' Unterhemd. Der Barong ist sehr durchsichtig und die Frage ist, ob das Hemd darunter weiß oder schwarz sein soll.

»Schwarz sieht viel besser aus«, sagt Alex. »Und es ist meine Hochzeit!«

»Aber du bist mein Sohn und ich bin es, die den Barong näht«, sagt Gloria. »Und übrigens ist es egal, was du sagst. Ich hab schon einen weißen gekauft. Du musst morgen ins Geschäft gehen und ihn bezahlen, denn ich hatte, wie gewöhnlich, kein Geld.«

»Nie im Leben. Ich bezahle nicht, bevor du einen schwarzen gekauft hast…«

Eines Tages fährt er mit Maria und ihrer Mutter nach Manila, um ein Brautkleid zu kaufen. Das wird sehr teuer: ein Jeepny für drei, Coca-Cola bei der Ankunft, Brautkleid, Schleier und ein paar weiße Schuhe. Dann müssen sie zu Mittag essen, und da Maria ein bisschen sauer ist, weil sie ihr Brautkleid auf einem Markt kaufen musste, nicht in einem feinen Geschäft, führt er sie in ein richtiges Restaurant, Barrio dela Fiesta. Maria sieht wieder glücklich aus, die Mutter aber wagt kaum zu essen; sie steckt ihre Portion in eine Plastiktüte und murmelt etwas wie, Fortunato muss auch davon probieren.

Als sie an dem Abend nach Hause kommen, ist Alex um tausend Peso ärmer und das Eidechsengrab fast leer. Er legt den Stein zurück und geht, obwohl es spät ist, ins Hotel. Und er hat Glück. Eine ganze Männerschar aus Holland ist angekommen. Zwei Blowjobs und ein Fick. Das Brautkleid ist verdient. Bleiben nur noch der Schleier und die Schuhe.

Mister Mantoya hat noch kein Wort über die bevorstehende Hochzeit verloren, aber eines Tages, als Alex kommt, um sich Pillen zu holen, winkt er mit einem Brief und sagt: »Klaus kommt wieder! Das schreibt er hier und bucht ein Zimmer. Den hast du wirklich geködert.«

Alex bekommt Angst und man sieht es ihm an.

»Wann kommt er?«

»In drei Wochen. Gerade rechtzeitig zu deiner Hochzeit, oder? Es ist doch wahr, was die Leute sagen? Du willst doch heiraten?«

In der Ferne kräht dreimal ein Hahn, und Alex windet sich. Es ist zwecklos, es abzustreiten.

»Hm! Das ist Mutter. Sie will, dass ich beständig werde. Und ich will sie nicht enttäuschen. Aber das wird nichts ändern. Ich werde weiterhin arbeiten. Im Hotel und bei der Wahlkampagne…«

»So, so. Und dann wirst du Beamter, habe ich gehört. Im Rathaus.«

Sein Blick ist so scharf, dass er fast Alex' Traum durchlöchert.

»Das haben Sie doch versprochen, Mister Mantoya! Sie haben es versprochen!«

Er hält dem kalten Blick stand, sieht ihm geradewegs in die Augen und fleht. Und es gelingt ihm. Mantoya wird weich und lächelt.

»Na ja, nicht, dass ich wüsste, aber möglich wäre es. Ich kümmere mich immer um meine Leute… Aber du musst dich um den Deutschen kümmern, wenn er kommt, Hochzeit oder nicht.«

»Selbstverständlich«, sagt Alex. »Tausend Dank…«

Er weiß nicht, dass Ostern näher rückt. In diesem Jahr wird es im Oktober eintreffen.

Am Tag vor der Hochzeit steht das ganze Haus Kopf. Gloria rührt in den Kochtöpfen, brüllt mit ihren Töchtern herum und faucht ihre Schwestern an. Rosita beschwert sich über den Lärm, und Divina jammert, dass sie nichts anzuziehen hat. Alex und Rodolfo versuchen das neue Doppelbett durch die Eingangstür zu bugsieren, aber Rodolfo ist wie gewöhnlich betrunken und schabt das glänzende Kopfteil am Türrahmen, sodass es einen Kratzer bekommt. Alex schimpft, nennt ihn einen wertlosen Säufer und Schwächling, und Rodolfo wird so wütend, dass er sich aus dem Staub macht. Also muss Gloria mithelfen, aber sie schaffen es nicht. Die Hilfe der Mädchen wäre vonnöten, aber die werden in der Küche gebraucht, und zuletzt schreien alle aufeinander ein.

Erst als Alex' ältere Schwestern mit ihren Männern kommen, klappt es. Die Schwäger heben das schwere Bett und tragen es in den Salon. Da sieht man mal, wie nützlich die Muskelkraft von Ruderern ist! Und Alex, der sonst immer findet, dass sie unausstehlich selbstzufrieden sind, öffnet aus lauter Dankbarkeit einen Krug Kokosmilchwein, der für die Hochzeit gedacht war, und lädt sie zum Trinken ein.

Gloria hilft ihm, das Bett herzurichten. Das ist nicht leicht, denn jetzt ist es eng im Salon. Der Tisch muss verschoben werden, sodass er jetzt an der Wand steht, und das ist nicht so ganz, wie es sein soll, sieht aber andererseits auch nicht ärmlich aus. Im Gegenteil. Dies ist ein Zimmer, das vor Wohlstand strotzt. Schrank, Tisch, Stühle und eine elektrische Madonna. Und morgen kommt ein neues Kruzifix an die Wand. Das ist Glorias Hochzeitsgeschenk.

Sie setzt sich auf das Bett und wird ein bisschen sentimental.

»Erinnerst du dich noch, als wir eingezogen sind? Du warst so froh am ersten Tag, gingst durch das ganze Haus und hast gesagt, dies ist unser Haus. Meins und deins. Die Mädchen zählten nicht ...«

Alex will nichts davon hören, weiß aber nicht, wie er sie zum Schweigen bringen soll.

»Ich glaube, es hat nie ein Kind gegeben, das so goldig war wie du. Du hattest den zartesten Nacken der Welt! Und dein Mund war der eines Engels, mit fein gezeichneter Oberlippe. Du warst so reizend, wenn du in deinen kleinen, kurzen Hosen und schwarzen Socken zur Schule gingst ...«

»Hör auf«, sagt Alex, und er muss die Stimme nicht heben.

Gloria sammelt sich, fährt sich mit den Fingern durch das Haar und ihr fällt ein, dass sie noch viel zu tun hat.

Alex richtet sich sein Brautgemach selbst her. Er gibt sich viel Mühe, macht das Bett mit neu gekauften Laken und einer hellblauen Decke, die er von der Pagsanjan Lodge bekommen hat. So leicht, wie es aussieht, wenn die Zimmermädchen im Hotel die Betten machen, ist es nicht, und er braucht fast eine Stunde, bis alle Falten weg sind. Er hat nicht vor, heute Nacht in dem Bett zu schlafen, aber er will, dass es fertig ist, wenn er aufwacht.

Er hört das Klopfen nicht, bemerkt aber, dass Joselito zur Tür läuft und öffnet. Er erkennt natürlich den zischenden Akzent und seufzt unwillkürlich, bevor er sich an Mister Mantoyas Befehl erinnert.

Er setzt ein Lächeln auf und ruft auf dem Weg zur Tür:

»Klaus! Willkommen zurück ...«

Der Deutsche lehnt sich an den Türpfosten und schaut Alex an.

»Ich höre, dass du heiraten willst ...«

Alex unterdrückt seine Angst und lässt seine Augen warm leuchten.

»Du weißt, wie das ist, Klaus, manche rudern gern auf zwei Flüssen...«

Klaus erwidert das Lächeln und streckt seine Hand nach Alex' Hosenschlitz aus.

»Willst du heute Abend mit mir im linken Fahrwasser rudern? Denn morgen bist du ja wohl besetzt?«

»Ich komme!«

Er macht sich noch die Mühe und sagt den Frauen in der Küche Bescheid, dass er geht. Sie hören ihn kaum, so sehr sind sie mit dem Essen beschäftigt.

Klaus will zu Fuß gehen, denn es ist ja nicht sehr weit, und Alex geht gehorsam neben ihm her, antwortet verlegen auf alle Fragen über seine künftige Frau und versucht, das Gespräch auf anderes zu bringen. Der Deutsche hat seinen Arm um ihn gelegt und Alex streift seinen Schenkel, um ihn abzulenken.

»Bist du hungrig?«

Alex überlegt. Ja, das ist er, er antwortet aber wie immer mit einer Gegenfrage.

»Bist du?«

»Ich hab noch nicht zu Mittag gegessen...«

Im Restaurant ist es fast leer. Welcome to Pagsanjan, Laguna, schreit die neue Banderole an der Wand. Ein kleiner Junge ist mit dem Kopf auf dem Tisch eingeschlafen, während sein Kunde Whisky trinkt und in die schwarze Nacht hinausstarrt. Ein anderer Junge schaufelt Reis in sich hinein, und Alex sieht ihm in die Augen. Wer ist das? Er glaubte, alle namentlich zu kennen, aber den hier hat er noch nie gesehen. Er ist nett gekleidet, in kurzen Hosen und schwarzen Socken, er hat einen zarten Nacken und einen hübschen Mund mit fein gezeichneter Oberlippe.

Zu dieser Abendstunde geizt Mantoya mit Beleuchtung, aber die Gäste haben nichts dagegen. Ganz hinten, wo die lange

Wand zum Fluss und Dschungel hin offen ist, gibt es gar keine Lampen. Dorthin geht Klaus, und als sie näher kommen, erkennt Alex, dass sie schon von einer Gesellschaft erwartet werden: Vier Kunden und Danilo, dessen Augen leerer sind als je zuvor. Alex kennt sie alle. Den beiden Holländern hat er gestern einen geblasen, der rosige Engländer hat ihn für mehrere Nächte gemietet und dieser Blasse – wo auch immer er herkommt – ist ein Stammkunde, mit dem Alex das erste Mal geschlafen hat, als er gerade zwölf geworden war. Es ist ihm nie gelungen, den Namen des Kerls zu behalten.

»Pa-da-dam-pam-pam-paa«, singt Klaus und zieht einen Stuhl für Alex heraus. »Überraschung! Als alte und neue Freunde wollten wir dir eine kleine Feier bescheren, so kurz vor der Hochzeit... Du hast doch nichts dagegen?«

Auf der Karte gibt es nur vier Gerichte: Hamburger, philippinisches Hähnchen, einfaches Hähnchen und Garnelen. Alex nimmt Garnelen und die anderen folgen seinem Beispiel, außer dem Blassäugigen, der etwas murmelt wie, er hätte schon genug Durchfall im Leben gehabt und müsse etwas aufpassen. Er nimmt stattdessen einen Hamburger. Und einen doppelten Gin. Die anderen trinken Whisky zum Essen.

Alex sitzt mit dem Rücken zum Fluss und blickt ins Restaurant. Der kleine Junge ist eingeschlafen und der große Europäer nimmt ihn auf den Arm und geht zum Ausgang. Er hat Haare in den Ohren.

»Schau mal«, sagt Alex auf Tagalog zu Danilo, »wer ist dieser Kerl?«

Danilo antwortet nicht. Er ist weit weg in seinen Pillenträumen.

»Na, na, na«, sagt Klaus. »Es ist unhöflich eine Sprache zu benutzen, die andere nicht verstehen. Sei jetzt ein braver Junge und übersetz das!«

»Ich wollte nur wissen, wer der Onkel war«, sagt Alex.

»Welcher Onkel?« Klaus wendet sich zum Ausgang und guckt. Im Restaurant ist es leer und still.

»Er ist gegangen. Er hatte einen kleinen Jungen auf dem Arm…«

»Habt ihr einen Onkel gesehen?«, sagt Klaus zu den Holländern und schüttelt den Kopf. »Habt ihr einen Onkel gesehen?«, fragt er die anderen, und der Blasse schüttelt lächelnd den Kopf.

»Nope!«, sagt der Engländer und keiner weiß genau, ob das eine Antwort oder ein Rülpser ist.

»Vielleicht macht Alex nur Spaß«, sagt Klaus mit seiner sanftesten Stimme. »Der Bräutigam beliebt mit seinen Freunden zu scherzen, obwohl sie alles tun, um ihm den letzten Abend in Freiheit zu verschönen. Stimmt das nicht, Alex? So ist es doch?«

Alex beginnt zu ahnen, was ihn erwartet. Er kennt diesen Tonfall. Es ist derselbe, den Klaus benutzt, wenn er den Gürtel aus den Hosen zieht und Alex befiehlt, die Knie zu beugen.

»Danilo scheint übel zu sein. Ich sollte ihn zum Klo bringen…«

Klaus lacht und die Holländer stimmen ein.

»Hast du Angst, Alex? Nein. Warum zittert deine Stimme? Hier ist doch niemand, vor dem du Angst haben musst: Wir sind ja nur ein paar Freunde, die dir ein Hochzeitgeschenk machen wollen.«

»Streck die Hand aus«, sagt der Blasse. »Stell dich nicht an! Streck die Hand aus, dann bekommst du dein Geschenk…«

Klaus presst seinen Arm auf den Tisch und Alex wird gezwungen, die Hand zu öffnen. Der Blasse zieht noch einmal an seiner Zigarette, die er dann gelassen und sorgfältig in Alex' Handfläche ausdrückt. Mitten in Schmerz, Schrei und Panik weiß Alex, dass er die Antwort auf die Frage bekommen hat, die Danilo einmal gestellt hat. So fühlt es sich an, wenn man einen Nagel durch die Hand bekommt.

Von allen Seiten fallen sie über ihn her. Klaus zieht ihn so weit am Haar zurück, dass der Stuhl umkippt und hebt ihn mit demselben Griff hoch, den er immer hat, wenn Alex versucht, sich zu einem Fetus zu machen. Der Blasse zerrt ihm ungeschickt die Hosen herunter und einer der Holländer reißt an seinem Penis. Alex brüllt.

»Er glaubt, der fällt ab! Und was soll er dann für die kleine Braut nehmen...«

Sie stoßen ihn zu dem Ausgang, der zum Swimmingpool führt. Der Berg ist lang und sehr steil, er schabt sich alle Körperteile am Asphalt und blutet aus Nase, Mund und Händen. Ein paar Mal versucht er auf die Beine zu kommen, um zu gehen oder zu kriechen, aber Klaus fällt mit harten Schlägen und Stößen über ihn her, sodass es unmöglich ist.

Von der höchsten Klippe bis zum Pool sind es fünf Meter, und sie suchen sich natürlich diese Stelle aus, zwingen ihn über den Zaun, und als er an der Außenseite hängt und verzweifelt versucht sich festzuhalten, zünden sich alle vier eine Zigarette an. Nur einer braucht ihn zu verbrennen, bis er loslässt und durch das Weltall in eine Ewigkeit fällt.

Als er wieder zu Bewusstsein kommt, liegt er auf der Klippe und jemand hat sich in seinen Mastdarm gezwängt, ächzt und stöhnt, wie Hunderte vor ihm geächzt und gestöhnt haben. Aber er will nicht! Er will nicht weiter! Er erhebt sich auf die Knie und weint, heult wie ein Kind, das verschont werden möchte, ruft Maria an und Jesus, bettelt bei den Göttern der Eidechsen um Gnade, bis ihm Klaus den Schwanz in den Mund steckt, so tief, dass er glaubt, ersticken zu müssen.

Als sie ihn den Pfad hinauf, zurück zum Restaurant schleppen, sind sie ziemlich ausgelassen. Die Holländer halten jeder ein Bein fest, Klaus und der Blasse jeder einen Arm. Der Engländer geht wie ein Tambourmajor voran, hebt die Knie bis an die Taille und summt einen Marsch aus seiner Jugend:

Hitler has only got one ball,
Göring has two but very small,
Himmler has something similar,
But Goebbels has no balls at all...

Danilo steht am Eingang und hält sich an der Säule der Balustrade fest. Sie legen Alex vor ihn auf den Fußboden.

»Das kann dabei rauskommen«, sagt der Engländer.

»Wenn Affen sich für Menschen halten«, höhnt Klaus.

Wie auf Kommando beugen sie sich herab und heben den Körper wieder auf, gehen im selben parodistischen Marsch durch das Restaurant zum anderen Ausgang. Einen Moment lang schleift ein Fuß auf dem Boden, denn einer der Holländer lässt los und läuft weg. Er holt seinen Whisky, eilt dann aber wieder zurück und hebt den nackten Fuß wieder auf.

Sie legen ihn wie ein Kleinkind in den Kofferraum und achten genau darauf, dass keine Hände und Zehen eingeklemmt werden, als sie die Luke schließen. Die Fahrt ist kurz. Sie wollen ja nur vom Hotel zum grünen Haus, und das dauert weniger als zwei Minuten.

Klaus lässt das Auto die letzten Meter im Leerlauf rollen und die anderen begreifen, trotz ihres Rausches, dass es wichtig ist, leise zu sein. Der Holländer hat immer noch das Whiskyglas in der Hand, stellt es aber ordentlich auf dem Autodach ab, bevor er mithilft, den Jungen hochzuheben. Klaus öffnet vorsichtig die Pforte und zeigt, wo sie ihn hinlegen sollen. Dort! Auf den Weg! In den Kies!

Aber noch sind sie nicht fertig. Klaus hat ein letztes Geschenk an Alex, muss ihm aber zuerst einen Strumpf in den Mund stecken. Nicht, weil er schreit, er ist still wie der Tod, aber man kann ja nie wissen…

Er hat den Massagestab den ganzen Abend in der Tasche gehabt, ihn gefühlt und getätschelt, um seinen weißen Zorn zu stillen. Jetzt führt er ihn ein und beginnt, am unteren Teil zu drehen. Er wächst und wächst, und Klaus hört nicht mit dem Drehen auf, bevor er blutbefleckt ist.

Als sie das Auto starten, wacht Gloria auf, liegt eine Weile in der Dunkelheit und wartet darauf, Alex' Schritte zu hören. Nichts passiert, aber sie kann dennoch nicht wieder einschlafen. Sie liegt ganz still und lächelt in der Dunkelheit, denkt an den schönen Barong und daran, wie die Leute morgen ihre Arbeit loben werden.

Was ist das für ein Geräusch? Ein Jammern. Ein Schaben. Das Weinen eines Kindes? Sie steht auf, steigt über ihre Töchter hinweg und schleicht vorsichtig zur Veranda. Was liegt da unten auf dem Weg?

Sie bringt es nicht über sich, hinunterzugehen, und bleibt auf dem obersten Treppenabsatz stehen.

»Alex!«, flüstert sie dem Bündel zu. »Bist du es, Alex?«

Er hört sie, antwortet ihr aber nicht.

Was hätte er auch antworten sollen?

Salvador

Hannah Arendt behauptete seinerzeit, dass die Konzentrationslager von »normalen Menschen vom Typ Heinrich Himmler« (Höhne, S. 263) betrieben wurden. Ihre Schlussfolgerung wird davon bestimmt, dass sie in diesem Zusammenhang mit zwei Kategorien operiert, entweder man ist normal oder Sadist; und Sadist sein bedeutet, dass man von einem ständigen Trieb zu töten motiviert wird. Sie scheint nicht bedacht zu haben, dass es andere Kategorien gibt, z. B. den gefühlskalten, gleichgültigen Typ, und dass dieser Typ wahrscheinlich eine weit wichtigere Rolle innerhalb des Nazismus spielte als der sadistische Typ. Er ist auch heute für uns ein weitaus wichtigeres gesellschaftliches Problem.

HARALD OFSTAD
»VÅRT FÖRAKT FÖR SVAGHET«
(UNSERE VERACHTUNG VON SCHWÄCHE)

ANZEIGE

Allgemein 15.06.1985

Kläger: Torres, Salvador Personenkennzeichen: 731016

Adresse: c/o Pettersson, xxxxxxxvägen 21, Hallonbergen

Anzeige erstattet durch (wenn anderer als Kläger): Torres, Dolores (Mutter)

Verdächtigte / betroffene Person (Nachname und möglichst alle Vornamen): Rune Pettersson, xxxxxxxvägen 21, Hallonbergen

---

Straftat / Tatbestand und -objekt (z. B. »Einbruchsdiebstahl im Radiogeschäft«, »Verschwundener Junge«): Unzucht mit Minderjährigen

---

Weitere Angaben zu Straftat / Tatgeschehen sowie Verzeichnis des Diebesguts:

Salvador ist philippinischer Staatsbürger und kam am 20. 05. 1985 zusammen mit seiner älteren Schwester Lisabet und seiner Mutter Dolores nach Schweden. Sie kamen mit dem Flugzeug von den Philippinen nach Schweden und waren in Begleitung von Rune Pettersson, der ihre Flugscheine bezahlt hatte. Pettersson hatte versprochen, Dolores zu heiraten.

Am Freitag, dem 24. Mai nahm Pettersson Salvador und Lisabet mit nach Täby. Sie benutzten die Roslagsbahn. In Täby wohnte ein Bekannter Petterssons, ein gewisser Bengt. In dessen Wohnung haben Salvador, Lisabet, Pettersson und Bengt sich Sex-Videos angeschaut. Danach hat Pettersson Salvador mit sich in ein Zimmer genommen, wo er ihn ausgezogen hat. Pettersson hat sich auch ausgezogen. Pettersson hat Salvador am ganzen Körper und auf den Mund geküsst. Pettersson hat auch an Salvadors Penis gesaugt sowie Analsex mit ihm gehabt.

Salvador hatte große Angst, und es hat ihm sehr wehgetan.

Das ging die ganze Nacht so. Salvador durfte nicht schlafen. Sowie er einschlief, wurde er von Pettersson geweckt, der ihn in die Rippen stieß.

Seitdem Salvador in Schweden ist, war er fünf Mal in Täby. Jedes Mal war Lisabet dabei. Jedes Mal dieselben Übergriffe und dieselbe Vorgehensweise.

Bei sämtlichen Übergriffen bekam Salvador weiße »Schmiere« an den Beinen. Er wusste nicht, was das war, außer weißes, schmieriges Zeug.

Salvador fand das alles sehr eklig. Salvador hat sich jedes Mal geweigert, an Petterssons Penis zu saugen. Er hat den Mund nicht geöffnet. Salvador gibt an, dass ihm seine Analöffnung sehr wehtut.

In der Wohnung in Hallonbergen, xxxxvägen sind dieselben Sachen fast jede Nacht passiert. Nachdem Salvador eingeschlafen war, wurde er gegen Morgen geweckt und Pettersson hat »dieselben Sachen« gemacht. Pettersson hatte gedroht, falls Salvador seiner Mutter etwas sagen würde, würde er sie und die Schwester wegschicken. Er hat auch gesagt, dass er so viel Geld hat, dass er die Polizei bezahlen könne, sodass die Polizei Salvador kein Wort glauben würde.

Das hat Salvador geglaubt, da es auf den Philippinen so üblich ist.

Am Freitag, dem 14. 06. 1985 hat er der Mutter dann doch erzählt, was vorgefallen ist. Salvador war sehr müde und hat angegeben, dass er es nicht länger aushalten könne. Pettersson hat ihn nie in Ruhe schlafen lassen.

Salvador spricht nur philippinisch. Die Anzeige wurde von Nilda Andersson ins Philippinische übersetzt.

ANZEIGE

Allgemein 15.06.1985

Kläger: Torres, Lisabet Personenkennzeichen: 700318

Adresse: c/o Pettersson, xxxxxxxvägen 21, Hallonbergen
Anzeige erstattet durch (wenn anderer als Kläger): Torres, Dolores (Mutter)

Verdächtigte / betroffene Person (Nachname und möglichst alle Vornamen): Bengt Hubert Kadberg

---

Straftat / Tatbestand und -objekt (z. B. »Einbruchsdiebstahl im Radiogeschäft«; »Verschwundener Junge«): Unzucht mit Freiheitsberaubung

---

Weitere Angaben zu Straftat / Tatgeschehen sowie Verzeichnis des Diebesguts:

Lisabet gibt an, dass sie gemeinsam mit ihrem Bruder Salvador und Pettersson einen Bekannten Petterssons in Täby besucht hat. Dieser Bekannte soll Bengt heißen und in Täby wohnen.

In Bengts Wohnung haben sich die vier Videos angeschaut.

Ekel erregende Sex- und Pornofilme. Danach hat Pettersson sich Salvador genommen, ist mit ihm in ein Zimmer gegangen und hat die Tür geschlossen. Bengt hat Lisabet aufgefordert, ihm in ein anderes Zimmer zu folgen, was sie auch tat.

In diesem Zimmer musste Lisabet sich ausziehen und auf ein Bett legen. Danach hat Bengt sie am ganzen Körper und auf den Mund geküsst. Er hat auch seinen Penis in ihre Scheide eingeführt und mit ihr Geschlechtsverkehr gehabt sowie seinen Finger in ihre Analöffnung gesteckt. Lisabet hatte große Angst und hat sich geekelt. Sie wurde auch von Bengt dazu gezwungen, an seinem Penis zu saugen.

Lisabet ist fünf Mal in Täby gewesen. Jedes Mal sind die gleichen Sachen passiert. Jedes Mal sind die vier über Nacht in Täby geblieben. Sie sind mit dem Zug nach Täby gefahren. Zum ersten Mal passierte es einige Tage nach der Ankunft in Schweden. Die Übergriffe haben nur in Bengts Haus stattgefunden.

Lisabet hat den Eindruck bekommen, dass Bengt sehr reich ist und dass er drei Häuser hat, von denen das eine voller Videogeräte und Filme war. Da waren auch mehrere Jungs und Mädchen. Was diese Kinder dort machten, wusste sie nicht. Lisabet hatte große Angst vor Bengt.

Lisabet behauptet des weiteren, dass sie mehrmals von Bengt 100 SEK (ca. 20 DM) erhalten hat, weil sie sich, laut Bengt, gut benommen hat. Das Geld hat sie der Mutter gegeben.

Die Anzeige wurde von Nilda Andersson ins Philippinische übersetzt.

Ich habe nicht geweint. Schon den ganzen Tag nicht. Das hast du mir geschenkt, ohne es zu wissen.

Wie solltest du es auch wissen können? Du bist so neu hier, und deine Haut hat sich noch nicht abgekühlt. Noch strahlt sie Wärme aus von jener Welt daheim.

Du Ärmster… Du bist fern von der Heimat gelandet.

Am Anfang ist es schwer. Man ist von all dem Neuen erschöpft und findet keine Ruhe. Die Dunkelheit frisst sich in die Seele und die Kälte brennt auf der Haut. Und man bekommt Angst. Angst vor den Menschen, vor den Wäldern, die sich bis zwischen die Häuser drängen, und vor der großen Stille…

Aber du bist jetzt in Sicherheit. Du darfst so lange schlafen, wie du willst. Und wenn du aufwachst, werde ich dich mit mürben Reisfladen und mit Garnelen füttern, werde Speck braten und Fisch kochen, ja, ich werde dich mit Essen voll stopfen, das wie zu Hause schmeckt, damit dein Gesicht sanft wird und alle Furchen daraus verschwinden.

Als du da im Wartezimmer gesessen hast, sahst du aus wie ein kleiner, alter Mann. Der Rücken gebeugt, der Mund zusammengekniffen, die Stirn gefurcht. Genau wie Salvador, als es am schlimmsten war… Ich habe dich lange beobachtet. Schließlich war ich gezwungen, so zu tun, als müsste ich den Fensterrahmen neben dir abstauben, und da murmelte ich einige Worte auf Tagalog… Dein Lächeln hat dich wieder jung gemacht. Fehlende Worte. Das war deine Krankheit. Und ich konnte dich besser heilen als irgendein Arzt.

Ich weiß alles über diese Krankheit. Ich leide selbst daran. Und mein Sohn auch. Er wird bald seine Sprache vergessen, und das, was geschehen ist. Ich verstehe nicht immer, was er sagt. Und wenn ich versuche, über Lisabet und diese Menschen zu sprechen, sieht er mich mit fragenden Augen an. Wer? Was denn? Und dann bin ich still. Also leben wir wortlos nebeneinander, Monat für Monat, Jahr für Jahr.

Es ist eine Qual. Ich schwelle an von all dem, was ungesagt bleibt, werde zu einem Monster von all den toten Worten. Der Kopf wird ganz stumm, und schließlich denke ich genauso dumm wie ich rede: unvollständige Sätze in einer eigenartigen Mischung aus Englisch und Schwedisch. Um denken zu können, muss ich meine eigene Sprache sprechen!

Darum war ich so froh, dich da so unglücklich sitzen zu sehen. Du warst genau, was ich brauchte: ein trauriger Landsmann, den ich zum Essen einladen konnte… Und dem ich, obwohl ich das nicht hätte tun sollen, mich selbst anbot. Salvador gefällt das nicht. Und wer weiß, wozu er fähig ist?

An allem, was Salvador widerfahren ist, bin ich schuld. Meine Sehnsucht ist schuld.

Ich habe immer zu sehr gesehnt. Man müsste sich – was sagen sie immer? – »in Maßen« sehnen können. Doch ich weiß nichts von »Maß halten«. Ich habe mich nie zufrieden geben können. Ich habe immer im Netz gezappelt und geglaubt, ich könnte meiner Bestimmung entkommen. Schon als ich klein war. Wenn die Nachbarstochter Rita aus Manila nach Hause kam, war ich Feuer und Flamme. So wollte ich werden! So rote Lippen, so schöne Kleider und so lockiges Haar wollte ich auch haben. Mama hat mich deswegen geschlagen; ich sollte begreifen, dass es wichtiger war, bei den Seinen zu bleiben. Es half nichts. Ich habe nur gelernt den Mund zu halten, bis ich alt genug war, mich davonzumachen.

So dumm war ich. Ich wohnte im Paradies und habe es nicht begriffen.

Dies hier ist kein Paradies, aber so schlecht ist es wiederum auch nicht. Letzten Endes lernt man, dass die Dunkelheit angenehme Stunden haben kann. Es ist schön, wach zu liegen und seinen eigenen Gedanken zu lauschen. Draußen tanzt der Schnee unter der Straßenlaterne und mehr brauche ich nicht zu wissen. Halt dich da raus, Lisabet! Dies ist meine Stunde. Meine erste seit langem.

Jeden Abend schwebt Lisabet vor meinem Fenster, seufzt und wimmert wie ein Gespenst. Aber heute Abend lass ich sie nicht an mich heran. Ich werde hart bleiben und ihr sagen, dass sie ohne meinen Trost zurechtkommen muss. Du schützt mich, obwohl du so tief schläfst.

Uns bleibt nicht viel Zeit. Bald wirst du jemandem begegnen, der dir alles erzählt, und dann wirst du mich verlassen. Das ist schon einmal passiert. Doch bis dahin werde ich deine Nähe genießen, deine Wärme stehlen, deinen Duft einsaugen und die tausend Gewürze von deiner Haut ablecken…

Du schmeckst nach Manila. Wie Ricky. Aber du riechst nicht wie er nach Öl.

Er ist schon seit vierzehn Jahren tot, und dennoch sehe ich ihn jeden Tag. Er wohnt in meinem Augenwinkel. Ich kann ihn aus meinem Blickfeld an einer Geste oder an der Linie seines Nackens ahnen, doch wenn ich den Kopf wende, um ihn mit meinem ganzen Blick einzufangen, verwandelt er sich immer in einen anderen. In eine Langnase, grau und blutarm wie alle anderen hier. Manchmal halten sie inne und lächeln mich an, diese Männer, die seinen Körper und seine Gesten tragen, aber ich lächele nie zurück. Ich kann mir jeden denken, nur nicht jemanden, der mich schon von Anfang an betrügt, weil er Ähnlichkeit mit Ricky hat, es aber nicht ist.

Du ähnelst ihm überhaupt nicht.

Weißt du, was Männer von Jungs unterscheidet? Ganz bestimmt nicht die Pistolen, die Geliebten und dieser ganze Machoblödsinn, von dem sie zu Hause reden. Nein. Es ist der Ernst. Das ist das große Geheimnis. Ernst und aufrichtige Lust.

Ricky besaß diesen Ernst und seine Lust war aufrichtig. Ich war die Unschuld vom Lande, das anständigste Dienstmädchen in ganz Quezon City, doch als Ricky kam, habe ich die Beine gespreizt, ohne auch nur einen Gedanken an die Heiligen und die Ewigkeit zu verschwenden…

Bei Ricky gab es nie eine Distanz, er sah sich nie selbst dabei zu, wenn er eine Frau verführte. Wie andere Männer es tun. Wie du es tust. Neulich, als wir einander liebten, schienst du in der Türöffnung zu stehen, und ich konnte sehen, wie du deiner eigenen Vorstellung zuschautest. Dabei fühlte ich mich – wie soll ich sagen? Wie irgendjemand. Mit Ricky war das nie so. Bei ihm hatte ich das Gefühl, dass er nur mich wollte. Mein Dunkles. Meine Feuchte. Meinen Duft. Er tat es nicht, um zu siegen. Es war Lust. Nicht mehr. Aber seine Lust war so heiß, dass mein Skelett schmolz und sich nach seinem formte.

Ich werde schon weich, wenn ich nur an ihn denke. Weich und feucht. Ich ziehe mir die Decke über die Schultern und lege die Hände zwischen die Schenkel. So liege ich immer, wenn ich mich an ihn erinnere. Ich streichle mich nicht, bewege nur ganz leicht die Hände, damit ich mein Haar fühle und mich erinnern kann, wie er nach Atem gerungen hat, wenn seine Hand mich genau da streifte. Das war mein großes Glück, dieses Keuchen.

Er stand jeden Abend auf der Straße und wartete, bis ich fertig war. Die Frau schimpfte mit mir, weil ich es so eilig hatte. Sie sagte, sie hätten noch nicht mal aufgegessen, da hätte ich schon die Teller vom Tisch geräumt, aber das war gelogen. Das hätte ich nie gewagt…

Ricky hat sie aber nie gesehen. Er hat sich gut versteckt und höllisch aufgepasst, dass er weder zu sehen noch zu hören war. Er stellte den Motor ab und ließ das Motorrad leise vors Haus rollen. Dann stand er da, stundenlang, und wartete.

Ich habe immer die Abwaschschüssel auf den Tisch am Fenster gestellt. Manchmal rauchte er; wenn ich die Augen etwas zukniff, konnte ich die Glut draußen in der schwarzen Nacht sehen. Und wenn die Küche endlich blitzte und die Alte nichts mehr aussetzen konnte, ging ich durch den Garten und über die Straße zu ihm hinaus. Er grüßte mich wortlos, hob nur meinen Rock hoch und steckte die Hand in meinen Schlüpfer. Und immer, immer rang er nach Atem im selben Moment, wenn seine Hand meine Schamlippen teilte.

Genauso rang er nach Atem, als er starb. Ein kurzes Ringen nach Luft und dann war er weg. Ich habe es nicht einmal geschafft, mich herabzubeugen. Mein Bauch war im Weg und Lisabet trug ich noch auf meiner Hüfte. Es dauerte eine Ewigkeit, bis ich sie abgesetzt hatte und neben ihm auf die Knie gefallen war.

Alles geschah in weniger als dreißig Sekunden. So wenig Zeit braucht man, um auf eine Straße zu fahren und sich von einem schwarzen Auto zermalmen zu lassen. Blut und Gehirn laufen aus dem Loch im Kopf, und dennoch bleiben einem noch zwei Sekunden des Erstaunens und zwei Sekunden des Schreckens, bevor man nach Atem ringt und stirbt.

Ich habe alles gesehen, aber Salvador, der noch ein Fetus in meinem Bauch war, begriff schneller als ich, was geschehen war. Während ich noch vor Erstaunen mit offenem Mund da stand, stemmte er die Füße gegen meinen Rücken und presste mir die Luft aus den Lungen. Das Vorderrad drehte sich noch, obwohl das Motorrad in der Mitte auseinander gebrochen war. Und der Hahn – dieser verdammte Hahn! – scharrte mit seinen scharfen Sporen bis zum Tod.

In einer einzigen Sekunde schossen mir tausend Gedanken durch den Kopf. Er ist nicht tot! Lieber Gott, ich verzeih dir nie, wenn er tot ist! Was soll aus den Kindern werden? Ich ziehe nach Hause, ins Dorf, das tu ich, nein, da können wir uns nicht versorgen, aber wovon sollen wir hier leben? Es ist nicht wahr, es geschieht nicht, heilige Mutter Gottes, weck ihn auf! Hast du nicht begriffen, dass ich ein Kind krieg… Weck ihn auf! Ich krieg doch ein Kind, du blöde Kuh!

Tausendmal bat ich Gott und Maria für meine Lästerungen um Vergebung. Sieben Jahre lang betete ich jeden Tag hundert

Vaterunser. Das war eine Buße, die ich mir selbst auferlegt hatte, eine freiwillige Züchtigung. Ich versuchte mir die Worte einzubrennen: Dein Wille geschehe! Dein Wille geschehe! Dein Wille geschehe!

Und sein Wille geschah. Er schickte seine Werkzeuge: Rune und Bengt…

Warum musste Gott uns bis hierher holen? Konnte er Lisabet nicht in Manila zu Tode quälen? Und Salvador – ihn hätte er wohl auch in Ermitag jagen können, wenn er unbedingt als Fressen für Monster gedacht war. Da gibt es genügend Kerle, die mit halb offenem Hosenschlitz herumrennen und hinter kleinen Jungs und Mädchen hersabbern.

Und warum habe ich nichts begriffen? Wie konnte ich so unglaublich blöd sein? Es gab so viele Anzeichen, die sich deuten ließen: Runes keusches Getue und sein leeres Lächeln, wenn er mich ansah. Bengts Art, ständig kleine Mädchen zu streifen, wenn er auf der Straße an ihnen vorbeiging…

Warum habe ich das nicht gesehen? Warum wollte ich das nicht sehen?

War ich gierig?

Nein. Aber ich war arm…

Lange habe ich geglaubt, Gott wollte mir zeigen, dass ich zufrieden sein sollte, dass es nicht richtig war, sich nach so viel zu sehnen. Und am letzten Tag, bevor Ricky starb, hatte ich mit ihm Streit. Das war auch eine Sünde. Doch was hätte ich tun sollen? Der Kerl hatte unser letztes Geld für einen Streithahn rausgeworfen und ich hatte nichts zu essen für Lisabet!

Ja. Doch. Ich weiß. Das war ungerecht. Ricky war nicht wie andere Männer. Der Hahn war seit langem das einzig Unnötige gewesen. Aber er hat mir solche Angst eingejagt, dieser Vogel! Ich dachte, er sei ein Zeichen. Jetzt würde Ricky wie die anderen Männer werden, und aus mir würde so ein Weibsbild werden, wie aus den anderen Frauen…

Ich frage mich, was du wohl sagen würdest, wenn ich dir erzählte, dass ich in den Slums von San Juan gewohnt habe als ich verheiratet war? Du hast ja schließlich die Universität absolviert und, Gott bewahre, sicher nie ein Elendsviertel von innen gesehen. Aber es ist wahr. Wir haben in so einem Armenloch gewohnt, hinter Bretterzäunen und Vorzeigefassaden, die Imelda Marcos errichten ließ, als sie Manila verschönern wollte. Wir waren es, Ricky und ich, sowie Tausende andere arme Teufel, die mit unserer Not die Stadt verunstalteten.

Es war genauso widerlich, wie es sich anhört. Überall Menschen, Menschen auf jedem Quadratzentimeter – und dennoch waren die Ratten und die Hunde in der Überzahl. Zwischen den Schuppen war es so eng, dass man die Schultern einziehen musste, wenn man in die schmalen Gassen wollte. Während der Regenzeit schimmelten die Masonitwände vor Feuchtigkeit und die Blechdächer verrosteten. Die Kinder husteten und die Grippe hat jedes Jahr einige von ihnen dahingerafft. Aber die Apotheker in Imeldas Vorzeigestraße bereicherten sich an der Hustenmedizin.

Widerwärtig. Das war es. Vier Jahre lang kämpfte ich gegen den Schmutz von San Juan, habe gewaschen, gewaschen, gewaschen. Und dennoch gelang es mir nie, die Läuse fern zu halten.

Ich habe mich unaufhörlich fortgesehnt, obwohl ich hätte zufrieden sein sollen. Ich hatte doch Ricky. Aber wenn ich im Graben saß und Lisabets Windeln in einer Zinkwanne waschen musste, erinnerte ich mich an das Haus, in dem ich Dienstmädchen gewesen war, und in mir wuchs der Neid. Und als ich sah, wie die Kinder tote Ratten am Schwanz hielten und in der Luft herumwirbelten, stieg in mir die heiße Sehnsucht nach der Insel meiner Kindheit mit ihrem klaren Wasser auf. Und dann die Frauen. Die Frauen!

Weißt du, wie man zu einem Weibsbild wird? Ich weiß es. Ich hab es in San Juan erfahren.

Ein Weibsbild ist eine Frau, die ihr Lachen verloren hat. Dieses Unvermögen ist der Grund für all das, was aus jemandem ein Weibsbild macht.

In San Juan wurden Weibsbilder regelrecht fabriziert. Die benötigten Rohstoffe gab es im Überfluss: Müdigkeit, Hoffnungslosigkeit, Enttäuschungen. Jeden Tag sah ich Frauen verwelken und furchtbar werden; sah buchstäblich zu, wie sie zum Fürchten wurden. Rose sah wie ein Engel aus, als sie ankam. Sie saß in der offenen Tür und stillte ihren neu geborenen Knaben; sie war so glücklich, dass sie vergaß, sich für ihre entblößte Brust zu schämen. Als er dreizehn Monate alt war, hatte sie bereits einen zweiten geboren und war schon wieder schwanger. Und wenn der Älteste schrie, stieß sie ihn geradewegs in den Petroleumkocher…

Giftig. Das waren sie. Sie sabberten Galle und vergifteten ihre Kinder. Sie verhöhnten und verachteten andere, so wie sie selbst verhöhnt und verachtet worden waren. Sie verleumdeten und logen. Stahlen, weil sie stehlen mussten. Und das Unglück anderer war letztendlich ihr einziges Glück.

Die Männer in San Juan kamen besser zurecht, denn ihnen war es erlaubt sich zu amüsieren. Alle – außer Ricky, ich schwör's! – hielten sich eine Geliebte, eine »Zweite«. Manchmal verschwanden sie tage- oder wochenlang. Ihr Geld verspielten sie bei Hahnenkämpfen. Das ganze Jahr über versammelten sie sich jeden Tag auf dem kleinen Platz beim Gefängnis und ihre Hähne mussten sich für ein paar lumpige Peso gegenseitig blutig reißen.

Die Frauen hatten keine Zeit für solche Unterhaltungen. Zuerst musste das Essen gekocht, die Kleider gewaschen, die Kinder angeschnauzt und das Geld verdient werden. Und wenn all das erledigt war, war es wieder Zeit, Essen zu kochen…

Ich aber würde kein Weibsbild werden, denn ich war mit Ricky verheiratet. Er war meine Rettung, mein Erlöser. Fast jeden Tag brachte er Geld nach Hause. Darum konnte ich es mir manchmal leisten, in der offenen Tür zu sitzen und Lisabet in meinem Arm schlafen zu lassen, obwohl sie eigentlich schon viel zu groß dafür war. Das hat mich gerettet. Sich an seinem Kind zu erfreuen, ist die beste Medizin gegen Weiberallüren...

Ricky hat zwischen Autoschlangen Zigaretten verkauft, und keiner war so flink wie er. Er behauptete, er würde das Rotlicht körperlich spüren und müsste nicht, wie die anderen, Zeit damit verschwenden, die Signale im Auge zu behalten. Keiner schaffte so viele Autos wie er. Und er war der Einzige, der sich ein Motorrad leisten konnte. Das war sein Schatz, seine Männlichkeit, und er weigerte sich, es zu verkaufen, obwohl wir uns nie richtig satt essen konnten.

Wenn Ricky diese Wohnung gesehen hätte. Er würde seinen Augen nicht trauen. Drei Zimmer mit Bad. Und Küche. Elektrischer Herd, Kühlschrank und Balkon. Staubsauger und Fernseher. Gardinen und Teppiche. Und Tapeten. Das können sich zu Hause nur die sehr Reichen leisten.

Ich kann ihn vor mir sehen: die Arme ausgebreitet, als wolle er fliegen. So stand er immer da, wenn er begeistert war.

»Sieh nur!«, würde er rufen. »Alles, was du dir gewünscht hast, hast du bekommen! Und obendrein Sachen, von denen du nicht einmal wusstest, dass es sie gibt...«

Ja. So ist es. Der liebe Gott hat mich gestraft, indem er mir meine Wünsche erfüllt hat. So was tut er manchmal. Als das erste Fegefeuer hier in Schweden vorbei war, suchte ich eine katholische Kirche auf. Ich sehnte mich nach Landsleuten.

Anfangs waren sie nett zu mir, wenn wir zur Messe kamen. Feine Damen tätschelten meinen Kindern die Wangen, und nach Parfüm duftende Männer von der Botschaft nahmen uns bei der Hand. Aber dann verbreitete sich das Gerücht. Die Damen guckten weg, wenn wir kamen, und die Herren nickten gemessen. Das quälte Lisabet, und wir ließen es bleiben. Es war sowieso nicht dasselbe wie zu Hause. Es ist, als könne die Jungfrau hier oben im Winterlicht nicht leben; für ihre seidige Haut ist es zu grau und zu kalt.

Am Tag nach Lisabets Beerdigung fuhr ich dennoch in die Stadt und ging zur Kirche. Ich wollte sie vernichten, das

Weihwasser auskippen, die Lichter auslöschen und die Heiligen anspucken. Ich wollte mich an Gott rächen, so wie er sich an mir gerächt hatte. Aber ich wagte es nicht. Ich blieb draußen stehen, ballte die Hände in den Ärmeln der Steppjacke und gab einige unbeholfene Flüche von mir. Danach nahm ich die U-Bahn, heim zu Salvador, und ließ mich von seinen kleinen Fäusten mitten ins Gesicht schlagen.

Ja. Er schlug mich. Und ich ließ es zu.

Kannst du verstehen, dass es Buße war? Ich wollte, dass Salvador mir vergibt. Gottes Vergebung war mir egal. Er ist immer noch mein Feind. Warum sollte ich meinen Erschaffer lobpreisen, wenn ich nicht existieren möchte? Und warum sollte ich seinen Sohn beweinen, wenn er mit meinem kein Erbarmen hat?

Weil er Gott ist und ich eine Laus…

Dann muss Gott eben ohne Läuse auskommen. Wenn er kann. Ich muss mich ja auch ohne ihn zurechtfinden.

Hüte deine Zunge! Das war der Gedanke eines Weibsbildes. So haben die Frauen in San Juan geredet, und so reden die schwedischen Krankenschwestern, fein, wie sie sind. Manchmal muss ich den Kopf neigen, um zu verbergen, dass ich über sie lächle. Es gehört sich nicht, dass eine Putzfrau über Krankenschwestern lacht, aber sie sind den Frauen in San Juan so ähnlich, dass ich nicht ernst bleiben kann. Wenn sie nur wüssten, wem sie gleichen!

Sie meinen, wir wüssten genau, wie ein Mensch sein soll. Man soll frei schweben, sich nicht an andere klammern, weder mit dem Körper noch mit der Seele. Sie verachten die Eltern, die ihre kranken Kinder beweinen, und bewundern die Salzsäulen, die so tun, als sei die Krankheit und das Leid der Kinder ein praktisches Problem… Und immer wird die Mutter beschuldigt. Das Kind jammert und weint! Sie hat es zu sehr geliebt! Das Kind will nicht essen! Sie hat es zu wenig geliebt!

Aber vielleicht haben sie ja Recht. Vielleicht sind die Mütter schuld. Immer. Die eine oder die andere. Sogar das, was

Rune getan hat… Die Frau von der Fürsorge hat es ja gesagt, als sie mich trösten wollte: Die Mutter war an allem schuld. Aber die Mutter war doch fünfundachtzig Jahre alt und ohne jeden menschlichen Kontakt. Wie konnte sie schuld sein, an dem, was ihr Sohn tat?

Damals, als ich sie zum ersten Mal sah, begann ich zu ahnen, dass man mich irregeführt hatte, dass irgendetwas von Grund auf nicht stimmte. Es war früh am Morgen, am selben Tag, an dem ich vierunddreißig wurde. Ich werde die Fahrt von Arlanda nach Hallonbergen nie vergessen.

»Von Smokey Mountains nach Raspberry Mountains«, sagte Rune und lächelte sein eigenartiges Lächeln. Ich erwiderte es, begriff aber nicht, wovon er redete. Ich hatte doch nie in Smokey Mountains gewohnt. Im Slum, ja, aber nie auf einem Müllberg. Und was Himbeeren waren, wusste ich nicht einmal…

Trotzdem fand ich, dass Schweden den Philippinen auf irgendeine Weise ähnelte. Natürlich nicht Manila, aber der Insel, auf der ich geboren wurde… Der Kiefernwald sah genauso aus wie eine Kokosplantage; das Licht fiel auf genau dieselbe Weise durch das Laubwerk. Das war ein beruhigendes Gefühl. Aber der Rest! Mein Gott, nirgendwo Häuser! Und kein Mensch war zu sehen. Und still war es. Still wie im Grab. Es war ja erst Viertel vor fünf am Morgen, aber das verstand ich nicht. Es war hell wie mitten am Tag.

Runes verdrossene Cousine hatte die Mutter am Tag zuvor aus dem Pflegeheim geholt. Als wir kamen, hatte sie schon den Mantel an und verschwand, kaum, dass wir unsere Koffer abgesetzt hatten. Das war meine erste Begegnung mit dem Alltag in Schweden. Ich dachte, sie wäre verrückt. So benimmt man sich doch nicht, wenn man Menschen zum ersten Mal trifft…

Rune schien das nichts auszumachen. Er hängte einfach seine Jacke auf und sah sich in der Wohnung um. Zuerst ging er ins Wohnzimmer und wischte mit den Fingern über die Bilderrahmen, dann ging er in die Küche, wo er drei Krümel von der Spüle fegte, und zuletzt ging er ins Badezimmer, wo er mit der Bürste einige Male im Toilettenbecken herumfuhr.

Wir standen wie Fremde in der Tür, die Kinder und ich. Wir hatten einen Flug von neunzehn Stunden hinter uns und waren völlig erschöpft, wagten aber nicht, etwas zu sagen oder zu tun… Es dauerte eine Weile, bis wir ihm einfielen und er uns in die Küche schob. (Den Arm um Salvador. Heilige Mutter Gottes! Warum habe ich das nicht gesehen? Warum habe ich nichts begriffen?)

Es gab jede Menge Schwierigkeiten mit dem Herd, bis ich verstanden hatte, wie er funktioniert. Rune gab Anweisungen, was es geben sollte. Cornflakes mit Marmelade und Milch für die Kinder. Kaffee und Brote für uns Erwachsene. Er stellte ein gelbes Dreieck auf den Tisch. Käse. Der schmeckte widerlich, besonders, wenn man Kaffee im Mund hatte.

Wir aßen schweigend. Ich fror vor Müdigkeit. Salvador bekam keinen Bissen runter und schließlich setzte Rune ihn auf seinen Schoß und fütterte ihn wie ein Baby. Und Lisabet? Daran kann ich mich nicht erinnern… Das habe ich nicht gesehen.

Das Gebrüll kam überraschend. Entsetzlich. Ich kann mich nicht daran erinnern, ohne dass sich mir die Haare auf den Armen sträuben. Es war das Gebrüll eines leidenden Tieres… ROOOOUUUUUÄÄÄÄÄÄ! Tief unten in der Kehle.

Ich fuhr hoch, drückte mich an die Wand, und als es aufgehört hatte, bemerkte ich, dass ich mir die Hand vor den Hals hielt, als hätte mich ein Hund bedroht. Salvador weinte. Lisabet hatte aufgehört zu kauen…

»Mama«, sagte Rune und das verstand ich, aber den Rest begriff ich nicht… Er setzte Salvador auf einen Stuhl und ging in ein Zimmer am Ende des Korridors. Zwei Minuten später rief er mich: »Dolores! Dolores!«

Was hatte er in Manila zu mir gesagt? Ich sollte mit ihm nach Schweden kommen und ihn heiraten. Er würde für meine Kinder sorgen und ihnen eine gute Ausbildung ermöglichen, ich sollte seiner Mutter behilflich sein und ihr Gesellschaft leisten. Eine praktische Übereinkunft. Und liebevoll. Einer würde die Bürden des anderen tragen. Meine Kinder würden die Enkelkinder seiner Mutter werden. Sie würden einander viel Freude bereiten, denn sie wäre ein reizendes altes Muttchen, ganz klar im Kopf und gesund, auch wenn sie aus Altersgründen nicht mehr so bei Kräften war…

Sie war ein Monster. Ein erbärmliches Monster natürlich, aber dennoch ein Monster…

Rune stand über ihr Bett gebeugt. Sie hatte ihn am Hemd gepackt und weigerte sich, loszulassen. Worte und Speichel rannen über ihre Lippen. Das Zimmer stank nach den Ausscheidungen der Nacht und nach Urin. Und nach etwas anderem.

Später habe ich verstanden, dass es Panik ist, die so riecht. Ein flimmernder Gestank, der zwischen Saurem und Vergammeltem hin und her schwankt. So riechen Kinder, die groß genug sind, um zu verstehen, dass sie operiert werden sollen. So riechen erstarrte Eltern, die darauf warten, dass ihre Kinder aus der Narkose aufwachen. Und genau dieser Geruch sollte einige Wochen danach auch aus meinen eigenen Poren dringen, als Lisabet das sagte, was sie bedrückte.

Aber jetzt war es Rune, der roch. Seine Lippen waren weiß, und sein Gesicht war ganz leer. Vielleicht war es das einzige Mal, dass ich ihn ohne Maske sah. Seine Augen waren nicht die eines Menschen.

»Help me«, sagte er. »Help me!«

Ich versuchte ihre Finger zu lockern, aber sie wollte nicht loslassen. Ich flüsterte einige beruhigende Worte auf Tagalog, summte ein Wiegenlied und strahlte sie an, so gut ich konnte, doch es half nichts. Kein Lied der Welt konnte ihr helfen. Eine tote Seele. Sie muss mich genauso gefürchtet haben, wie ich sie, denn sie verzog ihr Gesicht und fing wieder an zu brüllen. Ich schlug ihr auf die Finger, aber sie klammerte nur noch fester. Aus dem Gebrüll wurde ein Heulen, und das konnte ich nicht ertragen. Ohne Rücksicht auf ihr Alter riss ich ihr die Hände weg, presste ihre Arme aufs Kissen und hielt sie so lange fest, bis Rune außer Reichweite war. Doch als ich sie losließ, schnellte ihre knochige Hand in die Luft und verfing sich in meinen Haaren.

Ich muss geschrien haben, denn plötzlich stand Lisabet neben mir und brach die Finger der Alten auf. Nachdem ich frei war, sind wir schnell außer Reichweite geflüchtet, haben uns umarmt und sind ein Stück vom Bett entfernt stehen geblieben.

Warum hatte Rune sich nicht selbst aus ihrer Umarmung befreit? Er hatte doch die Hände frei... Und warum hatte er mir nicht geholfen, als sie an meinen Haaren zerrte? Er war doch stärker als die Alte, ich und Lisabet zusammen.

Seltsam. Daran habe ich nie zuvor gedacht. Es war so selbstverständlich, dass es mir nicht einmal in den Sinn kam. Rune wagte es nicht, seiner Mutter gegenüber Widerstand zu leisten. Und das war es vielleicht, was sie gemeint hatte, die Frau von der Fürsorge...

Armes, krankes Muttchen. Es war schließlich nicht ihre Schuld. Wieso sollte sie etwas dafür können, dass ihr Sohn verrückt war? Gott muss gepfuscht haben, als er ihr dieses Geschöpf anvertraute; er blieb nicht diese extra Sekunde länger, die nötig gewesen wäre, um aus Rune einen richtigen Menschen zu machen. Er ging einfach weiter, allwissend, aber gedankenverloren, und ließ sie mit einem Geschöpf zurück, das nie lernen würde, dass auch andere lebende Wesen sind...

Pfui. Er drängt sich auf, das Schwein. Meine Gedanken drehen sich im Kreis, beginnen und enden immer mit ihm. Rune. Der Lügner. Der Ausbeuter. Das Ungeheuer.

Anfangs hielt ich ihn für reich und liebevoll. Und einen liebevollen Mann wollte ich haben, wenn ich Ricky schon nicht wiederhaben konnte. Rune bedauerte mich. Witwe mit zwei Kindern. Die Ärmste! Zwölfstündiger Arbeitstag. Wie schrecklich! Wohnt in einem Zimmer hinter der Hotelküche. O je! Muss es mit anderen Familien teilen. Gott bewahre, das darf doch nicht wahr sein! Die Kinder müssen ein paar Mal in der Woche Tüten auf dem Markt verkaufen, damit sie sich die Schule leisten können. Wie furchtbar!

Es tut gut, sich ein wenig bemitleiden zu lassen, auch wenn man es nicht so schlecht hat. Rune hat nie begriffen, dass ich es ganz gut hatte. Es kommt darauf an, womit man vergleicht. Seit ich San Juan verlassen hatte, hatte ich einen festen Job! Ein Dach über dem Kopf. Immer sauberes Wasser und Essensreste, so viel ich wollte. Einen Küchenchef, der vollauf mit der großen Küche beschäftigt war und der mich das Personalrestaurant nach meinen Vorstellungen führen ließ. Schlecht bezahlt natürlich, aber das war auch der einzige Nachteil…

Ich hätte mindestens hundert Leute aufzählen können, die meinen Job gewollt hätten und die liebend gerne sieben Personen, wenn nicht mehr, in das Zimmer gezwängt hätten. Aber das habe ich nie getan. Ich seufzte zustimmend, wenn Rune mich bedauerte, denn seit Ricky gestorben war, hatte sich niemand meinetwegen Sorgen gemacht. Liebevoll. Und bestimmt reich, wenn auch nicht besonders großzügig. Und anständig. Von Anfang an erklärte er, dass Sex etwas war, das zur Ehe gehörte…

Ich kann mich sehen, wie ich ihm zugehört habe: mit unterwürfigem Lächeln und ständigem Nicken! Vor schierer Bewunderung hat mir sicher der Mund offen gestanden. Was für ein Mann! Mit ihm würde ich bestimmt leben können und ihn vielleicht sogar lieben… Idiot!

Salvador mochte ihn anfangs auch. Rune erkaufte sich seine Gunst mit Geschenken und Zuwendung. Wie ein Freier. Ich werde nie vergessen, wie mir plötzlich klar wurde, wie viel das fern gesteuerte Auto gekostet hatte. Mein Gott! Und ich hatte es mir seit zwei Jahren nicht leisten können, Lisabet neue Schuhe zu kaufen! Aber ihre Schuhe wollte Rune nicht bezahlen, das verstand ich sofort, als ich die Sache zur Sprache brachte. Und ich schämte mich zu betteln; Lisabet musste eben weiterhin in meinen alten Sandalen herumlaufen. Bis dann Bengt auftauchte. Der reizende Onkel mit der offenen Brieftasche. Der beste Freund aller kleinen Mädchen.

Bengt konnte mir nichts vormachen. Er lächelte oft, aber in seinen Augen lag Hohn. Sein harter Körper und seine Jeanseleganz machten mir Angst. Die Sachen sahen abgewetzt aus, aber, wenn er sie trug, sah man, wie teuer sie eigentlich waren. Er ist reich. Viel reicher als irgendein anderer, dem ich begegnet bin.

Es hat lange gedauert, bis ich begriffen habe, dass Rune für schwedische Verhältnisse arm ist. Natürlich hatte er eine große Wohnung, doch eigentlich waren nur das Wohnzimmer und das Zimmer der Mutter möbliert. Im Kinderzimmer lagen die Matratzen auf dem Fußboden. Und in meinem Zimmer gab es nur ein Bett und einen kaputten Stuhl. Er selbst hatte ein Bett und einen Schreibtisch. Und im Teppich war ein Loch…

Einen Tag behauptete er, er sei Lehrer und am nächsten war er Selbstständiger. Aber er ging nie zur Arbeit. Tag für Tag saß er am Küchentisch und redete von dem, was gewesen war und wie es werden sollte. Mit der Sauberkeit nahm er es genau. Oder besser gesagt: Er nahm es sehr genau damit, dass ich alles sauber hielt. Schon vom ersten Augenblick an war er mein Vorgesetzter. Wenn ich den Fußboden im Zimmer seiner Mutter wischte, stand er in der Türöffnung und zeigte. Da, ordentlich unter der Kommode! Vergiss die Paneele nicht! Und wenn ich im Wohnzimmer Staub wischte, ging er hinter mir her und strich mit der Hand über alle glänzenden Flächen.

Er hat mich nie berührt. An den ersten Abenden lag ich wach und wartete. Ich bürstete mein Haar und legte mich vorsichtig hin, sodass es wie ein umgekehrter Fächer auf dem Kissen lag. Ich hatte ein neues Nachthemd an. Weiß war es. Mit Spitzen. Aber nach einigen Tagen habe ich es zuunterst in meinem Koffer verstaut. Aus meiner Erwartung war Furcht geworden und ich schlüpfte stattdessen wieder in ein altes T-Shirt. Alles, was nach Manila roch, gab mir ein Gefühl von Geborgenheit. Da lag ich, wärmte mir die Hände unter den Achselhöhlen und fragte mich, was uns gerade geschah…

Kann ich in den Spiegel schauen und sagen, dass ich nichts begriff! Die Schritte im Flur? Die knarrende Tür! Salvadors müde Augen und Lisabets anklagende Miene? Und warum fing ich an, mich einzuschließen?

Nein. Nichts habe ich begriffen. Nicht einmal, als sie immer wieder nach Täby fuhren und wie hohläugige Puppen zurückkamen. Ich habe sie beneidet! Sie kamen wenigstens aus der Wohnung raus, während ich Gefangene und Sklavin war.

Rune wachte über uns, damit sie mir nichts verraten konnten. Nie war ich auch nur eine Sekunde allein mit meinen Kindern. Er zwang sie, mit mir in holprigem Englisch zu reden; es sei unhöflich Tagalog zu sprechen, das er nicht verstand. Er nahm mir Salvador weg, wenn ich ihn streicheln wollte und schnauzte Lisabet an, wenn sie sich zu oft blicken ließ. Er hat nicht mal begriffen, dass er sich unnötig Sorgen machte. Selbst wenn er mir erlaubt hätte, meine Kinder zu liebkosen und mit ihnen zu reden, hätten sie nichts verraten, denn nicht einmal in ihrer eigenen Sprache hatten sie Worte für das, was ihnen geschah.

Ich hatte niemanden. Salvador und Lisabet hatten einander. Ich schrubbte den Fußboden und wischte Staub, schlug mich mit Runes Mutter herum, bis sie sauber war und trockene Windeln hatte, lernte, in der Waschküche Wäsche zu waschen und den Staubsauger zu benutzen. Rune war die ganze Zeit hinter mir her, aber Salvador und Lisabet standen schweigend im Zimmer am Fenster. Sie hielten einander umschlungen und betrachteten Schweden. Mit jedem Tag wurde der Reichtum dieses Landes deutlicher. Es war Vorsommer und die Welt ertrank im Grünen…

Lange habe ich geglaubt, ganz Schweden sähe so aus wie

Hallonbergen. Graue Häuser im Wald. Jetzt weiß ich es besser. Diese Bäume sind kein Wald. Es sind nur Baumgruppen. Und in Stockholm kann es vor Menschen wimmeln wie in Manila, samstags jedenfalls.

Zum Glück bin ich Nilda begegnet!

Es war am Morgen nach der ersten Fahrt nach Täby. Die Kinder waren sofort, nachdem sie heimgekommen waren, eingeschlafen, und das erstaunte mich. Ich glaubte sie seien krank, aber Rune schnauzte mich an, keinen Blödsinn zu reden und dann gingen wir zum Konsum. Ich durfte wie immer den Wagen schieben, während er die Waren in den Korb legte.

Nilda stand am Obststand und drückte an einer Mango herum. Sie hat nicht einmal gefragt, ob ich von den Philippinen komme oder ob ich Tagalog spreche.

»Ist das nicht jämmerlich!«, sagte sie in einem Ton, als wären wir Nachbarinnen und schon als Kinder befreundet gewesen. »Dreizehn Kronen für eine einzige Mango. Und sieh nur, wie sie aussieht! Die könnte man auf keinem Markt in Manila verkaufen...«

Meine Augen wurden feucht und ich bin beinahe in Tränen ausgebrochen. Seit fünf Tagen war ich in Schweden und niemand außer Rune und den Kindern hatte mit mir gesprochen. Ich war schon drauf und dran, vor Fremdheit und unfertigen Gedanken zu explodieren.

»Du sprichst Tagalog?«, sagte ich und legte meine Hand auf ihren Arm.

»Ja, sicher«, sagte sie, nahm meine Hand und legte sie zwischen ihre beiden Hände. »Geboren in Visayas. Aufgewachsen in Tondo, Metro Manila. Allerdings *nicht* in den Smokey Mountains.«

Rune mochte sie nicht, doch jetzt konnte ich mir zum ersten Mal leisten, auf ihn zu pfeifen. Er stand mit gekrauster Stirn neben uns, während wir einander fest hielten und redeten. Ich habe zwei Kinder, wie viele hast du? Keine! Aber wir strengen uns an, mein Schwede und ich. Ist er nett? Ja, aber das weiß er nicht. Er denkt, er ist ein richtiger Machotyp, haha, aber damit ist es nicht weit her, wenn's drauf ankommt…

Wir redeten und lachten und zuletzt zog sie ein kleines Notizheft hervor und ließ sich von Rune unsere Telefonnummer geben. Ich wusste sie nicht. Und wir waren kaum zu Hause angelangt, da klingelte schon das Telefon. Ich sollte sie unbedingt besuchen kommen und ihr neues Sofa ansehen. Und die Kinder sollte ich mitbringen. Rune murmelte etwas, ließ uns aber gehen.

Lisabet mochte sie; sie bekam frohe Augen und lachte mit ihr. Nilda behandelte sie wie ihresgleichen. Salvador nannte sie sofort Ate, große Schwester, und sie akzeptierte das mit großer Selbstverständlichkeit. Nur ich, die Salvador kannte, wusste, welche außergewöhnliche Ehre das war.

Sie flatterte wie ein Vogel in der Wohnung umher, lachte, öffnete Schränke und Schubladen und zeigte ihren Reichtum mit so großer Freude vor, dass mir gar keine Zeit blieb, mich über ihren Mangel an Bescheidenheit aufzuregen. Ach, wie schön, wenn man so viel zu lachen hat!

Dennoch war sie es, die es zuerst bemerkte. Bei jedem Besuch wurde sie ernster und ernster. Und so schwedisch war sie schon geworden, dass sie eines Tages ohne Umschweife auf die Sache zu sprechen kam.

Als die Kinder zum fünften Mal mit Rune zu Bengt nach Täby gefahren waren, habe ich die alte Tante eingeschlossen – Gott vergib mir, aber sie schlief, als ich ging und schlief auch, als ich wiederkam – und bin zu Nilda gelaufen. Ich musste unbedingt Tagalog sprechen.

Sie bat mich an den Küchentisch und schenkte Tee ein, ohne zu lachen und ohne glitzernde Augen.

»Was ist mit deinen Kindern los?«, fragte sie.

Einfach so. Was ist mit deinen Kindern los? Und ich schüttete mir den heißen Tee auf den Schoß.

Sie half mir ins Badezimmer, spülte meine Schenkel mit kaltem Wasser ab, gab mir saubere Schlüpfer und ein Paar

Hosen. Meine Jeans hängte sie in einen Schrank im Badezimmer. Einen Schrank mit warmer Luft. So etwas hatte ich vorher noch nie gesehen und ich erinnere mich daran, dass mich das sehr interessierte. Wo kann man so einen kaufen? Wie viel kostet der? Kann man alle Kleidung darin trocknen?

»Lass den Schrank«, sagte Nilda unbarmherzig. Dann fiel sie vor mir, die ich auf dem Toilettenbecken saß, auf die Knie und nahm meine Hand.

»Was ist mit Lisabet und Salvador los? Warum darfst du nicht mit nach Täby?«

Zuerst wurde ich ärgerlich. Dann habe ich geweint. Doch ihre Fragen konnte ich nicht beantworten. Alles, was ich erzählen konnte, war, was Rune gesagt hatte. Dass er unseren Umzug vorbereitete. Dass wir in einem kleinen Haus in Täby wohnen würden, neben Bengts Haus. Ich würde mich um beide Haushalte kümmern, unseren und Bengts. Lisabet würde einen Job in Bengts Firma bekommen. Und Salvador, tja, der würde wohl in die Schule gehen.

»Aber hat er Lisabet nicht eine Ausbildung versprochen?«, fragte Nilda. »Sie ist erst fünfzehn. In Schweden muss man zur Schule gehen, bis man sechzehn ist. Und warum nimmt Rune immer die Kinder mit? Es wäre doch besser, sie würden zu Hause bei der alten Tante bleiben und ihr Erwachsenen würdet den Umzug vorbereiten!«

Was hätte ich antworten sollen? Dass die Dinge einfach passierten? Und dass ich nicht wusste, wie. Dass ich solche Angst hatte. Angst vor dem Hass, der die ganze Zeit in unserer Wohnung auf der Lauer lag. Woher kam er? Wer hasste wen und warum? Hätte ich sagen sollen, dass Rune mit mir wie mit einem Dienstmädchen redet? Dass er tatsächlich manchmal Lisabet schlug – nicht hart, aber dennoch? Dass ich meinen eigenen Sohn nicht anfassen durfte? Warum hatte er mich hierher geholt, wenn er mich so verabscheute?

Ich wollte es nicht wissen, aber Nilda zwang mir ihre Beobachtungen auf. Salvador und Lisabet hatten schwarze

Ringe unter den Augen. Sie entzogen sich den Händen anderer, wichen wie verängstigte Tiere zur Wand zurück, wenn man sich ihnen näherte. Sie trugen an einem Geheimnis, das schwer zu tragen sein musste.

»Was ist mit ihnen, Dolores? Was ist mit ihnen?«

Da, in Nildas Badezimmer, sah ich mich selbst. Selbstsüchtig. Das war ich gewesen. Meine eigene Einsamkeit hatte mich so beschäftigt, dass ich nicht gesehen hatte, wie es meinen Kindern ging.

Nein, ich werde nicht weinen. Nicht mehr. Vier Jahre sind seitdem vergangen, und es ist Zeit damit aufzuhören.

Ich verließ Nilda und ging nach Hause, wechselte Runes Mutter die Windeln, legte mich wie gewöhnlich schlafen und stand wie gewöhnlich auf. Am Morgen wusch ich mich, fütterte die Tante, trank Kaffee und rauchte eine Zigarette, genau wie ich es immer tat, bevor Rune und die Kinder endlich zurückkamen. Nichts hatte sich verändert. Und dennoch spürten wir alle, dass etwas neu und anders war.

Rune flatterte den ganzen Tag um mich herum. Bewachte mich. Sein Ton wurde sanfter, fast einschmeichelnd und die alten Versprechungen wurden in neuer Form wiederholt. Alles würde gut werden, wenn wir nach Täby kämen! Ein herrlicher Garten für die Kinder zum Spielen. Jede Menge Geld, sodass er endlich alles kaufen konnte, was er uns versprochen hatte. Kleider! Möbel! Farbfernseher! Bengt würde uns helfen und wir würden Bengt helfen! Bengt war kein kleiner Fisch. Nein, keinesfalls. Sehr erfolgreich. Millionär! In Kronen – ja, vielleicht sogar in Dollar.

Auch die Kinder witterten die Veränderung. Salvador, der sein Zimmer so gut wie nie verließ, hielt sich die ganze Zeit in meiner Nähe auf. Ich trat ihm auf die Zehe, wenn ich Staub saugte, doch er reagierte nicht weiter, lächelte nur nachsichtig. Ein vertrauensvolles Lächeln. Ein Manilalächeln, das mich frösteln ließ. Ein paar kurze Wochen in Schweden und ich hatte vergessen, wer er eigentlich war! Er war doch der lachende Junge auf dem Hof hinter dem Hotel, der mich dazu gebracht hatte, im Schlaf zu lächeln. Der beste Plastiktütenverkäufer auf dem ganzen Markt. Rickys Sohn mit Rickys Augen und Rickys warmen Händen!

Und Lisabet? Sie ist mir sicher auch gefolgt, aber mit größerem Abstand. Geduldig ihre Zeit abwartend…

Dann wurde es Abend, einer dieser Mitten-am-Tag-Abende, die du bald kennen lernen wirst. Die Arbeit des Tages war erledigt. Das Tantchen schlief nach dem abendlichen Zweikampf auf sauberen Laken und Rune saß auf dem Sofa vor dem Fernseher. Zum ersten Mal saß ich neben ihm. Wie eine Ehefrau. Nicht wie das Dienstmädchen, das ich war…

Ich tat es nicht, um ihn zu quälen, ich schwör's! Ich bin vielleicht dumm, aber nicht bösartig. Ich hatte nicht verstanden, dass er mich so abstoßend fand. Was schrie er, als die Polizei ihn fest nahm? Du verdammter Geleeberg! Du verteufelte, wabblige Sau! Hau ab und verschon mich mit dem Anblick deiner ekelhaften Titten! Nilda dolmetschte, aber das wäre nicht nötig gewesen. Das verstand ich auch so…

Er hat meine Nähe nicht sehr lange ertragen können. Seine Zigaretten waren alle. Muss neue kaufen! Und er stürzte zur Tür, während ich verdutzt mit einem halb vollen Päckchen Marlboro in der Hand dasaß.

Als er gegangen war, wurde es sehr still. Die Tante schlief friedlich in ihrem Zimmer. Salvadors Rücken, der den ganzen Tag gerade und steif gewesen war, entspannte sich, und er rieb sich die Augen. Wollte schlafen gehen.

So waren wir endlich allein, Lisabet und ich. Sie stand mit dem Rücken zu mir und sah aus dem Fenster.

»Wie müde Salvador jetzt immer ist«, sagte ich, um irgendetwas zu sagen.

Da drehte sie sich zu mir um und sagte mit Hass im Blick:

»Das findest du merkwürdig! Er darf ja nie schlafen!«

Dann fing sie an zu weinen. Und nach den Tränen flossen die Worte. All diese widerwärtigen Worte.

Es war wie bei Rickys Tod. Zuerst habe ich gar nichts verstanden. Wollte nichts verstehen. Dann fing ich an zu fluchen. O lieber Gott, das darf nicht wahr sein! Das ist nicht wahr! Das verzeih ich dir nie, verdammter Gott!

Es gibt nicht viel, was ich zu meiner Rechtfertigung sagen kann, weder vor Gott noch vor den Menschen. Aber als ich es dann wusste, habe ich schnell gehandelt. Ich tat das einzig Mögliche. Ich rief Nilda an und opferte meiner Kinder wegen meinen Stolz, meinen Ruf und meine Ehre. Das tat ich. Zumindest das.

Doch während ich am Telefon abwechselnd flüsterte und weinte, stand plötzlich Salvador neben mir, gerade aufgewacht und mit einer Decke um die Schultern. Ich drehte ihm den Rücken zu. Warum? Aus Scham vielleicht? Oder um besser zu hören, was Nilda zu sagen hatte. Sie redete laut mit ihrem Mann, Nils-Erik, wechselte zwischen Englisch und Schwedisch.

»Mama«, sagte Salvador. »Du darfst nichts erzählen!«

»Psst. Still!«, sagte ich und versuchte zu verstehen, was Nils-Erik Nilda als Antwort zubrummte.

»Mama«, sagte Salvador wieder. »Wenn du was erzählst, schmeißt er dich und Lisabet raus! Und dann muss ich mein ganzes Leben bei ihm wohnen. Allein! Du darfst nicht, Mama! Sag nichts! Er wird dich umbringen!«

Ich hob die Hand und hielt mir das freie Ohr zu. Nilda redete von Polizei und Gefängnis, von einem Plan und davon, was wir während der Nacht tun sollten. Saldavor nahm mich beim Arm.

»Mama! Sag nichts! Sei still, Mama, du musst still sein!«

Dann geschah es. Zum ersten Mal hat er mich geschlagen, so wie er mich später noch hundertmal geschlagen hat. Gott weiß, woher er die Kraft nahm – er war doch erst zwölf Jahre alt. Er warf mich auf den Fußboden und setzte sich rittlings auf mich, griff nach dem Telefon und schlug es mir dreimal gegen die Schläfe. Und ich ließ ihn schlagen. Hätte ich das Recht gehabt, mich gegen ihn zu verteidigen?

Lisabet rettete mich. Sie schrie nicht wie ich, flüsterte nur sanfte Worte in das Ohr ihres kleinen Bruders, summte von einem Schutzengel und Hab-keine-Angst, während sie ihm vorsichtig das Telefon entwand und ihm über den nackten Rücken strich. Er umklammerte mit seinen Beinen ihre Taille, vergrub sein Gesicht an ihrem Hals und ließ sich zu seiner Matratze und den Märchen der großen Schwester davontragen.

»Dolores! Dolores! Hörst du mich?«

Die Stimme Nildas im Hörer. »Was war das?«

»Ach, gar nichts. Salvador hat Angst. Er glaubt, dass Rune uns trennen wird, dass er mich rausschmeißen wird…«

Ich wusste selbst nicht, was ich glauben sollte, aber Nilda tröstete mich. Dummes Zeug! Dieser kleine Scheißer! Solche haben keine Macht! In Schweden macht man mit denen kurzen Prozess!

Ihr Plan war einfach. Morgen um zehn Uhr würde sie bei uns an der Tür klingeln. Wir würden zu Rune sagen, dass wir joggen gehen wollten. Die Kinder auch. Und wenn er sich über unser plötzliches Sportinteresse wundern sollte? Scher dich nicht darum! Aber pass heute Nacht auf Salvador auf, dass nichts passiert!

Und wie ich ihn bewacht habe. Die ganze lange, helle Nacht saß ich auf der Matratze meines Sohnes und hielt meine Hand auf seinem Rücken. Gegen zwei Uhr öffnete sich die Tür und Rune stand wie ein Gespenst in der Türöffnung, ein Gespenst mit gestreiftem Pyjama und ungeknöpftem Hosenschlitz.

»Salvador hat Fieber«, sagte ich. »Und Durchfall…«

Wortlos wich er rückwärts in die Schatten zurück.

Und danach? Eine lange Zeit folgte mit Polizeiverhören und Gerichtsverfahren, der neuen Wohnung und Sozialhilfe, Schulbeginn und heimatsprachlichem Unterricht, Schwedisch für Einwanderer und Arbeitsvermittlung… Und dann das Urteil. Der eine schuldig. Der andere nicht schuldig. Ich merkte nie, wie hart das Unrecht Lisabet traf. Nein. An diese Tage erinnere ich mich nicht.

Ich erinnere mich nur daran, dass Nildas Bauch anschwoll, und dass der mürrische Nils-Erik von Örnsköldsvik zu reden begann als der einzigen Stadt auf der Welt, in der man wie ein Mensch leben kann.

Ich half ihnen, die Wohnung zu putzen und begleitete sie zum Parkplatz. Nilda weinte und nannte mich Ate. Große Schwester, kleine, große Schwester.

Als ich nach Hause kam, glühte der ganze Flur von der Nachmittagssonne. Ich blieb auf der Schwelle stehen und wagte nicht, die Tür zu schließen. Es dauerte eine Weile, bis ich begriff, dass etwas nicht stimmte.

Die Schatten im Wohnzimmer waren anders als sonst. Jemand hatte die Deckenbeleuchtung ausgewechselt. Kein runder Schatten mehr, sondern ein ovaler…

Es dauerte hundert Jahre, bis ich wagte, die drei Schritte bis zum Wohnzimmer zu gehen und weitere hundert Jahre, bis ich wagte, mich nach rechts zu wenden und zu sehen, was dort an Stelle der Lampe hing.

Schließlich sah ich Lisabet. Meine unsichtbare Tochter. Meine tote Tochter.

Und seit dem Tag habe ich geweint.

Zum Wohl und Willkommen. Hör mal. Wirklich nett, dich wieder zu sehen. Schmeckt die Seezunge? Ja, ich muss das fragen, denn es ist mir in diesem Lokal schon passiert, dass ich das Essen zurückgehen lassen musste, trotz *Guide Michelin*. Die pfuschen manchmal. Aber sie schmeckt doch? Gut. Sag sonst ruhig Bescheid.

Wie geht's der Familie? Ich hab übrigens im *Expressen* den Artikel über deine Frau gelesen. Das scheint ja gut zu laufen. Gescheite Dame, deine Frau. Es gibt nicht sehr viele Ärzte, die begreifen, dass man mit so kleinen Investitionen ein Vermögen machen kann.

Du, übrigens, bestell ihr, dass sie einen guten Preis bekommen kann, wenn sie im Januar inserieren will. Ehrlich gesagt, es ist im Moment ziemlich schwierig, Kunden aufzutreiben. Und die Anzeigen sind wichtig, darum biete ich immer einigen Auserwählten einen guten Preis an. Sag ihr, sie kann mich anrufen!

Nein, nein, keine Krise. Keinesfalls. Aber der Anzeigenmarkt hat seine Eigenarten. Eigentlich verdient man nur das halbe Jahr über Geld … von März/April bis zum Sommer. Und dann wieder im Herbst. Dann macht man Kohle. Im Januar herrscht Flaute. Ist immer so gewesen und wird immer so bleiben. Aber das ist kein Problem. Damit werden wir fertig. Sind ja noch einige Kronen vom Vorjahr übrig.

Ein guter Wein. Das muss man schon sagen, das mit dem Wein, das kannst du. Wie heißt der, sagtest du? Am besten ich schreib's auf. Um ehrlich zu sein, ich hab so meine Probleme mit den Weinsorten. Wenn ich mit Kunden ausgehe, muss ich immer erst zum Klo und mein kleines Notizbuch hervorholen, bevor ich in die Weinkarte schaue, ha. Kann mir nicht eine einzige Sorte merken.

Ja. Ja. Genau. Das ist es wohl. Man hat so viel anderes im Kopf. Und nicht alle sind wie du mit den feinen Sorten groß geworden.

Herr Ober, noch eine Flasche bitte!

Die Geschäfte laufen gut, hoffe ich? Hab ich mir gedacht. Zum Wohl! Auf die Kriminalität!

Ach je! Missbilligende Blicke vom Nachbartisch. Ja, ja, ich rede wohl wieder mal zu laut. Schlechte Angewohnheit, leider. Aber ich werd mich zusammenreißen. Promise!

Rückzahlung? Aber nein, du glaubst doch nicht, dass ich dich deswegen heute Abend zum Essen eingeladen habe. Darüber haben wir uns doch schon geeinigt. Vertraust du mir nicht? Hab doch gesagt, dass wir das diskret erledigen, dann mache ich das natürlich auch... Solange, wie du dich an die Vereinbarung hältst, solange halte ich mich auch daran. Auf dein Wohl!

Ich meine, wir sind schließlich beide erwachsen und wissen, worum es geht. Es gibt keinen Kerl, der den Namen verdient, wenn er nicht ein kleines Geheimnis in sich trägt. Und wir sind doch alte Kumpel! Glaubst du wirklich, ich würde einen alten Schulfreund bei seiner Frau verpetzen. Nein. Ein bisschen Stil muss sein.

Hast du mal wieder was aus Eksjö gehört? Ich komme ja nie mehr dahin und ehrlich gesagt, bin ich darüber nicht besonders traurig. Meine Schwester wohnt noch da, aber, mein Gott, was für ein Weibstück aus ihr geworden ist... Du erinnerst dich sicher noch an sie? Giftig war sie ja im Gymnasium, aber jetzt – du lieber Gott! Ihre Stimme ist wie Stacheldraht! Wenn sie anruft, tun mir noch tagelang die Ohren weh.

Als der Alte starb, sind wir wegen des Hofes ziemlich aneinander geraten, davon hast du vielleicht gehört. Das war Lennart, ihr Mann, der dahinter steckte. Der kleine Rothaarige aus Mariannelund. Sein Alter hat ja zu Lebzeiten drei Höfe verschludert, und jetzt wollt er sich unseren unter den Nagel reißen und die stolze Familientradition fortführen. Zum Freundschaftspreis, dacht er. Aber nicht mit mir! Ich hab ihn zum Teufel geschickt und zum Marktpreis verkauft. Das ermöglichte mir den Start. Davor hatte ich die Hölle. Reich an Ideen, aber nichts im Beutel... Zeitweise musste ich sogar Schund verkaufen, damit die Geschäfte stimmten.

Ja, ja. So ist das. Aber Geld stinkt nicht. Prost!

Eigentlich ist es merkwürdig, dass du heutzutage bei mir pumpen musst... Das hätte man vor zwanzig Jahren nicht gedacht. Um die Wahrheit zu sagen, war ich ziemlich neidisch auf dich. Ich fand, du hattest alles. Eine weiße Puch. Einen Vater, der Offizier war, und eine Mutter, die nach Parfüm roch. Und dein Zimmer vergess ich nie. Diese großen alten Schränke... Wie alt waren die eigentlich?

Erstaunlich! Mein Gott! Für die musst du eine ganze Stange Geld bekommen haben. Ach so, du hast sie nicht verkauft. Na ja.

Aber das war's ja nicht, worüber wir reden wollten...

Du fragst dich wohl, warum es so eilt. Warum ich dich doch noch heute Abend treffen wollte.

Die Sache ist folgende, ich habe ein juristisches Problem am Hals. Nur eine Kleinigkeit, aber dennoch. Eine Angelegenheit, die man am besten außerhalb der Bürozeiten diskutiert, oder wie man es nun sagen will...

Es ist etwas heikel, verstehst du. Nicht so leicht zu erklären.

Ich gehe davon aus, dass das hier zwischen uns bleibt. Wir machen sozusagen einen Tausch, Geheimnis gegen Geheimnis. Dagegen hast du wohl nichts? Mich in der Hand zu haben, so wie ich dich in der Hand habe?

Dacht ich's mir doch. Aber freu dich nicht zu früh. Ich bin

nämlich unschuldig in der Sache... Und dennoch kann es für mich, wenn man so will, verdammt peinlich werden...

Ja. Es hat mit den Philippinern zu tun. Wie zum Teufel kannst du das wissen?

Aha. Der Herr Rechtsanwalt kontrolliert heimlich seine Klienten. Ob ich sauer bin? Gar nicht. Bitte sehr. Aber es wäre doch anständiger gewesen, wenn du gesagt hättest, dass du davon wusstest...

Na ja, dann weißt du ja auch, dass es schon lange her ist, seit es passiert ist – in diesem Jahr muss es schon vier Jahre her sein – und dass ich damals freigesprochen wurde. Ich hab nichts Kriminelles getan. Ich hab nur einem kleinen Mädchen die passenden Worte ins Ohr geflüstert, und ob das Gefasel von Liebe war oder etwas anderes, das weißt weder du noch sonst jemand!

Wie gesagt, ich bin unschuldig, aber das hilft ja nichts. Gegen dummes Gerede kommt man nicht an, auch wenn man die Unschuld selbst wäre. Und diese Geschichte könnte mir schrecklich schaden, wenn sie in der Stadt die Runde machen sollte. Das verstehst du, oder?

Darum wollte ich dich heute Abend treffen. Es scheint, als wollte jemand anfangen Mist zu reden. Und ich will wissen, was ich tun kann, um diesem Jemand einen Riegel vorzuschieben...

Sieh mal. Das kam heute mit der Post: ein Bild des Mädchens und dieser Brief hier. Ausgeschnittene Zeitungsbuchstaben, wie in einem Krimi. »Lisabet ist tot. Du wirst dafür zahlen. Rambo.«

Worum geht es, was glaubst du? Kann es sich um Erpressung handeln?

Ich bin kein Typ, der sich leicht einschüchtern lässt, das weißt du, aber das hier gefällt mir nicht. Anonyme Briefe – das ist ja ekelhaft, zum Teufel. Das ist, als würde mir jemand ins Genick starren, jemand, den ich nicht sehen kann... So was mag ich nicht. Gerne eines aufs Maul, wenn man was angestellt hat, aber kein Messer in den Rücken. Auge um Auge soll es sein. Fair Play!

Und warum soll ich bezahlen! Ist es meine Schuld, dass das Mädchen sich hinlegt und stirbt? Verdammt nochmal, ich hatte sie seit Monaten nicht mehr gesehen! Wie könnte es meine Schuld sein?

Ja doch. Es ist wahr. Das Mädchen ist tot. Wusstest du das nicht, du, der so viel aus dunklen Ecken und Winkeln hervorholen kann?

Ja. Sie ist schon lange tot. Erhängte sich ein paar Monate nach dem Urteil. Schamgefühle, nehme ich an. Weil sie versucht hat, einen so verdammt netten Kerl wie mich in den Knast zu befördern, ha.

Nee, nee. Entschuldige. Das ist nicht zum Spaßen. Selbstverständlich nicht. Aber andererseits kann ich nicht begreifen, wie jemand – überhaupt irgendjemand! – die Frechheit besitzen kann, mich zu beschuldigen. Verdammt noch mal, ich hab sie sofort wie eine heiße Kartoffel fallen lassen, als Rune eingebunkert wurde. Nicht ein Wort hab ich seit dem Tag mit ihr gesprochen, das schwör ich. Und von irgendeiner Vergewaltigung war nie die Rede, zum Teufel. Das hab ich schriftlich vom Gericht!

Es gibt nur drei Personen, die es getan haben können. Die Mutter des Mädchens oder ihr Bruder. Oder Rune.

Ehrlich gesagt, ich glaube weder, dass es die Mutter noch der kleine Bruder war. Die Alte würde so was Raffiniertes gar nicht zu Stande bringen. Sie kann kaum lesen. Und ihr Sohn ist auch keine große Leuchte. Ein Schlappschwanz. Er muss jetzt fünfzehn oder sechzehn sein, aber er ist sicher immer noch genauso schlapp.

Doch Rune? Klar, er ist in mancher Hinsicht bescheuert, aber Erpressung und anonyme Briefe? Das hätte ich ihm nie zugetraut... Und warum sollte er Bezahlung für dieses Mädchen fordern. Er hat sie doch verabscheut!

Aber eins ist klar, Dummköpfe haben ihre eigene Logik.

Ja, du kennst ja Rune nicht, aber du bist vielleicht im Gerichtsprotokoll auf ihn gestoßen? Hab ich mir gedacht.

Du hast dich wohl gefragt, wie ich an so eine Figur geraten bin… Ein böser Onkel!

Unter uns gesagt ist das der größte Schnitzer meines Lebens. Garantiert! Ich war so verdammt blöd, dass ich seinem Gequatsche und seinen guten Manieren auf den Leim gegangen bin! Kaum zu glauben, eigentlich.

Aber es gibt ja einige, die von ihm reingelegt wurden. Er ist ein alter Lateinlehrer, und das merkt man. Er fügt sich verdammt gut in feinere Gesellschaft ein, wenigstens solange kein Alkohol und kleine Jungs in der Nähe sind. Die Weiber sind immer hin und her gerissen von ihm. Und in dieser Branche hat man viel mit Weibern zu tun…

Also, ich gehör nicht zu denen, die gerne moralisieren, das weißt du. Moralpredigten habe ich zur Genüge von den Freikirchlern daheim bekommen. Nein, wie gesagt, für die hab ich nicht viel übrig. Leben und leben lassen, das ist meine Devise. Ich betrachte mich gern als den letzten der Sechziger. Die Leute sollen sexuelle Gewohnheiten haben, wie sie wollen. Das ist mir scheißegal. Ich bin Allesfresser, und dazu steh ich.

Doch hätte ich gewusst, was Rune für einer ist, hätte ich mich schon viel früher aus dem Staub gemacht. Unbedingt. Aber als ich es endlich kapiert hatte, war er schon in der Firma angestellt. Und er hat gute Arbeit geleistet, das muss ich sagen. Er ist ja ein ungeheuerlich ordentlicher Typ, jemand, der Dinge in Ordnung halten kann. Und das war genau das, was ich in diesen ersten, stürmischen Jahren brauchte.

Außerdem ist Rune ziemlich lustig. Macht gerne Spaß, wenn du weißt, was ich meine. Wie das eine Mal, als er etwas zu doll an den kleinen Jungen in Akalla rumgefummelt hat. Ich meine, glaub nicht, dass ich das in Ordnung finde, aber ein wenig haben die Leute doch auch selber schuld. Warum passen sie nicht besser auf ihre Gören auf? Na ja, ich wurde vom Untersuchungsbeauftragten interviewt. Und wie ich den Text über Runes Verdienste ausgeschmückt hab! Böser Onkel? Das war das Schlimmste, was ich je gehört hatte! Wer könnte so etwas von diesem netten, rücksichtsvollen Mann annehmen? Das könnte höchstens ein zufälliger Fehltritt gewesen sein. Ich hab mich sogar als Aufpasser für ihn angeboten. Wir haben uns halb tot gelacht, Rune und ich!

Schade, dass sie sich nicht darauf eingelassen haben… Oder, vielleicht war es auch ein Glück. Für mich.

Nein, wie gesagt, ich muss zugeben, dass ich mich hab reinlegen lassen. Das ist schwer zu verstehen für dich, der nur das Gerichtsprotokoll gelesen hat, aber wenn du ihn treffen würdest, würdest du es begreifen.

Man darf ihn nicht unterschätzen. Nur weil er wegen Unzucht mit Minderjährigen verurteilt ist, ist er kein lallender Idiot. Er kann verdammt überzeugend sein. Ich hab ihn im Amtsgericht nach dieser Geschichte in Akalla in Aktion erlebt, und er war großartig. Da blieb kein Auge trocken, als er seine Geschichte beendet hatte, wie er sich bessern und ein neues Leben anfangen wollte. Das war kurz bevor wir auf die Philippinen gefahren sind, um die Alte und die Gören zu holen. Er erzählte, wie sehr er dieses fette Weib liebte. Von wegen – in Wirklichkeit drehte sich ihm der Magen um, wenn sie nur in seine Nähe kam. Und die Kinder! Die wollte er wie seine eigenen behandeln! Seine alte Mami würde unglaublich glücklich darüber sein. Sogar ich fand, dass er etwas zu dick auftrug. Aber nein! Er kam mit Bewährungsauflagen davon. Und hinterher kam der Staatsanwalt, schüttelte ihm die Hand und wünschte ihm alles Gute, haha.

Ja doch, Rune war ganz großartig! Tatsache ist, käme er hier rein und würde sich als Pastor Jansson aus Knäckebrückenhagen vorstellen, würdest du ihm das glatt abnehmen, obwohl du ein misstrauischer Typ bist. Und wenn er sein kleines, schwarzes Notizbuch herausholen und behaupten würde, er mache Eintragungen für seine Sonntagspredigt, würdest du auch darauf reinfallen.

Weißt du, was er in seinen kleinen Notizbüchern hat?

Gutachten. Er führt Buch über all die kleinen Jungs. Wie gut sie sind und so…

Zum ersten Mal hab ich das in Manila gesehen, und da hat es mir nichts ausgemacht. Dort ist es sozusagen eine andere Sache. Aber als ich zu ihm nach Hause kam und einen ganzen Stapel Notizbücher fand, in denen von Jungs die Rede war, die Mattias, Joakim und Markus hießen, hat mich das doch etwas mitgenommen… Was für ein verdammtes Glück der Kerl gehabt hat! Er ist nur dreifach verurteilt worden, doch in diesen Büchern gab es Material für mindestens zehn Urteile. Wenn man fünf Jungs pro Urteil rechnet…

Nun verhält es sich so, dass ich zufällig einige dieser Bücher in Verwahrung habe. Ich hab sie unmittelbar nach der Gerichtsverhandlung in Beschlag genommen, als ich so richtig sauer auf ihn war. Ich hab nichts Gesetzwidriges getan – keinesfalls! Ich hab ihn nur reingelegt, so wie er mich reingelegt hat. Ich hab mir nichts anmerken lassen und angeboten, ihm ein paar Sachen zu bringen. Was er so in diesem Irrenhaus brauchte. Und während ich seine Zahnbürste und anderen Kram zusammensuchte, fielen einige dieser Notizbücher in meine Jackentasche. Aus reinem Zufall. Danach hab ich ihm gesagt, dass das zufällig passiert ist, und seitdem hab ich ihn nicht gesehen… Was genau war, was ich beabsichtigt hatte.

Rambo, ha! Vielleicht ist er richtig verrückt geworden, dieser Typ, seit er im Knast sitzt. Vielleicht glaubt er, dass er Rambo ist, dieser kleine Dickwanst…

Doch eigentlich war es verdammt ungerecht, ihn gerade dafür festzunageln. Das ist typisch schwedisch! Als er an schwedischen Kindern rumgefummelt hat, hat er nur Bewährung gekriegt, macht er sich aber an einen Kanaken ran, dann hagelt es Gefängnisstrafe!

In Wirklichkeit war es eine gute Tat, als Rune die Alte und die Kinder hergeholt hat, aber deren Verstand reicht natürlich nicht aus, um dafür dankbar zu sein. Du hättest sehen sollen, wie die da gewohnt haben! Ein Loch in der Wand an der Hinterseite von unserem Hotel. Das war das Schlimmste, was ich je gesehen hab, und ich hab so einiges gesehen. Höchstens acht Quadratmeter. Zementfußboden und Zementwände, wie in einer elenden Garage. Und der Wächter und seine Familie haben ebenfalls da gewohnt. Alles in allem neun Personen. Die lagen nachts zusammengedrängt wie die Ölsardinen...

Nee, die hätten uns die Füße küssen sollen, weil wir sie hergeholt haben! Eine Vierzimmerwohnung in Hallonbergen! Das war, verdammt noch mal, ein Palast, verglichen mit dem, was sie vorher hatten. Und jetzt lassen sie es sich auf Kosten von uns Steuerzahlern gutgehn...

Verdammt, wie lasch wir hier in diesem Land sind! Kein Wunder, dass man uns in der ganzen Welt auslacht...

Aber warte mal, jetzt fällt es mir wieder ein! Rune hat mich vor einigen Monaten angerufen. Das hatte ich total vergessen. Winselte wie ein Hund. Die Mama lag mal wieder im Sterben, und das war verdammt noch mal an der Zeit. Je früher sie stirbt, desto besser für dich, hab ich gesagt. Ich finde das ekelhaft, wenn ein erwachsender Kerl so seiner Mutter hinterher rennt. Ekelhaft!

Das ist vielleicht die Erklärung. Er ist immer ein Muttersöhnchen gewesen. Vielleicht hat es ihm nicht gepasst, was ich gesagt hab... Vielleicht ist er darum auf Erpressung aus.

Er hatte auch Geldsorgen. Sollte bald seine Wohnung räumen. Als ob das meine Schuld wäre. Ich hab ihm schon viel zu oft geholfen. Nein, du, hab ich gesagt. Diesmal ist es egal, wie lange du winselst und jammerst. Du hast mich schon zu viel gekostet. Geld und auch anderes.

Verflucht, ich werd sauer, wenn ich nur daran denke! Dieser verdammte Rune! Ich musste da wie ein Idiot vor dem Amtsgericht stehen und über meine sexuellen Gewohnheiten reden! Als wär ich so ein Scheißkerl wie er! Das war zu blöd. Nach allem, was ich für ihn getan hab... Ich bin ja wirklich anständig gewesen. Hab ihm Geld geliehen, ihn zu Filmaufnahmen auf die Philippinen mitgenommen und was sonst noch. Und dann bringt er alles so heillos durcheinander... Aber jetzt ist er zu weit gegangen. Entschieden zu weit. Jetzt soll er dafür büßen, ein für alle Mal...

Mach nicht so ein ängstliches Gesicht! Ich hab nicht die Absicht etwas Gesetzwidriges zu tun. Ich will ihm nur ordentlich die Meinung sagen und erreichen, dass er aus meiner Sichtweite verschwindet, dieser Verrückte. Verflucht, was für ein tollpatschiger Idiot! Verflucht.

Ich meine, das hätte ja nicht sein müssen. Wäre Rune nur ein bisschen schlauer gewesen, wäre es nie passiert. Aber nein, er hat sich benommen wie ein Kind in einer Bonbonfabrik! Konnte sich nicht zusammenreißen! Jede Nacht musste er an dem Jungen rumfummeln. Und die Alte hat er auch nicht in den Griff gekriegt. Er ist rumgelaufen und hat sich aufgeblasen wie ein verdammter Scheich. Mach dies und mach das! Quatsch nicht rum! Halt mir das Mädchen aus den Augen! Verflucht, wenn er der Alten und den Kindern ein bisschen was gekauft hätte und sie ein paar Mal zu McDonalds mitgenommen hätte, hätten sie sich nicht beschwert. Das ist alles, was nötig ist. Ein bisschen Freundlichkeit und glitzernder Schnickschnack, dann sind sie zufrieden...

Ich war oft auf den Philippinen, ich weiß, wie es dort ist. Die kümmern sich einen Dreck um ihre Kinder. Sie leben zu tausenden auf den Straßen und keiner fragt nach ihnen. Einmal bin ich einer Elfjährigen begegnet, die hatte ihre Eltern nicht gesehen, seit sie sieben Jahre alt war!

Das Einzige, woran sie denken, ist Sex. Es ist ihnen scheißegal mit wem sie's treiben, sie wollen einfach nur jemanden zum Ficken. Einmal hatte ich einen Chauffeur, der erzählte, dass es in Ermita, dem Hurenviertel, sogar Bordelle für Frauen gibt. Nicht für Schwule, sondern für alte Weiber. Wenn's bei denen in der Möse zu jucken anfängt, kratzen die ihre letzten Peso zusammen und kaufen sich einen Kerl. So was sollte mal in Schweden passieren!

Anfangs haben sie mir Leid getan, denn es ist ja ekelhaft armselig und elendig, aber das hab ich mir schnell abgewöhnt. Es ist ihre eigene Schuld. Es gibt nicht einen Philippiner, der eine Firma leiten kann, ich schwör's. Sie sollten verdammt dankbar sein, dass sie eine Bande Ausländer dort haben, die das besorgt, sonst würden sie die ganze Zeit nur unter Palmen rumsitzen. Das Einzige, was sie fertig bringen, sind ihre Sari-Sari-Stores. Eine Art Kiosk, die es vor jedem zweiten Haus gibt. Da sitzen die Weiber und verkaufen Kaugummis, während die Kerle unter den Bananenbäumen liegen und darauf warten, dass ihnen die gebratenen Tauben direkt ins Maul fliegen!

Ich kenne einige Schweden, die da unten Firmen haben, und die werden allmählich in den Wahnsinn getrieben. Es klingt ja verdammt gut, wenn man hört, wie viel die den Leuten zahlen müssen, aber mein Gott, so merkwürdig ist es ja nicht, dass es da billig ist. Es ist das reinste Wunder, wenn die Leute überhaupt zur Arbeit kommen. Manchmal verschwinden sie einfach in die Provinz und bleiben mehrere Wochen weg. Dann heißt es, irgendwas sei mit den Verwandten. Die sagen sich: Sowie irgendeine verdammte Cousine Schnupfen bekommen hat, muss man alles stehen und liegen lassen und hinfahren!

Nein, wie gesagt, sie sind nicht zu bedauern. Wenn sie arbeiten wollten und ihren Pflichten nachkommen würden, könnten sie es genauso gut haben wie die Japaner oder Südkoreaner. Aber nein!

Bist du schon mal da gewesen? Nein. Aber in Thailand, oder? Was? Was bist denn du für einer?

Du solltest es wirklich mal ausprobieren. Man lebt da wie ein König für so gut wie nichts. Es gibt diese typischen Trinker, die haben Sammelfahrkarten für die Philippinen! Die leben einige Monate nur von Bratkartoffeln und sparen für ein Einwegticket mit PIA, Pakistans Fluggesellschaft. Und wenn sie die Reise überleben – was für einen alten Trinker schwierig sein kann, hahaha, denn die Maschinen sind klapprig und auf dem ganzen Weg wird kein Tropfen Alkohol serviert –, dann ist ihre erbärmliche Frührente ein Vermögen wert. Einen doppelten Whisky für ganze zwölf Kronen! Eine Siebzehnjährige für dreißig – falls man sie nicht ganz umsonst bekommt. Das ist was anderes, als auf einer Parkbank in einem verdammten Vorstadtzentrum zu vergammeln…

Mit vielen geht es allerdings schnell bergab. Schaffen sich Mädchen an, die nichts taugen, kleine Golddiggers, die ihnen die Geldtasche ausräumen und abhauen. Nein, Gott bewahre. Vor solchen sollte man sich hüten, das weiß der Teufel. Haha. Nee, anständige Mädchen müssen es sein. Besonders heutzutage, da es mit Lebensgefahr verbunden ist, sich mit Huren einzulassen.

Prost, übrigens. Möchtest du ein Dessert? Ach so, du bist noch nicht fertig. Kein Problem. Ich bleib beim Wein, während du fertig isst.

Nein, wie gesagt, vor Huren sollte man sich hüten, wenn man lange leben will. Manche behaupten ja, dass diese Rasse gegen Aids immun ist, aber darauf verlässt man sich besser nicht. Ich hab einen Kumpel, der Arzt ist, und der sagt, dass es nur eine Frage der Zeit ist. Bald werden die wie die Fliegen sterben. In zehn Jahren wird ganz Ermita ausgestorben sein und die Leichen werden stapelweise in den Bordellen liegen…

Aber ich hab nicht die Absicht, mich anstecken zu lassen. No man. Ich gehe auf Nummer sicher und halte mich an ganz junge Mädchen. Man muss verdammtes Pech haben, um von einer Unschuld angesteckt zu werden.

Weißt du, dass es in den Bordellen Unberührte gibt? Ja, wirklich. Kleine süße Mädchen direkt vom Land. Die tragen zerrissene T-Shirts über ihren Bikinis. Cherryl Girl steht da drauf. Kirschmädchen! Und wenn man so eine dazu bringen kann, den großen Schritt zu tun, dann schmeckt es verdammt noch mal nach Kirschen! Auf dein Wohl.

Alle Kerle mögen junges Blut. Das weiß man doch. Klar, einige heucheln und tun so, doch unterm Strich sind fünfundneunzig Prozent bereit, die rechte Hand zu opfern, für die Chance, eine Fünfzehnjährige ficken zu dürfen. Oder, wenn's sein muss, auch für eine Dreizehnjährige… Oder nicht?

Guck nicht so entsetzt. So blöd bin ich nicht, dass ich mich in Schweden mit Dreizehnjährigen einlasse. Hier sind das ja noch Säuglinge. Aber in Manila ist das anders. Diese Rasse entwickelt sich viel früher, und auf den Straßen in Ermita gibt es Dreizehnjährige, die alte Profis sind, haha. Die können alles!

Um Himmels willen, missversteh mich nicht. Ich bin nicht wie Rune. Wenn ich junge Mädchen sage, meine ich natürlich junge Mädchen und keine Kinder! Selbstverständlich nicht. Diese kleinen Gören machen mich nicht geil. Nee, nee. Doch bei einer, die Brüste bekommen hat und frisch ist wie eine Hundsrose, da sagt man doch nicht nein.

Die sind verdammt willig, so klein wie sie sind. Laufen einem auf der Straße hinterher und ziehen einen am Hemd. Hi Joe, rufen sie, weil sie glauben, alle Weißen seien Amerikaner.

Sie sind überhaupt nicht wie wir und unsere Kinder. Äußerlich klein, aber innerlich erwachsen. Keiner kann mir weismachen, dass nicht sowohl Lisabet als auch der Junge von Anfang an wussten, worum es ging. Klar, sie hat etwas gewinselt, aber nur, weil sie sich zierte. Das hab ich gleich kapiert. Sie wusste, dass sie mich damit geil machte. Sie saß auf einem Vermögen und das wusste sie, unberührt, wie sie war! Ihre Mutter hätte jedenfalls begreifen müssen, worum es ging. Aber das war ihr wohl scheißegal, wenn sie nur nach Schweden konnte. Die sind so.

Anfangs, bevor ich begriff, dass Lisabet wie alle da unten war, tat sie mir richtig Leid. Verrückt nach Geld und Zeug. Lieber Bengt, ein Paar Sandalen! Lieber Bengt, ein neues Kleid. Zuerst hab ich einiges gekauft, aber schließlich hab ich gebremst. Ausnehmen lass ich mich nicht. No man.

Doch toll ist es da unten schon… Überall wahnsinnig schöne Mädchen und gar nicht schüchtern. Im Gegenteil. Die flirten wie wild. Aber vor denen, die auf die Zwanzig zugehn, soll man sich in Acht nehmen. Dann sind sie desperat und wollen unbedingt heiraten. Und wer mit einem weißen Kerl nach Hause kommt, ist der Stolz der Familie… Es gibt ein paar arme Teufel, die darauf reingefallen sind. Und plötzlich sitzen sie da und müssen zwanzig faule Kanaken versorgen, denn die Ehefrau heult jedes Mal Rotz und Wasser, wenn er auch nur andeutet, dass die Cousins und Cousinen sich eine Arbeit suchen sollen. Es passiert sogar, dass die Verwandten dem Kerl ein Messer in den Leib rammen, wenn er sich weigert, sie zu versorgen. Ja, doch. Ich hab von mehreren Fällen gehört.

Nee, davor sollte man sich verdammt in Acht nehmen…

Lisabet war nicht so. Nein, ich mochte sie, wirklich. Sie war richtig süß. Winzig. Knapp anderthalb Meter groß. Und zart wie eine Zehnjährige, was bei der fetten Mutter das reinste Wunder war. Helle und feine Haut. Kaum mehr als Flaum…

Eigentlich hatte ich Glück. Ich hab nie geprüft, wie alt sie war, aber ich bin mit zwei Monaten Spielraum davongekommen. Sie war im März fünfzehn geworden und ich hab sie im Mai gehabt. Reinste Glückssache. Und dennoch hat dieses alte Weib versucht, mich festzunageln. Unzucht mit Freiheitsberaubung. Ich hör wohl nicht richtig! Aber sie hat ja vom Gericht eins auf die Finger bekommen. Ich habe nichts Illegales getan. Lisabet stand in keinem Abhängigkeitsverhältnis zu mir. Zu Rune schon, aber nicht zu mir.

Zum Wohl! Auf die Rechte!

Trink dein Glas leer, dann nehmen wir Kaffee und Cognac. Oder möchtest du Nachspeise? Herr Ober, bitte noch mal die Karte! Na, was möchtest du? Ich nehme ein Grand Dessert.

Aber du sollst nicht glauben, dass ich ein gefühlloser Mensch bin. Ich war richtig fertig, als ich erfuhr, dass Lisabet tot war. In mancher Hinsicht war sie ein süßes Ding und ich hatte vor, ihre Zukunft hier in Schweden zu regeln. Eine angenehme Arbeit in der Firma, vielleicht… Aus ihr wäre eine perfekte Empfangsdame geworden, nachdem sie ordentlich Schwedisch gelernt hätte. Ja, und später hätte ich ihr problemlos einen Kerl besorgen können. Einen rechtschaffenen Typ, der ihr ein Haus und Kinder geschenkt hätte, oder was es nun war, wovon sie geträumt hat…

Aber all das hat ihre Mutter verhindert, als sie zur Polizei gegangen ist. Altes Miststück. Kein Wunder, dass sich das Mädchen erhängt hat. Es kann ja nicht gerade Spaß machen, eingesperrt in einer Dreizimmerwohnung in Hallonbergen zu sitzen, mit dieser fetten Tante und einem kleinen Psychopathen zum Bruder.

Nein, wie gesagt. Das Mädchen war zu bedauern. Sie hatte zu Lebzeiten viel einzustecken, das merkte man.

Aber darüber wollten wir ja nicht reden.

Nun zu diesem verdammten Rune. Bei reiflicher Überlegung ist es vielleicht besser, du kümmerst dich um ihn. Das wirkt besser, wenn ein Jurist das macht…

Das Problem ist, dass ich dabei bin, etwas zu prominent zu werden. Nicht, dass ich jeder Redaktion in der Stadt bekannt wäre, doch es reicht… Die richtigen Leute wissen, wer ich bin, und das ist gut für die Geschäfte, darüber besteht kein Zweifel. Aber das bedeutet auch, dass alle Augen auf mich gerichtet sind. Und du weißt ja, wie geredet wird. Die Branche ist voller Klatschmäuler. Was tun wir, wenn Rune die Leute anruft und anfängt zu plaudern?

Dazu ist er fähig, und ob. Ich hab doch gesagt, dass du ihn nicht unterschätzen sollst. Er würde absolut alles tun, bekäme er nur eine Chance, seine eigene Haut zu retten!

Nein, ich denke, es ist wohl das Beste, du rufst ihn an und erteilst ihm eine kurze Lektion in Sachen Rufmord. Mutig ist er nicht. Hat verdammte Angst vor der Polizei. Und reicht eine Strafpredigt nicht aus, kannst du ja andeuten, dass ich einige der schwarzen Notizbücher in Verwahrung habe.

Das nicht? Na ja. Tu, was du willst. Hauptsache dem verdammten Kerl wird klar, worum es geht…

Das war's. Ich verlass mich auf dich.

Verdammt, wie eintönig es hier ist. Stockholm ist die absolut langweiligste Stadt der Welt. Früher war das anders, Anfang der Siebziger, als ich in die Stadt kam. Da gab es richtige Klubs... schwarze natürlich. Ja, schwarze Klubs gibt's wohl heute auch, aber die sind ja voller Fixer. Fixer sind mir verhasst. Die sollte man bündeln und totschlagen. Allerdings sieht es ja fast so aus, als würde sich das Problem von allein lösen. Prost! Auf den kleinen Virus! Haha! Wenn wir alt und grau geworden sind, sind sie ausgestorben, und dann können anständige Kerle wie wir die Klubs wieder übernehmen!

Woll'n wir 'ne Runde in der Stadt drehen? Es gibt in der Kungsgatan eine Disco, da kann man den einen oder anderen Fang machen. Ja ja. Frau und Kinder.

Ja, doch. Na klar, versteh schon. Selbstverständlich. Aber ehrlich gesagt, ich beneid dich nicht. Freiheit ist die beste Sache, wie der Rektor immer zu sagen pflegte.

Auf die Freiheit! Du armer Teufel!

Sundbyberg, den 14. 3. 1989

Lieber Lars-Göran!

Danke für deinen Brief. Es hat etwas gedauert, bis ich ihn erhalten habe, denn ich bin wieder umgezogen und die Nachsendung scheint nicht so gut zu funktionieren. Es freut mich zu hören, dass du eine Arbeit bekommen hast. Hoffentlich gefällt sie dir.

Ich selbst bin immer noch arbeitslos und schlage mich so vom einen zum anderen Tag durch. Mutter ist im Januar gestorben und die Beerdigung mit allem Drum und Dran war kostspielig. Ich wollte nicht geizen. Sie war eine schöne Beerdigung wert. Die Verwandtschaft wollte sich natürlich nicht an den Kosten beteiligen, trotz allem, was Mutter für sie getan hat. Aber Erinnerungsstücke, die wollten sie haben. Möglichst die teuersten. Aber da war nicht viel zu verteilen. Das einzig Wertvolle war ihr Kaffeeservice, *Blå Måsen*, und das wollte ich selber behalten. Schließlich bin ich es gewesen, der es gekauft hat. Zwölf Jahre lang hat sie zu ihrem Geburtstag eine Tasse, und zu Weihnachten einen Teller bekommen. Aber ich weiß nicht, ob sie es jemals benutzt hat. Wir hatten nicht so oft Gäste.

Sie hatte kein leichtes Leben, meine Mutter. Sie ist nie darüber hinweggekommen, dass sie von meinem Vater jämmerlich im Stich gelassen wurde. Und das ist leicht zu verstehen. Damals gab es so viele Vorurteile und so viel Verachtung.

Ganz zu schweigen von den finanziellen Schwierigkeiten, die auf sie zukamen, als ich geboren wurde. Sie musste hart arbeiten, damit es mir an nichts fehlte. Und genau war sie. Ich war immer sauber und ordentlich, innerlich wie äußerlich.

Ich trauere sehr um sie, obwohl es eigentlich schon viele Jahre her ist, seitdem sie sie selbst war. Es ist sehr traurig, dass sie ihre letzten Jahre im Pflegeheim verbringen musste. Aber so übt die Gesellschaft »Gerechtigkeit!« Der einzige Trost ist, dass sie mich nicht vermissen konnte. Sie konnte sich nicht an mich erinnern. Senile Demenz ist eine schreckliche Krankheit. Lass uns hoffen, dass wir davon verschont bleiben.

Na ja, weder du noch ich haben es leicht gehabt. Und Vorurteile gibt es immer noch. Wie sieht es an deinem Arbeitsplatz aus? Ist ihnen deine Vergangenheit bekannt? Mein Rat ist, lass dich nicht von diesem Gerede übers Coming-out täuschen. Ich weiß, was passiert. Man wird kalt gestellt, und wenn man den kleinsten Fehltritt macht, wird man entlassen.

Mir selbst ist es bis jetzt noch nicht gelungen eine Arbeit zu bekommen, aber der Bewährungshelfer sagt, ich soll mir deswegen keine Sorgen machen. Er will versuchen, mir etwas zum Herbsthalbjahr zu beschaffen. Nicht in einer richtigen Schule, aber es lässt sich vielleicht etwas bei der kommunalen Erwachsenenbildung oder bei der Volkshochschule machen. Schwedisch für Einwanderer vielleicht. Das wäre schön, finde ich. Wie du weißt, habe ich mich immer für Menschen fremder Kulturen interessiert.

In letzter Zeit fühle ich mich ziemlich einsam. Schade, dass du nicht in Stockholm wohnst. Dann könnten wir einander öfter treffen. So ist man den ganzen Tag für sich und spricht mit niemandem, außer mit der Kassiererin im Konsum und der Bibliothekarin. In dieser Gegend gibt es eine gute Bibliothek.

Meine neue Wohnung ist nicht groß. Ganze 58 m^2, verteilt auf zwei Zimmer, Küche und Badezimmer. Das hält man für ausreichend für einen allein stehenden Mann. (Als ob nicht auch allein stehende Männer gerne ein Arbeitszimmer hätten.) Die Gegend ist sehr schön. Die Häuser wurden schon in den Fünfzigerjahren gebaut und darum sind alle Bäume und Büsche schon ordentlich groß. Ich freue mich auf den Frühling und Sommer, wenn sie wieder grün sind. Die meisten, die hier wohnen, sind Rentner, was etwas bedauerlich ist. Wenn keine Kinder da sind, kommt sozusagen kein Leben in eine Gegend. (Ich vermute, dass der Bewährungshelfer glaubt, ich sei nicht richtig »geheilt«, und dass er darum gerade diese Wohnung besorgt hat.)

Eingerichtet habe ich sie sehr schön, finde ich. Während ich weg war, waren Mutters alte Möbel in einem Möbellager, und es hat eine Weile gedauert, bis ich mir leisten konnte, sie auszulösen. Doch jetzt ist es getan. Demzufolge sitze ich hier an meinem Arbeitsplatz aus der Schulzeit und schreibe diesen Brief. Es ist ein Schreibtisch aus Walnuss, den Mutter mir gekauft hat, als ich den Realschulabschluss machte. Damals kostete er eine ungeheure Summe, aber ich habe ihn gut gepflegt und putze ihn auch heute noch jede Woche mit einer altbewährten Möbelpolitur. Er sieht wie neu aus. Meine Cousine Agnes wollte ihn sich nach Mutters Tod unter den Nagel reißen, mit der Begründung, dass sie Mutter immer gepflegt hat, wenn ich im Ausland war, aber ich habe ihr klar gemacht, dass der Tisch nicht zum Nachlass zählt, sondern mir persönlich gehört. Der kann nun wirklich für niemanden, außer für mich, ein Erinnerungsstück sein.

Manchmal fahre ich in die Stadt und gehe dort spazieren, aber das passiert nicht sehr oft, weil ich es mir nicht leisten kann, in Stockholm im Restaurant zu essen. Wenn ich kein Geld mehr habe und es richtig langweilig wird, kommt es sogar vor, dass ich mich ins Krankenhaus zurücksehne. Trotz allem war es nicht so schlecht. Geriet man an die Richtigen – wie an dich, lieber Freund! – und konnte den Gewalttätigen ausweichen, war es zeitweilig richtig angenehm. Man bekam sein Essen zu festen Zeiten, wurde bedient und alles war sauber. Es kam nur darauf an, die Therapie ohne größere Schäden zu überstehen. Und das haben wir doch. Oder?

Gestern habe ich einige alte Papiere durchgesehen und fand u. a. eine ärztliche Bescheinigung vom letzten Prozess. Da stand, ich sei höflich, freundlich, offen und zugänglich, ausführlich in meinen Beschreibungen und *»verfüge über Erfahrung mit psychotherapeutischen Gesprächen«*. Ich habe gelacht. Wie sollte man nach all diesen Jahren über etwas anderes verfügen?

Aber zwischen all diesen alten Papieren fand ich auch anderes, was nicht so erfreulich zu lesen war. Sachen, die ich verdrängt hatte. Weißt du, was Dolores behauptet hat, als sie gegen mich aussagte? Sie hat gesagt, ich hätte Mutter nur zu Hause gepflegt, um an ihre Rente zu kommen. Wie kann man nur so etwas Schreckliches sagen? Das ist doch richtig boshaft.

Manchmal fühle ich mich, als wäre ich das Opfer eines Komplotts. Woher weiß ich, dass Nilda und Dolores einander nicht kannten, bevor sie nach Schweden kamen? Vielleicht haben sie alles zu Hause in Manila geplant und sahen in mir ein geeignetes Opfer. In dem Fall, so viel kann ich sagen, hatten sie Glück. Es gibt tatsächlich schwedische Männer, die Ehefrau und Kinder misshandeln. Und deren Frauen können nicht zur Polizei laufen und jammern. Dann werden sie, ehe sie sich besinnen können, aus dem Land geworfen. Sie dürfen nicht, wie es bei Dolores heißt, aus »humanitären Gründen« bleiben.

Ich empfinde es immer noch als schrecklich ungerecht, dass mir solche Sachen vorgeworfen werden. Ich komme einfach nicht darüber hinweg. Ich wollte *wirklich* mit Dolores eine richtige Familie bilden. Ich wollte mich um die Kinder kümmern und ihnen ein guter Vater sein. Dass sie sich dann nicht in mich hineinversetzen konnte, und anfing sexuelle Forderungen zu stellen, das ist nun wirklich nicht meine Schuld. Man sieht ja, wie es ihr ergangen ist. Die Tochter hat sich das

Leben genommen, und das war genau, was sie verdient hat. Dolores also. Gegen das Mädchen hatte ich nie etwas, trotz allem, was die drei vor Gericht gesagt haben. Lisabet hat doch glatt behauptet, ich hätte sie geschlagen. Ich, der ich mich entschieden von allen Formen von Gewalt distanziere. Das weißt du. Alles, was ich getan habe, ist, dass ich sie zurechtgewiesen habe, so wie ein Vater sein Kind zurechtweisen dürfen muss. Wenn Dolores vernünftig gewesen wäre und weiterhin mit mir zusammengelebt hätte, wäre das Mädchen heute noch am Leben. Und froh und glücklich wäre sie auch.

Nein, Dolores ist keine gute Mutter. Vor einigen Wochen war ich in Hallonbergen und bin eine Runde ums Gymnasium gegangen, um zu sehen, ob ich Salvador zu Gesicht bekommen könnte. Und in der Tat, das habe ich. (Keine bösen Gedanken jetzt, lieber Lars-Göran, der Junge ist inzwischen viel zu alt für mich. Aber ich empfinde immer noch Verantwortung für ihn. Ich bin ja so etwas wie sein Vater.) Das war ein furchtbarer Anblick.

Du erinnerst dich wohl daran, dass ich Salvador oftmals beschrieben habe: seinen kleinen runden Kopf, seine dunklen Augen und seine goldene Haut. Ein richtiger Engel. Die inkarnierte Unschuld. Oder das personifizierte Morgenland, in dem alle Mysterien des Orients in einem kleinen, wonnigen Körper eingeschlossen sind. (Oh, warum müssen Menschen wachsen!)

Der heutige Salvador ist gar nicht mystisch. Groß ist er geworden. Und kräftig. Sein Nacken würde am besten zu einem Stier passen, von seinen kräftigen Schultern ganz zu schweigen. (Ich frage mich, ob er diese anabolen Steroide schluckt, von denen so viel in den Zeitungen geschrieben wird. Hoffentlich nicht.) Seine Kleidung war indiskutabel. Kaputte Jeans! Nicht geflickt, sondern richtig kaputt. Schwarze Lederjacke, wie der schlimmste Rocker, und darunter (natürlich hatte er den Reißverschluss nicht hochgezogen) ein schwarzes T-Shirt mit dem Bild eines Monsters oder eines Gespenstes.

Gott weiß, was das war. Und er trug Turnschuhe. Im Februar! Dolores denkt wohl, man kann sich in diesem Klima genauso anziehen wie zu Hause in Manila. Sie ist eine richtige Schlampe!

Der Junge scheint total verwahrlost zu sein. Er schubste und schlug sich die ganze Zeit mit anderen großen Lümmeln herum. Wahrlich kein netter Junge mehr. Andererseits hatte seine Persönlichkeit schon immer einen dunklen Wesenszug. Wenn du dich erinnerst, war er derjenige, der die Initiative zu unseren erotischen Eskapaden ergriffen hat. Nicht einmal die Knaben im antiken Griechenland hätten hemmungsloser und verführerischer sein können als der zwölfjährige Salvador! Er wusste genau, wie er mit Tränen und kleinen Ausrufen des Erstaunens einen erwachsenen Mann zum Äußersten treiben konnte. Wer will mich dafür anklagen, dass ich wie Wachs in seinen Händen war?

Ich empfinde immer noch große Bitterkeit, wenn ich daran denke, dass ich die Schuld für alles tragen musste, obwohl ich nur ein machtloses Opfer in den Händen einer gewissenlosen Frau und ihrem gewissenlosen Nachkommen war. Mich konnte man ans Kreuz nageln, mich, der ich nur nach der Pfeife eines kleinen Verführers getanzt habe!

An all das erinnerte ich mich, als ich vor der Schule stand und ihn beobachtete. Ich hielt mich natürlich in einiger Entfernung, sodass er mich nicht sehen konnte. Wer weiß, wozu er im Stande ist, so wie er aussieht, und so wie seine Mutter ihn gegen mich aufgehetzt hat. Eigentlich ist er zu bedauern. Armer Junge! Hätte er nicht alle diese verlogenen Beschuldigungen, die seine Mutter ihm eingeblasen hat, wiederholt, dann würde er heute ein ordentliches Leben mit mir als Stiefvater führen können. Er war ein liederliches, kleines Wesen! Hätte er seine Zunge im Zaum gehalten, dann wäre nichts passiert. Das hätte noch gefehlt! Dafür hätte ich gesorgt! Für mich war er nicht wie die anderen Jungs. Ich war ja praktisch sein Vater.

Na ja, in vielerlei Hinsicht war es nützlich, dass ich ihn mir angeschaut habe. Jetzt ist es aus. Meinen kleinen Salvador gibt es nicht mehr. Schluss. Aus. Vorbei.

Während ich schreibe, fällt mir auf, dass es den Anschein haben könnte, als würde ich mit meinem bisherigen Leben abrechnen.

Und vielleicht ist das wahr. Ich sehe alte Papiere durch und sortiere sie, suche Menschen auf, die mir einmal etwas bedeutet haben, und kehre an Orte zurück, an denen ich gelebt habe. Das ist eine Art, neues Land urbar zu machen, Altes wegzuräumen und eine neue Basis zu schaffen. Ein neues Leben. Ein besseres.

Kurz bevor Mutter verschied, rief ich meinen alten Freund Bengt Kadberg an. Du erinnerst dich doch, dass ich eine Menge über ihn erzählt habe, oder? Seine Firma war in den vergangenen Jahren sehr erfolgreich und er hat natürlich nicht mehr wie früher die Zeit, Kontakt zu halten. Aber er ist immer noch ein netter Kerl. Ich dachte, dass ich vielleicht bei ihm arbeiten könnte. Wir beschlossen, dass ich zu ihm ins Büro raufkommen würde, aber als ich das dem Bewährungshelfer erzählte, musste der natürlich seine Nase da reinstecken. Ich solle mich vor Kadberg in Acht nehmen, sagte er. Ich würde einen Rückfall riskieren, wenn ich bei ihm arbeiten würde. Das hat mich richtig empört. Muss sich ein Mann von fast fünfzig vor schlechten Kollegen warnen lassen? Na ja, ich habe getan, was der Bewährungshelfer gesagt hat. So lange man in den Klauen dieser Kommission ist, muss man das. Aber dann…

Na ja, der Kontakt mit Kadberg hatte auf jeden Fall etwas Gutes. Er hat mir die Adresse eines Mannes auf Lidingö gegeben – der Name bleibt geheim –, der neues, frisches Material aus den Philippinen mitgebracht hat. Ich habe diesen Mann angerufen und mich mit ihm verabredet. Aus verschiedenen Gründen ist die Verabredung mehrmals verschoben worden, aber am Dienstag ist es endlich dazu gekommen.

Der Mann – nennen wir ihn X – ist gerade von einer Rundreise aus Südostasien zurückgekehrt. Er ist recht jung und auf die Art gereist, wie es die Jugendlichen heutzutage tun, d. h. er ist getrampt. Anscheinend hat er große Schulden, die er abzahlen will, indem er Bilder und Dokumente verkauft, an denen wir interessiert sind. (Er teilt unseren Geschmack für diese kleinen Delikatessen.)

Erinnerst du dich, dass ich dir von Pagsanjan erzählt habe, dem Paradies auf Erden? Als ich auf den Philippinen war, habe ich es leider nicht geschafft, diese wunderbare Stadt zu besuchen. Und jetzt ist es zu spät. Das Paradies ist verloren gegangen. Wenigstens für eine Weile.

Die Behörden in Pagsanjan waren, wie du weißt, immer außerordentlich tolerant und großzügig. Wirklich mustergültig. Das hat dann auch zu einem Wohlstand unter den Einwohnern der Stadt geführt, der für das ganze Land einzigartig ist. Häuser wurden gebaut, und Kindern, die ansonsten in dunkelster Unkenntnis aufgewachsen wären, wurde der Schulbesuch von großzügigen Westeuropäern mit unserer Neigung finanziert. Die Hotels waren immer ausgebucht und die Eltern hatten Arbeit.

Damit ist Schluss, erzählte X. Engstirnigkeit hat wieder einmal über Toleranz und ökonomische Vernunft gesiegt. Schuld daran, ist die neue Chefin der Einwanderungsbehörde (eine Frau natürlich). Sie hat zwei Razzien in den Hotels in Pagsanjan durchgeführt, eine ganze Reihe von Männern festnehmen lassen und sie nach Manila überführt, wo sie auf außerordentlich erniedrigende Weise der Presse vorgeführt wurden. Alle wurden ausgewiesen und dürfen mindestens ein Jahr lang nicht zurückkehren.

Zufällig befand sich X kurz nach der ersten überraschenden Razzia auf Tagestour in Pagsanjan. Dort stieß er auf einen Amerikaner, der ihnen entgangen war, der aber aus gutem Grund befürchtete, bald an der Reihe zu sein. Der Amerikaner hatte seit mehreren Jahren in Pagsanjan gewohnt, und da er ein guter Fotograf war, hatte er natürlich viele reizende Fotos von Jungs und

Mädchen gemacht. Ihm war es gelungen, seine alten Negative in die USA zu schicken. Er bat aber X, zehn noch nicht entwickelte Filme nach Schweden mitzunehmen. Jetzt sind 360 neue Bilder auf dem Markt! Und ich habe davon 45 Stück in meinem Besitz.

Es sind reizende Bilder. Alle erdenklichen Stellungen und Varianten kommen vor. Zum Teil sind erwachsene Männer mit dabei, aber das stört überhaupt nicht. Im Gegenteil. Das heizt die Phantasie an! Und nun das Beste von allem: Der Amerikaner war allem Anschein nach so genau und effektiv, wie man es von einem Amerikaner erwartet. Er hat nämlich umfangreiche Notizen zu den Bildern gemacht, aus denen wir alles über die Kapazität dieser kleinen Burschen erfahren. Analöffnung, Schwänzchen u. dgl. sind detailliert beschrieben. Sehr detailliert.

X hat einige Sprachschwierigkeiten und bat mich darum, die Texte in korrektes Schwedisch zu übersetzen. Das ist eine lustvolle Beschäftigung, die jetzt meine Tage ausfüllt. Bald bin ich damit fertig, und dann sind sowohl die Fotos als auch die Texte käuflich. Wir nehmen 2500 SEK (ca. 500 DM) für ein Päckchen mit ca. 50 Fotos mit Text. Wenn man berücksichtigt, wie schwierig es in den letzten Jahren war, neues und frisches Material zu beschaffen, dann weiß jeder, dass dieser Preis angemessen ist.

Ich finde, du solltest das bei deinen Freunden in Göteborg erwähnen. Dir möchte ich einen anderen Vorschlag machen. Deine Andeutungen über den kleinen Jorma haben mich sehr neugierig gemacht – das scheint ein kleiner Satyr zu sein! –, sodass ich mir ein kleines Tauschgeschäft denken könnte. Bild gegen Bild. Text gegen Text. Und du kannst dir überlegen, wie du ihn im Frühling auf einen Ausflug nach Stockholm mitlockst, dann kannst du den Rest der Bilder gratis bekommen!

Leb wohl alter Freund und lass bald von dir hören!

Herzliche Grüße!

Rune

P. S. Das Paradies ist übrigens nicht ganz verloren! Eine andere Stadt auf den P. hat Pagsanjans gefallenen Mantel aufgenommen. Doch welche Stadt das ist, werde ich dir nicht verraten, bevor du mit Jorma kommst. D. S.

Das erste Mal hat er es für sich selbst getan.
Das zweite Mal hat er es für sein Land getan.
Das dritte Mal hat er es für seinen Freund getan.
Jetzt will er es für seine Schwester tun.

Die Stunde hat geschlagen. Rambo hat seine Maske fallen lassen. Jetzt hat er es ihnen gezeigt, hat all jene zum Schweigen gebracht, die geglaubt haben, er sei bloß ein Teenager, über den man schmutzige Geschichten erzählt. Endlich wissen sie, wer er wirklich ist. Er geht durch die Flure in der Schule und seine Feinde fürchten ihn. Erik, der Hausmeister, der ihn Kanake genannt hat, versucht sich im Flur des Rektors zu verstecken. Er hat Angst, erschossen zu werden, aber Rambo verpulvert seine Munition nicht an Memmen. Ihm genügt es, den kleinen Dicken am Kragen zu packen und ihn an die Wand zu werfen. Der Kerl landet krachend auf dem Boden und die Luft entweicht aus ihm wie aus einem Ballon...

Ja, alle fürchten ihn und drücken sich an die Wand, nicht nur der Rektor und der Sprachlehrer, sondern auch die Typen mit den Gettoblastern. Das können sie gerne. Rambo hat nichts für schwarz gekleidete Snobs mit kurz geschnittenem Haar übrig. Sein eigenes Haar fällt schwarz und glänzend bis auf den Rücken. Ein blondes Mädchen aus der Tertia streckt die Hand danach aus, sie will es berühren, aber Rambo nimmt ihre Hand weg und schüttelt den Kopf. Für Liebe hat er keine Zeit. Später vielleicht, wenn er seine Schwester befreit hat.

Draußen ist es Winterabend. Es schneit, obwohl es sternenklar ist. Rambo bleibt unter einer Straßenlaterne stehen und kontrolliert seine Ausrüstung. Er hat seine Armbrust, sein Messer, zehn Sprengsätze und eine Bazooka. Mit starken Armen hebt er alles in seinen Jeep. Er ist nicht nur ein Soldat. Er ist eine ganze Armee.

Rambo spürt die Kälte nicht. Natürlich hat er eine Polaruniform an, mit Anorak und allem, aber der Reißverschluss ist offen und sein breiter Brustkorb ist entblößt. Die Schneeflocken, die sich durch die Fensteröffnung hineintasten, schmelzen, sowie sie seine Haut streifen.

»Sein Hass ist so heiß!«, murmelt das blonde Mädchen, das an einem der Schulfenster steht und ihn beobachtet. Sie wirft ihm eine Kusshand zu, aber Rambo sieht es nicht. Er hat jetzt Wichtigeres im Kopf.

Die Fahrt nach Täby ist beschwerlich. Seit die Russen da sind, ist von der Autobahn nicht mehr viel übrig. Er muss auf schmalen Pfaden im Wald vorankommen und manchmal bleibt der Jeep im Schnee stecken. Er schaufelt ihn mit seinen bloßen Händen frei und zieht ihn dann mit festem Griff an der Stoßstange hinter sich her. Er braucht das Auto. Nicht für sich selbst, aber seine Schwester wird nicht in der Lage sein, den ganzen weiten Weg nach Hause zu laufen…

Endlich ist er auf einer schmalen Landstraße. Es hat aufgehört zu schneien und die Landschaft funkelt im Mondschein. Rambo betrachtet die weißen Felder und eine Sekunde lang bebt seine Unterlippe… Ist es, weil seine Hände nach der harten Schinderei mit dem Jeep bluten? Oder ist es wegen all dieser Schönheit? Nein. Er erinnert sich an seine Schwester, die er seit vielen, langen Jahren nicht gesehen hat.

Er ist unerbittlich und unbarmherzig. Ein Rächer. Tausende von Soldaten haben Grund diese Nacht zu fürchten, doch das wissen sie noch nicht. Kurz vor Täby stößt er auf den ersten russischen Posten. Er gleitet aus seinem Jeep, robbt hinunter in den Graben und schlägt die Kapuze des weißen Anoraks hoch. Sein dunkles Haar soll ihn nicht verraten.

Und die Russen bemerken ihn nicht. Es sind fast zehn Mann. Sie haben eine Straßensperre mit Stacheldraht und Wachturm errichtet. Direkt unter dem Turm liegen einige Tonnen Benzin…

Rambo lächelt. Er hat nicht vor, seine teure Ausrüstung für ein paar unwichtige Aufpasser zu opfern. Das wird ein leichtes Spiel. Sehr leise beginnt er seine Armbrust zu montieren, danach schraubt er den Feuerpfeil mit einigen gewohnten Handgriffen zusammen und zündet ihn mit seinem Feuerzeug an.

Zzzzisch! Den Schuss hört man nicht – aber den Rest! Die Tonnen explodieren in rasendem Takt. Pang! Pang! Pang! Das Benzin brennt in kilometerhohen Flammen und die Wachposten kriegen nicht einmal ihre Waffen hoch, bevor sie tot sind. Sie wissen gar nicht, was passiert ist. Doch Moment mal! Der Soldat oben im Turm ist nicht tot. Er hält noch seine Waffe fest, und als Rambo eine Sekunde später durch das Feuermeer fährt, feuert er einen Schuss ab… Rambo verzerrt das Gesicht. Er wurde getroffen.

Vollgas. Er hat keine Zeit anzuhalten, um die Wunde zu untersuchen. Seine Schwester wartet. Er beißt die Zähne zusammen und verdrängt den Schmerz, so, wie es ihm der Oberst einmal beigebracht hat. Nichts kann Rambo richtig wehtun. Nie lässt er die Schmerzen Oberhand gewinnen. Er ist kein Weichling, der winselt und jammert. Er schüttelt sich nur und macht weiter.

Rambo weiß, dass das Hochquartier von russischen Soldaten streng bewacht wird. Deswegen fährt er sein Auto, als er sich der Villengegend nähert, in den Wald, stellt es zwischen einige Fichten und tarnt es schnell und geschickt. Jetzt kann keiner sehen, dass da ein Jeep steht.

Dann bewaffnet er sich. Die Bazooka hängt er auf den Rücken. Die Armbrust über die Brust. Die Sprengsätze steckt er in die Anoraktaschen. Das Messer und der Blaulichtstab sind schon verstaut. So, jetzt ist er bereit, ihnen gegenüberzutreten. Seinen Feinden.

Die Rebellen haben ihm das Wertvollste geschenkt, was sie besitzen: eine Karte von der ganzen Gegend. Sie verlassen sich darauf, dass er erledigen wird, was sie selbst nicht zu Stande bringen. Darum weiß er, dass die beiden Häuser von Minen, Wachtürmen und neu gebauten Baracken umzäunt sind. Ja, so sehr fürchten die Feinde seine Rache, dass sie sich mit fünftausend russischen Elitesoldaten umgeben! Rambo lächelt, während er durch den Schnee robbt. Als ob sie das schützen könnte.

Aber, was ist das? Etwas Weiches streicht Rambo über das Gesicht und er erstarrt mitten in der Bewegung. Gefahr? Nein. Sein Instinkt sagt ihm, dass es keinen Grund zum Angreifen gibt. Und er hat Recht: Der Mond gleitet gerade aus einer Wolke und seine Strahlen beleuchten das Weiche. Es ist ein kleines Tier mit gelben Augen. Ein Wolfsjunges.

»Husch«, flüstert Rambo, aber der kleine Wolf rührt sich nicht. Es sieht den einsamen Soldaten mit tröstenden Augen an, und Rambo ist von seiner Zutraulichkeit gerührt. Die anderen Wölfe sind wahrscheinlich von diesen Teufeln zu Tode gehetzt worden! Das Junge dürstet nach Rache, ist aber zu schwach, um sie selbst einzufordern. Na ja, es kann wohl irgendwie von Nutzen sein. Rambo steckt das Wolfsjunge unter seine Jacke und dort ruht es still und warm.

Jetzt nähert er sich dem verminten Gebiet. Er zieht sein Messer heraus und sticht es, während er sich sachte weiterschiebt, vor sich in den Schnee. Sieh da! Die erste Mine. Er entschärft sie mit geübtem Handgriff. Schon erspäht er den ersten Stacheldraht. Gut. Er kann kaum erwarten, aufzustehen und mit dem Kampf zu beginnen.

Inmitten der Häuser suchen Scheinwerfer die Gegend ab. Noch haben sie ihn nicht im Visier, aber das Risiko wächst mit jedem Meter. Jetzt kann er auch die russischen Soldaten hören. Zwei Mann stehen in seiner Nähe. Er sieht ihre gebeugte Haltung und hört, wie sie in ihrer kehligen Sprache miteinander reden. Bald werden sie für immer still sein.

Es passiert sehr leise und schnell. Rambo robbt unter den Stacheldraht und der kleine Wolf scheint zu begreifen, dass er sich so platt wie möglich machen muss. Es gelingt. Er kommt rein, ohne entdeckt zu werden, steht auf und läuft blitzschnell durch die Dunkelheit auf einen der Soldaten zu. Er zögert nicht eine Sekunde, sondern schneidet ihm mit einer einzigen Bewegung die Kehle durch. Das warme Blut spritzt wie eine Fontäne, und bevor es aufhört zu fließen, ist auch der andere Soldat umgefallen. Rambo betrachtet ihn einen Augenblick. Der Mann sieht erstaunt aus – kein Wunder…

Jetzt gilt es, die Sprengsätze an den Panzern und den Baracken anzubringen. Das ist schnell getan. Auf dem Weg tötet er drei Russen, aber keiner von ihnen hat es geschafft, zuvor noch Alarm zu schlagen. Trotzdem ist er nicht einmal außer Atem, als er schließlich beim ersten Stacheldrahthindernis ankommt. Einige Schweißperlen tropfen von seiner Brust, aber das ist auch alles. Er spürt, wie das Wolfsjunge sie mit seiner rauen Zunge ableckt.

Die Sprengsätze sind eingestellt. Binnen zehn Minuten wird das ganze Hauptquartier eine brennende Hölle sein. Doch bis dahin hat Rambo noch viel zu erledigen.

Die letzten Stacheldrahthindernisse sind nicht an einen Alarm gekoppelt. Darum kann Rambo sie mit seinen bloßen Händen losreißen. Dann geht er über den Rasen auf das große Haus zu, das er nie hat vergessen können. Das kleine Haus daneben – das einmal als Gefängnis für einen kleinen Jungen, dessen Mutter und Schwester gedacht war – liegt dunkel und still.

Sie sitzen, von Russen in feinen Uniformen umgeben, im schicken Wohnzimmer. Wie gewöhnlich läuft ein Video und auf dem Bildschirm machen sich alte Kerle über weinende

Mädchen und Jungs her. Bengt lacht sein heiseres Lachen und Rune mit seinem kleinen, runden Gesicht hat wie immer eine verbindliche Miene aufgesetzt. Sie glauben, dass sie sicher sind. Ha! Wenn sie wüssten!

Rambo wird sich gleich um sie kümmern, doch zuerst muss er seine Schwester finden. Und es muss schnell gehen. Da! Sie haben ein Kellerfenster offen gelassen. Er rutscht durch die schmale Öffnung, geschmeidig wie ein Panter und ebenso gefährlich. Aber huh, er hat vergessen, dass der Keller so tief ist! Als er den Fensterrahmen loslässt, fällt er mehrere Meter hinunter, verletzt sich aber kaum. In Vietnam hat er gelernt, weich zu landen …

Als er aufsteht, dringen alle Geräusche im Keller in sein Bewusstsein. Das Wimmern! Das Schluchzen! Das Weinen! Und dann jemand, der ein Wiegenlied auf Tagalog singt, der Sprache seiner Kindheit!

Rambo holt seinen Blaulichtstab heraus und lässt ihn leuchten. Was er zu sehen bekommt, ist furchtbar. Der ganze Keller ist voller Käfige und in jedem sitzt ein Kind. Angekettete Kinder, gequälte Kinder, Kinder, die die Hoffnung auf Befreiung aufgegeben haben.

Dies ist das Werk von Rune und Bengt! Dann stimmt es also, was geredet wurde, dass sie ein ganzes Haus voller gefangener Kinder hätten. Alle Erwachsenen – nicht nur die Polizei, der Lehrer für den muttersprachlichen Unterricht, sondern auch Mama – hatten gesagt, dass es erfunden ist. Nur Rambo wusste, wie es in Wirklichkeit war …

Seine Schwester sitzt in etwas, das einem Vogelkäfig gleicht. Er hängt an einer groben Kette von der Decke herab und schaukelt leicht, wenn sie sich bewegt … Noch hat sie ihren Bruder nicht gesehen … Sie hält die Augen geschlossen und sieht das blaue Licht nicht.

Plötzlich hört man Schritte. Eine Person mit schweren Stiefeln ist auf dem Weg in den Keller. Ein Russe! Rambo macht den blauen Stab aus und gleitet in die Schatten. Die Kinder begreifen, dass etwas Wichtiges im Gang ist. Sie verstummen und warten voller Spannung.

Der Russe schafft es gerade noch, die schwere Eisentür aufzuschließen, bevor Rambo mit seinem Messer über ihn herfällt. Zehn Sekunden später rollt der Kopf des Russen wie ein Fußball über den Boden. Das Kindergeflüster rauscht wie Binsen in einem Waldsee. Sie haben wieder Hoffnung bekommen… Ein kleiner Junge streckt seine Hand durch das Gitter und zeigt. Da, Rambo! Die Schlüssel hängen am Gürtel des Russen.

Zuerst öffnet er den Käfig seiner Schwester, danach den des kleinen Jungen. Der Kleine lässt die anderen frei. Rambo gibt ihm einige schnelle Anweisungen, dann nimmt er seine Schwester auf den Arm und trägt sie die Treppe hinauf. Sie sagt nichts, sieht ihn aber mit großen, dunklen Augen an und streichelt ihm vorsichtig die Wange, genau wie damals. Er legt sie vorsichtig im Flur vor das große Zimmer, nimmt den kleinen Wolf aus seinem Anorak und setzt ihn daneben. Er soll sie bewachen. Das Tier scheint seine Aufgabe zu verstehen, entblößt seine Zähne zu einem drohenden Lächeln und wächst in ein paar Sekunden zu einer riesenhaften Gestalt.

Jetzt ist es so weit. Rambo schraubt seine Armbrust zusammen und hält einige Pfeile bereit. Dann stößt er die Tür auf.

Bengt und Rune erstarren natürlich, doch die Russen gehen gleich zum Angriff über. Einer von ihnen wirft sich auf ihn und versucht, ihm sein Bajonett ins Auge zu stechen. Das gelingt ihm nicht. Rambo drückt ihm seine gewaltige Faust ins Gesicht, windet ihm das Bajonett aus der Hand und stößt es dem Russen in die Eingeweide. So, da hast du's!

Die anderen Russen fällt er mit einigen gut gezielten Schüssen aus der Armbrust, und die, die nicht gleich tot sind, fliehen schreiend aus dem Fenster. Rambo lässt sie laufen – sie laufen ja doch in ihren Tod. Aber Bengt und Rune sollen nicht so leicht davon kommen. Sie sollen langsam sterben…

Zuerst bindet er Bengt an ein Tischbein. Wie er da liegt,

sieht er wie ein Insekt aus. Er strampelt und schreit schrill. Soll er nur. Rambo will sich zuerst um seinen eigenen Quälgeist kümmern.

Runes schwammiger, kleiner Körper vermag Rambos eiserner Faust nicht viel Widerstand zu bieten. Nach einem einzigen Schlag fällt er zu Boden und schreit wie ein Schwein. Recht so. Jetzt wird er abgeschlachtet. Rambo drückt ihm seinen schweren Spikestiefel ins Gesicht und verlagert sein ganzes Gewicht auf diesen Fuß. Die Spikes durchdringen Runes Augen und Wangen, verwandeln sein Gesicht zu einer blutigen Masse. Aber noch lebt er. Rambo holt sein Messer hervor, schlitzt seine Kleidung auf und entblößt den weißen, teigigen Bauch. Mit einem sorgfältigen Schnitt legt er die Därme frei, zieht einen weit heraus, bis zur Wand hin. Dort nagelt er ihn mit ein paar schnellen Schlägen fest. Der schlaffe Körper bleibt an den Därmen hängen und schaukelt ein bisschen, als Rune mit weit aufgerissenem, blutigem Mund brüllt.

»Ach was«, sagt Rambo und zeigt mit dem Stiefel auf Rune. »Versuch nicht die Unschuld zu spielen, du kleiner Racker! Eigentlich gefällt es dir doch…«

Jetzt ist Bengt an der Reihe. Endlich wird er verlieren, er, der immer behauptet hat, unbesiegbar zu sein. Er ist ganz weiß vor Entsetzen und versucht, der Rache zu entkommen; plappert wie ein Verrückter von allem, was er kaufen und schenken könnte, wenn Rambo ihn nur verschont.

Rambo würdigt ihn keines einzigen Wortes. Er beugt sich nur herab und drückt Bengts Hand auf den Parkettboden, dann nagelt er sie mit ein paar schnellen Schlägen fest. Er lächelt ein wenig. Das feine Parkett, das die Kinder nicht mit Schuhen betreten dürfen! Jetzt bekommt es einen ordentlichen Kratzer, aber das scheint Bengt aus irgendeinem Grund nicht mehr zu stören…

Mit einem schnellen Schnitt schlitzt er die Kleidung auf und ritzt ihm eine schmale Kerbe in den Bauch. Es sieht aus wie ein Lächeln, ein breites triumphierendes Lächeln. Rambo erwidert das Lächeln, bevor er mit starken Händen die Ränder der Wunde auseinander zieht und die Eingeweide bloßlegt. Aus seiner Anoraktasche nimmt er eine kleine Flasche Benzin, leert sie sorgfältig in die Wunde und schraubt sie langsam wieder zu. Bengt jault wie ein Hund, doch Rambo lässt sich davon nicht beeindrucken. Gelassen prüft er die Flamme seines Feuerzeuges, schwenkt es ein paar Mal vor Bengts aufgerissenen Augen hin und her, bevor er es an die Wunde mit dem Benzin hält… Bengt brennt. Endlich brennen Bengts Eingeweide, so wie sie auf Ewigkeit in der Hölle brennen sollen!

Aber jetzt eilt es. Rambo schaut auf seine Uhr. Es bleibt nur noch eine Minute, bis die Sprengsätze explodieren. Bis dahin muss er seine Schwester und die anderen Kinder rausholen.

Sie warten im Flur auf ihn. Seine Schwester liegt noch auf dem Fußboden, aber die anderen stehen auf und sehen ihn mit dankbaren Augen an. Einige wollen ihn umarmen, andere wollen seine Hand halten, aber Rambo erklärt hastig, dass keine Zeit für Dankesbezeigungen bleibt. Sie müssen weg, und zwar schnell!

Der Wolf berührt mit der Pfote sein Bein und zeigt mit der Schnauze zu einer Eisentür ganz hinten im Flur. Rambo schießt das Schloss kaputt und sie öffnet sich von selbst. Und sieh nur! Dort drinnen warten hundert gefangene Wölfe auf ihre Befreiung. Sie stürmen auf Rambo zu, lecken ihm Hände und Füße, begreifen aber schnell, dass er für ihre Dankbarkeit keine Zeit hat. Sie müssen die Kinder in Sicherheit bringen. Die Mädchen und Jungs klettern auf die grauen Tiere, halten sich im rauen Pelz fest und reiten in die Nacht hinaus. Die russischen Soldaten fliehen aus Angst vor den wilden Tieren in ihre Baracken. Und als der letzte Wolf das Stacheldrahthindernis passiert hat, donnert die erste Explosion los. Die Sprengsätze funktionieren wie erwartet!

Rambo trägt seine Schwester durchs Feuer. Die Flammen streifen ihn, verbrennen ihn jedoch nicht. Und seine Schwester hat er in eine amerikanische Spezialdecke eingewickelt.

Fire-proof! Er könnte sie hier lassen, mitten im Feuermeer, und sie würde dennoch nicht verbrennen.

Aber er verlässt sie nicht. Er trägt sie wie ein Kind auf dem Arm, läuft durch den Tod ins Leben hinaus. Er bleibt nicht stehen, bevor sie den Waldrand erreicht haben. Dort legt er sie vorsichtig auf die Erde und wickelt sie aus der Decke.

Zuerst glaubt er immer noch, dass sie tot ist. Sie ist so bleich und still. Er kann ein Wimmern nicht unterdrücken. Ach, meine Schwester! Ach, Lisabet!

Aber sieh nur, sie lebt. Sie öffnet die Augen und sieht ihn an.

»Oh, Salvador«, sagt sie. »Ich habe die ganze Zeit gewusst, dass du mich retten würdest!«

Da weint Rambo so sehr, dass er zittert. Weint, weil es nicht wahr ist, weil er machtlos in seinem Zimmer unter einer karierten Decke liegt, und weil ihm keine Schwester die Wange streichelt.

Er verbirgt seine Augen hinter geballten Fäusten. Irgendjemanden wird er schlagen. Irgendjemanden muss man schlagen dürfen.

Rosario

Arme Kinder dürfen die öffentlichen
Gärten nicht betreten; man könnte ebenso gut erwägen,
dass sie, allein weil sie Kinder sind, ein Recht
auf Blumen haben.

VICTOR HUGO

Die Liebe ist ein goldenes Ei, das von Hand zu Hand gereicht wird. Mütter geben es ihren Söhnen, Väter ihren Töchtern, und große Schwestern geben es ihren kleineren Brüdern.

Wir werden nie erfahren, von wem Anita Burgos ihr Ei bekam. Aber wir wissen, dass sie ein Ei besaß, und dass es seit dem Tag, da sie vierzehn Jahre alt geworden war, zwischen ihren Brüsten ruhte.

Es war ein sonderbares Ei, denn mit jedem Mann, den Anita liebte, erblühte auf dessen Oberfläche ein roter Rubin, und mit jedem Kind, das sie gebar, trieb es Knospen, die zu einem schimmernden Smaragd aufbrachen. Als sie fünfunddreißig war, war ihr Ei prachtvoller, als das Osterei des Zaren es je gewesen war. Für weitere Edelsteine war kein Platz mehr.

Wegen Rosario, die der achte und letzte Smaragd wurde, hielt sie noch einige Jahre durch. Doch Anita sehnte sich so sehr nach dem Himmel, dass sie Mann und Kinder nahm und ins Opfertal ging.

So kam es, dass Rosario im Grünen aufgewachsen ist.

Und im Schrecken.

Olongapo ist ein Kessel. Ein umgekehrter Kessel. Viele Städte haben in lang gestreckten Tälern ihre Ruhe gefunden. Sich nachts in einem von Grün und hohen Bergen bewachten Tal schlafen zu legen, vermittelt ein Gefühl von Geborgenheit.

Aber in Olongapo gibt es keine Ruhe und nur wenige seiner Bewohner dort schlafen nachts. Seine Bewacher brauchen die Berge auch nicht. Nein, sie schauen zum Südchinesischen Meer hinaus, wenn auch derzeit mit einer gewissen Nonchalance. Was haben sie eigentlich zu befürchten? Sind nicht ihre Schiffe größer als die aller anderen, ihre Waffen moderner und ihre Leiber zum Platzen voll gestopft mit Proteinen?

Sie wollen sich nicht daran erinnern, was vor gar nicht so langer Zeit auf der anderen Seite des Meeres geschah. Und Olongapo hilft ihnen, es zu vergessen. Es ist am sichersten so. Für alle.

Normalerweise wohnen die Reichen an den Berghängen. Sie streben höher und höher, hinauf zum frischen Grün und der reinen Luft. Die Armen dürfen sich in den schmutzigen Tälern drängen und da unten, so gut sie können, nach Luft japsen.

In Olongapo ist das anders. Hier sind die Bewacher wichtiger als die gute Luft. Die Reichen wollen ganz in der Nähe des amerikanischen Militärstützpunktes bleiben, der ganz unten im Kessel liegt. Und sie wollen keine armen Leute um sich haben, wenigstens nicht mehr als notwendig. Darum hängen die

Bruchbuden Olongapos wie Vogelnester an den steilen Hängen der Berge. In aller Herrgottsfrühe kann man Huren und Bettler, Diebe und Bardamen die steilen Pfade hinaufklettern sehen. Sie sind auf dem Weg nach Hause, um sich etwas auszuruhen, bis es wieder Nacht wird.

Sie haben niemals etwas besessen, diese Menschen, und auch das, was sie hatten, hat man ihnen genommen. Junge Mädchen, die noch vor kurzem nach Mangoblüten dufteten, stinken jetzt nach eitriger Gonorrhöe. In Lumpen gekleidete Weiber, die einst aus Mitgefühl mit einem kleinen Hund oder einer Eidechse in Tränen ausbrechen konnten, zerren jetzt ihre schreienden Söhne an den Haaren nach Hause. (Verdammtes Gör! Wenn ich gesagt hab, du sollst mindestens zehn Peso nach Hause bringen, dann meine ich zehn und nicht acht!) Und zuletzt in der Prozession kriechen die Blinden, die einst sehen, die Lahmen, die einst gehen und die Tauben, die einst hören konnten. In der Abenddämmerung, wenn es wieder an der Zeit ist, bergabwärts zu gehen, sind diejenigen, die sich kriechend und tastend vorwärts bewegen, an erster Stelle. Wie könnten sie sonst überleben?

Auf Nagbakulaw, einem der höchsten Berge, wohnen die drei Könige der Bettler: Melchior, Gaspar und Baltazar. Drillinge, geboren am Tag der Heiligen drei Könige. Sie müssen sich nicht jeden Abend in den Kessel begeben. Nein, wirklich nicht! Sie warten, bis ein Schiff einläuft und tausende amerikanischer Soldaten auf dem Stützpunkt vor Begierde ungeduldig zitternd von einem Bein aufs andere treten. Olongapo! Liberty City!

An solchen Tagen rollen Melchior, Gaspar und Baltazar ihre Zigaretten mit größerem Vergnügen als sonst, und teilen in entschiedenem Ton Befehle aus. Du verkaufst Kaugummi. Was denn, kein Geld? Dann raff dich gefälligst zum Betteln auf und beschaff's dir, zum Teufel! Du da, durchsuch die Taschen! Ihr drei müsst euch eben einen Fang suchen! Und Violetta, du alte Schachtel, versuch was zusammenzubetteln.

Wer kein Geld nach Hause bringt, hat mit Prügeln zu rechnen! Verstecken geht nicht! Keiner entkommt!

Sie lehnen sich behaglich an die Wand und ziehen den Rauch tief in die Lungen ein, während sie die Aussicht betrachten. Die ist wie für Könige geschaffen. Unterhalb des Berges schlängelt sich ein schmaler Weg, und unter dem Weg liegt der schmale Sandstrand, wo die amerikanischen Soldaten in den schwarzen Nächten ihre Beach Partys abhalten. Die Palmen beugen sich über das Wasser, und wenn die drei Könige sich davor hüten, ihren Blick abschweifen zu lassen, können sie träumen, die ganze Bucht wäre voller Gold, denn so schimmert das klare Wasser, wenn die Sonne untergeht.

Sie träumen davon, dass sie reich sind und mächtig, dass ihre Betonschuppen richtige Häuser und ihre Lumpen richtige Kleidung sind. Um ihrer Träume willen brauchen sie viele Frauen und Kinder. Nora, Violetta, Mary-Lyn und die anderen halten sich aus Angst vor ihren Fäusten und Messern außer Reichweite, und das gefällt den drei Königen sehr.

In Baltazars Schuppen liegt Lolita im Fieber. Ihre Tochter, die erst zwei Tage alt ist, folgt ihr bis in die Träume. Sie laufen in irgendeinen Wald, tiefer und tiefer, ohne zu wissen, was sie auf der anderen Seite erwartet. Das Mädchen treibt die Mutter zum Laufen an, dem Leben und der Wirklichkeit davonzulaufen, sie aber zögert ein wenig. Was soll aus ihren anderen Kindern werden, wenn sie sie Violetta überlässt. Violetta ist die Schwester der drei Könige und genießt es wie sie, über andere zu herrschen…

Ein letztes Mal schlägt Lolita die Augen auf und sieht, was ihr das Leben gegeben hat: einen Betonschuppen auf einem Berg, ein Bett mit zwei schmutzigen Decken, vier Kinder und einen Koffer. Das ist alles, und draußen? Monstera, Christrosen, Palmen und Bougainvillea. Plunder und unnützes Zeug für den, der sein Leben lang gehungert hat.

Als die Sonne auf der anderen Seite der Bucht blutrot geworden ist, erheben sich die drei Brüder und brechen auf, um den schmalen Pfad hinabzugehen. Melchior geht als Erster, denn er ist der König der Könige. Kies und kleine Steine lösen sich unter seinen Füßen. Einmal hat er versucht, hier eine Treppe zu bauen und er hat mehrere Wochen lang schwer gearbeitet, um dann mit ansehen zu müssen, wie der Orkan höhnisch über seinen Fleiß gelacht hat. Er riss die Treppe in Stücke und spülte sie in knapp einer Stunde weg. Seitdem ist es lebensgefährlich, den Berg der drei Könige zu besteigen.

Sie selbst kommen gut damit zurecht. Sie sind so an die Gefahr gewöhnt, dass sie sie gar nicht mehr bemerken. Ja, sie plaudern sogar vergnügt miteinander, über Konkurrenten und neue Geschäftsmethoden. Allen dreien steht die schwarze Blöße der Armut mitten ins Gesicht geschrieben und sie werden auch schon langsam runzelig, obwohl sie noch nicht so alt sein können.

Unten bei den drei Wassermühlen an der Straße, der einzigen Bequemlichkeit der Gegend, machen sie Halt. Shay Cullen, der irische Pfarrer, der den Nagbakulaw und viele andere Berge besitzt, hat dafür gesorgt, dass die Leitung bis hierher gelegt und eine Wanne dazu gebaut wurde. Das ist eine seiner vielen Racheaktionen an seinem Feind, Bürgermeister Gordon. Ein Großteil der armen Bevölkerung wohnte früher auf Gordons Grund und Boden, aber er hat sie davongejagt und ihre Bruchbuden mit Bulldozern zermalmt. Cullen hat ihm den Krieg erklärt und seine Berge den Obdachlosen zugänglich gemacht.

Bevor sie ihre lange Wanderung südwärts in Richtung Stadtzentrum antreten, waschen sich die Könige gründlich unter dem Wasserhahn. Keiner von ihnen hat einen Peso für den Bus oder den Jeepny. Das ist der Nachteil, wenn man ein Mann ist. Frauen und Kinder können immer etwas für die Fahrt zusammenbetteln, aber keiner will den erwachsenen Männern etwas umsonst geben. Sie müssen wohl oder übel laufen, denn sie trauen sich nicht, auf offener Landstraße einen Taschendiebstahl zu begehen. Außerdem ist da niemand, den sie bestehlen könnten. Es sind zwar viele auf dem Weg in die Stadt, aber sie sind alle genauso arm. Die dollarschweren Soldaten sind noch nicht herausgelassen worden. Gerade jetzt werden sie mit einer Moralpredigt des Truppenpastors ausgerüstet. Das wird noch eine halbe Stunde dauern, und danach werden die Kondome ausgeteilt. Aber dann! Olongapo wartet genauso hungrig wie die Soldaten darauf, dass die Tore des Stützpunktes endlich geöffnet werden.

Die drei Könige sind diesen Weg schon hundert Mal gegangen und sie haben sich gewisse Angewohnheiten zugelegt. Auf dem Friedhof legen sie immer eine Verschnaufpause ein. Dort wohnen ihre Cousins, die schlau genug sind, ihnen etwas zu essen anzubieten. Den beiden geht es ziemlich gut, denn ihre Frauen pflegen viele Gräber, und sie selbst dürfen die neuen Sarkophage mauern. Ihre Familien leben satt und zufrieden unter den Toten; sie hängen ihre Wäsche zwischen den Gräbern auf, kochen ihren Reis auf dafür geeigneten, hohen Gedenksteinen und retten sich vor Regen und Sturm, indem sie in die kleinen Mausoleen kriechen, die die Chinesen für ihre Toten errichten lassen. Sie müssen nicht einmal Gewalt anwenden, um ihr Reich zu schützen. Ein paar Gespenstergeschichten und nachts ein bisschen Gerassel, das ist alles, was nötig ist, um hoffnungsvolle Konkurrenten in die Flucht zu schlagen.

Die drei Könige, die ansonsten damit prahlen, dass sie weder Tod noch Teufel fürchten, besuchen ihre Cousins nicht gerne nach Einbruch der Dunkelheit. Wie heute kommen sie immer in der Dämmerung und schaufeln hastig den Reis in sich hinein, bevor die abendlichen Feuer zwischen den Gräbern angezündet werden. Nicht, dass sie Angst hätten. Aber man hat es eilig zur Magsaysay Avenue zu kommen, denn man hat schließlich noch was zu tun… Und die Cousins, die sich nie beeilen müssen, lachen freundlich über ihre Eile. Aber für ein wenig Klatsch mit den drei Königen reicht die Zeit: über Shay Cullen, der sein Preda Center gleich neben dem Friedhof hat, und über ihre Feinde auf der anderen Seite des Weges, dieses Pack, das auf dem Privatfriedhof der Familie Gordon wohnt und sich darum einbildet, etwas Besseres zu sein.

Melchior prägt sich alles gut ein. Wenn andere davon träumen im Lotto zu gewinnen, stellt Melchior sich vor, wie es wäre, ein lohnendes Geheimnis zu finden, eines, das wie eine kostbare Perle in einer Auster schimmert. Ein solches Geheimnis kann einem Mann zu Reichtum verhelfen, vorausgesetzt er hat den Verstand, es zu nutzen. Und Melchior hat viel von dieser Sorte Verstand.

Doch die Cousins haben heute keine Perle zu verschenken. Ihre Gedanken sind immer wieder bei dem namenlosen Grab ganz oben auf dem Friedhof und bei dem Ausländer, der einige Kilometer weiter nördlich im Gefängnis sitzt. Aber das darf man in Gegenwart der Bettlerkönige nicht erwähnen. Dann werden sie gefährlich. Dessen kann man sicher sein und muss darum ständig seine Zunge im Zaum halten.

Endlich verabschieden sie sich, verschwinden durch die Friedhofspforte und nehmen ihre Wanderung stadteinwärts wieder auf. Die nächste Station ist das Tor Nummer zwei, das kleinere des Stützpunktes. Es steht jetzt offen und die Angestellten aus dem Ort haben es eilig, über die Brücke zu kommen. Sie stellen Olongapos kleine Mittelschicht dar. Sie verdienen ihre Dollars an klapprigen, alten Schreibmaschinen und sind nicht gezwungen, sich im Verkehr mit den Amerikanern zu beschmutzen.

Draußen vor der Brücke warten Jeepnys und Busse, Taxis und dreirädrige Mopeds. Viele der Angestellten aus dem Ort können es sich leisten, nach Hause zu fahren. Putzfrauen und Serviererinnen drängen sich in den Beiwagen der dreirädrigen Mopeds, die Büroangestellten fahren Jeepny oder Bus, und die wenigen höheren Beamten quetschen sich in Taxis.

Dass Melchior, Gaspar und Baltazar gerade jetzt ankommen, ist kein Zufall. Es ist das Ergebnis rationeller Planung. Wenn die Angestellten nach Hause fahren, sind alle Jeepnys überfüllt. Folglich können die Fahrer von denen, die auf Trittbrettern und Stoßdämpfern stehen, nichts kassieren. Man kann also gratis mitfahren.

Sie klammern sich den ganzen Weg bis zum Stadtzentrum fest. Beim Kreisverkehr unterhalb der Magsaysay Avenue springen sie während der Fahrt ab und winken dem wütenden Jeepnyfahrer vergnügt zu.

Dies ist abends das Reich der Bettlerkönige: Magsaysay Avenue und die Vergnügungsviertel ringsum. Hier befindet sich auch Olongapos einziges Gewerbegebiet: the Rest & Recreation Industry. Welche Maschinen es in dieser Fabrik gibt? Kleine, braune Fickmaschinen, sagen die amerikanischen Soldaten und lachen.

Erholung bietet man in Wirklichkeit in der Magsaysay Avenue nicht an. Nicht einmal in den Hotels wird geschlafen. Aber für Unterhaltung ist reichlich gesorgt. Nachtklubs und Striptease-Bars, Discotheken und Restaurants sind rund um die Uhr geöffnet. Ein Marinesoldat kann sich jederzeit das besorgen, wonach ihm auf See am meisten der Sinn stand.

Es ist nicht leicht, in der Magsaysay Avenue die Aufmerksamkeit auf sich zu ziehen. Auf der ganzen, langen Straße nur Geschrei und Gebrüll. Schau mich an! Hör mich! Gib mir einen Dollar! Die Musik dröhnt, die Spielautomaten rasseln und die alten Huren kreischen vor Lachen. Dies ist ein besonderes Lachen, ein Lachen, das dem Kunden vorgaukelt, ihm Trost spenden zu können, eine leere Beteuerung, dass man es auf seine Männlichkeit abgesehen hat, und nicht auf sein Geld.

Die jungen Mädchen lachen nicht so. Sie neigen ihre Köpfe wie Lilien und verbergen ein schüchternes Lächeln hinter der Hand. Nur jene, die den Männern wegen ihrer Passivität gefallen, können mehr als Begierde wecken. Solche Frauen können manchmal – nicht oft, aber manchmal! – zu gehorsamen Ehefrauen amerikanischer Soldaten erhoben werden. Und die

Mädchen sind so arm, dass dies ihr einziger Traum ist. Erst wenn Gonokokken ihren Unterleib verfaulen lassen, wagen sie mit geöffnetem Mund zu lachen. Dann ist schließlich doch alles verloren.

Wieder einmal haben die drei Könige richtig kalkuliert. Die Zeit reicht gerade noch für einen schnellen Spaziergang durch ihr Reich, bevor die Soldaten kommen. Alles ist mehr oder weniger wie immer. Von den Straßenkindern ist im Augenblick noch nichts zu sehen, aber noch vor Mitternacht werden der Hunger und das allgemeine Durcheinander sie hinauszwingen. Und dann werden Melchior, Gaspar und Baltazar ihren Anteil fordern.

Aber sieh mal da! Ein Neuling. Vor einem Souvenirladen – mit dröhnender Musik, T-Shirts und Schlüsselringen mit Reklame für die Stadt der Freiheit – sitzt ein Junge auf einem Brett, das wie ein Skateboard aussieht.

»Wer bist du denn?«, will Melchior wissen.

»José.«

»Wie alt bist du?«

»Zehn.«

»Wo wohnst du?«

Der Junge zeigt vage in Richtung der südlichen Berge.

»Und was machst du hier?«

Jetzt bekommt er Angst. Solche Angst, dass er nicht reden kann. Mit einer vorsichtigen Geste hält er einige Päckchen Juicy Fruit hoch.

»Wie viele Kaugummis hast du? Und wie viel nimmst du dafür?«

Als Antwort kommt nur ein Gemurmel.

»Warum sitzt du auf diesem Brett? Kannst du nicht laufen?«

Der Junge vermag immer noch nicht zu antworten, zeigt aber sicherheitshalber, wie er damit vorwärts kommt. Die Knöchel auf den Boden und ein Ruck. Dann rollt das Brett.

»Gut«, sagt Melchior. »Sehr gut. Du wirst was verdienen!

Wir kommen gegen Morgen zurück. Dann bekommen wir drei Peso von dir…«

Der Junge wagt nicht zu fragen, warum und weshalb. Aber er ist nicht dumm. Noch bevor die Bettlerkönige ihm den Rücken gekehrt haben, steht sein Plan fest. Vor Sonnenaufgang hau ich ab! Ich verschwinde zum Marktplatz und verstecke mich in irgendeinem Loch, bis Mama mit ihrem Gemüse kommt. Die werden unser Geld nicht bekommen.

Melchior hört sein Gehirn rasseln und dreht sich mit einem Lächeln um.

»Wer nicht zahlt«, sagt er langsam und deutlich, »darf sich nie wieder auf der Magsaysay blicken lassen…«

Und das reicht. Das reicht immer.

Jetzt kommen sie. Das Tor Nummer eins hat sich endlich geöffnet und Tausende von Soldaten drängen hinaus. Liberty City! Hier kommen Kilroy und die Jungs! Her mit dem Whisky und den Fickmaschinen!

Sie sind Giganten mit Knabenwangen, blonde und schwarze Kinder aus dem Land der Riesen. Schon bevor sie die Brücke überquert haben, grölen sie vor Lachen, schubsen einander wie tollpatschige Welpen und versprechen sich gegenseitig, ihre Freundschaft mit Bier zu besiegeln, bevor die Nacht vorbei ist. Sie haben hohe Erwartungen. Abenteuer. Spannung. Freiheit!

Und die Magsaysay Avenue ist bereit, ihnen ihre Freiheit zu geben.

Wollen sie bei einem Boxkampf Schiedsrichter sein? Willkommen im Casa Boom-Boom oder Casa Blanca. Dort schickt man siebzehnjährige Mädchen in den Ring, die sich zusammenschlagen. Sie bluten aus der Nase, heulen Rotz und Wasser, doch das muss einen nicht scheren. Sind sie nicht freiwillig in den Ring gegangen? Habt ihr jemanden gesehen, der sie gezwungen hat? Na also! Die tun das, weil es ihnen Spaß macht. Und nicht wahr, Soldiers, wenn die Siegerin im Bikini auf dem Boden kniet und der Verliererin ihre kleinen Fäuste ins Gesicht schlägt, macht es doch Spaß, sie in Sprechchören anzufeuern:

»Kill her, kill her, kill her!«, rufen wir in diesem Etablissement. Doch wenn ihr was Lustigeres schreien wollt, bitte sehr, improvisieren ist erlaubt. Ganz, wie es den Gästen beliebt!

Oder bevorzugen der Mister etwas raffiniertere Vergnügungen? Bitte sehr, um die Ecke haben wir so manches Angebot. Also, mein Herr, nehmen Sie Platz und bestellen Sie einen Drink. Und schau'n Sie sich das Mädchen an, das da auf der Theke steht. Sie hat nichts, rein gar nichts unter ihrem kurzen Rock an. Stecken Sie einen Dollarschein in den Mund, dann kommt sie und zeigt Ihnen ihre Künste. Schau'n Sie nur! Sie steht breitbeinig über Ihnen und saugt ihn mit der Möse auf! Sie kann noch mehr. Legen Sie eine Münze auf eine Bierflasche. Schau'n Sie! Die saugt sie genauso auf. Und weiter drinnen in der Bar haben wir ein Mädchen, das mit der Möse rauchen kann. Das kostet nur zwei Dollar! Na! Wollen Sie es sehen? Na!

Ach so. Der Herr ist viel zu lange auf See gewesen. Der Herr will einen Stich landen. Nichts leichter als das. Da hinten beim Parkplatz ist die größte Disco der Stadt. Mit Laserbeleuchtung! Sehen Sie nur, wie sich die gelben, grünen und blauen Streifen im Dunkel abzeichnen. Es sieht sehr schön aus – sogar von draußen. Aber hereinspaziert, Mister, immer hereinspaziert. Da drinnen warten vierhundert Mädchen einzig und allein auf Sie, und keine ist älter als zwanzig. Sie haben die Wahl.

Puff? Aber mein lieber Herr, Sie tun uns unrecht. In Olongapo gibt es keine Puffs. Das ist verboten. Wirklich, wir haben unseren Stolz, obwohl wir arm sind. Nein, diese Mädchen wohnen nicht im Bordell. Wenn Sie eine von ihnen haben wollen, müssen Sie sich schon ein Hotelzimmer leisten. Ordnung muss sein!

Ansteckungsgefahr? Syphilis, Aids und Herpes? Darum muss sich der Herr keine Sorgen machen. Das erledigen der

Stützpunkt und die Stadtverwaltung. Wer nicht regelmäßig seine Serviererinnen und Bardamen zur Kontrolle schickt, bekommt keine Ausschankgenehmigung. Selbstverständlich sorgen wir dafür, dass sie sauber sind. Und Sie haben ja Kondome bekommen, bevor Sie den Stützpunkt verlassen haben. Benutzen Sie die, wenn Sie besorgt sind – obwohl das eigentlich gar nicht nötig ist. Seh'n Sie sich mal die Mädchen an! Die sind noch so jung und frisch…

Und die Mädchen tanzen, den Blick in die Ferne gerichtet. Ihre Augen schweifen immer weit weg. Vielleicht denken sie an ihre verlorenen Kinder, an jene, die sie geboren und der Dämmerung überlassen haben.

Denn in Olongapo bleibt immer für jeden etwas übrig. Die Kinder der Dämmerung sind zur Beute der Bettlerkönige geworden. Und wie alle Herrscher, die ihre Macht motivieren müssen, geben sie vor Schutz zu bieten.

Paul Maclor finden sie bei Beggars Banquet. Gleich neben dem Eingang des Restaurants hat er sein eigenes Loch unter einer Treppe. Da wohnt er zwischen alten Kartons und Küchenabfällen, hat einen kaputten Teppich, um sich darin einzurollen, wenn Schlafenszeit ist. Wie dreckig er ist, der Bengel! Der Bettlerkönig verzieht das Gesicht wegen des Gestanks, verhöhnt seine schmutzige Kleidung und verlacht ihn wegen seines frommen Glaubens, dass die amerikanischen Missionare ihm mitsamt seiner Mama ein Zuhause geben werden. Aber sie verlassen ihn nicht mit leeren Händen. Sie sind doch seine Freunde. Nachdem sie sich ihren Anteil genommen haben, bekommt er eine Tube Rugby und das Versprechen, dass Violetta seine Sachen waschen wird, wenn er es einmal bis auf den Nagbakulaw schaffen sollte. Und Paul schraubt den Verschluss von der Tube und lässt tausend Erinnerungen sterben.

Die Kinder wissen, worum es geht. Schon, wenn sie die drei Könige von weitem sehen, bleiben die kleinen Mädchen stehen und kramen in ihren Taschen nach Geld. Schuhputzer und Zeitungsjungs rollen ernsthaft die Lumpen auf, in denen sie ihre Schätze verwahren und rechnen seufzend aus, wie viel sie hergeben müssen, um Schlägen zu entgehen.

Andere sind nicht so leicht einzuschüchtern. Jessie Ramirez – der schöne Jessie, dessen Lächeln die ganze Magsaysay illuminieren könnte – wurde gerade aus dem Kinderheim entlassen. Seitdem ist er ganz anders als früher. Er glaubt, er sei wichtig und berühmt, nur weil er in Rosarios Gerichtsprozess Zeuge war, und jetzt kandidiert er als Anführer für die Magsaysay Kids. Das bedeutet, er muss sich mit den drei Königen herumschlagen und sich weigern, seinen Anteil zu zahlen. Er ist geschickt. Die ganze Nacht über entdecken die drei Könige ihn irgendwo, aber er steht immer auf der anderen Straßenseite oder zweihundert Meter weiter weg, winkt vergnügt und, wenn sie sich nähern, löst er sich in Nichts auf. Ja, er ist sogar so frech und reiht sich bei der amerikanischen Militärpolizei ein, die die Straße entlang patrouilliert, und marschiert im Takt mit ihnen an Melchior, Gaspar und Baltazar vorbei, ohne sie eines Blickes zu würdigen.

Jessie Ramirez ist dreizehn und glaubt, er sei jemand. Die kleineren Kinder beten ihn an. Er ist mutig. Was er sich alles getraut hat der Polizei zu sagen! Und er ist lieb. Prügelt sich fast nie und nimmt anderen kein Geld weg, jedenfalls nicht, wenn es nicht unbedingt notwendig ist. Außerdem ist er Veteran und verfügt über alle Kenntnisse eines Veteranen; er kennt jeden Hinterhof der Magsaysay, duzt sich mit jedem Koch und weiß genau, wie man mit den Küchenmädchen flirten muss, um Essensreste zu bekommen. Er hat immer zu essen und seine Freunde auch. Zum Frühstück halb aufgegessene Hamburger. Zum Lunch kalte Pommes! Und mittags richtigen Reis, wenn auch schon ein bisschen alt.

Melchior, Gaspar und Baltazar lassen Jessie laufen. Aber besiegt sind sie noch nicht. Sie haben einen Trumpf in der Hand, und den werden sie morgen ausspielen. Jessie hat einen kleinen Bruder, ein Achtjähriger, der gerade aus dem Nest gedrängt wurde, und der neuerdings auf dem Parkplatz bei Lot 21 schläft. Jessie hat ihm einen Schatz geschenkt: einen eigenen Handkarren. Den hat er auf einem Müllberg bei Santa Rita gefunden und sofort erkannt, dass sich damit, nach einigen kleineren Reparaturen, ein Junge versorgen könnte. Man steht nachts gegen drei Uhr auf, geht zum Marktplatz und befördert dann zehn Stunden lang Obst, Gemüse und tote Tiere in der Karre. Natürlich fühlt man sich danach, als würde einem der Rücken brechen und als könnte man die Arme nie wieder heben, aber man hat zu essen, und man überlebt.

Gaspar hat auch einen Handkarren. Und genau wie alle Erwachsenen in diesem Erwerbszweig, hasst er es, von Kindern aus dem Geschäft gedrängt zu werden. Morgen wird er sich doppelte Genugtuung verschaffen; dem Kleinen eine ordentliche Tracht Prügel verabreichen und sich an Jessie rächen, indem er die Karre in Beschlag nimmt.

Jetzt aber werden die drei Könige allmählich müde. Für sie ist es Zeit, nach Hause zu fahren. Es gibt keinen weiteren Grund, sich die Sohlen abzuwetzen. Sie haben schließlich ihr Geld.

Sie ziehen sich in Richtung Tor Nummer eins zurück. Dort kann man meistens einen Jeepny oder ein Dreirad erwischen. Im Übrigen macht es Spaß, das Treiben dort zu beobachten. Da stehen die älteren Huren aufgereiht: zahnlose, alte Weiber, die versuchen verführerisch zu wirken, wenn die betrunkenen Soldaten dem Tor entgegenschwanken. Manch einer gelingt ein Fang, sie verschwindet mit dem Soldaten, an den sie sich klammert, in einem weiter oben gelegenen, engen Gang und zieht den Rock hoch.

Die bettelnden Kinder stehen auf der Brücke und strecken ihre Hände aus, um das lose Kleingeld zu bekommen, das in den Taschen der Soldaten klimpert. He, Soldat, drinnen im Stützpunkt brauchst du doch keine Peso und Centavo. Gib mir den Kram! No papa, no mama, very hungry!

Aber umsonst geben die Soldaten nichts. Sie wollen etwas

sehen, ein bisschen Ehrgeiz und Draufgängertum. Sie schmeißen das Geld in den Fluss – der neuerdings Shit River heißt – und spornen die Kinder an, sich hinterherzustürzen. Und das tun sie. Sie tauchen tief in den braunen Sumpf, suchen mit geschlossenen Augen und feinfühligen Fingern im Schmutz, bis sie einen Peso finden oder zwei. Dann erscheinen sie wieder an der Oberfläche, brauner als zuvor und lachen den Spender der guten Gaben mit weißen Zähnen an:

»Look here, Joe! Thank you, Joe!«

Sie haben schon Schlimmeres erlebt. Richtig abscheulich wird es erst, wenn die Soldaten ein Chicken-Race veranstalten, wenn sie Münzen vor ein fahrendes Auto werfen und die Kinder anspornen, sie zu holen. Andererseits verdient man dabei besser, als wenn man in den Scheißfluss taucht. Vorausgesetzt man ist schnell. Sonst kann es einem ergehen wie Juan. Seine Zähne sind an der Bereifung kleben geblieben, als der Jeep weiterfuhr.

Aber heute Abend ist kein Chicken-Race, und Melchior, Gaspar und Baltazar haben es nach einer Weile satt, herumzustehen, alte Frauen und nasse, bettelnde Kinder anzuglotzen. Sie machen es sich in einem Jeepny bequem und genießen es, weich zu sitzen, während sie sich zu ihrem Berg befördern lassen.

Der Nagbakulaw begrüßt sie bei Vollmond und klarem Sternenhimmel. Sie klettern geschickt die verfallene Treppe hinauf und kontrollieren noch kurz ihre Schuppen. Gut. Nur Lolita und ihr Baby sind zu Hause. Sie scheinen zu schlafen. Die anderen arbeiten noch fleißig unten auf der Magsaysay. Da können sich die drei Könige beruhigt hinsetzen, den Rücken an Melchiors Schuppen lehnen und über die Bucht blicken. Das Wasser hat sich in Silber verwandelt.

Wie ist diese Erde doch herrlich!

Anita Burgos war eine Frau, die ihre Gefühle hegte, aber ihren Verstand vernachlässigte. Maria, ihre Mutter, hielt sich für das reinste Gegenteil.

Maria kam vor sehr langer Zeit nach Olongapo, lange, bevor der Vietnamkrieg die Stadt in ein amerikanisches Bordell verwandelt hatte. Was besaß sie? Zwei Söhne und eine Tochter, ihren Witwenstand, einen verbissenen Willen und eine kleine Erbschaft.

Der Wille war ihr größtes Kapital. Er brachte ihr einen Job auf dem amerikanischen Stützpunkt ein. Das Geld reichte nicht für ein richtig gutes Leben, aber doch für eines, das besser war als das vieler anderer: ein eigenes Haus in Santa Rita, dem Viertel der fast Wohlhabenden, einen Wasserhahn und einen Garten, Schuluniformen für die Kinder und mehrere Mahlzeiten am Tag. Sie glaubte, es geschafft zu haben. Ja, sie war sich dessen so sicher, dass sie die Bananenbäume, noch bevor sie verwelkt waren, mit den Wurzeln herausriss und den Garten zementieren ließ. Nur die ganz Armen hatten eigene Bananen nötig.

Bisweilen wurde Maria Burgos von etwas berührt: von einem Duft oder einem Wind, die ihr Augenblicke des Glücks schenkten. Das konnte passieren, wenn sie sich ein frisch gebügeltes Baumwollkleid überstreifte, oder wenn sie nachts wach lag und dem Atem ihrer Kinder lauschte. Aber sie ließ das Gefühl nicht verweilen. Im Gegenteil. Sie schüttelte es ab und verachtete sich dafür. Das Leben war ein Kampf und kein

Anlass zur Freude. In ihren Augen steckte eine Scherbe, eine Scherbe, die alles beschmutzte und die Welt widerwärtig erscheinen ließ.

Anita war das genaue Gegenteil. Ihre Augen vergoldeten die Welt. Jedes Unkraut war eine Blume, jedes Insekt ein Schmetterling und jeder Mann ein Abenteuer. Der struppige Streithahn, den die Brüder auf dem Hof in Ketten hielten, war schöner als ein Pfau. Sie fütterte ihn mit Leckerbissen und küsste sein von Flöhen befallenes Federkleid. Die Brüder tobten. Wollte sie ihre Kampfmaschine in ein Schmusetier verwandeln? Sie jagten und fingen Anita, aber wenn sie zuschlagen wollten, blieben ihnen die Hände in der Luft stehen.

So stand es um Anita. Alle Männer liebten sie, Brüder oder nicht. Folglich liebte auch sie alle und bezwang jeden mit ihrem Lachen und ihren klaren Augen, schon als sie noch ein sehr kleines Mädchen war. Damals stellte sie auch fest, dass es keine Frauen auf der Welt gab. Jedenfalls nicht in Wirklichkeit. Diese Gestalten mit den schrillen Stimmen und harten Händen waren nur Gespenster. Man konnte direkt durch sie hindurchschauen und immer stand ein Mann dahinter, dessen Augen blitzten und lächelten.

Maria versuchte ihrer Tochter die Wirklichkeit aufzuzwingen. Sie zeigte ihr verwesende Hundekadaver im Rinnstein, Bettler mit Wunden und schwarzen Zähnen, und sie erzählte ihr zahllose Geschichten von Kindern, die vom lieben Gott bestraft und vernichtet worden waren. Das passiert, wenn man nicht gehorcht! Man wird blind, lahm und taub! Wenn Anita dennoch nicht hören und nicht sehen wollte, bekam sie Schläge. Die Brüder konnten nicht eingreifen; wenn die Mutter ihnen aber den Rücken kehrte, trösteten sie ihre Schwester.

War sie schön? Ja. Sie war ein schönes Kind und wurde noch schöner, als sie zur Frau heranwuchs. Ihre Haut war heller, ihre Brüste runder und ihre Lippen voller und feuchter als die aller anderen. Sie duftete nach Moschus und Sandelholz, und ihr Haar war weich wie das eines Kindes.

Und dennoch: Nicht Schönheit und Wohlgeruch waren Anitas Geheimnis. Die Männer hätten sich auch um sie geschart, wenn sie dick und flachbrüstig gewesen wäre. Sie hatte eine seltene Gabe: das Vermögen, den Unvollkommenen vollkommen werden zu lassen. Jedem neuen Mann schimmerte sie voller Erwartung entgegen, träumte ihn sich so stark, dass er seine Muskeln anschwellen sah, und so liebevoll, dass er wirklich zu lieben lernte.

Aber Anitas Liebe war ein Feuerwerk. Wochen- und monatelang konnte sie sich nach einem Mann sehnen und nachts wach liegen, um sicherzugehen, dass sie gerade von diesem einen träumen würde. Tagsüber folgte sie ihm mit etwas Abstand, und jedes Mal, wenn er sie ansah, prasselte und zündete es in ihren Eingeweiden. Wenn er ihr dann endlich nahe war, explodierte sie in tausend Sterne, und alles war vorbei.

So kam es, wie Maria es vorausgesehen hatte. Ihr Bauch begann zu schwellen. Mit fünfzehn! Anita flüchtete vor Marias Zorn, zusammen mit dem Vater des Kindes, ein Junge, nicht viel älter als sie, den sie sich zum Held und Befreier erträumt hatte.

Niemand kann sich erinnern, wie er hieß oder wer er war. In Olongapo erinnert man sich nur daran, dass er und Anita zwei Kinder waren, die zu Abenteuern aufgebrochen waren. Den weiten Weg nach Manila bewältigten sie spielend. Wo sie auch schliefen, ob unter Bäumen oder neben großen Steinen, die Sonne fand jeden Morgen zu ihnen. Lachend wachten sie auf, und wenn es Abend wurde, lachten sie immer noch. Sie amüsierten sich, indem sie Muster in den Reis malten, den die Bauern zum Trocknen auf dem Weg ausgebreitet hatten. Wenn sie dabei entdeckt wurden, fiel ihnen nicht einmal ein wegzulaufen. Sie blieben Hand in Hand mit den Füßen im Essen anderer Menschen stehen und wunderten sich, warum die Leute so unfreundlich waren.

In Manila nahmen diese Spiele ein ebenso schnelles Ende wie das Geld. Anitas Bauch wurde zur Last, sie konnte nicht mehr so schnell laufen. Auch der Vater des Kindes alterte und die Sorgen zeichneten ihm schwarze Spuren ins Gesicht. Er baute einen Schuppen aus Pappe und Wellblech, und Anita stampfte aus Erde den Fußboden. Am Tag, bevor sie ihr erstes Kind gebären sollte, bemerkte sie, dass der junge Mann grau wie Asche war. Noch vor einem Jahr hatte er wie Bronze geschimmert.

Sie trauerte ihrer verlorenen Liebe nicht nach, denn sie fand sofort eine neue. Das Kind! Der Knabe! Dort auf dem Erdboden glitt er aus ihr heraus, so schnell, dass ihr nicht einmal Zeit geblieben war, vor den Schmerzen Angst zu haben. Sie begrüßte ihn mit einem fast unanständigen Jubel, hob ihn, noch bevor die Nabelschnur durchschnitten war, zur Decke hoch, umarmte ihn und wollte ihn nicht mehr loslassen. Ihre *hilot,* die schon tausend Kinder in diesem Slum hatte zur Welt kommen sehen, schnaufte vor Verärgerung über diese Dummheit. Wollte sie das Kind umbringen? Die Sache musste ordentlich gemacht werden; das Kind würde mit einem Bambusmesser abgenabelt und die Nabelschnur würde verbrannt werden, und danach musste es Asche einsaugen. Gab es vielleicht einen besseren Schutz gegen Krankheiten? Kannte Anita einen? Das hätte man sich ja denken können. Also sollte sie brav liegen bleiben, bis ihre *hilot* andere Anweisungen gab.

Es verging eine Ewigkeit, bis die alte Frau fertig war, doch als das Kind in reine Lumpen gewickelt und der Mutterkuchen heil und ganz gekommen war, durften Anita und ihr Sohn sich endlich begegnen. Sie sahen sich tief in die Augen und versprachen einander, sich nie zu trennen. Niemals!

Und der Mann? Der Vater des Kindes? Seine Aufgabe war es, dafür zu sorgen, dass das Licht im Schuppen die ganze Nacht über brannte, damit die bösen Mächte das Kind nicht gefangen nahmen. Er saß pflichtgetreu bei der Laterne, tat es aber ohne Liebe. Jetzt war er nur ein Fremder, und das sollte er auch bleiben. Er und Anita hatten einander schon vergessen, obwohl sie noch eine Zeit lang ihre Tage gemeinsam verbringen sollten und manchmal auch des Nachts vereint waren.

Nach mehreren Jahren und drei weiteren Kindern kehrte Anita wieder nach Olongapo zurück. Sie stand vor Marias Haus, eine Frau aus dem Slum, mit Kindern aus dem Slum; und es dauerte eine Weile, bis ihre Mutter sie wieder erkannte. Sie öffnete ihnen die Tür und ließ sie mit einem Seufzer ein.

Für die Kinder war Marias Haus etwas Neues und Wunderbares. Der älteste Junge erinnerte sich noch daran, wie ein Orkan ihren Schuppen in Manila zerstört hatte, und er sah sofort, dass dieser dicke Zement dem Wind standhalten würde. Er lehnte sich an die grauen Wände und glaubte mit der ganzen Unschuld eines Fünfjährigen, er wäre in Sicherheit. Die Großmutter sollte ihn etwas anderes lehren. Raue Wände, die stark genug sind, um den Winden zu trotzen, können gefährlich sein. Man bekommt Schürfwunden an den Schläfen und große Beulen am Kopf, wenn die Alten Lust haben, die Kinder herumzustoßen.

Maria hielt ihre Tochter mehrere Wochen lang im Kreuzverhör. Hatten alle Kinder denselben Vater? Das Kleinste nicht. Jaha. Wo waren die Väter der Kinder abgeblieben? Weg? Wieso weg? Klar, dass sie sich auf und davon machen, wenn man es zulässt. Warum hast du sie verschwinden lassen? Und wie viel Geld hast du bekommen?

Anita war gezwungen, die Wahrheit zu gestehen: nicht einen einzigen Centavo. Alles, was sie bekommen hatte, waren die Kinder. Aber waren die nicht wunderbar? Konnte man mehr vom Leben verlangen?

Maria konnte ihre Tochter nicht laut ausschimpfen. Das hätte bedeutet, dass man sich bloßstellt, und nichts war gefährlicher als das. Stattdessen wurde ihr Zorn zu Hohn und verächtlichem Schnaufen.

Trotzdem war sie so manches Mal nahe daran, das Unerhörte zu tun: einen Wutausbruch zu bekommen und ihre Tochter aus dem Haus zu jagen. Aber die Nachbarn tuschelten sowieso zu viel und Anita war das Hauptgesprächsthema in jedem Sari-Sari-Store in ganz Santa Rita, dem feinmaschigen Netzwerk von Kiosken und kleinen Geschäften, die anständige Frauen beschäftigten. Alle erinnerten sich an Anita. Schon als sehr junges Mädchen hatte sie gerne geflirtet, war eine richtige *lantod* gewesen. Und jetzt war sie anscheinend als eine *masamang babae,* eine richtige Hure, aus Manila heimgekommen. Würde Maria sie aus dem Haus werfen, wäre dieses Gerücht bestätigt und das Ansehen der ganzen Familie beschmutzt.

Die üble Nachrede brannte Maria auf der Haut, und ihr Hohn verpestete das ganze Haus. Es begann wie eine Kloake zu stinken, doch Anita merkte es nicht. Tagelang saß sie an dem offenen Holzgitter, das als Fenster diente, und dachte über wichtige Dinge nach: über Gespenster, Geister und andere böse Mächte, über den Einfluss der Sterne auf ihr Leben und über die Bedeutung der Riten und Reime von den abgelegenen Inseln, die sie als Kind in Manila gelernt hatte. Nur, wenn ihre Kinder Schutz brauchten, stand sie von ihrem Stuhl auf, stürzte hinaus und verteilte Schläge. Doch sie schlug nicht ihre eigenen Kinder, wie es der Brauch vorsah, sondern die der Nachbarn.

Darüber geriet Maria in noch größeren Zorn als über alles andere. Ja nicht einmal, als Anita wieder anfing, neue Feuerwerke auf neue Männer abzufeuern und mit ihnen nachts verschwand, wurde Maria so wütend. Sich zu weigern, seine Kinder zu schlagen, war etwas Unerhörtes. Zu behaupten, diese Rotznasen seien lieb und schön war noch schlimmer. Diebe würden sie werden, Diebe und Mörder, wenn keiner ihnen beibrachte, wo ihr Platz in der Gesellschaft war.

Anita protestierte nie, wenn Maria die Kinder schlug. Das wagte sie nicht. Doch ihre Art, sie hinterher in den Arm zu nehmen und mit ihnen zu weinen war schlimmer als eine offene Anklage. Daraufhin schlug Maria immer härter zu, während Tochter und Enkelkinder schluchzten und schnieften.

So hätten sie wohl weitergemacht, wenn Anita nicht noch einen Mann gefunden hätte, und danach noch einen und noch einen. Sie verschwand aus dem Haus in Santa Rita. Einige Jahre darauf kehrte sie wieder zurück, gedämpft und mager, aber mit demselben inneren Feuer. Sie weinte zwei Kindern nach, die sie geboren hatte, die Gott aber sogleich zu sich geholt hatte, und über den Hunger und den Schrecken, den sie und die Kinder durchlitten hatten. Doch bald war sie wieder die Alte, stand vor der Spiegelscherbe, die ihr einziger Beitrag zum Wohlstand des Hauses war, und probierte eine neue Frisur aus. Endlich hatte sie ihn gefunden! Ihn! Den Einzigen!

Maria verabscheute Policarpio Baluyot vom ersten Augenblick an. Gewiss, er war schön, das konnte auch sie sehen, aber was für ein unzuverlässiger Kerl! War er nicht bereits ein reifer Mann, gut und gern über vierzig, mit Frau und Kind, die er zu versorgen hatte? Was hatte er hier zu suchen und warum benahm er sich wie ein Teenager? Mit seinen Ständchen und seiner blumigen Sprache machte er sich zum Gespött der Leute. Und Anita – die erwachsene Frau, die rechtmäßig zu dem zurückkehren sollte, von dem sie ihr letztes Kind hatte – turtelte hinter dem Fenstergitter wie ein spanisches Fräulein aus der Kolonialzeit.

Dennoch konnte sich Maria nicht weigern, ihn einzulassen. Das wäre ein Ding der Unmöglichkeit gewesen. Sie war unfähig mit den Regeln aus alten Zeiten zu brechen, die in diesem Fall unzweideutig waren: Einem Ständchensänger muss man etwas anbieten. Maria tröstete sich darüber hinweg, indem sie die Hunde etwas härter trat als sonst und jedem der Kleinen eine richtige Ohrfeige verpasste, bevor sie zur Pforte ging, um dem erwartungsvollen Liebhaber zu öffnen. Sie servierte Calamanse-Juice in schmutzigen Gläsern und stellte sie so heftig auf den Tisch, dass der Saft Policarpios Hemd bespritzte.

Weiter kann keiner in einer Gesellschaft gehen, die Erwachsenen verbietet, ihre Wut offen zu zeigen. Doch Marias Demonstrationen halfen nicht. Nichts half. Bald packte Anita wieder ihr Bündel und erklärte, dass sie sich in das wenige Meilen entfernte Santa Cruz begeben würde, um dort mit ihrem Liebsten glücklich bis ans Ende ihrer Tage zu leben. Maria biss die Zähne zusammen und knallte die Tür hinter ihr zu. Ja, ja. Sie wusste wohl, wie das enden würde. Schon bald würde Anita wieder an der Pforte stehen und betteln, vermutlich mit weiteren diebischen Rotznasen im Schlepptau.

Aber so kam es nicht. Nicht dieses Mal. Natürlich kehrte sie zurück, aber nur zu Besuch und um jedes neue Kind vorzuführen. Es schien, als liebte sie Policarpio immer noch, obwohl er sie manchmal schlug und des Öfteren für mehrere Monate von zu Hause verschwand. In ihrer Einsamkeit wurde sie ein wenig erwachsener und begann die Männer mit anderen Augen zu sehen, den Augen einer Mutter. Es war nicht notwendig, für alle die Schenkel zu spreizen, und man musste auch nicht alle bezwingen. So gefährlich waren sie schließlich nicht.

Mit den Jahren wurde Anita ruhiger und milder, auch ihrer Mutter gegenüber. Sie betrachtete sie mit zärtlichen Augen und achtete ihre Existenz. Sie wollte Maria vor all dem Bösen auf der Welt schützen und vertraute ihr flüsternd an, wie man verhindern konnte, nachts in einen Stein verwandelt zu werden.

»In einen Stein? Du bist wohl nicht ganz bei Trost?«, sagte Maria Burgos.

Doch Anita hielt daran fest. Sie wusste wirklich, wie gefährlich die Welt war, und sie wollte Maria vor der größten aller Gefahren schützen.

»Komm mit und hör zu, was die Inkong sagt«, flüsterte sie geheimnisvoll. »Sie kann dich retten!«

»Ha!«, sagte Maria Burgos. »Du bist immer ein bisschen komisch, wenn du ein Kind bekommst. Ist es schon wieder so weit?«

Anita schlug die Augen nieder und lächelte.

»Du bist wirklich nicht bei Trost! Du hast schon fünf

Gören mit Policarpio, ganz zu schweigen von den anderen. Und die kriegst du schon nicht satt... Und er ist nie zu Hause, das hast du selbst gesagt. Und dann schaffst du dir noch eins an. Es gibt doch Methoden, weißt du das nicht? Lernst du nie was dazu?«

Diesmal nahm Anita den Jeepny zurück nach Santa Cruz, obwohl sie es sich eigentlich nicht leisten konnte und immer zu Fuß ging, schwanger oder nicht. Die Engel hatten schon begonnen, für sie zu singen und sie wusste, dass sie auf dieses, ihr letztes Kind, aufpassen musste.

Es war Regenzeit, und die Luft war schwer. Die anderen Passagiere trockneten sich irritiert den Schweiß von der Stirn und versuchten sich mit Zeitungen und Fächern zu bewedeln. Nur Anita saß ganz still, hielt die Hände über Kreuz im Schoß und hatte den Blick in die Ferne auf die Abenddämmerung gerichtet.

Es tat gut zu fahren. Das neue Kind lastete schon schwer auf Anitas Kreuz, und sie war froh, dass der Schmerz aufgehört hatte. Sie schickte dem Geschöpf in ihrem Inneren einen Gruß.

Ich glaub du bist ein Mädchen. Bist du das?

Rosario stieß ihrer Mutter freundschaftlich einen Fuß in die Rippen und streckte sich.

Natürlich. Selbstverständlich bin ich ein Mädchen. Das weißt du doch.

Der Berg war so hoch, und Rosarios Beine waren so kurz.

Sie stolperte und fiel, rappelte sich auf und nahm erneut Anlauf, blieb aber dennoch hinter den anderen zurück. Augusto, der nur ein Jahr älter war als sie, bewältigte es viel besser. Er rannte vor den anderen her, versteckte sich hinter Büschen und Gestrüpp, und Policarpio musste aus voller Kehle ins Dickicht brüllen, damit er hervorkam. Anita schluchzte und weinte bisweilen, weil sie sich beunruhigte, dass der Kleine wirklich abhanden gekommen war, und ebenso oft vor Rührung. Endlich war sie auf dem Weg!

Veronica war es, die Rosario im Auge behalten musste. Sie stemmte die Hand in die Hüfte, wie es irritierte große Schwestern tun, und meckerte. Beeil dich doch! Hoch mit dir! Pass auf! Doch wenn Rosario schließlich vor Müdigkeit weinte, bekam sie selbst einen Klumpen im Hals und hob die Kleine hoch. Wein nicht, *Nené,* kleiner Liebling! Wir sind bald da…

Sie waren seit zwei Tagen unterwegs gewesen und dennoch nur wenige Meilen gewandert. Um für alle den Jeepny bezahlen zu können, reichte das Geld nicht, also mussten sie zu Fuß gehen. Sie hatten in Marias Haus übernachtet und Olongapo im Morgengrauen verlassen. Jetzt stand die Sonne tief und bald würde es über dem Berg dunkel werden.

Veronica seufzte. Sie wunderte sich über vieles. Warum wollten Anita und Policarpio unbedingt hierher ziehen? Warum begnügten sie sich nicht damit, zu Hause in Santa Cruz zu den Versammlungen zu gehen und zu Ostern ins Opfertal zu pilgern, wie es andere Erwachsene taten? Stimmte es, dass junge Mädchen dort oben nicht in Shorts gehen durften, dass man einen Schleier tragen musste wie eine Nonne und gezwungen wurde, barfuß zu gehen? Und warum in aller Welt hieß es Opfertal, wenn es hoch auf einem Berg lag?

Was soll's! Veronica versuchte sich den Schweiß aus dem Gesicht zu wischen, ohne Rosario loszulassen, und die Kleine klammerte sich noch fester an ihren Hals. Es war wie mit den meisten Dingen im Leben. Sie waren unbegreiflich. Doch bald würde sie sich befreien und sich aufmachen in die Zukunft, jene Zukunft, die in Olongapo lag.

Veronica war praktisch veranlagt; ihr fiel es schwer, das Bedürfnis anderer Menschen nach Engeln und Teufeln zu verstehen. Sie fand, dass es schon ein ausreichendes Wunder war, wenn sie sich satt essen und von einem zum anderen Tag überleben konnte. Die Frage der eventuellen Inkarnation des Heiligen Geistes interessierte sie nicht. Sie war dankbar, wenn sie von den Eltern und anderen höheren Mächten in Ruhe gelassen wurde.

Sie schnaufte wütend und kämpfte sich weiter voran. Ihre Verachtung streifte Policarpio am Nacken, er drehte sich um und zog die Stirn kraus.

»Mach zu, Veronica!«

»Ich kann nicht schneller! Und Rosario kann nicht mehr laufen…«

Anita kam zu sich. Du liebe Güte! Sie trocknete ihre Tränen, vergaß die wartende Inkong und wandte sich ihren Kindern zu. Veronica reichte ihr Rosario, und die Mutter setzte sich mit dem Mädchen auf dem Schoß ins Gras.

»Wir müssen uns ausruhen, Policarpio. Die Kinder können nicht mehr.«

Es war ein guter Platz, um Rast zu machen. Am Wegesrand wuchsen Bambus und wilde Bananen und etwas entfernt war ein Bach mit nahezu reinem Wasser. Mit einer rostigen Blechdose, die groß genug war, um den Durst der Familie zu löschen, wurde einer der Jungs Wasser holen geschickt.

»Wie still es hier ist«, flüsterte Anita, als die Dose leer und alle ruhig waren. Keiner antwortete. Die Kinder saßen aufrecht und lauschten nach all dem Neuen. Rosario hatte ihre geballte, kleine Faust in Anitas Hand gelegt, wo sie wie eine Perle in ihrer Schale ruhte.

Mir wird nichts mangeln. Jetzt wusste Anita, was Davids Psalm bedeutete: große Stille und Rosarios Hand in ihrer.

Veronica dachte zuerst, dass der Glockenklang in der Ferne Einbildung war. Doch die anderen hörten ihn auch.

»Wir müssen schon in der Nähe sein«, sagte Policarpio. »Es kann nicht mehr weit sein…«

Das klang wie eine Beschwörung und schien zu wirken. Nach ein paar Wegbiegungen tauchten die ersten Häuser auf: dunkle, braune Häuschen aus Holz und Bambus, eingebettet in prunkvolle Gärten.

»Werden wir auch ein solches Haus bekommen, Papa?«, fragte einer der Jungs, und Policarpio nickte.

Dann begegneten ihnen auch Menschen: Frauen in gewöhnlichen Kleidern und Männer in Shorts und T-Shirts. Keine Schleier und Nonnengewänder. Veronica schaute sie mit neu erwachender Hoffnung an, seufzte aber bald wieder tief. Niemand hatte Schuhe an den Füßen. Ein Teil von dem, was über das Opfertal geredet wurde, war also wahr.

Die Besiedlung wurde zunehmend dichter und endlich waren sie angekommen. Sie standen an einer Stelle, die einem Marktplatz glich. In der Mitte befand sich ein eigenartiges Gebäude: ein Zirkuszelt aus Beton mit geöffneten Türen ringsherum und einem Kegel mitten auf dem Dach. Auf dessen Spitze glitzerte ein Kreuz in rotem Neonlicht, aber alles Übrige war grauer Beton und Zement.

»Auf den Bildern war es viel schöner«, raunte Veronica ihrem älteren Bruder zu, doch er wollte keine Allianz bilden und tat, als hörte er sie nicht.

Sie sahen aus wie Flüchtlinge, wie sie da standen, alle zehn dicht beieinander, ihre Bündel wie ein Haufen auf der Erde. Rosario war eingeschlafen und hatte ihre feuchte Stirn an Anitas Hals gelegt.

Niemand nahm Notiz von ihnen und letztendlich war Policarpio gezwungen etwas zu unternehmen. Er schlenderte auf das zu, was ihm als Einziges vertraut war: ein einsamer Sari-Sari-Store an der Seite des Platzes gelegen.

»Wir sind neu hier«, sagte er und versuchte seine Unsicherheit zu verbergen, indem er sich räusperte. Die Frau im Kiosk schlug die Hände zusammen.

»Ja, natürlich«, sagte sie. »Sie müssen die Familie Baluyot sein. Willkommen! Ich bin Schwester Marcelo. Ich werde Ihnen das Haus zeigen...«

Sie knallte die Luke vor seiner Nase zu und schloss ab. Ebenso sorgfältig verschloss sie die Tür, nachdem sie aus dem Laden gekommen war.

Policarpio winkte die Familie zu sich, und das Menschenknäuel löste sich auf, irrte eine Weile um die Bündel herum und alle acht kamen dann, jeder in seinem eigenen Tempo, angelaufen.

»Es ist nicht weit«, sagte Schwester Marcelo und lächelte die Kinder an.

Das Haus lag in Sichtweite des Tempels, und des Marktplatzes. Der ehemalige Besitzer hatte kunstvolle Fenstergitter gezimmert, ansonsten war es sehr einfach. Vier Wände, ein Holzfußboden und ein Blechdach. Das war alles.

Sowie sie durch die Tür setzten, fiel Anita auf die Knie und faltete die Hände. Policarpio sah feierlich aus, wurde aber bald wieder alltäglich. Jetzt ging es um Geld. Schwester Marcelo streckte die Hand aus.

»Ich habe Mister Siazon versprochen, mich um die Bezahlung zu kümmern... Wie viel war es? Zwanzigtausend Peso?«

»Nein, nein«, sagte Policarpio. »Nur zehntausend. Mister Siazon wusste, dass ich nicht mehr bezahlen kann...«

Schwester Marcelos Mund verzog sich zum Schlitz einer Sparbüchse und Veronica lachte klammheimlich. Das Opfertal war nicht viel anders als der Rest der Welt.

»Das hat er mir nicht gesagt. Und zwanzigtausend ist billig, Mister Baluyot, das wissen Sie. In Olongapo bekommt niemand ein Haus für so wenig!«

»Aber wir sind nicht in Olongapo und ich hab nicht so viel Geld! Und wir sind müde nach der langen Reise. Lassen wir das jetzt mit dem Geld und diskutieren die Sache morgen. Meine Frau ist krank und muss sich ausruhen. Und die Kinder sind müde...«

Sie hätte sich nie darauf eingelassen, wenn nicht gerade in diesem Moment jemand draußen vor der Tür etwas gemurmelt hätte. Policarpio ergriff die Gelegenheit und öffnete. Draußen stand eine Frau in Weiß, die er wegen der Dämmerung mehr ahnte, als dass er sie sah. Die Person, die Veronica bald zur einfältigsten Bewohnerin im Opfertal ernennen sollte, war zu Besuch gekommen.

»Seid ihr die Neuen?«, zwitscherte sie. Ich bin Apo Estela...«

Sie glitt im weißen Nonnengewand durch die Tür und hielt die Hände ausgestreckt. Nur Anita begriff, dass man sie küssen sollte. Sie kroch auf den Knien zu ihr hin und flüsterte:

»Oh, liebe Apo, ich bin so froh, dass wir hierher kommen durften...«

Natürlich war es Veronica, die sich um alles Praktische kümmern musste. Sie ließ sich von der immer noch unchristlich mürrischen Schwester Marcelo den Weg zum Brunnen zeigen; sie holte Wasser und tappte im Dunkeln zurück. Dann musste sie den Spirituskocher und die Petroleumlampe auspacken, Licht anzünden und Reis kochen, die Schlafmatten ausrollen und sowohl Augusto als auch Rosario füttern, die viel zu müde waren, um selbst zu essen. Und dem Gast und dem Rest der Familie das Abendessen servieren.

»Was für eine Martha ihr habt«, lächelte Apo Estela und

wischte sich das letzte Reiskorn aus dem Mundwinkel, als Veronica sich schließlich setzen konnte, um das wenige Übriggebliebene zu essen.

Policarpio konnte natürlich nicht an sich halten.

»Nicht wir«, sagte er. »Sie gehört meiner Frau…«

Apo Estela sah verlegen aus, und Veronica senkte den Blick.

»Sie ist eine gute Tochter«, sagte Anita ernst, und da wurde es still im Raum. Die älteren Brüder sahen Veronica neidisch an.

Die Kirchenglocken brachen das Schweigen. Was zuvor an diesem Abend schwache Musik aus der Ferne gewesen war, waren jetzt dröhnende Zimbeln nahebei. Rosario und Augusto, die nebeneinander eingeschlafen waren, wachten auf und wimmerten.

»Wie gut«, sagte Apo Estela. »Ich hatte schon befürchtet, dass wir die Kinder zur Kirche tragen müssten. Jetzt, da sie wach sind, können sie ja selbst gehen…«

»Jetzt?«, sagte Policarpio. »Wir sollen jetzt in die Kirche gehen?«

»Ja sicher, liebe Kinder«, sagte Apo Estela. »Es ist doch Freitag!«

Anita trug Rosario auf der Hüfte und hielt Augusto an der Hand. Als sie durch den Garten gingen, jammerten sie ein bisschen, verstummten aber bald und rissen erstaunt die Augen auf. Nie zuvor hatten sie ein derartiges Schauspiel erlebt.

Menschen strömten zu Hunderten auf den Marktplatz. Alle trugen etwas: Palmenzweige oder Fackeln. Die Frauen hatten ihre Köpfe mit Schleiern bedeckt, einige waren im Nonnengewand und viele Männer trugen Kaftane. Sie sangen und redeten mit Zungen, brausten wie ein Sturmwind, schon bevor sie beim Tempel angekommen waren.

Schwester Marcelo stand vor ihrem Sari-Sari-Store. Jetzt war sie genauso gekleidet wie Apo Estela und trug ein fluoreszierendes Kreuz auf der Brust. Sie streckte den Arm aus und griff nach Anita.

»Warte, kleine Schwester. So darfst du nicht in den Tempel gehen.«

Anita wurde wieder zum Kind und blickte hinab auf ihren Rock und ihr T-Shirt. Ja, staubig war es schon, aber nicht direkt schmutzig.

»Du musst dein Haar bedecken! Die Inkong nimmt es damit sehr genau. Keine Frau darf den Tempel barhäuptig betreten…«

»Aber was soll ich denn machen? Ich habe nichts, womit ich mich bedecken kann…«

»Komm mit!«

Schwester Marcelo öffnete die Seitentür zu ihrem Sari-Sari-Store und ließ Anita und die Kinder eintreten. Darin war es eng; der Laden war nicht groß und der Fußboden war mit großen Haufen von Traktaten bedeckt. Heiligenbilder und Rosenkränze lagen ordentlich, mit Preisen versehen, in einem Schrank hinter Glastüren und auf den Wandregalen drängten sich irdische Dinge aller Art: Seife und Waschmittel, Streichhölzer und Süßigkeiten.

Rosario, die bald drei Jahre alt war, konnte ihre Finger nicht im Zaum halten. Sie streckte sich nach den Bonbons, während Anita und Schwester Marcelo den Preis des Schleiers diskutierten.

»Fünfundzwanzig Peso? So viel hab ich nicht.«

»So viel kostet er, meine Kleine. Tut mir Leid. Dann kannst du heute Abend Inkongs Mirakel nicht sehen…«

»Ich hab fünfzehn Peso. Kann das nicht ausnahmsweise reichen?«

»Na gut. In Gottes Namen…«

Pang! Die Bonbonschale landete auf dem Fußboden. Rosario und Augusto beugten sich glücklich über die Gottesgaben und füllten ihre Hände. Schwester Marcelo glaubte ihren Augen nicht zu trauen.

»Gebt die Bonbons her!«, brüllte sie. »Her damit!«

Die älteren Kinder waren groß genug, sich daran zu erinnern, wie es bei Maria zugehen konnte, aber Augusto und Rosario waren vollkommen unvorbereitet. Weder Anita noch Veronica hatten sie je geschlagen oder angeschrien. Ja, sie waren sogar dem Zorn Policarpios entgangen, da sie noch so klein waren und er von ihrer Existenz kaum Notiz nahm. Jetzt starrten sie erschrocken diese wahnsinnige Frau in ihrer eigenartigen Kleidung an und begannen zu weinen.

Sie weinten den ganzen Weg zum Tempel, obwohl Anita sie ermahnte, still zu sein, und sie zu trösten versuchte. Schon gut! So schlimm war es doch nicht! Könnt ihr Papa und Veronica hier irgendwo sehen? Schaut mal! Da drüben sind sie! Haltet meine Hand fest, dann werden wir versuchen dorthin zu kommen.

Das ging natürlich nicht. Die Menschen im Tempel bildeten einen dichten Dschungel, unerbittlich und undurchdringlich.

Der öffnete sich, schluckte die drei und trennte sie voneinander.

Das sollte Rosarios erster Albtraum werden; Nacht für Nacht, ja bis in den Abgrund des Todes sollte sie sich daran erinnern, wie ihre Hand aus der Anitas glitt, wie sie gefangen wurde und zwischen fremden, riesigen Körpern festgeschraubt war. Vielleicht war das ein Blick in die Zukunft. So wirst du leben, Rosario. Genau so!

Zuerst spürte sie scharfen Stoff an ihrer Nase, harte Knie an ihrem Kinn und viele Schattierungen von Weiß vor den Augen. Dann wurde sie von einer Welle im Volksmeer gehoben, schnappte nach Luft und sank wieder. Sie klammerte sich an den Arm eines Erwachsenen, der so zitterte, dass von der Fackel, die er hielt, Glut auf ihren Arm tropfte. Sie stieß einen gellenden Schrei aus, und das rettete sie. Jemand hob sie auf, fühlte, dass sie leicht wie ein Vogel war, nahm sie auf den Arm, doch ohne sie anzuschauen oder sich Zeit zu nehmen, sie zu trösten. Es war schließlich Mirakelabend!

So musste sie sich zum allerersten Mal selbst trösten. Sie

trocknete die Tränen mit ihrem T-Shirt und versuchte das Weinen zu unterdrücken. Das ging nicht. Es war, als müsste es heraus, als hätte es zwischen all den Schmerzen und all dem Schrecken keinen Platz in ihrem Körper. Der ganze Tempel wogte und die Fackeln malten schreckliche Schatten in die Menschenmenge. Weiß gekleidete Wesen riefen mit lauten Stimmen und böse Geister sangen unbegreifliche Wörter in einer unbegreiflichen Sprache.

»Oh, Inkong, Inkong, Inkong, offenbare dich…«

»Wir sind Sünder, ja, wir sind Sünder, nur du bist rein…«

»Oh, heilige Mutter Gottes, komm heute Abend zu uns! Geliebte Mutter komm!«

»Heiliger Michael, komm, wir erwarten dich, wir erwarten dich…«

Der heilige Michael offenbarte sich zuerst. Ein kleiner Mann mit sorgfältig getrimmtem Schnurrbart und Doppelkinn löste sich aus der Menge und schritt auf den Altar zu. Er hob eine Fackel über seinen Kopf und die Stimmen verschmolzen zu einer einzigen Stimme.

»Oh, Michael…«

Und danach der Schrei einer Frau:

»Er wächst, er wächst, ich sehe, wie er wächst!«

»Maria steht neben ihm! Ich sehe, ich sehe…«

Dann kam ein Heiliger nach dem anderen, offenbarte sich und wurde mit Jubel und lustvollem Schluchzen empfangen. Weiße Kaftane verwandelten sich, für den, der sehen wollte, in himmlischen Brokat, Wunden öffneten sich und schlossen sich wieder und heilige Feuer schrieben Zeichen in die Luft. Die Masse hungerte nach Wundern, hungerte und brüllte. Mehr! Mehr! Alles wollten die Glaubenden sehen, denn derjenige, der nicht sah, würde niemals selig werden.

Rosarios Knöchel schmerzten, doch sie ließ das weiße Gewand nicht los. Nicht einmal, als die Inkong endlich erschien.

Vielleicht wagten nur Menschen wie Maria Burgos und Veronica über die Inkong verächtlich die Nase zu rümpfen.

Was war bloß in den Heiligen Geist gefahren, als er sich dazu entschloss, sich in einer Frau mit bösen Augen und dem Lächeln eines Reptils zu offenbaren?

Doch im Tempel gab es niemanden, der wagte die Inkong und ihr Lächeln zu verachten. Als sie plötzlich in einer der vielen Öffnungen auftauchte, verstummte die Menge in aufrichtiger Furcht, sie teilte sich mit einem Raunen, ließ sie zum Altar gleiten und sank dann bebend auf die Knie.

Jetzt hörte man Rosario; ihr Schluchzen tropfte wie ein Sprühregen über das schweigende Volksmeer und das ängstigte sie mehr als alles andere. Um sich zu beruhigen, zog sie ihre Jacke hoch und biss in den Reißverschluss.

Inkong schwieg lange, doch die Menge war gewohnt, lange zu warten. Der Heilige Geist wollte nicht reden, bevor nicht alle Hände gefaltet waren und alle Knie schmerzten. Die Frau, die Rosario hielt, begriff, woran es haperte, setzte das Kind mit einem dumpfen Geräusch auf den Boden und zwang dessen Hände zusammen.

Dann, erst dann geschah es.

»Oh, meine Kinder, ich trauere!«, rief die Inkong und hob ihre Hände, sodass das Gewand und die weiten Ärmel wie Flügel flatterten. »Ich trauere um mein Land, die Philippinen, und ich sorge mich um euch, meine geliebten Filipinos!«

Schluchzen und Seufzen.

»Wohin ich auch schaue, ich sehe Unzufriedenheit und den Ruf nach Rache. Ihr Unwissenden! Habe ich Euch nicht gesagt, Ihr seid mein auserwähltes Volk! Habe ich Euch nicht gesagt, dass GOTT selbst ein Loch in den Himmel gemacht hat, geradewegs über Euch, und von dort blickt ER in Sorge auf Euch herab. ER sorgt sich wegen Eures Unglaubens! Eurer Lieblosigkeit! ER sorgt sich wegen Eures eitlen Glaubens an den Verstand! Der Glaube und nur der Glaube allein, wie er sich durch die Inkong offenbart, kann Euch retten!«

Die helle Stimme sank um eine Oktave, war aber immer noch schneidend scharf:

»Armut! Ihr klagt über Armut? Ist es nicht hundertmal besser arm zu sein, aber von Gott auserwählt, als reich und ein Heide? Habe ich Euch nicht gesagt, dass ER bald erscheinen wird, dass der Himmel vielleicht schon heute Nacht zu brennen beginnen wird...«

Jetzt war es nicht mehr still. Die Menge wimmerte und schluchzte.

»Und habe ich Euch nicht gesagt, dass er schon jetzt straft, dass die Sünder zu Stein verwandelt werden, wenn ich es will! Mir, INKONG, hat GOTT die Macht gegeben zu strafen! Doch Ihr, meine Kinder, Ihr Geschwister im reinen Opfertal, freuet Euch, denn Gott hat gesehen, dass Ihr seine Wege gehen wollt; und den Heiligsten unter Euch hat er das Geheimnis offenbart: jene, die Ihr Apo nennt, und die meine Heiligen zu ihrem Medium gemacht haben, wissen, wie man der Strafe entgeht! Darum, hört auf sie und gehorcht ihnen, wenn Ihr nicht wie Steinsäulen in der Tiefe des Waldes oder an den Stränden des Meeres stehen wollt...«

Die scharfe Stimme schmerzte in Rosarios Ohren, aber auch eine solche Stimme kann einschläfern, wenn die Worte unbegreiflich sind und die Hoffnungslosigkeit Einzug gehalten hat. Rosario resignierte und schlief in schierer Verzweiflung ein. Sie durfte weiterschlafen, obwohl das eigentlich eine Sünde war.

Sie wurde wach, als Anita sie endlich wiederfand. Die Versammlung war zu Ende und es war fast Morgen. Rosario lächelte und öffnete ganz kurz die Augen, legte ihre Arme um den Hals der Mutter, umklammerte mit den Beinen ihre Taille und schlief wieder ein. Und sie schlief so tief, dass sie nicht einmal aufwachte, als sie ins Haus zurückkamen und Anita sie auf eine Matte legte und daneben kroch.

Nie waren die Baluyots so schnell eingeschlafen. Die Kinder, die großen wie die kleinen, sanken, wo immer sie gerade standen, kraftlos in sich zusammen, ohne über die eigenartigen nächtlichen Geschehnisse zu sprechen und ohne darüber zu streiten, welcher Schlafplatz der beste sei. Und Policarpio war so müde, dass er nicht einmal seine Jacke auszog.

Nur Anita lag noch eine Weile wach, streichelte Rosarios Rücken und sah die Morgensonne zwischen den dünnen Brettern des neuen Hauses hindurchglitzern.

»Oh, Santo Niño«, betete sie stumm. »Mach mich gesund! Lass mich nicht sterben! Was soll aus Policarpio und den Kindern werden…«

Doch wie alle anderen Kinder schlief Santo Niño und hörte sie nicht. Nur der Teufel lächelte, als er da draußen im Morgenlicht stand. Er sorgte dafür, dass sich weitere tausend Zellen teilten.

Der Tumor gedieh, wo einst die Kinder gewachsen waren.

Der Teufel?

Tja. Man kann glauben, was man will. Aber es gab schließlich jene, die ihn sahen.

Und für die Kinder im Opfertal war die Luft niemals leer. Böse Geister versteckten sich in den Zweigen der Bäume, Gespenster lauerten hinter großen Steinen und auch Engel aus der Unterwelt schlichen den Mädchen und Jungs ständig hinterher.

Der Teufel selbst fühlte sich im Opfertal wohl. Darum schlich er im Morgengrauen um die Häuschen herum und mischte sich unter die Menschenmenge im Tempel, wenn es Abend wurde.

Eigentlich hatte er keine Zeit, aber mein Gott, man wird sich schließlich amüsieren dürfen… Und das Opfertal bot ein unterhaltsames Schauspiel. Wenn die Inkong in den Tempel schritt und die Masse sich schaudernd teilte, lachte der Unterirdische so zufrieden, dass ein Funkenregen knisterte und auf die Gemeinde niederging.

Die Inkong war eine Frau ganz nach seinem Geschmack: einfältig und gierig, aber auch reich und mächtig. Das Opfertal war nicht nur ein Ausdruck für ihre wahnsinnige Selbstüberschätzung, sondern auch Teil eines raffinierten Intrigenspiels auf höchster Ebene. Und dieses Spiel amüsierte ihn ganz besonders.

Es verhielt sich damit folgendermaßen: Imelda Marcos, die sich zu jener Zeit königlicher vorkam als Königin Elisabeth, tugendhafter als Jungfrau Maria und schöner als die mythische Maganda, lag in Fehde mit der Kirche.

Imelda war besessen, und ihr Mann war es auch. Jahrzehntelang hatten sie jede Ecke des Landes verwüstet und geplündert, sich eine Hazienda nach der anderen, eine Fabrik nach der anderen und eine Branche nach der anderen unter den Nagel gerissen. Ihre Verwandtschaft und ihre Freunde hatten sich ebenfalls am Gabentisch bedienen dürfen (ein Monopol hier, eine Lizenz da), aber für die anderen, die vielen Millionen Bürger, gab es kein Geld und fast nichts zu essen. Die Wirtschaft des Landes stotterte und spuckte wie ein ausgedienter Motor. Es lohnte sich nicht mehr, Waren herzustellen und sie zu verkaufen. Das Geld landete sowieso immer bei Marcos und seinen *cronnies*; dort blieb es in großen Haufen liegen, gelangte nicht in Umlauf und brachte demzufolge auch keinen Nutzen.

Die Kirche schaute sich dieses Schauspiel lange an, ohne zu protestieren, doch die Kardinäle und Bischöfe wurden mit der Zeit immer eisiger und waren immer weniger zum Lächeln bereit, wenn es zu Begegnungen mit dem Präsidenten und seiner Frau kam.

Imelda fiel es schwer, diese Kälte, die eine Art Lästerung war, zu ertragen. Hatte nicht Gott selbst ihre Größe bestätigt? Hatte er sie nicht vollkommen geschaffen, ihren Körper wie auch ihre Seele? Hatte er nicht alle ihre Gebete erhört und sie zur Königin gekrönt, ihr einen Palast geschenkt und sechshundert Paar Schuhe?

Alles hatte sie bekommen, und das musste etwas zu bedeuten haben. Sie war auserwählt, und wer gegen sie vorging, war ein Sünder und Zöllner. Als jemand zu erzählen wagte, dass der Kardinal Witze über die *First Lady* machte, war das der Tropfen, der das Fass zum Überlaufen brachte. Bei der letzten Cocktail-Party hatte er sich dem britischen Botschafter zugewandt und gesagt:

»Have you heard that Mrs. Marcos has gone into mining?«

Der Botschafter zeigte sich aufrichtig erstaunt.

»No? Really?«

»Sure«, sagte der Kardinal und nippte an seinem Drink. »She goes around saying the same thing about everything: This is mine! This is mine! This is mine!«

Ganz Manila lachte darüber, doch Imeldas schöne Augen wurden zu Schlitzen. Der Kardinal war zum Feind geworden und seine Kirche ebenfalls. Einen offenen Krieg zu führen, wäre dennoch zu gefährlich gewesen…

Imelda wusste, zu wem sie gehen konnte, um Alliierte zu finden. Sie hatte ja einen eigenen, kleinen Hof: Die blauen Damen. Dabei handelte es sich um eine Gruppe von Frauen, die durch Blutsverwandtschaft, Ehen mit den mächtigsten Männern und Geld in den vornehmsten Clans vereint waren.

Sie leitete ihre Gegenattacke ein, indem sie ihren Hofdamen unter Seufzern anvertraute, dass die Kirche ihr Sorgen bereite. Wo war die fromme Hingabe geblieben, nach der sich alle so inniglich sehnten? Warum interessierten sich die Priester für so viele irdische Dinge, wenn das einzige, wonach das Volk sich sehnte, Hingabe und geistliche Führung waren?

Eine der Damen hörte besonders interessiert zu. Sie hatte genau die gleichen Gedanken gehabt, besonders in letzter Zeit, seit ihr Sohn im Priesterseminar aufgenommen worden war. Dieser arme Knabe schrieb traurige Briefe nach Hause an seine Mutter, klagte bitterlich über das mangelnde Vertrauen der Lehrer in seine Fähigkeiten und über abscheuliche Kameraden, die ihm ständig mit Andeutungen über ein gewisses Nadelöhr kamen.

Es hatte sie große Mühe gekostet, den Knaben ins Seminar zu bekommen. Sie war sich dessen bewusst, dass er nicht das besaß, was Menschen mit irdischem Verstand als Intelligenz bezeichneten, aber gab es nicht auch so etwas wie Klugheit des Herzens? Und damit war er reichlich gesegnet. Kein Junge war je so gut zu seiner Mutter gewesen. Gemeinsam hatten sie wunderbare religiöse Erlebnisse gehabt.

Aus ihm hätte ein Heiliger werden können, wenn die Kirche dem nicht im Wege gestanden hätte. Und selbst wäre sie vielleicht...

Imeldas Stimme und ihre eigenen Gedanken mischten sich und verschmolzen zu einer ganz besonderen Legierung.

Etwas später geschah das Eigenartige: Sie hatte Offenbarungen. Die Heiligen besuchten sie während der Messe und sie kam auf die Idee, zum Altar zu gehen und zur Gemeinde zu sprechen. Die Priester wichen ängstlich zur Seite und die sehnsuchtsvollen Menschen sahen, was sie sehen wollten. Bald ließ sie der Welt mitteilen, dass sie Inkong sei. Die Inkarnation des Heiligen Geistes.

Als Imelda dies hörte, lächelte sie. Endlich hatte der Kardinal eine Konkurrentin bekommen. Und bald sollte er weitere bekommen, denn keine von ihnen sollte zu stark werden...

Die Inkong errichtete ihr Betonzelt im Opfertal und setzte ihren Sohn als Hohen Priester ein. Der Berg gehörte seit langem zum Familienbesitz, war aber nie von Nutzen gewesen. Jetzt begann er sich zu rentieren. Die Inkong verpachtete Parzellen an die Gläubigen und ließ sich dafür gut bezahlen. Es handelte sich schließlich um heiligen Boden!

Ihr Wahn wuchs mit jedem Tag, und sie zog ihren Sohn mit hinein. Sie beschuldigten die Kirche, Irrlehren zu verbreiten, und die Inkong schrieb einen Brief an den Heiligen Stuhl, in dem sie in scharfem Ton Buße und Besserung anordnete. Weihnachten durfte in Wirklichkeit nicht im Dezember gefeiert werden! Jesus war im Oktober geboren worden. Dessen war sich die Inkong völlig sicher, denn die Jungfrau Maria hatte, wie auch der Heilige Geist, Gefallen an ihr gefunden und in ihren Körper Einzug gehalten. Und der heilige Michael war in den Körper ihres Sohnes eingezogen. Der Vatikan hielt es nicht einmal für notwendig zu antworten, doch die Inkong ließ sich nicht entmutigen. Sie heilte Kranke mit ihren bloßen Händen und drohte der Sünde und den Sündern: Sie sollten sich nur in Acht nehmen! Sie würde sie in steinerne Ebenbilder verwandeln; alle, die rauchten und tranken, alle Mädchen, die in Shorts herumliefen und ihre sündigen Schenkel vorzeigten, und alle Frauen, die glaubten, sie könnten ohne Schleier in die Kirche gehen!

Wenn sie nur eine einzige Sekunde an dem gezweifelt hätte, was sie sagte, wäre sie nicht erfolgreich gewesen. Aber sie war es!

Männer und Frauen strömten zu Tausenden zum Opfertal, getrieben von der Sehnsucht nach großen Worten und großen Gefühlen. Sie hatten schon viel Bitteres erlebt und fürchteten für eine noch schlimmere Zukunft.

Menschen müssen sich trösten können. Was hatten jene wie Anita und Policarpio von dieser Welt zu erwarten? Lange Tage ohne bezahlte Arbeit und schwere Nächte ohne Schlaf. Krankheit, aber keine Medizin. Kinder, aber keine Zukunft.

Die Inkong gab ihnen Zauber und Zungen, heilige Riten und ein Gefühl von Auserwähltheit. Hier oben auf diesem Berg schienen sie Antwort auf viele Fragen zu bekommen; ja, sie konnten sie flüsternd und bebend an den Heiligen Geist persönlich stellen:

»Warum sind wir so arm?«

Die Inkong verdrehte ihre Augen, sodass das Weiße sichtbar wurde, und antwortete:

»Ihr seid nicht arm! Die Schätze des Himmels warten auf Euch, denn Ihr gehört zu Gottes auserwähltem Volk. Freuet Euch, meine Kinder, freuet Euch! Denkt daran, dass Genügsamkeit etwas Großes ist und sorgt Euch mit mir um die vielen, die auf Abwege geführt wurden. Das Heilige Herz blutet jedes Mal, wenn ein Filipino Rache fordert...«

Da prasselte es wie von Hufen auf das Tempeldach. Das war der Teufel, der da oben aus purem Entzücken tanzte.

Anitas Todeskampf währte eine Ewigkeit.

Sie hielt verbissen und eigensinnig am Leben fest, sie wollte nicht sterben. Nach ein paar Jahren war sie ein grinsendes Skelett mit brennenden Augen geworden, ein Gerippe, das zum Tempel getragen werden musste. Acht Mal versprach die Inkong, sie sei geheilt, das neunte Mal jedoch kehrte die Priesterin ihr den Rücken und hetzte die Menge auf mit heiligem Gerede über jene, deren Glaube nicht ausreicht.

Zum Schluss saß Anita in der Türöffnung und lächelte den Kindern mit einem Totenkopflächeln zu. Augusto und Rosario spielten immer in ihrer Nähe. Sie sammelten Stöckchen und hübsche Steine, legten sie zu kunstvollen Mustern auf die schwarze Erde und erzählten schöne Märchen: Hier ist ein Haus für dich, Mama, und hier ein Schwein, das dir ganz allein gehört.

Anita schlürfte die heilige Medizin der Inkong, eine Suppe aus Heu und neun getrockneten Bananenblättern und sagte:

»So gut! Ich danke euch! Danke.«

Veronica hielt sich auch in der Nähe der Mutter auf; sie kümmerte sich um den Haushalt und um den Garten. Es war ein guter Garten. Sie erntete Süßkartoffeln, Calamanse, Tomaten, Gurken und Auberginen. Die ganze Familie wurde davon satt, und sie konnten außerdem einen Korb mit Obst und Gemüse füllen, den Veronica zu Schwester Marcelo brachte. Diese verkaufte sie an besser gestellte oder weniger fleißige Bewohner im Opfertal. So kam ein wenig Geld ins Haus. Und das war nötig, denn das bisschen, was Policarpio als Frisör verdiente, reichte bei weitem nicht, und die großen Jungs verdienten gar nichts.

Die Baluyots verbrachten das lange Warten in Schweigen.

Man behauptet, dass es Familien gibt, die in harten Zeiten zusammengeschweißt werden, Familien, die zusammenhalten und eine Mauer bilden, wenn die Welt sie bedrängt.

Sie waren keine solche Familie. Sie waren nur durch eine einzige Liebe verbunden: die Liebe Anitas. Anita liebte sie alle und wurde von allen geliebt, doch für einander hegten sie keine Zärtlichkeit. Als ihre Liebe starb, sollte alles zu Wüste und Ruinen werden.

Policarpio war am schweigsamsten, ja, in diesem letzten Jahr hörte man ihn kaum noch. Es fiel ihm schwer, den Blick auf das lederne Gerippe zu richten. Er selbst war immer noch ein schöner Mann, doch er sah ständig schuldbewusst aus und konnte seinen Kindern bald nicht mehr in die Augen sehen. Er schlich sich oft davon und niemand fragte nach ihm. Die Kinder der Baluyots ahnten, was kommen würde, doch es war verboten, der Sorge einen Namen zu geben und sie in Wörter zu fassen. Wie hätten sie die Sorge ertragen sollen?

Veronica fing an, unbewusst das Gesicht zu verziehen, wenn sie im Garten Unkraut jätete und über die Zukunft nachdachte. Was soll werden? Ich bin erst fünfzehn Jahre alt; ich kann mich nicht um alle kümmern …

Die größeren Kinder gingen zur Schule, waren aber unaufmerksam und zerstreut. Apo Estela, die im Himmel Punkte sammelte, indem sie ihr trübes Wissen verbreitete, war beinahe jeden Tag gezwungen, ihnen die Ohren lang zu ziehen …

Nur Augusto und Rosario taten so, als wüssten sie von nichts. Ihre Aufgabe war es, glücklich zu spielen, denn ihr Glück erfreute Anita. Wenn aber die Kirchenglocken läuteten, nahm der Schrecken überhand. Die kleinen Kinder hielten sich die Ohren zu und weinten. Will nicht! Will da nicht hin!

Und sie mussten nicht. Natürlich mussten sie nicht, denn

keiner wollte Anita widersprechen, und Anita konnte den Tränen ihrer Kinder nicht widerstehen. Aber sie mussten im Dunkeln sitzen, denn Veronica hatte Angst, sie würden die Petroleumlampe umstoßen und das Haus in Brand setzen. Also saßen sie, jeder in seiner Ecke, hörten dem Geschrei der Menge in der Ferne zu und ärgerten sich gegenseitig mit ihren Ängsten.

»Rooosario, jetzt kommt ein Gespeeenst und holt dich…«, flüsterte Augusto.

Rosarios Blut erstarrte, und sie kannte nur ein Mittel, es wieder zu erwärmen. Sie stürzte sich auf ihren Bruder, biss und kniff ihn ordentlich.

»Der Teufel soll dich holen, Augusto! Ich hab ihn gesehen! Er schleicht draußen rum und hat Feuer in der Nase…«

Sie log nicht. Rosario war eine von denen, die ihn ziemlich oft zu Gesicht bekamen. Vielleicht fand er sie besonders lustig: ein kleines Insekt mit mageren Beinen und hitzigem Humor.

Viele glaubten, sie sei ein Junge, denn Policarpio hatte ihr das Haar sehr kurz geschnitten. Sie fand das nicht schlecht. Im Gegenteil. Jungs hatten es besser als Mädchen. Die großen Jungs konnten den ganzen Tag unter schattigen Krotonen sitzen und einander Geschichten erzählen. Veronica dagegen musste pflanzen und ernten, Essen kochen und Wäsche waschen. Und wenn sie groß waren, durften sich Jungs auf Abenteuer begeben, Mädchen indessen mussten zu Hause bleiben. Sie durften nicht einmal Shorts tragen!

Nein, danke. Diese Sorte Leben war nichts für Rosario. Sie wollte ein Junge werden, wenn sie groß war.

»Wie denn?«, sagte Augusto. »Das geht doch nicht…«

Doch Rosario lachte nur. Natürlich würde das gehen! Irgendwie…

»Wir tauschen! Ich werde ein Junge und du wirst ein Mädchen«, kicherte sie und wusste nicht, dass das eine Prophezeiung war.

Sie und Augusto behielten einander ständig im Auge, obwohl es viele andere Kinder zum Spielen gab. Es war aus reiner Eifersucht. Keiner von ihnen wollte dem anderen eine Chance geben, zur Mama zu flitzen und allein neben ihr in der Türöffnung zu sitzen. Augusto und Rosario trennten sich nur, wenn Apo Estela bestimmt hatte, dass die kleinen Kinder bei der Heuernte helfen sollten. Das ging anständig zu: die Mädchen für sich und die Jungs für sich. Rosario protestierte lauthals und Apo Estela seufzte. Diese da, die war bei Gott kein liebes Mädchen.

Ihre schönsten Stunden hatte Rosario, wenn sie sich auf Anitas neuer Matratze einrollte. Die Matratze war geblümt und weich: eine Wolke, auf der man ruhen konnte. Veronica hatte sie gekauft, weil sie befürchtet hatte, Anita würde sich auf dem harten Fußboden wund liegen. Sie war so mager, dass es aussah, als wollten ihre Knochen durch die Haut dringen.

Für eine Weile noch konnte sie Märchen erzählen und Lieder singen, wenn auch langsamer und mit schwächerer Stimme als früher. Aber meistens wollte sie nur von dem Heiligen Herzen reden. Oh, sie wusste genau, wie weh es tun musste, so schlimm zu bluten! Jedes Mal, wenn sie an die Zukunft ihrer Kinder dachte, begann sie selbst zu bluten. Wie unendlich viel schlimmer musste es für das Heilige Herz sein, das über so viele böse Menschen zu weinen hatte…

Zuletzt blutete sie ständig und konnte sich weder erheben noch vorwärts rutschen. Dennoch hielt sie durch, Woche für Woche, Monat für Monat. Sie wurde so zerbrechlich, dass keiner wagte, sie zu bewegen. Darum durfte sie im Haus liegen bleiben, wenn Policarpio und die großen Kinder zum Tempel gingen.

Augusto und Rosario hatten Anita am liebsten ganz für sich allein. Dann vergaß sie Gott und die Engel und kümmerte sich nur um die beiden. Sie lagen jeder auf einer Seite neben ihr auf der Matratze und seufzten vor Wohlbehagen. Die Märchen und Lieder schienen mit all dem Blut davongeflossen zu sein, doch das war egal. Worte erübrigten sich. Sie war warm. Sie war immer noch warm. Ihre lauten Atemzüge waren nicht mehr schrecklich, nur beruhigend und tröstlich. Aus ihnen wurde ein Wiegenlied, das den Teufel und alle anderen bösen Geister fern hielt. Manchmal wagten sie einzuschlafen, alle drei gemeinsam.

Weder Rosario noch Augusto wachten auf, als es eines Nachts im Haus vollkommen still wurde.

Wir trauern auf unterschiedliche Weise.

Die meisten lassen sich zu Boden schlagen, bleiben eine Zeit lang liegen und warten geduldig, bis die Beine sie wieder tragen.

Nicht so Rosario. Sie hielt sich auf den Beinen und vermochte sogar die Fäuste zu ballen, obwohl ihr Leib zerrissen war. Ihr Magen war ein Loch der Verzweiflung geworden, und in wildem Protest schrie sie geradeheraus:

»Mama! Meine Mama!«

Doch es half nichts.

So fing die Zukunft an.

Einen Tag nach der Beerdigung erwachten die Kinder und entdeckten, dass Policarpio verschwunden war. Am Nachmittag kam eine neue Familie und erhob Anspruch auf das Haus. Policarpio hatte es verkauft und das Geld mitgenommen.

»Arme Kinder!«, sagte Apo Estela, doch die größte Sorge bereitete ihr, dass er die Frau eines anderen Mannes mitgenommen hatte, als er geflohen war. Weder Apo Estela noch jemand anderes kam auf die Idee, dass das Opfertal sich um die Kinder kümmern könnte. Wie sollte das gehen? Hier war sich doch jeder selbst genug. Und irgendwo hatten sie ja eine Großmutter...

Es wurde eine Benachrichtigung nach Olongapo geschickt, und die Kinder zogen vorläufig auf den Marktplatz. Es war Regenzeit. Die Jungs hielten sich im Tempel auf, aber Rosario weigerte sich entschlossen dort hinzugehen. Niemals! Lieber würde sie sterben oder töten! Und Veronica, die ohnehin von Schuldgefühlen gequält war, ließ ihr ihren Willen. Die beiden Mädchen, die Große und die Kleine, blieben draußen vor Schwester Marcelos Sari-Sari-Store im Regen sitzen und hielten einander bei den Händen.

Rosarios Hand war rau und hart, obwohl sie noch so klein war. Veronica liebkoste die scharfen Knöchel mit dem Zeigefinger und versuchte das Weinen zu unterdrücken. »Du musst keine Angst vor Großmutter haben«, sagte sie. »Wenn du gehorchst und ein liebes Mädchen bist, wird alles gut...«

Rosario hörte sie nicht. Sie hatte zu weinen aufgehört, aber ihre Gedanken versuchten die ganze Zeit die schweren Regenwolken zu sprengen, um zum Himmel durchzudringen. Sie versuchte sich das Gesicht Anitas vorzustellen, doch alles, was sie sah, war ihr Rücken. Die Mama wandte sich ab und umarmte das Heilige Herz. Sie hatte Rosario vergessen.

O Mama… Komm wieder! Bitte! Komm wieder!

Maria war schon schlecht gelaunt, als sie ankam. War das verwunderlich? Hatte sie nicht ihre Tochter verloren? Und hatte ihr Schwiegersohn nicht obendrein seine Kinder im Stich gelassen und ihr die Verantwortung für acht Gören aufgebürdet?

Acht Hurenkinder, zu allem Übel, denn nicht einmal mit Policarpio war Anita ordentlich verheiratet gewesen.

So kam es, dass Rosario, als Maria sie zum ersten Mal sah, ein nasses Kätzchen war. Man konnte nicht unterscheiden, ob es Regen oder Tränen waren, die ihr die Wangen hinunterliefen. Maria entschied sich für Regen, denn sie mochte keine Katzen, und es fiel ihr schwer, sie zu bemitleiden.

»Ich will mit euch allen reden«, sagte sie zu Veronica. »Wir gehen da hinein!«

Sie zeigte mit ihrem schwarzen Regenschirm auf den Tempel.

Rosario heulte, doch jetzt konnte Veronika ihr nicht länger ihren Willen lassen. Sie nahm die kleine Schwester hoch und trug sie, während die Großmutter vor sich hin brummelnd vorwegmarschierte.

Kein anderer sah, was Rosario dort drinnen sah. Nicht einmal Augusto. Sie merkten nicht, dass böse Geister in widerwärtigen Gestalten durch die Luft sausten. Sie sahen das böse Grinsen des Teufels nicht, das die gesamte Decke ausfüllte. Sie merkten nicht, dass der leibhaftige Tod anwesend war und mit lüsternem Lächeln seine Hände nach den kleinen Mädchen ausstreckte…

Als die Großmutter sie mit bösen Augen ansah, verstummte sie. Da half nur eins, sich an Veronicas Bluse festkrallen und feilschen. Wenn ich das überstehe, verspreche ich, immer lieb zu sein! Hört ihr das, Gott und Mama, rettet mich vor der Hölle und vor dieser Frau, dann verspreche ich auch, immer lieb zu sein!

»Ich kann mich nicht um euch alle kümmern«, sagte Maria. »Ich habe nicht so viel Geld …«

Aber das Haus?, dachte Veronica. Du hast doch ein Haus und eine Pension vom Stützpunkt. Maria starrte wütend in ihre sprechenden Augen. Untersteh dich!

»Das Haus ist nicht mehr meins. Es gehört eurem Onkel und der hat selbst vier Kinder. Er hat keine Arbeit. Ich kann nicht verlangen, dass er euch alle versorgt … Und meine Pension reicht nicht einmal für meinen eigenen Reis. Mein Sohn versorgt mich, aber er ist auch noch für viele andere zuständig …«

Die Kinder waren atemlos still.

»Die Großen von euch müssen sich um die mittleren Geschwister kümmern. Wenn das nicht geht, müsst ihr wohl Papa ausfindig machen …«

Die Antwort der Kinder war nur ein Säuseln.

»Neee.«

»Nun ja, das ist nicht meine Sache. Diese beiden da, die können noch nicht zehn sein, die nehm ich mit, aber ihr anderen müsst sehen, wie ihr allein zurechtkommt …«

Es lohnte sich nicht zu fragen, zu bitten oder zu betteln. Da ließ sich nichts machen. Veronica war dennoch nicht ganz unglücklich. Großmutters Bescheid hatte sie vor dem Verbrechen bewahrt, das sie begehen wollte: die Kleinsten verlassen. Jetzt hatte jemand anderes entschieden, und sie konnte sich einfach fügen. Sie und die großen Jungs sammelten die mittleren Geschwister um sich und sie begannen sich zu beratschlagen. Wir fahren nach Olongapo. Da gibt es Arbeit für uns alle. Wenn wir zusammenhalten und alles miteinander teilen, wird es schon gehen …

Rosario und Augusto blieben abseits sitzen. Rosario ahnte, was das Geschehen bedeuten würde, aber Augusto sah die Zukunft noch zuversichtlich. Großmutter hatte nur böse ausgesehen, als sie Rosario angeschaut hatte. Nicht aber, wenn sie ihren Blick über ihn schweifen ließ. Vielleicht war sie doch lieb. Und bald würde er viel Neues zu sehen bekommen: einen Bus und eine Stadt. Das war schon lange her, denn fast ein halbes Leben hatte er im Opfertal gewohnt, und er hatte so viel von der Welt draußen vergessen.

Sie gingen zusammen bergabwärts und nahmen den Bus nach Olongapo. Großmutter bezahlte alle Fahrkarten. Als der Bus außerhalb von Santa Rita hielt, stiegen sie alle aus, obwohl es noch weit bis zum Zentrum war, zu dem die großen Kinder wollten. Die großen Jungs umarmten die Kleinsten, und Veronica hockte sich hin, umarmte ihre kleine Schwester und ihren kleinsten Bruder gleichzeitig. Legte, Wange an Wange, je einen Arm um die beiden.

Dann erhob sie sich und sah, wie sie sich entfernten.

Sie waren so klein, wie sie da im Lehm hinter Maria hertrotteten. Es schien, als würden sie die Stadt und den Regen nicht vertragen, als wären sie gleichzeitig geschrumpft und gewachsen. Kleine Märchenfiguren. Zwerge. Augusto ließ den Kopf hängen, aber Rosario ging fast zurückgebeugt. Sie versuchte, ihr Bündel über dem Boden zu halten, doch es fiel ihr sehr schwer. Sie hatte ja auch Sandalen an, zum allerersten Mal. Das war das erste Geschenk der Großmutter gewesen; sowie sie den Berg heruntergekommen waren, hatte sie ihnen allen Sandalen gekauft.

Maria und Augusto waren schon im Regen verschwunden, aber Rosario war immer noch zu sehen. Eine der Sandalen war im Schlamm stecken geblieben, aber sie hatte es nicht gleich bemerkt. Erst nach einigen Metern drehte sie sich um, lief zurück und steckte den Fuß hinein. Sie starrte entschlossen auf ihre Zehen, zwang sie, sich an dem roten Plastikriemen festzukrallen, und ging weiter.

»Nun kommt schon«, sagte Veronica zu den anderen Geschwistern. »Ich kenne eine Stelle, wo wir schlafen können…«

Maria und die Kleinsten gingen nach Santa Rita. Der Regen machte die Stunde der Dämmerung dunkler als gewöhnlich. Die Palmen grünten herrlich und die asphaltierten Höfe glänzten. Hier wohnten Menschen, die ein Haus und ein Heim besaßen, die sich drinnen aufhalten und vor der Feuchtigkeit schützen konnten.

Schon bevor sie das Haus erreichten, fing Rosario an zu husten. Als sie das Haus betraten, in dem Anita ihre Kindheit verbracht hatte, glühte sie. Die neuen Cousins und Cousinen durften nicht in ihre Nähe, und Maria wies auf ihre eigene Matratze ganz hinten in der Ecke. Da konnte sie liegen.

Das Fieber hielt mehrere Tage an. Es war schön. Sie lag ganz still und ließ sich schweben. Maria, Augusto und die Verwandten kamen nur in ihren Träumen vor. Sie musste sie nicht beachten…

Eines Nachts wachte sie auf und war zu ihrer Verzweiflung wieder völlig gesund. Maria schlief bei ihr und Rosario fand das scheußlich. Was für ein Leib und was für Gerüche! Ein alter Fisch. Rosario hielt sich die Nase zu und versuchte, sich so klein wie möglich zu machen. Sie wollte ein bisschen Luft zwischen sich und der Alten haben, was beinah unmöglich war. Die Großmutter schwoll an und füllte jeden Zentimeter, den Rosario freiließ. Sie wollte sich nach einem anderen Platz zum Schlafen umsehen. Aber der Mond, der durch das Fenstergitter schien, zeigte ihr, dass es unmöglich war. Es gab nur einen Raum im Haus, und der Fußboden war voller Menschen. Die Tante, der Onkel, vier Cousins und Cousinen und der Bruder.

Augusto! Dieser Schleimer! Hatte er nicht seine Hand auf Großmutters Rücken gelegt…

Die Erziehung begann schon am nächsten Morgen.

Augusto lernte schnell, aber Rosario wollte nicht verstehen. Was war da groß zu begreifen? Großmutter war gefährlich und unberechenbar. Maria war fast eine genauso geschickte

Zauberin wie die Inkong. Sie machte allerdings nicht so viel Wesen um ihre Fähigkeit. Im Gegenteil. Sie warnte die Kinder nicht einmal, bevor sie sie verwandelte. Sie tat es einfach. Schwups! Und sie waren Hunde.

Die Nachbarn sollten nichts davon wissen. Es war wichtig, was die Nachbarn dachten. Darum kleidete Großmutter ihre kleinen Hunde jeden Morgen in Schuluniformen und schickte sie in die Schule. Den ganzen Vormittag über waren sie Kinder, doch wenn sie nachmittags wieder nach Hause kamen, war das Spiel zu Ende.

Wenn sie zu laut redeten, stürzte sie sich auf sie und schrie. Standen sie ihr im Weg, schubste sie sie unsanft zur Seite. Wenn sie sich neckten und spielten, öffnete sie die Tür mit einer ruckartigen Bewegung. Der Hass in ihrer Stimme war nicht zu überhören. Raus mit euch! Bloß raus, damit ich euch nicht sehen muss.

Augusto schluchzte und heulte, bat um Verzeihung für Vergehen, die er gar nicht begangen hatte, und wand sich einschmeichelnd vor ihren Füßen. Aber Rosarios Mund wurde ein Strich. Niemals würde sie betteln! Niemals würde sie verzeihen! Niemals!

Und wenn sie wirklich ein Hund war, dann konnte sie auch beißen! Sie kniff ihre Cousinen, wenn deren Mutter sie gestreichelt hatte. Und weil er so ein Weichling war, biss sie Augusto, sodass es blutete, denn sein ewiges Geschluchze machte sie innerlich zittrig und ließ ihre Stärke brüchig werden. Halt's Maul, du verdammter Heulpeter! Oder willst du dir noch eine einfangen?

Großmutter war unbegreiflich, und folglich lohnte es sich nicht, berechnen zu wollen, wann oder wie sie strafen würde. Manchmal konnte sie ermunternd nicken, wenn es Rosario gelungen war, die Nase ihres großes Bruders blutig zu schlagen. Andere Male warf sie Rosario auf den Zement im Hof, sodass sie blaue Flecken und Schürfwunden im Gesicht bekam. Nur eines blieb ewig gleich: Angriffe gegen die Cousins und Cousinen wurden nicht geduldet. Dennoch konnte Rosario sich nicht beherrschen. Maria riss sie am Schopf und brüllte:

»Wenn du nicht lieb bist, schick ich dich weg!«

Rosario biss die Zähne zusammen. Wohin hätte man sie schicken können?

»Ich werde deinen Papa finden und ihn zwingen, sich um dich zu kümmern! Dann kannst du dein ganzes Leben mit diesem Schuft verbringen!«

Das saß. In der Erinnerung war Policarpio eher böse als gleichgültig. Er war es gewesen, der Rosario in diese Lage gebracht hatte. Es war seine Schuld, dass sie kein Mensch mehr war. Darum jaulte sie auch wie ein Hündchen:

»Nein! Nein! Nicht Papa, nicht Papa...«

Weder Rosario noch Augusto verstanden, warum Maria sie nicht mochte. Sie wussten nicht, dass Maria viele Gründe hatte.

Es war nicht nur, dass Kinder im Allgemeinen kurz gehalten werden sollten. Auch nicht, dass sie Anitas Nachkommen und darum eine ewige Erinnerung an die Schande der Familie waren. Nein, Maria quälte sie, weil sie selbst gequält wurde. Bei ihrem Sohn aß sie das Gnadenbrot, und er sorgte dafür, dass sie das auch wusste. Seitdem Anitas Kinder im Haus waren, waren die Portionen geschrumpft, und auch, wenn es noch weit bis zum Hungern war, klagten sowohl der Sohn als auch die Schwiegertochter lauthals. Nicht einen Peso konnten sie beiseite legen! Und Maria, die Geldsorgen gut verstand, litt unter einer Art von schuldbewusstem Mitleid. Es war ungewohnt und unangenehm, dankbar sein zu müssen, so ungewohnt, dass Maria ihren scharfen Blick verlor. Ansonsten hätte sie sich gefragt, woher dennoch all das Geld stammte. Wie konnte der Reis für alle reichen, wenn ihr Sohn tatsächlich arbeitslos war?

Maria überlegte ständig, was sie mit den Kindern anstellen sollte. Ja, mit Augusto ging es noch. Aber mit Rosario! Alles wäre besser, wenn das Mädchen wenigstens dankbar wäre! Aber sie begriff nichts, diese Göre! Nicht einmal in der Schule konnte sie Ruhe geben. Fast jeden Tag kam sie mit Schrammen und Abschürfungen nach Hause und lächelte stumm und triumphierend über ihre Siege.

Nach einem Jahr gab Maria auf. Sie ging zur Schule und bat darum, mit der Rektorin reden zu dürfen. Und das Eigenartige geschah: Die reiche und schöne Frau hinter dem Schreibtisch erbot sich, Maria von ihrer Bürde zu befreien. Sie würde sich selbst um Rosario kümmern!

Rosario schrie, als sie das erfuhr, schrie und stürzte sich auf ihre Großmutter, biss ihr in den Arm und kratzte sie mit scharfen Nägeln. Niemand hatte das Recht sie wegzuschicken!

Recht! Maria lachte und faltete Rosarios Schuluniform, ihre Shorts und ihren einzigen Rock zusammen. Hier. Jetzt war gepackt und fertig.

Rosarios ganzer Körper war steif, als man sie in das feine Haus brachte. Adoptiert, na danke! In der Schule hatte es ein Mädchen gegeben, das adoptiert worden war, und Rosario wusste, was das bedeutete. Man war Dienstmädchen ohne Lohn. Sie würde den Rest ihres Lebens Sklavenarbeit in der Küche der Rektorin verrichten.

Ihre Befürchtungen bestätigten sich, als sich herausstellte, dass sie bei der Dienerschaft schlafen sollte. Aber die Rektorin, die sie bis dahin nur von weitem gesehen hatte, nahm sich Zeit und versuchte ihr Tischmanieren beizubringen.

Rosario biss nicht, aber sie knurrte.

Einen Monat später löste sie das Problem auf ihre eigene Weise. Sie stahl dem erwachsenen Sohn der Rektorin zweihundert Dollar und wurde, wie erwartet, rausgeworfen.

Gut. So leicht sollte die Verwandtschaft sie nicht loswerden.

Sie wurde nicht nach Santa Rita begleitet, und obwohl sie den Weg nicht richtig kannte, ging sie ihn mit leichten Schritten und lachenden Augen; so wie man geht, wenn man sich zum ersten Mal frei fühlt. Die fremde Straße war schön. Blanke Autos und Jeepnys in hübschen Farben auf dem Asphalt und der Gehsteig voller Menschen. Fremde Erwachsene gingen neben ihr, sahen sie, taten ihr aber nichts. Die Straßenverkäufer riefen etwas von Coca-Cola und Kaugummi, erwarteten aber keine Antwort. Sie konnte sich auf den Gehsteig setzen und so lange dort sitzen bleiben, wie sie wollte, denn niemand auf der ganzen Welt wusste, wo sich Rosario Baluyot in diesem Augenblick befand, und diejenigen, die vorbeieilten, wussten nicht, wer sie war. Sie tat, als wäre sie unsichtbar, aber dieses Spiel war vorbei, als ein amerikanischer Soldat anhielt, über ihr freches Gesicht lachte und ihr Geld gab. Einen Schein.

Da tauchte neben ihr ein Schatten auf.

»Was hast du bekommen?«

Rosario versuchte zu erkennen, wer mit ihr sprach, doch die Sonne blendete. Sie blinzelte. Es war ein Mädchen. Ein rotznäsiges Mädchen mit komischem, fettigem Haar. Irgendwie grau. Konnte das Schmutz sein? Konnte man sich so schmutzig machen?

Rosario bekam Angst und verbarg den Schein in der Hand.

»Nichts…«

Doch das Mädchen blieb hartnäckig:

»Ich hab's doch gesehen! Wie viel hast du bekommen?«

Sie setzte sich hin und griff nach Rosarios Hand, bog die Finger auf und guckte den Schein an.

»Einen Dollar«, konstatierte sie sachlich und ließ los.

Rosario steckte den Schein schnell in ihr Bündel.

»Wie heißt du?«

Rosario hatte immer noch Angst und wagte nicht zu antworten. Doch das graue Mädchen blieb hartnäckig.

»Ich heiße Nora. Und wie heißt du?«

»Rosario…«

Das war ein schüchternes Gemurmel, ihrem gewöhnlichen Gebrüll ganz unähnlich.

»Verdammt, ich hab solchen Hunger«, sagte das graue Mädchen. »Ich hab heut noch keinen Krümel bekommen. Hast du in dem Bündel was zu essen?«

Rosario schüttelte den Kopf und fand ihre Stimme wieder.

»Hast du kein Frühstück bekommen?«

Nora lachte das heiserste Lachen, das je aus der Kehle einer Neunjährigen gekommen ist.

»Bekommen? Von wem hätte ich Frühstück bekommen sollen?«

Rosario mochte sie. Oh, wie sie dieses Mädchen und ihr Lachen mochte, jetzt, da sie nicht mehr gefährlich war. Ihre Augen waren so wie Rosarios und ihre Körper waren einander sehr ähnlich. Spinnenbeine und Spinnenarme. Schmutzige kleine Füße in roten Plastiksandalen.

Sie wollte, dass Nora sie auch mochte. Darum holte sie umständlich ihren Schein wieder hervor, stand auf und lief geradewegs auf die Straße. Ein Jeepnyfahrer musste heftig bremsen, um sie nicht zu überfahren, doch das merkte sie nicht. Sie stürzte auf die andere Straßenseite, wo ein Verkäufer saß, und kam mit drei Tüten Chips im Arm wieder zurück.

»Hier«, sagte sie und ließ die Tüten in Noras Schoß fallen.

»Bist du nicht ganz bei Trost?«, sagte Nora, aber ihre Stimme war weich und ihre Finger zitterten, als sie die erste große Tüte öffnete. Sie aß mit beiden Händen, langte tief hinein und pickte jeden Krümel und jedes Salzkorn auf. Danach stülpte sie das Innere der Tüte nach außen und leckte sie ab.

»Äh!«

»Willst du die anderen nicht essen?«

Rosario beugte sich vor und wollte noch eine Tüte öffnen. Nora schlug ihr auf die Hand.

»Was machst du da! Die kann man doch verkaufen...!«

Sie griff nach den Tüten, erhob sich, warf einen Blick auf die Straße und kalkulierte. Dann begann die Vorstellung. Als ein schwarzer, amerikanischer Soldat sich näherte, stellte

Nora sich ihm in den Weg, krümmte den Rücken und sagte weinerlich:

»Keinen Papa, keine Mama. Sehr hungrig! Bitte kauf! Nur ein Dollar.«

Er gab fast gleich auf. Es gibt nur eine Möglichkeit der Beschwörung, die gegen Gespenster dieser Art hilft: die Brieftasche. Er kaufte sich frei und eilte davon, um im Gewimmel auf den Gehsteigen unterzutauchen. Schrecklich, diese Kinder. Dass niemand etwas dagegen tut!

Nora machte einen Satz und lief zurück zu Rosario.

»Siehst du! Jetzt haun wir ab und amüsieren uns…«

Sich amüsieren war dasselbe wie Coca-Cola und Süßigkeiten, so lange wie der Schein reichte, und lange war das nicht. Nach einer Stunde saßen sie irgendwo und Nora hatte Magenschmerzen.

»Verdammte Scheiße!«

Aber Rosario war richtig aufgekratzt. Überall wimmelte es von Menschen, braunen Menschen, die arbeiteten, und großen, weißen und schwarzen Männern, die die Straßen gemächlich entlangbummelten. Viele von ihnen waren entsetzlich hässlich, doch die meisten schienen nett und reich zu sein. Und dazu all das andere: Musik, die aus offenen Türen drang, und die verlockende Mitten-am-Tag-Dunkelheit drinnen. Da konnte man leibhaftige Prinzessinnen schimmern sehen, mit Gold und Diamanten bekleidet und von künstlichen Winden gekühlt. Man konnte sich selbst abkühlen, wenn man sich im richtigen Winkel davorstellte. Und wenn man fast fror, machte man einen Satz hinaus in die Hitze der Stadt und lief weiter zu den verglasten Fenstern, wo tausend Schätze lagen und darauf warteten, besessen zu werden.

Niemals hatte sie so viel Spaß gehabt. Keiner hatte sie jemals ins Herz der Stadt mitgenommen und das war typisch. Verfluchte Großmutter. Verfluchte, geizige Rektorin. Nur Freunde wie Nora konnten einem eine Schatzkammer wie diese öffnen.

»Wo wohnst du?«, fragte sie, eifrig bemüht, die neue Freundin nicht aus den Augen zu verlieren. Sie wollte sie wieder finden können, morgen und morgen und morgen.

Nora schnaufte nur.

»Ich muss scheißen. Komm!«

Rosario lief hinterher, folgte Noras raschem Laufschritt über die Straße durch eine sehr kleine Pforte, wo sie über große Berge von Gerümpel klettern mussten. Über Pappkartons und Bretter, Müll und alte Zeitungen, Abfall, der von schlechtem Obst aufgequollen war und dementsprechend roch.

Dahinter gab es keinen Hof. Nicht einmal eine Tür. Die Pforte war keine Pforte, sondern nur ein Loch in der Wand. Nora kroch nach hinten und zog die Hosen runter. Der Durchfall plätscherte, als er auf die Erde schlug.

»Oh!«

Rosario lachte kameradschaftlich.

»Du hättest dir fast die Hosen voll geschissen…«

Nora glotzte zuerst nur, lachte dann aber. Ja, wirklich. Pfui Teufel.

Sie stand auf und zog ihre Hosen hoch. Sie waren grau vor Schmutz, mit großen braunen Flecken. Rosario wandte schamhaft den Blick ab.

»Wo wohnst du?«

»Hier!«

Rosario schaute sich um. Hier?

»Hier kannst du doch nicht wohnen.«

»Warum nicht?«

»Aber, ich meine…«

Ihre Worte blieben in der Luft hängen.

»Okay«, sagte Nora. »Dann wohl nicht…«

»Ja aber… was ist mit deiner Mama? Und mit deinem Papa?«

Sie, wenn jemand, sollte die Antwort auf diese Frage wohl kennen.

»Meine Mama ist tot«, sagte Nora. »Und mein Papa ist nicht ganz dicht. Ich komm allein zurecht…«

Sie standen einander gegenüber, standen stramm wie Soldaten, die Fäuste geballt.

»Meine Mama ist auch tot«, flüsterte Rosario schließlich. Die Worte wollten kaum heraus. Nora tat ihr so Leid. Arme, kleine Nora, deren Mutter gestorben war. Arme, kleine Nora, deren Papa bekloppt war. Zum ersten Mal seit langem wollte Rosario weinen. Sie schluchzte auf und öffnete ihre Arme.

Nora schlug ihr direkt ins Gesicht.

»Scher dich zum Teufel«, schrie sie. Dann lief sie in die Sonne hinaus und verschwand.

Rosario war nach ihrer Mutter geraten. Genau wie Anita blieb sie vor der Pforte stehen und betrat den Hof nicht, bevor Maria sie entdeckt hatte.

Sie erzählte nichts, doch am Abend kam der Sohn der Rektorin und berichtete mit beherrschter Stimme, was geschehen war und welche Folgen es haben würde. Tut uns Leid. Wir werden nicht mit ihr fertig.

Mangojuice und teure Kekse wurden ihm vorgesetzt, doch er war so aufgebracht, dass er das Glas halb voll stehen ließ und die Kekspackung nicht einmal öffnete.

Hinterher fielen sie alle drei über sie her: Großmutter, Onkel und Tante. So ein Flittchen! Im Haus der Rektorin zu stehlen! Was für eine Schande.

Am Ende der Woche hatte Rosario mehr blaue Flecken, als sie zählen konnte. Augusto, der sich in ihrer Abwesenheit angewöhnt hatte am Daumen zu lutschen, betrachtete sie fast mitleidig, wie sie auf Marias Matratze saß und versuchte sich zu erholen. Er drehte aus seinem Haar eine Locke, rieb sich mit dem Zeigefinger die Nase und fragte:

»Tu weh?«

Man verstand kaum, was er sagte, wenn er mit dem Daumen im Mund redete. Aber das änderte nichts, denn Augusto verdiente nur eine einzige Antwort.

»Scher dich zum Teufel! Bist wohl ein Baby geworden, was...? Neun Jahre alt!«

Sie brauchte sein Mitleid nicht. Nein, wirklich nicht. Hatte sie nicht die ganze Strafe überstanden, ohne zu heulen? Rosario war das stärkste Mädchen auf der ganzen Welt, stärker als die Großmutter, stärker als alle Cousins und viel, viel stärker als der schlappe Augusto.

Sie steckte die Finger in die Mundwinkel und verzog sie zu einer Furcht erregenden Grimasse:

»Augusto ist ein Mädchen, Augusto ist ein Mädchen…«

Sie bekam eine Ohrfeige von Maria, sodass sie verstummte, doch als die alte Frau ihr den Rücken kehrte, machte sie damit weiter. Der Teufel soll dich holen, Augusto! Der Teufel soll dich holen!

Die Woche darauf stellte Maria einen Stuhl auf den Hof und reihte die Enkelkinder für das monatliche Haarschneiden auf.

»Schneid es kurz«, sagte Rosario. »Schneid es so kurz wie damals, als ich klein war…«

Eigenartigerweise tat Maria, was sie wollte. Eine halbe Stunde später hatte Rosario das Ziel ihrer Träume erreicht. Jetzt war sie kein Mädchen mehr. Sie stand lange vor Anitas altem Spiegel und bewunderte den Jungen, der ihr entgegenlächelte. Endlich.

Es war wirklich nicht möglich, sie noch länger im Haus zu behalten. Sie war wie ein Tier. Ein wildes Tier. Sie drohte den Cousinen und nahm ihnen die Spielsachen weg. Sie zwang Augusto bei Tisch, ihr heimlich seine halbe Portion zu geben. Ihre Großmutter und Tante beschimpfte sie dermaßen lautstark, dass die Nachbarn es hörten. Die Hunde bekamen Fußtritte, und sie schlug auf alle ein, die zu klein waren, um es ihr heimzuzahlen.

Es war schlimm. Die Großmutter schlug und schimpfte, die Tante weinte. Zu guter Letzt schlug der Onkel mit der Faust auf den Tisch. Sie musste weg! Scheißegal wohin! Nur weg mit ihr!

Als die Großmutter eines frühen Morgens erneut ihr Bündel packte, saß Rosario steif zusammengekauert an der Wand.

Sie hatte die Knie an den Leib gezogen und die Fäuste gegen den Mund gepresst.

»Du bist selber schuld«, sagte Maria. »Wärst du ein liebes Mädchen gewesen, hättest du bei uns bleiben dürfen. Doch solche wie dich kann man nicht im Haus behalten... Du bist ja schlimmer als deine Mutter!«

»Viel schlimmer«, brummte der Onkel aus seiner Ecke. »Anita war lieb, als sie klein war...«

»Ha! Sie war ein Flittchen. Aber so böse und eigensinnig wie Rosario, das war sie nie. Sie war nicht so verwöhnt... Also, zieh dich an, damit wir loskommen.«

Rosario war so hungrig, dass es wehtat, weigerte sich aber den Reis anzurühren, den die Tante ihr hinstellte. Sie ließ sich mit steifem Rücken hinausführen und trat im Vorbeigehen nach einem Spielzeugauto. Verwöhnt! Sie? Nicht ein einziges Spielzeug hatte sie in ihrem ganzen Leben bekommen...

Sie wusste nicht, wohin die Großmutter sie diesmal bringen würde. Vielleicht zu einem anderen reichen Weibsbild, das ein Dienstmädchen brauchte. Scheißegal. Sie würde weglaufen und zurückkommen, schneller als ihnen lieb war. So leicht würden sie sie nicht loswerden.

Doch Rosario wartete vergeblich darauf, dass ein feines Haus auftauchte. Die Großmutter ging in Richtung Fluss, und Rosario, deren Staunen zunehmend wuchs, trottete ihr hinterher. Noch nie hatte sie solche Buden gesehen. Hundehütten für Menschen! Und sie hatte der Großmutter geglaubt, wenn sie von ihrer Armut geredet hatte! Großmutter musste ja nahezu reich sein.

Maria drängte sich geschickt zwischen die Schuppen, setzte auf den schmalen Brettern, die eine Laufplanke im Schlamm bildeten, einen Fuß ordentlich vor den anderen, und nörgelte an Rosario herum.

»Beeil dich! Steh nicht da und glotz rum. Mach los und komm!«

Doch Rosario konnte sich nicht beeilen: Ihr blieb immer

wieder der Mund offen stehen, und sie war gezwungen anzuhalten. Wie war es nur möglich? Wie konnten Menschen inmitten solcher Zustände leben?

Doch sie lebten. Sie bewegten sich und redeten, griffen mit knochigen Fingern nach einander und suchten sich gegenseitig das Haar nach Läusen ab. Sie waren hässlicher als die Geister im Tempel des Opfertals, ihr Lächeln war schlimmer als das böse Grinsen des Teufels und ihre Augen verrieten, dass Rosarios eigene Verbitterung bei weitem nicht die größte auf der Welt war.

Nie zuvor war Rosario wirklicher Hoffnungslosigkeit begegnet. Mitten in ihrer schwärzesten Trauer und in ihrem weißesten Zorn hatte sie in sich eine Flöte gehabt, eine Flöte, die von Auswegen und Möglichkeiten trillerte, sie an die Liebe erinnerte und an die Zukunft. Doch hier verstummte sie. Worauf sollte man in dieser erbärmlichen Armut noch hoffen können? Warum brachte die Großmutter sie hierher? Was hatte Rosario Baluyot hier zu suchen?

Maria hielt nicht an, bevor sie am Fluss angelangt waren. Sie standen vor einem Haus auf Pfählen. Der Rost hatte große Löcher in das Blechdach gefressen und der ganze Bau sah aus, als könne er jederzeit ins Wasser rutschen und verschwinden.

»Hallo«, rief Maria. »Hallo…«

Der zerfetzte Vorhang in der Türöffnung bewegte sich, und ein Geschöpf steckte den Kopf heraus. Rosario konnte nicht erkennen, ob es eine Frau oder ein Mann war. Es hatte keine Zähne. Das lichte Haar war straff nach hinten gekämmt, wie bei einem alten Mann, doch die Wangen hingen wie bei einer alten Frau.

»Ich bringe das Mädchen…«

Das Geschöpf verschwand wieder, wirtschaftete einen Moment drinnen herum und schlug dann erneut den Vorhang zurück.

Es war eine Frau. Sie trug ein Kleid und man sah ihre Beine.

»Gut. Gut. Nur herein, nur herein…«

Maria kletterte zuerst die schmale Leiter hinauf und kurz darauf folgte Rosario. Sie horchte und witterte.

»Tee«, sagte die Frau. »Tee…«

Das war eine Art Einladung und Maria setzte sich mit gekreuzten Beinen auf den Fußboden. Rosario blieb mit dem Rücken zur Wand stehen. Die Frau lächelte sie verwirrt an, vergaß sie dann aber gleich. Allem Anschein nach suchte sie ein Glas; aber erst als Maria aufgestanden war und ihr geholfen hatte, einen Haufen alter Lumpen wegzuräumen, fand sie es.

»Oh. Gut. Gut…«

Sie schusselte zum Spirituskocher und goss kochendes Wasser in ein Glas, ohne es abzuwaschen oder auch nur auszuspülen. Maria nahm das Glas zögernd entgegen; wie gewöhnlich war ihr Respekt vor alten Sitten zu groß, als dass sie es über sich gebracht hätte zu protestieren.

Wurde einem etwas angeboten, nahm man es an. Ganz gleich, was man von Schmutz und alten Ablagerungen hielt. Punkt.

Die alte Frau schien sich nur schwer daran zu erinnern, was sie vereinbart hatten, doch als Maria ein Geldbündel hervorholte, kam Leben in sie. O ja. Gewiss doch. Sie würde sich um das Mädchen kümmern. Selbstverständlich. Und ihr Alter würde ihr dabei helfen, wenn er nur endlich mal wieder nach Hause kommen würde…

Als Maria sich zum Gehen bereit machte, stand Rosario immer noch an der Wand. Sie schaute auf den Boden. Maria blieb einen Augenblick vor ihr stehen und legte die Hand auf ihre Schulter.

»Du wirst zu essen bekommen. Dafür habe ich bezahlt. Doch zu stehlen gibt es hier nichts…«

Das waren Sätze, für deren Formulierung sie Tage gebraucht hatte. Die Phrasen einer Siegerin.

Aber Rosario stahl ihr noch einmal den Triumph der Macht. Sie blickte auf und sah ihrer Großmutter gerade in die

Augen. Bettelte nicht. Bat nicht. Brachte Maria nur dazu, sich selbst mit Kindesaugen zu sehen.

Bis in den Tod würden sie einander für diese Stunde hassen. Die eine für die Schande. Die andere für den Schrecken und die Einsamkeit.

»Wenn du lieb bist, darfst du wieder nach Hause kommen«, sagte Maria und ihre Stimme zitterte ein wenig. »Und dann wirst du auch wieder zur Schule gehen…«

Rosario lächelte das höhnische Lächeln, das sie in Santa Rita gelernt hatte. Ach so. Wirklich.

Dann flatterte der Vorhang ein wenig und die Großmutter war verschwunden. Rosario blieb mit weit aufgerissenen Augen in dem dunklen Schuppen zurück.

Ein langes Gefecht war zu Ende. Beide Kämpfer blieben auf dem Schlachtfeld zurück.

Sie sind schon sehr viele, und mit jedem Tag werden sie Tausend mehr.

Sie kriechen aus Hütten und Häusern, flüchten mit wachsamen Augen durch Straßen und Gassen, ständig bereit, sich zu ducken und sich mit mageren Armen zu schützen.

Sie putzen Schuhe in Rio de Janeiro und wühlen in Nairobis Müll, sie verkaufen Blumen in Bangkoks Straßen und betteln in Kalkutta. Sie stehlen in Valparaiso und huren in Manila.

Wie viele müssen es noch werden? Wann zerbricht die Erde unter ihrer Last? Unter Rosario war sie schon fast zerbrochen.

Obwohl sie ihre Gedanken nie in Worte fasste, stand eines für Rosario von Anfang an fest. Nie wieder. Nie wieder würde sie das Haus in Santa Rita aufsuchen und um etwas betteln, was keiner geben wollte.

Ihr zehnter Geburtstag lag noch in weiter Ferne, doch sie hatte begriffen.

In der ersten Nacht schlief sie überhaupt nicht. Der Slum und der Fluss hielten sie wach. Nicht einmal in der Morgendämmerung, als das Wasser spiegelblank lag und die Wellen unter dem Haus nicht mehr flüsterten, war es richtig still. Ein Hund bellte. Ein Hahn krähte. Füße patschten im Schlamm herum. Und die alte Frau murmelte in ihren Träumen.

Rosarios Körper schmerzte, als die Sonne allmählich durch das kaputte Dach kroch und sie an der Nase zu kitzeln begann.

Sie stand auf und trat dem Leben entgegen.

Die Alte schien schon vergessen zu haben, wer sie war, begrüßte sie aber höflich und flatterte dann, auf der Suche nach ihrem Mann, um den Schuppen herum. Dass er nie den Weg nach Hause fand!

Rosario ließ die Schuluniform im Bündel, zog Shorts und T-Shirt an und versuchte etwas Essbares zu finden. Unter einer alten Decke entdeckte sie eine Tüte Reis und als sie eine weitere Viertelstunde gesucht hatte, fand sie auch ein Gefäß, in dem sie ihn kochen konnte. Als das Essen fertig war, kam die umherirrende Alte, steckte ihre schmutzige Hand ins Essen und rollte sich, während sie weitersuchte, einen Reisball. Rosario betrachtete den Reis, zögerte einen Moment, zuckte dann aber mit den Achseln. Sie war hungrig. Und sie musste doch satt sein, bevor sie sich hinausbegab…

Es dauerte lange, die Magsaysay Avenue zu finden. Sie wusste ja nicht, wie die Straße hieß und erinnerte sich nicht genau, auf welchen Wegen Nora sie dorthin geführt hatte. Sie musste sie aufspüren, sich von Geräuschen und Gerüchen leiten lassen. Noras Straße roch nach süßem Reichtum und süßen Abenteuern, daran erinnerte sie sich noch gut. Nach einigen Stunden planlosen Umherwanderns, weiteten sich Rosarios Nasenlöcher. Sie schaute sich um und wusste, dass sie angekommen war.

Danach war es nicht schwer, Noras Loch zu finden. Auf der einen Seite lag ein Souvenirladen. Und auf der anderen ein Restaurant mit schwarzen, verdeckten Fenstern.

»Nora!«, rief Rosario den Schatten im Loch zu, und ihre Stimme war mädchenhafter und zarter als gewöhnlich. Sie bekam keine Antwort. Dennoch kroch sie hinein, tappte, vor Scham und Angst zitternd, über den Müllberg und rief weiter nach ihrer Freundin.

»Nora! Bist du da?«

Aber das Loch war leer und niemand antwortete. Nur eine gestreifte Katze richtete sich auf, miaute beleidigt und verschwand hinaus auf die Straße. Rosario folgte ihr.

Den ganzen Tag saß sie vor dem Loch, ohne von Nora auch nur einen Schimmer zu sehen.

Viele Kinder gingen an ihr vorbei, alle waren sehr beschäftigt. Kleine Jungs mit Handwagen, die ihre Augen vor Anstrengung geschlossen hatten. Mädchen in zerfetzten Kleidern, die versuchten, einzelne Kaugummistückchen zu verkaufen. Zeitungs- und Schuhputzjungs und große Mädchen mit Gesichtern, die weder Kinder noch Erwachsene waren. Kein Kind blieb stehen, und keines schaute Rosario an. Dennoch hatte sie die ganze Zeit Angst. Angst, sie würden sie schlagen. Oder noch schlimmer, sie verhöhnen.

Als es zu dämmern begann, erinnerte sie sich, dass sie den ganzen Tag nichts gegessen hatte. Sie war hungrig und ihr fiel plötzlich ein, dass die Großmutter, vor tausend Jahren, der Alten Geld für Essen gegeben hatte. Sie musste zurück zum Schuppen am Fluss und ihr Recht fordern.

Als sie dort ankam, war es sehr dunkel. Eine Glühbirne leuchtete einsam vor der Hütte und lockte die Fledermäuse an. Sie kamen angesaust, flogen in raschem Bogen einmal um die Lampe und verschwanden wieder.

Die Alte suchte immer noch nach dem Alten. Sie hatte dieselben Kleider an wie am Morgen und ging dieselben Kreise. Also war sie nicht einkaufen gewesen. Rosario musste selbst nach dem Geldbündel suchen und sich zum nächsten Sari-Sari-Store aufmachen. Sie kaufte zwei Brote und vier Stücke Schokoladenkuchen und trug das Essen nach Hause.

Die Alte starrte Rosario verwirrt an, als sie ihr ein Brot und ein Stück Schokoladenkuchen in die Hand drückte, bedankte sich höflich und suchte weiter. Rosario hielt es nicht aus. Sie kletterte die Leiter hinunter und setzte sich unter das Haus an den Rand des Wassers, um zu essen.

Sie mochte das Sausen der Fledermäuse nicht. Als sie gegessen hatte, saß sie lange still und presste den Daumen in die Armbeuge. Dort war es, dort saß die Unruhe. Sie konnte sie wegdrücken.

Am nächsten Tag ging sie wieder zur Magsaysay und am darauf folgenden auch. Tag für Tag saß sie geduldig und wartete auf Nora, die nie kam. Sie sprach mit niemandem, außer mit dem Straßenverkäufer ein Stück entfernt. Von ihm kaufte sie ihr täglich Brot: Chips und Coca-Cola. Rosario hatte reichlich Geld, nun da sie Großmutters Geldbündel gefunden hatte.

Sie dachte nicht sehr viel, wenn sie da saß, und wenn sie dachte, waren es nur Gedanken über das Hier und Jetzt. Hatte die Alte eigentlich einen Mann? Rosario glaubte, dass der Mann erfunden war, dass es keinen Mann in ihrem Schuppen gab und auch niemals gegeben hatte. Bisweilen versuchte sie, sich an Noras Gesicht zu erinnern, aber das war schwierig. Würde sie sie wieder erkennen, wenn sie ihr begegnete?

Nicht ein einziges Mal dachte sie zurück. Sie erinnerte sich nicht mehr an das Opfertal, und das Haus in Santa Rita lag in weiter Ferne. Und Anita? Sie war nur ein Traum aus längst vergangener Zeit, einer, dessen Inhalt in Vergessenheit gerät und von dem nur eine Stimmung bleibt.

Rosario wartete.

Erst am Nachmittag des vierten Tages kam Nora, und da schien es Rosario, als hätte sie das Reden verlernt. Ihre Zunge war dick und sträubte sich, ja ihre ganze Person sträubte sich, denn es war schön gewesen, so lange still zu sitzen und nicht leben zu müssen.

Nora guckte sie verstockt an und sagte:

»Du bist's, oder? Wie heißt du noch? Rosario?«

Und dann:

»Du bist so anders… Was hast du getan?«

»Die Haare geschnitten…«

»Du siehst aus wie ein Junge…«

»Hm. Wo bist du gewesen?«

»Auf Nagbakulaw…«

»Was ist das?«

»Hm. Ein Berg. Ein ganz gewöhnlicher Berg…«

Sie blieben eine Weile nebeneinander sitzen, schweigend und müde, aber trotzdem wortlos zufrieden, einander gefunden zu haben.

Diese Nacht ging Rosario nicht zum Fluss und zu der Alten zurück. Stattdessen folgte sie Nora ins Märchenreich, das die Kinder der Magsaysay Avenue für sich erfunden hatten. Sie sprangen den amerikanischen Soldaten vor die Füße, reizten diese freundlichen Riesen und hüpften lachend beiseite, wenn einer nach ihnen griff. Sie wühlten in den Mülltonnen auf den Höfen der Nachtklubs, nahmen sich aber keine Zeit, ihre Funde zu verwerten. Nora warf eine Jacke beiseite und Rosario schmiss einen halben Hamburger weg. Aber sie aß ein

Pommes frites, nur um dieses komische amerikanische Essen zu probieren. Igitt! Das war nichts für jemanden, der Hunger hatte.

Es gibt viele Arten von Hunger auf der Welt. Der erste Hunger ist der Hunger der Ärmsten; er beherrscht ihr ganzes Leben. Der zweite ist der Hunger der Reichen. Er knurrt zuversichtlich in runden Mägen, wird freudig wahrgenommen und gestillt. Der dritte ist der Hunger der Unwissenheit, einer, der in der Kehle juckt, obwohl der Magen voll ist. Doch am schlimmsten sind der vierte und der fünfte Hunger, der die Menschen dazu treibt, sich gegenseitig in Stücke zu reißen und das Blut des anderen zu trinken.

Rosario litt bis jetzt nur am dritten Hunger. Mehrere Tage Chipsdiät hatten für ein Völlegefühl gesorgt, aber dennoch war sie ausgehungert. Noch hatte sie Geld. Viel Geld. Nora zeigte ihr den Imbissstand bei Lot 21. Der Grillspieß wäre was Leckeres für sie beide!

Als Rosario ins Fleisch biss und ihr der Saft auf die Zunge sickerte, kamen ihr die Tränen vor Begierde. Sie wollte mehr, mehr, mehr. Doch Nora, die auch den vierten und fünften Hunger kannte, bremste sie. Nicht, weil das Geld am nächsten Tag gebraucht wurde, sondern weil es andere Begierden gab, die schon heute Abend gestillt werden wollten.

Sie zog Rosario mit sich über den Parkplatz bei Lot 21, zur dunkelsten Seite hin. An einer Wand waren undeutlich drei Schatten auszumachen. Einer von ihnen hob den Kopf und das Weiß seiner Augen glitzerte.

»Melchior«, rief Nora schon in einigen Metern Entfernung.

»Melchior! Hast du Rugby?«

Es war eine Weile still; genau so viele Sekunden, wie Noras vierter Hunger brauchte, um zu explodieren. Ihre Stimme wurde schrill und angespannt.

»Melchior! Hast du Rugby?«

»Nur für den, der Geld hat…«

»Wir haben Geld. Rosie hat Geld…«

»Lasst euch anschaun!«

Sie mussten sich ins Licht einer Straßenlaterne stellen.

»Was bist du denn? Ein Junge oder ein Mädchen?«

Nora antwortete für Rosario.

»Sie ist ein Mädchen, Melchior, und sie hat Geld. Hast du Rugby?«

»Halt's Maul und lass sie selbst antworten. Was bist du für eine? Woher kommst du?«

»Von Santa Rita.«

»Ach wirklich… Und was machst du hier mitten in der Nacht, wenn du in Santa Rita wohnst?«

»Meine Mama ist tot. Und Papa ist verschwunden…«

»Komm her!«

Rosario zögerte, aber Nora schubste sie. Geh schon!

Ihre Augen gewöhnten sich schnell an die Dunkelheit und sie konnte die drei Könige sehen, die da mit gekreuzten Beinen saßen. Zerlumpt und zahnlos, schmutzig und mit böswilligem Blick.

Der fünfte Hunger rührte sich in Rosarios Magen. Melchior zog sie näher an sich heran, schob seine Hände in ihre Shorts und teilte ihre Schamlippen.

»Tu das nicht…«

In ihrer weinerlichen Stimme lag Angst. Warum tat er das? Er war doch erwachsen und müsste wissen, dass dieses Körperteil versteckt und verschwiegen werden musste.

Die drei Könige lachten und Nora lachte auch. Melchior zog die Hand zurück.

»Ich wollte nur kontrollieren, ob du wirklich ein Mädchen bist… Na, hast du Geld?«

Fünf Grillspieße, so viel kostete eine einzige Tube. Nora nahm sie an sich, ergriff Rosarios Hand und war plötzlich wieder Freundin und Beschützerin.

»Komm, wir verschwinden…«

Gaspar rief ihnen etwas hinterher, aber sie blieben nicht stehen. Nora drängte es nach Befreiung und Rosario hatte Angst.

In Noras Loch fühlte sie sich wieder geborgen. Hier drinnen konnte niemand sie sehen. Die Straße draußen glänzte und lärmte weiter, aber hinter dem Müll war es still und dunkel. Den süßlichen Gestank registrierte ihr Gehirn nicht mehr.

Nora suchte nach einer Plastiktüte und schraubte den Verschluss von der Tube.

»Was ist das?«, wollte Rosario wissen.

»Kleister«, sagte Nora, »Klebstoff…«

Sie drückte einen Klecks in die Plastiktüte, hielt ihn an die Nase und atmete ein, tief und sehnsüchtig. Der vierte Hunger war gestillt.

»Hier«, sagte sie und reichte Rosario die Plastiktüte.

Es roch schlecht, zuerst, aber dann…

Friede senkte sich über Rosario. Der Körper wurde weich und leicht, die heiße Nachtluft duftete plötzlich frisch, und die Welt stand still. Und endlich! Endlich drehte sich Anita im Himmel um, ließ das Heilige Herz los und sah ihre Tochter an.

Rosario lächelte Nora an und Nora lächelte zurück. Sie sanken nebeneinander auf einen Karton. Kurz bevor sie einschlief, spürte Rosario etwas an ihrer Wange.

Eine Hand. Die Hand eines Freundes.

Und der fünfte Hunger? Der ist eine Art Rabies. Tollwut. Es dürstet einen, aber man kann nicht schlucken.

Der fünfte Hunger befällt nur jene, die von niemandem geliebt werden. Er wühlt in ihnen, sodass sie schlagen und treten müssen. Wenn ihnen trotzdem jemand das Unmögliche schenken will, können sie es nicht annehmen. Stattdessen bekommen sie heftige Anfälle; sie zeigen die Zähne und schäumen vor Furcht und Verzweiflung.

Meistens gehen sie auf Nummer sicher. Sie lassen die Menschen fallen, die sie sättigen wollen, und suchen Anschluss an solche, die sie weiterhin hungern lassen.

Ja, bald laufen sie sogar eifrig Demütigungen, Gleichgültigkeit und harten Händen hinterher.

Das ist am sichersten.

Über die Kinder, die unter dem fünften Hunger leiden, sind viele Lügen verbreitet worden. In den besten Kreisen Olongapos sagt man, sie seien verwöhnt, seelenlos und selbstsüchtig. Und von manchen wird fälschlich behauptet, sie wollten verführen.

Rosario wusste nichts über die Körper von Männern und Frauen. Das Geschlechtliche war ihr eine unbekannte Landschaft. Dennoch begann sie bald, dicht an Melchior heranzukriechen und zu turteln. Sein Hohn war so mächtig, seine Gleichgültigkeit so verlockend und seine Augen so zuverlässig tot…

Eines Abends am Strand unterhalb des Nagbakulaw zog er

ihr die Schlüpfer aus und drängte sich zwischen ihre Beine. Sie wagte nicht zu schreien.

Warum tat er das? Aus Lust, vielleicht. Oder aus Hass. Wenn es sich nicht nur um eine Investition handelte. Eine Art Ausbildung.

Nora wurde wütend, als sie es erfuhr. Das war ihre Qual und sie fand sich nicht einfach damit ab, dass Rosario sie ihr stahl. Am frühen Morgen des nächsten Tages gerieten die kleinen Mädchen vor Melchiors Schuppen in eine Schlägerei. Violetta wurde aus Ärger über den Lärm wütend und jagte sie weg.

Sie legten den ganzen Weg zur Magsaysay Avenue zu Fuß zurück und dabei vergingen mehrere Stunden. Als sie endlich wieder zu Hause im Loch waren, blieben sie nebeneinander in dunkler Verzweiflung sitzen. Rosario wollte erzählen, wie weh es getan hatte, welche widerwärtigen Bilder vor ihren Augen getanzt hatten und wie sie sich hinterher in den Sand erbrochen hatte, doch sie bekam kein Wort heraus. Als es Abend wurde, ging sie allein zum Tor Nummer zwei, um auf die Soldaten zu warten. An diesem Abend brauchte sie nicht in den Fluss zu springen. Die Soldaten schauten sie an und zogen schnell ihre Brieftaschen hervor, um sich weiteres zu ersparen.

Das Geld reichte nur für eine Tüte Chips, aber das war immerhin besser, als gar nichts zu essen.

Nora aß lustlos, ohne wie sonst jedes Korn und jeden Krümel zu jagen. Als sie den letzten Bissen geschluckt hatte, begann sie endlich zu reden.

»Hol dich der Teufel, Rosario! Hol dich der Teufel!«

Rosario hatte nichts dagegen. Der Teufel hatte sie schon vor langem geholt.

»Hast du Rugby?«

Na klar. Nora hatte wie immer vorgesorgt.

Sie teilten sich die Plastiktüte und wurden sanfter. Nora wurde so sanft, dass sie zu erzählen anfing.

»Am schlimmsten war es mit meinem Alten. Das erste Mal war ich vier Jahre alt.«

Rosario wurde schwindlig und wollte nichts davon wissen. Es half nichts. Nora wollte ihr alles mitteilen, bis ins kleinste Detail. Und als sie fertig war, schlang Rosario den Arm um ihren Hals und weinte ihretwegen. Wie sollte sie es ertragen? Noras Schicksal und ihr eigenes?

Am Tag darauf stritten sie sich wieder. Rosario beschuldigte Nora des Diebstahls und sie gingen mit hasserfüllten Blicken aufeinander los.

Sie prügelten sich auf Mädchenart, wild und hemmungslos: kratzten mit scharfen Nägeln, versuchten sich gegenseitig das Fleisch aus dem Leib zu reißen und schlugen einander wie Wahnsinnige die Nasen blutig. Rosario siegte. Sie war eine gute Kämpferin, denn sie war fast genauso stark wie ein Junge und schonungsloser als die anderen Mädchen.

Sich prügeln können war in der Magsaysay Avenue von großem Vorteil. Nur wer sich prügeln konnte, wurde von den anderen Straßenkindern akzeptiert. Rosario war bereits ein vollwertiges Mitglied der *Barkada* der Straße. Magsaysay Kids. Sie war immer unter den Ersten in der Bande, wenn andere Reviere angegriffen wurden. Die Kinder auf dem Marktplatz, die auf den Treppen zur Verkaufshalle schliefen und sich von den halb verdorbenen Resten des Marktes ernährten, fürchteten sie. Sie trat ihnen auf die Finger, wenn sie versuchten ihre fleckigen Äpfel zu retten und stahl ihnen ohne eine Spur von Mitleid die Plastiktüten, die ihre einzige Versorgungsmöglichkeit darstellten. Und auf der Straße zu Hause scheute sie nicht davor zurück, Jungs, die viel größer waren als sie, eine Tracht Prügel zu verabreichen, nur weil sie die Frechheit besaßen, Grenzen zu überschreiten, von denen sie nichts wussten.

Von den anderen Kindern wurde sie Tomboy genannt. Das empfand sie als eine Anerkennung. Sie war fast ein Junge.

Das Leben auf der Straße war ziemlich eintönig, auch wenn

die Kinder sich ständig einreden wollten, dass es voller Märchen und Abenteuer war. Manchmal konnten Nora und Rosario sich den ganzen Tag nicht dazu aufraffen, aus ihrem Loch zu kriechen. Was sollten sie draußen, so lange es noch Essensreste und Rugby unter den Abfällen gab? Sie lagen auf dem Bauch, jede auf ihrem Karton, und erzählten einander Geschichten.

Das Loch war nicht groß und wurde von Mal zu Mal kleiner, wenn jemand aus dem danebengelegenen Restaurant auf den Gedanken kam, Abfall zu entsorgen. Ganz vorne zur Straße hin hatten sie einen Karton aufgestellt. Der diente ihnen als Tür. Sie schoben ihn beiseite, wenn sie in das Loch krochen und kletterten dann über hohe Müllbarrikaden zu ihren Schlafplätzen. Dahinter hatte Rosario einen weiteren zerrissenen Karton aufgestellt. Sie wollte nicht sehen müssen, wenn Nora pinkelte und schiss, und sie selbst wollte sich dabei auch nicht beobachten lassen.

Sie träumten oft von der Zukunft. Nora wollte Bikiniprinzessin werden, wenn sie groß war, doch Rosario war sich nicht sicher. Der Verstand sagte ihr jetzt, dass sie kein Mann werden konnte, wenn sie groß war, dennoch wollte sie die wahnwitzige Hoffnung nicht ganz aufgeben. Vielleicht konnte sie jemand werden, der Flugzeuge steuerte… Pilot hieß das wohl.

An anderen Tagen waren sie voller Leben, rannten die Straße rauf und runter, bettelten und stahlen, spiegelten sich in blanken Fensterscheiben und lachten die ganze Welt aus. Die Magsaysay Avenue gehörte ihnen. Viele Bardamen und Serviererinnen kannten sie beim Namen, die Zuhälter lachten sie an und die Nachtklubbesitzer fluchten bei ihrem bloßen Anblick.

Hier waren sie zu Hause.

Rosario war bald genauso grau wie Nora, ihr Haar war ebenso verfilzt und ihre Kleidung ebenso zerfetzt. Früh morgens, kurz bevor sie einschliefen, suchten sie sich das Haar nach Läusen ab und kratzten sich gegenseitig ihre Krätze. Sie hatten Bandwürmer und Mundgeschwüre, eiternde Augen und abgekaute Nägel, die von Mangelerscheinungen fleckig waren.

Wo hätten sie Wasser finden sollen? Und wo in der ganzen Straße hätten sie sich ausziehen und waschen können? Die Magsaysay Avenue war rund um die Uhr voller Leben. Nur ein Weilchen nach dem Morgengrauen verstummte das Lachen und die Musik wurde gedämpft.

Rosario und Nora schliefen, wenn die Straße still war, allerdings nur für ein paar Stunden. Sich den täglichen Reis und Chips und Coca-Cola zu verdienen, erforderte, dass man bereits auf den Beinen war, wenn sich das Karussell wieder zu drehen begann.

Manchmal fuhren sie nach Nagbakulaw, denn da konnten sie ihre Sachen waschen. Während sie trockneten, mussten sie sich mit Violettas Fetzen bedecken. Violetta forderte Bezahlung für die Seife, entweder in Geld oder in Form von Arbeit; schnell hatten die Mädchen aber genug von ihrem Genörgel, liefen den Berg hinunter und wanderten zurück zur Stadt.

Sie glaubten frei zu sein, denn es gab nur einen einzigen Erwachsenen, dem sie gehorchen mussten: Melchior. Er und seine Brüder kamen in unregelmäßigen Abständen zur Magsaysay Avenue, forderten ihren Anteil und befahlen dem einen oder anderen Mädchen, mit nach Nagbakulaw zu kommen. Sie wagten nie zu widersprechen. Die Auserwählte lag dann mit steifem Leib und leeren Augen unter dem Bettlerkönig und ließ das Unbegreifliche geschehen. Zu Hause in der Magsaysay Avenue wartete ihre Schwester; wartete und wachte, während sie mit schmutzigen Fingern in dem herumwühlte, was sie an verwelktem Salat, weichen Pommes und ketschupverschmierten Brotrinden gefunden hatte.

Ja, obwohl sie sich manchmal prügelten, waren sie Schwestern geworden.

Ansonsten mochte Rosario Mädchen nicht besonders. Sie hielt sich an Nora, nahm sich vor den anderen in Acht und lebte in ständiger Furcht, von ihnen auf die Art und Weise angegriffen zu werden, wie sie unter Mädchen vorkommt. Rosario konnte unendlich viel Zorn und Wut aushalten, aber gegen giftigen Hohn und gezielte Boshaftigkeiten war sie wehrlos.

Jungs mochte sie lieber. Mal war sie in Jessie Ramirez verliebt, mal in Paul Maclor, doch genauso oft in jemand anders. Es waren jene Jungmädchenlieben, die nur dazu dienen, ein Geheimnis zu haben, das man mit seiner besten Freundin teilen kann.

Die meisten Kinder lebten in der Gegend. Einige, wie Paul Maclor, arbeiteten. Schon seit mehreren Jahren war er Hilfskraft bei Beggars Banquet, scheuerte dort die Fußböden und schleppte in Schichtarbeit den Müll; sein Lohn bestand darin, dass er regelmäßig zu essen bekam! Er wohnte unter einer Treppe vor dem Restaurant. Dort lag er, wenn die Soldaten endlich in ihre Kasernen gegangen waren, einsam im Morgengrauen und versuchte sich daran zu erinnern, wer er war und woher er kam.

Jessie Ramirez dagegen wusste, wer er war und woher er kam, aber er hatte keine Arbeit. Er versorgte sich manchmal durch den Verkauf von Zeitungen, jedoch genauso oft durch sein sonniges Lächeln. Nicht einmal eingefleischte alte Huren konnten Jessie widerstehen, wenn er bettelte.

Mike war es gelungen, sich bei der Polizei einzuschleichen, und er versorgte sich, indem er Besorgungen für Gefangene in Untersuchungshaft erledigte. Dennis verkaufte Kaugummi, Mario Zigaretten, Raymund putzte Schuhe und Danton hatte eine Handkarre.

Für die Mädchen gab es nicht so viele Möglichkeiten, sich zu versorgen. Mädchen können keine Schuhe putzen, schwere Wagen ziehen, aber sie sind gut im Betteln, insbesondere bei Soldaten. Und wer ein kleines Startkapital erbettelt hat, kann in ein Päckchen Kaugummi oder Zigaretten investieren und es weiterverkaufen. Das heißt, wenn man die Kraft dazu aufbringt. Und wenn es nicht verlockender ist, Rugby für das Geld zu kaufen…

Manchmal passierte es, dass ein Mädchen einige Tage lang verschwand und mit ungewöhnlich viel Geld zurückkam. Dann wandten sich die anderen ab und tuschelten.

Marisel, eine verlebte Fünfzehnjährige, war die Anführerin, und Rosario fürchtete sie anfangs sogar mehr, als sie ihre Großmutter je gefürchtet hatte. Aber das gab sich. Marisel tauchte nicht so oft auf. Obwohl sie keine Brüste hatte und noch genauso klein wie eine Zwölfjährige war, war sie schon auf dem Weg in die andere Welt, die Welt der Erwachsenen.

Immer seltener kam sie auf den Parkplatz bei Lot 21, wo sich die Schar sammelte. Und wenn sie kam, hörte sie den Erzählungen und Abenteuern der Jüngeren kaum zu. Sie war nicht mehr im Stande Interesse zu zeigen, konnte sich weder freuen noch wütend werden. Ihr ganzes Leben war zusammengeschrumpft und kreiste nur noch um eine einzige Frage: die nächste Mahlzeit. Wo soll ich sie herbekommen?

Marisel war schmutzig und durch jahrelange Unterernährung so hässlich geworden, dass sie keine Bardame werden konnte. Sie musste bei den alten Frauen unten am Tor Nummer zwei huren, aber es konnten Tage und Wochen vergehen, bevor sie einen Kunden bekam. Dann lebte sie auf und ging hinterher zum Lot 21, um darüber zu reden, aber nicht immer traf sie jemanden, der zuhören wollte.

Sie wurde ein Schatten, der sich allmählich auflöste und verschwand. Magsaysay Kids mussten eben allein zurechtkommen...

Aber wenn die Wirklichkeit zu hart wurde, suchten sie einander und hielten zusammen. Wenn ein Orkan tobte und der Regen peitschte, kauerten sie beieinander in Noras Loch, das dann brechend voll war. Wenn die Polizei einen Kumpel gegriffen und geschlagen hatte, sammelten sie sich auf dem Parkplatz und bangten in einer Art Gemeinschaft. Oft schliefen sie zusammen; die ganze Schar schaffte es manchmal, kurz vor Schließung in ein Restaurant gelassen zu werden, wo sie auf dem weichen Teppichboden der Treppe schlafen durften...

In solchen Nächten konnte es passieren, dass Nora sich neben ein anderes Mädchen legte und ihr ihre Geheimnisse ins Ohr flüsterte. Rosario biss die Zähne zusammen und weigerte sich hinterher, mit ihrer Schwester zu reden. Erst nach vielen Tagen brach sie das Schweigen und wagte, Nora wieder zu vertrauen, legte ihren Kopf an deren Schulter und weinte, ohne zu wissen, warum. Vielleicht, weil sie so einsam gewesen war. Vielleicht, weil sie wusste, dass es wieder passieren würde.

Sie wichen einander nicht von der Seite, teilten aber nicht alles. Manchmal, insbesondere nach den Besuchen auf Nagbakulaw, waren sie erbitterte Feinde. Nora schrie hässliche Wörter und Rosario verprügelte sie. Sie spionierten einander nach und versuchten die Geheimnisse des anderen herauszubekommen, machten sich gegenseitig Vorwürfe, beschuldigten und verhöhnten einander.

Die Freundschaft schmeckte bitter, aber sie erwarteten nichts anderes.

Nora wagte sich manchmal in die innere Welt, jene, die den Erwachsenen gehörte. Einige Male kam sie mit einem Geldbündel ins Loch zurück, das sie hinter einem losen Ziegelstein versteckte. Wenn Rosario Fragen stellte, wich sie ihrem Blick aus und redete von etwas anderem. Nicht bevor Jessie es geradeheraus gesagt hatte, begriff sie, dass Nora ihr Geld verdiente, indem sie tat, was Melchior ihr beigebracht hatte. Nur mit anderen Männern. Soldaten.

Rosario wusste nicht, was sie davon halten sollte. Bisweilen dachte sie darüber nach, dasselbe zu tun, doch es kam nie dazu. Niemand fragte sie, ob sie wollte. Vielleicht war sie zu jungenhaft. Außerdem hatte sie mehr Angst vor Erwachsenen als Nora. Man konnte nie sicher sein, wozu sie fähig waren…

Nora war mutiger. Wenn sie sich auf ihre geheimnisvolle Weise kein Geld beschaffen konnte, ging sie zu den Nonnen und den Frauen von der Wohltätigkeit. Da war immer etwas zu holen! Wenn man nur ein bisschen erbärmlich jammerte…

Rosario scheute sich davor und hielt Abstand. Sie mochte die Nonnen nicht. Vage Erinnerungen an die Inkong und Apo Estela rührten sich in ihr, wenn sie sie die Straße entlangeilen sah. Ihre Schleier flatterten und erinnerten an Zauberei, Gespenster und böse Geister…

Nein, danke! Sie wusste, wie es dort zuging.

Nora lachte sie aus. So ein Feigling!

Doch eines Tages bekam Rosario Recht. Das Unerhörte geschah, das, was sie von allem am meisten befürchtet hatte.

Nora ging zu den Nonnen und kam nicht wieder.

Die Ungewissheit war am schwersten zu ertragen. Zunächst saß Rosario zu Hause im Loch und wartete mehrere Tage. Dann ging sie zum Nagbakulaw und fragte Melchior, aber der hatte außer dem Üblichen auch keine Antwort. Zwei Tage später war sie mit schmerzendem Körper und wunden Lippen wieder zurück auf der Straße. Nora war immer noch weg und niemand hatte sie gesehen.

Das Loch war leer und verlassen. Rosario wollte nicht länger dort bleiben. Sie begann, sich herumzutreiben und Gesellschaft zu suchen, obwohl sie sich eigentlich Geld beschaffen musste. Aber zum Betteln fehlte ihr die Ruhe, und sie war plötzlich so ängstlich, dass sie nicht zu stehlen wagte. Die anderen Mädchen zuckten mit den Schultern. Nora würde sicher wieder auftauchen… Die ist nicht unterzukriegen. Die Jungs grinsten ein bisschen! Nora! Die saß wohl irgendwo und schnüffelte, hatte wohl ein ganzes Lager Rugby gefunden und wollte es für sich behalten, hahaha…

Vielleicht würde Paul Maclor sie verstehen. Komisch war er ja, aber lieb.

Sie ging spät nachts zu Beggars Banquet, kauerte sich unter Pauls Treppe und war auf ein längeres Warten gefasst. Es war dunkel. Paul hatte sich ein Dach aus Kartons gebaut, sodass es nicht durch die offene Treppe hereinregnen konnte.

Er kam viel früher, als sie erwartet hatte.

»Wer ist da?«

Seine Stimme brach etwas. Stimmbruch.

»Nur ich. Tomboy.«

Er kroch auf allen vieren herein.

»Suchst du Nora? Jessie sagt das…«

»Hast du sie gesehen?«

Sie spürte, dass er den Kopf schüttelte, sah es aber nicht richtig. Es war eng und sie waren gezwungen, dicht nebeneinander zu sitzen. Sie schwiegen eine Weile. Doch es war nicht still, denn immer, wenn jemand Beggars Banquet verließ, wurden sie von einer Welle Discomusik überspült.

Rosario war noch nie allein bei Paul zu Hause gewesen und wurde plötzlich schüchtern. Sie fing an, sich wie ein Mädchen aus gutem Hause zu entschuldigen.

»Vielleicht willst du schlafen? Möchtest du, dass ich gehe?«

Nochmaliges Kopfschütteln. Paul war auch schüchtern, spürte aber, dass er etwas tun musste. Etwas anbieten, vielleicht. Wie die Soldaten, wenn sie ein Mädchen aufgegabelt hatten.

»Willst du etwas Rugby?«

»Hast du was?«

Rosario lebte auf und sie tasteten eifrig auf dem Asphalt nach der Plastiktüte. Da war sie. Rosario hielt sie auf und Paul drückte einen ordentlichen Klecks raus.

Rosario durfte zuerst. Erst, als sich ihr der Magen vor Übelkeit umdrehte, erinnerte sie sich wieder, dass man mit Rugby vorsichtig sein musste, wenn man hungrig war. Rasch kroch sie über Pauls Beine und steckte den Kopf aus den Kartons. Gelbe Galle und saure Säfte platschten auf den Asphalt.

Paul wurde nicht böse. Zunächst sah er erstaunt aus, dann war er besorgt.

»Geht's dir nicht gut, Tomboy? Bist du krank?«

Rosario schüttelte den Kopf und wischte sich die Tränen weg, die ihr beim Erbrechen gekommen waren. Sie versuchte zu lächeln, doch es gelang ihr nicht. Paul wurde richtig fürsorglich.

»Leg dich hin! Leg dich hier hin und ruh dich aus…«

Sie rollte sich wie ein Fetus zusammen und merkte, dass er seinen Kram und seine Lumpen wegräumte, damit sie sich nebeneinander ausruhen konnten. Dann legte er sich hin und schaute ihr in die Augen.

Sie redeten nicht. Rosario presste ihre Hände gegeneinander und Paul legte seine darauf. Die Straße war weit entfernt; die Schreie, das Lachen und die amerikanischen Soldaten waren kaum noch zu hören.

Lange, lange hielt er ihre Hände, rückte etwas näher und legte seine Stirn an ihre.

Rosario wartete. Ihre Zunge hatte vergessen, wie das Erbrochene schmeckte, und sie fand, dass ihr Atem nach Apfelsinen und Zitronen duftete. Paul roch nach Ammoniak und das war wundervoll. In der Ferne sang ein Vogel ihren Namen und sie lächelte als Antwort.

Sein Körper war so knochig, seine Knie so groß und seine Hände waren so ungeschickt. Er wusste nicht genau, wie Mädchen beschaffen waren und fand sich nicht gleich zurecht. Rosario wusste genauso wenig und konnte ihm nicht behilflich sein. Aber sie lag vollkommen still und atemlos, als er sein Geschlecht gegen ihres stieß.

Als sie einander endlich umarmten, verschwand der Asphalt unter ihnen. Die Nachtklubs segelten aufs Meer hinaus und waren verschwunden. Engel errichteten hohe Leitern bis in die Wolken und zwangen die Soldaten und Huren zum Klettern.

Die Erde muss vollkommen leer sein, wenn zwei Kinder erkennen, dass sie einander lieben.

Danach lagen sie lange wach und dachten darüber nach, was geschehen war. Nicht einmal Rosario verstand es, denn es glich nicht dem, was sie vom Nagbakulaw gewohnt war. Paul verstand noch weniger, trotz allem, was er bei Beggars Banquet gesehen und gehört hatte, und trotz der Tatsache, dass sich viele Soldaten das Recht gekauft hatten, mit seinem Penis zu spielen.

Weder der Berg noch der Nachtklub hatten von dieser Schönheit erzählt.

»Wie alt bist du, Tomboy?«

Jetzt trug seine Stimme wieder.

»Weiß ich nicht. Neun, glaub ich. Oder zehn. Und du?«

Sie gähnte. Es würde so schön sein zu schlafen.

»Weiß nicht genau. Ich war neun, als ich nach Olongapo kam. Das ist vielleicht vier Jahre her…«

Ein kühler Hauch ließ die heiße Luft erzittern. Ich werde erwachsen, dachte Paul Maclor. Bald bin ich ein Mann. Was soll aus mir werden?

Nur selten erzählten die Kinder der Magsaysay Avenue einander ihre Geschichten, und wenn sie es taten, waren sie zur Hälfte Märchen. Paul hatte dieses Leben schon so lange geführt, dass er sich nicht mehr an die Wahrheit über sich selbst erinnerte. Es herrschte da ein heilloses Durcheinander. Irgendwo eine Mama, die verschwand. Vielleicht gestorben, wie viele andere Mütter. Ein Fremder, der ihn von Manila nach Olongapo brachte…

Jetzt versuchte Paul zu erzählen. Tomboy sollte die Wahrheit über ihn erfahren, und er suchte nach Worten, die vermochten alles über seine Müdigkeit und seine Verwirrung auszusagen. Aber solche Worte gibt es nicht. Und nachdem er eine Weile herumgestottert hatte, verstummte er…

Das machte nichts, denn Rosario war schon eingeschlafen. Ihr Kinn war heruntergefallen und sie atmete schwer. Ihre Augen bewegten sich rasch unter den Augenlidern.

Paul sah sie an. Es tat weh, jemanden so lieb zu haben. Und dennoch.

»Wenn wir groß sind, werden wir heiraten«, flüsterte er. »Wir werden viele Kinder haben und nicht vor ihnen sterben…«

Rosario schloss den Mund und bewegte sich irritiert.

Tief im Traum wusste sie, was sie wirklich erwartete.

Das Märchen ihrer Liebe nahm ein schnelles Ende. Noch einige Male versuchten sie, sich unbeholfen und tastend zu vereinen, doch die Welt kam nicht zum Schweigen. Sie gingen verletzt und gereizt auseinander: beide mit dem vagen Gefühl, betrogen worden zu sein.

Rosario hungerte lange. Es hatte keinen Sinn mehr zu essen. Bisweilen war sie so erschöpft, dass sie auf dem Gehsteig zusammenbrach. Sie brachte weder den Willen noch die Kraft auf weiterzugehen. Die Leute warfen einen Blick auf sie und eilten vorüber.

Sie sah entsetzlich aus. Ihr Haar war buschig und verfilzt und sie war schmutziger als je zuvor. Sie sah nicht mehr wie ein Junge aus, aber auch nicht wie ein Mädchen. Wenn sie ihr Spiegelbild in einem Schaufenster sah, lächelte sie sich wieder erkennend zu. Sie glich einem bösen Geist aus dem Opfertal…

Haha. Lustig. Oder wäre es jedenfalls gewesen, wenn man noch die Kraft zum Spaßen gehabt hätte.

Eines Abends bekam Violetta sie zu Gesicht und begann zu zetern. So kann man doch nicht rumlaufen! Wenn die Leute Angst vor einem bekommen, kann man nicht überleben!

Dennoch weigerte sich Rosario, mit ihr nach Nagbakulaw zu gehen. Ihre Beine würden sie nicht so weit tragen, und Violetta selbst war ja auch keine überwältigende Schönheit. Nicht einmal als Melchiors Schatten auftauchte, bekam sie so viel Angst, um sich aufzuraffen.

Dies war das erste Mal, dass jemand Melchior die Stirn bot.

Das Leben auf der Magsaysay Avenue ging weiter, ohne Nora und ohne Rosario. Die anderen Kinder hatten Nora schon fast vergessen. So war es, man kam und verschwand wieder. Und es gab anderes, worüber oben auf dem Parkplatz diskutiert wurde. Eine neue Stelle. Hinten, bei den Parkanlagen. Das Projekt! Da konnte man hingehen, und wenn man Glück hatte, bekam man etwas zu essen. Manchmal durfte man auch dort bleiben und malen… Und das Genörgel der Erwachsenen war einigermaßen erträglich.

Rosario horchte auf, wagte aber nicht mitzugehen, wenn die anderen loszogen. Als sie erfuhr, dass die Leute vom Projekt zur Straße kamen, zog sie sich in Noras Loch zurück und ließ sich tagelang nicht blicken.

Als Nora endlich zurückkam, lag Rosario in einer Art Dämmerschlaf. Die Schwester gab ihr einen einzigen Blick, drehte sich um und lief davon. Fünf Minuten später tauchte sie mit frisch gekochtem, dampfendem Reis wieder auf.

Das Leben konnte wieder beginnen.

Zuerst wollte Nora ihr nicht erzählen, was passiert war, schwor allerdings, nie mehr zu den Nonnen zu gehen.

Rosario stellte so gut wie keine Fragen. Sie lag für ein, zwei Tage im Loch, ging dann aber mit Nora nach Nagbakulaw. Der schwere Weg war anstrengend und sie kamen erst an, als es dämmerte. Sie gingen auch nicht sofort den Berg hinauf. Sie zogen zum Strand, wo die Reichen gerade dabei waren, ihre Sonnenschirme und Picknickkörbe einzupacken.

Sie warteten, bis es dunkel und leer geworden war, bevor sie badeten. Nora behielt ihre Sachen an, aber Rosario wagte ausnahmsweise nackt zu baden. Sie warf sich im lauwarmen, salzigen Wasser hin und her, spuckte, prustete und lachte. Die scharfen Schatten des Mondlichts verrieten, wie mager sie geworden war, doch der Schmutz war nicht so deutlich zu sehen. Dennoch rubbelte Nora sie mit Sand ab, damit sie etwas sauberer wurde. Rosario ließ es geschehen.

Sie hatten einander so sehr vermisst.

Sie stand am Rande des Wassers und trocknete eine Weile im Mondschein. Nora holte ihre Sachen und spülte sie kurz im Meer, in dem zerstreuten Versuch, die eine oder andere Laus zu töten. Danach zogen sie zu den großen Terrassen unter den Palmen. Das Restaurant war geschlossen und jemand hatte sorgfältig die Sonnenschirme zusammengeklappt und die Stühle auf die Tische gestellt.

Sie nahmen jeder einen Stuhl, setzten sich wie feine Damen und blickten auf die Bucht hinaus. Die Insel in der Ferne war verwundeter als beim letzten Mal. Jeden Tag wurde sie von den Amerikanern beschossen. Bald würde sie wohl im Meer versinken.

Nora strich mit der Hand über ihr feuchtes T-Shirt. Es tat ein bisschen weh.

»Meine Brüste wachsen«, dachte sie. »Bald bin ich groß, und vielleicht werde ich schön…«

Rosario dachte wortlos an Paul; erinnerte sich, was sie ein einziges Mal empfunden hatte, als sie, den Kopf an seine Schulter gelehnt, in seinen Armen gelegen hatte.

Lange saßen sie schweigend, aber dann begann Nora zu erzählen.

Die Nonnen hatten ihren Papa in einem Dorf ausfindig gemacht und sie zu ihm zurückgeschickt. Er hatte sie geschlagen, gefesselt und das Übliche viele Male mit ihr getan, bevor es ihr gelungen war zu fliehen. Sie war mit einem Jeepny nach Manila getrampt und hatte sich dort Geld beschafft…

»Wie?«, wollte Rosario wissen.

»Das geht dich nichts an!«

Und so war alles wieder wie gewöhnlich. Sie standen auf und gingen zur Straße, kletterten den Berg hinauf und stellten sich vor Melchiors Schuppen. Der fünfte Hunger.

Diesmal entschied er sich für Nora.

Rosario sollte eigentlich auf der Terrasse schlafen, verdrückte sich aber zu einer Ruine, ein Stück entfernt. Hier hatte einmal Violettas Haus gestanden, doch der letzte Orkan hatte es zerstört. Nur noch der Fußboden existierte. Dort lag Rosario ganz allein und musste sich außer dem Flüstern der Blätter keine anderen Geräusche anhören.

In dieser Nacht lernte Rosario etwas: Sie lernte, dass die Sterne sich die ganze Zeit bewegen, pulsieren und die Farbe wechseln, sodass man zuletzt nicht mehr weiß, worauf man anfänglich seinen Blick gerichtet hat.

Während sie schlief, fing die Flöte in Rosario wieder zu spielen an. Als sie aufwachte, wusste sie, dass es eine Hoffnung gab und eine Zukunft. Wenn es ihr gelingen würde, heute Abend etwas Geld für eine Tüte Chips aufzutreiben, dann würde alles gut werden.

Sie lieh sich Violettas rostige Schere und schnitt ihre Haare ganz kurz. Nun war sie wieder ein Junge. Nora, Mary-Lyn und Violetta standen um sie herum und meckerten. Dass du dich so zurichten musst!

»Das tu ich nur, um den Läusen das Leben schwer zu machen!«

Rosario lachte und war wieder sie selbst.

Mehrere Jahre lang lebte Rosario im Reich der Dämmerung.

Sie hatte fast vergessen, dass es ein anderes Leben gab. Nur manchmal, wenn der Hunger zu groß, der Husten zu hartnäckig oder die Einsamkeit zu schwer wurden, geriet sie ins Wanken, und dann fing sie an, von einer Mama, einem Papa und einem Zuhause zu fantasieren.

Doch das verging. Sehr schnell.

Erwachsene. Die waren wie die Großmutter und Policarpio, die verdammte Rektorin oder die verrückte Alte.

Es war besser, sie sich vom Hals zu halten.

Bisweilen erinnerte sie sich daran, dass sie eine richtige Schwester hatte. Veronica. Dennoch kam ihr nie in den Sinn, nach ihr zu suchen. Rosario konnte sich gut alleine durchschlagen.

Ein einziges Mal sah sie einen Verwandten. Das war eine Woche, bevor das Unerhörte geschah.

Sie saß auf der Treppe neben dem Casa Boom-Boom und verschlang hungrig ihr Abendessen. Sie hatte ein fast volles Päckchen Pommes vor Wimpys gefunden. Alles war wie immer, der Abend war schwarz, die Straße glitzerte, und Nora war wie gewöhnlich auf heimlichen Pfaden verschwunden.

Vier schöne Gestalten spazierten vorüber. Sie trugen Kleider und hochhackige Schuhe, hatten weiche Locken und rote Lippen. Dennoch waren ihre Adamsäpfel deutlich zu sehen.

Na, so was! Rosario grinste. Doch dann erstarrte sie mitten

in der Bewegung, ein Pommes halb im Mund. Der Kleinste da. Der, der noch keinen Adamsapfel hatte…

Rosario stieß eine Beleidigung aus, und sie drehten sich um. Sie standen dicht nebeneinander, bereit sich zu schützen und zu prügeln, falls dieses kleine Insekt vorhatte, weiterzubrüllen.

Aber Rosario sagte nichts weiter. Ihr Mund stand offen. Erst nach einer halben Minute legte sich ihr Erstaunen und sie konnte aufstehen. Da stand sie, eine kleine schmutzige Parodie eines Jungen mit kurz geschorenem Haar und Shorts, und sah ihren Bruder an.

»Augusto«, sagte sie. »Du bist Augusto, stimmt's?«

Er antwortete ihr nicht, kniff nur seine roten Lippen fest zusammen und fummelte an seiner Handtasche. Sein Kleid war olivgrün und sehr geschmackvoll.

Rosario lachte laut.

Einer der verkleideten Männer legte seinen Arm um Augustos Schultern, flüsterte ihm etwas ins Ohr und drehte ihn herum. Das war eine Geste, so voller Zärtlichkeit, dass es Rosario vor Neid schmerzte.

Verfluchter Augusto!

Sie war bereit, jeden zu verprügeln, der behauptete, sie würde sich nach dergleichen sehnen.

Doch dann hätte sie sich für eine Lüge geschlagen. Genau wie alle anderen Kinder, war sie von Erwachsenen angezogen wie die Motten vom Licht. Nur Rosario hatte viel mehr Angst als die anderen.

Nichts war so gefährlich und so wundervoll, so verlockend und so einmalig wie Erwachsene, die sich für Magsaysay-Kids interessierten.

Alltag bedeutete, unsichtbar zu sein, von großen, weißen Händen beiseite geschoben und augenblicklich vergessen zu werden. Alltag bedeutete, keinen Namen zu haben und kein Gesicht und von Leuten mit Bestechungsgeld geködert zu werden, die ihr eigenes Mitleid nicht ertragen konnten.

Darum waren die Magsaysay-Kids oft auf der Suche nach Zerstreuung.

Auf der Straße machte Rosario auch mit. Sie konnte besser Englisch sprechen als die anderen und war gewitzt genug, um Soldaten und andere Männer anzuhalten und zum Lachen zu bringen. Das gefiel ihr.

Aber wenn sich die anderen Kinder zu den Wohltätern aufmachten, ging sie nicht mit. Sie hatte dafür mehrere Gründe.

Auf halbem Wege zum Nagbakulaw befand sich Shay Cullens Preda Center, aber das war nur für Jungs. Sie konnten dorthin gehen, wenn sie völlig erschöpft waren. Das Haus war groß und in der Turnhalle gab es einen Fernseher. Dort konnte man einige Tage satt und zufrieden herumliegen und sich amerikanische Serien anschauen, aufwachen, schlafen und wieder aufwachen. Das war schön, aber nicht immer. Manchmal hörte man schreckliches Geschrei aus geschlossenen Räumen und dann sahen die Jungs sich unruhig an. Der Pastor hatte es natürlich erklärt, aber dennoch…

Sie studierten misstrauisch das Schild an seinem Haus. P-r-i-m-a-l-t-h-e-r-a-p-i-e. Nützlich, sagte Pastor Cullen. Aber es klang gar nicht so toll…

Wer von sich behaupten konnte, er sei von einem amerikanischen Soldaten gezeugt worden, hatte wiederum einen eigenen Sammelpunkt. Rosario und Nora konnten nicht dorthin gehen, aber Jessie und Paul. Trotzdem taten sie es nicht oft. Es bestand immer die Gefahr, dort auf Dauer festgenagelt zu werden.

Vielleicht war darum das Projekt so populär. Dort wurde man nicht festgenagelt. Und es war spannend, neben einem Erwachsenen zu sitzen, der genau aufschrieb, was man sagte, und der alles, was man malte, aufmerksam betrachtete.

Man munkelte, das Projekt hätte ermöglicht, dass einige der Marktkinder zur Schule gehen durften. Die Magsaysay-Kids waren sauer. So ungerecht! Doch als sie erfuhren, dass im Park Mahlzeiten verteilt werden sollten, lebten sie wieder auf. So viel man essen wollte, für nur einen Peso. Toll! Und ein Kinderheim sollte auch entstehen! Mit Fernsehen! Jetzt musste man nur noch die Marktkinder ordentlich verprügeln, damit sie begriffen, dass das Kinderheim nicht ihr Revier sein würde...

Nur Rosario hatte Angst vor dem Projekt. Sie sagte nichts, passte aber gut auf. Sie hatte die Projektleute schon mehrfach mit Nonnen gesehen...

»Jerome«, riefen die anderen Kinder und liefen unbefangen auf die freiwilligen Helfer des Projekts zu. »Mamang! Papang! Mister José!«

Sie bekamen Lächeln und Umarmungen, Namen und Gesichter. Alle, außer Rosario. Ihr schauderte und sie versteckte sich. Jede Nacht war sie wieder im Tempel des Opfertals.

Nur manchmal wurde ihre Sehnsucht zu groß. Dann tröstete sie sich mit Fantasien. Ein Mann würde es sein. Er würde Hamburger und Coca-Cola spendieren und lange mit ihr reden...

Sie wusste nicht, dass es ihn wirklich gab, und dass er auf dem Weg zu ihr war. Als sie Augusto traf, war er bereits in Manila.

Sie ahnte auch nicht, dass er eine Sense trug.

Rosario hatte sich mit Nora gezankt und diesmal war es schlimmer als sonst. Schnaubend und wütend verließ sie das gemeinsame Loch. Blöde Kuh!

Allein musste sie deswegen aber nicht sein. Oben auf dem Parkplatz saß eine ganze Schar, die ihre Nasen in Plastiktüten steckte. Wie immer das gewohnte Bild: Dennis und Mike Johnson, Paul Maclor, Danton und Raymund.

Als das Rugby alle war, zogen sie in Richtung Straße. Es war ein viel versprechender Abend mit vielen Leuten überall. Rosario hatte Hunger, war aber dennoch voller Zuversicht. Sie hatte jede Menge Kaugummis. In ein paar Stunden würde sie die verkauft haben, und sich dann etwas zu essen kaufen können.

Vor dem 168 Club stand Jessie Ramirez mit einem Bündel Zeitungen. Die Schar sammelte sich um ihn, lachte und neckte sich eine Weile und zerstreute sich dann wieder.

Es war an der Zeit, Geld zu verdienen.

Die Geschäfte liefen gut, und Rosario hatte bald acht Münzen in der Tasche. An einem Stand kaufte sie sich Reis, und während sie aß und sich suchend umsah, ging sie langsam die Straße entlang.

Jessie hatte nur noch ein paar Zeitungen übrig. Sie ließ sich neben ihm nieder und kicherte, wenn er seine Hand in ihr Essen steckte und sich bediente. Sie wollte nicht dagegen protestieren, nicht im Ernst. Jessie Ramirez war süß…

Nach und nach tauchten die anderen auf. Nur Danton war

immer noch nicht da, aber als Rosario das erwähnte, wurden die Jungs ärgerlich. Das konnte ihr wohl scheißegal sein!

Rosario, die sich selbst noch nie verkauft hatte, war das peinlich. Dass sie nie lernen konnte, den Mund zu halten, wenn es um solche Sachen ging. Benahm sich tollpatschig und machte die anderen Kinder verlegen. Wie Nora. Sie wollte doch so gerne gemocht werden. Von den Jungs jedenfalls. Es war schön, hier zu sitzen und eine von ihnen zu sein.

Sie saßen in der Dunkelheit, fast an der Wand. Die vielen Menschen sahen sie kaum, obwohl die Straße heller beleuchtet war als sonst. In ungefähr einem Monat würde Weihnachten sein, und schon jetzt glitzerten überall Sterne und Herzen.

Die Jungs schienen sich an diesem Abend nach Aufmerksamkeit zu sehnen. Sie zogen vorbeigehende Soldaten an den Hosenbeinen und riefen ihnen ihr ewiges *»Hi Joe«* hinterher. Als zwei Männer, ein Schwarzer und ein Weißer, eifrig, diskutierend vor ihnen stehen blieben, stand Jessie auf, schlich sich von hinten an den Weißen heran und klopfte ihm auf den Rücken. Als er sich umdrehte, lächelte Jessie sein schönstes Lächeln und sagte:

»Das war ich nicht…«

Haha. Lustig. Die Kinder lachten und die Soldaten lächelten ihr erwachsenes und überlegenes Lächeln. Jessie bekam von jedem einen Peso. Danke, danke. Vielen, vielen herzlichen Dank.

Aber es war ja nicht das Geld, auf das er es abgesehen hatte. Er wollte, dass sie aufhörten, miteinander zu reden; sie sollten ihn in ihre Mitte nehmen und ihm die Arme um die Schultern legen. Sie sollten ihn in ein Restaurant mitnehmen, lachen, reden und Bier trinken. Und in der Dämmerung, wenn sie alle drei satt waren, sollte der weiße Mann nach Jessies Hand greifen und sagen:

»Ich bin dein Vater! Pack deine Sachen. Wir fahren nach Hause, nach Amerika…«

Aber der Soldat hatte ihn schon vergessen. Er ging weiter,

genauso eifrig diskutierend wie vorher, und nach einigen hundert Metern öffnete er seinem Freund eine Tür, und sie verschwanden beide in einem Nachtklub.

Scheiße auch.

Die ganze Bande verstand, dass es an der Zeit war, aufzubrechen. Jessie steckte seine übrig gebliebenen Zeitungen weg und schloss sich ihnen an.

Den Ungewöhnlichen trafen sie weiter unten auf der Straße. Er war kein Soldat. Er hatte einen Bart, trug Zivil und war etwas fülliger und älter als die meisten weißen Männer in Olongapo.

»Hi Joe!«, rief Jessie.

»Hi kids«, antwortete der Mann und blieb stehen.

Sofort umringten sie ihn, fielen sich gegenseitig ins Wort und zogen an seinen Sachen. Er lachte freundlich, redete mit tiefer Stimme und fing ein Gespräch an. Wie heißt du? Und du? Wie alt bist du?

Was er sagte, war schwer zu verstehen. Als er aber fragte, ob sie hungrig seien, verstanden sie es alle.

»Jaaa!«, riefen sie im Chor, denn so eine Gelegenheit konnte man sich nicht entgehen lassen.

Sie gingen zu Wimpys: das herrliche Wimpys, wo es duftete, saftige Hamburger gab und Ozeane von Coca-Cola. Doch vor der Tür blieb der ungewöhnliche Mann stehen und zeigte auf Paul Maclor.

»Du kannst nicht mitkommen. Du bist zu schmutzig...«

Rosario nahm sich nicht die Zeit, Paul zu bedauern. Sie hatte es eilig hineinzukommen. Als der Ungewöhnliche hereinkam, saß sie schon am Tisch und lächelte hungrig. Die Serviererin, die sich näherte, um sie rauszuschmeißen, hielt mitten im Schritt inne, als der weiße Mann ihr gegenüber Platz nahm.

»Was wollt ihr? Cheeseburger?«

Er lächelte warmherzig, während die Kinder sich schubsend und drängelnd auf die Stühle neben ihn setzten.

»Igitt«, sagte Rosario. »Käse ist eklig…«

Als ihr klar wurde, was sie gesagt hatte, wurde sie verlegen, blickte auf den Tisch und strampelte mit den Beinen. Der Mann lachte über sie.

»Wir nehmen Hamburger«, sagte er und lächelte die Serviererin an.

»Sieben Hamburger. Und zu trinken?«

»Bier für mich. Coca-Cola für die Kinder…«

Das schmeckte. Oh, wie das schmeckte! Und wie herrlich es hier drinnen war, mit all den Lampen und den vielen Menschen, die man angucken konnte. Die Serviererinnen waren nett und hießen die Soldaten diskret und wohlerzogen willkommen. Außerdem konnte man auf den Stühlen fast eine ganze Umdrehung machen. Wie auf einem Karussell…

Der verschnupfte und übel riechende Paul Maclor hatte sich draußen vor dem Restaurant hingehockt. Als die Kinder und der Ungewöhnliche wieder herauskamen, stand er auf und ging zu ihnen. Der Mann sah ihn nicht.

»Du und du, ihr könnt auf mein Zimmer mitkommen, Bilder anschaun…«

Sein langer, weißer Zeigefinger streifte zuerst Jessie, dann Rosario. Sie hüpfte vor Entzücken.

Paul griff ihren Arm.

»Geh nicht, Rosario. Er ist schwul…«

Rosario wurde ärgerlich und zog ihren Arm zurück.

»Wie willst du das wissen?«

»Bitte, Rosario, ich weiß es. Ich sehe es ihm an. Was glaubst du eigentlich, womit ich mein Geld verdiene? Ich krieg keinen Lohn bei Beggars Banquet…«

Der Mann war schon losgegangen und die ganze Kinderschar lief ihm hinterher, aber Paul ließ nicht locker.

»Schau dir doch an, wie er geht! Und siehst du, dass er eine Tasche hat. Nur Schwule haben Taschen…«

»Du bist nur neidisch. Er will uns doch nur Bilder zeigen.

Und ich darf vielleicht baden! Falls du wissen solltest, was das ist, du dreckiges Ferkel…«

Das saß. Paul ließ ihren Arm los und blieb zurück. Doch er hatte sich schnell wieder gefangen und war erneut an ihrer Seite.

»Er glaubt vielleicht, dass du ein Junge bist…«

»Na und?«

»Die sind gefährlich, Rosario! Die können gefährlich sein. Ich hatte einen Freund, der ist gestorben…«

»Wer denn? Wann denn?«

Er stotterte herum und konnte nicht antworten. Wie hieß dieser Junge noch mal? Und wann war das? Im vergangenen Jahr, oder im Jahr davor?

Rosario lachte ihn aus.

»Da siehst du's«, sagte sie. »Du erfindest das nur…«

Sie lief zu dem Ungewöhnlichen und nahm seine Hand. Jessie eilte hinterher.

Sie gingen ins MGM-Hotel. In der Tür drehte Rosario sich um und lächelte Paul zu.

Eine hohe Treppe. Eine winzige Lobby. Kaputte Ledersessel und Topfpflanzen aus Plastik.

Die Augen des Portiers glänzten gelb.

Jessies und Rosarios Verstand reichte nicht aus, um sich zu verdrücken. Der Ungewöhnliche schob sie in den Flur und flüsterte ihnen zu, still zu sein und zu warten.

»Ihr Schlüssel, Sir…«

Der Portier hielt ihn schon bereit, bevor der Ungewöhnliche am Tresen angelangt war.

Er fand, er war eine Erklärung schuldig. Irgendwie wollte er eine Erklärung abgeben.

»Ich hab diesen bettelnden Kindern ein Bad versprochen… Das ist doch hoffentlich in Ordnung?«

Der Gelbäugige lächelte.

»Selbstverständlich, Sir. Ganz, wie es unseren Gästen beliebt.«

Der Ungewöhnliche strich sich über seine feuchte Oberlippe, schob sich die Brille zurecht, drehte sich um und ging.

»Mein Herr«, sagte der Gelbäugige. Der Ungewöhnliche hielt sofort inne.

»Herr…«

Er war gezwungen, sich umzudrehen. Der Gelbäugige lächelte schüchtern und räusperte sich.

»Ich versuche ein guter Katholik zu sein, Sir. Und ich will nur sagen, dass ich Ihre Güte diesen, Seinen geringsten Brüdern gegenüber bewundere…«

Der Ungewöhnliche lächelte zaghaft als Antwort, strich sich noch einmal über die Oberlippe und nickte.

Als er verschwunden war, stand der Gelbäugige eine Weile ganz still, lächelte vor sich hin und horchte. Schwere Schuhe und leichte Füße auf der Treppe. Ein Schlüssel in einem Schlüsselloch. Gedämpftes Kindergekicher. Er konnte nicht länger an sich halten. Er lachte auf, sodass Funken aus seinen Nüstern stoben.

Auf dem Tresen entstand ein kleines Brandzeichen.

Rosario lag in der Badewanne und genoss es.

Jessie hatte schon gebadet und lachte jetzt mit dem Ungewöhnlichen im Zimmer. Sie konnte sich Zeit lassen.

Zuerst blies sie auf die Wasseroberfläche und es entstanden kleine Wellen. Dann untersuchte sie, wie hoch sie die Wasseroberfläche heben konnte. Sie legte ihren Zeigefinger an das Grüne und hob ihn vorsichtig. Einen halben Millimeter. Einen ganzen. Ein und einen halben... Nein, so hoch ging es nicht.

Die Seife duftete nach Parfüm. Die Bürste war weich und kratzte nicht wie der Sand. Dennoch wurde sie sauberer. Sauberer als je zuvor.

Auf dem Badewannenrand stand eine kleine Flasche. Shampoo vielleicht, dachte Rosario. Großmutter hatte Shampoo gehabt. Damals hatte Rosario immer geschrien, wenn die Flasche hervorgeholt wurde, doch jetzt wusste sie es besser. Sie hatte gesehen, dass die Bikiniprinzessinnen Shampoo gekauft hatten. Darum waren sie so schön.

Sie füllte beinahe die ganze Hand mit dem duftenden Gelben, roch erst daran und massierte dann das Ganze ins Haar... Oh, wie das schäumte. Sie war gezwungen sich hinzustellen, sich über das Waschbecken zu beugen und in den Spiegel zu schauen. Eine Rosario mit Perlmutthaar! Haha. Wie eine Puppe...

Jetzt hörte man Jessie vor der Tür.

»Beeil dich, Tomboy. Er will auch baden...«

Sie glitt ins Wasser zurück, schloss Augen und Mund und

ließ sich ganz und gar sinken. Wie hätte sie sonst den Perlmuttschaum wegbekommen sollen?

Als sie fertig war, kam der Ungewöhnliche herein, beugte sich über die Badewanne und murmelte etwas Unbegreifliches.

Wie albern! Er reinigte die Badewanne mit Seife und Bürste! Rosario prustete hörbar und wurde sofort wieder schüchtern. Er drehte sich um, nahm das große, weiße Handtuch von der Stange und wickelte sie darin ein. Wie weich… Und wie lieb er doch war… Paul Maclor hatte auf jeden Fall Scheiße erzählt…

Sie kicherte erstaunt, als er ins Zimmer ging und sich auszog. Jessie sah auch verblüfft aus, lachte dann aber hinter vorgehaltener Hand. O Gott! Sich so nackt zu zeigen. Er und Rosario achteten sehr genau darauf, ihre Körper voreinander zu verbergen, sie umklammerten ihre Badelaken und krochen in sich zusammen, damit nichts Anstößiges zu sehen war.

Der Bauch des Ungewöhnlichen war groß und weiß. Ein behaarter Teig. Überall hatte er Haare, sogar auf den Armen und am Kinn. Seine Schenkel waren riesenhaft und der Hintern ganz rau. Aber am komischsten war, dass er keine Farbe hatte. Seine Haut hatte dieselbe undefinierbare Farbe wie eine geschälte Banane, sein Haar war weder hell noch dunkel, und das Blau seiner Augen war so blass, dass es fast mit dem Weißen verschmolz…

Aber zwischen den Beinen war es dunkel. Das Riesenhafte, das so schwer herumbaumelte, war fast braun.

Er badete lange, und die Kinder saßen währenddessen auf der Bettkante und warteten.

Die Deckenbeleuchtung war kaputt. Der schwache Schein der Nachttischlampe färbte die grauen Wände gelb. Rosario strich vorsichtig mit den Fingern über die Bettdecke, während Jessie eine Spinne im Auge behielt. Sie kroch mit schnellen Schritten über ihr Netz, hielt jede zehnte Sekunde an, verharrte bewegungslos, kroch weiter und blieb wieder stehen.

Die Klimaanlage flüsterte.

Als er zurückkam, hatte er einen Bademantel an. Weinrot mit grauen Streifen. Der stand vorne einen Spalt breit offen, denn er wurde durch einen Ständer geteilt, der so riesenhaft war, dass Jessie die Luft wegblieb.

Er benahm sich immer noch unauffällig und war freundlich. Er holte seine Reisetasche hervor und wühlte darin, nahm Unterhosen und Hemden heraus, die er in ordentlichen Haufen auf einen Stuhl legte. Dann fand er, was er suchte.

Er hatte die Bilder in einem kleinen Album mit gelben Deckeln.

Jessie und Rosario rutschten von selbst beiseite, sodass er sich zwischen sie setzen konnte. Er redete leise mit seiner breiigen Stimme, blätterte und erklärte:

»Dies ist ein Mädchen von Cebu. Seid ihr schon auf Cebu gewesen?«

Nein. Jessie und Rosario waren nie auf der Paradiesinsel Cebu gewesen. Wie hätten sie dorthin kommen sollen?

»Und dies ist ein Junge aus Puerto Galera. Seid ihr schon in Puerto Galera gewesen?«

Keiner von ihnen hatte je an Puerto Galeras Stränden gespielt.

Die Kinder auf den Bildern waren bekleidet. Die Mädchen lächelten in den Fotoapparat und die Jungs zogen Grimassen.

Dennoch wurde Jessie ängstlich zu Mute und Rosario bekam noch mehr Angst.

Er fing mit Jessie an, legte ihn hin und entblößte seinen Ständer. Der hatte die Farbe gewechselt. War nicht mehr braun, sondern weiß und rot, fast lila. Er beugte sich vor, führte ihn an Jessies Mund und Jessie wusste, dass er ihn aufmachen musste.

Der Junge war vollkommen erstarrt: eine kleine Puppe mit steifen Armen und Beinen, die keuchend versuchte, durch die Nase zu atmen. Der Ungewöhnliche schob ihn mit der bloßen Wucht seines Geschlechts über das ganze Bett, zog es dann heraus und drehte den Jungen um, ließ ihn knien und öffnete das andere Loch.

Rosario drückte sich an die Wand und hielt die Hände vor den Mund gepresst.

Der Ungewöhnliche schien sie fast vergessen zu haben. Als er mit Jessie fertig war, setzte er sich auf die Bettkante, atmete schwer und hielt die Augen geschlossen.

Rosario versuchte, völlig still zu sein. Wenn ihr das gelang, würde die Zeit vielleicht stehen bleiben und es bliebe wie jetzt bis in alle Ewigkeit: sie selbst an der Wand und Jessie unbeweglich auf dem Bett. Und der Ungewöhnliche würde sich nicht rühren können…

Doch er erstarrte nicht. Er stand auf und fing wieder an, in seiner Tasche zu wühlen.

Er hielt es in der Hand, als er sie anlockte. Etwas Längliches und Hellblaues.

»Sieh mal, Kleine… Sieh mal!«

Jessie drehte sich auf den Rücken und hielt sich die Ohren zu. Der Ungewöhnliche schnaufte von neuem, stöhnte und grunzte.

Jetzt war es Rosario, die eine Puppe war. Eine Puppe, die von kalten, nassen Lippen geküsst wurde, bis das Braune da unten wieder rot und riesenhaft geworden war.

Er kam nicht in sie hinein. Trotz Melchior war sie zu klein. Viel zu klein.

Scheiße! Verfluchte Scheiße noch mal!

Sein Gesicht bekam jetzt endlich Farbe; es wurde rot und die Augen wurden dunkler. Irgendetwas pochte blau an seiner Schläfe und in seinen Mundwinkeln glänzte der Speichel weiß.

Plötzlich hatte er wieder dieses hellblaue Ding in der Hand. Es verschwand fast sofort wieder außer Sichtweite. Aber sie fühlte es. Er stocherte damit unten herum…

Er stieß es mit einer einzigen Bewegung hinein. Das tat so weh, dass sie nicht schreien konnte. Noch bevor sie den Mund öffnen konnte, ging ihr die Luft aus. Sie wurde von dem hellblauen Ding hochgehoben und japste nach Luft, sank wieder herab, fühlte, wie er es herauszog und mit noch größerer Wucht als vorher wieder hineinschob.

Etwas Weißes explodierte vor ihren Augen.

Eine Fackel. Er schob eine Fackel durch ihren Körper.

Sie röchelte, öffnete ihre Hände und schloss sie.

Sie war wieder im Tempel des Opfertals, wurde von hundert weißen Körpern erstickt, nein, gar nicht, sie war im MGM-Hotel und Jessie lag neben ihr.

Jessie! Jessie! Hilfe!

Der Hilferuf blieb ihr in der Kehle stecken, wurde nur ein Laut. Jessie rührte sich nicht und konnte nicht antworten.

Der Ungewöhnliche ließ das Hellblaue nicht los. Er zog und stieß es raus und rein; das Ding zerriss Blutgefäße, große und kleine, legte tausend Nerven bloß und sprengte schließlich einen Muskel. Er presste es einen Zentimeter tiefer, hinein in ein perlmuttschimmerndes Häutchen in ihrem Inneren…

Sie gab keinen Laut von sich. Der Körper riss und brannte, aber die Frage, die in jeder ihrer Zellen loderte, verursachte einen noch größeren Schmerz.

Warum, warum?

Warum hasste dieser Fremde Rosario Baluyot?

Sie verließen das Hotel bei Sonnenaufgang. Rosario blutete, und beim Gehen tat es weh.

Der Portier war verschwunden, und die Hotellobby war leer. Schön. Sie benutzte vorsichtig die Treppe, stützte sich wie eine alte Frau an der Wand und ging sehr langsam.

Jessie wartete draußen auf der Straße.

»Tut es weh?«

Rosario nickte. Jessie wusste nicht, was er sonst noch sagen sollte.

»Das geht bestimmt vorbei«, versuchte er sie zu trösten.

Rosario war den Tränen nahe.

»Aber da drinnen ist was… Im Bauch…«

Ja. Wirklich. Jessie wand sich verlegen.

»Ich muss mit dem Geld nach Hause zu meiner Mutter. Ich muss los…«

Rosario umklammerte ihre eigenen Scheine und nickte. Alle wussten, wie es Jessies Mutter ging, mit ihren eigenen Kindern und denen, die sie von ihrem neuen Kerl gratis dazubekommen hatte. Und alle wussten, dass Jessie bereit war zu hungern, um seine Mama am Leben zu erhalten.

An diesem Morgen ging Rosario allein die Magsaysay Avenue entlang. Es war sehr still. Kein Mensch weit und breit. Einige Hunde scharrten im Rinnstein und ein schwacher Wind bewegte den Baldachin vor dem Beggars Banquet. Bald würde es zu regnen anfangen.

Paul Maclor war noch nicht aufgewacht. Seine nackten

Füße schauten unter der Treppe hervor, aber sie blieb nicht stehen, um sie zu kitzeln, wie sie es an jedem anderen Morgen getan hätte. Sie wollte nach Hause in ihr Loch und schlafen und dem Bösen entkommen.

Sie versuchte die Schmerzen zu vertreiben, indem sie an etwas anderes dachte. Dreihundert Peso hatte sie bekommen. Das würde für so manches reichen…

Vielleicht für das, was sie am meisten brauchte: Noras Freundschaft. Und Vergebung.

Nach einigen Tagen gewöhnte sie sich an die Last im Unterleib. Es blutete nicht mehr, und sie konnte fast wie sonst herumlaufen und so tun, als wäre es nicht geschehen.

Obwohl… Die anderen Kinder wussten ja davon und kicherten. Die Mädchen tuschelten und die Jungs fragten geradeheraus. Stimmt das? Hat dir ein Kerl da eine Schraube rein gesteckt?

Rosario schämte sich, konnte es aber nicht leugnen. Weder Nora noch Jessie hatten es für sich behalten. Und Nora hatte es schließlich selbst gefühlt. Als Rosario zum hundertsten Mal die Hand in ihren Unterleib gesteckt hatte, um das, was da drinnen festsaß herauszuziehen, hatte sie einen halbherzigen Versuch unternommen, ihr behilflich zu sein. Nora hatte mit einem Stückchen Holz darin herumgestochert und gefühlt, dass es gegen etwas Hartes stieß. Sie hatte es aber nicht losbekommen können. Nach einer Weile hatte sie sich geekelt abgewandt und mit den Schultern gezuckt.

Rosario hatte die Shorts hoch gezogen und versucht, sich selbst und ihre Schwester zu trösten.

»Ach was. Das wird schon rauskommen, wenn ich scheiße…«

Sie presste und stöhnte mehrmals am Tag, aber es half nichts. Es saß aussichtslos fest, dieses Unbekannte da drinnen.

Einige Male versuchte sie der Schande zu entkommen, indem sie den anderen Kindern weismachte, dass alles vorbei war. Freudestrahlend lächelte sie Jessie Ramirez an und erzählte ihm, sie sei im Krankenhaus gewesen. Der gute Doktor hatte das Dingsbums ruck zuck da unten rausgeholt, und jetzt war sie wieder gesund und munter. Es hatte nicht einmal wehgetan.

Jessie glaubte ihr, jedenfalls solange bis sie sich krümmte und sein Zeitungsbündel voll kotzte. Dann seufzte er bedrückt und empfand vage Schuldgefühle.

Nora fand Rosario jetzt unerträglich. Sie war wie ein kleines Kind, quengelnd und immerzu hinter ihr her. Ständig wollte sie wissen, wohin Nora ging und mit wem. Sie besorgte sich nicht genug zu essen, sondern saß wie ein hungriger Hund neben ihr und bettelte um Reste. Beide magerten ab und Nora füllte ihren feinen BH nicht mehr aus.

Der BH. Der war auf jeden Fall ein Trost. Sowohl für die, die ihn gekauft hatte, als auch für jene, die ihn bekommen hatte.

Er war weiß, hatte hübsche Nylonspitzen und sehr, sehr kleine Körbchen. Als Rosario mit dem Päckchen nach Hause kam, war Nora sprachlos gewesen.

Sie hatte noch nie ein Geschenk erhalten und nicht einmal geahnt, was für ein Gefühl das sein würde. Das Geld hatte auch für ein rosa Hemdchen gereicht. Dessen Ausschnitt war so tief, dass die Spitzen des BHs sichtbar waren. Als sie die neuen Sachen anzog, fühlte sich Nora wie eine Bikiniprinzessin und warf ihr zerfetztes T-Shirt weg.

Doch das war nun schon lange her. Mehrere Wochen. Vielleicht Monate. Das Hemdchen war altrosa geworden und der BH grau.

Als die neuen Sachen gewaschen werden mussten, jammerte Rosario so lange, bis sie nach Nagbakulaw mitkommen durfte. Nora gab nach, war aber den ganzen Weg über ungeduldig.

»Nun beeil dich doch, Tomboy... Los beweg dich! Ich muss heute Abend wieder in der Stadt sein.«

»Können wir nicht einen Jeepny nehmen...«

»Du bist wohl nicht bei Trost? Ich hab kein Geld… Und du hast wohl schon ewig keinen Centavo mehr gesehn…«

»Wir können doch am Tor Nummer zwei Halt machen und betteln…«

»Da ist heute kein Mensch. Es ist doch Sonntag…«

»Aber es tut so weh…«

»Dann bleib zu Hause, wenn du das besser findest. Ich muss jedenfalls waschen gehen…«

Rosario wollte nicht zu Hause bleiben. Sie biss die Zähne zusammen und ging weiter. Als sie in Nagbakulaw angekommen waren, zitterte sie und war schweißgebadet. Sie sank unten am Weg beim Wasserbottich zusammen und schloss die Augen.

»Geh du rauf… Ich komm dann nach.«

Nora zuckte irritiert die Schultern und begann zu klettern.

Wenn Rosario auf eine gewisse Weise saß, spürte sie es fast gar nicht. Sie musste nur den richtigen Punkt finden, das Körpergewicht auf das obere Hinterteil verlagern und die Beine im richtigen Winkel halten.

Dieses Fast-gar-nicht war sehr schön. Die Schmerzen lösten sich auf und hinterließen nur ein wuchtiges Pochen. Rosario fühlte sich wohlig müde und sauber. Der Körper wurde weich und leicht. Schwebend.

Fast wie beim Rugby.

Rugby. Rosario öffnete die Augen. Es war Zeit, zu Melchior zu gehen. Vielleicht war er ja nett. In Erinnerung an alte Zeiten. Es war schwierig die Treppenruinen hinaufzukommen. Die Steine rutschten unter ihren Sandalen weg und zuletzt musste sie gekrümmt gehen, die eine Hand auf dem Bauch und die andere als Stütze vor sich ausgestreckt.

»Wie siehst du denn aus!«, sagte Violetta, als sie oben ankam.

Rosario lächelte zittrig. Sie war wieder auf dem besten Weg ein böser Geist zu werden, das wusste sie.

»Ich bin krank… Ist Melchior da?«

Nein. Er war gegangen, und Violetta wusste nicht wohin.

»Gibt's Rugby?«

Violetta schnaubte nur.

Nora durchsuchte Melchiors Schuppen. Wie eine Ehefrau. Rosario ging hinüber und stellte sich in die Tür.

»Gibt's was zu essen?«

»Ich hab schon gegessen...«

Der Rücken der Freundin war steif und abweisend.

»Ist nichts übrig geblieben?«

Nora drehte sich um, und ihre Augen schienen völlig leer. Sie hatte eine zerrissene Decke um den Körper geschlungen, während ihre eigenen Sachen trockneten; das dunkle Grau ließ ihr Gesicht alt erscheinen.

»Verdammt, Tomboy. So geht es nicht weiter! Du musst selbst für dein Essen sorgen... Ich schaff das nicht...«

Rosario sank auf die kleine Terrasse. Der richtige Winkel, denk dran, der richtige Winkel! Essen. Scheißegal, wenn es nur aufhören würde, wehzutun...

Als es Abend wurde, saß sie immer noch da. Violetta kam mit einer rostigen Konservendose in der Hand durch die Dunkelheit angetapst. Reis. Violetta brachte Reis. Ein Wunder.

Sie hockte sich vor Rosario und streckte ihr die Dose hin. Während Rosario zu essen versuchte, beobachteten sie einander schweigend. Violetta war einmal Bikiniprinzessin gewesen. Jetzt schaukelten ihre Brüste unten auf dem Bauch, leer und faltig. Die Armut hatte Spuren in ihr Gesicht geritzt, und sie war fast genauso zahnlos wie ihre Brüder. Aber das machte nicht so viel. Sie lächelte nicht sehr oft.

»Ich dachte, du bist hungrig«, sagte Violetta schließlich.

»Das bin ich auch. Danke.«

»Es geht aber stockend voran. Du isst langsam...«

»Ich bin krank...«

»Was fehlt dir denn?«

Niemals. Violetta! Niemals wird ein Erwachsener erfahren, was Rosario Baluyot zugestoßen ist.

»Ich weiß nicht. Bin einfach krank…«

»Du kannst ein paar Tage hier bleiben, wenn du hilfst…«

»Ja«, sagte Rosario und war darüber selbst erstaunt. »Ja. Das will ich.«

Nora hatte anscheinend vergessen, dass sie zurück zur Magsaysay Avenue wollte. Sie blieb über Nacht in Melchiors Schuppen. Rosario blieb auf der Terrasse liegen. Sie wollte mit dem Blick Sterne fangen, bevor sie einschlief.

Am folgenden Morgen gingen sie gemeinsam zum Wasserbottich hinunter. Beiden fiel das Laufen schwer. Nora war noch immer in die graue Decke gewickelt, und es war nicht einfach, sie mit der einen Hand zusammenzuhalten, während sie mit der anderen Melchiors Eimer trug. Rosario trug zwei Eimer. Violettas und Gaspars.

Es ging ihr heute etwas besser. Violettas Abendmahlzeit hatte ihr gut getan, obwohl es eine ganze Weile gedauert hatte, sie zu essen. Die Luft der Nacht hatte ihr Blut gereinigt, und sie hatte lange geschlafen.

Satt und ausgeruht. Das war schön. Sie zitterte nicht mehr.

Nora schien es auch gut zu gehen. Sie sah beinah froh aus.

Es war ein herrlicher Morgen. Der Himmel war hoch und tiefblau, die Luft war immer noch frisch, und die Sonne spiegelte sich im Wasser draußen in der Bucht. Rosario füllte ihre Lungen. Die Gelegenheit musste genutzt werden. Bald würde es Sommer werden und so heiß, dass man nicht atmen konnte…

Am Wasserbottich gab es eine lange Schlange. Nagbakulaws Bewohner scharten sich um die Wasserhähne, wuschen sich, tranken, spülten Geschirr und tratschten.

Es würde dauern, bis die Mädchen an der Reihe waren.

»Wir gehen zum Strand und warten«, sagte Nora.

Während Nora den Weg entlang stürzte, wobei die Decke flatterte, sodass man fast ihren nackten Körper sehen konnte, ging Rosario langsam hinterher. Sie kletterte vorsichtig in den Graben und versuchte dann über das Gestrüpp in den Sand zu springen. Das ging nicht. Doch heute hatte Nora Geduld. Sie blieb stehen und wartete bis Rosario sie eingeholt hatte.

»Wir suchen Kohle!«

Sie fanden jeder ein Stückchen unter Palmen, begannen herumzugehen und im Sand zu stochern. Die amerikanischen Soldaten hatten die Angewohnheit, die Überreste ihrer Feuer zu vergraben, wenn die nächtlichen Feste vorbei waren. Das war eine Verschwendung, die die Bewohner Nagbakulaws zu schätzen wussten. Sie schickten ihre Kinder morgens an die Strände, um nach der Kohle zu suchen, die übrig geblieben war. Die konnte man verfeuern. Oder verkaufen.

Rosario fand einen ganzen Haufen und rief begeistert nach Nora. Die Schwester kam angerannt und sank neben ihr nieder. Sie halfen einander den Sand von den schwarzen Stücken zu blasen. Das Böse ruhte sich aus, wenn Rosario kniete. Es war eine glückliche Stunde. Die letzte.

Als sie eine Weile gearbeitet hatten, sagte Nora:

»Ich bin auch krank.«

Rosario hielt inne.

»Was ist mit dir?«

»Ich blute. Da unten…«

»Du blutest? Seit wann?«

»Seit drei Tagen. Darum musste ich hierher zum Waschen…«

Rosario wagte nicht, den Arm um sie zu legen, wie sie es gern getan hätte.

»War es ein Kerl? Hat dir auch ein Kerl eine Schraube rein gesteckt?«

Nora schüttelte den Kopf. So manches war in sie reingesteckt worden, aber alles war wieder rausgekommen.

»Nein, es kam einfach so…«

Arme Nora! Rosario hatte Tränen in den Augen vor Mitleid.

»Es hört vielleicht wieder auf. Von selbst…«

Aber Nora schüttelte den Kopf und wollte keinen Trost.

»Ich werde sterben…«

Rosario wurde steif. So was darf man nicht sagen! Das darf man nicht einmal denken, wenn man erst elf Jahre alt ist und immer noch an Abenteuer glaubt!

Sie versetzte Nora einen Schlag mit dem Eimer, dass das Blech schepperte.

»Du wirst nicht sterben! Keine von uns wird sterben…«

Aber Nora, die zäheste Zwölfjährige in Olongapo, fiel vornüber, begrub ihr Gesicht im Sand und weinte über ihre erste Monatsblutung.

»Ich werde sterben!«

Der Schweiß lief Rosario über das Gesicht, und die Panik erschöpfte sie. Dennoch brachte sie es fertig, den Fuß zu heben und ihre beste Freundin mit Sand zu bespritzen.

So eine blöde Kuh!

Nora verschwand nach einigen Tagen, aber Rosario blieb fast eine ganze Woche auf Nagbakulaw.

Die Bezahlung, die Violetta für Verpflegung und Unterkunft forderte, war angemessen. Rosario musste immer wieder den Berg hinauf- und herunterlaufen. Sie sollte Wasser holen. Sie sollte nach unten, um nachzusehen, ob ein Gemüsehändler auf dem Weg war. Sie sollte die beiden Kleinsten unten im Meer baden und aufpassen, damit sie nicht ertranken.

Während der ganzen Zeit tat es weh. Irgendetwas fing an, ihr Bein entlangzulaufen und sie musste oft stehen bleiben, ein Blatt von einem Busch reißen und sich den Schenkel abtrocknen.

Auf jeden Fall war es kein Blut.

Rosario würde nicht sterben. Das Böse würde beim Scheißen herausplumpsen, und danach wäre alles gut. Bis dahin würde sie in Nagbakulaw bleiben.

Spät eines Abends kam Melchior zurück. Seine Brüder waren immer noch weg. Rosario saß vor seiner Hütte und aß ihren Reis.

»Was machst du denn hier?«

Er hatte schlechte Laune.

»Ich bin krank, und Violetta hat mir erlaubt hier zu bleiben…«

»Anscheinend nicht so krank, dass du ihren Reis nicht aufessen kannst…«

Was sollte sie darauf antworten? Nichts. Sie rückte nur etwas weiter, um wieder den richtigen Punkt zu finden. Den ganzen Abend blieb sie verstockt auf derselben Stelle sitzen.

Melchior verschwand für ein paar Stunden, kam aber zurück, als es Zeit zum Schlafen war. Schon als er sie am Arm packte, fing Rosario zu weinen an, und sie weinte mit offenem Mund, als er sie in den Schuppen zog.

Nicht das auch noch! Nicht, wenn sie solche Schmerzen hatte!

Doch es waren nicht die Tränen, die sie retteten. Es war der Gestank. Als Melchior ihre Shorts runterzog und ihr die Beine spreizte, wurde der ganze Schuppen davon erfüllt. Seine Augen wurden trübe.

»Pfui Teufel! Was ist mit dir los?«

Sie trotzte dem Schmerz und drehte sich zur Seite. Die Shorts? Wo waren ihre Shorts?

Melchior hielt sie in der Hand, hob sie hoch und warf sie ihr ins Gesicht.

»Du ekliges, kleines Ferkel. Hau ab! Bei mir hast du nichts mehr zu suchen…«

»Aber Violetta hat versprochen…«

»Scheißegal. Violetta hat hier nichts zu sagen. Hau ab und lass dich hier nie wieder blicken… Ich will mich nicht bei dir anstecken!«

Es war eine zauberhafte Nacht. Der Mond schien und zeigte ihr den Weg, als sie bergabwärts tappte. Dennoch trat sie oft daneben und fiel, rutschte ein paar Meter und blieb eine Weile liegen. Wenn die Welt aufgehört hatte sich zu drehen, erhob sie sich wieder und ging weiter.

Es dauerte die ganze Nacht, bis sie Tor Nummer zwei erreichte und fast den ganzen nächsten Tag bis zur Magsaysay Avenue. Schon lange bevor sie dort ankam, war sie eine Maschine geworden. Ein Apparat zum Gehen, dessen einzige Bestimmung es war, die Füße richtig zu setzen. Das Böse durfte nicht wachsen.

Paul entdeckte sie, als sie vor Beggars Banquet stand. Er warf einen hastigen Blick ins Restaurant, lief dann über die Straße und nahm sie in den Arm.

»Tomboy! Wie geht's…«

Sie antwortete nicht, zog nur ihren Arm weg und ging weiter. Niemand sollte ihren Trott unterbrechen, jetzt, da sie so nahe dran war.

»Tomboy!«

Das war nur noch ein Flüstern. Paul blieb auf dem Gehsteig stehen und sah ihr nach. In diesem Augenblick war er der schmutzigste Junge der Welt und hatte die brennendsten Augen.

So viel Feuer war Rosario nicht geblieben. Nur der Rhythmus war übrig. Der gleiche Ton.

Das Loch war dunkel und vertraut. Zu Hause! Sie legte sich auf ihren Karton und schlief sofort ein. Sie wachte nicht einmal auf, als Nora im Morgengrauen zurückkam und den losen Ziegelstein herausnahm. Putz und altes Mauerwerk staubte über ihr Gesicht, aber sie rührte sich nicht.

Auch Nora versuchte zu schlafen, aber es ging nicht. Es war einer dieser Morgen, der alte Erinnerungen weckte. Ihr Unterleib schmerzte und außerdem roch es nach etwas Neuem. Und das war nicht gerade als Parfümduft zu bezeichnen…

Sie schnüffelte über Rosarios Körper, verzog angewidert das Gesicht und kroch auf die Straße. Da konnte man genauso gut in der Rabatte bei Lot 21 schlafen. Oder irgendwo anders.

In den verbleibenden Wochen sahen sie sich nicht mehr oft. Nora erinnerte sich an ihre Schwäche am Strand von Nagbakulaw und schämte sich. Sie hatte ja nach ein paar Tagen zu bluten aufgehört und alles war wieder gut. Warum konnte Tomboy nicht auch wieder gesund werden?

Doch Rosario wurde nicht gesund. Sie ging umher und klagte mit ihren Schmerzen die ganze Welt an. An den Abenden hockte sie auf dem Gehsteig und machte den Soldaten mit ihrem verzerrten Gesicht Angst. Früh am Morgen saß sie an der Wand vor einem Nachtklub oder einer Bar und jagte mit ihrem komischen Gekrächze die Bikiniprinzessinnen in die Flucht.

Sie war nun für andere zu dem geworden, für was sie sich seit langem selbst gehalten hatte: ein böser Geist. Ein kleines Gespenst mit schwarzen, fiebrigen Augen.

Einige Male bemerkte sie, dass ihr jemand folgte. Ein magerer Mann mit gelben Augen. Sie hatte ihn schon früher mehrmals gesehen, jetzt aber lachte er nie.

Nicht einmal der Teufel fand sie noch lustig.

In diesen letzten Tagen verdiente sie ganz gut. Sie brauchte nur die Hand auszustrecken, damit ein Peso herabfiel. Trotzdem schien das Geld nie fürs Essen zu reichen. Wenn sie genügend zusammenbekommen hatte, stützte sie sich gegen die Wand und stand auf.

Rugby. Sie brauchte Rugby…

Wenn sie dann endlich eine Tube bekommen hatte, zitterten ihre Hände mehr als gewöhnlich. Noch bevor sie eine Plastiktüte hatte, schraubte sie den Verschluss ab und sog den lieblichen Duft ein.

So ging sie schielend und schwankend ihren Weg auf der freiesten Straße in Liberty City.

Rosario wurde ein Vogel. Der Schmerz wurde ein Meer. Lange hielt sie sich über Wasser, aber dann verließen sie ihre Kräfte.

Die Flügel wurden nass und schwer. Sie flatterte noch ein paar Mal auf, obwohl sie wusste, dass es vergeblich war. Mit einem feuchten Federkleid kann man nicht fliegen.

Sie versank im Schmerz.

Auf dem Parkplatz bei Lot 21 standen einige Kinder in einem Kreis. Gaspar kam mit seinem Handwagen vorbei. Er hielt an und ging näher heran. Was hatten sie schon wieder ausgeheckt?

Er schob sie beiseite und sah, was da auf dem Boden lag. Ein kleines Monster. Oder ein riesenhaftes Insekt. Eine Ausgeburt der Hölle.

Sie rollte mit wilden Augen und krächzte mit der Stimme eines Gespensts:

»Gar, gaaar, gaaar!!!«

Niemand wusste, was das bedeutete. Wenn es etwas bedeutete.

Sie luden sie auf Gaspars Handwagen.

Das Gesetz ist eindeutig. Ein allgemeines Krankenhaus muss jeden Patienten aufnehmen und eine Diagnose stellen, unabhängig davon, wie arm er ist. Die Behandlung dagegen muss nicht erfolgen, wenn nicht geklärt ist, wer für die Kosten der Medikamente aufkommt.

Doktor Cruz hielt sich an das Gesetz.

Fünf Tage lang lag Rosario in dem Krankenhaus, in dem er Oberarzt und alleiniger Besitzer der Apotheke war. Sie bekam nicht einmal eine einzige Aspirintablette. Allerdings wurde sie mehrmals von verschiedenen Ärzten untersucht.

Die Schwestern klagten darüber, dass sie schrie. Sie banden ihre Füße ans Bett, damit sie nicht aufspringen und Sachen zerschlagen konnte.

Sie war kein liebes Mädchen.

Als sie am fünften Tag verstummte, wurden die Schwestern unruhig und riefen Doktor Cruz. Er erkannte, dass sie in Lebensgefahr schwebte, und ordnete an, den Operationssaal vorzubereiten.

Als man sie auf eine Bahre hob, öffnete sie die Augen, schloss sie aber gleich wieder. Es ist nicht bekannt, ob sie schon bewusstlos war, als sie die Narkose bekam.

Die Operation verlief gut, sagte Doktor Cruz später beim Prozess. Man operierte den Gegenstand, der im Inneren festsaß, heraus und entfernte den Eiter aus der Bauchhöhle.

Achtzehn Stunden später starb Rosario Baluyot. Sie war elf Jahre und fünf Monate alt.

Nein, so schnell lässt sich das alles nicht erzählen. In den letzten Tagen passierte viel mehr. Rosario schwebte meistens im Tempel des Opfertals. Jedes Mal, wenn das Fieber sie in Schwindel und Träume trieb, wurde sie hochgehoben und von einem schwarzen Vogel davongetragen. Er landete vor dem grauen Gebäude auf dem Marktplatz, breitete seine gewaltigen Flügel aus und hackte mit einem roten Schnabel auf ihren Körper ein, bis sie letztendlich gezwungen war, in das Schreckliche hineinzuflüchten.

Dann war sie wieder unter der sich wiegenden Volksmenge.

Aber diesmal hob und rettete sie jemand vor den Körpern der anderen. Sie fiel. Ein weiß gekleideter Fremder beugte sich über sie. Eine Fackel in der Hand! Er stöhnte und stieß sie ihr zwischen die Schenkel…

Danach war er verschwunden, doch das Feuer blieb.

Viele Geschöpfe kamen und beugten sich über sie. Apo Estela lächelte mit den schwarzen Lippen eines Raubtiers. Die Inkong grinste mit dem gelben Blick des Teufels, und das Gesicht des heiligen Michaels fiel in sich zusammen und verfaulte vor ihren Augen. Als das Fleisch abfiel, sah sie darunter Anitas Lächeln, aber nur für eine einzige Sekunde.

Die Fackel, die Fackel, die Fackel! O Gott oder Teufel, o Mama, oder wer auch immer! Nimm sie weg! Nimm sie weg! Nimm sie weg!

Manchmal landete sie in der Wirklichkeit, öffnete Augen und Mund und begegnete dem Schmerz.

Die Schwestern klagten weinerlich über ihr wildes Gebrüll. Es jagte ihnen Angst ein, obwohl sie doch alle möglichen Stimmen des Schmerzes gewohnt waren.

Sie war eine anstrengende Patientin. Sie hatte keine Familie, die sie verpflegte. Die Schwestern mussten dafür sorgen, dass sie dann und wann etwas zu essen bekam, obwohl die Routine das nicht vorsah und die Mittel fehlten. Doch sie war dafür nicht dankbar. Im Gegenteil. Sie schlug um sich und flüchtete. Manchmal kletterte sie aus dem Bett und machte Scherereien. Zuletzt banden sie ihr die Füße, sodass sie nicht noch mehr kaputt schlagen konnte.

Das größte Problem waren allerdings die Medikamente. Schließlich konnte man nicht verlangen, dass ein armer Arzt wie Doktor Cruz seinen Arzneischrank öffnen und Morphium oder Penicillin herausrücken solle.

Jemand musste bezahlen. Aber wer?

Als Doktor Cruz endlich einsah, dass eine Operation unvermeidbar war, entschied er, den Nonnen von Sankt Josephs Bescheid zu geben. Das Stift hatte vielleicht die finanziellen Mittel, um die notwendige Nachbehandlung zu bestreiten.

Schwester Eva erreichte die Botschaft so spät am Abend, dass sie das Kloster nicht mehr verlassen konnte. Sie kam erst nach dem Morgengebet am darauf folgenden Tag ins Krankenhaus.

Rosario lag im Dämmerschlaf des Todes. Dennoch spürte sie, dass jemand gekommen war. Nach einer Weile hatte sie sich an die Oberfläche der Wirklichkeit gekämpft, wusste, wo sie sich befand und wer sie war. Dennoch dauerte es, bis sie die Augen öffnen konnte. Als sie den weißen Schleier erblickte, bekam sie Angst und wollte sie wieder schließen, aber ihr Durst war größer als ihre Angst.

»Wasser! Gib mir Wasser!«

Sie klammerte sich an Schwester Evas Tracht und bettelte ein letztes Mal. Die Nonne versuchte ihr mit vernünftigen Worten, auf erwachsene Weise zu erklären, dass sie nicht trinken durfte. Es konnte gefährlich sein, so kurz nach der Operation. Rosario hörte zu wie ein Kind und widersprach nicht, aber als Schwester Eva hinausgegangen war, um mit den Pflegerinnen zu sprechen, nahm sie ihre letzten Kräfte zusammen und knotete die Gazebinden auf, mit denen sie ans Bett gebunden war.

In dieser Welt gibt es so vieles, was gefährlich ist, doch wer sich immer in Acht nimmt, überlebt nicht. Das wusste Rosario.

Es tat sehr weh, sich so weit zu strecken, doch sie schaffte es und stand auf. Sie schlich sehr langsam zum Wasserhahn draußen im Flur, die ganze Zeit mit einem ausgestreckten Arm als Stütze.

Sie fanden sie auf dem Fußboden. Sie hatte eine kleine Pfütze erbrochen. Wasser und Galle.

Schwester Eva saß eine Weile am Bett, aber der schwarze Vogel war noch einmal mit Rosario fortgeflogen. Sie seufzte und stand auf, schob den Hocker ordentlich unter das Bett und ging weg. Sie musste sich um die Medikamente kümmern.

Wer war Schwester Eva?

Manche sagen, sie war die schlimmste Nonne in Olongapo. Andere meinen, sie war die Einzige im Kloster, die etwas von der Wirklichkeit um sie herum begriff.

An diesem Morgen war sie außergewöhnlich grimmig. Zuerst ging sie zum Projekt. Das war nicht weit, nur ein paar Meter.

Sie marschierte ins Büro, fand es leer und ging mit entschlossenen Schritten zum zweiten Haus.

Jerome Caluyo hielt einen Vortrag für neue Freiwillige. Er stand mit Kreide in der Hand vor der schwarzen Tafel, kam aber gleich, als er Schwester Eva erblickte.

Ja, natürlich. Er würde zum Krankenhaus gehen und sehen, ob er etwas tun konnte. Später.

Schwester Eva marschierte zum Kloster zurück und beauftragte eine ihrer freiwilligen Damen. Besorg das Geld und geh damit zum Krankenhaus!

Die Botschaft ging an die kichernde Jessica: eine Dame mit unbekannter Vergangenheit, die an dem Tag, da sie dreißig Jahre alt wurde, fromm geworden war. Sie zog sich ein paar sehr hochhackige Schuhe an und ging aus. Es dauerte ein paar Stunden, bis es ihr gelungen war, das Geld zusammenzubetteln.

Unterdessen verging die Zeit. Rosario würgte immer noch am Schmerz des Opfertals. In ihrem Rachen schnappte der Tod nach ihr.

Gleich nach dem Mittagessen konnte Schwester Eva das Kloster wieder verlassen. Sie ging zum Krankenhaus, sah, dass weder Jerome noch Jessica dort gewesen waren, und wurde wütend.

Es war am einfachsten Jerome auszuschimpfen, denn er war am nächsten. Schwester Eva marschierte zum Projekt, stieß die Tür zum Vorlesungssaal auf und brüllte:

»Jerome Caluyo! Warum sind Sie nicht ins Krankenhaus gegangen?«

Das war unerhört peinlich.

Jerome versuchte, sie zu beruhigen. Er würde gehen, sowie das Seminar zu Ende war, und die Zeit war bald um. So eilig war es doch wohl nicht!

»Hast du das nicht kapiert!«, brüllte Schwester Eva ihn an. »Dies ist kein gewöhnlicher Fall! Das Mädchen liegt im Sterben! Und ich muss dafür sorgen, dass Jessica Geld auftreibt…«

Ja. Doch.

Jerome musste sich fügen und seine Schüler wegschicken.

Während er zum Krankenhaus ging, rauchte er irritiert. Vor der Tür warf er die Kippe weg, ging hinein und suchte, bis er ihr Bett fand.

Einst war Jerome Caluyo Salvador gewesen, ein Kind das seinen Vater bitterlich hasste. Als er zwölf Jahre alt war, hatte der Vater einen Aschenbecher aus Stein genommen und ihm damit auf den Kopf geschlagen. Salvador hatte gefühlt, wie ihm das Blut die Stirn hinablief und sich genau wie Rosario entschieden: Nie wieder. Niemals.

Er machte sich noch am selben Abend auf den Weg, durchquerte per Anhalter seine Insel und danach viele andere. Er bettelte und stahl, biss nachts vor Angst die Zähne zusammen und musste viele, viele Monate durchhalten, bis er in der großen Stadt ankam.

Seine Mutter hatte ihm gesagt, dass er einen Verwandten in den Smokey Mountains hatte. Sie hatte aber nicht gesagt, wo diese Smokey Mountains lagen.

Sechs Jahre lang schuftete Salvador zwischen den Abfällen auf dem Berg. Sortierte sie, schlief darauf und aß davon. Er hätte daran zu Grunde gehen können.

Doch Salvador war eine Kämpfernatur und ein Überlebensprofi. Er schleppte zwar tagsüber Abfälle, aber nachts studierte er. Als ihn die Not dazu zwang, aß er krepierten Hund zu Mittag, merkte aber nicht, dass das Fleisch verfault schmeckte. Er war allzu vertieft in seine Studien.

Im Alter von achtzehn Jahren machte er mit den Smokey Mountains Schluss; er wusch sich den Gestank ab und wurde Jerome. Alle künftigen Priester bekamen im Seminar neue Namen. Die Namen von Heiligen.

Doch aus Jerome wurde kein Heiliger. Schon bald ballte er gegen Gott und die Kirche die Faust, verwies auf den Schmutz und das Leid und forderte Erklärungen.

Er bekam keine.

Noch einmal kehrte er einem Vater den Rücken. Wenn Gott nicht beabsichtigte, etwas gegen das Elend zu unternehmen, würde sich Jerome darum kümmern…

Er fing in Olongapo an.

Als Rosario und er sich begegneten, hatte Rosario nur noch eine Stunde zu leben. Ihre Lippen wurden langsam schwarz und sie schrie nicht mehr.

Er befeuchtete sein Taschentuch unter dem Wasserhahn im Flur und strich es ihr über die Stirn. Für einen kurzen Moment schlug sie die Augen auf und sah ihn an. Jerome begriff, dass er sich beeilen musste.

»Hast du eine Mutter?«

Ein Seufzer. Er deutete das als Nein.

»Andere Verwandte?«

Er musste sich über sie beugen, um zu hören, was sie sagte.

»Großmutter…«

»Wie heißt sie? Wo wohnt sie?«

»In Santa Rita. Bur…«

Dann reichten ihre Kräfte nicht mehr. Der schwarze Vogel hob ab und flog mit ihr davon, ein letztes Mal.

Jerome stopfte das feuchte Taschentuch in seine Hosentasche und verließ das Krankenhaus. Nach wem sollte er suchen? Nach einer Großmutter, deren Name mit Bur anfing, und die irgendwo in Santa Rita wohnte.

Als er wiederkam, um weiter zu fragen, war sie tot.

Jerome verließ Maria Burgos' Haus taktfest marschierend, als folgten ihm hundert Augen in der Dunkelheit. Jeder Schritt von einem Fluch begleitet. Verdammte Hölle, verfluchter Teufel! Verdammte Hölle, verfluchter Teufel! Der Marsch eines Überlebensprofis.

Aber diesmal funktionierte die Beschwörung nicht. Als er Santa Rita verlassen hatte und in die Nähe der Magsaysay Avenue kam, begann er zu wimmern. Es war ein unfreiwilliges Wimmern, ein Rest von etwas, das einmal Weinen gewesen war. Wie hätte er weinen können?

Es war eine rein physische Trauer, deren Last ihn überwältigte. Zum Teufel mit der Armut! Zum Teufel mit den Armen und ihrem Elend!

Bis zu seinem eigenen zerbrechlichen Wohlstand waren es fünfzehn Kilometer. Fünfzehn Kilometer, die ihn zwingen würden, ganz Olongapo zu durchqueren. Aber dorthin wollte er nicht.

Von dem kleinen Ricardo, der vor Casa Blanca saß, kaufte er Kaugummi. Ein ganzes Päckchen, statt wie gewöhnlich nur ein Stück. Juicy Fruit. Das mochten sie – das schmeckte nach Amerika.

Oben bei Lot 21 blieb er stehen und verschaffte sich einen Überblick. An diesem Abend waren nicht viele Soldaten in der Stadt. Der Parkplatz war fast leer und die Straßenverkäufer hatten ihre Bündel genommen und waren nach Hause gegangen. Ein Soldat, allein mit seinem Rausch und seiner Übelkeit, stand und kotzte ein Stück entfernt, und ein Filipino eilte mit flatterndem Barong heimwärts. Der Lärm der Bars und Bordelle war heute Abend nur ein schwaches Gebrause, eine flüsternde Mahnung daran, dass Olongapo auch morgen existieren würde, wenn auch mit verlebten Zügen.

Sie befanden sich an ihrer üblichen Stelle: hinten an der Wand bei der Kaserne. Aus der Entfernung konnte er sie nicht zählen; ihre Schatten flossen ineinander und bildeten eine einzige Gestalt. Er hoffte, dass das Kaugummi reichen würde.

Als er sich näherte, erhob sich Nora wachsam. Sie begegnete ihm etwas abseits der anderen Kinder. Ihr Gesichtsausdruck änderte sich, als sie ihn erkannte, aber er konnte nicht unterscheiden, ob aus Erleichterung oder Enttäuschung.

Er setzte sich auf die flache Treppe. Der Zement war rau und schroff durch seine dünne Baumwollhose zu spüren.

»Magandang gabi«, sagte er. Guten Abend. Sie zog bei dieser feierlichen Begrüßung die Oberlippe zu einem unsicheren Grinsen hoch, ließ sie dann aber doch gelten. Sie zog mit einer kindlichen Geste an ihrem rosa Hemdchen, während sie gleichzeitig wie eine Erwachsene die Stirn krauste und zischte:

»Scht!!!«

Er schielte zu den Pappkartons auf der Rabatte hinüber. Die anderen Kinder schliefen.

»Ihr seid ja heute Abend früh da. Wie kommt das?«

»Äh! Ist ja nichts los. Und wir haben schon gegessen…«

»Nur gegessen?«

Sie blickte weg und er musste nicht weiter fragen. Sie hatte den Rugbyblick.

»Sind alle hier?«

Das war eine dumme Frage. Wieso alle? Sie ließ sich wortlos zu Boden fallen, während sie sich neben ihn setzte und ihre Beine umfasste. Ihr Rock war unbeschreiblich schmutzig, aber sie glättete ihn sorgfältig.

Jemand wimmerte auf der Rabatte. Ein Albtraum. Jemand

anderes streckte eine Hand aus und gab dem Träumer einen Klaps.

»Hast du das von Rosario gehört?«

Er merkte, dass seine Stimme leiser war; er flüsterte fast.

»Tomboy, meinst du. Ja. Hab ich gehört. Melchior hat erzählt…«

Er verzog vor Unbehagen sein Gesicht. Melchior!

»Ich dachte, es wäre aus zwischen dir und ihm?«

»Äh. Ich weiß nicht. Jedenfalls kam er heute. Er sagte, dass Rosario im Krankenhaus gestorben ist. Sie hätten sie nie dahinbringen sollen. Dann hätte sie's vielleicht überstanden…«

Sie rückte ein Stück zur Seite und umarmte ihr Bein noch fester. Wieder einmal hatte Melchior einen seiner kleinen Siege errungen.

»Er sagte, er wäre dort gewesen, aber die Pflegerinnen hätten ihn nicht reingelassen. Er hat sie aber schreien gehört…«

»Sie hatte schon seit langem Schmerzen, das weißt du.«

»Sie hat aber nicht geschrien…«

Das war Melchiors Methode: viele Lügen und eine kleine Wahrheit. Melchior war nicht im Krankenhaus gewesen. Rosario war gestorben, ohne dass jemand nach ihr gefragt hatte. Und sie hatte geschrien.

Doch davon sagte Jerome Nora nichts, als sie da vor ihm saß mit ihrem zarten Körper und sich ihren Arm kratzte. Sie würde immer Melchiors Wahrheit wählen.

»Du solltest zum Projekt kommen. Wir haben Salben gegen Krätze…«

Sie schnaubte hörbar.

»Vielen Dank! Ich bin einmal wegen Medikamenten zu den Nonnen gegangen. Das Einzige, was passierte, war, dass sie mich eingesperrt und meinen Alten ausfindig gemacht haben. Und der hat mich verprügelt und gefickt, sodass ich mich eine ganze Woche lang nicht rühren konnte. Und danach hat er mich auf die Straße geschickt, um Geld zu beschaffen. Nach dieser Lektion habe ich drei Wochen gebraucht, um nach Olongapo zu kommen. Und ich hatte genauso viel Krätze wie vorher …«

Er schwieg. Vermutlich war es wahr, jedes einzelne Wort. Er versuchte sich mit Kaugummi zu entschuldigen.

»Zum Kauen, nicht zum Verkaufen«, sagte er, als er es ihr reichte.

Sie nahm es wortlos entgegen, wickelte das Umschlagpapier ab und stopfte es in den Mund. Dabei fiel ihr Haar vornüber.

»Es sieht aus wie ein Vogelnest«, sagte er und streckte spontan die Hand danach aus. Mitten in der Bewegung fielen ihm die Läuse ein und er zog sie schnell wieder zurück. Sie rückte noch ein bisschen weiter weg.

Rosarios Haare waren kurz geschnitten gewesen. Vielleicht wurde sie deshalb Tomboy genannt.

»Wer hat ihre geschnitten?«

»Tomboys Haare? Ich. Jedenfalls das letzte Mal. Sie hat es nicht mehr selbst geschafft.«

Ihr Mund zitterte, doch nur einen Augenblick.

»Diese blöde Kuh. Ich hab ihr gesagt, dass sie zum Projekt gehen soll. Das hab ich wirklich getan! Sie lag und wimmerte nachts, dass man nicht schlafen konnte. Aber nein, sie hat einfach weitergemacht, als wäre nichts. Morgens hoch, um Geld anzuschaffen! Und sowie sie einen Centavo verdient hatte, kaufte sie sich Rugby. Ich glaub, sie hat sich einen ganzen Monat nichts zu essen gekauft! Nur Rugby. Immer nur Rugby. Und dann ist sie hier mit windschiefem Blick rumgetorkelt, krummbeinig und schielend. Sie sah richtig abstoßend aus. Damit hat sie den Leuten Angst eingejagt!«

»Und Melchior? Was hat er gemacht?«

»Melchior?« Sie zögerte. »Er hat sich einen Dreck um sie gekümmert. Sie durfte nicht mehr nach Nagbakulaw … Er fand, dass sie schlecht roch.«

Jetzt kamen ihr die Tränen. Sie quollen aus ihr hervor wie ein groteskes Rülpsen und weckten in Jerome Gefühle von Panik. Genauso waren Tränen und Rotz einst über sein Gesicht gelaufen. Dies war das abendliche Weinen in Visayas und die morgendlichen Tränen in den Smokey Mountains.

Mit der Gebärde einer alten Frau stützte sie ihre Stirn an die Hand. Zwölf Jahre alt und so müde. Er erinnerte sich daran, wie diese ewige Müdigkeit auf den Schultern lasten konnte.

Vorsichtig begann er, ihr Lügen zuzuflüstern. Er redete von Zukunft und Hoffnung, von Trockenmilch und Ausbildung, von Schutzimpfungen und Vitaminen. Er zischte ihr sein eigenes Märchen ins Ohr, die Geschichte von einem Straßenjungen, der es geschafft hatte, der P-s-y-c-h-o-l-o-g-e geworden war und fast ein ganzer Mensch. Er redete von allem – außer von dem Hohlraum, der den einmal Verlassenen umgibt, bis die Zeit abgelaufen ist.

Und dennoch war es nur das, was sie hörte. Sie fummelte nach ihrer Rugbytube und schniefte heulend:

»Es kann nicht gut werden. Nicht ganz… Niemals.«

Doch aus seinem Mund floss weiterer Trost. Er redete von seinen schönen, sauberen Kindern und von deren Mutter, mit der sanften Haut. Er beschrieb sein glückliches Reich: ein Zimmer mit eigener Küche und Gartenbenutzung. Sie ließ sich dennoch nicht überzeugen.

»Für dich vielleicht, aber nicht für mich«, sagte sie und drückte entschlossen die letzten Reste aus der Rugbytube in die Plastiktüte. Als sie sie ans Gesicht führte und die Dämpfe des Klebstoffs einzog, blickte sie ihm fest in die Augen.

Das brachte ihn zum Schweigen. Da war eine Art Freundlichkeit, trotz allem: Sie hatte seine Lügen akzeptiert. Jetzt musste er sich gefallen lassen, dass sie Rugby nahm, um selber weiterleben zu können. Er seufzte und spürte plötzlich, wie drückend die Hitze war.

»Du hast sie nicht gekannt, stimmt's?«

Er schüttelte den Kopf. Nein, er hatte sie nicht gekannt.

Noch eine Niederlage. Er hatte geglaubt, die meisten zu kennen.

Aber Rosario war er nie begegnet, obwohl sie nicht sehr beweglich gewesen sein konnte. Jedenfalls nicht in der letzten Zeit.

»Ich glaube, ich hab sie mal gesehen. Ein Mädchen, das auf der Treppe vor Casa Boom Boom gesessen und geweint hat. Kurzhaarig.«

»Das könnte Rosario gewesen sein…«

Nora schloss die Augen, öffnete sie aber gleich wieder.

»Was war das für ein Ding?«

»Was meinst du?«

»Was war das, was der Kerl in sie reingestopft hat?«

»Hat sie das nicht erzählt?«

»Sie wusste nicht, was es war. Sie wollte nicht darüber reden. Melchior hat gesagt, dass es eine Schraube war…«

Er versuchte, es zu erklären. Ein hellblaues Ding aus Plastik, das innen schon verrostet war. Hineingezwängt in ihr Allerinnerstes…

»Wir haben wirklich versucht, es rauszubekommen«, sagte Nora. »Ich hab versucht, ihr dabei zu helfen. Am Weihnachtstag, als sowieso nichts in der Stadt los war…«

Jerome stand auf. Plötzlich wurde ihm von der ganzen Geschichte übel. Er wollte nach Hause. Schnell. Es war ein langer Tag gewesen, und er wollte einfach, dass es vorbei wäre. Er sehnte sich nach seinen eigenen Kindern und ihren leichten Atemzügen.

Dann ging ihm auf, was sie gesagt hatte. Weihnachten und ein paar Wochen davor. Sechs Monate hatte Rosario unter Schmerzen gelitten. Oder sieben.

»Willst du damit sagen, dass sie schon vor Weihnachten Schmerzen hatte?«

Sie beugte sich wieder über die Plastiktüte. Sie hatte seinen Abscheu registriert und wollte jetzt nicht mehr reden.

Er versuchte sie zu beschwichtigen.

»Ich geh jetzt besser. Sonst, glaub ich, bring ich noch einen Kano um, bevor die Nacht zu Ende ist…«

Sie sah ihn mit glänzenden Augen an.

»Wieso denn?«

»Wegen Rosario…« Er lächelte bleich und holte mit der Hand aus. »Als Rache.«

Sie ahmte höhnisch sein künstliches Lächeln nach.

»Aber es war kein Kano. Wenn du jemanden töten willst, musst du jemanden mit einem Bart töten. Und Kanos haben keine Bärte.«

»Bart? Woher weißt du das?«

Sie zuckte mit den Schultern.

»Frag Jessie! Der weiß es. Der war dabei, als es passierte.«

Schwester Eva erbte den einzigen Gegenstand, den Rosario hinterlassen hatte. Einen hellblauen, in der Mitte abgebrochenen Massagestab.

Man wusch ihren Körper und legte sie in einen Sarg. Schwester Eva sorgte dafür, dass sie eine neue Bluse bekam, und kämmte ihr das Haar. Jerome holte seinen Fotoapparat hervor, dessen Benutzung er sich nur selten leistete, und machte ein Foto, bevor der Deckel festgeschraubt wurde.

Sie redeten nicht viel.

Zwei Tage nach ihrem Tod wurde Rosario abermals in Richtung Nagbakulaw gebracht. Dieses Mal durfte sie auf halbem Wege zurückbleiben. Die Cousins der drei Könige mauerten ihr Grab ganz oben auf dem Friedhof. Es war sehr schlicht, ohne Name und ohne Engelsbilder.

Die Zeremonie war ebenso anspruchslos wie das Grab. Zwei Frauen und ein Mann standen in der Hitze dicht nebeneinander und ein Priester gab ihr kurz den Segen.

Danach wollte er noch etwas sagen, fand aber keine Worte. Und keiner der drei, die am Grab standen, konnte ihm helfen. Eine konnte sich dunkel an ein kleines Mädchen erinnern; die anderen beiden erinnerten sich an eine sterbende Elfjährige. Keiner von ihnen kannte jene Rosario, die auf der Magsaysay Avenue gehaust hatte, das Straßenkind mit den rauen Händen, dem kurzen Haar und den eitrigen Augen.

Zwei Worte waren alles: Consummatum est. Es ist vollbracht.

Und Rosario Baluyot glitt genauso unauffällig aus der Welt, wie sie einst gekommen war.

Sowohl Schwester Eva als auch Veronica stützten sich auf Jerome, als sie die steile Friedhofstreppe hinuntergingen. An der Pforte verabschiedete sich Veronica mit einem trockenen Schluchzen und schwankte auf hohen Absätzen davon.

Jerome hatte sie am Tag zuvor ausfindig gemacht. Sie wohnte in einem Haus, ein paar Meter vom Projekt und knapp fünf Kilometer von der Magsaysay Avenue entfernt.

Jerome und Schwester Eva gingen gemeinsam auf die Stadt zu. Draußen in der Bucht donnerten die Schiffskanonen der Amerikaner. Die Sonne brannte entsetzlich an diesem Tag, und die Luft war schwer zu atmen. Es war Sommer.

»Gehen wir zur Polizei?«, sagte Jerome.

»Selbstverständlich«, sagte Schwester Eva.

Im Gartenlokal vor dem Tor Nummer zwei spendierte er ihr eine Coca-Cola. Obwohl er sich das eigentlich nicht leisten konnte.

Die Polizisten mussten lange suchen, bis sie Jessie Ramirez gefunden hatten.

Nach einigen Wochen fand man seine Mutter. Sie erzählte, dass Jessie zu einer Tante gezogen war, in der Hoffnung, zur Schule gehen zu dürfen. Zu Hause gab es für ihn keinen Platz. Sie hatte acht kleine Kinder und ein Haus von nur zehn Quadratmetern. Es ging einfach nicht.

Für Kinder, die in fremden Nestern aufwachsen müssen, ist es nicht leicht, sich auf schwere Schulaufgaben zu konzentrieren. Sie müssen mehrfach dafür zahlen, mit Arbeit, Gehorsam und mit Geld. Jessie hatte sich einige Monate mühsam durchgeschlagen und geduldig die Erniedrigungen ertragen, doppelt so alt wie seine Klassenkameraden zu sein, doch jetzt hatte er genug.

Als die Polizei ihn holte, ging er bereitwillig mit.

Zu seinem großen Erstaunen fuhr das Auto zur Brücke am Shit River und passierte das Tor Nummer eins. Kanos ließen gewöhnlich keine Kinder auf den Stützpunkt. Insbesondere keine Straßenkinder.

Sie brachten ihn in ein Büro mit graugelben Wänden und einem Schreibtisch aus Metall. Er saß mit steifem Rücken Bobby Salonga gegenüber, einem Filipino, der jetzt amerikanischer Agent war, und erzählte alles, was er wusste. Bevor er fertig war, wurden zwei andere Zeugen hereingeführt: Paul Maclor und Mike Johnson.

Sie redeten durcheinander, und es fiel ihnen schwer, alle

ihre Erinnerungen auf die Reihe zu bringen. Aber Bobby Salonga hatte Geduld. Er hörte zu, machte Notizen, fragte und machte erneut Notizen. Als es Abend wurde, mussten die Jungs das Vernehmungsprotokoll unterschreiben. Sie schrieben das Einzige, was sie schreiben konnten: ihre Namen. Dann wurden sie zur Magsaysay Avenue zurückgebracht, wo ihre Geschichte, während sie sie den anderen Kindern erzählten, Flügel bekam.

Tagelang waren Paul, Jessie und Mike die Helden der Straße.

Nora hörte von ihrem Besuch auf dem Stützpunkt. Sie bekam Angst und verkroch sich. Sie ging immer öfter nach Nagbakulaw und hielt sich immer längere Perioden in Melchiors Schuppen auf, warum, konnte sie sich nicht einmal selbst erklären.

Aber die Polizisten kümmerten sich nicht um Nora. Sie interessierten sich am meisten für Jessie. Er erlebte einige sonderbare Sachen. Einmal brachten sie ihn zu einem Mann, der einen großen Kasten mit vielen Fächern hatte. In den Fächern lagen Augen, Münder und Nasen. Jessie zog die Stirn kraus und strengte sein Gedächtnis an, während der Mann mit dem Kasten Puzzles legte. Sah das Haar so aus? Und die Augen so? Nein, nicht. Aber so vielleicht?

Gegen Abend starrte der Ungewöhnliche Jessie aus dem Inneren des Kastens an. Ihm wurde etwas bange und er rieb sich die Augen, erinnerte sich zum ersten Mal ganz deutlich an die komischen Laute, die Rosario damals ausgestoßen hatte.

Es war eine scheußliche Erinnerung.

An diesem Abend war Jessie mürrisch und abweisend, den Kindern und auch den Erwachsenen gegenüber. Er verkaufte nicht sehr viele Zeitungen und musste mit leerem Magen einschlafen, denn er war nicht recht in Stimmung zum Betteln. Am nächsten Tag war er wieder ganz der Alte und eroberte sich mit seinem Lachen ein ordentliches Frühstück auf dem Hof hinter dem Sharks Cove. Die Küchenmagd lächelte und zuckte mit den Schultern. Okay, warum nicht! Wollte er die

Reste des Vortages aufessen, dann bitte! Er war ja so goldig, dieser Junge…

Nicht nur die Polizei wollte alles über Rosario und den Ungewöhnlichen wissen. In der folgenden Woche kamen auch andere Erwachsene zur Magsaysay Avenue und stellten Fragen. Sie hatten Notizbücher und Fotoapparate und waren großzügiger als die Polizei. Sie spendierten Essen und Süßigkeiten. Die Kinder wussten nicht genau, was sie von ihnen halten sollten, fühlten sich aber von so viel Aufmerksamkeit geehrt. Sie erzählten ihre Märchen in vielen verschiedenen Versionen. Wenn die Erwachsenen Fragen stellten, die sie nicht beantworten konnten, zuckten sie mit den Schultern und flatterten auf und davon.

Was wollten sie eigentlich, diese Erwachsenen?

Die Wahrheit. Als ob es so etwas wie eine Wahrheit gäbe…

Als Rosario beerdigt wurde, war es brennender Maisommer gewesen. Jetzt herrschte feuchter September. Nie wurden sie richtig trocken. Paul Maclor bekam eine Grippe und lag allein und fiebergeschüttelt unter seiner Treppe. Nora hustete auf Nagbakulaw, und Mike, der schon glaubte vor Schimmel grün zu werden, machte sich zu Shay Cullens Preda Center auf. Jessie Ramirez versuchte sich im neuen Kinderheim einzuschmeicheln, doch da hatte man momentan keinen Platz. Außerdem war er schon mal da gewesen und ausgerissen. Das war nicht gerade von Vorteil für ihn.

Schwester Eva war nicht mehr da. Sie war weg.

»Nach Cebu versetzt«, sagten die anderen Nonnen, aber Jessie begriff nicht richtig, was das hieß. Und die Übrigen mochte er nicht, obwohl ihn keine so heftig am Ohr gezogen hatte wie Schwester Eva. Es gibt nicht viele Erwachsene, die einem Jungen die Ohren lang ziehen dürfen, ihm aber damit zu verstehen geben, dass er geliebt wird.

Schwester Eva hatte diese Gabe und Jessie vermisste sie.

Das Leben war jetzt eintönig.

Natürlich traf er viele Erwachsene, die fragten und zuhörten.

Aber keiner von ihnen wollte mehr tun. Keiner streifte seine Schulter mit einem Zauberstab und sagte:

»Wachse! Du bist ein erwachsener Mensch, der ein Flugzeug steuern kann…«

Also saß er mit seinen feuchten Zeitungen auf der Straße, schaute manchmal zum Himmel auf, sah aber weder Sterne noch Flugzeuge. Da hingen nur Wolken…

So saß er da auch, als der Polizeiwachtmeister Marino Victoria ihn fand.

»Du sollst morgen früh aufs Polizeirevier kommen«, sagte er. »Wir fahren nach Manila…«

Jessie konnte es nicht glauben.

Es war aber die Wahrheit.

Er ging zum Polizeirevier, zögernd und voller Angst, dass sie ihn zum Narren hielten. Als er kam, lachte niemand, im Gegenteil, sie warteten schon ungeduldig, und er musste sich sofort zusammen mit Mike Johnson und vier Erwachsenen in ein Auto zwängen.

Es waren zwei amerikanische Agenten: Bobby Salonga, den er schon auf dem Stützpunkt getroffen hatte, und ein echter Kano mit dem Namen Douglas Heinsill. Sowie zwei Männer von der Polizei in Olongapo, Mario Victoria und Andres Montano. Mike Johnson musste auf Jessies Schoß sitzen, damit sie alle Platz hatten.

Jessie hatte noch nie zuvor eine Reise gemacht und war sehr still. Die erwachsenen Männer redeten die ganze Zeit, rauchten und lachten. Jessie verstand nicht alles, was sie sagten, denn sie sprachen aus Höflichkeit dem Kano gegenüber meistens Englisch. Einmal hielten sie vor einem weißen Haus, das sich als eine Art Restaurant entpuppte. Mike und Jessie bekamen jeder eine Coca-Cola und die Männer tranken Bier. Andres Montano verschwand eine Weile und kehrte mit zwei großen Tüten Gemüse wieder, die er an einem Straßenstand gekauft hatte.

»Viel billiger als in Olongapo«, sagte er, doch die anderen Männer lachten ihn aus. Das Gemüse wäre verfault, bevor sie wieder nach Hause kämen. Garantiert. Und Montanos Frau würde garantiert stinksauer werden, wenn sie hörte, wofür er sein Geld vergeudet hatte.

Da erst begriffen die Jungs, dass sie für mehrere Tage weg sein würden.

Die ländliche Gegend entlang der Straße war ihnen fremd und unbegreiflich. Den Männern und Frauen auf den Feldern stand das Wasser bis zu den Knien. Auf anderen Äckern trotteten große schwarze Tiere mit gewaltigen Hörnern. So etwas gab es nicht in der Magsaysay Avenue, und niemand hatte Jessie und Mike jemals aufs Land mitgenommen.

Manila war viel größer als Olongapo. Sehr viel größer. Die Häuser hatten viele Stockwerke und an den Straßen befanden sich große Schilder mit farbenprächtigen Märchenbildern. Mike fragte, was das war, und Bobby Salonga erklärte, dass es sich um Reklame für Filme handelte.

So große Reklameschilder gab es in Olongapo nicht.

Im Hotel durften die Jungs sich ein Zimmer teilen und in Betten mit Bettwäsche schlafen. Sie erhielten täglich drei Mahlzeiten, ohne dass sie dafür bezahlen mussten.

Jessie wollte nur Reis zum Mittag, denn das war das Beste, was er kannte. Mike nickte zustimmend. Die Polizisten wunderten sich etwas über ihre Anspruchslosigkeit, zuckten aber nur mit den Schultern und ließen ihnen ihren Willen. Dann beugte sich Bobby Salongo über den Tisch und begann zu erklären: Die Polizei hatte einen Tipp bekommen, dass sich der Ungewöhnliche in Manila aufhielt. Jessie und Mike sollten herumlaufen und nach ihm suchen. Sie selbst würden ihnen in diskreten Abständen folgen und sich nicht zeigen, bevor die Jungs ein Zeichen gaben, was bedeutete, dass sie den richtigen Mann gefunden hatten.

Zeichen? Wie denn?

Bobby Salongo ballte seine Faust und streckte den Daumen nach oben.

Jessie und Mike lachten. Klar! Den Daumen nach oben. Das würden sie tun.

Als sich ihr anfängliches Staunen gelegt hatte, wurden sie vergnügt und eifrig. Das war ja fast, als spielten sie selbst in einem Film mit. Die Detektives Mike und Jessie kommen nach Manila, um den Mann zu finden, der ihre Freundin getötet hat… Das soll der Schuft büßen!

Es dauerte einige Tage. Am ersten Tag waren sie im Luneta Park unterwegs und hielten nach ihm Ausschau. Da gab es viele Langnasen, doch keiner glich dem, den sie suchten. Als sie gegen Abend ins Hotel kamen, waren die Jungs müde und schliefen fast sofort ein.

Am nächsten Morgen gab es Brot zum Frühstück und ihnen wurde gesagt, dass sie in Ermita suchen würden. Dem Vergnügungsviertel.

Ermita glich der Magsaysay Avenue. Die gleichen Restaurants und Nachtklubs, die gleichen Langnasen. Doch hier trugen sie keine Uniformen. Mike stöhnte, weil sie alle gleich aussahen: groß, blass, mit farblosem Haar. Jessie überlegte, ob er sie hässlich oder schön fand.

Nichts dergleichen. Sie sahen nur reich aus.

Gegen Nachmittag waren sie von all den neuen Eindrücken müde, aber sie wagten nicht zu klagen. Sie machten lustlos weiter, gingen durch eine weitere Straße und musterten alle Männer.

Einer ging mit langsamen Schritten nur wenige Meter vor ihnen. Er hatte leicht abfallende Schultern und seine Arme waren außergewöhnlich weiß. Sein Haar war farblos.

Das war irgendetwas. Etwas Bekanntes.

Jessie zögerte einen Moment, glitt dann aber an die Seite des Mannes.

»Hi Joe«, sagte er und lächelte sein Sternglitzerlachen.

»Hi kid«, sagte der Mann und blieb stehen.

Seine Stimme war breiig und das Blau seiner Augen verschmolz fast mit dem Weißen.

Jessie zeigte mit dem Daumen nach oben.

Er hieß Heinrich Ritter und war noch nicht approbierter Arzt aus Österreich. Er war ein hoch gewachsener und sehr blasser Mann, leicht übergewichtig und ziemlich schwerfällig. Seine Finger jedoch waren lang, weiß und sehr graziös.

Er sagte, er hätte nie einen Bart gehabt, aber das Bild in seinem Pass sprach eine andere Sprache.

Er war vor mehreren Monaten in Olongapo gewesen. Aber nur einen einzigen Tag. Ja, doch, auch eine Nacht.

Er hatte im MGM-Hotel gewohnt.

Einer Rosario war er allerdings nie begegnet und einen Jessie Ramirez kannte er auch nicht. Er hatte kein Interesse an Kindern. Er war ein ganz normaler, europäischer Mann und es war ihm unbegreiflich, wie man ihn auf diese Weise behandeln konnte.

Er selbst vermutete, dass die Tat von einem amerikanischen Soldaten begangen worden war, und dass die Amerikaner ihn als Sündenbock benutzten, um ihr eigenes Ansehen zu retten.

Seine Mutter schickte Geld, und er nahm sich drei Rechtsanwälte.

Die nahmen sofort mit Maria Burgos Kontakt auf. War sie als Rosario Baluyots nächste Angehörige bereit, die Klage gegen einen angemessenen Schadenersatz fallen zu lassen?

Das war sie.

Zuerst forderte sie 300 000 Peso, dann 200 000 und schließlich 100 000. Sie bekam 15 000.

Damit hätte die ganze Geschichte ihr Ende gefunden, wenn

nicht die Zeitungen gewesen wären. Es wurde so viel geschrieben, dass es unmöglich war, das Ganze wie einen gewöhnlichen Fall zu behandeln. Eine Anklage durch die Staatsanwaltschaft wurde unumgänglich. Die Anklage lautete auf Vergewaltigung und Mord.

Anfangs glaubte man, dass der Prozess einen Monat dauern würde. Dann zwei Monate. Und dann drei.

Er dauerte über ein Jahr.

Der Gerichtssaal war kleiner als Ritters Zelle. Er befand sich in dem baufälligen Gerichtsgebäude ganz oben, und um dorthin zu gelangen, war man gezwungen, eine Holztreppe außerhalb des Gebäudes hinaufzuklettern. Neben dem Gerichtssaal befand sich ein Büro. Den ganzen Tag lang hörte man das Klappern der Schreibmaschinen dort drinnen. Die Stenografen schrieben ihre Protokolle.

Die Richterin wurde für nicht befangen erklärt. Sowohl der Staatsanwalt als auch die Verteidiger hatten ihre Vergangenheit genauestens untersucht. Es gab keine Anzeichen von Bestechung oder politischen Präferenzen.

Sie stiegen einer nach dem anderen in den Zeugenstand, hoben ihre Hände und schworen den Eid: Doktor Cruz und die anderen Ärzte; die Polizisten und die amerikanischen Agenten; Maria Burgos und Policarpio Baluyot.

Ja. Der auch.

Er war fast genauso gut aussehend wie früher und sein Auftritt im Zeugenstand war sehr überzeugend. Er erklärte, er habe geglaubt, Rosario würde in Olongapo zur Schule gehen. Als Maria in den Zeugenstand trat, verließ er den Gerichtssaal und setzte sich auf ein zerfleddertes Sofa, das jemand im Hof hatte stehen lassen. Als sie ihre Aussage abgeschlossen hatte und die Verhandlung für den Tag beendet war, saß er immer noch da. Maria marschierte an ihm vorbei und würdigte ihn keines Blickes. Sie hassten einander erbitterter als je zuvor. Um der Schande willen. Und wegen Ritters Geld.

Aber es traten auch andere Zeugen auf, sogar solche, die

Rosario nie begegnet waren. Wie die schöne Jessica, die damals mit dem Geld für die Medikamente zu spät gekommen war. Amerikanische Experten, die vom Stützpunkt zur Verfügung gestellt wurden. Und als die Verhandlung ausreichend an Bedeutung gewonnen hatte, kam auch ein Kongressmann. Nicht, weil er eine Zeugenaussage machen wollte... Nein, er wollte dem Gericht nur erklären, wie wichtig es war, dass der Prozess einen gerechten Ausgang nahm.

Ritters Anwälte protestierten heftig gegen sein Erscheinen.

Die Kinder in der Magsaysay Avenue wussten nicht viel von dem, was im Gericht passierte. Nur wenn ein Kind als Zeuge benannt wurde, tauchte ein Polizist in der Stadt auf und befahl ihm, rechtzeitig am nächsten Tag zur Stelle zu sein. Das war alles.

Die Verteidiger taten das, wofür sie bezahlt wurden. Jessie fragten sie nach mehreren Stunden des Verhörs, ob er sich für einen Katholiken halte. Er schwitzte und nickte. Ja, er versuche ein guter Katholik zu sein.

Soso, wie war es dann zu verstehen, dass er in die Unternehmungen des Ungewöhnlichen verwickelt war? Und wenn er ein guter Junge war, wie war es dann möglich, dass er jahrelang mit einer Gruppe halb krimineller Kinder auf der Magsaysay Avenue herumgelaufen war und sich für einen Peso verkauft hatte? Na! Antworte, Junge!

Jessie Ramirez stotterte und konnte nicht antworten.

Doch als der Staatsanwalt ihn fragte, ob er den Ungewöhnlichen identifizieren konnte, wurde er wieder ruhig. Er hob seine Hand und zeigte:

»Er! Der da!«

Heinrich Ritter senkte den Blick.

Paul Maclor hatte sich gewaschen und von den Nonnen saubere Kleidung bekommen. Er wurde drei Stunden lang als Zeuge vernommen, ohne auch nur eine Miene zu verziehen, ließ er den subtilen Hohn der Juristen und das Lachen der Zuhörer über sich ergehen. Auch er hob seine Hand und zeigte:

»Er war es! Der da!«

Als es endlich vorbei war, war Paul schweißgebadet und schwach. Eine der Nonnen legte den Arm um seine Schultern, aber er schüttelte ihr Mitleid ab und wiederholte:

»Warum sollte ich lügen? Er war es!«

Er war der Einzige, der Rosario wirklich in Erinnerung behalten hatte.

Nora ist so müde, dass sie weint.
Sie hat den ganzen Weg von der Magsaysay Avenue zu Fuß gehen müssen. Melchior hat gesagt, sie müsse mindestens fünfzehn Peso nach Hause bringen, aber sie hat nur dreizehn zusammenbekommen. Wenn er sie mit zu wenig Geld im Jeepny oder im Dreirad sieht, wird er wahnsinnig... Also muss sie zu Fuß gehen. Obwohl ihre Beine geschwollen sind und ihr Leib so schwer ist.

Als sie am Friedhof vorbeikommt, faltet sie die Hände unter ihrem Bauch und versucht zu laufen. Es geht nicht. Man kann nicht laufen, wenn man im neunten Monat ist.

Nora fürchtet sich vor Rosario.

Jedes Mal, wenn sie am Friedhof vorbeikommt, hat sie Angst, dass die Leiche auferstanden ist, dass ihre verwesende Schwester an der Pforte steht und mit anklagendem Finger auf sie zeigt.

»Warum hast du nicht als Zeugin ausgesagt?«, würde ihre Stimme aus dem Jenseits sagen.

Und danach würden all die anderen Anschuldigungen kommen:

»Warum hast du mich in meinem Leid allein gelassen? Warum hast du mich damit gehänselt, dass ich schlecht roch? Warum hast du mir nichts zu essen gegeben...«

Oh. Das ist zu schrecklich!

Nora hebt die Arme und verbirgt ihren Kopf. Lass mich in Ruhe, Rosario! Ich weiß, dass ich dumm war, aber ich hab es nicht besser gewusst. Wie hätte ich ahnen können, dass du wirklich stirbst…

Jede Nacht, seit sich das Kind in Nora eingenistet hat, ist ihr Rosario erschienen. Sie steht am Fußende der Matratze ihrer Schwester und schaut sie aus leeren Augenhöhlen an; schreit in Noras Träumen ihre Anklagen und flüstert Vorwürfe, wenn sie in der Dämmerung wach liegt.

Melchior schnauft darüber nur verächtlich, aber Violetta, die viel über die Toten weiß, nickt und berichtet von anderen Geistern und Gespenstern. Nora hört ihr gespannt zu und schnieft dabei. Das kennt sie. Genauso ist es mit Rosario! Wohin Nora auch geht, Rosario folgt ihr. Manchmal taucht sie mitten am Tag auf und lächelt ihr schreckliches Lächeln, andere Male macht sie sich unsichtbar und schleicht hinter ihr her. Sie flüstert abscheuliche Geheimnisse über das Jenseits und droht ihrer Schwester mit ewiger Verdammnis…

Als wäre es nicht schon schlimm genug, wie es ist. Mit dem Kind und allem. Und erst dreizehn Jahre alt…

Nora leidet unter ihrem Körper. Der Bauch ist groß und unbegreiflich, aber die Arme und das Gesicht sind magerer als je zuvor.

Lange hat sie geglaubt, dass sie platzen würde. Nun hat Violetta ihr erklärt, was geschehen wird, doch das hat Nora nicht beruhigt. Sie hat Angst vor dem Schmerz. Sie hat Angst vor dem Tod. Sie hat Angst vor sich selbst.

Was kann nicht eine wie sie mit einem kleinen Kind anstellen?

Gott sei Dank, der Friedhof ist jetzt in weiter Ferne. Ihre steifen Schultern entspannen sich und sie wagt es, sich ein Weilchen an den Wegrand zu setzen und aufs Wasser hinauszuschauen. Die Sonne ist gerade untergegangen. In der Bucht liegt ein einsames Kriegsfahrzeug vor Anker und ein Fischerboot hat sich hinausgewagt, jetzt, da die Kanonen für heute zu donnern aufgehört haben.

Das Kind bewegt sich. Nora legt instinktiv die Hand auf den Bauch, horcht aber nicht, was das Kind zu sagen hat.

Ein paar Tage später weiß sie, dass es ein Junge ist.

Violetta salbt ihn mit Kokosnussöl und legt ihn nackt in Noras Arm. Dann stemmt sie die Hand in die Hüfte, beobachtet sie und wartet auf das große Wunder. Nora und ihr Sohn werden sich ansehen und einander lieben.

Aber das geschieht nicht.

Nora rührt sich nicht und hat den Blick an die rostige Decke geheftet. Das Neugeborene schreit mit geschlossenen Augen, seine Hände fuchteln ziellos in der Luft umher, streifen weder Noras Haut noch ihr Haar.

Rosario schert all das Neue nicht. Sie dringt auch weiterhin in die Träume der Schwester ein und quält sie.

Das Leben wird sehr schwer. Nora bewegt ihren frisch entbundenen Kinderkörper bedächtig und vorsichtig. Die Erschöpfung brennt hinter ihren Augenlidern, aber sie wagt nicht zu schlafen. Sie ist hungrig und Melchior ist sauer. Sie muss mit ihm zur Magsaysay Avenue und Geld beschaffen! Wenn sie sich weigert, bleibt er erst einmal vor Erstaunen wie angewurzelt stehen, spuckt dann aber vor ihr auf den Boden und ist hinterher wochenlang verschwunden.

Nora versucht allein zurechtzukommen, doch Violetta nervt sie mit dem ewigen Getue um das Baby. Ihre Ratschläge sind verwirrend und widersprüchlich und bringen sie nur noch mehr durcheinander.

Und der Bengel schreit andauernd.

Die ersten Tage versucht Nora ihn mit der Brust zum Schweigen zu bringen, aber das hilft nicht viel. Er weigert sich zu saugen, krümmt nur seinen kleinen Körper und macht etwas Grünes auf ihr einziges T-Shirt. Sie gibt ihm einen Klaps auf den Hintern, damit er begreift, dass er das nicht darf, aber dann schreit er nur noch mehr und seine Stimme wird noch schriller.

Nora fällt ein, was andere Mütter tun, erbettelt einige Lappen von Violetta und versucht, sie ihm um den Po zu wickeln. Das funktioniert. Als sie ihn das nächste Mal stillt, saugt er ein bisschen und schläft an ihrer Brust ein… Vor Erleichterung kommen Nora die Tränen. Sie legt ihn auf die Matratze und durchsucht das ganze Haus nach etwas Essbarem, doch es gibt nichts.

Auch egal. Jetzt kann sie jedenfalls eine Weile schlafen.

Als sie aufwacht, ist es draußen dunkel und sehr windig. Sie legt ihn wieder an die Brust, aber jetzt will er nicht saugen und nicht zu schreien aufhören.

Er hält sie den Rest der Nacht wach. Sie versucht ihn und den Wind auszusperren, aber es genügt nicht, sich einfach die Finger in die Ohren zu stopfen. Erst als sie die Ohrläppchen hochklappt und dadurch die Gehörgänge verschließt, muss sie nichts mehr hören.

Der Regen kommt im Morgengrauen. Er vereinigt sich mit dem Sturm, wirft sich mit Gebrüll über den Nagbakulaw und erschüttert den ganzen Berg. Nora versucht die Fensteröffnungen mit einem Stück Pappe abzudichten, doch es gelingt nicht. Schon in kurzer Zeit hat der Wind sie weggerissen.

Sie muss ihre Sachen auf die andere Seite schaffen, sonst werden die Decke und die Matratze nass und das Kochgeschirr wird verrosten. Sie lässt den Jungen auf der Matratze liegen, als sie sie wegschleppt. Er schreit in der neuen Ecke genauso wie in der alten.

Vielleicht kann sie zu Violetta hinüber. Sie öffnet die Tür, doch nur einen kleinen Spalt breit, damit der Wind sie nicht ergreift und wegreißt.

Nein. Es geht nicht. Zu viel Wasser läuft den Berg hinab. Und der Wind! Er würde sie zu Boden werfen!

Es ist schwierig, die Tür zu schließen, doch es muss gehen.

Hinterher bleibt sie, das Gesicht in den Händen vergraben, auf dem Boden sitzen. Was macht man? Was macht man, wenn man ohne Essen und Wasser in einem Schuppen eingeschlossen ist? Was macht man, wenn man von Geistern gefoltert und von einem Kind gequält wird?

Was macht man, wenn man auf der ganzen Welt keinen einzigen Freund hat?

Nichts. Man bleibt, wo man ist, lauscht dem Kugelhagel des Regens auf dem Dach und spürt, wie der Taifun nach dem Schuppen greift. Bald weint man vor Furcht, schreit lauter als das eigene Kind und erhebt sich auf die Knie:

»Still! Still! Still!«

Aber der Wind schweigt nicht und der Regen auch nicht. Doch das Kind kann man zum Schweigen bringen. Nora kriecht zur Matratze, hebt den Kleinen hoch und richtet sich auf.

Ist das ihr eigener Gedanke, den sie hört? Oder ist es Rosario, die endlich ihre alte Stimme wieder gefunden hat; jene, die sie hatte, als sie lebte und gesund war?

»Nein«, sagt die Stimme. »Nein! Das Leben ist besser als der Tod. Jedes Leben!«

»Niemals!«, schreit Nora. »Nicht jedes Leben!«

Sie öffnet ihre Arme, und er schreit noch, während er fällt.

Man hört nicht viel, wenn ein Säugling mit dem Kopf auf dem Zementfußboden aufschlägt. Nur ein gedämpftes Geräusch. Und danach ist es sehr still. Der Sturm holt eine Sekunde lang Atem, bevor er erneut rüttelt.

Nora fällt neben ihrem Sohn auf die Knie.

Dass sie das nicht früher gesehen hat. Dass sie nicht gesehen hat, wie schön er ist. Seine Fingernägel schimmern wie Perlmutt und seine Hände sind wie Blumen mit geöffneten Kelchen…

Und sein Kopf! Sein zertrümmerter kleiner Kopf…

Erst jetzt sieht sie, womit er vergleichbar ist. Mit einem Ei. Einem goldenen Ei.

Postscriptum

Darum, alter Walt Whitman, erhebe ich meine Stimme
nicht gegen den Jungen, der den Namen
eines Mädchens auf sein Kissen schreibt,
oder gegen den Knaben, der sich in der Dunkelheit des
Kleiderschranks als Braut verkleidet,
nicht gegen die Einsamen in den Kasinos,
die voll Ekel das Wasser der Prostitution trinken,
und auch nicht gegen die Männer mit dem
lüstern grünen Blick,
die Männer lieben und denen das Schweigen die
Lippen versengt.

Wohl aber gegen euch, ihr Päderasten der Städte,
mit geschwollenem Fleisch und schmutzigen Gedanken,
Mütter des Schlamms, Harpyien,
schlaflose Feinde der Liebe, die Freudenkronen verleiht.
Immer gegen euch, die ihr den Knaben tropfenweise
schmutzigen Tod mit bitterem Gift verabreicht.

FEDERICO GARCÍA LORCA

I

Ich schalte den Computer aus und stelle fest:

So verhält sich die reiche Welt gegenüber der armen.

So verhalten sich Erwachsene gegenüber Kindern.

Sextourismus – und Kinderprostitution als dessen Folgeerscheinung – veranschaulicht, wie Macht und Machtlosigkeit auf der Welt verteilt sind.

Nie habe ich das so deutlich am eigenen Leib verspürt, wie in dem Augenblick, als ich das Restaurant in der Pagsanjan Lodge betrat und dort die weißen Männer mit den kleinen, braunen Jungs erblickte. Da wurden die Arroganz und die Brutalität unserer Kultur plötzlich besonders offensichtlich.

An und für sich ist auch dieses Buch ein Ausdruck für westliche Arroganz. Wie kann man sich als Schwedin anmaßen, die Gedanken und Gefühle von Menschen zu interpretieren, deren Wirklichkeit so ganz anders ist als unsere? Das ist eine Frage, die mich während der ganzen Arbeit begleitet hat.

Zu meiner Verteidigung kann ich dazu nur sagen:

Jemand musste darüber berichten. Und ich fand, die Zeit drängte.

II

Schon in einem frühen Stadium wurde mir klar, dass ich mich auf vermintes Gebiet begeben hatte.

Nicht nur weil es sich um ein Thema handelt, das starke Gefühle weckt, sondern auch weil es fast unmöglich ist, zuverlässige Dokumentationen und sichere Fakten zu finden. Dagegen existieren jede Menge Gerüchte und so genannte *guesstimates* (Vermutungen und Schätzungen). Wenn es um die sexuelle Ausbeutung von Kindern geht, scheint sowohl einzelnen Personen wie auch Institutionen, die ansonsten ihre Quellen genauestens kontrollieren, das Vermögen zur kritischen Beurteilung abhanden zu kommen.

Ich will nicht dazu beitragen, bloße Gerüchte zu verbreiten und habe mich darum auf Fälle konzentriert, über die eine fundierte Dokumentation existiert. Das war auch der Grund, warum ich für meine Nachforschungen die Philippinen gewählt habe. Im Gegensatz zu den meisten anderen Ländern haben nämlich die Philippinen unter Corazon Aquino aufgehört, das Problem zu leugnen. Umgehend nach ihrem Machtantritt ließ Frau Aquino das »Jahr des Kindes« proklamieren, was u. a. zu einer offenen Diskussion über Sextouristen und deren Vergehen an Kindern führte. Aus dieser Debatte ging eine – aus internationaler Sicht – außergewöhnlich fundierte Dokumentation hervor.

Trotzdem ist es immer noch schwierig eine genaue Anzahl der Kinder und Erwachsenen anzugeben, die an diesem Handel beteiligt sind. Alle Beteiligten sind bemüht, die Geschehnisse zu vertuschen. Die betroffenen Kinder schämen sich (wie Rosario) und haben (aus gutem Grund) Angst vor Strafe. Die Eltern und andere Erwachsene, die darin verwickelt sind, sind starkem sozialem Druck ausgesetzt und reden nur ungern mit Außenstehenden über die Sache. Und die Männer wollen sich natürlich nicht preisgeben – jedenfalls keinem anderen gegenüber außer Gleichgesinnten.

In Wahrheit hat also niemand genaue Zahlen, weder auf den Philippinen noch in anderen Ländern. Mein Eindruck ist, dass das Problem bedeutend größer ist, als wir es uns in Europa vorstellen wollen, andererseits aber auch nicht so groß, wie einzelne Sensationsreportagen uns glauben machen wollen.

III

In den Achtzigerjahren wurde sehr viel über sexuelle Übergriffe auf Kinder geschrieben. Inzwischen *wissen* wir, dass zehn Prozent aller Kinder in unserer Kultur irgendwann im Laufe ihrer Kindheit oder Jugend sexuellen Übergriffen Erwachsener ausgesetzt sind.

Ab Mitte der Achtzigerjahre war für lange Zeit der Begriff Kindesmissbrauch gleichbedeutend mit Inzest. Es existierte das Bild vom Vater oder Stiefvater, der sich an einem kleinen Mädchen verging. Heute wissen wir, dass sexuelle Übergriffe nicht in erster Linie innerhalb der Familie vorkommen und die Opfer nicht ausschließlich Mädchen sind.

In einer norwegischen Untersuchung (Holten, Jebsen & Saetre), die 1987 veröffentlicht wurde, gaben 19 Prozent der Frauen und 16 Prozent der Männer an, dass sie vor ihrem achtzehnten Lebensjahr sexuellen Übergriffen verschiedener Art ausgesetzt waren.

In einem Kommentar schreiben die Forscher:

Unserer Untersuchung zufolge ist die Wahrscheinlichkeit sexueller Übergriffe am größten bei Personen, die nicht zum eigenen Familienkreis gehören, z. B. Geschwister bzw. andere Familienmitglieder von Freunden, der Schulhausmeister, der Hausgehilfe, der Lebensmittelhändler im Ort, der Pastor, der Lehrer usw.

Alle diese Personen werden von den Befragten genannt. Sexuelle Übergriffe auf Kinder können darum nicht ausschließlich als ein Familienphänomen betrachtet werden, was bisher sehr häufig in der öffentlichen Debatte und von Kinder- und Jugendhilfsorganisationen getan wurde. Auch wenn Inzestfälle vermutlich in unserer Untersuchung unterrepräsentiert sind, (...) ist diese Gruppe zweifellos kleiner als die Gruppe der Betroffenen, die sexuellen Übergriffen durch andere Personen ausgesetzt ist. Auffallend ist, dass die »andere bekannte Person« als Täter häufiger von Mädchen genannt wurde als von Jungs. Der »Fremde« wurde dagegen häufiger als derjenige genannt, der sich an Jungs vergreift. Wenn man also in Zukunft vor dem »fremden Onkel« warnt, ist es angebracht, sich in größerem Umfang an Jungs zu wenden als an Mädchen.

IV

Wer sind sie also, der Mann oder die Frau (denn die gibt es auch), die sich an Kindern vergehen? Wie sieht er aus, dieser »böse Onkel«?

Ist es besonders hässlich? Im Gegenteil. Er ist oft besonders ordentlich, nett und freundlich. Sicherlich gibt es auch unter Pennern Pädophile, aber ich wage zu behaupten, dass sie, relativ gesehen, in größerer Anzahl in Sportvereinen, Schulen und Jugendorganisationen zu finden sind.

Als ich den Direktor von Defense for Children International, Michael Jupp, vor ein paar Jahren in New York traf, bat ich ihn, den typischen Pädophilen zu beschreiben. Ich nahm an, er müsse es wissen, da er sich jahrzehntelang damit beschäftigt hat, Fakten über den sexuellen Missbrauch von Kindern in den USA aufzudecken, und jetzt als Experte von UNICEF konsultiert wird.

Er überlegte einen Moment und antwortete:

»Es ist jemand mit der Seele eines Buchhalters. Und gleichzeitig ist es ein Mensch, der außergewöhnlich manipulierend auf andere einwirkt. Rein äußerlich erscheint er als ordentliche, fröhliche und nette Person. Oft ist er in einem Beruf tätig, der ihm den Umgang mit Kindern ermöglicht, oder er engagiert sich ehrenamtlich in einer Organisation, in der er mit Kindern Kontakt hat. Erwachsene finden, dass er einen guten und zuverlässigen Eindruck macht. Darum hat er meistens keine Schwierigkeiten, sich Gelegenheiten zu verschaffen, um sein Vorhaben auszuführen. Er sagt, dass er Kinder liebt, scheint aber nicht zu begreifen, dass andere Menschen lebende Geschöpfe sind. Für ihn sind sie Gegenstände.«

Die meisten Pädophilen scheinen von einem starken Zwang getrieben zu sein, im Leben für Ordnung sorgen zu müssen. Sie legen über die Kinder, an denen sie sich vergangen haben, Archive und Register an (siehe Abschnitt über Pagsanjan), kommentieren deren Vor- und Nachteile und tauschen Bilder und Informationen aus.

In Schweden und vielen anderen westlichen Ländern ist Kinderpornografie verboten. Michael Jupp meint, dass sich diese Männer aber dennoch verschaffen, was sie haben wollen.

»Sie verfügen über ein verbreitetes Kontaktnetz. Sie tauschen ständig Informationen aus, schicken einander Bilder und Berichte und geben sich Tipps, wo und wie man am besten an Sex mit Kindern kommt.«

Die Entwicklung in Pagsanjan und an anderen Orten der dritten Welt geben ihm Recht.

Die Unicef-Mitarbeiterin Allegra Morelli, die ich bei der gleichen Gelegenheit interviewte, komplettierte das Bild:

»Es ist unglaublich schwer, diese Menschen mit dem zu konfrontieren, was sie getan haben. Sie leugnen alles, unabhängig davon, wie stark die Beweise sind. Diejenigen, die gezwungen sind, ihr Vergehen zuzugeben, beschuldigen meistens die Kinder. Sie sagen, dass die Kinder sie verführt haben, und sie scheinen nicht begreifen zu können, dass andere Erwachsene im Stande sind, ihre sexuellen Impulse zu kontrollieren. Andere wiederum intellektualisieren die ganze Sache. Sie geben z. B. vor, dass sie für das Recht der Kinder, ihrer Sexualität Ausdruck zu verleihen, kämpfen… Hier in den USA hat das u. a. dazu geführt, dass von Pädophilen mehrere Vereine gebildet wurden.«

Derartige Organisationen existieren oder haben in vielen anderen Ländern existiert, u. a. auch in Schweden. Die bekannteste dieser Organisationen wurde 1974 in Großbritannien gebildet und trägt den Namen »Paedophile Information Exchange«. Ihr Anführer Tom O'Carroll schrieb ein Buch mit dem Titel *Paedophilia – a radical case.*

Das ist in vielerlei Hinsicht ein arrogantes Buch. Und gleichzeitig ist es auch sehr traurig.

Tom O'Carroll beschreibt seine Kindheit (hatte liebe Mama, lieben Papa, ansonsten nichts Auffälliges) und fügt hinzu:

Meine eigene Kindheit hat mich zu der Auffassung gebracht, dass alle anderen Kinder Sex genauso widerwärtig fänden wie ich, dass sie ebensolche Angst bekämen wie ich, wenn ein Erwachsener, insbesondere ein fremder Erwachsener, von Sex redete. (…) Aber es gibt auch sehr viele Kinder, deren Eltern glücklicherweise relativ gesunde, animalische Ansichten über Sex haben. Diese Kinder werden neugierig und sie wollen mehr über das erfahren, was Mama und Papa treiben, sie wollen selbst dabei sein, haben keine Angst, sondern im Gegenteil, sie können es kaum erwarten, sich mit Gleichaltrigen und Erwachsenen sexuell zu betätigen.

Tom O'Carroll ist einer dieser erwachsenen Männer, die ständig von kleinen Jungs verführt werden. Es ist nie seine Schuld. Im Gegenteil, er versucht, sie sich vom Leib zu halten. Er hat sich einmal sogar mit einer Frau verlobt, um dem Ganzen zu entgehen:

Ich begann die Hoffnung zu hegen, dass es mir gelingen würde, eine Ehe zu führen und eine eigene Familie zu gründen. Dann würde ich ein guter Vater werden. Ich wäre in der Lage, meine Liebe körperlich auszudrücken, indem ich die Kinder umarmte, sie badete und anzog. Sie würden nie erfahren, dass mir das einen sexuellen Kick gab. Ich würde es ihretwegen verbergen. Sie würden wissen, dass ich sie liebte, aber nie erfahren, dass ich »unnormal« war.

Das funktionierte natürlich nicht. Die Verlobung platzte. Und Tom O'Carroll wurde ein glühender Vorreiter dessen, was er sexuelle Rechte der Kinder nennt. Aber eine Einsicht scheint er dennoch gewonnen zu haben, und es ist interessant zu sehen, wie er sie hinbiegt, damit sie seinen Zwecken dient.

Das eigentliche Problem der Kinder, die sich auf Sex einlas-

sen, um umarmt zu werden, ist nicht sexueller Art. Ihr Problem ist, dass sie verzweifelt nach der Zuwendung suchen, die ihnen von säumigen Eltern verwehrt wurde. Für diese Kinder stellen die Pädophilen eine Lösung dar und kein Problem. In den Augen der Kinder ist der Pädophile erfolgreich, wo die Eltern versagt haben.

Alle Pädophilen scheinen dasselbe Bild von sich zu haben. Sie sind die einzigen Freunde der Kinder. Ihre Wohltäter.

Diese Einstellung wurde auch von Ed Corbin, allem Anschein nach ein Sextourist auf den Philippinen, in einer Leserzuschrift im *Manila Chronicle* im vorigen Jahr geteilt. Die Zuschrift war ein Angriff auf einen Journalisten, der einen Artikel über die sich prostituierenden Kinder in Ermita geschrieben hatte. Ed Corbin schreibt:

Hat er (der Journalist) sich je gefragt, warum es so viele Vorurteile Pädophilen gegenüber gibt? Ist ihm nicht klar, dass Mann-Junge-Verhältnisse immer freiwillig sind? Immer, weil nämlich der Junge entscheidet (nicht der Pädophile); der Junge nähert sich und trifft die Entscheidung. Wenn das nicht der Fall wäre, wäre es Vergewaltigung – sehr selten in der Welt der Homosexuellen –, und dann würden auch die Pädophilen für eine harte Strafe stimmen, für jeden Mann, der sich einem Jungen aufzwingt. (…)

In Wahrheit ist die Pädophilie unschädlich, was unzählige Familien in Pagsanjan, Manila, Puerto Galera und vielen anderen Orten dieser Welt sehr wohl wissen. Jungs werden von solchen Erlebnissen nicht schwul. Und sie sind nicht sexuell unschuldig, sondern sexuell neugierig und aktiv.

V

Doch nicht ausschließlich Personen, die wir als Pädophile bezeichnen, vergreifen sich an Kindern. Wenn das der Fall wäre, wäre das Problem bei weitem nicht so groß, weder in der westlichen noch in der dritten Welt.

»Pädophile sind sexuell ausschließlich auf Kinder fixiert«,

sagt Allegra Morelli an jenem Tag in New York. »Aber es gibt andere, die einfach so junge Partner wie möglich bevorzugen. Sie machen sich nicht an die Jüngsten heran, sondern bevorzugen Kinder ab einem Alter von zehn und aufwärts.«

Ich bin dieser Sorte Männern einige Monate später in Manila begegnet. Schwedische Männer, die »Lammfleisch« mochten und beleidigt gewesen wären, wenn man sie als Pädophile bezeichnet hätte.

Persönlich nenne ich sie Sex- und Saufkumpane. Sie lebten in einer Art Herrenzeitschriftentraum, in dem das weibliche Geschlecht Schlange steht und der Alkohol aus Leitungen fließt. Jetzt waren sie im Paradies angekommen, wo Alkohol und Mädchen leicht und billig zu haben waren.

Ihr Verhältnis zueinander und zu ihrer Umwelt war höchst eigenartig.

Sie hockten mit düsteren und deprimierten Gesichtern über ihren Biergläsern und Whiskyflaschen und behaupteten stur, sie hätten enormen Spaß. Sie schienen einem starken Zwang zu unterliegen, alles zu leugnen, was eigene Schwächen entblößen konnte. Sie behaupteten z. B. im Ernst, dass die Bettler auf der Straße nicht wirklich arm wären. (Ich glaube, sie hegten den Verdacht, dass diese Menschen nur in Lumpen herumliefen, um sie zum Narren zu halten.) Mitgefühl war ein Symptom der Schwäche, während Leugnung und Zynismus Zeichen von Intelligenz und Stärke waren. Sie schienen auch eine gewisse Feindlichkeit von philippinischen Männern im Allgemeinen zu wittern und führten zeitraubende Diskussionen darüber, wie diese Schurken ehrenwerte Männer aus Nordeuropa um ihr Geld und Gepäck brachten. Die süßen Mädchen in den Bordellen waren eiskalt berechnende *gold-diggers*, sogar jene, die erst kürzlich aus entlegenen Dörfern geholt worden waren.

In dem dortigen Milieu fühlten sie sich natürlich von einer Frau aus Schweden sehr provoziert, vertrauten mir aber auch merkwürdige Dinge an, wie z. B. wer in der Runde den größten Penis hatte. (Ich nickte ehrfürchtig.) Als sie den Sinn und Zweck meines Besuchs in Manila erfuhren, fingen sie an, sich zu verteidigen, obwohl ich mit keinem Wort behauptet hatte, dass gerade sie sich an kleinen Mädchen vergriffen hätten.

Die Verteidigung wurde zu einer Art Geständnis. Alle normalen Männer waren gleich. So behämmert und naiv konnte ich doch nicht sein, dass ich das nicht wusste? Alle wollen doch so junge Mädchen wie möglich, und die, die das nicht zugeben, sind Heuchler.

Dagegen behauptete keiner von ihnen, dass sie verführt worden wären. Sie kauften, was sie haben wollten. Punkt. Aus.

Und die Mädchen hatten ja freie Wahl. Oder?

VI

Warum befanden sich diese Männer und Zehntausende andere gerade in Manila? Warum waren sie nicht in Singapur, Hongkong oder Seoul?

Die Antwort darauf ist einfach: Weil Ferdinand und Imelda Marcos ihnen das Land öffneten.

Man erzählt sich allerdings, dass Imelda Marcos sehr empört war, als sie im Frühling 1982 von einer französischen Reportage über Kinderprostitution in Manila erfuhr.

Sie ließ einen der sich prostituierenden Jungs aus Ermita holen und schimpfte ihn aus, weil er sein Land in Verruf gebracht hatte.

Man kann sich diesen barfüßigen Jungen leicht vorstellen, wie er ängstlich und erstaunt durch den prachtvollen, neu renovierten Palast Malacanang zum pastellfarbenen Salon der First Lady geht, wo sie wie eine spätere Marie Antoinette sitzt und mit den Fingernägeln auf den Tisch trommelt…

Und auch, wie sie schimpft…

Es besteht kein Zweifel an der persönlichen Verantwortung der Marcos' daran, dass es Ende der Siebzigerjahre Sextouristen, insbesondere Pädophile, auf die Philippinen zog. Sie waren es, die eine verstärkte Förderung des Tourismus anordneten – koste es, was es wolle.

Einer der Gründe war, dass Imelda 1977 für eine große IWF-Konferenz 13 (dreizehn!) neue Luxushotels in Manila bauen ließ. Als die Konferenz zu Ende war, befahl sie dem Ministerium für Tourismus, dafür zu sorgen, dass sie voll belegt waren. In anderen Gegenden des Landes wurden ähnliche Projekte durchgeführt – an Orten, die früher nie auch nur einen einzigen Touristen zu Gesicht bekommen hatten, wurden wahnsinnige Vorzeigebauten hochgezogen, und den Behörden befohlen, sie um jeden Preis mit Gästen zu füllen. Mit folgendem Resultat: Zuerst kamen die japanischen Sextouristen, dann die australischen, und allmählich auch die Europäer. (Amerikaner hatte es dort schon immer gegeben.) Und die so genannten normalen Männer vermengten sich bald mit denen, die von sich behaupten, sie liebten Kinder.

Diese Entwicklung wäre natürlich nicht möglich gewesen, hätten sich die Philippinen damals nicht in einer außerordentlich schwierigen wirtschaftlichen Lage befunden. Als Ferdinand Marcos 1972 Ausnahmegesetze erließ, verbesserte sich die wirtschaftliche Situation für eine kurze Zeit, um sich danach wieder zu verschlechtern, was u. a. durch beträchtliche Auslandsanleihen verursacht wurde. Gleichzeitig sanken die Weltmarktpreise für die wichtigsten Exportwaren der Philippinen (u. a. für Zucker). Die Krise verschlimmerte sich in der ersten Hälfte der Achtzigerjahre und führte zur Hungersnot auf der Zuckerinsel Negros. Gleichzeitig brach die Industrie zusammen und die Arbeitslosigkeit stieg gewaltig.

Ein Grund dafür, dass die Krise so verheerende Auswirkungen hatte, war die Korruption im Land. Die kleine Oberschicht – mit den Marcos' an der Spitze – riss sich alles unter den Nagel. Die Korruption und harte Sparmaßnahmen Anfang der Achtzigerjahre führten dazu, dass ausländische Investoren abgeschreckt wurden.

Heuchelei, Korruption und die wirtschaftliche Krise waren

ein ideales Milieu für die Sextouristen. Die Armen – sowohl die Kinder als auch die Erwachsenen – waren bereit, absolut alles zu tun, um sich ein tägliches Mahl zu beschaffen. Die Allerärmsten verkauften ihre Kinder. Polizisten und andere Beamte besserten ihre mageren Gehälter mit Bestechungsgeldern der Touristen und Zuhälter auf. Und die Oberschicht, die die politische und ökonomische Macht besaß, um etwas zu verändern, schloss die Augen vor dem Elend.

Cory Aquino machte Schluss mit der Heuchelei. Wie ich schon erwähnte, leitete sie ihre Amtsperiode als Präsidentin damit ein, das *Jahr des Kindes* zu proklamieren. Das hatte positive Auswirkungen, denn plötzlich durften Sextourismus und Kinderprostitution öffentlich diskutiert werden. Außerdem durften das Ministerium für Soziale Angelegenheiten und die Sozialbehörden endlich etwas gegen die Situation der Straßenkinder unternehmen, wobei gleichzeitig auch ehrenamtliche Einrichtungen und internationale Organisationen größeren Spielraum erhielten. Doch die finanziellen Mittel sind begrenzt, und es ist immer noch so, dass der Großteil der Straßenkinder und der sich prostituierenden Kinder nie mit Hilfsorganisationen oder Sozialbehörden in Kontakt kommen.

Der Einsatz für die Kinder wird außerdem dadurch erschwert, dass sich zwei Gruppen innerhalb des Ministeriums für Soziale Angelegenheiten und der vielen ehrenamtlichen Organisationen bekämpfen. Sehr vereinfacht kann man sagen, dass sie keine Einigung darüber erzielen können, ob die Kinder in erster Linie Moral und Erziehung brauchen oder Anregung und Vertrauen.

Leider sind Moralbefürworter im Sozialministerium und in vielen ehrenamtlichen Organisationen in der Mehrzahl. Das führt u. a. dazu, dass viele Kinderheime mit repressiven Methoden arbeiten; sie sind mit Stacheldraht eingezäunt, halten bewaffnete Wachposten und den Kindern wird eingeredet, sie seien schlechte Menschen. Zum größten Teil beschäftigen sich die Sozialbehörden damit, die Eltern oder Verwandten zu finden, vor denen die Kinder geflohen sind. Und das geschieht, obwohl sich jetzt allgemein die Erkenntnis durchgesetzt hat, dass die meisten Straßenkinder nicht im herkömmlichen Sinne verlassen werden, sondern dass sie vor Misshandlungen, sexuellen Übergriffen und Armut fliehen. Das Leben auf der Straße ist trotz allem besser, als das, was sie bei ihren Familien erwartet.

Wenn diese Kinder gezwungen werden, wieder zu ihren Verwandten zurückzukehren, dauert es im Allgemeinen nicht sehr lange, bis sie wieder auf der Straße sind.

VII

In Pagsanjan gibt es nur wenige Straßenkinder im herkömmlichen Sinne, d. h. Kinder, die auf der Straße wohnen bzw. arbeiten. Solche Kinder sind ein Großstadtphänomen und Pagsanjan ist eine kleine Stadt. Nur eine geringe Anzahl der sich prostituierenden Kinder kommt aus anderen Städten, hauptsächlich aus Manila, Puerto Galera, Angeles und Olongapo.

Als ich das erste Mal nach Pagsanjan kam, wurde mir klar, dass sich die internationale Debatte auf viele Übertreibungen stützt. Ich hatte mehrere Berichte gelesen und war auf Angaben gestoßen, denen zufolge dort zwischen 3000 und 7000 Jungs der Prostitution nachgingen.

Es erwies sich, dass es höchstens 500 bis 600 waren, was für eine Stadt mit nur 20 000 Einwohnern schlimm genug ist.

Es gibt zwar offizielle Versionen, wie Pagsanjan zu einer Art Hauptstadt für die Prostitution von Jungs in Asien wurde. Die erste Version beschreibe ich in der Erzählung über Alex. Die zweite läuft darauf hinaus, dass alles mit den Filmaufnahmen zu *Apocalypse Now* anfing.

Davon abgesehen ist es eine Tatsache, dass sich die Stadt viele Jahre lang auf die Prostitution von Jungs spezialisiert hat. Mitte der Achtzigerjahre kamen auch Männer, die an Mädchen interessiert waren. Ihre Wünsche wurden ebenfalls befriedigt.

John D. Stamford, der viele Jahre lang den *Spartacus Gay Guide* in Amsterdam herausgab, trägt eine schwer wiegende Verantwortung dafür, wie sich die Dinge in Pagsanjan entwickelten. Seine Empfehlungen lockten Pädophile und Sex- und Saufkumpane in die Stadt.

Einer der berüchtigtsten Zuhälter der Stadt – den ich Mister Mantoya nenne, der aber eigentlich einen ganz anderen Namen trägt – wurde inzwischen zum Bürgermeister gewählt. Die Ruderer und die Eltern der Pom-Poms verhalfen ihm zum Wahlsieg.

Ich habe durch die fiktive Figur der Gloria versucht, die Motive dieser Menschen zu beschreiben.

Es gibt mehrere Pom-Poms in Pagsanjan, die Alex heißen. Keiner von ihnen ist mit dem Jungen identisch, den ich beschreibe. Die Figur des Alex' ist nach zwei verschiedenen Fallstudien entstanden (Alex als kleiner Junge und als Teenager). Ich entschied mich für diese Methode, weil sie mir die größte Freiheit ließ, die Stadt und ihre Entwicklung zu beschreiben. Außerdem gab sie mir die Möglichkeit, in Personen wie Mister Galante und Mister Mantoya »einzudringen«. Rein emotional wäre es mir unmöglich gewesen, über sie zu schreiben, wenn sie ihre richtigen Namen behalten hätten.

Rock Castillo dagegen hat seinen Namen und seine Identität behalten. Ich habe ihn nicht persönlich getroffen, da niemand in Pagsanjan, mit dem ich gesprochen habe, wusste, wo er sich aufhielt. Diese Unwissenheit kann auch reiner Unwille gewesen sein. Die Menschen, denen ich begegnete, waren Katholiken, und zwischen ihnen und den Protestanten existiert eine offensichtliche Rivalität. Jemand äußerte sogar den Verdacht, dass Castillo sich die Gemeindekasse unter den Nagel gerissen und sich selbst an den Jungs vergriffen hatte. Andere wiederum dementierten diese Behauptungen mit Entschiedenheit.

Dennoch sagt das einiges über den Zustand in Pagsanjan aus.

Es ist zweifellos so, dass Rock Castillo zu den Übertreibungen beigetragen hat, die in den Beschreibungen über Pagsanjan kursieren. Trotzdem verdient das, was er getan hat, großen Respekt. Er war der Erste, der es wagte, die finanziellen Interessen anzusprechen, die sich hinter der Prostitution der Jungs verbargen.

Außerdem ist es Rock Castillos Verdienst, dass eine Reihe von Untersuchungen zur sozialen Herkunft der Kinder und über ihren Gesundheitszustand durchgeführt wurden. Ich habe weltweit kein weiteres Beispiel einer derartig fundierten Dokumentation zum Thema Kinderprostitution gefunden.

Als ich im Januar 1988 zum ersten Mal nach Pagsanjan kam, war die Prostitution augenscheinlich. Überall sah man weiße Männer in Begleitung kleiner brauner Jungs. Die Männer waren nicht gerade begeistert, wenn europäische Frauen auftauchten und zeigten das auch. Ich muss zugeben, dass ich ein paar Mal ziemliche Angst hatte.

Als ich ein Jahr später zurückkam, war die Situation völlig verändert. Das war der Tatsache zu verdanken, dass in Manila eine Behörde mit dem Namen *Commission of Immigration and Deportation* eine neue Chefin bekommen hatte, Miriam Defensor-Santiago, eine Frau mit Stehvermögen.

Am 27. Februar 1988 veranlasste sie eine Razzia in Pagsanjan, die von ihren Mitarbeitern durchgeführt wurde. (Aus verständlichen Gründen verließ sie sich nicht auf die Polizei der Stadt, was den Bürgermeister hinterher veranlasste, sich heftig in den Zeitungen zu beklagen.) Ihre Agenten entdeckten (in der Nebensaison) zweiundzwanzig Amerikaner, Europäer und Australier, die sich nachweislich an Kindern vergriffen hatten. Sie wurden nach Manila gebracht. Nachdem sie einige Tage lang verhört worden waren, ließ man ihnen die Wahl zwischen einem Prozess und der Ausweisung. Sie entschieden sich ausnahmslos für die Ausweisung.

Gleichzeitig wurden neunzehn Jungs festgenommen. Auch sie wurden nach Manila gebracht und einige Tage lang festgehalten. Als sie nach Pagsanjan zurückkehrten, wurden sie von Zuhältern und Sextouristen, die der Razzia entgangen waren, drangsaliert.

Miriam Defensor-Santiago drohte in den Zeitungen, jeden einzusperren, der die Jungs drangsalierte. Im Verlauf des Jahres führte sie noch mehrere Razzien in Pagsanjan durch und sorgte dafür, dass die meisten Sextouristen ausgewiesen wurden.

Als ich im Januar 1989 wieder nach Pagsanjan kam, war auf den ersten Blick nichts mehr vom Sextourismus zu sehen. Diejenigen, die sich im Kampf dagegen engagiert hatten, waren allerdings nicht davon überzeugt, dass der Handel mit Sex aufgehört hatte. Sie hegten den Verdacht, dass man nur untergetaucht war.

»Und übrigens«, sagten sie, »gilt eine solche Ausweisung nur für ein Jahr. Im Februar können sie zurück sein…«

Einige Mitglieder vom *Council for the Protection of Children* nutzten die Gelegenheit, die sich ihnen durch die Razzien von Miriam Defensor-Santiago bot. Als ihre Agenten einen Amerikaner namens John H. Sherman verhafteten, beschlagnahmten sie sein Archiv.

Sherman war einer von den ganz gründlichen Pädophilen. Er hatte mehrere Jahre in Pagsanjan gewohnt und sich seinen Lebensunterhalt mit Fotos von Jungs und Mädchen aus Pagsanjan verdient, die er nach Amerika verkaufte. Für seine Fotomodelle hatte er drei Preisstufen. Wer sich bekleidet fotografieren ließ, bekam 10 Peso (ca. 3 SEK, ca. 0,60 DM), wer sich nackt fotografieren ließ, bekam 50 Peso (ca. 17 SEK, ca. 3 DM), und wer sich für sexuelle Aktivitäten auf den Bildern zur Verfügung stellte, bekam 100 Peso (ca. 33 SEK, ca. 6 DM).

Sein gut geführtes Archiv bestand aus zwei Kartendateien, die eine war von Hand, die andere mit der Maschine geschrieben. Der Inhalt stimmte überein.

Das Archiv beinhaltete Namen und andere Angaben von

ca. 500 Kindern. Darunter waren 341 aus Pagsanjan. Er hatte sich an allen – Mädchen wie Jungs – vergriffen.

Auf jeder Karteikarte hatte er genauestens aufgeführt, wie viel er für ihre Dienste bezahlt hatte. Er machte sich auch Notizen zum Geschlechtsverkehr der Kinder mit anderen Pädophilen. Außerdem schrieb er Gutachten. Hier einige Beispiele in freier Übersetzung:

Jhune Eugenio Pasnoso jr. 11. 14. 03. 1974 Kl. 4
Mutter & Stiefvater. In der Nähe von 426 Malawin.
Tante (wohnt jetzt bei ihr)
Weg 3, Gebäude 7, Zimmer 21
Quezon City.
8. 02. ST mit Marlon 12 Peso und »ich komme wieder«
28. 03. Fotos
Cousin von Marlon und mit Marlon gekommen. Langes Haar, rundes Gesicht, gesunder Körper. Sehr hübsch. Ausgezeichnetes Englisch. Etwas Zuwachs am Schwänzchen, sehr enge Vorhaut. Die Eier (Testikels) mittelgroß. Keine Geschlechtsbehaarung. Kein Junge für Touristen. Etwas schüchtern. Aussprache des Vornamens OO-HEEN-YO

Carlota (Lota)
6. Nov. Vermittelt durch Marlon, Fred aus Sri Lanka und D&C, vereinbarte mit der Mutter, das Mädchen für Geld nach D&C mitzunehmen. Geld im Umschlag für die Mutter. Das Mädchen bekam nichts. M. guckte durch ein kleines Loch in der Wand und sah, dass Fred sie von hinten gefickt hat.

Rogelio Noya. 12. NogNog hat ihn hergebracht. Hat einen Touristen gehabt, Paul aus Australien, der ihm ein Fahrrad gekauft hat. Gutes Englisch.

Kleines bis mittelgroßes Schwänzchen, beschnitten. Hat vermutlich sehr lange Vorhaut. Keine Geschlechtsbehaarung. Gut für Massage. Akzeptiert Zuneigung, selbst aber passiv.

Eng zum Ficken. Beim ersten Mal schlecht gelaunt, doch fest entschlossen auszuhalten. Gesagt wurde nichts.

Wie so viele andere weiße Männer in Pagsanjan hielt John H. Sherman sich für jemanden, der Kinder liebt.

VIII

Derselben Ansicht ist auch der Mann, den ich in diesem Buch Rune nenne.

Er existiert tatsächlich. Seinen guten Freund Bengt gibt es auch. Und jene Frau, die ich Dolores nenne, lebt immer noch in Schweden. Mit Rücksicht auf sie und ihre Kinder habe ich die ganze Geschichte etwas geändert. Die Grundzüge sind indessen die Gleichen. Dolores wurde von Rune hergelockt, der behauptete, er wolle sie heiraten. In Wirklichkeit war er in ihren Sohn verliebt und hat ihn, sowie sie sich in Schweden befanden, sexuell missbraucht. Die ganze Sache endete mit einer Tragödie und kostete ein Menschenleben.

Rune und Bengt repräsentieren im wirklichen Leben die beiden Typen, die ich schon erwähnt habe. Rune ist der manipulierende Pädophile, Bengt ist der zynische Typ, einer der Sex- und Saufkumpane, die immer irgendwie durchkommen und scheinbar nichts begreifen. Er verfügt über ein paar Millionen (Kronen), konnte sich einen geschickten Rechtsanwalt leisten und wurde freigesprochen.

Drei Wochen bevor er Dolores und ihre Kinder nach Schweden holte, stand Rune wegen mehrfachen Kindesmissbrauchs vor Gericht. Obwohl es nicht das erste Mal war, wurde er nur zu Bewährung verurteilt. Sowohl das Gericht als auch der Staatsanwalt glaubten seinen Beteuerungen, er wolle ein neues Leben anfangen, seine philippinische Verlobte heiraten und ihren Kindern ein Vater sein.

Ich frage mich, ob die Beamten und der Richter tatsächlich arglos waren. Oder ob sie einfach gleichgültig waren.

IX

»Kein Mensch ist ausschließlich böse.«

Diese Worte hatte jemand draußen an das Gefängnis geschrieben, in dem ich Heinrich Ritter traf. Es lag außerhalb Olongapos, etwas nördlich von Nagbakulaw.

Ich war sehr erstaunt, als ich erfuhr, dass er mit mir reden wollte. Vielleicht langweilte er sich, während er auf das Urteil wartete. Vielleicht wollte er einfach jemanden sehen, der von seinem eigenen Erdteil kam.

Er war sehr höflich und bat mich in seine Zelle.

Sie war von der Größe eines europäischen Klassenzimmers. Er teilte sie mit vier anderen Gefangenen. Sie hatten Zeitungspapier mit Klebestreifen zusammengeklebt, die über Schnüren von der Decke hingen.

In der rechten Ecke der Zelle, die ans Gitter und den Flur grenzte, hatte er sich einen eigenen Platz hergerichtet. Im Unterschied zu den anderen Gefangenen konnte er sich gebrauchte Gardinen und andere Stoffreste leisten.

Das Gitter zum Flur hin hatte er offen gelassen, obwohl er darüber klagte, dass die anderen Gefangenen und ihre Familien immer dort standen und ihn anglotzten. Seine Ecke war sehr ordentlich. Er hatte sich ein geblümtes Plastiktischtuch beschafft, das er auf den Fußboden gelegt hatte. Als Tisch diente eine Holzkiste. Darauf stand ein Ventilator, neben einer Lampe auf einem bestickten Deckchen. Außerdem hatte er ein eigenes Fernsehgerät. Große Kartons mit Gerichtsprotokollen und anderen Akten standen auf dem Boden.

Er war nicht sehr beliebt im Gefängnis, und das verbitterte ihn. Anfangs hatte er oft Prügel bekommen, aber jetzt hatte er gelernt, wie man dem entgehen konnte. Es kostete fünfzig Peso die Woche an Bestechungsgeld für die Anführer der Mitgefangenen. Er zahlte pünktlich, aber trotzdem hatte man ihm erst vor kurzem ein Glas seiner Brille zerbrochen. Dennoch zahlte er weiter. Sicherheitshalber.

Ich glaube nicht, dass ihm bewusst war, wie hasserfüllt er

über die Filipinos redete. Er war empört über die Wächter, die sich nie an den Tagesablauf hielten. Er konnte seine Verachtung den anderen Gefangenen gegenüber nicht verbergen, die mit Frauen und Kindern im Gefängnis wohnten. Das Essen fand er ekelhaft (was sicher stimmte), und ihm war sichtbar übel, als er erzählte, dass die anderen Gefangenen Hunde töteten, um sie zu essen.

Er erzählte, dass er vor kurzem seine Ausbildung zum Arzt abgeschlossen hatte, dass es aber mindestens ein Jahr dauern würde, bevor er sein abschließendes Praktikum machen konnte. Darum hatte er sich entschlossen, in der Wartezeit eine lange Reise zu unternehmen. Er war einige Male in Thailand gewesen, wollte aber jetzt sehen, ob der Rest von Asien wirklich so schön war, wie er gehört hatte.

Im Oktober 1986 war er in Olongapo gewesen. Er hatte im MGM-Hotel gewohnt.

Aber er leugnete hartnäckig, dass er Rosario Baluyot und Jessie Ramirez oder andere Kinder getroffen hatte. Er war Tourist, hatte die Stadt nur einen einzigen Tag lang besucht und dort übernachtet, bevor er seine Reise fortgesetzt hatte.

Wohin er gefahren war?

Während seines Aufenthalts auf den Philippinen hatte er viele Städte besucht. Unter anderem eine Stadt mit dem Namen Pagsanjan. Und eine andere, die Puerto Galera hieß. Doch nach dem Besuch in Olongapo war er nach Hongkong gereist. Dort hatte er sich längere Zeit aufgehalten, bevor er im September 1987 auf die Philippinen zurückgekehrt war. Man hatte ihn am Tag nach seiner Ankunft verhaftet.

Persönlich bin ich der Meinung, dass die Umstände seiner Verhaftung für ihn sprechen: War es nicht ein merkwürdiger Zufall, dass die Polizei und die amerikanischen Agenten gerade an diesem Tag nach Manila fuhren?

Aber ansonsten… Tja, ich weiß nicht.

Die Kinder sind sich ihrer Sache sicher. Sowohl Jessie Ramirez als auch Paul Maclor haben ihn wiedererkannt. Und ich habe mit eigenen Augen gesehen, dass es seitdem keinem der beiden auch nur einen Deut besser geht. Sie haben offensichtlich für ihre Aussagen kein Bestechungsgeld bekommen.

Als ich Heinrich Ritter traf, war seit dem Ende des Gerichtsprozesses ungefähr ein Monat vergangen. Das Urteil war noch nicht verkündet, aber alle erwarteten den Urteilsspruch spätestens Ende Januar.

Januar und Februar vergingen, doch nichts geschah. Auch im März nicht.

»Woran liegt es?«, fragte ich Jerome am Telefon. »Warum kommt das Urteil nicht?«

Ich konnte richtig hören, wie er mit den Achseln zuckte. Geld oder Politik? Oder nur die Arbeitsüberlastung eines ehrwürdigen Richters? Wer weiß.

Jerome hielt mich mit Hilfe von Prozessprotokollen auf dem Laufenden. Es war nicht möglich, an alles ranzukommen, aber ich bin dankbar dafür, dass mir ca. 80 Prozent des Materials zur Verfügung stand.

Jerome war es auch, der mich bei meinem letzten Besuch in Olongapo zum Opfertal mitnahm und Interviews mit Maria Burgos, Violetta, Paul Maclor, Jessie Ramirez und einigen anderen Personen am Rande der Geschichte ermöglichte.

Maria Burgos' Bereitschaft, die Geschichte ihrer Tochter und Enkeltochter zu erzählen, war erstaunlich. In ihren Worten lag viel Feindseligkeit. Es ist hauptsächlich ihre Erzählung, die meiner Schilderung von Anitas Leben und Rosarios früher Kindheit zu Grunde liegt, auch wenn sie natürlich eine so ernsthafte Misshandlung, wie ich sie geschildert habe, nicht zugab. Sie war es auch, die erzählte, dass Augusto jetzt in Frauenkleidung auf der Magsaysay Avenue herumläuft, und sie tat es mit einem höhnischen Lachen.

Sie erzählte, 15 000 Peso von Heinrich Ritter erhalten zu haben und behauptete, dass er ihr noch mehr versprochen hatte. (Diese Verfahrensweise ist auf den Philippinen und in anderen Ländern Asiens nicht ganz ungewöhnlich. Der Täter bezahlt den Angehörigen des Opfers Schadensersatz und kann damit der Strafe entgehen.)

Dass ich Maria Burgos nicht mochte, ist natürlich nicht zu übersehen. Dennoch tat sie mir auch Leid. Sie war eine alte Frau, die ums Überleben gekämpft hat. Es gab so vieles, was ihr Angst machte. Sie hatte Rosarios Schicksal vor der Familie und den Nachbarn verheimlicht. Ihre eigene Schwiegertochter wusste nicht, was geschehen war, bis sie ihre Schwiegermutter im Fernsehen sah. Und sie hoffte immer noch, dass die Nachbarn nichts wussten.

Maria Burgos war sehr darauf bedacht, dass wir sie nicht besuchten, während ihr Sohn zu Hause war. Es stellte sich heraus, dass er als Leibwächter Bürgermeister Gordons arbeitete.

Jerome setzte ein schiefes Lächeln auf, als er das hörte.

Gleich zu Anfang war Rosarios Fall von kommunalpolitischem Interesse. Wie so oft in Olongapo stritten sich der Bürgermeister und Shay Cullen, der irische Priester vom Preda Center.

Das Hin und Her begann schon vor dem Prozess. Jeder beschuldigte jeden.

Von dem ersten Ankläger wurde behauptet, er sei korrupt, da er Ritter gegen Kaution freigelassen hatte. (Ritter war sich zu diesem Zeitpunkt seiner Sache so sicher, dass er im Land blieb und zur Erholung nach Puerto Galera fuhr.) Der Ankläger schwor, von jeder Schuld frei zu sein, trat aber von seinem Amt zurück. Sein Nachfolger musste dafür sorgen, dass Ritter erneut verhaftet wurde und ins Gefängnis kam, denn keiner sollte dasselbe von ihm behaupten können.

Danach ging Cullen zur Zeitung und behauptete, dass Ritter sich an einem kleinen Jungen vergangen hatte, während er sich unter Polizeiarrest in der Stadt befand.

Als ich ihn interviewte, wiederholte er diese Behauptung, sagte aber gleichzeitig, dass der Junge sich dazu nicht selbst geäußert hatte. Cullen hatte seine Schlussfolgerungen aus dem veränderten Verhalten des Jungen gezogen.

Bürgermeister Gordon wischte Cullen eins aus, indem er dafür sorgte, dass Ritter besondere Privilegien erhielt. So hatte der österreichische Arzt jeden Donnerstag Ausgang.

In Begleitung eines Wachpostens konnte er sich den ganzen Tag frei in Olongapo bewegen. Bald schaffte er sich auch eine Verlobte an.

(Als ich ihn fragte, ob er beabsichtige, sie zu heiraten und mit nach Österreich zu nehmen, antwortete er:

»Ach was. Nein. Das ist doch nur zum Zeitvertreib...«)

Cullen schoss weiter aus dem Hinterhalt, und die Zeitungen berichteten weiter über die Wirklichkeit in Olongapo. Der Bürgermeister war zuletzt über alle, die den Ruf der Stadt beschmutzten, so empört, dass er einen Journalisten aus dem Rathaus warf. Diese Handlung war so ungewöhnlich für einen Filipino, dass sich das ganze Establishment Olongapos mehrere Wochen lang darüber den Mund zerriss.

Im Prozess wurden Rosarios Alter und die Tage, die sie im Krankenhaus verbracht hatte, genauso lange erörtert, wie die Umstände, unter denen sie starb. Wäre sie, als ihr der Massagestab in den Leib gestoßen wurde, älter als zwölf gewesen, hätten nämlich die Ärzte die Verantwortung für ihren Tod übernehmen müssen und nicht der Mann, der sie sexuell ausgenutzt hat. Rein juristisch gesehen.

Maria Burgos war sich sehr sicher. Das Mädchen war elf Jahre und fünf Monate alt, als sie starb. Ihr Feind, Policarpio, sagte dasselbe.

Die Gefahr, dass sie sich abgesprochen haben, ist sehr gering. Man sah sie nie ein Wort miteinander wechseln, und in den Zeitungen äußerten sie sich abfällig übereinander.

Den Verteidigern gelang es, einen Priester aufzutreiben, der behauptete, Rosario sei zwei Jahre älter, als die Verwandten angaben. Policarpio meinte, es gäbe einen Fehler im Taufregister. Rosario sei über ein Jahr alt gewesen, als sie getauft wurde.

Die Verteidiger widmeten auch dem, was im Krankenhaus

geschehen war, viel Zeit. Doktor Cruz schwitzte mehrere Tage lang im Zeugenstand und versuchte vergeblich, sich vor ihren Anspielungen, seine Gier und Inkompetenz betreffend, zu retten.

Heinrich Ritter gestand nichts. Im Gegenteil, er schrieb dem Gericht ungehaltene Briefe, in denen er behauptete, hinter allem würden die Amerikaner stecken. In Wirklichkeit hätte Rosario einen amerikanischen Soldaten zum Liebhaber gehabt (einen Schwarzen sogar!), und die Amerikaner brauchten jetzt einen Sündenbock, um einer antiamerikanischen Haltung vorzubeugen. Die Lage zwischen den beiden Ländern war nämlich gerade sehr angespannt, da man über die amerikanischen Stützpunkte verhandelte…

Die neuen Abkommen über die Stützpunkte wurden kurz vor dem Schlussplädoyer unterzeichnet. Die USA verpflichteten sich im Zeitraum von drei Jahren 481 Millionen Dollar zu zahlen. Das war eine Erhöhung um 167 Prozent.

Das spricht vielleicht für seine Theorie.

Ich persönlich weiß nicht, ob er schuldig oder unschuldig ist. Aber mir gefiel er nicht, als er mit den Schultern zuckte und sagte:

»Sie hatte ja einen Neger als Liebhaber… Das sagen alle. Sonst hat sie es wohl selbst getan. Vielleicht hat sie onaniert. Und übrigens war es nicht der Massagestab, der ihren Tod verursacht hat, sondern die Bauchfellentzündung. Es sterben ja täglich 500 Kinder an Infektionen in diesem Land…«

X

Es ist April und draußen schneit es. Das Telefon klingelt in aller Herrgottsfrühe. Es ist Jerome.

»Lebenslänglich!«, ruft er am anderen Ende der Welt. »Heinrich Ritter hat lebenslänglich bekommen…«

Ich kann ihn vor mir sehen. Er steht in seinem Haus, das kleiner ist als meine Garage, und ich weiß, dass seine Augen glühen. Im Hintergrund höre ich seine drei kleinen Kinder spielen und seine Frau mit ihnen reden. Sie ist sehr schön und sehr schüchtern. Ich versuche meine Gefühle in den Griff zu bekommen.

Lebenslänglich. Ja.

»Er wird natürlich Berufung einlegen«, ruft Jerome.

Ja. Das wird er bestimmt tun.

XI

Nachdem ich Patrik in den Kindergarten gebracht habe, genehmige ich mir einen Spaziergang in den Wald. Tue nichts. Bin für niemanden zu sprechen.

Ich setze mich auf einen Stein und erinnere mich daran, wie die Freundschaft zwischen mir und Salvador Caluyo, auch Jerome genannt, zu Stande kam. Jerome, der Sozialarbeiter, Psychologe und eine der treibenden Kräfte im Straßenkinder-Projekt in Olongapo. Eigentlich war es ziemlich merkwürdig. Bei Männern und Frauen erwartet man ja nicht, dass sie Freunde werden. Und schließlich sind wir sehr verschieden. Er hatte seine Erinnerungen an Visayas, die Smokey Mountains und ein Priesterseminar auf der Insel Luzon, und ich meine an Nässjö, Borås und Upplands Väsby.

Dennoch haben wir uns sofort verstanden, als wir uns begegneten. Wir holten jeder ein Päckchen Zigaretten hervor, stemmten die Füße gegen die Stühle vor uns und redeten. Redeten und redeten. Über die Wut. Über die Trauer. Über unsere eigenen Kinder und über die anderen: Rosario, Paul, Jessie und Nora.

Jerome öffnete mir die Tür zur Wirklichkeit. Ihm habe ich zu verdanken, dass Rosarios Freunde mit mir redeten.

Was mich erstaunte, war, dass es ihm gelungen war, seinen Zorn wach zu halten, obwohl er so viel erlebt und durchgemacht hatte.

»Glaubst du an Gott?«, fragte er, als wir am Strand unterhalb von Nagbakulaw standen.

»Nein«, sagte ich. »Aber ich bekenne mich zur christlichen

Ethik. Du weißt ja: Was ihr einem meiner geringsten Brüder getan habt …«

»Sei still!«, sagte Jerome. »Sei still! Ich werde wütend, wenn ich daran denke!«

Dann fuhren wir zu Rosarios Grab.

XII

Hat sie Paul Maclor geliebt?

Ich weiß es nicht. Doch mir gefiel Paul so sehr, dass ich ihn Rosario gewünscht hätte. Sie hätten einander trösten sollen. Er ist schmutzig und verlaust, unwissend und verwirrt. Irgendjemand – wer, weiß er nicht mehr – brachte ihn von Manila nach Olongapo; er war neun Jahre alt und seine Mutter war gestorben. Er wurde wie Abfall auf die Straße gekippt, und seitdem hat er kein Dach mehr über dem Kopf gehabt. Das ist alles, was er von sich weiß.

Aber seine Augen. Und seine Wärme (der Arm um Jerome und die Ernsthaftigkeit, mit der er sich an Rosario erinnerte …)

Als ich sehr jung war, habe ich mich nach jemandem mit solchen Augen gesehnt.

Alex. Salvador. Rosario. Jessie und Paul. Ich sitze noch lange auf dem Stein im Wald und denke an diese Kinder.

Als ich aufstehe, um mich auf den Heimweg zu machen, bemerke ich, dass es zu schneien aufgehört hat. Die Sonne scheint und im Graben leuchtet der erste Huflattich des Frühlings.

Upplands Väsby im
April 1989

Dank

Viele Menschen haben mir bewusst oder unbewusst geholfen, dieses Buch zu schreiben. Ich möchte ihnen danken:

Jan Axelsson, der mir ein Arbeitszimmer herrichtete, meine Rechnungen bezahlte, wenn ich blank war, und viele Monate des Seufzens aushielt.

Salvador Caluyo jr., auch Jerome genannt, der mein Freund und Weggefährte wurde.

Bo und Annika Eriksson, die mich freundlich bei sich aufnahmen und mir ihre Kenntnisse über die Philippinen vermittelten.

Olof Lindström, der Baptist, der mir zwei Zeitungen aus Pagsanjan gab und damit alles in Gang setzte.

Ylva Pihl, die meine beste Gesprächspartnerin war.

Charles Kassman, der mich in die richtige Richtung stieß.

Vilgot Sjöman, der mir den Rat gab, seine so genannte *Nyfiken-Gul-Technik* zu benutzen, d. h. Fakten und Fiktion zu mischen.

Åsa Kristenson, die meine Sichtweise teilte.

Lars Hjalmarsson, dem es inmitten großer Zerstreutheit gelang, mich davon zu überzeugen, dass ich es schaffen würde.

Andreas, meinem ältesten Sohn, der mir weiterhalf, wenn ich vergessen hatte, wie es ist, jung zu sein,

und seinem kleinen Bruder Patrik, dessen zarte Wangen und herrlicher Duft mich tagtäglich daran erinnerten, welch eine Bereicherung Kinder auf dieser Welt sind.

Quellenverzeichnis

Literatur:

Agnelli, Susanna: *Street Children. A Growing Urban Tragedy*
Andersen, Alf G.: *International Report on Child Pornography, Child Prostitution and Child Trade*
Ariés, Philippe: *Die Geschichte der Kindheit*
Aquino R., Emilio: *Tourism and Child Prostitution in Pagsanjan*
von Brevern, Marilies: *Faces of Manila*
Bridell, Renée / Collomp, Jean-Paul: *The Sexual Exploitation and Abuse of Children in Brazil*
Caluyo, Salvador (Jerome): *Situation Study on Abandoned and Street Children in Olongapo City, Prevention and Protection of Working Children and Abandoned Children*
O'Carroll, Tom: *Paedophilia, the radical case*
Olsson, Gunilla: *Pretence and contempt – life in a Filipino brothel, Crossroads, No 1 & 2, 1986*
Council of Europe: *16th Conference of European Ministers of Justice, Conclusions and Resolutions of the Conference*
Council for the Protection of Children, Pagsanjan, Laguna: *Report*
Council for the Protection of Children, Pagsanjan, Laguna: *Situation Analysis of Street Children in Pagsanjan*
CWAPPI / STOP, Metro Manila Committee: *The Street Children of Metro Manila, A Brief Situationer*
Ennew, Judith: *The Sexual Exploitation of Children*

Fernandez, Susan V.: *Child Prostitution in the Philippine Society as an Impact of the Tourism Program*
Foucault, Michel: *Sexualität und Wahrheit, Bd. 1, Der Wille zum Wissen*
Hite, Shere: *Das sexuelle Erleben des Mannes*
Jocano, Landa F.: *Slums as a Way of Living*
Lanot, Marra (u. a.): *Kamao*
Larsson, Stig: *Könshandeln*
Midweek 36/87: *Batang Magsaysay: Suffer Little Children*
Midweek 37/87: *The Story of Tomboy*
Moselina, Leopoldo M.: *Olongapo R&R Industry: a sociological analysis of institutionalized prostitution*
Moselina, Leopoldo (u. a.): *Report on the Second Asian Regional Conference on Child Abuse and Neglect*
Nabokov, Vladimir: *Lolita*
Protokoll: *Regional trial court, third juridical region, branch 73, crime case No 629-87, People of the Philippines (plaintiff) versus Heinrich Ritter (accused)*
Romualdez, Francia, Beatriz: *Imelda and the clans*
Road: *Primer in Child Prostitution in Pagsanjan, Laguna*
Rush, Florence: *The Best Kept Secret*
Sawyer, Roger: *Children Enslaved*
Sacrifice Valley: *Viva Senor Normi* (sowie einige Traktate)
Sereny, Gitta: *The Invisible Children*
South (December/87): *Children for Sale*
Tan, M. L.: *Paedophilia and Child Prostitution in the Philippines*
UNICEF: *Situation of Women and Children of the Philippines*
World Council of Churches (u. a.): *Cast the first stone*

Interviews:

(außer anonymen Quellen in Schweden und den Philippinen)
Alcantara, Violetta (u. a. Mitglieder der Familie), Olongapo

Aronsson, Anders, Gastwirt, Manila
Aronsson, Håkan, Missionsassistent, Manila
Bidar, Lina, Leiterin eines Kinderheims, Manila
Bobby, Soldat der Heilsarmee und ehemaliger Prostituierter, Manila
Burgos, Maria, Olongapo
Caluyo, Salvador (Jerome), Psychologe und Sozialarbeiter, Virgen de los Remedios College, Olongapo
Carlberg, Hans, Arzt, Göteborg
Cruz, Leo, Arzt, Olongapo
Cullen, Shay, Pfarrer, Olongapo
Constantino-David, Carina, ehemalige Staatssekretärin im Ministerium für Soziales der Philippinen
Dennis u. a. Straßenkinder, Olongapo
Eriksson, Bo, Botschaftsrat der Schwedischen Botschaft, Manila
Ennew, Judith, University of Cambridge
Fernandez, Susan, Manila
»Flores«, Schwester in Sacrifice Valley
Hodges, John, Heilsarmee, Manila
José »Papang« und »Mamang«, Olongapo Working Committee on Abandoned and Street Children
Jupp, Michael, Defense for Children International, New York
Kale, Pathma, UNICEF, Manila
Laforteza, Juanita, Leiterin der Sozialfürsorge, Olongapo
Maclor, Paul, Olongapo
Manalang, Concepcion, Ministerium für Soziales, Manila
Mijares, Lisa, Pagsanjan
Moselina, Leopoldo, UNICEF, Manila
Morelli, Allegra, UNICEF, New York
Nonnen von Saint Josephs, Olongapo
Pascua, Jeanette, Bureau of Child Welfare, Ministerium für Soziales, Manila
Pardo de Tavera, Mita, Sozialminister, Manila
Ramirez, Jessie, Olongapo

Rivera, Maternidad, Arzt, Pagsanjan
Ritter, Heinrich, Graz
Roquez, Rita, Leiterin der Sozialfürsorge in einem Distrikt Manilas
Rosapapan, Manuel, Rechtsanwalt, Olongapo
Schluger, Ephim, UNICEF, New York
Silva, Teresita, Council of Welfare Agencys Foundation of the Phils. Inc., Manila
Tacardon, Myrna, Caritas und executive director S.T.O.P. Manila
Wallenberg, Torbjörn, Missionar, Manila
Velasco, Ronaldo, Pagsanjan
Velasco, Fernandez, Pagsanjan, u. a. Mitarbeiter im Council for the Protection of Children in Pagsanjan, Laguna